ESTAÇÃO PERDIDO

CHINA MIÉVILLE

ESTAÇÃO PERDIDO

Série Bas-Lag, v. 1

Tradução
José Baltazar Pereira Júnior
com a colaboração de Fábio Fernandes

© Boitempo, 2016, 2025
© China Miéville, 2000
Traduzido do original em inglês *Perdido Street Station* (Londres, Pan Books, 2011)

Direção-geral Ivana Jinkings
Coordenação editorial Thais Rimkus
Coordenação de produção Juliana Brandt
Assistência editorial Marcela Sayuri e Kim Doria
Assistência de produção Livia Viganó
Tradução José Baltazar Pereira Júnior (com a colaboração de Fábio Fernandes)
Edição de texto Bibiana Leme
Preparação Sandra Martha Dolinsky
Revisão Clara Altenfelder (com a colaboração de Juliana Cunha)
Adaptação de capa Livia Viganó (sobre capa original de Crush)
Diagramação Antonio Kehl

Equipe de apoio Ana Beatriz Leal, Ana Slade, Artur Renzo, Bruno Ferreira, Carolina Peters,
Davi Oliveira, Elaine Ramos, Giovanna Corossari, Higor Alves, Ivam Oliveira, João Lucas Z. Kosce,
Letícia Akutsu, Luciana Capelli, Marina Valeriano, Maurício Barbosa, Pedro Davoglio, Raí Alves,
Renata Carnajal, Sofia Perseu, Tatiane Carvalho, Thais Caramico, Tulio Candiotto

CIP-BRASIL. CATALOGAÇÃO NA PUBLICAÇÃO
SINDICATO NACIONAL DOS EDITORES DE LIVROS, RJ

M575e
    Miéville, China, 1972-
       Estação perdido / China Miéville ; tradução José Baltazar Pereira Júnior,
Fábio Fernandes. - 1. ed. - São Paulo : Boitempo, 2016.

       Tradução de: Perdido street station
       ISBN 978-85-7559-463-6

       1. Ficção científica britânica. I. Pereira Júnior, José Baltazar.
II. Fernandes, Fábio. II. Título.

16-31594   CDD: 823
                        CDU: 821.111-3

É vedada a reprodução de qualquer parte
deste livro sem a expressa autorização da editora.

1ª edição: maio de 2016
2ª edição: junho de 2025

BOITEMPO
Jinkings Editores Associados Ltda.
Rua Pereira Leite, 373
05442-000 São Paulo SP
Tel.: (11) 3875-7250 | 3875-7285
editor@boitempoeditorial.com.br | boitempoeditorial.com.br
blogdaboitempo.com.br | youtube.com/tvboitempo

Para Emma

AGRADECIMENTOS

Com amor e gratidão à minha mãe, Claudia, e à minha irmã, Jemima, por sua ajuda e apoio. Meu muitíssimo obrigado a todos que me deram opiniões e conselhos, especialmente a Scott Bicheno, Max Schaefer, Simon Kavanagh e Oliver Cheetham.

Amor e gratidão profundos a Emma Bircham, novamente e sempre.

Obrigado a todos na Macmillan, especialmente ao meu editor, Peter Lavery, por seu apoio incrível. Infinita gratidão a Mic Cheetham, que me ajudou mais do que consigo expressar.

O espaço é pequeno para agradecer a todos os escritores que me influenciaram, mas quero mencionar dois cuja obra é fonte constante de inspiração e surpresa. Portanto, a M. John Harrison e à memória de Mervyn Peake, minha humilde e sincera gratidão. Eu jamais teria escrito este livro sem eles.

Eu até desisti, por um tempo, de parar à janela do quarto para olhar as luzes e as ruas fundas e iluminadas. É uma forma de morrer, perder contato com a cidade desse jeito.

Philip K. Dick, *We Can Build You*

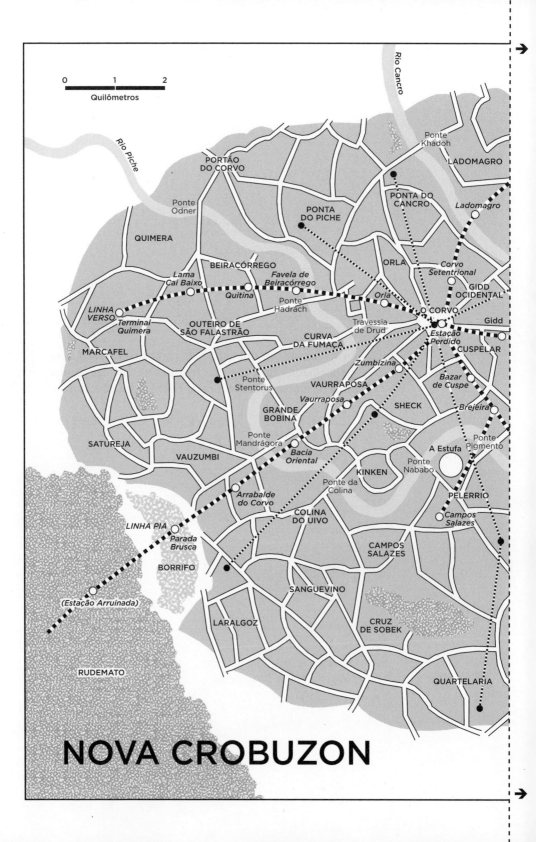

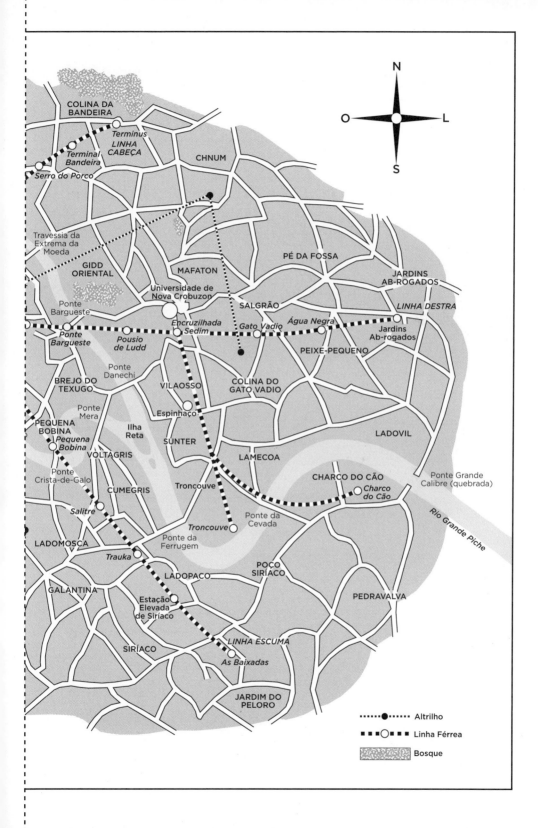

Da savana aos matagais, aos campos, às fazendas, a essas primeiras casas que se erguem da terra e mal se aguentam em pé. É noite há muito tempo. Os barracos incrustados na beira do rio cresceram como cogumelos ao meu redor, na escuridão.

Nós balançamos. Avançamos numa corrente profunda.

Atrás de mim, o homem puxa o leme com dificuldade e a barca corrige o curso. A luz tremula violentamente quando o lampião balança. O homem está com medo de mim. Eu me inclino na proa da pequena embarcação que corre sobre a água escura em movimento.

Por cima do rugido oleoso do motor e das carícias do rio, sons discretos, sons caseiros, vão aumentando de volume. Vigas de madeira sussurram e o vento acaricia telhas, paredes se acomodam e pisos se deslocam para preencher o espaço; as dezenas de casas se tornaram centenas, milhares; se espalham das margens para trás e derramam luz por toda a planície.

Elas me cercam. Estão crescendo. Vão ficando mais altas, mais gordas, mais barulhentas; seus telhados são de ardósia, suas paredes, de tijolos resistentes.

O rio faz uma curva e vira para encarar a cidade. Ela surge súbita, maciça, estampada sobre a paisagem. Como o sangue pisado de uma escoriação, sua luz transborda nos arredores, nas colinas rochosas. Suas torres sujas reluzem. Eu me sinto diminuído. Compelido a venerar essa presença extraordinária que surgiu filtrada pela conjunção de dois rios. Ela é um vasto poluente, um fedor, uma sirene de alerta. Gordas chaminés vomitam sujeira para o céu até mesmo agora, na calada da noite. Não é a corrente que nos puxa, mas a própria cidade; sua gravidade nos suga para dentro dela. Gritos fracos, urros de feras aqui e ali, o obsceno bate e rebate das fábricas quando as imensas máquinas se cruzam. Ferrovias traçam a anatomia urbana como veias saltadas. Tijolos vermelhos e paredes escuras, igrejas achatadas feito coisas trogloditas, toldos esfarrapados tremulando, labirintos de chão de pedra na cidade velha, becos sem saída, esgotos salpicando a terra como sepulcros seculares, uma nova paisagem de detritos, pedra esmigalhada, bibliotecas repletas de volumes esquecidos, velhos hospitais, torres, navios e garras de metal que erguem cargas de dentro da água.

Como pudemos ser pegos de surpresa? Que truque de topografia é esse que deixa um monstro tão extenso se esconder por trás das esquinas e dar o bote no viajante?

É tarde demais para fugir.

O homem murmura para mim, me diz onde estamos. Não me viro para encará-lo.

Este é o Portão do Corvo, este labirinto brutalizado ao nosso redor. Os edifícios podres se inclinam uns contra os outros, exaustos. O rio esfrega limo em suas margens de tijolos, nas muralhas da cidade que se erguem das profundezas para manter a água afastada. O fedor aqui é repugnante.

(Eu me pergunto que aspecto isso teria do alto, onde a cidade não tem como se esconder; quem se aproximasse dela pelos céus a veria a quilômetros e quilômetros de distância, como uma mancha de sujeira, um pedaço de carniça fervilhando de vermes; eu não deveria pensar assim, mas não consigo parar agora; eu poderia cavalgar as correntes ascendentes que as chaminés criam, velejar muito acima das torres imponentes e cagar nos que estão presos à Terra, cavalgar o caos, pousar onde escolhesse; não posso pensar assim, não posso fazer isso agora, preciso parar, agora não, isso não, ainda não.)

Aqui há casas que gotejam um muco pálido, uma cobertura orgânica que mancha as fachadas simples e vaza das janelas de cima. Andares extras são tomados por um muco branco e frio que preenche as lacunas entre as casas e os becos sem saída. A paisagem está danificada por ondulações, como se cera houvesse derretido e secado subitamente por entre os telhados. Outro tipo de inteligência tomou conta dessas ruas humanas.

Há fios muito esticados por sobre o rio e os beirais, presos por um catarro leitoso. Eles zumbem como as cordas de um baixo. Alguma coisa se desloca apressada sobre nossa cabeça. O barqueiro cospe algo nojento na água.

Seu catarro se dissipa. A massa de cimento-de-cuspe acima de nós vai desaparecendo. Ruas estreitas emergem.

Ao cruzar o rio à nossa frente, um trem assovia sobre os trilhos suspensos. Olho para ele, para o Sul e para o Leste, vendo a fileira de pequenas luzes correrem e serem engolidas por essa terra noturna, esse leviatã que devora seus cidadãos. Em breve passaremos pelas fábricas. Guindastes surgem da penumbra como pássaros altos e magricelos; aqui e ali, eles se movem para manter os poucos funcionários, os funcionários da meia-noite, trabalhando. Correntes balançam pesos mortos como se fossem braços inúteis que se movem feito zumbis por entre volantes e engrenagens.

Grandes sombras ameaçadoras rondam os céus.

Há uma explosão, uma reverberação, como se a cidade tivesse um núcleo oco. Lentamente, a barca negra vai atravessando uma profusão de embarcações sobrecarregadas de carvão, lenha, ferro, aço e vidro. A água reflete as estrelas através de um arco-íris fedorento de impurezas, efluentes e uma sopa quêmica que as transformam em uma imagem morosa e inquietante.

(Ah, erguer-me acima disso tudo para não sentir o cheiro da sujeira, do lixo, do estrume, não entrar na cidade por essa latrina, mas preciso parar, preciso, não posso continuar, preciso.)

O motor reduz a velocidade. Eu me volto e vejo o homem atrás de mim, que desvia o olhar e guia o leme, fingindo não me notar. Ele nos leva até o cais, logo atrás do armazém tão cheio que as enormes caixas se espalham num labirinto para além dos contrafortes. Vai abrindo caminho por entre outras embarcações. Telhados emergem do rio. Uma fileira de casas construídas do lado errado da muralha agora se encontra afundada, pressionada contra a margem do rio; de seus tijolos pretos e betuminosos escorre água. Perturbações abaixo de nós. O rio ferve com correntes subterrâneas. Peixes e sapos mortos, desistentes da luta para respirar nesse caldo podre de detritos, rodopiam frenéticos entre o lado achatado da barca e a margem de concreto, aprisionados num turbilhão. Cruzamos o abismo. Meu capitão pula para a margem e amarra o barco. Seu alívio é visível. Ele resmunga em triunfo, mal-humorado, e manda que eu desça rapidamente para a margem; desembarco devagar, como se pisasse em carvões incandescentes, andando cuidadosamente entre o lixo e o vidro quebrado.

Ele está feliz com as pedras que lhe dei. Estou na Curva da Fumaça, me diz, e enquanto ele aponta na direção correta lanço-lhe um olhar evasivo para que não perceba que estou perdido, que sou novo na cidade, que estou com medo desses edifícios escuros e ameaçadores dos quais não posso me livrar, que sinto náuseas devido à claustrofobia e aos maus presságios.

Um pouco mais ao sul dois grandes pilares se erguem sobre as águas do rio. Os portões para a Cidade Velha, outrora grandiosos, agora psoríacos e em ruínas. As histórias esculpidas nesses obeliscos foram apagadas pelo tempo e pelo ácido, e apenas trilhas rústicas espiraladas como velhos parafusos ainda permanecem. Atrás deles, uma ponte baixa (Travessia de Drud, diz ele). Ignoro as explicações ansiosas do homem e me afasto, atravessando essa zona esbranquiçada pelo limo, ultrapassando portas escancaradas que prometem o conforto da verdadeira escuridão e uma fuga do fedor do rio. O barqueiro agora é apenas uma voz que mal se ouve, e saber que nunca mais a ouvirei é um pequeno prazer.

Não faz frio. A leste, uma luz urbana se anuncia.

Vou seguir as linhas dos trens. Espreitar suas sombras quando passarem sobre as casas, as torres, os quartéis, os escritórios e as prisões da cidade; rastreá-las desde os arcos que as ancoram à terra. Preciso dar um jeito de entrar.

Meu manto (tecido pesado ao qual minha pele não está acostumada e que a machuca) repuxa e sinto o peso de minha bolsa. É isso que me protege aqui; isso e a ilusão que alimentei, a fonte de minha tristeza e de minha vergonha, a angústia que me trouxe a este grande tumor, a esta cidade poeirenta sonhada de osso e tijolo, uma conspiração de indústria e violência mergulhada em história e poder corrompidos, a esta terra desolada além de minha compreensão.

Nova Crobuzon.

PARTE 1

ENCOMENDAS

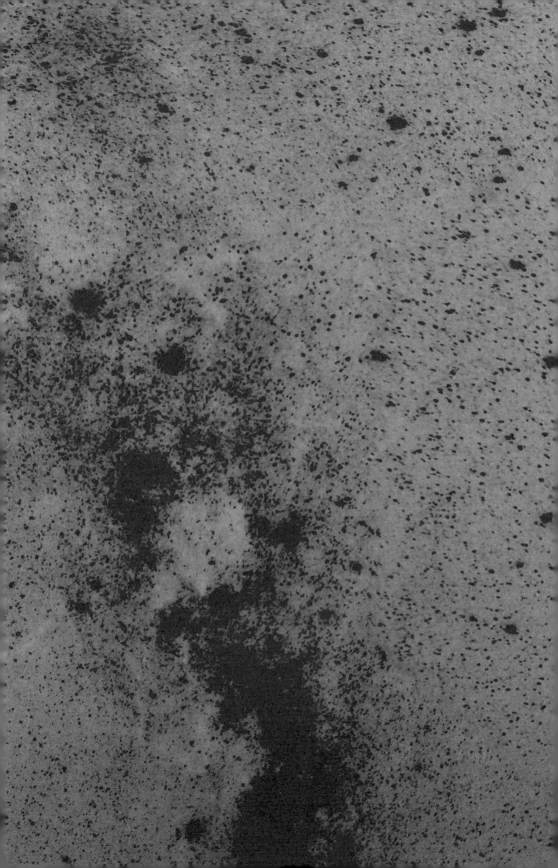

CAPÍTULO 1

Uma janela se escancarou muito acima da feira. Uma cesta saiu voando de lá, traçando um arco em direção à multidão distraída. A cesta sofreu um espasmo em pleno ar, depois rodopiou e continuou sua trajetória rumo ao solo, só que num ritmo mais lento, irregular. Dançando precariamente durante a descida, sua trama de metal se prendeu e se arrastou pela áspera cobertura do edifício. Roçou a parede, fazendo com que um pouco da tinta e do pó de concreto caísse no chão antes dela. O sol reluzia por entre nuvens assimétricas com uma luz cinza e brilhante. Embaixo da cesta, as barracas e os barris formavam um quadro que lembrava um derramamento descuidado. A cidade fedia. Mas era dia de mercado no Buraco da Galantina, e o cheiro pungente de estrume e comida podre que pairava sobre Nova Crobuzon era, naquelas ruas, naquele horário, aprimorado por pápricas e tomates frescos, óleo fervente e canela, carne seca, banana e cebola.

As barracas de comida se estendiam ao longo da bagunça que era a Rua Shadrach. Livros, manuscritos e imagens enchiam a Passagem Selchit, uma avenida de figueiras desordenadas com rachaduras no concreto ao leste. Ao sul, produtos de cerâmica se espalhavam estrada abaixo até a Quartelaria; peças de motor a oeste; brinquedos descendo por um lado da rua; roupas entre outras duas; e incontáveis artigos preenchendo todos os becos. As fileiras de itens convergiam tortas para o Buraco da Galantina como eixos de uma roda quebrada.

No Buraco propriamente dito, todas as distinções se acabavam. À sombra de paredes velhas e torres instáveis havia uma pilha de engrenagens, uma mesa bamba com porcelana quebrada e ornamentos toscos de argila, uma caixa de livros científicos mofando. Antiguidades, sexo, pó para matar pulgas. Por entre as barracas caminhavam constructos a vapor. Mendigos discutiam nas entranhas de prédios abandonados. Membros de estranhas raças compravam coisas peculiares. O Bazar da Galantina, uma bagunça estrondosa de artigos, sujeira e conferentes contando carga. Reinava a lei mercantil: *o comprador que se cuidasse.*

O feirante que estava debaixo da cesta em queda livre olhou para o alto, para a luz do sol que batia direto em seus olhos e para a chuva de partículas de tijolo. Limpou os olhos. Pegou o objeto esfarrapado no ar, acima de sua cabeça, puxando a corda que o segurava até ela afrouxar em sua mão. Dentro da cesta havia um siclo de bronze e um bilhete escrito em um itálico ornamentado, cuidadoso. O vendedor de alimentos coçava o nariz enquanto lia o papel. Começou a mexer nas pilhas de produtos à sua frente, colocou ovos, frutas e tubérculos dentro do recipiente, sempre conferindo a lista. Parou e voltou a ler um dos itens, então deu um sorriso lascivo e cortou uma fatia de carne de porco. Quando acabou, enfiou o siclo no bolso e procurou o troco, hesitando ao calcular o custo de entrega e, por fim, depositando quatro tostões ao lado da comida.

Limpou as mãos nas calças e refletiu por um minuto, depois rabiscou algo na lista com um toco de carvão e jogou o bilhete, junto com as moedas.

Puxou a corda três vezes e a cesta iniciou uma jornada balouçante pelo ar. Subiu acima dos telhados mais baixos dos prédios ao redor, alavancada pelo barulho. Deu um susto nas gralhas empoleiradas no andar abandonado e inscreveu na parede mais uma trilha no meio de tantas antes de voltar a desaparecer para dentro da janela da qual havia emergido.

Isaac Dan der Grimnebulin havia acabado de perceber que estava sonhando. Ficara terrivelmente incomodado ao se encontrar mais uma vez trabalhando na universidade, desfilando em frente a um enorme quadro-negro coberto por representações vagas de alavancas, forças e tensões. Introdução à ciência dos materiais. Isaac já estava havia algum tempo encarando a classe ansioso quando aquele desgraçado ensebado do Vermishank enfiara a cabeça para dentro da sala.

– Não consigo dar aula – Isaac sussurrou alto. – A feira está barulhenta demais. – Fez um gesto em direção à janela.

– Tudo bem. – O tom de Vermishank era odioso e tranquilizador. – Está na hora do café da manhã – disse. – Isso vai distrair sua mente do barulho.

E, ao ouvir tamanho absurdo, Isaac acordou com imenso alívio. Os palavrões bem gritados do bazar e o cheiro de comida penetraram o dia junto com ele.

Ficou deitado, completamente esparramado na cama, sem abrir os olhos. Ouviu Lin caminhar pelo quarto e sentiu o gemido leve das tábuas do piso. O sótão estava cheio de uma fumaça pungente. Isaac salivou.

Lin bateu palmas duas vezes. Ela sabia quando Isaac acordava. Provavelmente porque fechava a boca, pensou ele, e riu sem abrir os olhos.

– Dormindo ainda, shhh, coitadinho do Isaac, sempre tão cansado... – Ele gemeu, encolhendo-se feito criança. Lin tornou a bater palmas, debochando dele, e se afastou. Ele grunhiu e rolou de lado.

– Termagante! – gemeu para ela. – Megera! Pérfida! Está certo, está certo, você venceu, sua, sua... ahn... virago, sua espoleta... – Ele esfregou a cabeça e se sentou, sorrindo envergonhado. Lin fez um gesto obsceno para ele sem se voltar.

Ela estava em pé, de costas para ele, nua, ao fogão, dando pulinhos para trás quando gotas quentes de óleo pulavam da frigideira. As cobertas escorregaram do declive da barriga de Isaac. Ele era um dirigível, enorme, tensionado e forte. Pelos grisalhos irrompiam abundantes de seu corpo.

Lin não tinha pelo algum. Seus músculos eram durinhos por baixo da pele vermelha, cada um deles destacando-se isoladamente. Ela era como um atlas de anatomia. Isaac a estudava com um desejo alegre.

Sua bunda comichou. Ele a coçou embaixo da coberta, gemendo, descarado como um cão. Algo explodiu embaixo de sua unha, e ele puxou a mão para examinar o que era. Uma pequenina larva semiesmagada se retorcia indefesa na ponta de seu dedo. Era um reflique, um minúsculo e inofensivo parasita khepri. *O bicho deve ter ficado muito louco com meus sumos*, pensou Isaac, e limpou o dedo com um peteleco.

– Reflique, Lin – disse. – Hora do banho.

Lin tamborilou os pés, irritada.

Nova Crobuzon era um imenso celeiro de doenças, uma cidade morbígena. Parasitas, infecções e rumores eram coisas incontroláveis. Um banho quêmico mensal era uma profilaxia necessária para as khepris, se quisessem evitar coceiras e feridas.

Lin verteu o conteúdo da frigideira em um prato e o colocou na mesa, em frente ao seu próprio café da manhã. Com um gesto, pediu que Isaac se juntasse a ela. Ele se levantou da cama e atravessou o quarto, cambaleante. Sentou-se devagar na cadeira estreita, tomando cuidado com possíveis lascas.

Isaac e Lin se sentaram nus, um de cada lado da mesa de madeira toscamente trabalhada. Isaac tinha consciência da pose dos dois, podia vê-los como uma terceira pessoa o faria. Daria uma bela e estranha gravura, pensou. Um quarto no sótão, partículas de poeira na luz da pequena janela, livros, papel e tintas organizadamente empilhados ao lado de móveis de madeira barata. Um homem de pele escura, grande, nu, ficando molenga, segurando com força garfo e faca, anormalmente parado, sentado em frente a uma khepri, seu corpo esbelto de mulher na sombra, sua cabeça quitinosa em silhueta.

Ambos ignoraram a comida e ficaram olhando um para o outro por um instante. Lin disse por meio de sinais: *Bom dia, meu amor*. Então, começou a comer, ainda olhando para ele.

Era quando comia que Lin era mais alienígena, e as refeições que eles faziam juntos eram um desafio e uma afirmação. Enquanto a observava, Isaac sentia o *frisson* familiar de emoção: o nojo imediatamente contido, o orgulho por conseguir contê-lo, o desejo culpado.

A luz refletia nos olhos multifacetados de Lin. Suas pernas-cabeça estremeceram. Ela pegou metade de um tomate e o agarrou com as mandíbulas. Abaixou as mãos enquanto as partes internas de sua boca futucavam a comida que seu maxilar externo mantinha firme.

Isaac observava o imenso escaravelho iridescente que era a cabeça de sua amante enquanto ela devorava seu café da manhã.

Ele a observou engolir, viu sua garganta subir e descer onde a pálida barriga insetoide se transformava suavemente em pescoço humano... não que ela houvesse aceitado essa descrição. *Humanos têm corpos, pernas e mãos de khepri; e cabeça de gibão pelado*, dissera ela um dia.

Ele sorriu e pendurou o pedaço de porco frito à sua frente, enrolando a língua ao redor dele, enxugando os dedos engordurados na mesa. Sorriu para ela. Ela ondulou as patas da cabeça para ele e fez um sinal: *Meu monstro*.

Eu sou um pervertido, pensou Isaac, *e ela também*.

A conversa durante o café da manhã era geralmente de mão única: Lin podia fazer sinais com as mãos enquanto comia, mas as tentativas de Isaac de conversar e comer simultaneamente acabavam provocando ruídos incompreensíveis e deixando restos de comida sobre a mesa. Em vez disso, eles liam; Lin, um boletim de artistas; Isaac, o que lhe caísse às mãos. Ele esticou o braço entre uma mordida e outra e pegou livros e papéis.Quando deu por si, estava lendo a lista de compras de Lin. O item *um punhado de fatias de porco* estava circulado, e embaixo da caligrafia exótica dela havia uma pergunta rascunhada numa escrita bem mais tosca: *Tem companhia??? Uma carne vai muito bem!!!*

Isaac sacudiu o papel na cara de Lin.

– Do que é que esse bunda-suja está falando? – gritou, cuspindo comida para todos os lados. Sua indignação era divertida, porém verdadeira.

Lin leu e deu de ombros.

Sabe que eu não como carne. Sabe que tenho um convidado para o café da manhã. Fez um trocadilho.

– Sim, obrigado, meu amor, isso eu entendi. Como é que ele sabe que você é vegetariana? Vocês dois sempre fazem essas brincadeiras engraçadinhas um com o outro?

Lin o encarou por um momento, sem responder.

Sabe porque não compro carne. Ela balançou a cabeça por causa da pergunta imbecil. *Não se preocupe: a brincadeira é só no papel. Não sabe que sou um inseto.*

O uso deliberado do termo pejorativo irritou Isaac.

– Diabos, eu não estava insinuando nada...

Lin balançou a mão para os lados, o equivalente de erguer a sobrancelha. Isaac uivou de irritação.

– Cu-de-deus, Lin! Nem tudo que eu falo tem a ver com o medo da descoberta!

Isaac e Lin estavam juntos havia quase dois anos. Eles sempre tentaram evitar pensar demais nas regras do relacionamento, mas quanto mais tempo ficavam juntos mais essa estratégia de esquiva se tornava impraticável. Perguntas por fazer exigiam atenção. Comentários inocentes e olhares de soslaio dos outros, um instante de contato longo demais em público – o bilhete de um feirante –, tudo era um lembrete de que eles estavam, em certos contextos, vivendo um segredo. Tudo era um tormento.

Eles nunca haviam dito "Somos namorados", portanto nunca precisaram dizer "Não revelaremos nosso relacionamento a todos, esconderemos isso de alguns". Mas já fazia meses e meses que estava claro que era esse o caso.

Lin havia começado a dar pistas, com comentários irônicos e ácidos, de que a recusa de Isaac em se declarar seu amante era covardia, na melhor das hipóteses. Na pior, preconceito. Essa insensibilidade o irritava. Ele, afinal de contas, havia deixado a natureza do relacionamento deles clara para seus amigos mais íntimos, assim como Lin fizera com os dela. E isso havia sido muito, muito mais fácil para ela.

Ela era uma artista. Seu círculo eram os libertinos, os mecenas e agregados, os boêmios e parasitas, poetas, panfletários e drogados estilosos. Eles se deleitavam com tudo que era escandaloso e excêntrico. Nas casas de chá e nos bares de Campos Salazes, as escapadas de Lin – amplamente insinuadas, nunca negadas, nunca confirmadas – eram tema de discussões vagas e provocações. Sua vida amorosa era uma transgressão vanguardista, um *happening* artístico, como a música concreta havia sido na última temporada, ou a CatarrArte! no ano anterior.

E, sim, Isaac podia jogar aquele jogo. Era conhecido naquele mundo desde bem antes de seus dias com Lin. Ele era, afinal, o cientista pária, o pensador de má reputação que havia abandonado um cargo lucrativo de professor para realizar experiências ofensivas demais e brilhantes demais para as mentes medíocres que dirigiam a universidade. E ele lá se importava com as convenções? Dormia com quem e com o que desejasse, isso com certeza!

Essa era sua persona em Campos Salazes, onde seu relacionamento com Lin era um segredo público, onde ele gostava de ser mais ou menos aberto, onde a enlaçava pela cintura nos bares e lhe sussurrava enquanto ela chupava café-de-açúcar numa esponja. Essa era sua história, e era pelo menos metade verdadeira.

Ele havia saído da universidade dez anos atrás. Mas só porque percebera, para sua tristeza, que era um péssimo professor.

Ele havia visto os rostos intrigados, ouvido o rabiscar frenético dos alunos em pânico e percebido que, com uma mente que corria, tropeçava e se atirava pelos corredores da teoria de modo anárquico, ele até conseguia aprender, aos trancos e barrancos, mas não conseguia compartilhar a compreensão que tanto amava. Envergonhado, fugira.

Em outra versão do mito, seu chefe de departamento, o imortal e detestável Vermishank, não era um imitador vagabundo, e sim um excepcional biotaumaturgo que vetara a pesquisa de Isaac menos por ser pouco ortodoxa do que pelo fato de que não estava saindo do lugar. Isaac podia ser brilhante, mas era indisciplinado. Vermishank o havia manipulado como uma marionete, fazendo com que ele implorasse por um trabalho como pesquisador independente por um péssimo pagamento, mas com acesso limitado aos laboratórios da universidade.

E era isto, o trabalho, que mantinha Isaac circunspecto em relação à sua amante.

Naqueles tempos, seu vínculo com a universidade era tênue. Dez anos de furtos o haviam equipado com um belo laboratório próprio; sua renda era, em grande parte, composta de contratos dúbios com os cidadãos menos íntegros de Nova Crobuzon, cujas necessidades de uma ciência sofisticada o assombravam constantemente.

Mas a pesquisa de Isaac – que em todos esses anos não mudara em seus objetivos – não podia prosseguir no vácuo. Ele precisava publicar. Precisava debater. Precisava argumentar, ir a conferências – no papel do filho rebelde e errante. Ser um renegado tinha grandes vantagens.

Mas a academia não ficava apenas brincando de ser antiquada. Fazia apenas vinte anos que estudantes xenianos passaram a ser admitidos como candidatos a diplomas em Nova Crobuzon. Assumir abertamente um transamor seria a rota mais rápida para a condição de pária, em vez da de rebelde chique que ele vinha cortejando. O que o apavorava não era que os editores das revistas acadêmicas, os coordenadores das conferências e os donos das editoras descobrissem sobre ele e Lin. O que o apavorava era ser visto não escondendo o caso. Se ele afetasse os movimentos de encobrimento, não poderiam denunciá-lo como transgressor.

E Lin não gostava nada disso.

Você nos esconde para poder publicar artigos para gente que despreza, dissera ela por sinais um dia, depois de fazerem amor.

Isaac, em momentos de irritação, ficava pensando em como ela reagiria se o mundo das artes ameaçasse jogá-la no ostracismo.

Naquela manhã, os amantes conseguiram cortar a discussão pela raiz com piadas, pedidos de desculpas, elogios e sacanagem. Isaac sorriu para Lin enquanto pelejava para vestir sua camisa, e as patas da cabeça dela ondularam de um jeito sensual.

– O que você vai fazer hoje? – perguntou ele.

Vou a Kinken. Preciso de umas bagas-de-cor. Vou à exposição na Colina do Uivo. E acrescentou, fingindo aborrecimento: *Trabalho esta noite.*

– Acho que não vou ver você por um tempo, então, é isso? – Isaac sorriu.

Lin balançou a cabeça. Isaac contou os dias nos dedos.

– Bem, podemos jantar no Galo & Relógio no... festingo? Às oito?

Lin parou para pensar. Segurou as mãos dele enquanto isso.

Lindo, disse melosa, por sinais. Não deixou claro se estava falando do jantar ou de Isaac.

Eles empilharam as panelas e os pratos dentro do balde de água fria no canto e o deixaram ali. Quando Lin começou a pegar suas anotações e esboços para sair, Isaac a puxou gentilmente por cima dele na cama. Beijou sua pele vermelha e quente. Ela se virou em seus braços. Apoiou-se num cotovelo e, diante dos olhos dele, o rubi vermelho de sua carapaça se abriu devagar enquanto as patas de sua cabeça se expandiam. As duas metades da concha de sua cabeça estremeceram levemente e se fenderam o máximo que podiam. Sob essa sombra, suas lindas e inúteis asas de besouro se projetaram em toda sua exuberância.

Ela puxou suavemente a mão dele na direção de suas asas e o convidou a acariciar aquelas coisas frágeis, totalmente vulneráveis, em uma expressão de confiança e amor sem paralelo para as khepris.

O ar entre eles se eletrificou. O pau de Isaac endureceu.

Com os dedos, ele traçou as veias que se ramificavam nas asas levemente vibráteis, observou a luz que passavam através delas para se refratar em sombras de madrepérola.

Levantou a saia dela com a outra mão, deslizou os dedos por suas coxas. As pernas dela se abriram e fecharam, aprisionando sua mão. Ele sussurrou convites indecentes e amorosos.

O sol se deslocou, fazendo que as sombras da vidraça e as nuvens se movessem com dificuldade pelo quarto. Os amantes não notaram o dia passar.

CAPÍTULO 2

Quando se desprenderam, eram onze horas. Isaac deu uma olhada em seu relógio de bolso e saiu cambaleando e recolhendo as roupas, com a mente já vagando na direção do trabalho. Lin poupou ambos das negociações desagradáveis que envolviam deixar a casa juntos. Ela se inclinou e acariciou a nuca de Isaac com suas antenas, arrepiando-lhe a pele, e foi embora enquanto ele ainda lutava para calçar as botas.

Os aposentos dela ficavam no nono andar. Ela desceu a torre; passou pelo instável oitavo andar; pelo sétimo, com seu tapete de visgo e suaves sussurros de gralha; pela velha senhora do sexto que jamais saía; e, descendo ainda mais, passou por ladrõezinhos medíocres, metalúrgicos, garotas de recados e amoladores de facas.

A porta ficava do outro lado da torre do próprio Buraco da Galantina. Lin emergiu em uma rua vazia, uma simples passagem que dava para as barracas do bazar.

Ela se afastou das discussões barulhentas e dos vendedores em busca de lucro fácil e seguiu na direção dos jardins da Cruz de Sobek. Fileiras de coches sempre esperavam na entrada. Ela sabia que alguns dos motoristas (normalmente os Refeitos) eram liberais ou estavam desesperados o bastante para aceitar clientes khepris.

À medida que atravessava a Galantina, as quadras e casas iam ficando menos salubres. O terreno ondulava e subia devagar a sudoeste, para onde ela se dirigia. As copas das árvores da Cruz de Sobek subiam como colunas densas de fumaça sobre as telhas de ardósia das casas dilapidadas ao seu redor; para além das folhas despontava a linha do horizonte de arranha-céus atarracados de Laralgoz.

Os olhos espelhados e protuberantes de Lin viam a cidade numa cacofonia visual caleidoscópica. Um milhão de pequeninas seções do todo, cada minúsculo segmento hexagonal incendiado em cores vivas e linhas ainda mais fortes, supersensíveis às diferenças na luz, fracas nos detalhes a menos que ela se concentrasse o suficiente a ponto de sua cabeça doer um pouco. Dentro de cada segmento, as escamas mortas das paredes em decomposição eram invisíveis para ela; a arquitetura se reduzia a placas elementais de cor. Mas contavam uma história precisa. Cada fragmento visual, cada parte, cada forma, cada tom de cor diferiam do restante ao seu redor de maneiras infinitesimais, que lhe contavam algo a respeito do estado da estrutura inteira. E ela podia sentir o gosto dos produtos químicos no ar, podia dizer quantos e de quais raças eram os moradores de um edifício; podia sentir vibrações no ar e no som com precisão suficiente para conversar em um salão apinhado ou sentir um trem passar sobre sua cabeça.

Lin havia tentado descrever para Isaac como ela via a cidade.

Eu vejo de modo tão claro quanto você, mais claro até. Para você tudo é indiferenciado. Num canto uma favela colapsando, noutro um trem novo com os pistões do motor reluzindo, noutro uma senhora excessivamente maquiada embaixo de uma aeronave sombria e antiga. Você precisa processar tudo como uma imagem só. Que caos! Isso não lhe diz nada, na verdade se contradiz, muda a história. Para mim, cada pequena parte tem integridade, cada qual ligeiramente diferente da seguinte, até que todas as variações sejam somadas de modo incremental, racional.

Isaac ficara fascinado por uma semana e meia. Ele havia, como era seu costume, feito páginas de anotações e procurado livros sobre a visão dos insetos; submetera Lin a experiências tediosas de percepção de profundidade e visão a distância; e de leitura, as que o impressionaram mais, uma vez que isso não ocorria de modo natural para ela, que tinha de se concentrar como uma pessoa meio cega.

O interesse dele se dissipou rapidamente. A mente humana era incapaz de processar o que as khepris viam.

Por toda parte ao redor de Lin, os vagabundos da Galantina enchiam as ruas em busca de dinheiro, fosse roubando, fosse mendigando, vendendo ou peneirando as pilhas de lixo que pontuavam a rua. Crianças se viravam carregando peças de motores remontadas em formatos obscuros. Vez por outra damas e cavalheiros passavam com ar de desaprovação a caminho de Algum Outro Lugar.

Os filtros nasais de Lin estavam úmidos de tanto muco orgânico da rua; uma riqueza para as criaturas furtivas que espiavam de dentro dos bueiros. As casas ao seu redor eram grandes e de telhados planos, com passarelas de tábuas estendidas sobre abismos entre uma construção e outra. Eram rotas de fuga, as ruas do mundo dos telhados acima de Nova Crobuzon.

Apenas umas poucas crianças a xingavam. Aquela comunidade estava acostumada com xenianos. Ela podia sentir o gosto cosmopolita da vizinhança, os rastros de secreções de uma série de raças, das quais ela só reconhecia algumas. Havia o odor almiscarado das khepris, o cheiro azedo dos vodyanois e, provindo de outra parte, até o gosto delicioso dos cactáceos.

Lin virou a esquina e deu na rua de paralelepípedos que circundava a Cruz de Sobek. Coches aguardavam ao longo de toda a grade de ferro. Uma enorme variedade deles. Duas rodas, quatro rodas, puxados por cavalos, por pteraves resfolegantes, por constructos que espirravam vapor sobre lagartas mecânicas. Aqui e ali por Refeitos, homens e mulheres em condições miseráveis que eram ao mesmo tempo o motorista e o próprio veículo.

Lin parou diante das fileiras e acenou com a mão. Misericordiosamente, o primeiro motorista da fila voltou seu pássaro de aspecto intratável para a frente ao sinal dela.

– Para onde? – O homem se inclinou a fim de ler as instruções precisas que ela rabiscou em seu bloco de notas. – Certo – disse ele, fazendo um gesto brusco com a cabeça para que ela entrasse.

O coche tinha dois lugares e a frente aberta, o que dava a Lin uma vista de sua passagem pelo lado sul da cidade. O grande pássaro que não podia voar moveu-se numa corrida levemente saltitante que se traduzia em suavidade nas rodas. Ela se recostou e revisou suas instruções ao motorista.

Isaac não aprovaria. Nem um pouco.

Lin precisava *mesmo* de bagas-de-cor e estava indo até Kinken em busca delas. Isso era verdade. E um de seus amigos, Caipira Daihat, estava *mesmo* expondo seus trabalhos na Colina do Uivo.

Mas ela não ia ver a exposição.

Ela já havia falado com Caipira, pedido a ele para jurar que ela havia estado lá, caso Isaac perguntasse (ela não podia prever se ele o faria, mas não custava se precaver). Caipira ficara encantado, afastando com afetação seus cabelos brancos do rosto e clamando danação eterna para si mesmo caso proferisse uma só palavra a respeito. Ele obviamente pensava que ela estava traindo Isaac, e considerava um privilégio fazer parte daquele novo capítulo da já escandalosa vida sexual de Lin.

Ela não poderia ir à exposição dele. Tinha negócios a tratar em outro lugar.

O coche avançava em direção ao rio. Lin começou a sacolejar à medida que as rodas de madeira batiam em mais paralelepípedos. Haviam virado na Rua Shadrach. A feira estava ao sul deles agora: passavam acima de onde as verduras, os peixes e as frutas maduras demais começavam a escassear.

Diante dela, a torre da milícia de Ladomosca inchava gorda acima das casas baixas. Um pilar vasto, sujo e grosso que de algum modo conseguia parecer pequeno e mesquinho apesar de todos os seus 35 andares. Janelas finas como balestreiros, de vidro escuro fosco e imune a reflexos, salpicavam em suas laterais. A pele de concreto da torre era pintalgada e descascava. Três milhas ao norte Lin avistou de relance uma estrutura ainda mais elevada: o cerne da milícia, o Espigão, que perfurava a terra como um espinho de concreto no coração da cidade.

Lin virou o pescoço. Vazando obsceno sobre o alto da torre de Ladomosca, um dirigível semi-inflado se debatia, virava e inchava como um peixe moribundo.

Mesmo entre as camadas de ar ela podia sentir seu motor zumbindo enquanto ele lutava para desaparecer dentro das nuvens cinza chumbo.

Havia outro murmúrio, um zumbido em dissonância com a vibração da aeronave. Em algum lugar ali perto uma estrutura de apoio vibrou e um módulo da milícia disparou para o Norte, em direção à torre, a uma velocidade estonteante.

O módulo deslizou muito, muito acima, suspenso pelo trilho aéreo que se estendia de cada lado da torre, atravessando seu pico como se fosse uma linha de costura passando por uma agulha colossal, desaparecendo ao norte e ao sul. Freou bruscamente contra os amortecedores. Figuras saíram de dentro dele, mas o coche passou antes que Lin pudesse ver qualquer outra coisa.

Pela segunda vez naquele dia, Lin se fartou na seiva do povo cacto enquanto a pterave saltitava na direção da Estufa em Pelerrio. Isolados daquele santuário monástico (os painéis retorcidos e intricados de sua cúpula íngreme de vidro assomando para o Leste, no coração do distrito), desprezados por seus anciões, pequenas gangues de jovens cactos se recostavam contra prédios abandonados com janelas cobertas por tábuas e cartazes baratos. Brincavam com facas. Seus espinhos estavam cortados em padrões violentos; sua pele verde-primavera, marcada por escarificações bizarras.

Olharam para o coche sem mostrar interesse.

A Rua Shadrach inclinou-se subitamente. O coche estava equilibrado num ponto alto, onde as ruas faziam uma curva brusca para baixo. Lin e o motorista tiveram uma visão clara dos picos cinzentos e salpicados de neve das montanhas que se erguiam esplêndidas a oeste da cidade.

Diante do coche, o Rio Piche corria fino.

Gritos fracos e zumbidos industriais ressoavam do interior de janelas escuras em suas margens de tijolos, algumas delas abaixo da linha d'água. Prisões, câmaras de tortura e oficinas e suas filhas bastardas, as fábricas de punição, onde os condenados eram Refeitos. Barcos cuspiam e vomitavam no caminho ao longo da água negra.

Surgiram as torres da Ponte Nababo. E, além delas, telhados de ardósia encolhidos como ombros nas paredes frias e apodrecidas, a ponto de desabar, detidas por contrafortes e cimento orgânico, soltando um fedor único: a bagunça que era Kinken.

Sobre o rio, na Cidade Velha, as ruas eram mais estreitas e escuras. A pterave passava nervosa entre edifícios escorregadios devido ao gel endurecido de besouro doméstico. Khepris apareciam nas janelas e portas das casas modificadas. Ali elas eram maioria, aquele era seu lugar. As ruas estavam cheias de suas mulheres de cabeça entômica. Elas se congregavam em portas cavernosas, comendo frutas.

Até o motorista do coche poderia provar a conversa delas: o ar estava acre de tanta comunicação quêmica.

Alguma coisa orgânica se partiu e explodiu debaixo das rodas. *Provavelmente um macho*, pensou Lin com um estremecimento, imaginando um dos incontáveis bichos rastejantes e descerebrados que saíam em enxames de buracos e fendas por toda Kinken. *Já vai tarde.*

A pterave, tímida, reclamou ao passar sob um arco baixo de tijolos que pingava estalactites de muco de besouro. Lin cutucou de leve o motorista enquanto ele lutava com as rédeas. Rabiscou algo rapidamente e levantou o bloco.

Pássaro não muito feliz. Espere aqui, volto em cinco minutos.

Ele assentiu, grato, e estendeu a mão para ajudá-la a descer. Lin deixou-o às voltas com a montaria irritada e virou na praça central de Kinken. As exsudações pálidas que pingavam dos telhados deixavam indicações de rua visíveis nas margens da praça, mas o nome que declaravam – Praça Aldelion – não era usado por nenhum dos habitantes de Kinken. Até mesmo os poucos humanos e outros não khepris que viviam ali usavam o nome khepri mais recente, traduzindo-o do sibilo e arroto de cloro da língua original: Praça das Estátuas.

Era grande e aberta, cercada por prédios em péssimas condições, com centenas de anos de idade. A arquitetura em decomposição contrastava violentamente com a grande massa cinzenta de mais uma torre da milícia assomando ao norte. Telhados se inclinavam, incrivelmente baixos e íngremes. Janelas estavam sujas e marcadas com padrões obscuros. Lin podia sentir o zumbido levemente terapêutico das enfermeiras khepris em suas cirurgias. Uma fumaça doce pairava sobre a multidão: khepri, a maioria, mas aqui e ali era possível notar outras raças, investigando as estátuas. Elas enchiam a praça: figuras de três metros de altura de animais, plantas e criaturas monstruosas, umas reais e outras que nunca existiram, feitas de cuspe-khepri e pintadas de cores vivas.

Representavam horas e horas de trabalho comunitário. Grupos de mulheres khepris haviam ficado em pé por dias, de costas umas para as outras, mastigando pasta e bagas-de-cor, metabolizando tudo, abrindo a glândula na parte traseira de sua cabeça de besouro e expelindo um espesso (e erroneamente chamado) cuspe-khepri, que endurecia em contato com o ar em uma hora e ganhava um brilho perolado suave e tênue.

Para Lin, as estátuas representavam dedicação e espírito comunitário, e imaginações falidas que recorriam à grandiosidade de heróis caídos em combate. Era por isso que ela vivia e cuspia sua arte sozinha.

Lin passou pelas lojas de frutas e legumes, pelas placas escritas à mão que prometiam larvas domésticas para alugar em letras maiúsculas grandes e irregulares e pelos centros de troca de arte com todos os acessórios para glandartistas khepris.

Outras khepris olhavam para Lin. Sua saia era comprida, brilhante e seguia a moda dos Campos Salazes: moda humana, muito diferente das pantalonas balonês tradicionais das moradoras do gueto. Lin era marcada. Era uma forasteira. Havia deixado suas irmãs. Esquecido a colmeia e sua metade.

Esqueci mesmo, pensou Lin, rodopiando desafiadora sua saia verde e comprida. A dona da loja de saliva a conhecia, e elas roçaram antenas educadamente, por cortesia.

Lin olhou as estantes. O interior da loja estava recoberto por cimento de larvas domésticas, ondulando por paredes e cantos arredondados com mais cuidado do que o normal. Os artigos de saliva empoleirados sobre prateleiras que despontavam como ossos da lama orgânica eram iluminados pela luz de lampiões. A janela estava artisticamente manchada com suco de várias bagas-de-cor, e o dia ficava do lado de fora.

Lin falou, emitindo cliques e acenando com as patas da cabeça, excretando minúsculas névoas de aroma. Ela comunicou seu desejo de adquirir bagas escarlates, cíanos, pretas, opalas e púrpuras. Incluiu um borrifo de admiração pela alta qualidade dos artigos da lojista.

Lin pegou as compras e saiu rapidamente.

A atmosfera de comunidade piedosa de Kinken a enojava.

O motorista do coche a esperava, ela pulou para o banco traseiro, apontou para a direção nordeste e pediu que ele os levasse para longe dali.

Colmeia Asarrubra, Metade Gatocrânio, pensou ela, zonza. *Suas piranhas hipócritas, eu me lembro de tudo! Ficavam falando sem parar sobre a comunidade e a grande colmeia khepri enquanto as "irmãs" em Beiracórrego brigavam umas com as outras por batatas. Vocês não têm nada, cercadas por gente que faz pouco de vocês, chamando-as de insetos, compra sua arte por mixaria e lhes vende comida a preços extorsivos, mas como existem outros com menos ainda vocês se dizem as protetoras do caminho khepri. Estou fora. Eu me visto como quero. Minha arte é minha.*

Começou a respirar melhor quando as ruas ao seu redor já não tinham mais cimento de besouro e as únicas khepris nas multidões eram, como ela, párias.

Ela mandou o coche atravessar os arcos de tijolo da Estação Bazar de Cuspe no momento em que um trem passou rugindo no alto como uma imensa e petulante criança movida a vapor. Ele partiu na direção do coração da Cidade Velha. Supersticiosamente, Lin direcionou o coche para a Ponte Bargueste. Não era o lugar mais próximo para cruzar o Cancro, irmão do Piche; mas isso seria no Brejo do Texugo, a fatia triangular da Cidade Velha enfiada entre os dois rios quando se encontravam e desaguavam no Grande Piche, onde Isaac, como muitos outros, tinha seu laboratório.

Não havia a menor chance de ele vê-la naquele labirinto de experiências dúbias, onde a natureza da pesquisa tornava até mesmo a arquitetura indigna de confiança. Mas, para não precisar pensar naquilo sequer por um segundo, mandou o táxi seguir para a Estação Gidd, onde a Linha Destra se estendia para o Leste sobre trilhos elevados que corriam cada vez mais alto sobre a cidade à medida que se afastavam do centro.

Siga os trens!, escreveu, e o motorista a obedeceu, atravessando as ruas largas de Gidd Ocidental, passando sobre a antiga e grandiosa Ponte Bargueste, que atravessava o Cancro, o rio mais limpo e frio que descia dos Picos Bezhek. Ela o fez parar e pagou, dando uma gorjeta generosa, pois queria caminhar o último quilômetro sozinha, sem ser rastreada.

Correu para seu encontro à sombra do Espinhaço, as Garras de Vilaosso, no Bairro dos Ladrões. Atrás dela, por um instante, o céu se encheu: um aeróstato zumbia distante; minúsculas partículas zanzavam erraticamente ao redor dele, figuras aladas brincando em seu rastro como golfinhos cercando uma baleia; e, na frente delas, outro trem, em direção à cidade desta vez, ao centro de Nova Crobuzon, o nó de tecido arquitetônico onde as fibras urbanas congelavam, onde os trilhos aéreos da milícia irradiavam saindo do Espigão como uma teia e as cinco grandes linhas de trem da cidade se encontravam, convergindo para a grande fortaleza variada de tijolos escuros, concreto lixado, madeira, aço e pedra, o edifício que abria sua bocarra imensa para o coração vulgar da cidade, a Estação Perdido.

CAPÍTULO 3

No trem, estavam sentados em frente a Isaac uma criança pequena e seu pai, um cavalheiro de aspecto mal-ajambrado, com chapéu-coco e paletó de segunda mão. Isaac fazia careta de monstro para a menina toda vez que ela olhava para ele.

O pai sussurrava para ela, entretendo-a com prestidigitação. Ele lhe deu uma pedrinha para segurar, depois cuspiu rapidamente na pedra, que se transformou em sapo. A garota soltou um gritinho de prazer para a coisinha pegajosa e olhou com uma cara marota para Isaac. Ele abriu bem os olhos e a boca, fingindo espanto ao deixar seu assento. A menina ainda estava olhando para ele quando Isaac abriu a porta do trem e desembarcou na Estação Brejeira. Ele desceu até as ruas, atravessando o tráfego na direção do Brejo do Texugo.

Havia poucos coches ou animais nas ruas estreitas e tortuosas do Bairro Científico, a parte mais velha da cidade antiga. Misturavam-se pedestres de todas as raças, bem como padarias, lavanderias e centros de convenções, toda a miscelânea de serviços de que qualquer comunidade precisava. Havia bares, lojas e até uma torre de milícia – uma torre pequena e atarracada no alto do Brejo do Texugo, onde o Cancro e o Piche convergiam. Os cartazes colados nas paredes em ruínas anunciavam os mesmos salões de dança, alertavam contra o mesmo perigo iminente, exigiam obediência aos mesmos partidos políticos como em qualquer outra parte da cidade. Mas, apesar de toda aquela aparente normalidade, havia uma tensão na área, um clima carregado de expectativa.

Texugos – espíritos familiares por tradição, os quais se acreditava possuírem certa imunidade aos harmônicos mais perigosos das ciências ocultas – passavam ligeiros com listas nos dentes, o corpo em forma de pera, desaparecendo em portinholas especiais instaladas nas portas das lojas. Sobre as vitrines de vidro grosso ficavam águas-furtadas. Velhos armazéns na beira do cais haviam sido convertidos. Porões esquecidos espreitavam em templos para divindades menores. Nesses e em todos os outros nichos arquitetônicos, os habitantes do Brejo do Texugo desempenhavam seus ofícios: físicos; quimeristas; biofilósofos e teratologistas; quemistas; necroquemistas; matemáticos; karcistas, metalúrgicos e xamãs vodyanois; e aqueles, como Isaac, cuja pesquisa não se encaixava com precisão em nenhuma das inúmeras categorias da teoria.

Estranhos vapores emanavam por sobre os telhados. Os rios que convergiam de ambos os lados corriam lentos, e a água fumegava aqui e ali quando suas correntes misturavam produtos quêmicos desconhecidos e os transformavam em compostos potentes – o caldo de experiências fracassadas, de fábricas, laboratórios e covis de alquemistas, misturado aleatoriamente em elixires bastardos. No Brejo do Texugo, a água possuía qualidades imprevisíveis. Pelo que se sabia, jovens vagabundos vasculhando a lama do rio à procura de sucata pisavam em algum trecho descolorido de lama e começavam a falar línguas havia muito mortas, ou encontravam gafanhotos nos cabelos, ou começavam a ficar translúcidos lentamente até desaparecer.

Isaac fez a curva num trecho silencioso da margem do rio e desembocou na laje e nas obstinadas ervas daninhas do Passeio Nantapalova. Do outro lado do Cancro, o Espinhaço se destacava sobre os telhados de Vilaosso como um aglomerado de imensas presas curvando-se a centenas de metros no ar. O rio começava a fluir um pouco mais rápido rumo ao sul. A pouco menos de um quilômetro de distância, ele podia ver a Ilha Reta rompendo seu fluxo onde se encontrava com o Piche e fazia uma curva grandiosa para o Leste. As pedras e torres ancestrais do Parlamento erguiam-se imensas das próprias margens da Ilha Reta. Não havia inclinação gradual ou vegetação urbana antes que as camadas bruscas de obsidiana disparassem para fora da água como uma fonte congelada.

As nuvens se dissipavam, deixando para trás um céu lavado. Isaac podia ver o telhado vermelho de sua oficina erguendo-se acima das casas ao redor e, diante dela, o pátio sufocado por ervas daninhas – A Criança Moribunda. As antigas mesas do quintal estavam coloridas de fungos. Ninguém, até onde Isaac conseguia lembrar, jamais havia se sentado em nenhuma delas.

Ele entrou. A luz parecia ter desistido da peleja no meio do caminho entre as janelas grossas e sujas, deixando o interior na sombra. As paredes não tinham nenhum adorno, a não ser a sujeira. O bar estava vazio, a não ser pelos bebedores mais dedicados, figuras maltrapilhas curvadas sobre suas garrafas. Vários eram drogados, outros Refeitos. Uns eram as duas coisas: A Criança Moribunda não desprezava ninguém. Um grupo de jovens cadavéricos jazia sobre uma mesa, estrebuchando em perfeito compasso, doidos de shazbah, ou bagulho-de-sonho, ou verochá. Uma mulher segurava seu copo com uma garra de metal que cuspia vapor e pingava óleo sobre as tábuas do chão. Num canto, um homem lambia quietinho uma tigela de cerveja, passando a língua também no focinho de raposa que havia sido enxertado em seu rosto.

Isaac cumprimentou discretamente Joshua, o velho que ficava perto da porta e cujo Refazer havia sido pequeno e bem cruel. Ladrão fracassado, ele havia se recusado a testemunhar contra sua gangue, e o magíster havia ordenado que seu silêncio fosse tornado permanente: teve a boca removida, selada com um único e contínuo pedaço de carne. Em vez de viver com tubos de sopa enfiados pelo nariz, Joshua abrira uma nova boca, mas a dor o fazia estremecer, e a coisa era rasgada, cortada, de aspecto inacabado, uma ferida flácida.

Joshua cumprimentou Isaac com um gesto de cabeça e, com os dedos, manteve a boca cuidadosamente fechada em volta do canudo, chupando avidamente sua cidra.

Isaac se dirigiu aos fundos do aposento. Um dos cantos do bar tinha o teto muito baixo, a uns noventa centímetros do chão. Atrás desse canto, numa calha de água suja, chafurdava Silchristchek, o proprietário.

Sil vivia, trabalhava e dormia na banheira, transportando-se de uma ponta a outra com suas imensas mãos formadas por membranas e suas pernas de sapo; seu corpo tremelicava como um testículo inchado, como se não tivesse ossos. Ele era velho, gordo e mal-humorado, até mesmo para um vodyanoi. Era um saco de sangue velhusco com membros, sem uma cabeça separada; seu grande rosto resmungão despontava do meio da gordura que ficava na frente de seu corpo.

Duas vezes por mês, ele tirava a água ao seu redor e mandava seus clientes regulares derramarem baldes de água fresca em cima dele enquanto peidava e suspirava de prazer. Os vodyanois podiam passar pelo menos um dia no seco sem maiores consequências, mas Sil não queria nem ouvir falar disso. Ele irradiava um misto de indolência e mau humor, e preferia fazê-lo em sua água suja. Isaac não podia deixar de sentir que Sil se rebaixava a uma espécie de espetáculo agressivo. Ele parecia ter prazer em ser o-mais-nojento-de-todos.

Na juventude, Isaac bebia ali por um deleite adolescente em explorar as profundezas da sordidez. Agora, na maturidade, ele buscava seu lazer em estabelecimentos mais salubres, retornando ao antro de Sil só porque ficava muito perto de seu trabalho e, cada vez mais, surpreendentemente, para fins de pesquisa. Sil havia começado a lhe fornecer amostras experimentais das quais ele precisava.

Uma água fedorenta cor de mijo transbordou da banheira quando Sil começou a se contorcer na direção de Isaac.

– O que vai tomar, 'Zaac? – gritou ele.

– Uma Magnata.

Isaac jogou um dobrado na mão de Sil, que pegou uma garrafa de uma das prateleiras atrás de si. Isaac provou a cerveja barata e se acomodou num banco, fazendo uma careta ao se sentar em algum líquido de procedência duvidosa.

Sil tornou a se acomodar em sua banheira. Sem olhar para Isaac, deu início a uma conversa monossilábica e idiota sobre o tempo, sobre a cerveja. Ele fazia isso automaticamente. Isaac falava apenas o suficiente para não deixar a conversa morrer.

Sobre o balcão havia diversas figuras toscas feitas de água, que vazavam para os veios da velha madeira diante de seus olhos. Duas se dissolviam rapidamente, perdendo a forma e virando poças na frente de Isaac. Preguiçosamente, Sil pegou mais um punhado de água de sua banheira e começou a manipulá-la. A água reagia feito argila, conservando a forma que Sil lhe dava. Raspas da sujeira e descoloração turbilhonavam dentro da banheira. Sil beliscou a face da figura e moldou um nariz, e espremeu-lhe as pernas até ficarem do tamanho de salsichinhas. Equilibrou o homúnculo na frente de Isaac.

– É isto que você procura? – perguntou.

Isaac engoliu o resto da cerveja.

– Saúde, Sil. Obrigado.

Com muito cuidado, Isaac soprou a pequena figura até que ela caiu para trás em suas mãos espalmadas. Ela respingou um pouco, mas ele sentiu que a tensão superficial aguentava. Sil observava com um sorriso cínico enquanto Isaac corria para levar o bonequinho do bar ao laboratório.

Do lado de fora, o vento havia aumentado um pouco. Isaac protegeu seu prêmio e subiu rapidamente o pequeno beco que ligava A Criança Moribunda à Via do Remador e à sua casa-oficina. Escancarou as portas verdes com a bunda e entrou de ré no edifício. O laboratório de Isaac havia sido uma fábrica e um armazém anos antes, e seu imenso chão empoeirado engolia os pequenos bancos, retortas e lousas que se amontoavam nos cantos.

De cada lado do andar vieram gritos de saudação. David Serachin e Lublamai Dadscatt – cientistas trapaceiros, assim como Isaac, com os quais ele dividia o aluguel e o espaço. David e Lublamai usavam o térreo, cada qual preenchendo um canto com suas ferramentas, separados por doze metros de bancadas de madeira vazias. Uma bomba d'água reformada brotava do chão entre as extremidades do aposento. O constructo que eles dividiam rolava pelo chão, varrendo a poeira com muito barulho e pouca eficácia. *Eles mantêm essa coisa inútil por puro sentimentalismo*, pensou Isaac.

A oficina de Isaac, sua cozinha e sua cama ficavam na imensa passarela que se projetava das paredes subindo até a metade da altura da velha fábrica. Ela tinha cerca de seis metros de largura, circum-navegando o salão, com um corrimão de madeira bamba que por milagre ainda se aguentava em pé desde que Lublamai o havia fixado a marteladas pela primeira vez.

A porta se fechou com um estrondo atrás de Isaac, e o espelho comprido pendurado atrás dela balançou. *Não consigo acreditar que essa coisa ainda não tenha quebrado*, pensou Isaac. *Precisamos mudá-la de lugar.* Como sempre, o pensamento se dissipava tão logo ele chegava em casa. Enquanto Isaac subia as escadas, três degraus de cada vez, David viu a postura de suas mãos e riu.

– Mais uma grande arte de Silchristchek, Isaac? – gritou ele.

Isaac retribuiu com um sorriso.

– Ninguém pode dizer que eu não coleciono do bom e do melhor!

Isaac, que havia encontrado o armazém tantos anos antes, tivera o privilégio de escolher o espaço de trabalho primeiro, e isso ficava evidente. Sua cama, seu fogão e seu penico ficavam em um canto da plataforma elevada. Na outra extremidade, do mesmo lado, ficavam as protuberâncias enormes de seu laboratório. Recipientes de vidro e argila cheios de compostos estranhos e quêmicos perigosos abarrotavam as prateleiras. Heliótipos de Isaac com seus amigos em diversas poses ao redor da cidade e em Matorrude salpicavam as paredes. O armazém recuava até o Passeio Nantapalova; suas janelas davam para o Cancro e para a margem de Vilaosso, fornecendo uma vista esplêndida do Espinhaço e do trem que vinha de Troncouve.

Isaac passou correndo por aquelas imensas janelas em arco até alcançar uma máquina esotérica de cobre queimado. A geringonça parecia um nó denso de canos e lentes, com mostradores e medidores enfiados de qualquer maneira onde quer que coubessem. Em cada componente da máquina havia uma placa com os dizeres: PROPRIEDADE DO DEPTO. DE FÍSICA DA UNIVERSIDADE DE NC. NÃO REMOVER.

Isaac conferiu e ficou aliviado ao ver que a pequena caldeira no coração da máquina não havia se apagado. Acrescentou um punhado de carvão e aparafusou de novo a caldeira. Colocou a estatueta de Sil em uma plataforma de observação sob uma redoma de vidro e começou a bombear um fole logo abaixo dela, retirando o ar e substituindo-o pelo gás que saía de um tubo fino de couro.

Relaxou. O homenzinho de água vodyanoi se manteria íntegro por um pouco mais de tempo assim. Longe de mãos vodyanois, intocadas, essas obras duravam talvez uma hora antes de desabar lentamente à sua forma elemental. Se sofressem interferência, dissolviam-se com muito mais rapidez: em um gás nobre, mais lentamente. Ele tinha umas duas horas para investigar.

Isaac havia se interessado pelo trabalho dos vodyanois com a água enquanto pesquisava a teoria da energia unificada. Começara a se perguntar se o que permitia que os vodyanois moldassem a água era a mesma força relacionada à força de coesão que ele pesquisava; uma força que unia a matéria em determinadas circunstâncias e a dispersava violentamente em outras. Isto era um padrão na vida acadêmica de Isaac: um detalhe paralelo de seu trabalho que assumia impulso próprio, tornando-se uma obsessão profunda e praticamente fadada a ter vida curta.

Isaac dobrou alguns tubos de lente em determinada posição e liberou um jato de gás a fim de iluminar a peça de água. Ele ainda estava empolgado com a ignorância que cercava o aquaofício. Isso o fez perceber, mais uma vez, como a ciência tradicional era bobagem, o quanto de "análise" era apenas descrição – frequentemente, descrição ruim – oculta por trás de lixo ofuscatório. Seu exemplo favorito do gênero provinha de *Hydrophysiconometricia*, de Benchamburg, um livro de estudos altamente respeitado. Depois de ler aquilo, Isaac soltara um uivo de prazer, copiara tudo cuidadosamente e pregara a nota na parede.

Os vodyanois, por intermédio do que é chamado de seu aquaofício, são capazes de manipular a plasticidade e sustentar a tensão superficial da água de tal modo que um punhado dela adquira qualquer forma que o manipulador possa lhe dar por um curto período. Isso é obtido pela aplicação, pelos vodyanois, de um campo de energia hidrocoesiva/aquamórfica de extensão diacrônica menor.

Em outras palavras, Benchamburg tinha tanta noção de como os vodyanois moldavam a água quanto Isaac, um menino de rua ou o velho Silchristchek.

Isaac puxou um conjunto de alavancas, deslocando uma série de lâminas de vidro e projetando luzes de diferentes cores através da estatueta, cujas bordas ele já podia notar que começavam a afundar. Observando por meio de um monóculo de alta magnificação, ele podia ver minúsculos animálculos se contorcerem descerebradamente. Por dentro, a estrutura da água não havia mudado nem um pouco: meramente queria ocupar um espaço diferente do costumeiro.

Coletou a água que se infiltrava por uma rachadura na bancada, para exame posterior, embora soubesse por experiência prévia que não acharia nada de interessante nela.

Rascunhou anotações em um bloquinho ao seu lado, depois submeteu a peça de água a uma série de experiências nos minutos seguintes, perfurando-a com uma seringa e sugando parte de sua substância, tirando impressos heliotípicos de diversos ângulos, soprando pequenas bolhas de ar em seu interior, que subiam e estouravam no topo. No fim, ele ferveu a peça e deixou que se dissipasse em vapor.

A certa altura, Sinceridade, a texugo de David, subiu de mansinho as escadas e ficou cheirando os dedos de Isaac, que estavam abaixados. Ele fez um carinho distraído nela e, quando sentiu uma lambida em sua mão, gritou para David, avisando que ela estava com fome. Ficou surpreso com o silêncio. David e Lublamai haviam saído, provavelmente para um almoço tardio: várias horas haviam se passado desde sua chegada.

Ele se espreguiçou e foi até a despensa, atirando um pequeno pedaço de carne seca para Sinceridade, que o mastigou com alegria. Isaac estava voltando a se dar conta do mundo ao seu redor, ouvindo o barulho dos barcos através das paredes.

Lá embaixo, a porta se escancarou e voltou a se fechar. Ele foi galopando até o alto das escadas, esperando ver os colegas voltarem.

Em vez disso, um estranho estava parado no meio do grande espaço vazio. Correntes de ar se ajustavam à sua presença, investigavam-no como tentáculos, fazendo um redemoinho de poeira girar ao seu redor. Pontos de luz salpicavam o chão provenientes de janelas abertas e tijolos quebrados, mas nenhum incidia diretamente sobre ele. A passarela de madeira rangeu ao suave movimento de Isaac.

O estranho, então, jogou a cabeça bruscamente para trás e abaixou um capuz, levando as mãos ao peito, imóvel, olhando fixamente para o alto.

Isaac o olhava espantado.

Era um garuda.

Ele quase caiu da escada, tateando desajeitado o corrimão, com pavor de tirar os olhos do extraordinário visitante que o aguardava. Tocou o chão.

O garuda o olhou de alto a baixo. O fascínio de Isaac derrotou seus bons modos, e ele retribuiu com franqueza o olhar.

A grande criatura tinha mais de dois metros de altura, equilibrada em pés hediondos com garras que despontavam debaixo de um manto sujo. O tecido esfarrapado pendia quase até o chão, envolvendo cada centímetro de carne com folga, obscurecendo os detalhes da fisiognomia e da musculatura, tudo menos a cabeça do garuda. E aquele grande e inescrutável rosto de pássaro encarava Isaac com um ar que parecia imperioso. Seu bico curvo e afiado era algo entre o de um falcão e o de uma coruja. Penas finas se desvaneciam sutilmente de ocre para bege e para marrom sarapintado. Olhos fundos e negros encaravam os de Isaac, e suas íris eram apenas um fino pontilhado na superfície da escuridão. Aqueles olhos se encaixavam em órbitas que davam ao rosto do garuda um ar de desdém permanente, um orgulhoso franzir de testa.

E, assomando sobre a cabeça do garuda, coberto pelo tecido rústico de aniagem que ele segurava ao seu redor, projetavam-se as inconfundíveis formas de suas imensas asas dobradas, promontórios de pena, pele e osso que se estendiam a sessenta centímetros ou mais de seus ombros e se curvavam elegantemente na direção uma da outra. Isaac nunca havia visto um garuda abrir as asas em local fechado, mas lera descrições das nuvens de poeira que eles podiam levantar e das sombras enormes que lançavam sobre as presas.

O que você está fazendo aqui, tão longe de casa?, pensou Isaac, fascinado. *Olhe só sua cor: você é do deserto! Você deve ter percorrido quilômetros e mais quilômetros desde Cymek. Que diabos está fazendo aqui, seu filho da puta impressionante?*

Isaac quase balançou a cabeça com admiração para o grande predador antes de limpar a garganta e dizer.

– Posso ajudar?

CAPÍTULO 4

Para seu pavor mortal, Lin estava atrasada.

O fato de ela não ser fã Vilaosso não ajudava. A arquitetura cruzada daquele bairro estrangeiro a confundia: uma síncrese de industrialismo e ostentação doméstica colorida dos levemente ricos, o concreto descascando de docas esquecidas e a pele esticada das tendas dos assentamentos. As diferentes formas se misturavam de modo aparentemente aleatório naquela região de baixada, cheia de mato urbano e lixões onde flores do campo e plantas de caules grossos abriam caminho à força entre planícies de concreto e alcatrão.

Haviam dado a ela o nome da rua, mas as placas ao redor se desmanchavam nos postes, pendendo em direções impossíveis, ou estavam obscurecidas de ferrugem, ou contradiziam umas às outras. Concentrou-se para lê-las, depois preferiu encarar seu mapa rascunhado.

Ela podia se orientar pelo Espinhaço. Ergueu a cabeça e constatou que lá estava ele, despontando imenso no céu. Apenas um lado da caixa torácica era visível: as curvas esbranquiçadas e cheias de bolhas curvadas como uma onda de ossos prestes a quebrar nos edifícios a leste. Lin seguiu naquela direção.

As ruas se abriram ao seu redor e ela se viu diante de outro terreno de aspecto abandonado. Era tão grande que fazia os outros parecerem pequenos. Não parecia um quadrado, mas um imenso buraco inacabado no meio da cidade. Os prédios na extremidade não mostravam o rosto, e sim as costas e as laterais, como se alguém lhes houvesse prometido vizinhos de fachadas elegantes que nunca chegaram. As ruas de Vilaosso faziam uma fronteira nervosa com o matagal através de dedinhos exploratórios de tijolos que se afastavam rapidamente.

A grama suja era pontilhada aqui e ali por barracas improvisadas e mesas dobráveis colocadas em lugares aleatórios e repleta de bolos vagabundos, impressos velhos ou com o lixo do sótão de alguém. Malabaristas de rua jogavam coisas de um lado para o outro em shows sem graça. Havia uns poucos compradores desanimados e pessoas de todas as raças sentadas sobre pedregulhos espalhados, lendo, comendo, riscando a terra seca e contemplando os ossos acima de si.

O Espinhaço se erguia da terra nas bordas do terreno vazio.

Lascas leviatânicas de marfim amarelado mais grossas do que as árvores mais velhas explodiam do chão, afastando-se umas das outras, erguendo-se numa curva ascendente até que, mais de trinta metros acima da terra, assomando sobre os telhados das casas ao redor, convergiam de forma aguda. Tornavam a subir até que suas pontas quase se tocassem; vastos dedos curvados, uma planta carnívora de marfim do tamanho de um deus.

Houve um dia planos de preencher a praça, construir escritórios e casas na antiga cavidade peitoral, mas não lograram êxito.

Ferramentas usadas no local se quebravam com facilidade e desapareciam. O cimento não secava. Alguma coisa maligna nos ossos semiexumados mantinha o local da tumba livre de perturbações permanentes.

Quinze metros abaixo dos pés de Lin, arqueólogos haviam encontrado vértebras do tamanho de casas; uma espinha dorsal que havia sido discretamente enterrada de novo depois que começaram a acontecer acidentes demais no sítio. Nenhum membro, nenhum quadril, nenhum crânio gigantesco viera à tona. Ninguém sabia dizer que espécie de criatura havia morrido e caído ali milênios atrás. Os vendedores de impressos vagabundos que trabalhavam no Espinhaço eram especializados em várias descrições chocantes dos Gigantes de Crobuzon, criaturas de quatro ou duas patas, humanoides, cheias de dentes, presas e asas, belicosas ou pornográficas.

O mapa de Lin a levou até um beco sem nome no lado sul do Espinhaço. Ela foi andando até uma rua silenciosa, onde encontrou os edifícios pintados de preto que lhe haviam mandado procurar, uma fileira de casas escuras e desertas, todas exceto uma com portas tampadas por tijolos e pintadas com alcatrão.

Não havia transeuntes naquela rua, nem coches, nem trânsito. Lin estava totalmente sozinha.

Acima da única porta restante da fileira havia uma marca de giz com o que parecia ser um tabuleiro de jogo, um quadrado dividido em nove quadrados menores. Mas não havia nenhum círculo ou cruz, nenhuma outra marca.

Lin ficou rondando pela vizinhança. Mexia na saia e na blusa, até que, exasperada consigo mesma, subiu até a porta e bateu rapidamente.

Estar atrasada já é ruim o bastante, pensou ela, *não quero irritá-lo ainda mais*.

Ela ouviu dobradiças e alavancas deslizarem em algum lugar acima de si e detectou uma minúscula luz brilhar e refletir sobre sua cabeça: algum sistema de lentes e espelhos estava sendo utilizado para que os de dentro pudessem julgar se os de fora eram dignos de atenção.

A porta se abriu.

Em pé diante de Lin estava uma imensa Refeita. Ainda tinha o mesmo rosto triste e belo da mulher humana que sempre fora, pele escura e cabelos longos e trançados, mas seu corpo havia sido suplantado por um esqueleto de mais de dois metros todo feito de ferro preto e peltre. Ela se apoiava sobre um tripé telescópico de metal rígido. Seu corpo havia sido alterado para o trabalho pesado, com pistões e polias, dando-lhe o que parecia ser uma força inelutável. Seu braço direito estava nivelado à altura da cabeça de Lin e do centro da mão de bronze estendia-se um arpão de aspecto maligno.

Lin recuou em terror atônito.

Uma volumosa voz soou por trás da mulher de rosto triste.

– Srta. Lin? A artista? Você está atrasada. O sr. Mesclado está esperando. Por favor, queira me acompanhar.

A Refeita deu um passo para trás, equilibrando-se em sua perna central e balançando as outras atrás, dando a Lin espaço o bastante para dar a volta ao seu redor. O arpão permaneceu imóvel.

Até onde você pode ir?, Lin pensou consigo mesma, e adentrou a escuridão.

No fim de um corredor totalmente escuro estava um homem cactáceo. Lin podia sentir sua seiva no ar, muito de leve. Ele tinha uns dois metros de altura, membros grossos, pesados. Sua cabeça quebrava a curva de seus ombros como um afloramento de rocha, sua silhueta era irregular, com nódulos de crescimento duro. Sua pele verde era uma massa de cicatrizes, espinhos de oito centímetros e minúsculas flores primaveris vermelhas.

Ele a chamou com as pontas dos dedos encarquilhados.

– O sr. Mesclado pode se dar ao luxo de ser paciente – disse ele, ao se voltar para subir as escadas atrás –, mas nunca o vi gostar de esperar. – Olhou para trás desajeitado e ergueu uma sobrancelha para Lin, muito sério.

Foda-se, lacaio, pensou ela, impaciente. *Leve-me ao mandachuva.*

Ele saiu pisando duro com os pés disformes, que mais pareciam pequenos tocos de árvores.

Atrás de si Lin podia ouvir as erupções explosivas de vapor e passos fundos à medida que a Refeita subia os degraus. Lin acompanhou o cacto por um túnel tortuoso e sem janelas.

Este lugar é imenso, pensou Lin, enquanto andavam sem parar. Ela percebeu que devia estar percorrendo toda aquela fileira de casas, as paredes divisórias destruídas e reconstruídas, feitas sob medida, reformadas em um vasto espaço convoluto. Passaram por portas das quais emergiu subitamente um som enervante, uma angústia abafada de máquinas. As antenas de Lin se eriçaram. Quando deixaram a porta para trás, ouviram uma saraivada de impactos ecoando em seus ouvidos, como tiros de bestas disparados contra a madeira macia.

Ah, Mãe-de-Ninhada, pensou Lin, aborrecida. *Gazid, onde foi que deixei você me meter?*

Fora Gazid Sortudo, o empresário fracassado, que iniciara o processo que acabara levando Lin àquele lugar assustador.

Ele havia rodado uma série de heliótipos de seus trabalhos mais recentes e saíra pelas galerias tentando vendê-los. Era algo que fazia com alguma regularidade, uma vez que estava tentando estabelecer uma reputação entre os artistas e mecenas de Nova Crobuzon. Gazid era uma figura patética que sempre fazia questão de relembrar, com quer que conversasse, da única exposição bem-sucedida que havia realizado, de uma já falecida escultora de éter, treze anos antes. Lin, assim como a maior parte de seus amigos, via-o com pena e desprezo. Todo mundo que ela conhecia deixava que ele tirasse seus heliótipos e lhe dava alguns siclos ou um nobre como "adiantamento de seus honorários de agente". Ele então desaparecia por algumas semanas, para em seguida voltar com vômito nas calças e sangue nos sapatos, vibrando com alguma droga nova, e o processo recomeçava.

Só que não daquela vez.

Gazid havia achado um comprador para Lin.

Quando ele fora falar com ela no Galo & Relógio, ela protestara. Era a vez de outra pessoa, ela anotara em seu caderninho. Ela já havia lhe "adiantado" um guinéu inteiro havia cerca de uma semana. Mas Gazid a interrompera e insistira para que ela se afastasse da mesa junto com ele. E, enquanto seus amigos, a elite artística de Campos Salazes, riam e se divertiam às suas custas, Gazid lhe entregara um cartão branco feito de papel duro e gravado com um carimbo simples de um tabuleiro de xadrez de três por três. Nele, uma pequena nota impressa.

Srta. Lin, dizia a nota. *Meu empregador ficou muito impressionado com as amostras de seu trabalho apresentadas por seu agente. Ele gostaria de saber se a senhorita estaria interessada em marcar uma reunião para discutir uma possível encomenda. Esperamos seu contato.* A assinatura era ilegível.

Gazid era um traste viciado em tudo que fosse possível, que topava tudo por dinheiro para bancar suas drogas, mas aquilo não cheirava a armação, ao menos não a uma que Lin pudesse imaginar. Não havia como ele tirar vantagem daquilo, a menos que houvesse mesmo alguém rico em Nova Crobuzon disposto a pagar pelo trabalho dela, dando a ele uma comissão.

Ela o arrastara para fora do bar ao som de assovios e uivos de consternação e exigira saber o que estava acontecendo. No começo, Gazid ficara circunspecto, parecia quebrar a cabeça pensando no que poderia inventar. Mas logo percebera que precisava dizer a verdade.

– Tem um cara que me vende umas coisas ocasionalmente… – Ele começara a embromar. – Seja como for, eu tinha fotos das suas estátuas espalhadas pela… ahn… pela estante; ele viu, adorou e quis levar algumas… e… bem… eu disse "claro". E aí, um pouco depois, ele contou que mostrou as fotos para o cara que vende pra *ele* o negócio que eu às vezes compro, e *esse* cara gostou delas e mostrou para o chefe *dele*, e aí eles foram até o chefão da coisa, um sujeito que está metido pra valer no mercado de arte; ele chegou a comprar alguns trabalhos de Alexandrine no ano passado. E gostou das suas peças e quer que você faça uma para ele.

Lin traduzira a linguagem evasiva.

O chefe de seu traficante quer que eu trabalhe para ele???, rabiscara ela.

– Ah, merda, Lin, não é bem assim... Quero dizer, sim, mas... – Gazid havia feito uma pausa. – Bom, é isso – concluíra, de má vontade. Houve uma pausa. – Só que... Só que ele quer conhecer você. Se estiver interessada, ele tem que conhecer você pessoalmente.

Lin havia ponderado.

Sem dúvida era uma perspectiva empolgante. A julgar pelo cartão, o sujeito não era um bandido pequeno: era um jogador dos grandes. Lin não era burra. Ela sabia que seria perigoso. Estava empolgada, não conseguia negar. Seria um acontecimento incrível em sua vida artística. Ela poderia deixar isso no ar. Poderia ter um mecenas criminoso. Lin era inteligente o bastante para perceber que sua empolgação era infantil, mas não madura o bastante para se importar com isso.

E, enquanto decidia que não se importava, Gazid fora falando de quantos dígitos o tal comprador misterioso estava falando. As patas da cabeça de Lin se flexionaram de espanto.

Preciso falar com Alexandrine, ela escrevera, e voltara para dentro do bar.

Alex não sabia de nada. Ela estava colhendo os louros por ter vendido telas para um chefe do crime pela quantia que pudera, mas só conhecera um mensageiro intermediário, na melhor das hipóteses, que havia lhe oferecido somas enormes por duas pinturas que ela havia acabado de finalizar. Ela aceitara, entregara os trabalhos e nunca mais ouvira falar deles..

Era isso. Ela nem sequer sabia o nome do comprador.

Lin havia decidido que poderia fazer melhor do que isso.

Mandara uma mensagem por intermédio de Gazid, pelo canal ilícito de comunicação que levava até sabe-deus-aonde, dizendo que sim, que estava interessada e estaria preparada para um encontro, mas que realmente precisava de um nome para escrever em seu diário.

O submundo de Nova Crobuzon digerira a mensagem e fizera Lin esperar por uma semana, para depois cuspir de volta uma resposta na forma de outra nota impressa enfiada embaixo de sua porta enquanto ela dormia, dando-lhe um endereço em Vilaosso e um nome de uma só palavra: *Mesclado*.

Um ruído frenético de estalidos e coisas chacoalhando se fez ouvir no corredor. A escolta cactácea de Lin abriu uma porta escura dentre tantas outras e ficou de lado.

Os olhos de Lin se ajustaram à luz. Ela estava olhando para uma sala cheia de datilógrafos. Era um cômodo grande, de pé-direito alto, pintada de preto, como tudo naquele lugar troglodítico, bem iluminada por lampiões a gás e ocupada por umas quarenta mesas; cada uma delas equipada com uma imensa máquina de escrever e com seu respectivo secretário datilografando cópias das anotações empilhadas ao lado. A maioria era humana, e a maioria mulher, mas Lin também captou o cheiro de homens e cactáceos, e até de um par de khepris e de uma vodyanoi trabalhando em uma máquina de escrever com teclas adaptadas para suas mãos imensas.

Espalhados pela sala, vários Refeitos ocupavam seus postos. De novo, a maioria era composta de humanos, mas também havia outras raças, incluindo os raros xenianos Refeitos. Uns eram Refeitos organicamente, com garras, antenas e placas de músculos enxertados, mas a maioria era mecânica, e o calor de suas caldeiras tornava o aposento abafado.

Na outra ponta havia um escritório com a porta fechada.

– Srta. Lin, até que enfim – ribombou uma trombeta-falante acima da porta assim que ela entrou. Nenhum dos secretários levantou a cabeça. – Por favor, atravesse a sala e venha até meu escritório.

Lin começou a caminhar por entre as mesas. Ela observou de perto o que estava sendo datilografado, por mais difícil que fosse, e mais difícil ainda na luz estranha da sala de paredes pretas. Todos os secretários datilografavam com precisão, lendo as notas rabiscadas e transferindo-as sem olhar para o teclado ou para o resultado de seu trabalho.

Conforme nossa conversa do dia 13 deste mês, dizia uma delas, *por favor, analise sua operação de franquia sob nossa jurisdição; há termos a ser negociados*. Lin seguiu em frente.

Você vai morrer amanhã, seu escroto, seu verme de merda. Você vai sentir inveja dos Refeitos, seu covarde babaca, você vai gritar até sua boca sangrar, dizia a próxima.

Ai..., pensou Lin. *Ai... socorro.*

A porta do escritório se abriu.

– Entre, Srta. Lin, entre! – A voz ribombou pela trombeta.

Lin não hesitou. Entrou.

Gabinetes de arquivos e estantes de livros ocupavam a maior parte do pequeno aposento. Havia uma pequena e tradicional pintura da Baía de Ferro numa das paredes. Atrás de uma mesa enorme de madeira escura havia uma tela dobrável ilustrada com silhuetas de peixes, uma versão grande das telas por trás das quais as modelos dos artistas se trocavam. No centro da tela, um peixe reproduzido em vidro espelhado, que dava a Lin uma visão de si mesma.

Lin ficou parada na frente da tela, sem saber o que fazer.

– Sente-se, sente-se – disse uma voz baixa atrás da tela. Lin puxou a cadeira que estava em frente à mesa.

– Eu posso vê-la, srta. Lin. A carpa espelhada é uma janela do lado de cá. Acho que é questão de educação informar as pessoas sobre isso.

O interlocutor pareceu esperar uma resposta, de modo que Lin assentiu.

– Você sabe que está atrasada, não sabe, srta. Lin?

Rabo-do-diabo! Como é que fui me atrasar justo para este compromisso?, pensou Lin, frenética. Ela começou a rabiscar um pedido de desculpas em seu bloco quando a voz a interrompeu.

– Eu entendo sinais, srta. Lin.

Lin pôs o bloco de lado e pediu desculpas profusamente com as mãos.

– Não se preocupe – disse o anfitrião, sem sinceridade. – Acontece. Vilaosso não perdoa visitantes. Da próxima vez, você sabe que terá que sair mais cedo de casa, não é?

Lin anuiu, pois era exatamente o que ela sabia que devia fazer.

– Gosto muito de seu trabalho, srta. Lin. Tenho todos os heliótipos que chegaram às minhas mãos por meio de Gazid Sortudo. É um coitado dum cretino patético aquele homem. O vício é uma coisa muito triste em quase todas as suas formas; mas, por estranho que pareça, ele até que tem faro para arte. Aquela mulher, Alexandrine Nevgets, era uma das dele, não? Prosaica, ao contrário de seu trabalho, mas agradável. Estou sempre pronto para alegrar Gazid Sortudo. Será uma pena quando ele morrer. Será, sem dúvida, algo sórdido, uma faca suja e rombuda que o estripará lentamente por causa de alguns trocados; ou uma doença venérea com emissões fedorentas e suor contraída de uma puta menor de idade; ou quem sabe terá os ossos quebrados por ter caguetado alguém: a milícia, afinal, paga bem, e drogados não podem se dar ao luxo de escolher fontes de renda.

A voz que flutuava sobre a tela era melodiosa, e o que o interlocutor dizia tinha uma qualidade hipnótica: tudo que ele falava se transformava em poema. Suas frases eram gentis. As palavras eram brutais. Lin teve muito medo. Ela não conseguia pensar em nada para dizer. Suas mãos estavam imóveis.

– Então, depois de decidir que gosto de sua arte, eu quis conversar com você para descobrir se seria a pessoa adequada para uma encomenda. Sua obra é incomum para uma khepri, concorda?

Sim.

– Fale-me de suas estátuas, srta. Lin, e não se preocupe em dizer algo que possa soar preciosismo. Não tenho preconceitos com quem leva a arte a sério, e não se esqueça de que fui eu quem iniciou esta conversa. As palavras-chave para se ter em mente ao pensar em como responder à minha pergunta são "temas", "técnica" e "estética".

Lin hesitou, mas o medo a fez seguir em frente. Ela queria fazer aquele sujeito feliz e, se para isso precisasse falar de seu trabalho, então era o que ia fazer.

Eu trabalho sozinha, disse por meio de sinais, *o que faz parte de minha... rebelião. Deixei Beiracórrego e depois Kinken, deixei meu meio e minha colmeia. As pessoas eram miseráveis, de modo que a arte comunitária assumiu um heroísmo imbecil. Como, por exemplo, a Praça das Estátuas. Eu queria cuspir alguma coisa... desagradável. Tentei tornar algumas das figuras grandiosas que todas criávamos juntas um pouco menos perfeitas... Emputeci minhas irmãs. Então me voltei para meu próprio trabalho. Trabalho desagradável. Desagradável tipo Beiracórrego.*

– É exatamente o que eu esperava. Chega a ser até, perdão, um tanto banal. Entretanto, isso não reduz o poder da obra propriamente dita. Cuspe de khepri é uma substância maravilhosa. Seu brilho é único, sua força e leveza o tornam conveniente, e sei que esse não é o tipo de palavra que se deveria pensar ao falar em arte, mas sou pragmático. De qualquer maneira, ter uma substância tão bela usada para a realização de desejos medíocres de khepris deprimidas é um desperdício terrível. Fiquei tão aliviado ao ver alguém usar essa substância com fins interessantes e perturbadores. A propósito, a angulação que você consegue é extraordinária.

Obrigada. Tenho uma técnica glandular poderosa. Lin estava gostando da permissão de se gabar. *Originalmente, eu fazia parte da escola Foragora, que proíbe trabalhar numa peça depois de cuspida. Isso dá um excelente controle. Muito embora eu a tenha... renegado. Agora, volto enquanto o cuspe ainda está macio e o retrabalho. Com mais liberdade, posso fazer estalactites e coisas do tipo.*

– Você usa muita variação de cores?

Lin fez que sim com a cabeça.

– Vi apenas o sépia dos heliótipos. Ótimo saber disso. Isso é técnica e estética. Estou muito interessado em saber o que você pensa dos temas, srta. Lin.

Lin ficou surpresa. Subitamente, não conseguia pensar em quais eram seus temas.

– Deixe-me facilitar para você. Gostaria de lhe dizer em quais temas estou interessado. Depois, podemos ver se você é adequada para o trabalho que tenho em mente.

A voz esperou até Lin assentir.

– Por favor, levante a cabeça, srta. Lin.

Espantada, ela obedeceu. O movimento a deixou nervosa, pois expunha a parte inferior e macia de sua cabeça de besouro, num convite ao corte. Lin manteve a cabeça parada enquanto os olhos atrás do espelho-peixe a observavam.

– Você tem no pescoço as mesmas cordas de uma mulher humana. Compartilha também a reentrância na base da garganta tão adorada pelos poetas. Sua pele é de um tom de vermelho que seria incomum, é verdade, mas, ainda assim, poderia passar por humana. E, seguindo esse belo pescoço humano até o alto... tenho certeza de que recusará a descrição de "humana", mas seja indulgente um instante... e ali está... ali está o ponto... uma fina área onde essa pele humana se funde com a parte clara, cremosa e segmentada embaixo de sua cabeça.

Pela primeira vez desde que Lin entrara no aposento, o interlocutor parecia estar sem palavras.

– Você já fez estátuas de cactos?

Lin balançou a cabeça negativamente.

– Mas já os viu de perto, não é? Meu colaborador que a trouxe até aqui, por exemplo; você reparou nos pés, nos dedos ou no pescoço dele? Há um ponto em que a pele, a pele da criatura senciente, se torna planta descerebrada. Corte a base gorda e redonda do pé de um cacto e ele não consegue sentir nada. Cutuque-o na coxa, onde ele é um pouco mais macio, e ele geme. Mas ali, naquela área, é uma coisa completamente diferente; os nervos se entrelaçam, aprendendo a ser uma planta suculenta, e a dor é distante, embotada, difusa, mais preocupante do que agoniante. Pense em outros: o torso dos lagostins ou dos polegomens, a súbita transição do membro de um Refeito, muitas outras raças e espécies desta cidade e incontáveis outras do mundo, que vivem com uma fisiognomia mestiça. Você talvez diga que não reconhece nenhuma transição, que as khepris são completas e inteiras em si mesmas, que ver feições "humanas" é antropocêntrico de minha parte. Mas, deixando de lado a ironia dessa acusação – uma ironia que você ainda não pode apreciar – você certamente reconhece a transição em outras raças além de sua própria. E talvez na raça humana. E quanto à cidade em si? Encravada onde dois rios lutam para se tornar mar, onde montanhas se tornam um platô, onde os bosques de árvores se coagulam ao sul, quantidade se torna qualidade e subitamente viram floresta. A arquitetura de Nova Crobuzon vai do industrial ao residencial, ao opulento, ao cortiço, ao subterrâneo, ao aéreo, ao moderno, ao antigo, ao colorido, ao incolor, ao fecundo, ao estéril… Você entendeu, não vou continuar. Isso é o que cria o mundo, srta. Lin. Acredito que essa seja a dinâmica fundamental. Transição. O ponto onde uma coisa se torna outra. É isso que faz de você, da cidade, do mundo o que são. É esse o tema no qual estou interessado. O ponto onde o diferente se torna parte do todo. A zona híbrida. Esse tema lhe interessaria? O que acha? E, se a resposta for sim, então eu vou lhe pedir que trabalhe para mim. Antes de responder, por favor, compreenda o que isso significa. Eu lhe pedirei para trabalhar a partir da vida, para produzir um modelo, em tamanho real, é o que quero dizer, de mim. Poucas pessoas veem meu rosto, srta. Lin. Um homem em minha posição precisa tomar cuidado. Tenho certeza de que você entende isso. Se aceitar essa encomenda, eu a tornarei rica, mas também passarei a ser dono de parte de sua mente. A parte que me pertence. Essa será minha. Não lhe darei permissão de compartilhá-la com ninguém. Se o fizer, sofrerá enormemente antes de morrer. Então… – Algo rangeu. Lin percebeu que ele havia voltado a se sentar em sua cadeira. – Então, srta. Lin, está interessada na zona híbrida? Está interessada nesse emprego?

Não posso… não posso recusar isso, pensou Lin, indefesa. *Não posso. Pelo dinheiro, pela arte… Que os deuses me ajudem. Não posso recusar isso. Ah… por favor, façam com que eu não me arrependa.*

Ela fez uma pausa e gesticulou a aceitação dos termos dele.

– Ah, fico tão contente – disse ele baixinho. O coração de Lin acelerou. – Fico mesmo. Bem…

Lin ouviu o som de algo se arrastando atrás da tela. Ficou sentada, imóvel. Suas antenas tremiam.

– As persianas estão fechadas no escritório, não estão? – perguntou o sr. Mesclado. – Porque acho que você deveria ver com o que vai trabalhar. Sua mente é minha, Lin. Você trabalha para mim agora.

O sr. Mesclado se levantou e empurrou a tela até o chão.

Lin se levantou; suas pernas-cabeça se eriçaram de espanto e terror. Ela olhou fixamente para ele.

Pedaços soltos de pele, pelo e penas balançavam quando ele se movia; membros minúsculos se abriam e fechavam; olhos rolavam em suas órbitas encravadas em nichos obscuros; galhadas e protuberâncias de ossos despontavam de modo precário; antenas estremeciam e bocas reluziam. Camadas de pele multicoloridas colidiam. Um casco fendido bateu com suavidade no piso de madeira. Ondas de carne batiam umas contra as outras em correntes violentas. Músculos presos por tendões alienígenas a ossos também alienígenas trabalhavam juntos numa trégua difícil, num movimento lento e tenso. Escamas reluziam. Nadadeiras tremelicavam. Asas batiam quebradas. Garras de inseto se dobravam e desdobravam.

Lin recuou, cambaleando, tateando para se afastar do lento avanço da criatura. O corpo quitinoso de sua cabeça sofria espasmos neuróticos. Ela tremia.

O sr. Mesclado caminhou em sua direção feito um caçador.

– Então – disse ele, com uma das bocas humanas sorridentes. – Qual você acha que é meu melhor ângulo?

CAPÍTULO 5

Isaac esperou, encarando seu convidado. O garuda permaneceu em silêncio. Isaac podia ver que ele se concentrava. Estava se preparando para falar.

Quando saiu, a voz do garuda era áspera e monocórdica.

– Você é o cientista. Você é... Grimnebulin.

Ele teve dificuldade com o nome. Como um papagaio treinado para falar, a formação das consoantes e vogais saía de dentro da garganta, sem o auxílio de lábios versáteis. Isaac só conversara com dois garudas na vida. Um deles era um viajante que havia treinado a formação de sons humanos por muito tempo; o outro era estudante, membro da pequena comunidade garuda nascida e criada em Nova Crobuzon, que crescera berrando as gírias da cidade. Nenhum deles havia soado humano, mas nenhum havia soado tão animalesco quanto aquele grande homem--pássaro que lutava para pronunciar uma língua alienígena. Isaac demorou um pouco para entender o que ele havia dito.

– Sim, sou eu – Isaac estendeu a mão e falou devagar. – Qual é o seu nome?

O garuda olhou imperiosamente para a mão de Isaac, e então a apertou com uma pegada estranhamente frágil.

– Yagharek.

Havia uma tensão aguda na primeira sílaba. A grande criatura fez uma pausa e se mexeu desconfortável antes de continuar. Ela repetiu seu nome, mas dessa vez acrescentou um sufixo intricado.

Isaac balançou a cabeça.

– Esse é seu nome completo?

– Nome... e título.

Isaac ergueu uma sobrancelha.

– Estou, então, na presença de um membro da nobreza?

O garuda o encarou sem expressão. Por fim, falou devagar, sem desviar o olhar.

– Eu Sou Indivíduo Muito Muito Abstrato Yagharek Para Não Ser Respeitado.

Isaac piscou várias vezes; esfregou o rosto.

– Hmm… tudo bem. Você precisa me perdoar, Yagharek, não estou familiarizado com… ahn… títulos honoríficos garudas.

Yagharek balançou lentamente sua grande cabeça.

– Você entenderá.

Isaac convidou Yagharek a subir, o que ele fez lenta e cuidadosamente, deixando marcas fundas nos degraus de madeira que comprimia com suas grandes garras. Mas Isaac não conseguiu convencê-lo a se sentar, comer ou beber.

O garuda ficou parado ao lado da mesa de Isaac enquanto seu anfitrião se sentava e o encarava.

– Então – disse Isaac –, por que está aqui?

Mais uma vez, Yagharek se preparou por um momento antes de falar.

– Cheguei a Nova Crobuzon dias atrás. Porque é aqui que os cientistas estão.

– De onde você é?

– Cymek.

Isaac soltou um assovio baixinho. Ele tinha razão, era uma viagem e tanto. Bem mais de mil quilômetros através daquela terra dura e ardente, através da savana seca, do mar, do pântano, da estepe. Yagharek deve ter sido levado por alguma paixão muito, muito forte.

– O que você sabe a respeito dos cientistas de Nova Crobuzon? – perguntou Isaac.

– Nós temos lido sobre a universidade. Sobre a ciência e a indústria que aqui se movimentam continuamente como em nenhum outro lugar. Sobre o Brejo do Texugo.

– Mas como ficaram sabendo disso tudo?

– Pela nossa biblioteca.

Isaac se surpreendeu. Ficou boquiaberto, mas logo se recuperou.

– Perdoe-me – disse –, pensei que vocês fossem nômades.

– Sim. Nossa biblioteca viaja.

E Yagharek contou a Isaac, diante do crescente espanto do cientista, sobre a biblioteca de Cymek. O grande clã de bibliotecários que amarrava os milhares de volumes em seus baús e os carregava enquanto voava, acompanhando a comida e a água no perpétuo verão fustigante de Cymek. A enorme aldeia de tendas que brotava onde eles pousavam, e os bandos de garudas que se congregavam no vasto centro de aprendizado sempre que estivesse ao seu alcance.

A biblioteca tinha centenas de anos de idade, com manuscritos em incontáveis idiomas, mortos e vivos: ragamina, do qual a língua de Nova Crobuzon era um dialeto; hotchi; vodyanoi felide e vodyanoi do Sul; alto khepri; e uma hoste de outros. Continha até um códice, afirmou Yagharek com orgulho visível, escrito no dialeto secreto dos cuidadores.

Isaac não disse nada. Sentia vergonha de sua própria ignorância. Sua visão dos garudas estava sendo demolida. Aquele era mais que um selvagem digno. *Hora de pegar minha biblioteca e aprender sobre os garudas. Filho da puta ignorante de uma figa*, reprovou a si mesmo.

– Nossa língua não tem forma escrita, mas aprendemos a escrever e ler em diversas outras à medida que crescemos – disse Yagharek. – Nós compramos livros dos viajantes e mercadores, e muitos deles passaram por Nova Crobuzon. Uns são nativos desta cidade. É um lugar que conhecemos bem. Li todas as histórias.

– Então você ganhou, parceiro, porque eu não sei merda nenhuma sobre seu lugar – disse Isaac, desanimado. Caiu o silêncio. Isaac voltou a olhar para Yagharek. – Você ainda não me disse por que está aqui.

Yagharek se voltou e olhou pela janela. Abaixo, barcas flutuavam sem rumo.

Era difícil discernir emoção na voz rascante de Yagharek, mas Isaac pensou ter ouvido nojo.

– Eu me arrastei como um verme de buraco em buraco por quinze dias. Procurei jornais, fofocas e informações, e eles me trouxeram até o Brejo do Texugo. E, no Brejo do Texugo, me trouxeram até você. A pergunta que me movia era: "Quem pode mudar os poderes da matéria?". "Grimnebulin, Grimnebulin", todo mundo diz. "Se você tiver ouro", dizem, "ele é seu; ou, se não tiver ouro, mas for do interesse dele; ou se você o entediar, mas ele tiver pena de você; ou se ele o aceitar por capricho." Dizem que você é um homem que conhece os segredos da matéria, Grimnebulin – Yagharek olhou diretamente para ele. – Eu tenho um pouco de ouro. Serei de interesse para você. Tenha pena de mim. Eu lhe imploro que me ajude.

– Diga-me o que necessita – disse Isaac.

Yagharek tornou a desviar o olhar.

– Talvez você já tenha voado em um balão, Grimnebulin. Olhado para os telhados abaixo, para a terra. Eu cresci caçando nos céus. Os garudas são um povo caçador. Levamos nossos arcos, lanças e longos chicotes e limpamos o céu de pássaros, o chão de presas. É isso que faz de nós garudas. Meus pés não foram feitos para caminhar em seus pisos, e sim para se fechar ao redor de pequenos corpos e destroçá-los. Para agarrar árvores secas e pilares de rocha entre a terra e o céu.

Yagharek falava como um poeta. Sua fala era titubeante, mas seu idioma era o dos épicos e histórias que ele havia lido; orações curiosamente empoladas de alguém que aprendera um idioma lendo livros antigos.

– Voar não é um luxo; é o que faz de mim um garuda. Minha pele se arrepia quando olho para tetos que me aprisionam. Eu quero olhar para esta cidade do alto antes de deixá-la, Grimnebulin. Quero voar não uma vez só, mas sempre que desejar. Quero que você me restitua o voo.

Yagharek soltou seu manto e o jogo no chão. Encarou Isaac com vergonha e desafio. Isaac quase engasgou.

Yagharek não tinha asas.

Ele trazia amarrada nas costas uma intricada estrutura de vigas de madeira e tiras de couro que balançavam de um jeito idiota quando se virava. Duas grandes tábuas esculpidas despontavam de uma espécie de gibão de couro abaixo de seus ombros, projetando-se bem acima de sua cabeça, onde se dobravam e pendiam até os joelhos, simulando a ossatura de uma asa. Não havia pele, penas, pluma, tecido ou couro esticado entre elas. Não formavam, e isso era evidente, nenhum tipo de aparato criado para planar. Eram meramente um disfarce, um truque, um arremedo que Yagharek recobria com seu manto incongruente para dar a impressão de que tinha asas.

Isaac esticou a mão para tocá-las. Yagharek ficou rígido, mas se conteve e permitiu que o cientista prosseguisse.

Isaac balançou a cabeça, atônito. Viu de relance um trecho de tecido de cicatriz irregular nas costas de Yagharek, então o garuda se voltou bruscamente para encará-lo.

– Por quê? – Isaac recuperou o ar.

O rosto de Yagharek foi formando um leve vinco conforme ele fechava os olhos. Um gemido fino e profundamente humano saiu de dentro dele e foi crescendo, crescendo, até se tornar o grito de guerra melancólico de uma ave de rapina: alto, monótono, angustiado e solitário. Isaac observou, alarmado, até o gemido se transformar em um grito que ele mal conseguia compreender.

– Porque esta é minha *vergonha*! – gritou Yagharek. Ficou em silêncio por um momento, depois voltou a falar, baixinho: – Esta é minha vergonha.

Ele se desvencilhou da casca de madeira de aspecto desconfortável e deixou que a geringonça caísse atrás de si com um baque surdo no chão.

Estava nu da cintura para cima. Seu corpo era magro, fino e firme, com uma emaciação saudável. Sem o volume emprestado pelas asas falsas, ele parecia pequeno e vulnerável.

Voltou-se devagar, e Isaac prendeu a respiração ao ver de frente as cicatrizes que havia notado apenas de relance.

Duas longas trincheiras de carne nas omoplatas de Yagharek apresentavam tecidos avermelhados e retorcidos que pareciam ter sido queimados. Marcas de cortes se espalhavam como pequenas veias a partir das eructações principais de uma cicatrização malsucedida. As faixas de carne destruída em ambos os lados de suas costas tinham cerca de 45 centímetros de comprimento e uns 10 de largura no ponto mais grosso. Rugas de empatia se formaram no rosto de Isaac. Os rasgos estavam riscados por marcas curvas e irregulares, e ele entendeu que as asas deviam ter sido serradas das costas de Yagharek. Não havia sido um corte único e súbito, mas uma desfiguração longa e torturante. Isaac se encolheu.

Nós mal disfarçados de ossos se deslocavam e se flexionavam; músculos se estendiam, grotescamente visíveis.

– Quem fez isso? – perguntou Isaac, retomando a respiração.

As histórias estavam corretas, pensou ele. *Cymec é mesmo uma terra selvagem, completamente selvagem.*

Fez-se um longo silêncio antes que Yagharek respondesse.

– Eu... Eu fiz isto.

A princípio, Isaac pensou ter entendido mal.

– Como assim? Como diabos você poderia...?

– Eu provoquei isto! – Yagharek gritava. – Isto é justiça. Eu fiz isto.

– Isso aí foi a porra de um castigo? Cu-de-deus, caralho, o que poderia... o que foi que você fez?

– Você julga a justiça dos garudas, Grimnebulin? Não posso ouvir isso sem pensar nos Refeitos...

– Não tente inverter as coisas! Você tem toda a razão, não tenho estômago para a lei desta cidade. Só estou tentando entender o que aconteceu com você...

Yagharek suspirou, deixando os ombros caírem, em um gesto surpreendentemente humano. Quando falou, foi num tom baixo e dolorido, como se aquilo fosse uma tarefa à qual se sentia obrigado.

– Eu era abstrato demais. Não era digno de respeito. Houve... uma loucura... eu estava louco. Cometi um ato hediondo... – Suas palavras se desfizeram em gemidos aviários.

– O que você fez? – Isaac se enrijeceu para ouvir alguma atrocidade.

– Seu idioma não pode expressar meu crime. Na minha língua... – Yagharek parou por um momento. – Tentarei traduzir. Na minha língua eles disseram... eles tinham razão... eu fui culpado de roubo de escolha... roubo de escolha em segundo grau... com profundo desrespeito.

Yagharek encarava a janela. Mantinha a cabeça erguida, mas não olhava nos olhos de Isaac.

– É por isso que me denominaram Muito Muito Abstrato. É por isso que não sou digno de respeito. É isso que sou agora. Não sou mais Indivíduo Concreto e Respeitado Yagharek. Ele se foi. Eu lhe disse meu nome e meu título. Eu sou Muito Muito Abstrato Yagharek Para Não Ser Respeitado. É isso que sempre serei, e serei honesto o bastante para lhe dizer.

Isaac balançou a cabeça enquanto Yagharek se sentava devagar na beira da cama. Seu semblante era miserável. Isaac o observou por muito tempo antes de falar.

– Eu preciso lhe dizer... – ensaiou Isaac. – Na verdade, eu não... ahn... Muitos dos meus clientes não... não estão inteiramente do lado da lei, digamos assim. Agora, não vou fingir que entendi nem sequer por alto o que você fez, mas isso não é da minha conta. Como você disse, não há palavras para definir seu crime nesta cidade: acho que eu não conseguiria jamais compreender o que foi que você fez de errado. – Isaac falava com um tom sério e vagaroso, mas sua mente já estava em disparada. Começou a falar com mais animação. – Esse seu problema... é interessante.

Representações de forças e linhas de poder, ressonâncias femtomórficas e campos de energia começavam a invadir seus pensamentos.

– É muito fácil colocar no ar. Balões, manipulação de força e sei lá mais o quê. É até fácil colocar você lá em cima mais de uma vez. Mas colocá-lo lá no alto *sempre que você quiser*, movido por sua *própria força*... e é isso que você quer, certo?

Yagharek assentiu. Isaac passou a mão no queixo.

– Cuspe-de-deus...! Sim... Isso sim é um enigma muito mais... interessante.

Isaac começava a se fechar em seus cálculos. Uma parte prosaica de sua mente lembrou que ele não teria compromissos pelos próximos dias e poderia mergulhar na pesquisa por um período. Outro nível pragmático de seu cérebro fez seu trabalho, avaliando a importância e a urgência de sua tarefa fenomenal. Umas duas análises simplíssimas de compostos que ele poderia adiar de modo mais ou menos indefinido; uma promessa mais ou menos feita de sintetizar um ou dois elixires – coisa fácil de se desvencilhar... Tirando isso, era apenas sua própria pesquisa sobre o aquaofício vodyanoi. Que ele podia deixar de lado.

Não, não, não!, contradisse a si mesmo subitamente. *Não preciso colocar o aquaofício de lado... Posso integrá-lo! Ambos os casos dizem respeito a elementos indo para todos os lados, comportando-se errado... líquidos que flutuam, matéria pesada que invade o ar... deve haver algo aí... algum denominador comum...*

Com algum esforço, Isaac voltou para o laboratório, ciente de que Yagharek o encarava impassível.

– Estou interessado em seu problema – disse simplesmente.

No mesmo instante, Yagharek enfiou a mão em uma bolsa, retirou e estendeu um grande punhado de pepitas de ouro sujas e irregulares. Isaac arregalou bem os olhos.

– Bem... ahn, obrigado. Vou aceitar alguma remuneração pelas despesas, horas de trabalho etc.

Yagharek entregou a bolsa a Isaac.

Isaac conseguiu conter um assovio ao sentir seu peso na mão. Deu uma espiada dentro. Camadas e mais camadas grossas de ouro. Era indecoroso, mas Isaac se sentia quase enfeitiçado. Aquilo era mais dinheiro do que ele jamais havia visto num só lugar, o suficiente para cobrir muitos custos de pesquisa e ainda viver bem por meses.

Yagharek não era nenhum homem de negócios, isso era certo. Ele podia ter oferecido um terço, um quarto daquilo e ainda assim deixar quase todo mundo no Brejo do Texugo boquiaberto. Devia ter guardado a maior parte daquilo para si e mostrado somente em caso de falta de interesse.

Talvez ele tenha guardado a maior parte, pensou Isaac, arregalando os olhos ainda mais.

– Como encontro você? – perguntou Isaac, ainda encarando o ouro. – Onde você está vivendo?

Yagharek balançou a cabeça em silêncio.

– Bem, eu vou precisar encontrar você...

– Eu virei até você – disse o garuda. – Todo dia, a cada dois dias, toda semana... Eu me certificarei de que não se esqueça do meu caso.

– Esse risco você não corre, eu lhe asseguro. Está realmente dizendo que não posso lhe mandar mensagens?

– Eu não sei onde estarei, Grimnebulin. Eu abomino esta cidade. Ela me caça. Preciso ficar em movimento.

Isaac deu de ombros, sem ter o que fazer. Yagharek se levantou para partir.

– Você entende o que eu quero, Grimnebulin? Não quero ter que tomar uma poção. Não quero ter que usar arreios. Não quero montar numa máquina. Não quero uma única gloriosa jornada para as nuvens e uma eternidade preso à terra. Eu quero que você me permita alçar voo, desprender-me da terra de modo tão fácil quanto você caminha de um aposento a outro. Você pode fazer isso, Grimnebulin?

– Eu não sei – falou Isaac, devagar. – Mas acho que sim. Acho que sou sua melhor opção. Não sou quemista, nem biólogo, nem taumaturgo... Sou um diletante, Yagharek, um enxerido. Penso em mim mesmo... – Isaac fez uma pausa e deu uma risada. Falou com prazer. – Penso em mim mesmo como a estação principal onde todas as escolas de pensamento se encontram. Como a Estação Perdido, conhece? – Yagharek assentiu. – Inevitável, não é? Coisa enorme do caralho. – Isaac deu palmadinhas na barriga, mantendo a analogia. – Todas as linhas dos trens se encontram ali: as linhas Escuma, Destra, Verso, Cabeça e Pia; tudo tem que passar por ela. É como eu. Esse é meu trabalho. Esse é o tipo de cientista que eu sou. Estou sendo franco com você. O negócio é o seguinte: acho que é disso que você precisa.

Yagharek assentiu. Seu rosto de predador era tão afiado, tão duro. A emoção ali era invisível. Suas palavras precisavam ser decodificadas. Não era seu rosto, nem seus olhos, nem sua postura (mais uma vez orgulhosa e imperiosa), nem sua voz que deixavam Isaac ver seu desespero. Eram suas palavras.

– Seja um diletante, um impostor, um vigarista... Contanto que me devolva aos céus, Grimnebulin.

Yagharek se curvou e apanhou seu horrendo disfarce de madeira. Amarrou-o em volta de si sem vergonha evidente, apesar da indignidade do ato. Isaac observava enquanto Yagharek se cobria com o enorme manto e descia as escadas sem fazer barulho.

Isaac se inclinou, pensativo, sobre o corrimão e olhou para o andar inferior, repleto de poeira. Yagharek passou pelo constructo imóvel, cruzou pilhas bagunçadas de papéis, cadeiras e lousas. Os feixes de luz que irrompiam das paredes perfuradas pelos anos haviam desaparecido. O sol já estava baixo, passava por trás dos edifícios em frente ao armazém de Isaac, bloqueado por fileiras maciças de tijolos, deslizando de lado por sobre a cidade velha, iluminado os flancos ocultos das Montanhas do Sapateado, o Pico da Espinha e as encostas do Passo do Penitente, lançando a linha do horizonte em silhuetas que se estendiam imensas a milhas a oeste de Nova Crobuzon.

Quando Yagharek abriu a porta, foi recebido por uma rua em sombras.

Isaac virou a noite trabalhando.

Assim que Yagharek saiu, Isaac abriu a janela e puxou uma grande corda vermelha que estava amarrada em pregos presos aos tijolos. Levou sua pesada calculadora do centro de sua mesa até o chão ao lado dela. Pilhas de cartões de programas caíram da estante. Isaac soltou um palavrão. Reuniu todas elas e as recolocou no lugar. A seguir, levou a máquina de escrever até a mesa e começou a fazer uma lista. De vez em quando dava um salto e ia até as prateleiras improvisadas, ou começava a vasculhar uma pilha de livros no chão até encontrar o volume que estava procurando. Levava o livro até a mesa e o folheava começando pelo fim, pela bibliografia. Copiava os detalhes incansavelmente, tamborilando as teclas da máquina com dois dedos.

Os parâmetros de seu plano começavam a se expandir conforme ele escrevia. Isaac buscava cada vez mais livros, arregalando os olhos ao notar o potencial daquela pesquisa.

A certa altura, parou e sentou-se em sua cadeira para ponderar. Pegou umas folhas soltas de papel e rabiscou diagramas nelas: mapas mentais, planos de como proceder.

Retornou ao mesmo modelo repetidas vezes. Um triângulo com uma cruz plantada firmemente no meio. Ele não conseguia parar de sorrir.

– Gostei… – murmurou consigo mesmo.

Alguém bateu à janela. Ele se levantou e foi até lá.

Do lado de fora, um pequeno rosto escarlate e idiota sorria para Isaac. Dois cotocos de chifres se projetavam de seu queixo proeminente, ondas e picos de ossos que tentavam imitar cabelos de modo pouco convincente. Olhos remelentos fitavam Isaac por cima de um sorriso feio, porém animado.

Isaac abriu a janela para a luz que rapidamente caía. Sirenes brigavam entre si enquanto navios industriais lutavam para ultrapassar lentamente uns aos outros nas águas do Cancro. A criatura empoleirada no alpendre da janela de Isaac saltou para dentro da esquadria aberta, agarrando-se nas beiradas com as mãos retorcidas.

– Salve, capitão! – grasniu a coisa, com um sotaque bizarro e difícil de entender. – Vi aquele negócio vermelho, a coisa do lenço… Aí pensei cumigo "hora de falar c'o mandachuva!". Ele piscou e deu uma gargalhada retardada. – O que é que vai ser, capitão? Ao seu dispô!

– Boa noite, Chapradois. Parece que recebeu minha mensagem. – A criatura bateu suas asas vermelhas de morcego.

Chapradois era um gargomem. Criaturas de peito enorme como pombos atarracados, com braços grossos como os de um anão sob asas feias e funcionais, os gargomens rasgavam os céus de Nova Crobuzon. Suas mãos eram seus pés, e aqueles braços despontavam como patas de corvos da parte inferior de seu corpo atarracado. Em ambientes internos, eles conseguiam ensaiar uns poucos passos desajeitados aqui e ali, equilibrando-se nas palmas das mãos, mas preferiam voar sobre a cidade, gritando, uivando e xingando os passantes.

Os gargomens eram mais inteligentes do que cães ou macacos, mas decididamente menos do que humanos. Eles viviam à base de uma dieta intelectual de escatologia, humor pastelão e imitações, dando uns aos outros nomes tirados de músicas populares que eles não entendiam, de catálogos de móveis e de livros escolares jogados fora que eles mal conseguiam decifrar. A irmã de Chapradois – Isaac sabia – chamava-se Tampadegarrafa; um dos seus filhos, Cascadeferida.

Os gargomens viviam em centenas de milhares de nichos, sótãos, anexos e atrás de painéis publicitários. A maioria arranjava sustento nas margens da cidade. Os grandes lixões nas periferias da Pedravalva e dos Jardins Ab-rogados, a paisagem devastada à beira do rio em Voltagris, tudo ali enxameava de gargomens, discutindo e rindo, bebendo a água dos canais estagnados, trepando no céu e na terra. Uns, como Chapradois, complementavam esse expediente das ruas com empregos informais. Quando lenços voavam nos telhados ou marcas de giz manchavam paredes perto das janelas dos sótãos, as chances de que alguém estivesse chamando um gargomem ou outro para um servicinho eram boas.

Isaac colocou a mão no bolso e tirou um siclo de dentro.

– Quer ganhar isto aqui, Chapradois?

– Pode apostar, capitão! – gritou Chapradois. – Cuidado aí embaixo! – acrescentou e deu uma cagada escandalosa.

O cocô se espatifou na rua. Chapradois gargalhou.

Isaac entregou a ele a lista que havia feito, enrolada como um pergaminho.

– Leve isto para a biblioteca da universidade. Sabe onde fica? Lá perto do rio? Ótimo. Funciona até tarde, você ainda deve pegá-la aberta. Dê isto ao bibliotecário. Eu assinei, então ninguém deve lhe causar problemas. Ele vai lhe entregar alguns livros, acha que consegue trazê-los pra mim? São bem pesados.

– Sem problema, capitão! – Chapradois inflou o peito como um galo. – O rapaz aqui é forte!

– Ótimo. Faça isso numa viagem só e eu lhe dou um pouquinho a mais de grana.

Chapradois agarrou a lista e já lhe dava as costas, soltando um grito rude e infantil, quando Isaac segurou a ponta de sua asa. O gargomem se voltou, surpreso.

– Problema, chefia?

–Não, não...

Isaac olhava fixamente para a base da asa de Chapradois, pensativo. Abriu e fechou gentilmente a maciça asa da criatura com as mãos. Sob aquela vívida pele vermelha, cascuda, cheia de marcas e rígida como couro, Isaac conseguia sentir os músculos especializados em voo percorrendo, tortuosos, a carne até as asas. Eles se moviam com uma economia magnífica. Curvou a asa, fazendo um círculo completo com ela, sentindo os músculos se repuxarem num movimento que escavava ar para fora e para baixo do gargomem. Chapradois começou a dar risadinhas.

– O capitão faz cosquinha ni mim! Safadinho! – gritou.

Isaac foi buscar um papel, e precisou se segurar para não arrastar Chapradois consigo. Estava visualizando a asa do gargomem representada de modo matemático, como simples projetos.

– Chapradois, vou te falar. Quando você voltar, dou-lhe mais um siclo se eu puder tirar alguns heliótipos seus e fazer uma ou duas experiências. Só vai levar uma meia hora, mais ou menos. O que me diz?

– Joinha, capitão!

Chapradois saltou para o alpendre da janela e se jogou no céu mortiço. Isaac forçou a vista, estudando o movimento giratório das asas, vendo aqueles músculos fortes exclusivos dos seres que voavam impulsionando céu afora pelo menos quarenta quilos de carne retorcida e ossos.

Depois que Chapradois desapareceu de vista, Isaac se sentou e escreveu outra lista, dessa vez à mão, rabiscando depressa.

Pesquisa, escreveu no alto da página. Depois, embaixo: *física; gravidade; forças/ planos/vetores;* CAMPO UNIFICADO. E, um pouco abaixo, escreveu: *Voo i) natural; ii) taumatúrgico; iii) quêmico-físico; iv) combinado; v) outro.*

Por fim, sublinhado e em maiúsculas, escreveu FISIOGNOMIAS DO VOO.

Recostou-se; não relaxado, mas pronto para dar um salto. Estava cantarolando qualquer coisa sem sentido, desesperadamente empolgado.

Começou a procurar um dos livros que havia resgatado de debaixo de sua cama, um enorme volume antigo. Deixou-o cair com força em cima da mesa e gostou do som pesado que ele fez. A capa tinha o título gravado num ouro falso e irreal.

Bestiário dos potencialmente sábios: As raças sencientes de Bas-Lag.

Isaac acariciou a capa do clássico de Shacrestialchit, traduzido do luboque dos vodyanois e atualizado cem anos atrás por Benkerby Carnadine, mercador, viajante e acadêmico humano de Nova Crobuzon. Constantemente reimpresso e imitado, mas ainda insuperável. Isaac colocou o dedo no G do índice alfabético e virou as páginas até encontrar o exótico esboço em aquarela do povo pássaro de Cymek que abria o verbete sobre os garudas.

Quando a luz foi desaparecendo do quarto, ele acendeu o lampião a gás que estava sobre a mesa. Lá fora, no frio, ao longe a leste, Chapradois batia pesadamente suas asas, segurando o saco de livros pendurado abaixo de seu corpo. Podia ver o brilho da chama a gás de Isaac e, logo além dela, do lado de fora da janela, o marfim pulverizado do lampião da rua. Um fluxo constante de insetos noturnos espiralava ao redor dele como elíctrons, encontrando uma brecha ocasional por uma rachadura no vidro e imolando-se em sua luz com uma pequena explosão combustível. Seus restos carbonizados formavam uma camada de pó no fundo do vidro.

O lampião era um sinal, um farol naquela cidade proibida, guiando o caminho do gargomem sobre o rio, para longe da noite predadora.

Nesta cidade, aqueles que parecem comigo não são como eu. Uma vez cometi o erro (cansado, com medo e desesperado em busca de ajuda) de duvidar disso.

Procurando um lugar para me esconder, em busca de comida e calor à noite, e de descanso dos olhares fixos que me saúdam sempre que ponho os pés nas ruas, vi um filhote correndo com facilidade ao longo da passagem estreita entre casas paupérrimas. Meu coração quase explodiu. Gritei para ele, aquele garoto de minha própria espécie, na língua do deserto... e ele olhou para mim, abriu suas asas e seu bico e irrompeu em uma gargalhada cacofônica.

Ele me xingou com um coaxar bestial. Sua laringe lutava para formar sons humanos. Gritei para ele, mas ele não compreendeu. Ele berrou para alguém atrás de si e um grupo de crianças de rua humanas se congregou saindo dos buracos da cidade, como espíritos debochando dos vivos. Ele gesticulou pra mim, aquele franguinho de olhos vivos, e gritou xingamentos rápido demais para que eu pudesse compreender. E aqueles seus camaradas, aqueles moleques de cara suja, aquelas criaturinhas amorais, brutalizadas e perigosas de rosto magro, calças rasgadas, salpicados de ranho, remela e sujeira urbana, garotas de vestidos manchados e garotos com jaquetas grandes demais, pegaram pedras do calçamento e começaram a atirá-las em mim, no local onde eu me deitava, na escuridão da soleira de uma porta em ruínas.

E o garotinho a quem não chamarei de garuda, que não era nada além de um humano com asas e penas bizarras, meu pequeno não irmão perdido, jogava pedras junto com seus camaradas e ria, quebrava janelas bem atrás da minha cabeça e me xingava.

E percebi então, enquanto as pedras destruíam meu travesseiro destinto, que estava só.

Assim, assim, sei que devo viver sem descanso neste isolamento. Que não falarei com qualquer outra criatura em minha própria língua.

Passei a procurar comida sozinho depois do cair da noite, quando a cidade se aquieta e se torna introspectiva. Caminho como um intruso em seu sonho solipsista. Cheguei na escuridão, vivo na escuridão. O brilho selvagem do deserto é como uma lenda que ouvi há muito tempo. Minha existência vai ficando cada vez mais noturna. Minhas crenças mudam.

Emerjo em ruas que serpenteiam como rios escuros por entre faces cavernosas de rochas feitas de tijolos. A lua e suas pequenas filhas brilhantes reluzem fracas. Ventos frios vazam como melado descendo dos pés das colinas e das montanhas e entopem a cidade noturna com lixo vagabundo. Compartilho as ruas com pedaços de papel que voam a esmo e pequenos redemoinhos de poeira, com ciscos que passam como ladrões erráticos sob marquises e através das portas.

Eu me lembro dos ventos do deserto: o Khamsin, que varre a terra como fogo sem fumaça; o Föhn, que irrompe das encostas fumegantes das montanhas como se armasse uma emboscada; o matreiro Simum, que abre caminho se contorcendo por entre telas de areia coriáceas e portas de bibliotecas.

Os ventos desta cidade são de um tipo mais melancólico. Eles exploram como almas perdidas, olhando para janelas empoeiradas, iluminadas pela chama dos lampiões. Somos irmãos, os ventos da cidade e eu. Vagamos juntos.

Encontramos mendigos adormecidos que se agarram uns aos outros e se fundem em busca de calor como criaturas inferiores, forçados a descer estratos evolucionários por conta de sua pobreza.

Vimos os porteiros da noite da cidade pescarem os mortos dos rios. Milicianos de uniformes escuros puxando com postes e ganchos corpos inchados, com os olhos arrancados da cabeça, o sangue coagulado e gelatinoso nas órbitas.

Vimos criaturas mutantes se arrastarem para fora dos esgotos em direção à fria luz das estrelas e sussurrarem matreiros um para o outro, desenhando mapas e mensagens na lama fecal.

Sentei-me com o vento ao meu lado e vi coisas cruéis, coisas loucas.

Minhas cicatrizes e tocos de ossos coçam. Estou esquecendo o peso, o vento, o movimento das asas. Se eu não fosse garuda, rezaria. Mas não me rebaixarei perante espíritos arrogantes.

Às vezes vou até o armazém onde Grimnebulin lê, escreve e rabisca, subo em silêncio até o telhado e deito de costas nas telhas de ardósia. Penso em toda aquela energia de sua mente canalizada na direção do voo, meu voo, minha salvação. Isso reduz a coceira das minhas costas arruinadas. O vento me puxa com mais força quando estou aqui: ele se sente traído. Sabe que se eu ficar inteiro de novo perderá seu companheiro noturno no atoleiro de tijolos de Nova Crobuzon. Então, ele me pune quando deito ali, ameaçando subitamente me arrancar de meu poleiro para me jogar no grande rio fedorento, agarrando minhas penas, o ar espesso e petulante me avisando para não deixá-lo; mas eu me prendo ao telhado com minhas garras e deixo as vibrações curativas passarem da mente de Grimnebulin pela ardósia que se despedaça e para dentro de minha pobre carne.

Durmo sob arcos velhos, sob trilhos ferroviários que trovejam.

Como qualquer coisa orgânica que encontro, desde que não vá me matar.

Escondo-me como um parasita na pele desta velha cidade que ronca, peida, ruge, coça, incha e vai ficando cada vez mais nojenta com a idade.

Às vezes subo até o topo das torres muito, muito grandes que balançam como colunas de porco-espinho no couro da cidade. Lá em cima, no ar mais rarefeito, os ventos perdem a curiosidade melancólica que têm no nível da rua. Abandonam sua petulância de segundo andar. Perturbados pelas torres que despontam acima da hoste de luzes da cidade – intensas lâmpadas brancas de carbureto, o vermelho queimado de fumaça da gordura acesa, o pavio das velas de sebo piscando, a chama do gás frenético queimando, todas elas guardas anárquicas contra a escuridão – os ventos se rejubilam e brincam.

Posso enterrar minhas garras na beirada do pináculo de um edifício, abrir os braços e sentir as rajadas violentas de ar, fechar os olhos e me lembrar, por um instante, do que é voar.

PARTE 2

FISIOGNOMIAS DO VOO

CAPÍTULO 6

Nova Crobuzon era uma cidade que não se deixava convencer pela gravidade. Aeróstatos escorriam de nuvem em nuvem como lesmas sobre repolhos. Módulos da milícia disparavam pelo coração da cidade até a periferia, os cabos que os mantinham no ar balançavam e vibravam feito cordas de guitarra a dezenas de metros de altura. Gargomens abriam caminho acima da cidade, deixando rastros de merda e profanação. Pombos compartilhavam o ar com gralhas, gaviões, pardais e periquitos fugidos. Formigas aladas e vespas, abelhas e varejeiras-azuis, borboletas e mosquitos lutavam uma guerra aérea contra mil predadores áspises e dheris, que tentavam devorá-los em pleno voo. Golens criados por estudantes bêbados se debatiam ensandecidos no céu com asas desajeitadas feitas de couro, papel ou casca de fruta, que se despedaçavam no meio do voo. Até mesmo os trens que carregavam incontáveis mulheres, homens e mercadorias pela grande carcaça de Nova Crobuzon lutavam para permanecer acima das casas, como se temessem a putrefação da arquitetura.

A cidade se erguia maciça, como que inspirada por aquelas vastas montanhas que subiam a oeste. Cubos habitacionais de dez, vinte, trinta andares de altura pontuavam a linha do horizonte. Despontavam no ar como dedos gordos, como punhos, como cotocos de membros decepados acenando freneticamente acima dos inchaços das casas mais baixas. As toneladas de concreto e piche que constituíam a cidade cobriam uma geografia antiga, outeiros, montes, bulevares e ondulações que ainda eram visíveis. Para além das bordas da Colina Vaudois, do Ladomosca, da Colina da Bandeira e do Outeiro de São Falastrão, cortiços se derramavam como seixos.

As paredes pretas enfumaçadas do Parlamento despontavam da Ilha Reta como os dentes de um tubarão ou a cauda de uma arraia, uma espécie de arma orgânica monstruosa perfurando o céu. O prédio era todo recoberto por tubos obscuros e imensos parafusos. Ele pulsava com as antigas caldeiras em seu interior. Aposentos usados para fins incertos despontavam do corpo principal do edifício colossal com pouca consideração por contrafortes ou suportes. Em algum lugar lá dentro, na Câmara, fora do alcance do céu, Rudgutter e incontáveis funcionários andavam de um lado para o outro. O Parlamento era como uma montanha à beira de uma avalanche arquitetônica.

Acima da cidade, o que se via não era um reino mais puro do que ela própria. Colunas de fumaça perfuravam a membrana entre terra e ar vomitando toneladas de fuligem venenosa naquele mundo superior, como um gesto de desprezo. Logo acima dos telhados, uma névoa espessa e fedorenta vagava, fruto da reunião de detritos de um milhão de chaminés baixas. Crematórios sopravam para o ar cinzas de testamentos queimados por executores ciumentos, que, misturados com pó de carvão, abrasavam para aquecer amantes moribundos. Milhares de sórdidos fantasmas de fumaça envolviam Nova Crobuzon num fedor sufocante feito culpa.

As nuvens turbilhonavam no sujo microclima da cidade. Era como se o tempo de Nova Crobuzon fosse definido por um gigantesco furacão que se formava gradualmente e que tinha como centro o coração da cidade, o imenso prédio mestiço que ficava bem no núcleo da zona comercial conhecida como O Corvo, coagulado de milhas de linha ferroviária e anos de estilos e violações arquitetônicas: a Estação Perdido.

Um castelo industrial, eriçado com parapeitos aleatórios. A torre mais a oeste da estação era o Espigão, da milícia, elevada sobre as outras torretas, encolhendo-as, puxada em sete direções por linhas aéreas rígidas. Mas, apesar de toda sua altura, o Espigão era apenas um anexo da enorme estação.

O arquiteto havia sido encarcerado, completamente louco, sete anos depois do término da construção da Estação Perdido. Diziam que era um herege, que tinha a intenção de construir seu próprio deus.

Cinco enormes bocas de tijolos se escancaravam para engolir cada uma das linhas de trem da cidade. Os trilhos se desenrolavam sobre os arcos como imensas línguas. Lojas, câmaras de tortura, oficinas, escritórios e espaços vazios, todos recheavam a barriga gorda do edifício, que parecia, visto de certo ângulo, sob certa luz, estar se segurando, apoiando seu peso no Espigão, preparando-se para dar um salto em direção ao imenso céu que ele invadia de modo tão casual.

Isaac não olhava para tudo isso com olhos toldados pelo romantismo. Enxergava voos em todo canto da cidade (seus olhos estavam inchados: por trás deles zumbia um cérebro alucinado com novas fórmulas e fatos, todos construídos para escapar das garras da gravidade) e percebia que eles não eram uma fuga para um lugar melhor. O voo era uma coisa secular e profana: a mera passagem de uma parte de Nova Crobuzon para a outra.

Ficou animado com isso. Era um cientista, não um místico.

Isaac estava deitado em sua cama, olhando pela janela. Seus olhos acompanhavam um pontinho voador atrás do outro. Esparramados ao seu redor na cama, caindo no chão como uma maré de papel, estavam livros e artigos, notas datilografadas e longas resmas cobertas por sua caligrafia empolgada. Monografias clássicas aninhadas sob devaneios de gente louca. Biologia e filosofia lutavam por espaço em sua mesa.

Ele havia aberto caminho pelo faro, como um perdigueiro, ao longo de uma tortuosa trilha bibliográfica. Alguns títulos não podiam ser ignorados: *Sobre a gravidade* ou *A teoria do voo*. Outros eram mais tangenciais, como *A aerodinâmica do enxame*. E outros ainda eram simplesmente bobagens para as quais colegas mais respeitáveis certamente franziriam a testa. Isaac ainda precisava, por exemplo, folhear as páginas de *Os encantados que vivem acima das nuvens e o que eles podem nos contar*.

Coçou o nariz e tomou de canudinho um gole da cerveja que balançava sobre seu peito.

Só dois dias trabalhando no caso de Yagharek e a cidade estava completamente mudada para ele. Isaac se perguntou se algum dia ela voltaria a ser o que era.

Virou-se de lado e ajeitou os papéis que estavam debaixo de seu corpo, incomodando-o. Puxou uma coleção de manuscritos obscuros e uma pilha de heliótipos que havia tirado de Chapradois. Ergueu esses impressos à altura dos olhos, examinando a complexa musculatura de gargomem que havia feito Chapradois exibir.

Espero que não demore muito, pensou Isaac.

Ele havia passado o dia lendo e fazendo anotações, soltando grunhidos educados sempre que David ou Lublamai berravam cumprimentos, perguntas ou convites para almoçar. Mastigara um pouco de pão, queijo e pimentões que Lublamai havia jogado em cima da mesa à sua frente. Fora retirando gradualmente camadas de roupa à medida que o dia esquentava e as pequenas caldeiras dos equipamentos aqueciam o ar. Camisas e lenços atulhavam o chão ao lado de sua mesa.

Isaac estava esperando uma entrega de suprimentos. Bem no começo de sua leitura, identificara uma enorme lacuna em seu conhecimento científico que precisaria ser preenchida para a realização daquela tarefa. De todos os temas arcanos, a biologia era seu ponto mais fraco. Ele ficava bem à vontade lendo sobre levitação, taumaturgia contrageotrópica e sua adorada teoria do campo unificado, mas os impressos de Chapradois mostraram quão pouco entendia da biomecânica de um simples voo.

O que eu preciso mesmo é de um cadáver de gargomem... Não, de um gargomem vivo para fazer experiências..., pensara Isaac indolentemente, olhando os heliótipos na noite anterior. *Não... Um morto para dissecar e um vivo para observar voando.*

Essa ideia irreverente de súbito assumiu uma forma mais séria. Ele se sentou e ponderou um pouco em sua mesa antes de partir para a escuridão do Brejo do Texugo.

O bar mais famoso entre o Piche e o Cancro ficava na sombra de uma imensa igreja de Palgolak, algumas ruas úmidas atrás da Ponte de Danechi, que unia o Brejo do Texugo a Vilaosso.

A maioria dos cidadãos do Brejo do Texugo, naturalmente, era de padeiros, varredores de rua ou prostitutas, ou qualquer uma dentre um sem-número de outras profissões que dificilmente lançariam feitiços ou examinariam tubos de ensaio ao longo da vida. Da mesma forma, os habitantes de Vilaosso, em grande parte, não tinham interesse em violar a lei de forma grosseira ou sistemática, não mais do que o habitante médio de Nova Crobuzon. Não obstante, o Brejo do Texugo sempre seria o Bairro Científico; e Vilaosso, o Distrito dos Ladrões. E, ali onde as duas influências se encontravam – de modo esotérico, furtivo, romanceado e às vezes perigoso – ficava o bar As Filhas da Lua.

Com uma placa que exibia os dois pequenos satélites que orbitavam a lua como jovens bonitas e de aspecto um tanto quanto licencioso e uma fachada pintada de escarlate bem escuro, As Filhas da Lua era um lugar de aspecto vagabundo, porém atraente. Do lado de dentro, sua clientela consistia nos boêmios mais aventureiros da cidade: artistas, ladrões, cientistas selvagens, drogados e informantes da milícia esbarravam uns nos outros sob o olhar da proprietária, Kate Vermelha.

O apelido de Kate era uma referência ao seu cabelo arruivado e, Isaac sempre desconfiara, uma indicação maledicente da falência criativa dos frequentadores do bar. Fisicamente, ela era poderosa, com um olhar aguçado para quem subornar e quem expulsar, quem socar e quem lisonjear com cerveja grátis. Por todos esses motivos (além de, como Isaac suspeitava, alguma proficiência em certo glamour taumatúrgico sutil), As Filhas da Lua conseguiam, aos trancos e barrancos, escapar dos bandos que cobravam proteção na área. A milícia fazia raras batidas no estabelecimento de Kate, só para constar. A cerveja era boa, e ela não perguntava o que se discutia em grupinhos nas mesas dos cantos.

Naquela noite, Kate cumprimentou Isaac com um breve aceno, que ele retribuiu. Ele havia olhado ao redor da sala enfumaçada, mas a pessoa que procurava não estava ali. Dirigiu-se ao bar.

– Kate – gritou por cima do burburinho. – Algum sinal de Lemuel?

Ela balançou a cabeça e lhe entregou, sem que ele pedisse, uma cerveja Magnata. Ele pagou e se voltou para encarar a sala.

Ficou um tanto surpreso. As Filhas da Lua eram praticamente o escritório de Lemuel Pombo. Normalmente, as pessoas tinham como líquido e certo que ele estaria ali todas as noites, fazendo negócios e recebendo sua parte. Isaac imaginou que ele estivesse fora executando algum serviço duvidoso. Percorreu as mesas sem rumo, em busca de alguém conhecido.

Em um canto, sorrindo beatificamente para alguém, vestindo os mantos amarelos de sua ordem, estava Gedrecsechet, o bibliotecário da igreja de Palgolak. Isaac se empolgou e foi na direção dele.

Uma jovem carrancuda discutia com Ged. Isaac ficou animado ao ver que seu antebraço ostentava tatuadas as rodas interligadas que a proclamavam uma Engrenagem do Deus Mecânico. Ela, sem dúvida, estava tentando converter os infiéis. Quando Isaac se aproximou, a discussão ficou mais audível.

– ... Se você encarasse Deus e o mundo com um grama do *rigor* e do *olhar analítico* que diz ter, veria que seu sencientomorfismo inútil é simplesmente insustentável!

Ged sorriu para a menina cheia de espinhas e abriu a boca pra responder. Isaac interrompeu.

– Ged, perdão por me intrometer. Só queria dizer a você, jovem Carretilha, ou seja lá como você se chame...

A Engrenagem tentou protestar, mas Isaac a cortou.

– Não, cale a boca. Vou falar muito claramente... *caia fora*. E leve seu rigor junto. Eu quero falar com Ged.

Ged riu. Sua oponente engolia em seco, tentando conservar a raiva, mas intimidada pela belicosidade grosseira e animada de Isaac. Ela organizou sua saída de modo a preservar alguma aparência de dignidade.

Ao se levantar, fez menção de proferir uma última frase, claramente ensaiada. Isaac se adiantou.

– Fale e quebro seus dentes – aconselhou amigavelmente.

A Engrenagem fechou a boca e saiu pisando duro.

Quando ela sumiu de vista, tanto Isaac como Ged começaram a gargalhar.

– Por que você atura essa gente Ged? – Isaac uivava de tanto rir.

Agachado feito um sapo diante da mesinha baixa, Ged balançava para a frente e para trás, apoiado nas pernas e nos braços, com sua grande língua balançando na boca imensa e solta.

– Eu simplesmente tenho *pena* dessas pessoas – disse ele, rindo. – Elas são tão... *intensas*.

Ged era considerado o vodyanoi mais anormalmente bem-humorado que qualquer um já havia conhecido. Ele não tinha absolutamente nada do mau humor típico daquela raça irritadiça.

– De qualquer maneira – continuou ele, acalmando-se um pouco –, eu me incomodo muito menos com as Engrenagens do que com outras pessoas. Elas não têm metade do rigor que imaginam ter, claro, mas pelo menos estão levando a coisa a sério. E pelo menos não são... Sei lá... As Preces da Noite ou a Ninhada do Deusinho ou algo assim.

Palgolak era um deus do conhecimento. Era retratado como um humano gordo e baixinho lendo numa banheira, ou como um vodyanoi esbelto fazendo a mesma coisa, ou, misticamente, como as duas coisas ao mesmo tempo. Sua congregação era de humanos e vodyanois em proporções praticamente iguais. Era uma divindade amigável e agradável, um sábio cuja existência era inteiramente dedicada a coleta, categorização e disseminação da informação.

Isaac não venerava deus algum. Não acreditava na onisciência ou na onipotência de uns poucos e nem sequer concebia a existência de muitos. Certamente havia criaturas e essências que habitavam diferentes aspectos da existência, e certamente algumas delas eram poderosas em termos humanos. Mas venerá-las lhe parecia uma atividade um tanto quanto covarde. Mesmo ele, porém, tinha uma queda por Palgolak. Isaac até torcia para que o gordo desgraçado existisse *mesmo*, de uma forma ou de outra. Ele gostava da ideia de uma entidade interaspectual tão apaixonada pelo conhecimento que simplesmente vagava de reino em reino numa banheira murmurando com interesse para tudo que encontrava.

A biblioteca de Palgolak era, no mínimo, equivalente à da Universidade de Nova Crobuzon. Ela não emprestava livros, mas permitia a visita de leitores a qualquer hora do dia ou da noite, e eram bem poucos os livros aos quais não permitia acesso. Os palgolaki eram proselitistas e sustentavam que tudo que era conhecido por um adorador era imediatamente conhecido por Palgolak, por isso eles tinham a obrigação religiosa de ler vorazmente. Mas a missão deles era destinada à glória de Palgolak apenas em um segundo momento; em primeiro lugar, servia à glória do conhecimento. Por esse motivo, mantinham o juramento de deixar passar todos os que desejassem entrar em sua biblioteca.

E era disso que Ged estava gentilmente reclamando. A Biblioteca Palgolak de Nova Crobuzon tinha a melhor coleção de manuscritos religiosos conhecidos no mundo de Bas-Lag e atraía peregrinos de uma grande variedade de tradições e facções religiosas. Elas ocupavam as extremidades norte do Brejo do Texugo e de Cuspelar, todas as raças adoradoras do mundo, de mantos e máscaras, usando chicotes, cordas, lunetas – a gama inteira da parafernália religiosa.

Alguns peregrinos não eram exatamente agradáveis. Os viciosamente antixenianos da Ninhada do Deusinho, por exemplo, alastravam-se pela cidade, e Ged via como sua infeliz tarefa sagrada ajudar aqueles racistas que cuspiam nele e o chamavam de "sapo" e de "porco do rio" enquanto sublinhavam passagens de seus textos.

Comparadas a eles, as igualitárias Engrenagens do Mecadeus eram uma seita indefesa, ainda que sua crença na mecanicidade do Único Deus Verdadeiro fosse agressivamente assertiva.

Isaac e Ged já haviam tido muitas grandes discussões ao longo dos anos, em grande parte teológicas, mas também sobre literatura, arte e política. Isaac respeitava aquele afável vodyanoi. Ele sabia que o outro era ardoroso em sua tarefa religiosa de leitura e, consequentemente, um grande conhecedor de qualquer assunto em que Isaac pudesse pensar. No começo, era sempre um pouco circunspecto em relação a emitir *opiniões* sobre a informação que compartilhava. "Só Palgolak tem conhecimento bastante pra oferecer *análises*", proclamava Ged muito piamente no início de uma discussão, até que três ou mais bebidas lhe obscurecessem o não dogmatismo religioso e ele se pronunciasse a plenos pulmões.

– Ged? – perguntou Isaac. – O que você sabe me dizer a respeito dos garudas? Ged deu de ombros e sorriu com prazer ao dividir o que sabia.

– Não muito. Povo pássaro. Vive no Cymek, no norte de Shotek e no oeste de Mordiga, pelo que se sabe. Talvez também em alguns dos outros continentes. Ossos ocos. – Os olhos de Ged estavam fixos, concentrados nas páginas recordadas de qualquer obra xentropológica que estivesse citando. – Os garudas do Cymek são igualitários; *completamente* igualitários e individualistas. Caçadores e coletores, nenhuma divisão sexual do trabalho. Não têm dinheiro, não têm postos, embora tenham alguma espécie de hierarquia *não institucionalizada*. Isso significa apenas que o indivíduo é mais digno de respeito, esse tipo de coisa. Não veneram deus algum, embora tenham uma figura demoníaca, que pode ou não ser um eidolon de verdade. Danesch é seu nome. Caçam e lutam com chicotes, arcos, lanças, lâminas leves. Não usam escudos: pesados demais para voar. Então, às vezes usam duas armas ao mesmo tempo. Têm embates ocasionais com outros bandos ou espécies, provavelmente por causa de recursos. Você já ouvir falar da biblioteca deles?

Isaac assentiu. Ged revirou os olhos com uma cara de fome quase obscena.

– Cuspe-de-deus, eu adoraria consultá-la. Isso nunca vai acontecer. – Ele parecia triste. – O deserto realmente não é território para os vodyanoi. Meio seco...

– Bem, depois de descobrir quão pouco sabe sobre eles, acho bom parar de falar com você – disse Isaac.

E para seu espanto, o queixo de Ged caiu.

– Brincadeira, Ged! Ironia! Sarcasmo! Você sabe uma *caralhada* de coisas sobre eles. Ao menos comparado comigo. Eu estive folheando Shacrestialchit e você acaba de me dizer mais do que eu sabia sobre o assunto. Sabe algo sobre... ahn... o código penal deles?

Ged o encarou. Seus imensos olhos se estreitaram.

– O que você está aprontando, Isaac? Eles são tão igualitários... bem... a sociedade deles é toda baseada em maximizar a escolha para o indivíduo, e é por isso que eles são comunísticos. Isso garante a mais livre escolha para todos. Pelo que me lembro, o único crime que eles têm é privar outro garuda de escolha. E isso pode ser acentuado ou atenuado, dependendo de ter sido feito com ou sem respeito, coisa que eles absolutamente *adoram*...

– Como se rouba a escolha de alguém?

– Não faço ideia. Suponho que, se você quebra a lança de alguém, isso significa privar a pessoa de usá-la. E, se você mente sobre a localização de algum líquen gostoso, pode privar outros da escolha de ir pegá-lo...

– Talvez alguns roubos de escolha sejam analogias de coisas que consideramos crimes e outras não tenham absolutamente nenhum equivalente – disse Isaac.

– Suponho que sim.

– O que é um indivíduo abstrato e um indivíduo concreto?

Ged encarava Isaac, maravilhado.

– Caralho, Isaac, você fez amizade com um garuda, não fez?

Isaac ergueu uma sobrancelha e assentiu rapidamente.

– Filho da puta! – Ged deixou escapar, e as pessoas das mesas ao redor se voltaram para ele com uma leve surpresa. – E um garuda do Cymek! Isaac, você *tem* que fazer que ele... ele?... ela?... venha falar comigo sobre o Cymek!

– Não sei, Ged. Ele é meio... taciturno.

– Ah, por favor, *por favor...*

– Tudo bem, tudo bem, vou pedir a ele. Mas não espere grande coisa. Agora me diga qual é a diferença entre uma porra de um indivíduo abstrato e outro concreto.

– Ah, isso é *fascinante*. Imagino que você não tenha permissão de me dizer qual é o trabalho... É, achei que não teria. Bom, simplificando, e pelo que entendo, eles são igualitários porque respeitam demais o indivíduo, certo? E você não pode respeitar a individualidade dos outros concentrando-se em sua própria individualidade de forma abstrata e isolada. A questão é que você só é um indivíduo enquanto estiver inserido numa matriz social composta por outros indivíduos que respeitam sua individualidade e seu direito de fazer escolhas. Isso é a individualidade concreta: uma individualidade que reconhece que sua existência se deve a uma espécie de respeito comunal da parte de todas as outras individualidades e que, portanto, é melhor respeitá-las da mesma forma. Assim, um indivíduo abstrato é um garuda que esqueceu por um tempo que é parte de uma unidade maior e que deve respeito a todos os outros indivíduos que *escolhem*.

Fez-se uma longa pausa.

– Adiantou-lhe alguma coisa, Isaac? – perguntou Ged gentilmente, e começou a rir.

Isaac não sabia ao certo se adiantara ou não.

– Então escute, Ged; se eu lhe dissesse "roubo de escolha de segundo grau com desrespeito", você saberia o que esse garuda fez?

– Não... – Ged pareceu pensativo. – Não, não saberia. Parece ruim... Mas acho que deve haver algum livro na biblioteca que possa lhe explicar.

Nesse momento, Lemuel Pombo apareceu no campo de visão de Isaac.

– Escute, Ged – Isaac interrompeu apressado. – Mil perdões, e essa coisa toda, mas preciso falar com Lemuel. Podemos conversar depois?

Ged sorriu sem rancor e acenou para Isaac ir embora.

– Lemuel... uma palavrinha ao pé do ouvido. Pode ser lucrativo.

– Isaac! É sempre um prazer lidar com um homem da ciência. Como anda a vida da mente?

Lemuel se recostou em sua cadeira. Estava vestido como um dândi. Seu paletó era cor de vinho, seu colete, amarelo. Usava uma cartola pequena. Uma massa de cachos amarelos explodia por baixo dela num rabo-de-cavalo do qual eles obviamente se ressentiam.

– A vida da mente, Lemuel, chegou a uma espécie de impasse. E é aí, meu amigo, que *você* entra.

– *Eu?* – Lemuel Pombo deu um sorriso torto.

– Sim, Lemuel – disse Isaac, portentosamente. – Você também pode ajudar a causa da ciência a avançar.

Isaac gostava de provocar Lemuel, embora ficasse pouco à vontade com o jovem. Lemuel era um trapaceiro, um informante, um atravessador... a quintessência do intermediário. Ele havia cavado um pequeno e lucrativo nicho por ser um intermediário muito eficiente. Pacotes, informações, ofertas, mensagens, refugiados, artigos: para qualquer coisa que duas pessoas quisessem trocar sem realmente se encontrar, Lemuel serviria de mensageiro. Ele era muito valioso para aqueles que, assim como Isaac, queriam vasculhar o submundo de Nova Crobuzon sem molhar os pés nem sujar as mãos. Da mesma forma, os habitantes daquela outra cidade podiam usar Lemuel para chegar ao reino do mais ou menos legal sem acabarem indefesos na porta da milícia. Não que todo trabalho de Lemuel envolvesse ambos os mundos: uns eram inteiramente legais ou inteiramente ilegais. O fato era que atravessar fronteiras era sua especialidade.

A existência de Lemuel era precária. Ele era inescrupuloso e brutal: cruel quando necessário. Se a chapa esquentasse de verdade, deixava qualquer um que estivesse com ele para trás. Todo mundo sabia disso. Lemuel jamais escondeu o fato. Havia certa honestidade nele, nunca fingia ser uma pessoa confiável.

– Lemuel, seu jovem amante das ciências, seu... – disse Isaac. – Estou fazendo uma pequena pesquisa, e preciso obter alguns espécimes. Estamos falando de qualquer coisa que voe. E é aí que você entra. Veja, um homem em minha posição não pode ficar andando por Nova Crobuzon procurando malditos *pardais*... um homem em minha posição deveria, com um mero sinal, fazer que coisas aladas caíssem em seu colo.

– Ponha um anúncio no jornal, Isaac, meu velho. Por que está falando comigo?

– Porque estou falando de uma quantidade *muito grande*, e não quero saber de onde vem. E estou falando de *variedade*. Quero ver tantas coisinhas voadoras diferentes quanto puder, e algumas delas não são fáceis de encontrar. Por exemplo, se eu quisesse obter, digamos, uma áspise, poderia pagar ao bucaneiro de um capitão de navio uma grande soma por um espécime semimorto que tenha sido atacado por um predador... *ou* poderia pagar a você para que providencie que um de seus honrados associados solte uma pequena áspise sufocada de uma porra de uma gaiola dourada em Gidd Oriental ou na Orla. *Capisce?*

– Isaac, meu querido, estou começando a entender.

– Claro que entende, Lemuel. Você é um homem de negócios. Estou procurando coisas voadoras *raras*. Quero coisas que nunca vi antes. Quero coisas voadoras inventivas. Não vou pagar uma grana preta por uma cesta cheia de melros; mas, por favor, não suponha com isso que melros não sejam bem-vindos. Melros são bem-vindos, juntamente com pardais, corrupios e o que mais você quiser. Pombos, Lemuel, seus xarás. Mas o que ainda seria ainda *mais* bem-vindo são, digamos… cobras-libélulas.

– Raras – disse Lemuel, encarando atento sua caneca de cerveja.

– Muito raras – concordou Isaac. – Esse seria o motivo pelo qual sérias quantidades de bufunfa trocariam de mãos por um bom espécime. Entende, Lemuel? Quero pássaros, insetos, morcegos… e também ovos, casulos, vermes, qualquer coisa que vá se *transformar* numa coisa que voe. Na verdade, isso poderia até ser mais útil. Qualquer coisa que pareça que vá crescer até o tamanho de um cachorro. Nada muito maior que isso, e nada perigoso. Por mais impressionante que fosse capturar um drud ou um rinoceronte-de-vento, não são o que eu quero.

– E quem ia querer, Isaac? – concordou Lemuel.

Isaac enfiou uma nota de cinco guinéus no bolso superior de Lemuel. Os dois homens ergueram os copos e beberam juntos.

Isso havia sido na noite passada. Isaac se recostou e imaginou seu pedido abrindo caminho pelos becos do crime de Nova Crobuzon.

Isaac já havia usado o serviço de Lemuel outras vezes, quando precisara de um composto raro ou proibido, ou de um manuscrito do qual havia somente umas poucas cópias em Nova Crobuzon, ou de informações sobre a síntese de substâncias ilegais. Um riso frouxo se formava nos lábios de Isaac ao pensar nos sujeitos mais brutos do submundo da cidade correndo atrás de pássaros e borboletas entre brigas de gangues e tráfico de drogas.

O dia seguinte seria festingo, percebeu Isaac. Fazia dias que ele não via Lin. Ela nem sequer *sabia* desse trabalho. Lembrou que tinham um encontro marcado, iam sair para jantar. Ele podia pôr a pesquisa de lado um pouquinho e contar à sua amada tudo que havia acontecido. Era uma coisa que ele gostava de fazer, esvaziar a mente de todas as tralhas acumuladas e oferecer tudo a Lin.

Lublamai e David haviam partido, notou. Ele estava só.

Ondulou feito uma morsa, esparramando papéis e impressos por cima das tábuas do assoalho. Desligou o lampião e espiou para fora do armazém às escuras. Pela janela suja, podia ver o grande círculo frio da lua e as lentas piruetas de suas duas filhas, satélites de rocha estéril e ancestral reluzindo como vaga-lumes gordos, rodopiando ao redor de sua mãe.

Isaac adormeceu observando o convoluto relógio lunar. Banhou-se no luar e sonhou com Lin: um sonho frágil, sexual, amoroso.

CAPÍTULO 7

O Galo & Relógio transbordava para além das portas. Mesas e lanternas coloridas cobriam o pátio à beira do canal que separava Campos Salazes de Sanguevino. Sons de vidro se espatifando e gritos empolgados chegavam até os barqueiros silenciosos que trabalhavam nas eclusas, cavalgando a água podre até um nível mais alto e partindo na direção do rio, deixando a estalagem barulhenta para trás.

Lin sentia vertigem.

Ela estava sentada à cabeceira de uma mesa enorme sob uma lâmpada violeta, cercada de amigos. Junto dela, em um dos lados, estava Derkhan Diazul, crítica de arte do *Farol*. Do outro estava Caipira, gritando animado com Coxa Grossa, o violoncelista cactáceo. Alexandrine, Belagina Canção, Tariq Septimus, Importuna Zero: pintores e poetas, músicos, escultores e uma horda de agregados que ela conhecia vagamente.

Esse era o ambiente de Lin. Esse era seu mundo. E, no entanto, ela nunca se sentira tão isolada deles quanto naquele momento.

Saber que havia conseguido *o* emprego, a encomenda enorme com a qual todos eles sonhavam, o único trabalho que poderia fazê-la feliz por anos, separava-a de seus amigos. E seu aterrorizante empregador sacramentava esse isolamento de forma muito eficiente. Lin sentia como se, subitamente, sem aviso, estivesse em um mundo muito diferente daquele do círculo brincalhão, animado, precioso e introspectivo dos Campos Salazes.

Ela não tinha visto ninguém desde que retornara, muito abalada, de seu extraordinário encontro em Vilaosso. Sentia uma saudade imensa de Isaac, mas sabia que ele estaria aproveitando a oportunidade do suposto trabalho dela para se afogar em pesquisas, e também sabia que ter se aventurado no Brejo do Texugo o enfureceria enormemente. Nos Campos Salazes, eles eram um segredo aberto. O Brejo do Texugo, entretanto, era a barriga da besta.

Então, ela ficara sentada por um dia inteiro, contemplando o que havia concordado em fazer.

De modo lento e exploratório, lançara sua mente de volta à figura monstruosa do sr. Mesclado.

Merda e cuspe-de-deus, pensara ela. *O que ele é?*

Ela não tinha uma imagem clara de seu chefe, apenas uma percepção da discordância terrível de sua carne. Fragmentos de memória visual a provocavam: uma das mãos terminando em cinco garras de caranguejo igualmente espaçadas; um chifre espiralado irrompendo de dentro de um ninho de olhos; uma cordilheira reptiliana percorrendo, tortuosa, uma extensão recoberta por pelo de cabra. Era impossível dizer a que raça o sr. Mesclado havia pertencido inicialmente. Ela nunca ouvira falar num Refazer tão extenso, tão monstruoso e caótico. Um sujeito rico como ele certamente devia ser capaz de pagar os melhores Refazedores para transformá-lo em uma coisa mais humana... ou mais qualquer outra coisa. Ela só podia imaginar que ele havia escolhido aquela forma.

Ou isso, ou ele era uma vítima do Torque.

Lin se perguntou se a obsessão dele com a zona de transição refletia sua forma ou se a obsessão teria vindo primeiro.

O armário de Lin estava repleto de esboços do corpo do sr. Mesclado – escondidos apressadamente, uma vez que ela supunha que Isaac ficaria com ela naquela noite. Havia rabiscado notas do que se lembrava daquela anatomia lunática.

Seu horror havia diminuído ao longo dos dias, deixando-a com a pele arrepiada e uma torrente de ideias.

Essa, decidira, poderia ser a obra de sua vida.

Seu primeiro encontro com o sr. Mesclado seria no dia seguinte, pó-feira, à tarde. Depois disso, veriam-se duas vezes por semana por pelo menos um mês: provavelmente mais do que isso, dependendo de como a escultura tomasse forma.

Lin estava ansiosa para começar.

– Lin, sua vaca entediante! – gritou Caipira, e jogou uma cenoura nela. – Por que está tão quieta hoje?

Lin rabiscou rapidamente em seu bloco.

Caipira, coração, você me entedia.

Todos caíram na gargalhada. Caipira voltou a flertar extravagantemente com Alexandrine. Derkhan curvou a cabeça grisalha para Lin e falou baixinho:

– Sério, Lin... Você quase não está falando. Aconteceu alguma coisa?

Comovida, Lin balançou suavemente o corpocrânio.

Estou trabalhando numa coisa grande. Está ocupando muito meus pensamentos, disse por gestos. Para ela, era um alívio ser capaz de falar sem ter de escrever cada palavra: Derkhan entendia bem a linguagem de sinais.

Estou com saudade de Isaac, Lin acrescentou, fingindo angústia.

Derkhan fez uma expressão de simpatia. *Ela é uma mulher adorável,* pensou Lin.

Derkhan era pálida, magra e alta – embora a meia-idade tivesse lhe trazido uma barriguinha. Apesar de adorar as palhaçadas ultrajantes do grupo de Salazes, era uma mulher gentil e intensa, que evitava ser o centro das atenções. Seus textos eram afiados e impiedosos: Lin achava que, se Derkhan não tivesse gostado de seu trabalho, não conseguiria ser amiga dela. Os juízos que ela emitia no *Farol* eram duros ao ponto da brutalidade.

Lin podia dizer a Derkhan que tinha saudades de Isaac. Derkhan conhecia a verdadeira natureza do relacionamento deles. Pouco mais de um ano atrás, quando as duas passeavam juntas pelos Campos Salazes, Derkhan havia comprado bebidas. Quando entregara seu dinheiro para pagar, deixara cair a bolsa. Fora rápida para pegá-la, mas Lin chegara na frente, segurando-a e parando apenas por um instante quando vira o heliótipo velho e amassado que havia caído na rua, que mostrava a linda jovem de aspecto feroz vestindo terno de homem, o XXX escrito perto da margem inferior, o beijo de batom. Lin devolvera a foto para Derkhan, que a recolocara na bolsa sem pressa e sem olhar a amiga nos olhos.

– Faz muito tempo – disse Derkhan enigmaticamente, e mergulhara na cerveja.

Lin sentia que devia um segredo a Derkhan. Ficara quase aliviada quando, dois meses depois, fora beber com ela, deprimida após uma briga estúpida com Isaac. Isso dera a Lin a oportunidade de contar a Derkhan a verdade que a outra já devia ter adivinhado. Derkhan ouvira sem demonstrar nada além de preocupação com o sofrimento de Lin.

Desde então, ficaram íntimas.

Isaac gostava de Derkhan porque ela era uma subversiva.

Justo quando Lin estava pensando em Isaac, ouviu sua voz.

– Cu-de-deus, pessoal, desculpem o atraso.

Ela se virou e viu o corpanzil dele empurrando as mesas na direção do grupo. Suas antenas se flexionaram, formando o que ela tinha certeza de que ele reconheceria como um sorriso.

Um coro de cumprimentos saudou Isaac quando ele se aproximou. Ele olhou direto para Lin e lhe deu um sorriso especial. Acariciou suas costas enquanto acenava para os outros, e Lin sentiu mão dele esfregando sua camisa e soletrando, desajeitada, *Eu te amo.*

Isaac puxou uma cadeira e a enfiou entre as de Lin e Caipira.

– Acabei de passar no banco e depositei umas pepitas pequenas e brilhantes. Um contrato lucrativo – gritou. – Isso deixa um cientista feliz e sem noção. Bebidas por minha conta.

Gritos roucos e deleitados de surpresa foram acompanhados por um chamado coletivo pelo garçom.

– Como está indo o espetáculo, Caipira? – perguntou Isaac.

– Ah, esplêndido, esplêndido! – gritou Caipira e depois acrescentou, de modo bizarro e muito escandaloso: – Lin foi vê-lo na peixe-feira.

– Verdade – disse Isaac sem se abalar. – Você gostou, Lin?

Ela fez um breve sinal afirmativo.

Caipira só estava interessado em olhar para o decote do vestido nada sutil de Alexandrine. Isaac voltou sua atenção para Lin.

– Você não vai *acreditar* no que andou acontecendo... – começou Isaac.

Lin segurou a perna dele embaixo da mesa. Ele retribuiu o gesto.

Baixinho, Isaac contou a Lin e Derkhan, de forma truncada, a história da visita de Yagharek. Implorou para que elas mantivessem segredo e não parava de olhar ao redor para garantir que mais ninguém estivesse escutando. No meio da conversa, o frango que pedira chegou, e ele comeu ruidosamente enquanto descrevia o encontro n'As Filhas da Lua e as gaiolas e mais gaiolas de animais experimentais que esperava que chegassem a seu laboratório a qualquer momento.

Quando terminou, recostou-se e sorriu para ambas, antes que um olhar contrito percorresse seu rosto. Então, perguntou a Lin, envergonhado:

– E seu trabalho, como vai?

Ela fez um aceno indiferente.

Não há nada, coração, pensou, *que eu possa lhe dizer. Vamos falar sobre seu novo projeto.*

A culpa ficou visível no rosto dele por causa de sua conversa unilateral, mas Isaac não conseguia evitar. Ele estava profundamente imerso em um novo projeto. Lin sentiu um afeto melancólico e familiar por ele. Melancolia pela autossuficiência dele nesses momentos de fascinação; afeto por seu fervor e paixão.

– Olhem, olhem – disse Isaac subitamente, tirando um pedaço de papel do bolso.

Desdobrou-o na mesa à frente deles. Era o anúncio de uma feira que estava atualmente na Cruz de Sobek. O verso estava ondulado devido à cola ressecada: Isaac o arrancara de um muro.

A ÚNICA e MARAVILHOSA FEIRA DO SR. BOMBADREZIL, que com certeza surpreenderá e animará o PALATO MAIS CANSADO. O Palácio do Amor; A Sala dos Terrores; O Vórtice; e muitas outras atrações a preços razoáveis. Venha também ver o extraordinário show de horrores, o CIRCO BIZARRO. MONSTROS e MARAVILHAS de todos os cantos de Bas-Lag! Videntes da Terra Fraturada; uma genuína Garra de Tecelão; o CRÂNIO VIVO; a lasciva MULHER-SERPENTE; Ursus Rex, o homem-rei dos ursos; POVO CACTO ANÃO de tamanhos minúsculos; um GARUDA, chefe dos homens-pássaros do deserto selvagem; os HOMENS DE PEDRA de Bezhek; DAIMONS enjaulados; PEIXES DANÇARINOS; tesouros roubados d'OS GENGRIS; e inúmeros outros PRODÍGIOS e

MARAVILHAS. Algumas atrações não são adequadas para quem se choca facilmente ou para aqueles de disposição nervosa. Entrada: 5 tostões. Jardins da Cruz de Sobek, de 14 de chet a 14 de meluário, das 18 às 23, todos os dias.

– Viram isso? – gritou Isaac, batendo no cartaz com o polegar. – Eles têm um garuda! Eu andei mandando solicitações por toda a cidade pedindo aves, provavelmente para acabar com caralhadas de gralhas horríveis cobertas de doenças, e tem uma porra de um *garuda* bem na minha porta!

Você vai descer lá?, perguntou Lin com sinais.

– Porra, mas é claro! – bufou Isaac. – Logo depois daqui! Pensei que podíamos ir todos juntos. Os outros – disse ele, baixando a voz – não precisam saber o que é que eu vou fazer lá. Afinal, uma feira é sempre divertida, não é?

Derkhan riu e concordou.

– Então, você vai sequestrar o garuda, ou o quê? – sussurrou ela.

– Bem, supostamente eu poderia arrumar um jeito de tirar heliótipos dele, ou até mesmo pedir que ele fosse ao laboratório por uns dois dias. Não sei. Vamos organizar alguma coisa! O que me dizem? Topam uma feira?

Lin pegou um tomate-cereja da guarnição de Isaac e o limpou cuidadosamente do frango. Segurou-o com a mandíbula e começou a mastigar.

Pode ser divertido, fez sinais. *Você paga?*

– É claro que pago! – ribombou Isaac, e olhou fixo para ela. Olhou-a bem de perto por um minuto. Olhou ao redor para se certificar de que ninguém estava vendo e, então, desajeitado, fez o sinal na frente dela. *Senti saudade.*

Derkhan desviou o olhar por um momento, por discrição.

Lin quebrou o clima para garantir fazê-lo antes de Isaac. Bateu palmas alto até que todos na mesa estivessem olhando para ela. Começou a fazer sinais pedindo a Derkhan que traduzisse.

– Ahn... Isaac está louco para provar que esse papo de que cientistas só trabalham e não se divertem é falso. Assim como estetas dissolutos como nós, intelectuais também sabem se divertir, portanto, ele nos oferece isto – Lin balançou o cartaz e atirou-o no centro da mesa, onde todos podiam vê-lo. – Passeios, espetáculos, maravilhas e jogos, tudo por meros cinco tostões, que Isaac gentilmente se ofereceu para pagar.

– Não para *todos*, sua porca! – rugiu Isaac, fingindo ultraje, mas logo foi afogado pelo rugido bêbado de gratidão.

– ... Se ofereceu para pagar – continuou Derkhan, matreira. – Sendo assim, sugiro que bebamos, comamos e sigamos para Cruz de Sobek.

Todos concordaram estrepitosa e caoticamente. Os que já haviam terminado de comer e beber pegaram suas bolsas. Outros atacaram com gosto renovado suas ostras, saladas ou bananas fritas. Tentar organizar um grupo de qualquer tamanho para fazer algo em sincronia era uma luta épica, refletiu Lin com ironia. Levaria um tempo até que conseguissem ir embora.

Isaac e Derkhan estavam sibilando entre si na mesa à sua frente. Suas antenas comichavam. Ela conseguia captar alguns de seus murmúrios. Isaac falava animado de política. Ele canalizava seu descontentamento social difuso, sem direção e patente nas discussões com Derkhan. Estava fazendo pose, pensou Lin, divertida, fora de sua área, tentando impressionar a lacônica jornalista.

Ela pôde ver Isaac passar uma moeda cuidadosamente por cima da mesa e receber um envelope simples em troca. Sem dúvida, o último exemplar do *Renegado Rompante*, o pasquim ilegal e radical para o qual Derkhan escrevia.

Tirando um nebuloso nojo da milícia e do governo, Lin não era um ser político. Ela se recostou e observou as estrelas através da névoa violeta da lanterna suspensa. Pensou na última vez em que havia estado numa feira: lembrava-se do louco palimpsesto de cheiros, das ofensas e xingamentos, das competições armadas e dos prêmios vagabundos, dos animais exóticos e das roupas brilhantes, tudo embalado num toldo pobre, vibrante e excitante.

Na feira as regras normais eram esquecidas rapidamente, banqueiros e ladrões se misturavam num "ohhh" e deixavam-se surpreender, escandalizados e empolgados. Até as irmãs menos ousadas de Lin iam à feira.

Uma de suas memórias mais antigas era a de passar sorrateira por fileiras de tendas coloridas para ficar ao lado de um carrossel assustador, perigoso e multicolorido, uma roda-gigante na feira de Marcafel vinte anos atrás. Alguém – ela nunca soube quem; alguma passante khepri, algum dono de barraca generoso – lhe dera uma maçã do amor, que ela comera com reverência. Uma de suas poucas memórias de infância agradáveis era aquela fruta açucarada.

Lin se recostou e esperou que os amigos terminassem seus preparativos. Sugou chá doce de sua esponja e pensou naquela maçã do amor. Aguardou pacientemente a hora de ir à feira.

CAPÍTULO 8

– Venha tentar, venha tentar, venha tentar a sorte!

– Moças, moças, peçam aos seus namorados pra ganhar um buquê pra vocês!

– Girem no cata-vento! Sua mente vai rodar!

– Sua semelhança reproduzida em apenas quatro minutos! Não há retrato mais rápido no mundo!

– Experimentem o mesmerismo hipnagógico de Sillion, o Extraordinário!

– Três rodadas, três guinéus! Aguentem três rodadas contra Magus "Homem de Ferro" e levem para casa três Gs! Nada de povo cacto.

O ar noturno estava denso de ruídos. Desafios, gritos, convites e tentações soavam como balões estourando ao redor do grupo risonho. Os jatos de gás dos lampiões, misturados com produtos quêmicos selecionados, queimavam em vermelho, verde, azul e amarelo-canário. O gramado e as trilhas da Cruz de Sobek estavam grudentos de tanto açúcar e molho derramados. Bichos nojentos rastejavam correndo pela lona das barracas e entravam nos arbustos escuros do parque, agarrando pedaços selecionados de comida. Punguistas e gatunos deslizavam, predadores, em meio à multidão como peixes por entre algas. Rugidos indignados e gritos violentos ressoavam atrás deles.

A multidão era um caldeirão ambulante de humanos e vodyanois, cactos, khepris e outras espécies mais raras: hotchis, passolargos, pernas-de-lança e raças cujos nomes Isaac não conhecia.

Poucos metros além da feira, a escuridão da grama e das árvores era absoluta. Os arbustos e ramos estavam enfeitados com tiras de papel cortado, descartadas, fisgadas e lentamente rasgadas pelo vento. O parque era atravessado por trilhas, que davam em lagos, leitos de flores e hectares de mata não cuidada, e as velhas ruínas monásticas no centro do imenso terreno comum.

Lin e Caipira, Isaac e Derkhan e todos os outros passaram por enormes armações de aço com rebites, ferro pintado com cores vivas e luzes sibilantes. Silvos de prazer provinham de carrinhos que balançavam em correntes de aspecto frágil acima deles. Uma centena de melodias diferentes de animação maníaca ressoava de cem motores e órgãos, numa cacofonia perturbadora que ia e vinha ao redor como uma onda.

Alex mastigava amendoins com mel; Belagina, carne temperada; Coxa Grossa, uma manta de solo aguado deliciosa para o povo cacto. Jogavam comida uns para os outros e a pegavam com a boca.

O parque fervilhava de frequentadores jogando aros sobre pinos, atirando em alvos com arcos de criança, tentando adivinhar sob qual copinho a moeda estava escondida. Crianças gritavam de prazer e angústia. Prostitutos de todas as raças, sexos e descrições exibiam-se exageradamente por entre as barracas ou se postavam perto dos bares, piscando para os passantes.

O grupo foi se desintegrando devagar durante a travessia até o coração da feira. Pairaram por um minuto enquanto Caipira exibia suas habilidades com o arco. Com ostentação, ele ofereceu seus prêmios – duas bonecas – para Alex e para uma bela e linda puta, que deu vivas a seu triunfo. Os três desapareceram de braços dados no meio da multidão. Tariq se mostrou adepto da pescaria, puxando três caranguejos vivos de uma grande banheira de águas agitadas. Belagina e Zero tiveram seu futuro lido nas cartas e deram gritinhos de terror quando a bruxa, entediada, transformou-se na Cobra e na Velha, sucessivamente. Pediram uma segunda opinião de uma escarabomante de olhos saltados, que contemplou teatralmente as imagens deslizantes na carapaça de seus escaravelhos cheios de padrões, os quais passavam e davam encontrões uns nos outros no meio da serragem.

Isaac e os outros deixaram Belagina e Zero para trás.

O restante do grupo dobrou uma esquina ao lado da Roda do Destino e deparou com uma seção mais ou menos separada. Dentro dela, uma fileira de pequenas tendas fazia a curva e sumia de vista. Sobre o portão, os seguintes dizeres escritos de modo tosco: O CIRCO DO BIZARRO.

– Agora – disse Isaac, pensativo –, acho que eu poderia dar uma olhadinha nisto aqui…

– Vasculhando as profundezas da miséria humana, 'Zaac? – perguntou a modelo de um jovem artista cujo nome Isaac não conseguia lembrar.

Além de Lin, Isaac e Derkhan, só restavam uns poucos do grupo original. Pareciam um pouco surpresos com a escolha de Isaac.

– Pesquisa – disse Isaac, grandiosamente. – Pesquisa. Você vem comigo, Derkhan? Lin?

Os outros aceitaram a indireta com reações que variaram de acenos descuidados a meneios petulantes. Antes que todos desaparecessem, Lin fez um gesto rápido para Isaac.

Sem interesse nisso. Teratologia é coisa mais sua. Encontro você na entrada daqui a duas horas?

Isaac assentiu rapidamente e apertou com carinho a mão dela. Ela fez um sinal de adeus para Derkhan e saiu correndo para alcançar um artista do som cujo nome Isaac nunca chegou a conhecer.

Derkhan e Isaac se olharam.

– ... E, então, ficaram dois. – Derkhan cantou o que era um trecho de uma canção infantil sobre uma cesta de gatinhos que morriam, um a um, de modo grotesco.

Havia uma taxa adicional para entrar no Circo do Bizarro, a qual Isaac pagou. Embora não estivesse exatamente vazio, o show de aberrações estava menos lotado do que o corpo principal da feira. Quanto mais endinheirados os frequentadores lá dentro pareciam, mais furtivo o jeito deles.

O show de aberrações despertava o lado voyeur do populacho e o lado hipócrita da burguesia.

Parecia estar começando uma espécie de visitação, que prometia levar a cada exibição do circo, uma por vez. Os gritos do apresentador pediam que o grupo reunido se mantivesse junto e se preparasse para visões que olhos mortais não foram feitos para ver.

Isaac e Derkhan ficaram um pouco mais para trás e seguiram a trupe. Isaac viu que Derkhan pegara um bloco de notas e estava com uma caneta a postos.

O mestre de cerimônias, de chapéu-coco, aproximou-se da primeira tenda.

– Senhoras e senhores – emitiu um sussurro alto e rouco –, nesta tenda espreita a criatura mais notável e aterrorizante jamais vista por homens mortais. Nem por vodyanois, nem por cactos, nem por seja o que for – acrescentou com voz normal, acenando graciosamente com a cabeça para os poucos xenianos na multidão. Voltou a seus tons bombásticos. – Originalmente descrita quinze séculos atrás nos diários de viagem de Libintos, o Sábio, ao que era então apenas a velha Crobuzon. Em suas viagens ao sul, até as vastidões escaldantes, Libintos viu muitas coisas maravilhosas e monstruosas. Mas nenhuma mais aterradora do que o incrível... mafadet!

Até Isaac, que estivera ostentando um sorriso sarcástico, juntou-se ao suspiro da massa.

Eles têm mesmo um mafadet?, pensou, enquanto o mestre de cerimônias puxava a cortina na frente da tenda. Ele empurrou as pessoas para poder ver.

Houve um novo suspiro, maior e mais alto, e as pessoas na frente lutaram para recuar. Outras empurraram para tomar o lugar delas.

Atrás de grossas barras pretas, presa por correntes pesadas, havia uma besta extraordinária. Deitada no chão, seu imenso corpo amarronzado era igual ao de um grande leão. Entre seus ombros havia uma franja de pelo mais denso do qual despontava um enorme pescoço serpenteante, mais grosso que a coxa de um homem.

Suas escamas reluziam com um brilho avermelhado e oleoso. Um padrão intricado subia pelo alto daquele pescoço curvo, expandindo-se até uma forma de diamante, onde se curvava e se tornava uma enorme cabeça de cobra.

A cabeça do mafadet roçava o chão. Sua grande língua bifurcada entrava e saía da boca. Seus olhos brilhavam como pedras pretas.

Isaac segurou Derkhan.

– É um *mafadet*, caralho – sibilou, surpreso. Derkhan assentiu de olhos arregalados.

A massa havia recuado da frente da jaula. O apresentador pegou um pedaço de pau farpado e o enfiou por entre as barras, atiçando a enorme criatura do deserto. Ela soltou um silvo profundo e retumbante e tentou atacar pateticamente seu torturador com uma pata gigantesca. Seu pescoço se curvou e se retorceu numa angústia inconsistente.

Gritinhos ecoaram na multidão. As pessoas pularam de susto na pequena barreira à frente da jaula.

– Para trás, senhoras e senhores, para trás, eu imploro! – A voz do apresentador era pomposa e histriônica. – Vocês todos estão em perigo mortal! Não enfureçam a fera!

O mafadet silvou novamente sob seus tormentos intermináveis. Ele se contorcia para trás no chão, afastando-se da estaca maligna.

O espanto de Isaac foi se apagando rapidamente.

O animal, exausto, contorcia-se em agonia indigna enquanto buscava a parte de trás da jaula. Sua cauda pelada batia na carcaça de cabra fedorenta presumivelmente fornecida para sua alimentação. Estrume e poeira manchavam o pelo do mafadet, juntamente com sangue espesso que vazava de suas numerosas feridas e cortes. Seu corpo esparramado sofreu um pequeno espasmo enquanto aquela cabeça fria e quadrada se levantava nos poderosos músculos de seu pescoço de serpente.

O mafadet silvou e, enquanto a multidão retribuía o silvo, suas mandíbulas terríveis se abriram. Ele tentou expor os dentes.

O rosto de Isaac se contorceu de nojo.

Fragmentos quebrados despontavam das gengivas da criatura onde deveriam ter brilhado presas cruéis de trinta centímetros de comprimento. Haviam sido arrancadas de sua boca, percebeu Isaac, por medo de sua mordida venenosa e assassina.

Isaac olhava fixamente para o monstro arrasado chicoteando o ar com sua língua negra. A coisa voltou a abaixar a cabeça.

– Pelo cu de Falastrão! – murmurou Isaac para Derkhan, com pena e nojo. – Nunca pensei que sentiria dó de algo assim.

– Dá para imaginar em que estado vai estar o garuda – respondeu Derkhan.

O apresentador puxava apressado a cortina para isolar a criatura miserável enquanto contava à multidão a história da provação por veneno pela qual passara Libintos nas mãos do rei mafadet.

Conversa pra boi dormir, papo-furado, mentira, encenação, pensou Isaac, enojado. Percebeu que a multidão pudera ver apenas um breve vislumbre, coisa de um minuto ou menos. *Menos chance de alguém perceber como esse coitado está moribundo*, pensou.

Isaac não pôde deixar de imaginar um mafadet em pleno vigor. O peso imenso daquele corpo marrom percorrendo o cerrado quente e seco, o ataque-relâmpago de sua mordida venenosa.

Garuda circulando no alto, lâminas faiscantes.

A multidão era conduzida na direção do próximo cercado. Isaac não ouvia o rugido do guia. Observava Derkhan fazer anotações rápidas.

– É para publicar no *RR*? – sussurrou Isaac.

Derkhan olhou discretamente ao redor.

– Talvez. Depende do que mais vamos ver.

– O que vamos *ver* – sussurrou Isaac furioso, arrastando Derkhan consigo ao avistar a exibição seguinte – é a pura maldade humana! Porra, assim eu me desespero, Derkhan!

Ele havia parado um pouco atrás de um grupo de retardatários que observava uma criança nascida sem olhos, uma garota humana frágil e ossuda que chorava sem emitir palavras e balançava a cabeça ao som da multidão. *ELA ENXERGA COM A VISÃO INTERIOR!*, proclamava a placa sobre sua cabeça. Alguns que estavam mais à frente da jaula riam da menina.

– Cuspe-de-deus, Derkhan… – Isaac balançou a cabeça. – Olhe só para eles, atormentando essa pobre criatura…

Quando disse isso, um casal, com aversão estampada no rosto, deu as costas para a criança. Voltaram-se ao sair e cuspiram para trás, na direção da mulher que havia rido mais alto.

– As coisas *mudam*, Isaac – disse Derkhan, em voz baixa. – As coisas mudam rapidamente.

O guia da excursão percorreu a trilha entre as fileiras de tendinhas, parando aqui e ali para mostrar horrores selecionados. A multidão começava a dispersar. Pequenos coágulos de pessoas se afastavam por vontade própria. Em algumas tendas elas eram detidas por assistentes, que esperavam até que um número suficiente se congregasse antes de revelar suas peças ocultas. Em outras, os frequentadores entravam direto, e gritos de deleite, choque e nojo emanavam de dentro da lona suja.

Derkhan e Isaac foram vagando até entrar num longo cercado. Acima da entrada havia uma placa escrita com caligrafia elaborada: *UMA PANÓPLIA DE MARAVILHAS! VOCÊ SE ATREVE A ADENTRAR O MUSEU DE COISAS OCULTAS?*

– Nós nos atrevemos, Derkhan? – murmurou Isaac, ao penetrarem a escuridão quente e poeirenta.

A luz invadiu lentamente seus olhos pelo canto do aposento improvisado. A câmara de algodão estava repleta de gabinetes de ferro e vidro estendendo-se diante deles. Velas e lampiões ardiam em nichos, filtrados por lentes que os concentravam em pontos dramáticos, iluminando as mostras bizarras. Frequentadores serpenteavam de um lado para o outro, murmurando, dando risos nervosos.

Isaac e Derkhan passaram devagar por vidros de álcool amarelado onde flutuavam pedaços quebrados de corpos. Fetos de duas cabeças e fragmentos do braço de um kraken. Uma ponta brilhante vermelho-escura que poderia ter sido a garra de um Tecelão ou uma escultura queimada; olhos que sofriam espasmos e viviam em vidros de líquido eletrificado; intricadas pinturas infinitesimais nas costas de joaninhas, visíveis somente com lentes de aumento; um crânio humano rastejando em sua jaula sobre seis patas entômicas de bronze. Um ninho de ratos com caudas entrelaçadas que se revezavam rabiscando obscenidades numa pequena lousa. Um livro feito de penas prensadas. Dentes de druds e um chifre de narval.

Derkhan rabiscava anotações. Isaac olhava com avareza o charlatanismo e a criptociência ao seu redor.

Saíram do museu. À sua direita ficava Anglerina, Rainha do Mais Profundo Mar; à esquerda o Mais Velho Homem-Cacto de Bas-Lag.

– Estou ficando deprimida – disse Derkhan.

Isaac concordou.

– Vamos encontrar depressa o Chefe dos Homens-Pássaros do Deserto Selvagem, e que se foda. Eu compro algodão-doce pra você.

Passaram pelas fileiras dos deformados e obesos, dos bizarramente hirsutos e dos minúsculos. Isaac subitamente apontou acima deles, para a placa que havia aparecido.

REI GARUDA! SENHOR DO AR!

Derkhan puxou a cortina pesada. Ela e Isaac trocaram olhares e entraram.

– Ah! Visitantes desta estranha cidade! Venham, sentem-se, ouçam histórias do deserto cruel! Passem algum tempo com um viajante de muito, muito longe!

A voz desanimada irrompeu das sombras. Isaac forçou a vista por entre as barras diante deles. Uma figura sombria e andrajosa se levantou dolorosamente e saiu se arrastando da escuridão da parte de trás da tenda.

– Eu sou um chefe de meu povo e vim para ver Nova Crobuzon, da qual ouvimos falar.

A voz era dolorida e exausta, rouca e aguda, mas em nada se parecia com os sons alienígenas que explodiam da garganta de Yagharek. O falante saiu da obscuridade.

Isaac abriu bem os olhos e a boca para urrar de triunfo e maravilhamento, mas seu grito se transformou ao nascer e morreu num sussurro indignado.

A figura perante Isaac e Derkhan tremeu e coçou a barriga. Sua carne pendia pesada, como a de um estudante gordinho. Sua pele era branca e marcada de doença e de frio. Isaac percorreu com os olhos todo o corpo da criatura, desanimado. Nós bizarros de tecido brotavam dos dedos agrupados de seus pés: garras desenhadas por crianças. Sua cabeça era coberta de penas, mas de todos os tamanhos e formas, colocadas aleatoriamente da coroa até o pescoço em uma camada isolante grossa e regular. Os olhos que espiavam Isaac e Derkhan, míopes, eram humanos, que lutavam para abrir pálpebras incrustadas em remela e pus. O bico era grande e manchado, como se fosse peltre velho.

Atrás da criatura miserável estendia-se um par de asas sujas e fedorentas. Não tinham mais que um metro e oitenta de envergadura. Diante dos olhos de Isaac elas se abriram pela metade, sacudiram e estremeceram com espasmos. Pedacinhos de gosma orgânica se descolaram delas com os tremores.

O bico da criatura se abriu e, por baixo dele, Isaac teve um vislumbre de lábios formando as palavras, narinas acima. O bico não passava de um apetrecho malformado enfiado e colado no lugar como uma máscara de gás sobre o nariz e a boca, notou Isaac.

– Permitam-me falar dos tempos em que alcei voo com minha presa – começou a figura patética, mas Isaac avançou e ergueu a mão para interrompê-lo.

– Por favor, deuses, chega! – gritou. – Poupe-nos desta… *vergonha…*

O falso garuda cambaleou para trás, piscando de medo.

Fez-se silêncio por um longo tempo.

– Qual é o problema, chefia? – sussurrou a coisa atrás das barras. – O que foi que eu fiz de errado?

– Eu vim aqui para ver um garuda, porra! – rugiu Isaac. – Você acha que sou idiota? Você é um Refeito, meu camarada, como qualquer um pode ver.

O grande bico morto estalou quando o homem lambeu os lábios. Seus olhos iam nervosos da esquerda para a direita.

– Pelo amor de Falastrão, parceiro – sussurrou, implorando. – Não faça nenhuma reclamação. Isto aqui é tudo que tenho. O senhor obviamente é um cavalheiro de fina educação. Eu sou o mais próximo que a maioria consegue chegar de um garuda. Tudo que eles querem é ouvir um pouco sobre caçadas no deserto, ver o homem-pássaro, e assim eu ganho meu dinheiro.

– Cuspe-de-deus, Isaac – sussurrou Derkhan. – Pega leve.

Isaac ficou extremamente decepcionado. Ele havia preparado uma lista de perguntas em sua cabeça. Sabia exatamente como queria investigar as asas, qual interação músculos-ossos atualmente o intrigava. Estava preparado para pagar uma boa taxa pela pesquisa, para fazer com que Ged fosse até ali fazer perguntas sobre a Biblioteca do Cymek. Ter de encarar, em vez disso, um humano assustado e doente lendo um roteiro que teria feito a companhia de teatro mais vagabunda cair em desgraça o deprimia.

Sua raiva foi temperada com dó quando ele encarou a figura miserável à sua frente. O homem por trás das penas agarrava e soltava, nervoso, o braço esquerdo com o direito. Precisava abrir aquele bico ridículo para respirar.

– Rabo-de-diabo... – Isaac xingou baixinho.

Derkhan havia caminhado até as barras.

– O que você fez? – perguntou ela ao homem.

Ele voltou a olhar ao redor antes de responder.

– Roubo – disse rapidamente. – Fui pego tentando roubar um quadro velho de garuda de um idiota lá em Chnum. Valia uma fortuna. O magíster disse que, já que eu estava tão impressionado com os garudas, poderia... – Ele parou de respirar por um momento... – Poderia ser um deles.

Isaac podia ver que as penas do rosto haviam sido enfiadas de forma impiedosa na pele, sem dúvida coladas de modo subcutâneo para tornar a remoção algo agonizante demais para se considerar. Ele imaginou como deveria ter sido torturante o processo de inserção, pena por pena. Quando o Refeito se voltou levemente para Derkhan, Isaac pôde ver o feio nó de carne endurecida em suas costas onde aquelas asas, arrancadas de algum urubu ou abutre, haviam sido seladas juntamente com os músculos humanos.

Com terminações nervosas ligadas de modo aleatório e inútil, as asas só se moviam com os espasmos de uma morte protelada havia muito tempo. Isaac torceu o nariz por causa do fedor. As asas apodreciam lentamente nas costas do Refeito.

– Dói? – perguntou Derkhan.

– Hoje não dói mais tanto, senhora – respondeu o Refeito. – De qualquer maneira, tenho sorte de ter isto. – E indicou a tenda e as barras. – Põe comida na mesa. É por isso que agradeceria sobremaneira se os senhores evitassem dizer ao patrão que me desmascararam.

A maioria das pessoas que vem aqui realmente aceita essa farsa nojenta?, perguntou-se Isaac. *Seriam as pessoas tão crédulas a ponto de imaginar que algo tão grotesco assim possa voar?*

– Não diremos nada – disse Derkhan.

Isaac assentiu rápido, concordando. Sentia muita pena, raiva e nojo. Queria ir embora.

Atrás deles, a cortina se abriu e um grupo de moças entrou, rindo e sussurrando piadas indecorosas. O Refeito olhou por cima do ombro de Derkhan.

– Ah! – disse, alto. – Visitantes desta estranha cidade! Venham, sentem-se, ouçam histórias do deserto cruel! Passem algum tempo com um viajante de muito, muito longe!

Ele se afastou de Derkhan e Isaac, olhando para eles com tristeza. Gritinhos deliciados e espantados irrompiam das novas espectadoras.

– Voe para nós! – gritou uma delas.

– Ai de mim. – Isaac e Derkhan ouviram ao deixarem a tenda. – O clima de sua cidade é muito inclemente para minha espécie. Peguei uma gripe e, por enquanto, não posso voar. Mas fiquem e eu lhes contarei das visões dos céus sem nuvens do Cymek.

O pano se fechou atrás deles. A fala foi abafada.

Isaac observava Derkhan rabiscar em seu bloco de notas.

– O que você vai dizer? – perguntou.

– "Refeito forçado por tortura do magíster a viver como atração de zoológico." Não vou dizer qual – respondeu ela, sem levantar a cabeça de suas anotações.

Isaac assentiu.

– Vamos – murmurou. – Vou comprar aquele algodão-doce para você.

– Porra, agora estou deprimido – disse Isaac, muito sério. Deu uma mordida no rolo doce e enjoativo que carregava. Fibras açucaradas grudaram em sua barba por fazer.

– Sim, mas você está deprimido por causa do que fizeram àquele homem ou porque não chegou a conhecer um garuda? – perguntou Derkhan.

Eles haviam deixado o show de horrores. Mastigavam com vontade ao passar pelo corpo multicolorido da feira. Isaac se pôs a pensar. Ficou um pouco surpreso.

– Bem, acho que... provavelmente porque não encontrei um garuda. Mas – acrescentou, na defensiva – não ficaria tão deprimido se houvesse sido só um engodo, alguém vestindo uma fantasia, algo assim. Porra, é a *indignidade* da situação que realmente me perturba.

Derkhan assentiu, pensativa.

– Podemos olhar ao redor, se quiser – disse ela. – Deve haver um ou dois garudas aqui em algum lugar. Alguns dos criados na cidade devem estar aqui. Ela levantou a cabeça, inutilmente. Com todas as luzes coloridas, mal se podiam ver as estrelas.

– Agora não – disse Isaac. – Não estou no clima. Perdi a disposição.

Houve um silêncio longo e solidário antes que ele voltasse a falar.

– Você vai mesmo escrever alguma coisa sobre este lugar no *Renegado Rompante*?

Derkhan deu de ombros e olhou ao redor rapidamente para garantir que ninguém a ouvia.

– Lidar com os Refeitos é um trabalho difícil – disse ela. – Tanto desprezo e preconceito contra eles... Dividir, conquistar. Tentar empatia, para que as pessoas não... os julguem como monstros... é realmente difícil. E não é que as pessoas não saibam que eles têm vidas fodidas de horrendas na maioria das vezes. É que muita gente pensa que de certa forma eles merecem isso, ainda que tenham pena deles, ou acham que isso é dado pelos Deuses, ou alguma palhaçada desse tipo. Ah, cuspe-de-deus – disse subitamente, e balançou a cabeça.

– O que foi?

– Eu estava no tribunal outro dia e vi um magíster sentenciar uma mulher a ser Refeita. Um crime tão sórdido, patético, miserável. – Ela estremeceu só de lembrar. – Uma mulher que morava no alto de um dos monólitos do Laralgoz matou seu bebê; sufocou-o, sacudiu-o ou sabe lá o Falastrão o quê... porque ele não parava de chorar. Ela estava sentada ali no fórum, e seus olhos estavam simplesmente... diabos, *vazios*. Não conseguia acreditar no que tinha acontecido, ficava gemendo o nome do bebê sem parar, e o magíster a condenou. Prisão, claro, dez anos, acho, mas é do processo de Refazer que me lembro mais. "Os braços de seu bebê serão enxertados em seu rosto. Para que ela não esqueça o que fez", disse ele – a voz de Derkhan se tornou amarga ao imitar o magíster.

Caminharam em silêncio por algum tempo, mastigando o algodão-doce comportadamente.

– Eu sou uma crítica de arte, Isaac – disse Derkhan. – Refazer é uma arte, sabia? Uma arte doentia. Quanta imaginação exige! Eu já vi Refeitos se arrastarem sob o peso de imensas conchas de ferro espiraladas para dentro das quais se recolhiam à noite. Mulheres-caracóis. Eu já as vi com tentáculos imensos de lulas no lugar dos braços, em pé na lama do rio, enfiando suas ventosas embaixo da água para puxar peixes. E quanto àqueles feitos para o show de gladiadores? Não que eles admitam que sejam feitos para isso... A criatividade do Rafazer ficou ruim. Apodreceu. Ficou *rançosa*. Lembro que um dia você me perguntou se era difícil o equilíbrio entre escrever sobre artes e escrever para o *RR*. – Ela se virou para olhar para ele enquanto andavam pela feira. – É a *mesma coisa*, Isaac. Arte é uma coisa que você escolhe fazer; é uma reunião de... de tudo ao seu redor que torna você mais humano, mais khepri, o que for. Mais pessoa. Mesmo no Refazer um germe disso sobrevive. É por isso que as mesmas pessoas que desprezam os Refeitos admiram Jack Meio-Louva, independentemente de ele existir ou não. Não quero viver numa cidade onde a mais alta arte é o Refazer.

Isaac apalpou o bolso para sentir o *Renegado Rompante*. Era perigoso até mesmo ter um exemplar dele. Deu-lhe uma palmadinha, mentalmente cagando e andando para o Nordeste, para o Parlamento, para o prefeito Bentham Rudgutter e para os partidos que lutavam por uma maneira de dividir as fatias do bolo entre si. Os partidos Sol Gordo e Três Penas; o Tendência Diversa, que Lin chamava de "escória burguesa"; os mentirosos e sedutores do partido Afinal Conseguimos Ver; toda aquela ninhada pomposa e briguenta como crianças de seis anos todo-poderosas num tanque de areia.

No fim do caminho pavimentado com embalagens de bombons, cartazes, ingressos, restos de comida, bonecas descartadas e balões estourados, estava Lin, parada na entrada da feira. Isaac sorriu com prazer genuíno ao vê-la. Quando se aproximaram, ela se endireitou e acenou para eles. Foi correndo em sua direção.

Isaac viu que ela estava com uma maçã do amor presa nas mandíbulas. Seu maxilar interno mastigava com gosto.

Como foi, tesouro?, disse ela com sinais.

– Um puta desastre do caralho, sem precedentes – bufou Isaac, angustiado. – Vou lhe contar tudo.

Ele até correu o risco de pegar brevemente na mão dela ao darem as costas para a feira.

As três pequenas figuras desapareceram nas ruas mal iluminadas da Cruz de Sobek, onde a luz dos lampiões era marrom e fuleira, isso quando existia. Atrás deles, o enorme imbróglio de cores, metal, vidro, açúcar e suor continuava a expelir ruídos e uma poluição luminosa no céu.

CAPÍTULO 9

Do outro lado da cidade, passando pelos becos sombrios de Lamecoa e pelos barracos do Ladovil, na grade de canais entupidos de poeira, na Curva da Fumaça e nas propriedades dilapidadas da Quartelaria, em torres na Ponta do Piche e na hostil floresta de concreto do Charco do Cão, ouviu-se a notícia sussurrada. "Alguém está pagando por coisas com asas."

Como um deus, Lemuel soprou um hálito de vida na mensagem e a fez voar. Ladrõezinhos vagabundos ouviram a notícia de traficantes de drogas; atravessadores a contaram a cavalheiros decaídos; médicos de registros dúbios a receberam de leões de chácara de meio expediente.

O pedido de Isaac passou como um foguete pelos cortiços e colônias de ninhos de pássaros. Viajou pela arquitetura alternativa vomitada nos aquários humanos.

Onde casas em putrefação assomavam-se sobre pátios, passarelas de madeira pareciam surgir por geração espontânea, ligando-as, conectando-as com as ruas e becos onde bestas de carga exauridas levavam produtos de terceira categoria para cima e para baixo. Pontes se destacavam como membros quebrados sobre trincheiras cheias de esgoto. A mensagem de Isaac foi transmitida por sobre a caótica linha do horizonte pelas trilhas de gatos ferozes.

Pequenas expedições de aventureiros urbanos tomaram o trem da Linha Pia para o Sul até Parada Brusca e se aventuravam em Matorrude. Caminhavam pelos trilhos desertos dos trens o máximo que podiam, passando de uma placa de madeira a outra pela estação vazia e sem nome nas cercanias da floresta. As plataformas haviam se rendido para a vida verde. Os trilhos estavam cheios de dentes-de-leão, digitális e rosas silvestres que haviam se enfiado, obstinadas, por entre o cascalho da ferrovia e, aqui e ali, dobravam os trilhos. Madeira-negra, figueiras e sempre-vivas espreitavam os invasores nervosos até que eles estivessem cercados, presos numa armadilha luxuriante.

Carregavam sacos, catapultas e grandes redes. Arrastavam suas desajeitadas carcaças urbanas por entre as raízes emaranhadas e as grossas árvores de sombra, gritando, tropeçando e quebrando galhos. Tentavam localizar o canto de pássaros que os desorientava, soando por todo lado. Faziam analogias falsas e inúteis entre a cidade e aquele reino alienígena: "Se você conseguir achar seu caminho no Charco do Cão", dizia algum deles, entediado e equivocado, "conseguirá encontrar seu caminho em qualquer lugar". Eles davam voltas, procuravam e não conseguiam encontrar a torre da milícia da Colina Vaudois, fora de vista atrás das árvores.

Alguns não retornaram.

A maioria voltou se coçando por causa de carrapichos, com picadas e feridas, zangada e de mãos vazias. Era como se houvesse caçado fantasmas.

De vez em quando alguém triunfava, e um frenético rouxinol ou pintassilgo de Matorrude era sufocado com tecido grosso ao som de um coro de vivas ridiculamente exagerados. Vespas enfiavam os arpões em seus torturadores quando colocadas em jarras e potes. Se tivessem sorte, seus captores se lembravam de fazer buracos nas tampas.

Muitos pássaros e ainda mais insetos morreram. Alguns sobreviveram, para ser levados à cidade escura que ficava logo além das árvores.

Na cidade propriamente dita, crianças escalavam paredes para tirar ovos de ninhos em sarjetas decadentes. As lagartas, os vermes e os casulos que guardavam em caixinhas de fósforo e trocavam por barbantes ou chocolate de repente tinham passado a valer dinheiro.

Houve acidentes. Uma garota que perseguia o pombo de corrida de seu vizinho caiu de um telhado e fraturou o crânio. Um velho que corria atrás de larvas foi picado por abelhas até seu coração parar.

Pássaros e criaturas voadoras raros foram roubados. Alguns escaparam. Novos predadores e presas rapidamente se juntaram por um breve período ao ecossistema nos céus de Nova Crobuzon.

Lemuel era bom em seu trabalho. Alguns teriam apenas vasculhado as profundezas: ele não. Certificou-se de que os desejos de Isaac fossem comunicados para a cidade alta: Gidd, Ponta do Cancro, Mafaton e Aquário Próximo, Ludmel e O Corvo.

Escriturários e médicos, advogados, promotores e defensores, donos de edifícios e homens e mulheres de prazer... até mesmo a milícia: Lemuel já havia lidado muitas vezes (normalmente de modo indireto) com os cidadãos respeitáveis de Nova Crobuzon. As principais diferenças entre eles e os cidadãos mais desesperados da cidade, em sua experiência, eram a escala de dinheiro que lhes interessava e a capacidade que tinham de não ser pegos.

Nos salões de festa e nas salas de jantar foram ouvidos cautelosos murmúrios de interesse.

No coração do Parlamento acontecia um debate sobre níveis de taxação de empresas. O prefeito Rudgutter estava sentado nobremente em seu trono e acenava com a cabeça enquanto seu assistente, MontJohn Rescue, berrava as diretrizes do partido Sol Gordo, espetando com o dedo, agressivamente, a enorme câmara abaulada. Rescue fazia periodicamente uma pausa para ajeitar o cachecol grosso que usava ao redor do pescoço, apesar do calor.

Conselheiros cochilavam discretamente numa névoa de partículas de poeira.

Em outros lugares do vasto edifício, atravessando intricados corredores e passagens que pareciam feitas para confundir, secretários de terno e mensageiros passavam apressados uns pelos outros. Pequenos túneis e escadarias de mármore polido despontavam das passagens principais. Muitas estavam apagadas e vazias. Um velho empurrava um carrinho decrépito ao longo de uma dessas passagens.

Com o ruído ensurdecedor do salão da entrada principal do Parlamento atrás de si, arrastava o carrinho para o alto das escadas íngremes. O corredor era pouco mais largo que esse carrinho: poucos e desconfortáveis minutos que pareceram enormes se passaram até que o velho chegou ao topo. Ele parou, enxugou o suor da testa e ao redor da boca e retomou sua marcha pelo corredor.

À sua frente o ar ficou mais leve, enquanto a luz do sol tentava abrir caminho por uma esquina. Ele virou e seu rosto recebeu uma rajada de luz e calor que vinha de uma claraboia e das janelas do escritório sem portas no fim do corredor.

– Bom dia, senhor – coaxou o velho ao chegar à entrada.

– Bom dia pra você também. – Foi a resposta do homem atrás da mesa.

O escritório era pequeno e quadrado, com janelas estreitas de vidro fumê que davam para Cumegris e os arcos da ferrovia da Linha Escuma. Uma das paredes era paralela à enorme massa escura do edifício principal do Parlamento. Havia uma pequena porta de correr naquela parede. Uma pilha de caixotes ameaçava desabar no canto.

O pequeno aposento era uma das câmeras que despontavam do edifício principal, bem acima da cidade ao redor. As águas do Grande Piche espumavam quinze metros abaixo.

O entregador descarregou caixas e pacotes do carrinho diante do pálido cavalheiro de meia-idade sentado à sua frente.

– Não há muita coisa hoje, senhor – murmurou, esfregando suas juntas doloridas.

E voltou lentamente pelo caminho do qual viera, com o carrinho sacolejando devagar atrás de si.

O escriturário procurou entre os pacotes e foi datilografando notas breves em sua máquina de escrever. Anotou entradas em um enorme livro-caixa com a etiqueta *AQUISIÇÕES*, folheando as páginas entre as seções e registrando a data antes de cada item. Abriu os pacotes e registrou o conteúdo numa lista diária datilografada no grande livro.

Relatórios da milícia: 17. Ossos de dedos da mão, humanos: 3. Heliótipos (incriminadores): 5.

Checou para qual departamento cada coleção de itens deveria ser encaminhada e as separou em pilhas. Quando uma pilha já estava grande o bastante, ele a colocava num caixote e o carregava até a porta. Era um quadrado de dois metros por dois, que sibilava com uma rajada de ar bombeado e se abria à solicitação de algum pistão oculto quando ele puxava uma alavanca. Ao seu lado, uma pequena fenda para um cartão programável.

Mais além, uma gaiola de metal pendia abaixo da pele de obsidiana do Parlamento, com um lado aberto de frente para a porta. Ficava suspensa acima e de cada um dos lados por correntes que balançavam suavemente, chocalhavam e desapareciam numa escuridão cada vez maior que assomava sem remissão em todas as direções para as quais o escriturário pudesse olhar. Ele colocava o caixote na passagem e o deslizava para dentro da gaiola, que balançava um pouco com o peso adicional.

Ele abria uma comporta, que fechava rapidamente, isolando o caixote e seu conteúdo com arame trançado por todos os lados. Então, fechava a porta de correr, colocava a mão no bolso e retirava de dentro os grossos cartões programáveis que carregava, cada qual com marcações claras: *Milícia; Inteligência; Câmbio*; e assim por diante. Colocava o cartão correspondente na fenda ao lado da porta.

Haveria um ruído. Minúsculos pistões sensíveis reagiriam à pressão. Animados pelo vapor que subia das vastas caldeiras do porão, suaves e pequenas engrenagens girariam pela extensão do cartão. Quando seus dentes impulsionados por molas encontrassem seções recortadas no papelão grosso, elas se encaixariam direitinho ali dentro por um momento, e uma minúscula chave seria acionada mais além ao longo do mecanismo. Quando as rodas completassem sua breve passagem, a combinação de chaves liga-desliga se traduziria em instruções binárias que correriam em fluxos de vapor e corrente pelos tubos e cabos até motores analíticos ocultos.

Então, a jaula se soltaria de seu suporte com um solavanco e começaria uma rápida passagem sob a pele do Parlamento. Viajaria pelos túneis ocultos para cima, para baixo, para os lados ou diagonalmente, mudando de direção, transferindo-se a sacolejar para novas correntes, por cinco segundos, trinta segundos, dois minutos ou mais, até chegar, batendo num sino que a anunciaria. Outra porta de correr se abriria diante dela e o caixote seria puxado para seu destino. Lá longe, uma nova jaula entraria no lugar, do lado de fora do aposento do escriturário.

O escriturário de Aquisições trabalhava rápido. Ele havia catalogado e enviado quase todas as coisas estranhas e sortidas que tinha diante de si em quinze minutos. Foi quando viu um dos poucos pacotes remanescentes, que estremecia de modo estranho. Parou de escrever e o cutucou.

Os selos que o adornavam declaravam que havia acabado de chegar a algum navio mercante de nome obscuro. Nitidamente impressas na frente do pacote estavam as palavras de destino: *Dr. M Barbile, Pesquisa e Desenvolvimento*. O escriturário ouviu um barulho de raspagem. Hesitou um momento e depois desamarrou, desajeitado, o barbante que o prendia e deu uma espiada em seu interior.

Ali dentro, viu um ninho de aparas de papel dentro do qual se empurrava de modo errático uma massa de vermes gordos, maiores que seu polegar.

O escriturário recuou e seus olhos se arregalaram nas órbitas. Os vermes tinham cores impressionantes, belos vermelhos-escuros e verdes com a iridescência de penas de pavão. Agitavam-se e contorciam-se para se apoiar em suas patinhas curtas e grudentas. Antenas grossas despontavam da cabeça deles, sobre uma boca minúscula. A parte traseira de seu corpo estava coberta por pelos multicoloridos arrepiados, que pareciam revestidos por uma cola fina.

As criaturinhas gordas ondulavam, cegas.

O escriturário viu, tarde demais, um recibo em tiras grudado na parte de trás da caixa, semidestruído pelo transporte. Qualquer pacote com recibo deveria ser registrado como o que quer que houvesse sido listado e enviado sem ser aberto.

Merda, pensou ele, nervoso. Desdobrou as metades rasgadas do recibo. Ainda era um tanto legível.

Lagartas ML x 5. Só isso.

O escriturário se recostou e ficou pensando por um momento, vendo as criaturinhas peludas se arrastarem uma por cima da outra e sobre os papéis nos quais estavam aninhadas.

Lagartas?, pensou, e deu um sorriso efêmero e ansioso. Não parava de olhar para o corredor à sua frente.

Lagartas raras… Alguma espécie estrangeira, pensou.

Lembrou-se dos sussurros no bar, dos acenos de cabeça e das piscadelas. Ele havia ouvido um camarada no bar da vizinhança oferecer dinheiro por tais criaturas. Quanto mais raras, melhor, ele havia dito.

O rosto do escriturário subitamente se enrugou de avareza e medo. Sua mão pairou sobre a caixa, indo de um lado ao outro inconclusivamente. Ele se levantou e foi sorrateiro até a entrada de sua sala. Parou para ouvir. Nenhum som no corredor de metal queimado.

O escriturário voltou à sua mesa, calculando freneticamente risco e benefício. Olhou de perto o recibo. Tinha um carimbo ilegível estampado, mas a verdadeira informação estava escrita à mão. Procurou na gaveta de sua mesa sem parar para pensar, os olhos voltando-se constantemente para a passagem deserta do lado de fora de sua porta. Pegou uma faquinha e uma pena. Raspou com a faca afiada a linha reta no topo e o final da curva no fundo do 5 no recibo, suavemente, suavemente apagando tudo. Soprou papel e pó de tinta, alisou o papel áspero cuidadosamente com a plumagem da pena. Então, virou-a do outro lado e mergulhou a ponta fina no tinteiro. Meticulosamente, endireitou a base curva do dígito, convertendo-a em linhas cruzadas.

Por fim, estava feito. Ele se levantou e observou com olhar crítico seu trabalho manual. Parecia um *4*.

Esta é a parte difícil, pensou.

Tateou ao redor em busca de algum recipiente, revirou os bolsos do avesso, coçou a cabeça e pensou. Seu rosto se iluminou, e ele pegou sua caixa de óculos. Abriu-a e encheu-a de tiras de papel. Então, com o rosto enrugado de nojo e ansiedade, puxou a borda de sua manga por sobre a mão e enfiou-a na caixa. Sentiu as bordas suaves de uma das grandes lagartas entre seus dedos. Do modo mais gentil e rápido que pôde, retirou-a, enquanto ela se contorcia dentre suas companheiras, e jogou-a na caixa de óculos. Rapidamente fechou a caixa sobre a criaturinha que se contorcia frenética e prendeu-a bem.

Colocou a caixa de óculos no fundo de sua valise, atrás de balas de menta, papelada, canetas e blocos de notas.

O escriturário voltou a amarrar o barbante na caixa, depois se sentou rapidamente e aguardou. Percebeu que seu coração batia muito alto. Estava suando um pouco. Respirou fundo e fechou bem os olhos.

Relaxe, pensou consigo mesmo. *A hora da empolgação acabou.*

Dois ou três minutos transcorreram e ninguém apareceu. O escriturário ainda estava só. Sua manipulação bizarra havia passado despercebida. Ele voltou a respirar com facilidade.

Depois, voltou a olhar seu recibo forjado. Percebeu que o serviço estava muito bom. Abriu o livro-caixa e colocou, na sessão marcada *P&D*, a data e a informação: *27 de Chet, Anno Urbis 1779: Do navio mercante X. Lagartas ML: 4.*

O último número pareceu fuzilá-lo, como se estivesse escrito em vermelho.

Ele datilografou a mesma informação em sua folha do dia antes de pegar a caixa novamente fechada e levá-la até a parede. Abriu as portas deslizantes e se inclinou para dentro do pequeno limiar de metal, empurrou a caixa de vermes para dentro da jaula que aguardava. Rajadas de ar seco e parado fustigaram seu rosto provindas da cavidade negra entre a pele e as entranhas do Parlamento.

O escriturário fechou a jaula e a porta diante dela. Procurou no bolso os cartões de programação e acabou retirando aquele com os dizeres *P&D* do pacotinho; seus dedos tremendo só um pouco agora. Colocou o cartão no motor de informação.

Houve um sibilar e um som de catraca quando as instruções foram alimentadas pelos pistões, martelos e engrenagens, e a jaula foi puxada vertiginosamente para o alto, para longe da sala do escriturário, para além do sopé das colinas e para o alto dos picos rasgados.

A caixa de lagartas balançou enquanto era puxada escuridão adentro. Alheios à sua jornada, os vermes circunscreviam a pequena prisão com movimentos peristálticos.

Motores silenciosos transferiram a jaula de um gancho a outro, mudando sua direção e deixando-a cair em esteiras rolantes enferrujadas, resgatando-a em outra parte das entranhas do Parlamento. A caixa fez uma espiral invisível ao redor do edifício, subindo de forma gradual e inexorável em direção à Ala Leste de alta segurança, passando pelas veias mecanizadas até chegar àquelas protuberâncias e torres orgânicas.

Finalmente a gaiola metálica caiu num leito de molas com um tilintar silencioso. As vibrações da campainha ecoaram no silêncio. Depois de um minuto a porta do poço se abriu com estrépito, e a caixa de larvas foi arrancada bruscamente para uma luz crua.

Não havia janelas na longa sala branca, apenas lampiões a gás incandescentes. Cada aspecto e canto da sala eram visíveis em sua esterilidade. Nenhuma poeira e nenhuma sujeira entravam ali. A limpeza era dura e agressiva.

Ao redor de todo o perímetro da sala, figuras de jalecos brancos estavam curvadas sobre tarefas obscuras.

Foi uma daquelas figuras brilhantes e ocultas que desamarrou o barbante da caixa e leu o recibo. Ela abriu urgentemente a caixa e espiou em seu interior.

Pegou a caixa de papelão e a levou com o braço esticado até o outro lado da sala. Na outra ponte, um de seus colegas, um fino cactáceo com os espinhos cuidadosamente presos embaixo de um grosso macacão branco, havia aberto a grande porta trancada para qual ela se encaminhava. Ela lhe mostrou sua credencial de segurança e ele se afastou para o lado, a fim de deixá-la ir a sua frente.

Desceram cuidadosamente um corredor tão branco e amplo quanto a sala da qual haviam saído, com uma grande grade de ferro do outro lado. O cacto viu que sua colega carregava algo desajeitadamente com ambas as mãos; passou por ela e colocou um cartão de programação numa fenda na parede. O portão metálico se abriu deslizando.

Adentraram uma vasta câmara escura.

O teto e as paredes eram tão distantes a ponto de serem invisíveis. Urros e gemidos bizarros soavam longínquos de todos os lados. Quando os olhos dos dois começaram a se adaptar, gaiolas com paredes de madeira escura, ferro ou vidro reforçado assomaram de modo irregular no salão enorme. Umas eram imensas, do tamanho de aposentos; outras, menores do que um livro. Todas estavam erguidas como gabinetes em um museu, com mapas e livros de informações enfiados em escaninhos à frente deles. Cientistas vestidos de branco se movimentavam dentro do labirinto entre os blocos de vidro como espíritos numa ruína, fazendo anotações, observando, acalmando e atormentando os habitantes das gaiolas.

Coisas cativas farejavam, grunhiam, cantavam e se mexiam de modo irreal em suas prisões crepusculares.

O cacto se afastou rapidamente e desapareceu. A mulher que carregava os vermes atravessou a sala cuidadosamente.

Coisas pulavam em sua direção enquanto a cientista passava, e ela estremecia junto com o vidro. Alguma coisa turbilhonava oleaginosa num tanque imenso de lama líquida: ela viu tentáculos dentados batendo em sua direção e raspando o tanque. Foi banhada em luzes orgânicas hipnóticas. Passou por uma pequena jaula coberta por um pano preto, com sinais de alerta colados explicitamente por todos os lados e instruções sobre como lidar com o conteúdo. Seus colegas se aproximavam e se afastavam dela com pranchetas, brinquedos coloridos e pedaços de carne em putrefação.

À sua frente, paredes provisórias de madeira-negra de seis metros de altura haviam sido erguidas, cercando um espaço de quarenta metros quadrados de chão. Até mesmo um telhado de ferro corrugado havia sido colocado no alto. Na entrada da sala dentro da sala, trancada a cadeado, estava um guarda vestido de branco, com a cabeça apoiada para suportar o peso de um capacete bizarro. Ele carregava um rifle de pederneira e uma cimitarra pendurada nas costas. Aos seus pés, vários outros capacetes iguais ao seu.

Ela acenou com a cabeça para o guarda e indicou o desejo de entrar. Ele olhou para a identificação no pescoço dela.

– Você sabe o que fazer, então? – perguntou ele, baixinho.

Ela assentiu e colocou a caixa cuidadosamente no chão por um momento, depois de verificar se o barbante ainda estava apertado. Então, ela pegou um dos capacetes aos pés do guarda e colocou a coisa desajeitada em sua cabeça.

Era uma gaiola de tubos de bronze e parafusos que se encaixava ao redor de seu crânio, com um pequeno espelho suspenso a cerca de quarenta e cinco centímetros na frente de cada um dos seus olhos. Ela ajustou a faixa do queixo para firmar o objeto pesado, depois deu as costas para o guarda e começou a ajustar os espelhos. Foi acertando seus ângulos nas juntas giratórias até conseguir vê-lo claramente bem atrás de si. Mudou o foco de um olho para outro, testando a visibilidade.

Acenou com a cabeça.

– Tudo bem, estou pronta – disse ela e pegou a caixa, desamarrando-a.

Olhou fixamente para os espelhos enquanto o guarda destrancou a porta atrás dela. Quando a abriu, ele desviou os olhos do interior.

A cientista usou seus espelhos para entrar rapidamente de costas na sala escura.

Estava suando quando viu a porta se fechar em sua cara. Voltou a prestar atenção aos espelhos e moveu a cabeça lentamente de um lado para outro, a fim de assimilar o que estava atrás.

Havia uma jaula imensa de barras pretas e grossas que preenchia o espaço quase todo. Pela luz marrom-escura do óleo que queimava e das velas, ela conseguia ver a vegetação desanimada e moribunda e as pequenas árvores que lotavam a jaula. As plantas que apodreciam suavemente e a escuridão do aposento eram tão densas que ela não conseguia ver o outro lado da sala.

Deu uma rápida perscrutada pelos espelhos. Nada se movia.

Recuou rapidamente até a jaula, onde uma pequena bandeja ia e vinha por entre as barras. Ela esticou a mão atrás de si e inclinou a cabeça para cima de tal forma que os espelhos fizeram um ângulo para baixo e ela pôde ver sua mão. Foi uma manobra difícil e pouco elegante, mas conseguiu pegar a alça e puxar a bandeja em sua direção.

Ouviu uma batida pesada no canto da jaula, como se fossem tapetes grossos se chocando um contra o outro. Sua respiração ficou mais acelerada e ela começou a colocar os vermes na bandeja. Os quatro pequenos losangos ondulantes escorregaram para o metal numa chuva de dejetos de papel.

Imediatamente, alguma coisa mudou na qualidade do ar. As lagartas começaram a sentir o cheiro do habitante da jaula e gritaram por socorro.

A coisa dentro da jaula estava respondendo.

Os gritos não podiam ser ouvidos. Vibravam em ondas sonoras diferentes de um sonar. A cientista sentiu os pelos de todo seu corpo se arrepiarem quando os fantasmas de emoções passaram fugazes por seu crânio como boatos ouvidos pela metade. Fragmentos de alegria alienígena e terrores inumanos invadiram suas narinas, ouvidos e olhos, sinestesicamente.

Com dedos trêmulos, ela empurrou a bandeja para dentro da jaula.

Quando se afastou das barras, alguma coisa acariciou sua perna com um floreio lascivo. Ela soltou um grunhido de medo e puxou a calça para longe; fechou-se em seu terror e resistiu ao instinto de olhar para trás.

Pelos espelhos montados em sua cabeça, vislumbrou membros marrom-escuros se desenroscando no mato rasteiro, os ossos amarelados dos dentes, os negros poços oculares. As samambaias e as plantas rasteiras farfalharam, e a coisa desapareceu.

A cientista bateu bruscamente na porta, engolindo em seco, prendendo a respiração até que o guarda a abriu e ela quase caiu nos braços dele. Colocou a mão na presilha do queixo e arrancou o capacete. Desviou propositadamente o olhar do guarda enquanto o ouviu fechando e trancando a porta.

– Pronto? – sussurrou, por fim.

– Sim.

Ela se voltou devagar. Não conseguia levantar a cabeça; mantinha os olhos firmemente no chão e, olhando para a base da porta, viu que o que ele havia dito era verdade. Depois, lentamente e com alívio, ergueu os olhos.

Devolveu o capacete ao guarda.

– Obrigada – murmurou.

– Correu tudo bem? – perguntou ele.

– Nunca – retrucou ela, e lhe deu as costas.

Atrás de si, ela pensou ter ouvido um som alto de asas batendo através das paredes de madeira.

Voltou apressadamente pela câmara de estranhos animais, percebendo no meio do caminho que ainda segurava a caixa agora vazia dentro da qual os vermes haviam estado. Dobrou-a e enfiou-a no bolso.

Fechou atrás de si o portão telescópico da câmara maciça cheia de formas sombrias e violentas. Voltou a percorrer a extensão do corredor branco limpo e por fim retornou à antecâmara de Pesquisa & Desenvolvimento, passando pela primeira porta pesada.

Ela a fechou e trancou, antes de se voltar feliz para se juntar aos colegas de trajes brancos que olhavam por femtoscópios, ou liam tratados, ou conversavam baixinho perto das portas que levavam a outros departamentos especializados. Cada um deles tinha um letreiro escrito a estêncil em vermelho e preto.

Quando a dra. Magesta Barbile voltou à sua bancada para fazer seu relatório, deu uma olhada rápida para trás e viu os avisos impressos na porta pela qual havia passado.

Risco biológico. Perigo. Extremo Cuidado.

CAPÍTULO 10

– Faz uso de drogas, srta. Lin?

Lin havia dito muitas vezes ao sr. Mesclado que para ela era difícil falar quando estava trabalhando. Ele lhe informara de modo afável que se entediava quando ficava sentado posando, para ela ou para qualquer retrato. Ela não precisava responder, dissera ele. Se dissesse algo que realmente a interessasse, ela poderia guardar o tema para depois e discuti-lo com ele ao fim da sessão. Ela realmente não devia prestar atenção nele, dissera. Ele não conseguiria ficar quieto por duas, três, quatro horas de cada vez sem dizer nada. Isso o deixaria louco. Então, ela escutava o que ele dizia e tentava se lembrar de um ou dois comentários para evocar depois. Ainda tomava muito cuidado para mantê-lo feliz com ela.

– Você deveria experimentar. Na verdade, tenho certeza de que já experimentou. Artista como é… explorando as profundezas da psique. E coisas assim.

Ela notou o sorriso na voz dele.

Lin havia convencido o sr. Mesclado a deixá-la trabalhar no sótão de sua base em Vilaosso. Era o único local com luz natural em todo o prédio, como ela descobrira. Não eram somente pintores ou heliotipistas que precisavam de luz: as texturas e a tateabilidade das superfícies que ela evocava de modo tão constante em sua glandarte era invisível à luz de velas e exagerada à luz de lampiões. Então, negociara com ele, nervosamente, até ele aceitar sua expertise. A partir desse dia, era cumprimentada na porta pelo pajem cacto e levada até o andar de cima, onde uma escada de madeira pendia de um alçapão no teto.

Ela entrava e saía do sótão sozinha. Sempre que Lin chegava, encontrava o sr. Mesclado esperando. Ele ficava parado em pé no espaço enorme a alguns metros de onde ela se erguia e o via. A cavidade triangular parecia se estender por pelo menos um terço do comprimento do terraço; um estudo em perspectiva, com a caótica aglutinação de carne que era o sr. Mesclado pousada no centro.

Não havia mobília. Apenas uma porta que levava para um pequeno corredor do lado de fora, mas Lin nunca a via aberta. O ar do sótão era seco. Lin andava por tábuas soltas, arriscando-se a pisar em lascas a cada passo. Mas a sujeira nas grandes janelas da claraboia parecia translúcida, ao mesmo tempo deixando a luz entrar e dispersando-a. Lin fazia um sinal gentil para que o sr. Mesclado se posicionasse embaixo dessa chuva de sol, ou luz de nuvens. Então, ela andava ao redor dele, orientando-se, antes de continuar a escultura.

Uma vez, ela lhe perguntara onde colocaria uma representação de si mesmo em tamanho real.

– Não se preocupe com isso – respondera, com um sorriso gentil.

Ela parou diante dele, observando a morna luz cinzenta selecionar suas feições. A cada sessão, antes de começar, ela passava alguns minutos se familiarizando com ele mais uma vez.

Nas primeiras duas vezes que fora ali tivera certeza de que ele havia mudado da noite para o dia, que as lascas de fisionomia que compunham seu todo se reorganizavam quando ninguém estava olhando. Ficou apavorada com sua encomenda. Perguntava-se histericamente se isso tinha a ver com uma tarefa numa história moral para crianças, se ela seria punida por algum pecado nebuloso lutando para congelar no tempo um corpo em fluxo, eternamente com muito medo de dizer alguma coisa, partindo a cada dia do início outra vez.

Mas não demorou muito até que ela aprendesse a impor ordem sobre o caos dele. Parecia uma coisa absurdamente prosaica *contar* as lascas de quitina afiadas como navalha que saltavam de um pedaço de pele paquidérmica, apenas para garantir que não havia deixado passar nenhuma em sua escultura. Parecia quase vulgar, como se a forma anárquica dele devesse desafiar a contabilidade. E, no entanto, assim que ela olhava para ele com esse olhar, o trabalho de escultura tomava forma.

Lin parava e olhava para o sr. Mesclado, mudando rapidamente o foco de uma célula visual para outra, sua concentração passando rapidamente de um olho a outro, medindo o agregado que era o sr. Mesclado pelas partes que mudavam minuciosamente. Ela carregava densos bastões brancos da pasta orgânica que metabolizava para compor sua arte. Já havia ingerido vários antes de chegar e, enquanto tomava a medida visual dele, mascava rapidamente outro, ignorando estoicamente o gosto sem graça e desagradável e logo o passando pelo corpocrânio até o saco dentro da parte posterior de seu tórax-cabeça. Seu estômago-cabeça inchava visivelmente quando ela armazenava a polpa.

Ela se virava e escolhia por onde começar: a garra reptiliana de três dedos que era um dos pés do sr. Mesclado e que ela prenderia no lugar com uma arandela. Depois, virava de costas, ajoelhava-se e, de frente para seu modelo, abria a pequena caixa de quitina que protegia sua glândula e amarrava os lábios inferiores da parte de trás de seu corpocrânio até a borda da escultura atrás dela, com um clique suave.

Primeiro Lin cuspia gentilmente um pouco da enzima que quebrava a integridade do cuspe-khepri endurecido, transformando novamente a borda de sua obra em andamento em um muco grosso e grudento. A seguir, ela se concentrava bastante na parte da perna na qual estava trabalhando, vendo o que podia ver e se lembrando das feições fora de seu escopo, os recortes do exoesqueleto, as cavidades musculares; ela começava suavemente a espremer a pasta grossa de sua glândula, seus lábios-esfíncteres dilatando-se, contraindo-se e estendendo-se, rolando e dando forma à lama.

Ela usava o nácar opalescente do cuspe-khepri para obter um bom efeito. Em certos pontos, entretanto, os tons da carne bizarra do sr. Mesclado eram muito espetaculares, muito atraentes para não ser representados. Lin olhava para baixo e agarrava um punhado das bagas-de-cor dispostas na paleta à sua frente. Pegava-as em combinações sutis e rapidamente as ingeria, formando um cuidadoso coquetel de bagas vermelhas e cíanas, por exemplo, ou bagas amarelas, púrpuras e pretas.

O suco vívido era cuspido pelas tripas-cabeça, descendo por peculiares passagens intestinais até uma parte separada de seu principal saco torácico, e em quatro ou cinco minutos ela podia empurrar a cor misturada para dentro do cuspe khepri diluído. Ela passava a espuma líquida numa posição cuidadosa, jogando tons surpreendentes em sucessivos trechos e escamas, onde rapidamente se coagulava e assumia um formato.

Era apenas no final do expediente, inchada e exausta, com a boca ardendo de ácidos das bagas e do giz gosmento da pasta, que Lin podia se virar e ver sua criação. Essa era a habilidade do glandartista, que tinha de trabalhar às cegas.

A primeira perna do sr. Mesclado estava surgindo, concluiu ela, com certo orgulho.

As nuvens, que mal começavam a ser vistas pela claraboia, fervilhavam vigorosamente, dissolvendo-se e combinando-se em fragmentos e fiapos em novas partes do céu. O ar do sótão era, comparativamente, muito parado. Partículas de poeira pendiam imóveis. O sr. Mesclado estava parado, fazendo uma pose contra a luz.

Ele era bom em ficar bem imóvel, contanto que uma de suas bocas continuasse mantendo um monólogo interminável. Nesse dia, decidira falar com Lin a respeito de drogas.

– Qual é o seu veneno, Lin? Shazbah? Tusk não faz efeito nas khepris, faz? Então, isso está fora de cogitação... – ruminou ele. – Acho que artistas têm uma relação ambivalente com drogas. Quer dizer, todo esse projeto tem a ver com soltar o monstro interior, certo? Ou o anjo. O que for. Abrir portas que se pensava estarem emperradas. Agora, se você fizer isso com drogas, não torna a arte um tanto decepcionante? Arte é comunicação, não é? Então, se você confiar nas drogas, que são... não me interessa o que qualquer fútil prosélito idiota jogando um fizzbolt esfuziante com coleguinhas num salão de dança diga, as drogas são uma experiência intrinsecamente *individualizada*. Você abre as portas, mas será que consegue comunicar o que achou do outro lado? Por outro lado, se permanecer obstinadamente limpa, conservar-se disciplinada com a mente como costuma ser encontrada, você consegue se comunicar com os outros, porque estão todos falando a mesma linguagem, ora... Mas você abriu a porta? Talvez o melhor que você consiga fazer seja espiar pelo buraco da fechadura. Talvez isso sirva...

Lin levantou a cabeça para ver com qual boca ele falava. Era uma boca feminina enorme perto de seu ombro. Ela se perguntou por que a voz dele permanecia imutável. Desejou poder responder, ou que ele parasse de falar. Achava difícil se concentrar, mas pensou que já havia conseguido extrair o melhor acordo possível dele.

– Um montão de dinheiro nas drogas... é claro que você sabe disso. Você faz ideia de quanto seu amigo e *agente* Gazid Sortudo está disposto a pagar por sua bebidinha ilícita mais recente? Honestamente, você ficaria surpresa. Vá, pergunte a ele. O mercado para essas substâncias é extraordinário. Há espaço para que poucos fornecedores ganhem somas respeitáveis.

Lin sentiu que o sr. Mesclado estava rindo dela. Em todas as conversas que eles haviam tido, nas quais ele revelava algum detalhe oculto do folclore do submundo de Nova Crobuzon, ela passara a se envolver em algo que ansiosamente desejava evitar. *Não passo de uma visitante*, queria freneticamente dizer com sinais. *Não me dê um mapa das ruas! Uma dose ocasional de shazbah para subir, talvez um pouquinho de quinério para descer, é só o que eu peço. Não sei e não quero saber da distribuição!*

– Mãe Francine tem uma espécie de monopólio na Grande Bobina. Ela espalha seus representantes de vendas para lá de Kinken. Conhece? É da sua espécie. Mulher de negócios impressionante. Ela e eu vamos ter de chegar a algum arranjo. Caso contrário, as coisas vão ficar complicadas. – Várias bocas do sr. Mesclado sorriram. – Mas vou lhe contar uma coisa – acrescentou com suavidade. – Em breve receberei uma entrega de algo que deverá alterar drasticamente minha distribuição. Pode ser que eu mesmo passe a ter uma espécie de monopólio.

Vou encontrar Isaac esta noite, decidiu Lin, nervosa. *Vou levá-lo para jantar em algum lugar nos Campos Salazes onde eu possa encostar as pontas dos dedos dos meus pés nos dele.*

A competição anual do Prêmio Shintacost aproximava-se rapidamente, no fim de melueiro, e ela teria de pensar em algum jeito de explicar por que não ia participar. Nunca havia vencido – os juízes, pensava chateada, não entendiam de glandarte –, mas, juntamente com todos os seus amigos artistas, participara sem falta nos últimos sete anos. Era um ritual. Eles faziam um grande jantar no dia do anúncio e mandavam alguém buscar uma cópia matinal da *Folha de Salazes*, que patrocinava a competição, para ver quem havia vencido. Então, bebiam e criticavam os organizadores, aqueles bufões cafonas.

Isaac ficaria surpreso por ela não participar. Ela havia decidido dar a entender que estava trabalhando em alguma obra monumental, algo para evitar que ele fizesse perguntas por um tempo.

Naturalmente, refletiu ela, *se a coisa que ele tem lá com o garuda ainda estiver rolando, Isaac nem vai reparar se eu entrei ou não.*

Havia uma nota ácida em seus pensamentos. Ela percebeu que não estava sendo justa. Tinha tendências ao mesmo tipo de obsessão: nesse momento, achava difícil não ver a monstruosa forma do sr. Mesclado pairando no canto de sua visão o tempo todo. Foi só um problema inoportuno o fato de Isaac ficar obcecado ao mesmo tempo que ela, pensou, incomodada. Aquele trabalho a estava engolindo. Ela queria chegar em casa todas as noites e encontrar uma salada de frutas fresca, ingressos para o teatro e sexo.

Em vez disso, ele estava rabiscando avidamente anotações em sua oficina, e ela chegava em casa para encontrar uma cama vazia no Buraco da Galantina, noite após noite. Encontravam-se uma ou duas vezes por semana, para um jantar apressado e um sono profundo e sem romance.

Lin levantou a cabeça e viu que as sombras haviam se movido um pouco desde que ela entrara no sótão. Sentia a mente nebulosa. Suas delicadas pernas-cabeça anteriores limparam sua boca, seus olhos e suas antenas em passes rápidos. Ela mastigava aquele que decidira que seria o último punhado de bagas-de-cor do dia. A acidez das bagas azuis era temperada pela doçura das bagas rosas. Lin misturava com cuidado, adicionando uma baga de pérola ainda verde ou uma baga amarela quase fermentando. Sabia exatamente o gosto que estava procurando: a amargura doentia e grudenta de uma cor parecida com um salmão vívido e acinzentado: a cor da panturrilha do sr. Mesclado.

Ela engoliu e espremeu suco pela goela-cabeça. O sumo acabou esguichando pelas laterais tremeluzentes do cuspe-khepri que secava. Estava um pouco liquefeito demais: esparramou-se e respingou ao emergir. Lin trabalhou com ele, formando o tom do músculo em pingos e traços abstratos; um resgate no calor do momento.

Quando o cuspe secou, ela se afastou. Sentiu um selo grudento de muco se esticar e arrebentar quando afastou a cabeça da perna quase acabada. Inclinou-se para um dos lados e se retesou, empurrando a pasta restante através de sua glândula. A parte inferior da barriga de seu corpocrânio se espremeu para fora de sua forma distendida, assumindo dimensões mais costumeiras. Uma bolha branca e gorda de cuspe-khepri pingou de sua cabeça e se enrolou no chão. Lin esticou a ponta de sua glândula para a frente e a limpou com as patas traseiras, depois fechou cuidadosamente a caixinha protetora abaixo das pontas de suas asas.

Levantou-se e espreguiçou-se. Os amigáveis, frios e perigosos pronunciamentos do sr. Mesclado detiveram-se bruscamente. Ele não havia percebido que ela terminara.

– Tão rápido, srta. Lin? – gritou, com decepção teatral.

Vou me desgastar se não tomar cuidado, disse Lin em sinais lentos. *Isso suga um bocado. Preciso parar.*

– É claro – disse o sr. Mesclado. – E como está a obra-prima?

Eles se viraram juntos.

Lin ficou satisfeita ao ver que a recuperação improvisada do suco de bagas--de-cor aguadas havia criado um efeito vívido e sugestivo. Não era inteiramente naturalista, mas nenhuma de suas obras era. O músculo do sr. Mesclado parecia ter sido atirado violentamente sobre os ossos de sua perna. Uma analogia que talvez fosse próxima da verdade.

As cores translúcidas se partiam em camadas irregulares descendo pelo branco que reluzia como o interior de uma concha. As placas de tecido e de músculo se arrastavam umas sobre as outras. Os detalhes da carne de muitas texturas eram vívidos. O sr. Mesclado assentiu em sinal de aprovação.

– Sabe – disse ele baixinho –, minha noção acerca do grande momento me faz desejar que houvesse algum jeito de evitar ver mais disto até tudo estar terminado. Sabe, acho que está muito bom até agora. *Muito* bom. Mas é perigoso elogiar cedo demais; pode levar à complacência... ou ao seu oposto. Então, por favor, não se sinta desencorajada, srta. Lin, se esta for a última palavra que eu disser, positiva ou negativa, sobre o assunto, até o fim. Estamos de acordo?

Lin assentiu. Ela era incapaz de tirar os olhos do que havia criado, e esfregou a mão muito suavemente sobre a superfície lisa do cuspe-khepri que secava. Seus dedos exploraram a transição de pelo para escamas e para a pele sob o joelho do sr. Mesclado. Ela olhou para o original, abaixo. Olhou para cima, para a cabeça dele. Ele retribuiu o olhar dela com um par de olhos de tigre.

O que... O que o senhor era?, ela perguntou por sinais.

Ele suspirou.

– Eu estava imaginando quando você ia perguntar isso, Lin. Esperava que não o fizesse, mas sabia que seria improvável. *Isso me faz perguntar se compreendemos um ao outro, afinal* – sibilou ele, parecendo subitamente maligno.

Lin recuou.

– É tão... previsível. Você ainda não está olhando do jeito certo. Nem um pouco. Fico pasmo por você conseguir criar tamanha arte. Você ainda vê *isto* como patologia. – Ele gesticulou vagamente para o próprio corpo com uma pata de macaco. – Está interessada no que *era* e em como deu *errado. Isto não é erro, nem ausência, nem mutação: isto é imagem e essência...* – Sua voz ecoou nas vigas do teto.

Ele se acalmou um pouco e baixou seus muitos braços.

– Isto é totalidade.

Ela assentiu para demonstrar que compreendia, cansada demais para se deixar intimidar.

– Talvez eu esteja sendo muito duro com você – disse o sr. Mesclado, pensativo. – Bem, esta peça diante de nós deixa claro que você *tem* noção do momento de ruptura, mesmo que sua pergunta sugira o oposto. Então, talvez – prosseguiu devagar – você mesma *contenha* esse momento. Parte de você compreende sem recorrer às palavras, ainda que sua mente superior faça perguntas em um formato que torne impossível uma resposta.

Olhou triunfante para ela.

– Você também é a zona bastarda, srta. Lin! Sua arte acontece onde sua compreensão e sua ignorância se misturam.

Tudo bem, disse ela em sinais, enquanto recolhia suas coisas. *Não importa. Lamento ter perguntado.*

– Eu também lamentava, mas não mais, acho – respondeu ele.

Lin dobrou sua caixa de madeira ao redor da paleta manchada, das bagas-de-cor remanescentes (viu que precisava de mais) e dos blocos de pasta. O sr. Mesclado prosseguia com suas filosofadas, suas ruminações sobre a teoria da mestiçagem. Lin não o ouvia. Ela sintonizara suas antenas longe dele, sentia os pequenos rumores e rangeres da casa, o peso do ar na janela.

Quero um céu sobre minha cabeça, pensou, *não essa escora empoeirada e antiga de vigas, esse teto tão frágil. Vou andando até minha casa. Devagar. Passando pelo Brejo do Texugo*

A decisão foi se fortalecendo à medida que seus pensamentos progrediam.

Vou parar no laboratório e perguntar, como quem não quer nada, se Isaac não quer ir comigo, e vou roubá-lo por uma noite.

O sr. Mesclado continuava a produzir sons.

Cale a boca, cale a boca, criança mimada, maldito megalomaníaco com suas teorias loucas, pensou Lin.

Quando ela se voltou para se despedir, fez isso com o mínimo possível de educação.

CAPÍTULO 11

Um pombo pendia cruciforme em um X de madeira escura sobre a mesa de Isaac. Sua cabeça balançava freneticamente de um lado para o outro, mas, apesar de seu terror, ele só conseguia emitir um arrulho ridículo.

Suas asas estavam presas com pregos finos enfiados nos espaços apertados entre as penas abertas e curvados com força para manter as pontas presas. As patas do pombo estavam amarradas aos quartos mais baixos da pequena cruz. A madeira abaixo dela estava salpicada com o branco e cinza sujos de cocô de pombo. Ele sofria espasmos e tentava balançar as asas, mas estava bem preso.

Isaac se curvou sobre ele brandindo uma lente de aumento e uma pena comprida.

– Pare de tentar se mexer, seu bicho nojento – resmungou e espetou o ombro do pássaro com a ponta da pena.

Espiou pela lente os tremores infinitesimais que passaram por entre os pequenos ossos e músculos. Rabiscou sem olhar o papel embaixo.

– *Oy!*

Isaac olhou ao redor ao ouvir o chamado irritado de Lublamai e deixou sua mesa. Foi até a beira do balcão e espiou para baixo.

– O que foi?

Lublamai e David estavam parados um ao lado do outro no térreo, de braços cruzados. Pareciam uma pequena fileira de coro prestes a irromper numa canção. Eles franziam a testa. Fizeram silêncio por alguns segundos.

– Escute – começou Lublamai, com uma voz subitamente conciliatória. – Isaac... Sempre concordamos que este é um lugar onde podemos fazer qualquer pesquisa que quisermos, sem fazer perguntas, apoiar uns aos outros, esse tipo de coisa, certo?

Isaac suspirou e esfregou os olhos com o polegar e o indicador da mão esquerda.

– Pelo amor de Falastrão, rapazes, não vamos brincar de velhos soldados – disse Isaac, soltando um gemido. – Vocês não precisam me lembrar que já passamos por altos e baixos, ou seja lá o que for. Eu sei que vocês estão putos, e não os culpo…

– Está fedendo, Isaac – disse David com franqueza. – E somos agraciados pelo coral do amanhecer a cada minuto do dia.

Enquanto Lublamai falava, o velho constructo girava incerto atrás dele. Então parou, sua cabeça girou e as lentes abrangeram os dois homens parados. Hesitou por um momento, depois cruzou os bracinhos de metal numa imitação desajeitada da pose deles.

Isaac apontou para ele.

– Olhem, olhem, essa coisa imbecil está enlouquecendo! Pegou um vírus! É melhor destruí-la, ou ela vai se auto-organizar; antes do final do ano vocês vão estar tendo discussões existenciais com essa lataria mecânica!

– Porra, Isaac, não mude de assunto – disse David, irritado, olhando ao redor e empurrando o constructo, que tombou. – Todos nós temos certa tolerância em se tratando de inconveniências, mas isso já é forçar a barra.

– Está certo! – Isaac levantou as mãos, olhando lentamente ao redor. – Acho que subestimei as habilidades de Lemuel de fazer seu trabalho – disse, irônico.

Circunscrevendo o armazém inteiro, toda a extensão da plataforma elevada estava lotada de gaiolas cheias de coisas que se debatiam, gritavam e se arrastavam. O armazém ribombava alto com os sons do ar deslocado, das súbitas mudanças e flutuações de asas que batiam, das fezes caindo e, com o mais alto de todos, o do guincho constante dos pássaros cativos. Pombos, pardais e andorinhas registravam sua tensão com arrulhos e chamados: fracos se separados, mas um coro agudo e rascante em massa. Papagaios e canários pontuavam os gritos aviários com pontos de exclamação guinchados que faziam Isaac se encolher. Gansos, galinhas e patos adicionavam um ar rústico a essa cacofonia. Áspises de cara dura se jogavam no ar pelo curto espaço entre suas gaiolas, e seus pequenos corpos de lagarto batiam contra as frentes de arame. Elas lambiam as feridas com suas carinhas de leão e rugiam como ratos agressivos. Enormes tanques de vidro com moscas, abelhas e vespas, efeméridas, borboletas e besouros voadores que faziam um vívido zumbido progressivo. Morcegos pendiam de cabeça para baixo e encaravam Isaac com olhinhos ferventes. Cobras-libélulas farfalhavam suas longas e elegantes asas, sibilando alto.

O piso das gaiolas estava sujo e o cheiro acre de merda de pombo era muito forte. Isaac reparou que Sinceridade andava de um lado para o outro do salão, balançando a cabeça listrada. David notou para onde Isaac olhava.

– Viu só? – gritou. – O fedor está fazendo com que ela fique angustiada.

– Camaradas – disse Isaac –, agradeço sua enorme paciência, de verdade. É dando que se recebe, não é? Lub, lembra quando você estava fazendo experiências com sonar e mandou aquele sujeito ficar batendo num tambor enorme por dois dias?

– Isaac, já se passou quase uma semana! Quanto tempo mais isso vai durar? Qual é o cronograma? Pelo menos limpe a sujeira deles!

Isaac olhou para os rostos irados abaixo. Percebeu que estavam muito putos. Pensou rapidamente em como ceder um pouco.

– Certo, escutem – acabou dizendo. – Vou limpar tudo esta noite: prometo. E vou trabalhar logo nisso. Eu sei! Vou trabalhar duro nos mais *barulhentos* primeiro. Vou tentar me livrar deles em… duas semanas? – concluiu.

David e Lublamai discordaram, mas Isaac interrompeu seus gritos e uivos.

– Vou pagar um pouco a mais no próximo aluguel, o que acham?

Os sons rudes morreram no mesmo instante. Os dois homens olharam para Isaac de modo calculista. Eles eram camaradas cientistas, os rebeldes do Brejo do Texugo, amigos; mas sua existência era precária, e não havia muito espaço para sentimentalismos quando o dinheiro falava mais alto. Sabendo disso, Isaac tentou aliviar qualquer tentação que eles pudessem sentir de buscar outro espaço. Afinal de contas, ele não conseguiria pagar o aluguel sozinho.

– De quanto estamos falando? – perguntou David.

Isaac ponderou:

– Dois guinéus a mais?

David e Lublamai trocaram olhares. A oferta era generosa.

– E – disse Isaac casualmente –, já que estamos falando nisso, eu agradeceria uma mãozinha. Não sei como lidar com algumas dessas… ahn… cobaias científicas. Você não estudou teoria ornitológica uma vez, David?

– Não – retorquiu David. – Fui assistente de alguém que estudou. Mas me entediava infinitamente. E pare de ser tão transparente, 'Zaac. Não vou reclamar menos de seus bichinhos pestilentos se você *me envolver em seus projetos*. – Ele riu com um vestígio de humor verdadeiro. – Você anda estudando Introdução à Teoria Empática ou coisa parecida?

Apesar do escárnio, David estava subindo as escadas, com Lublamai atrás.

Parou no alto e olhou para todos os cativos que gritavam.

– Rabo-do-diabo, Isaac – sussurrou, sorrindo. – Quanto custou esse lote?

– Ainda não acertei com Lemuel – disse Isaac, seco. – Mas meu novo chefe deve me pagar bem.

Lublamai havia se juntado a David no degrau mais alto. Apontou para uma coleção de gaiolas variadas no canto mais distante da passarela.

– O que tem lá adiante?

– Lá é onde eu guardo os exóticos – disse Isaac. – Áspises, lasimoscas…

– Você tem lasimoscas? – perguntou Lublamai.

Isaac assentiu e sorriu.

– Ainda não tive coragem de fazer nenhuma experiência com aquela coisa linda – disse.

– Posso ver?

– É claro, Lub! Está lá atrás da gaiola do minimorcego.

Enquanto Lublamai quase corria por entre as pilhas de caixas, David olhou rapidamente ao redor.

– E, então, onde está seu problema ornitológico? – perguntou e esfregou as mãos.

– Em cima da mesa. – Isaac indicou o pombo amarrado e angustiado. – Como é que eu faço essa coisa parar de se mexer? No começo, eu queria ver sua musculatura, mas agora quero movimentar as asas eu mesmo.

David olhou para Isaac como se este fosse um retardado.

– Mate-o.

Isaac deu de ombros.

– Tentei. Não quer morrer.

– Ah, meu *caralho*... – David deu uma gargalhada exasperada e foi a passos largos até a mesa. Torceu o pescoço do pombo.

Isaac estremeceu visivelmente e ergueu suas mãos enormes.

– Elas não são sutis o bastante para esse tipo de trabalho. Minhas mãos são muito desajeitadas, minhas sensibilidades delicadas demais, diabos – declarou, meio tímido.

– Certo – concordou David, cético. – No que você está trabalhando?

Isaac se entusiasmou no mesmo instante.

– Bem... – Caminhou a passos largos até a mesa. – Não tive sorte nenhuma com os garudas da cidade. Houve rumores sobre um casal vivendo no Outeiro de São Falastrão e Siríaco, e mandei avisar que estava disposto a pagar uma boa grana por duas horas e alguns heliótipos. Não obtive resposta nenhuma, necas. Colei uns dois cartazes na universidade também, para ver se havia algum estudante garuda apto e disposto a dar um pulo aqui, mas minhas fontes me revelaram que não houve nenhuma admissão este ano.

– "Garudas não são... *adeptos* do pensamento abstrato" – disse David, imitando o tom de desprezo do porta-voz do sinistro partido das Três Penas, que havia feito uma campanha desastrosa no Brejo do Texugo no ano anterior.

Isaac, David e Derkhan haviam ido lá para perturbar os procedimentos, soltando palavrões e jogando laranjas podres no homem em cima do palco, para o delírio da manifestação xeniana do lado de fora. Isaac gargalhou ao se recordar daquilo.

– Absolutamente. Enfim, tirando a possibilidade de ir para o Borrifo, no momento não posso trabalhar com garudas de verdade, então estou observando os vários mecanismos de voo que você... ahn... está vendo ao seu redor. Uma variedade incrível, de fato.

Isaac folheou as pilhas de anotações, erguendo diagramas de asas de pintassilgos e moscas varejeiras. Desamarrou o pombo morto e traçou delicadamente o movimento em arco de suas asas. Apontou para a parede ao redor de sua mesa sem dizer nada. Estava coberta por diagramas de asas cuidadosamente desenhadas. *Closes* da junta rotativa do ombro, representações reduzidas de forças, estudos lindamente sombreados de padrões de penas. Também havia heliótipos de dirigíveis, com certas interrogações rabiscadas por cima com tinta preta. Havia esboços sugestivos das caravelas descerebradas e imagens imensamente ampliadas de asas de vespas. Cada uma delas cuidadosamente etiquetada. David passou os olhos devagar sobre as horas e mais horas de trabalho, os estudos comparativos dos mecanismos de voo.

– Acho que meu cliente não vai se melindrar tanto assim com relação à aparência de suas asas, ou seja lá o que forem, contanto que ele possa voar quando e como quiser.

David e Lublamai sabiam a respeito de Yagharek. Isaac havia pedido que guardassem segredo. Confiava neles. Pediu segredo caso Yagharek aparecesse quando estivessem no armazém, embora até o momento o garuda houvesse conseguido evitá-los em suas visitas rápidas.

– Já pensou em simplesmente colocar umas asas de volta? – perguntou David. – Refazê-lo?

– Claro, essa é a minha principal linha de investigação, mas há dois problemas. Um: que asas? Vou ter de construí-las. Dois: você conhece algum Refazedor preparado para fazer isso em segredo? O melhor biotaumaturgo que conheço é o desprezível Vermishank. Irei até ele se *precisar*, porra, mas teria de estar muito desesperado para fazer isso. Então, no momento, estou fazendo coisas preliminares, tentando trabalhar o tamanho, o formato e a fonte de energia de algo que possa sustentá-lo lá em cima. Se eu for por esse caminho, afinal.

– O que mais você tem em mente? Físico-taumaturgia?

– Você sabe, TCU, meu favorito. – Isaac sorriu e deu de ombros autodepreciativamente. – Tenho a sensação de que as costas dele estão muito estragadas para ser facilmente Refeito, ainda que eu conseguisse resolver a questão das asas. Fico imaginando se não seria possível combinar dois campos de energia diferentes. Merda, David, não sei. Estou com o começo de uma ideia aqui. – Apontou vagamente para o desenho de um triângulo rudemente etiquetado.

– Isaac! – O grito de Lublamai navegou por cima dos gritos e guinchos incansáveis.

Isaac e David olharam para ele. Ele havia ido além da lasimosca e do par de periquitos dourados. Estava apontando para um conjunto menor de caixas, valises e tanques.

– O que é isto tudo?

– É meu berçário – gritou Isaac com um sorriso.

Caminhou a passos largos na direção de Lublamai, puxando David junto.

– Achei que seria interessante ver como se progride de algo que não pode voar para algo que pode, então consegui arrumar um bando de neonatos, nascituros e filhotinhos.

Parou perto da coleção. Lublamai estava espiando numa cabaninha um conjunto de ovos cor de cobalto vívido.

– Não sei o que são – disse Isaac. – Espero que seja algo bonito.

A cabana estava no topo de uma pilha de caixas semelhantes com a frente aberta, em cada uma das quais um pequeno e desajeitado ninho feito à mão continha entre um e quatro ovos. Alguns tinham cores estonteantes, outros eram de um bege sem graça. Um pequeno tubo saía enrolado de trás das cabanas e desaparecia sobre os corrimões até a caldeira abaixo. Isaac deu um empurrãozinho com o pé.

– Acho que eles preferem calor – resmungou. – Não sei exatamente.

Lublamai se abaixou para espiar num tanque com frente de vidro.

– Uau... – disse baixinho. – Estou me sentindo como se tivesse dez anos de idade novamente! Troco isto aqui com você por seis bolas de gude.

O piso do tanque fervilhava com pequenas lagartas verdes. Elas mastigavam voraz e sistematicamente as folhas colocadas de modo grosseiro ao redor. Os caules fervilhavam de corpos minúsculos.

– É, isso é muito interessante. Elas devem entrar em seus casulos a qualquer momento, e depois acho que vou abri-los impiedosamente em vários estágios para ver como se transmogrifam.

– A vida de assistente de laboratório é cruel, não é? – murmurou Lublamai para o tanque. – Que outros bichos nojentos você tem?

– Um monte de vermes. São fáceis de alimentar. Deve ser esse o cheiro que deixou Sinceridade incomodada. – Isaac gargalhou. – Alguns outros bichos que prometem se transformar em borboletas e mariposas, coisas aquáticas horrivelmente agressivas que, *me disseram*, viram moscas-de-damasco e sei lá mais o quê...

Isaac apontou para um tanque cheio de água suja, atrás dos outros.

– E – disse, andando balouçante até uma pequena jaula de arame a alguns metros de distância – uma coisa *um tanto* especial. – Apontou o contêiner com o polegar.

David e Lublamai se aglomeraram ao redor dele. Ficaram olhando boquiabertos.

– Ah, mas que coisa *esplêndida*... – sussurrou David depois de um tempo.

– O que é? – sibilou Lublamai.

Isaac espiou sua lagarta principal por cima da cabeça dos dois.

– Francamente, meus amigos, não faço a menor ideia. Tudo que sei é que é enorme, linda, e não está muito feliz.

O verme balançou a cabeça grossa cegamente. Deslocava seu corpo maciço de modo preguiçoso pela prisão de arame. Tinha pelo menos dez centímetros de comprimento e três de espessura, com cores brilhantes jogadas aleatoriamente por seu corpo cilíndrico e gordinho. Pelos pontudos despontavam de sua traseira. Ele dividia a gaiola com folhas de alface que estavam ficando marrons, tirinhas de carne, fatias de frutas, papel rasgado.

– Viram? – disse Isaac. – Tentei dar de tudo para essa coisa comer. Enfiei ali dentro o máximo de ervas e plantas que existem, e não quer nenhuma. Então, tentei peixe, fruta, bolo, pão, carne, papel, cola, algodão, seda... Ela simplesmente fica andando sem rumo, passando fome, olhando acusadora para mim.

Isaac se inclinou, colocando seu rosto entre o de David e Lublamai.

– Obviamente quer comer – disse. – Sua cor está se desvanecendo, o que me preocupa, tanto estética quanto fisiologicamente. Não sei o que fazer. Acho que essa coisa linda vai ficar parada aí e morrer na minha frente.

Isaac fungou, sério.

– Onde você conseguiu isso? – perguntou David.

– Ah, você sabe como essas coisas funcionam – disse Isaac. – Consegui de um sujeito que conseguiu de um homem que conseguiu de uma mulher que conseguiu... e por aí vai. Não faço ideia de onde veio.

– Você não vai abrir essa coisinha, vai?

– Rabo-do-diabo, não! Se ela viver para construir um casulo, coisa que infelizmente duvido, ficarei muito interessado em ver o que sairá dali. Posso até doá-la para o Museu de Ciência. Você me conhece, tenho espírito público. De qualquer maneira, essa coisa não tem muita utilidade para mim em termos de pesquisa. Não consigo sequer fazê-la comer, quanto mais sofrer metamorfose, muito menos *voar*. Tudo o mais que vocês veem ao redor – ele abriu bem os braços e sacudiu os punhos para abranger o aposento – é material para meu moinho contragravitacional. Mas esta velhinha aqui – apontou para a lagarta inerte – é trabalho social.

Deu um largo sorriso.

Ouviram um rangido lá embaixo. Alguém estava abrindo a porta. Os três homens se esgueiraram perigosamente sobre a lateral da passarela e espiaram para baixo, esperando ver o garuda Yagharek, com suas falsas asas sob o manto.

Lá de baixo, Lin olhava para eles.

Confusos, David e Lublamai levaram um susto. Ficaram envergonhados com o súbito grito irritado de boas-vindas de Isaac. Encontraram outra coisa para olhar.

Isaac já estava disparando escada abaixo.

– Lin – urrou. – Que bom ver você! – Quando a alcançou, falou baixinho: – Coração, o que você está *fazendo* aqui? Pensei que ia vê-la mais para o fim da semana.

Enquanto falava, viu as antenas dela tremendo angustiadas, tentando equilibrar a irritação nervosa dele. Era evidente que Lub e David entendiam o que estava acontecendo – eles o conheciam havia muito tempo: ele não tinha dúvidas de que sua evasão e as pistas sobre sua vida amorosa tivesse feito com que desconfiassem da verdade. Mas ali não eram os Campos Salazes. Ali era muito mais perto de casa. Ele poderia ser visto.

Por outro lado, Lin estava obviamente angustiada.

Escute, ela fez sinais rápidos, *quero que você venha para casa comigo; não diga que não. Estou com saudades. Cansada. Trabalho difícil. Desculpe ter vindo aqui. Precisava vê-lo.*

Isaac sentiu a raiva e o afeto se digladiando. *Este é um precedente perigoso*, pensou. *Caralho!*

– Espere aí – sussurrou. – Me dê um minuto.

Subiu correndo as escadas.

– Lub, David, eu esqueci que tinha compromisso com uns amigos esta noite, então mandaram alguém me buscar. *Juro* que vou limpar todas essas minhas cobaiazinhas amanhã. Pela minha honra. Todas estão alimentadas, já cuidei disso.

Olhou ao redor rapidamente. Forçou-se a olhar nos olhos deles.

– Tudo bem – disse David. – Tenha uma ótima noite.

Lublamai acenou em despedida.

– Certo – disse Isaac pesadamente, olhando ao redor. – Se Yagharek voltar... bem...

Percebeu que não tinha nada a dizer. Agarrou um bloco de notas que estava em cima da mesa e desceu correndo as escadas sem virar para trás. Lublamai e David intencionalmente não o olharam sair.

Ele levava Lin consigo como se fosse um tornado, soprando-a indefesa junto com ele porta afora e pelas ruas escuras. Só quando deixaram o armazém que ele olhou para ela com clareza e sentiu sua própria irritação diminuir para um fogo brando. Viu-a em todo seu exausto desespero.

Isaac hesitou por um momento, depois a pegou pelo braço. Enfiou o bloco de notas na bolsa dela e a fechou.

– Vamos nos divertir esta noite – sussurrou.

Ela assentiu, encostou o corpocrânio contra ele brevemente e o abraçou.

Então se soltaram, com medo de estar sendo observados. Caminharam juntos até a Estação Brejeira lentamente, a passos de amantes, a poucos e cuidadosos metros de distância um do outro.

CAPÍTULO 12

Se um assassino espreitasse as mansões da Colina da Bandeira ou da Ponta do Cancro, a milícia perderia algum tempo ou deixaria de usar algum recurso? Ora, não! A caçada a Jack Meio-Louva comprova isso! Entretanto, quando o Assassino de Olhespia ataca na Curva da Fumaça, nada acontece! Mais uma vítima sem olhos foi pescada do Piche semana passada – elevando o número de mortos para cinco –, e nenhuma palavra dos valentões de azul no Espigão. Nós afirmamos: é uma lei para os ricos, outra para os pobres!

Ao redor de Nova Crobuzon estão aparecendo cartazes exigindo seu voto – caso você tenha sorte o bastante para ter um! O Sol Gordo de Rudgutter fica só na conversa fiada, o Finalmente Conseguimos Ver vomita palavras enganosas, o Tendência Diversa mente para os xenianos oprimidos, e a poeira humana do Três Penas espalha seu veneno. Com esse grupo lamentável como a "opção", o Renegado Rompante convoca todos os "vencedores" do voto a anularem suas cédulas! Vamos construir um partido de baixo e denunciar a Loteria do Sufrágio como uma trama cínica. Nós afirmamos: votos para todos e votos pela mudança!

Os estivadores vodyanois de Troncouve estão discutindo uma greve depois de ataques covardes sobre os salários por parte das autoridades portuárias. Desgraçadamente, a Liga de Trabalhadores Humanos das Docas denunciou a atividade deles. Nós afirmamos: por uma união de todas as raças contra os patrões!

Derkhan levantou a cabeça de sua leitura quando um casal entrou no vagão. De modo casual e sub-reptício, ela dobrou seu exemplar do *Renegado Rompante* e o enfiou dentro da bolsa.

Estava sentada no comecinho do trem, voltada para trás, de modo a poder ver as poucas pessoas em seu vagão sem parecer que os espionava. Os dois jovens que haviam acabado de entrar balançaram quando o trem deixou a Junção de Sedim e se sentaram rapidamente. Estavam vestidos de modo simples, porém elegante, o que os destacava da maioria que viajava para o Charco do Cão. Derkhan os identificou como missionários de Veruline, estudantes da universidade estrada acima em Ludmel, descendo piedosa e arrogantemente às profundezas do Charco do Cão para aprimorar a alma dos pobres. Ela os desprezou mentalmente e retirou um espelhinho da bolsa.

Tornando a levantar a cabeça para se certificar de que não estava sendo observada, Derkhan olhou de modo crítico para seu rosto. Ajustou minuciosamente a peruca branca e pressionou bem a cicatriz de borracha para garantir que estivesse sólida. Estava cuidadosamente vestida. Roupas sujas e rasgadas, sem vestígio de dinheiro, para não atrair atenção indesejada no Charco, mas não tão suja para atrair a ira e o opróbrio dos viajantes no Corvo, onde ela havia iniciado a jornada.

Estava com o caderno de notas no colo. Havia reservado um tempo durante a viagem para fazer anotações preparatórias sobre o Prêmio Shintacost. A primeira rodada aconteceria em algum momento no fim do mês, e ela tinha em mente um artigo para o *Farol* sobre o que passaria ou não nos primeiros estágios. Tinha a intenção de fazer um artigo engraçado, porém levantando uma questão séria sobre a política do painel de jurados.

Ela olhou para o início medíocre e suspirou. *Agora*, deduziu, *não é hora*.

Derkhan avistou pela janela a sua esquerda o outro lado da cidade. Naquele ramal da Linha Destra, entre Ludmel e a zona industrial do sudeste de Nova Crobuzon, os trens passavam aproximadamente no meio da peleja do céu com a cidade. A massa de tetos era perfurada pelas torres da milícia no Brejo do Texugo e na Ilha Reta e, ao longe, em Ladomosca e Sheck. Os trens da Linha Sul passavam abaixo, além do Grande Piche.

O Espinhaço alvejado surgiu e desapareceu ao lado dos trilhos, assomando imenso sobre o comboio. Fumaça e sujeira subiam pelo ar até parecer que o trem cavalgava numa maré de neblina. Os sons da indústria aumentaram. O trem começou a passar em disparada por entre agrupamentos de vastas e esparsas chaminés parecidas com árvores explodidas à medida que avançava por Sunter. Lamecoa era uma zona industrial selvagem um pouco mais a leste. *Em algum lugar abaixo, e um pouco ao sul*, percebeu Derkhan, *um piquete vodyanoi provavelmente está começando a se formar. Boa sorte, irmãos*.

A gravidade a puxou para o Oeste com a virada do trem. Ele se separou da linha de Troncouve e fez uma curva fechada para leste, aumentando a velocidade para saltar sobre o rio.

Os mastros das naves altas em Troncouve apareceram quando o trem fez a curva. Balançavam para cima e para baixo, para um lado e para o outro, gentilmente, na água. Derkhan avistou as velas enfunadas, os grandes remos e as imensas chaminés, as serpentes marinhas afobadas e bem presas em suas rédeas aos navios mercantes de Myrshock, Shankell e Gnurr Kett. A água fervilhava de submersíveis escavados em grandes conchas de nautiloides. Derkhan virou a cabeça para olhar bem quando o trem fez o arco.

Ela podia ver o Grande Piche sobre os telhados ao sul, amplo, incansável e lotado de navios. Munições de aspecto antiquado detinham as grandes naves, as estrangeiras, a pouco menos de um quilômetro, descendo o rio, da confluência do Cancro e do Piche. Os navios se aglomeravam além da Ilha Reta, no cais. Por quase três quilômetros, a margem norte do Grande Piche ficava repleta de guindastes carregando e descarregando constantemente, levantando e abaixando como cabeças de pássaros gigantescos se alimentando. Enxames de barcas e rebocadores levavam as cargas transferidas rio acima até a Curva da Fumaça, a Grande Bobina e as terríveis indústrias-cortiços de Beiracórrego; levantavam caixas ao longo dos canais de Nova Crobuzon, ligando pequenas franquias e oficinas falidas, abrindo caminho pelo labirinto como ratos de laboratório.

A argila de Troncouve e de Lamecoa era rasgada por imensas docas quadradas e reservatórios, enormes becos sem saída de água que desembocavam na cidade, ligados por canais profundos até o rio, fervilhando de navios.

Um dia houve uma tentativa de replicar as docas de Troncouve e de Ladovil. Derkhan viu os restos disso. Três imensas valas fedorentas de gosma palustre com sua superfície quebrada por escombros semiafundados e vigas retorcidas.

O sacolejo e o estrondo dos trilhos sob as rodas de ferro mudaram subitamente quando o motor fumegante deslocou sua carga para as grandes vigas da Ponte da Cevada. O trem sacudiu um pouco de um lado para o outro, reduzindo a velocidade sobre os trilhos maltratados quando se elevou, como se sentisse nojo, por cima do Charco do Cão.

Uns poucos quarteirões cinzentos se erguiam das ruas como ervas numa cisterna suja, com o concreto vazando de podre. Muitos estavam inacabados, com suportes de ferro abertos se espalhando dos fantasmas de telhados, enferrujando, sangrando com a chuva e com a umidade, manchando a pele dos edifícios. Gargomens rodopiavam como gralhas por cima desses monólitos, agachando-se sobre os andares superiores e sujando os telhados de seus vizinhos com estrume. Os contornos da paisagem de cortiço do Charco do Cão inchavam, explodiam e mudavam a cada vez que Derkhan os via. Túneis eram escavados dentro da cidade inferior, que se estendia numa rede de ruínas, esgotos e catacumbas abaixo de Nova Crobuzon. Escadas deixadas encostadas a uma parede num dia eram presas ali a marteladas no dia seguinte, reforçadas no outro e, uma semana depois, já haviam se tornado escadarias para um novo andar, lançado de modo precário entre dois telhados quase desabando. Para onde quer que olhasse, Derkhan podia ver pessoas deitando, correndo ou brigando na paisagem dos telhados.

Ela se levantou, cansada, quando o cheiro do mangue se insinuou dentro do trem, que reduzia a velocidade.

Como de costume, não havia ninguém para pegar sua passagem na saída da estação. Não fosse pelas profundas consequências da descoberta, por menor que fosse a possibilidade, Derkhan jamais teria se dado ao trabalho de comprar uma. Ela a jogou por cima do balcão e desceu.

As portas da Estação Charco do Cão estavam sempre abertas. Haviam enferrujado na mesma posição, e a hera as ancorava contra as paredes. Derkhan saiu para o vento forte e o fedor da Rua do Gorila. Barris haviam sido jogados contra muros cobertos de fungo e pasta apodrecida. Toda espécie de produtos – alguns de qualidade surpreendentemente boa – estava disponível. Derkhan se virou e entrou mais fundo no cortiço. Foi cercada por um burburinho constante de gritos, anúncios que pareciam mais uma turba enfurecida. Na maior parte das vezes, faziam propaganda de comida.

– Cebolas! Quem vai comprar minhas belas cebolas?

– Moluscos! Prefiram moluscos!

– Caldos para aquecer você!

Outros produtos e serviços estavam visivelmente disponíveis em cada canto da rua.

Putas se congregavam em gangues desprezíveis e estridentes. Anáguas sujas e babados espalhafatosos de seda roubada, rostos cobertos pelas pastas branca e escarlate que cobriam hematomas e veias estouradas. Elas riam com a boca cheia de dentes quebrados e cheiravam carreirinhas de shazbah picada com fuligem e veneno de rato. Algumas ainda eram crianças que brincavam com bonequinhas de papel e argolas de madeira quando ninguém estava olhando e faziam beicinhos lascivos e lambiam o ar sempre que um homem passava.

As rameiras do Charco do Cão eram a escala mais baixa de uma categoria desprezada. Para corrupção decadente, inventiva, obsessiva e fetichista e perversão da carne, o bom conhecedor procurava em outra parte, na zona da luz vermelha entre O Corvo e Cuspelar. No Charco do Cão, era possível encontrar o alívio mais rápido, mais simples e mais barato. Os clientes ali eram tão pobres, sujos e doentes quanto as meretrizes.

Na entrada das casas noturnas, que já expulsavam bêbados comatosos, Refeitos industriais trabalhavam como leões de chácara. Balançavam agressivamente sobre cascos, lagartas e pés gigantescos, flexionando garras de metal. Tinham no rosto as marcas da brutalidade e da autodefesa. Qualquer provocação de um passante fazia com que o olhar deles se fixasse. Recebiam cusparadas no rosto sem reagir, não querendo arriscar o emprego. Seu medo era compreensível: à esquerda de Derkhan um espaço cavernoso se abria num arco abaixo da ferrovia. Da escuridão vinha o fedor de merda e de óleo, o clangor mecânico e os gemidos humanos de Refeitos morrendo numa pilha faminta, bêbada e fedorenta.

Alguns constructos antigos e cambaleantes atravessavam as ruas, abaixando-se desajeitados para evitar ser atingidos pelas rochas e pela lama atiradas por crianças de rua esfarrapadas. Pichações cobriam todas as paredes. Poemas rudes e desenhos obscenos disputavam espaço com slogans do *Renegado Rompante* e preces ansiosas:

O Meio-Louva está chegando!

Contra a Loteria!

O Cancro e o Piche se abrem como pernas / a Cidade não vê seu Amante terno/ Porque agora está sendo Estuprada / pelo Caralho do Governo!

As paredes das igrejas não tinham sido poupadas. Reunidos num grupo nervoso, os monges Verulinos limpavam os rabiscos pornográficos que surgiam em sua capela.

Havia xenianos na multidão. Uns eram insultados – visivelmente, as poucas khepris. Outros riam, contavam piadas e falavam palavrões com os vizinhos. Num dos cantos, um cacto discutia ferozmente com um vodyanoi, e a multidão, principalmente humana, gritava ofensas igualmente para ambos.

Crianças sibilavam e pediam tostões a Derkhan quando ela passava. Ela as ignorava; não puxava a bolsa mais para perto de si para não se identificar como uma vítima. Entrou agressivamente a passos largos no coração do Charco do Cão.

As paredes ao redor subitamente se fecharam sobre sua cabeça enquanto ela passava sobre pontes de pau a pique e salas falsas, como se houvessem sido jogadas para o alto pela sujeira agregada. O ar à sombra delas pingava e rangia de modo sombrio. Derkhan ouviu um uivo atrás de si e sentiu um jato de ar na nuca quando um gargomem mergulhou acrobaticamente no curto túnel e disparou mais uma vez em direção ao céu, dando gargalhadas enlouquecidas. Ela cambaleou ao passar e caiu de encontro a uma parede, adicionando sua voz ao coral de xingamentos que viajava na esteira do gargomem.

A arquitetura pela qual ela passava parecia governada por regras muito distintas das do resto da cidade. Não havia senso de funcionalidade ali. O Charco do Cão parecia nascido de lutas nas quais os habitantes não eram importantes. Os nódulos e células de tijolo, madeira e concreto paralisado haviam se espalhado loucamente, disseminando-se como tumores malignos.

Derkhan virou em um beco sem saída de tijolos úmidos e olhou ao redor. Um cavalo Refeito estava parado do outro lado; suas patas traseiras eram enormes marteletes movidos a pistões. Atrás dele, um carrinho coberto estava recuado próximo à parede. E uma das figuras de olhos mortiços parada por perto podia ser um informante da milícia. Era um risco que ela teria de correr.

Deu a volta até a parte de trás do carrinho. Seis porcos haviam sido descarregados do comboio para um chiqueiro improvisado aberto na lateral mais próxima da parede. Dois homens, comicamente, caçavam os porcos pelo pequeno espaço.

Os porcos gritavam e guinchavam feito bebês enquanto fugiam. O chiqueiro dava para uma abertura semicircular com cerca de um metro e vinte de altura encostada na parede no térreo. Derkhan espiou por esse espaço para dentro de um buraco fétido três metros abaixo, mal iluminado por lampiões que tremeluziam de um modo que não transmitia confiança. O túnel ecoava, sibilava e reluzia, vermelho, à luz do gás. Figuras iam e vinham abaixo dela, curvadas sobre fardos que pingavam como almas em algum inferno depravado.

Uma abertura sem porta à sua esquerda levou Derkhan para baixo, descendo por escadas íngremes em direção ao matadouro subterrâneo.

Ali, o calor da primavera parecia amplificado por uma energia infernal. Derkhan suava e caminhava cuidadosamente por entre carcaças balouçantes e blocos de sangue congelado. Nos fundos, uma esteira suspensa arrastava ganchos de carne pesados ao longo do teto, num circuito impiedoso, desaparecendo nas entranhas mais escuras do abatedouro.

Até mesmo os reflexos de luz das facas pareciam filtradas por uma penumbra avermelhada. Derkhan levou um lenço ao nariz e à boca e tentou não vomitar com o fedor rançoso e pesado do sangue e da carne quente.

Na outra extremidade da sala, viu três homens reunidos debaixo do arco aberto que vira de cima, na rua. Naquele lugar escuro e fedorento, a luz e o ar do Charco do Cão que se espalhavam do alto eram como alvejante.

A algum sinal não pronunciado, os três açougueiros recuaram. Os homens dos porcos do beco acima haviam conseguido pegar um dos animais e, no meio de uma onda crescente de xingamentos, grunhidos e sons aterrorizados, atiraram seu enorme peso pela abertura. A porca gritou ao ser jogada na escuridão. Estava rígida de terror ao ser lançada na direção das facas que esperavam.

Derkhan ouviu um estalo doentio quando as perninhas rígidas da porca se estilhaçaram na laje de ardósia escorregadia de sangue e merda. Ela desabou sobre patas sangrando por causa das lascas de ossos, debatendo-se e guinchando, incapaz de fugir ou lutar. Os três homens avançaram com a precisão da experiência. Um deles se inclinou sobre o traseiro da porca, caso ela deslizasse para o lado, outro puxou para trás sua cabeça pelas orelhas pendentes. O terceiro homem cortou-lhe a pele da garganta com uma faca.

Os gritos da porca morreram rapidamente com o jorro de sangue. Os homens ergueram o enorme corpo que estremecia para cima de uma mesa sobre a qual aguardava uma serra enferrujada. Um deles viu Derkhan. Chamou a atenção de outro com uma cotovelada.

– Veja, Ben, seu cavalo preto, seu malandro! É sua piranha safada! – gritou bem-humorado, alto o bastante para Derkhan ouvir.

O homem com quem ele falou se voltou e acenou para ela.

– Cinco minutos – gritou.

Ela assentiu. Seu lenço estava colado à boca, e ela engoliu bile e vômito.

Mais uma vez porcos imensos e aterrorizados caíram do beco numa confusão orgânica, pernas dobradas em ângulos não naturais de encontro às tripas, e mais uma vez foram abertos e sangraram até secar sobre velhas bancadas de madeira. Línguas e abas de pele rasgada pendiam, pingando. Os canais cortados no chão do abatedouro transbordaram acima de suas margens quando um pântano de sangue sujo começou a bater contra baldes de vísceras e cabeças de vaca fervidas e alvejadas.

Depois de algum tempo, o último porco havia caído. Os homens, exaustos, ficaram parados onde estavam, quase cambaleantes. Estavam encharcados de gosma e fumegando. Conversaram rapidamente e soltaram risos roucos, e aquele que se chamava Ben se afastou dos companheiros e se aproximou de Derkhan. Atrás dele, os dois homens restantes abriram a primeira carcaça e varreram entranhas para dentro de uma imensa calha.

– Dee – disse Flex, baixinho –, não vou cumprimentá-la com um beijo.

Ele fez um gesto rápido indicando as roupas encharcadas e o rosto ensanguentado.

– Agradeço – respondeu ela. – Podemos sair daqui?

Passaram por baixo dos ganchos de carne que avançavam aos trancos e foram andando devagar na direção da saída escura. Pegaram a escada que subia em direção ao térreo. A luz ia ficando menos lívida à medida que a coloração azul-acinzentada do céu começava a passar pelas claraboias sujas no teto do corredor estreito, muito acima deles.

Benjamin e Derkhan entraram numa sala sem janelas com uma banheira, uma bomba de água e diversos baldes. Alguns roupões de material áspero estavam pendurados atrás da porta. Derkhan olhava em silêncio enquanto ele arrancava suas roupas sujas e as jogava num balde com água e sabão em pó. Ele se coçou e se espreguiçou com gosto e, a seguir, bombeou água vigorosamente para dentro da banheira. Seu corpo nu estava riscado de sangue oleoso, como se fosse um recém-nascido. Jogou um pouco de sabão embaixo da bomba e mexeu a água fria para fazer espuma.

– Seus parceiros são muito compreensivos com o fato de você simplesmente sair e dar uma pausa para foder, não é? – perguntou Derkhan serenamente. – O que disse a eles? Que eu roubei seu coração, que você roubou o meu, ou que nosso acordo é puramente comercial?

Benjamin riu. Falou com um forte sotaque do Charco do Cão, em contraposição aos tons mais urbanos de Derkhan.

– Bem, andei fazendo turno extra, não? Já estou trabalhando além do meu horário. Eu disse a eles que você passaria por aqui. Até onde eles sabem, você é só uma puta que gostou de mim, e eu de você. Antes que eu me esqueça, essa peruca é uma maravilha. – Ele deu um sorriso torto. – Fica bem em você, Derkhan. Está um arraso.

Ele entrou na banheira, foi se abaixando lentamente, e sua pele se arrepiou aos poucos. Deixou uma grossa camada de sangue na superfície da água. Gosma e sujeira se descolaram aos poucos de sua pele e começaram a ondular, preguiçosas, em direção à superfície. Ele fechou os olhos por um minuto.

– Não vou demorar, Dee, prometo – sussurrou.

– Leve o tempo que quiser – respondeu ela.

Ele mergulhou a cabeça sob as bolhas, deixando finas franjas de cabelo se enrolarem na superfície e serem sugadas lentamente para baixo. Prendeu a respiração por um momento, depois começou a esfregar vigorosamente seu corpo submerso, emergindo e respirando, depois voltando a mergulhar.

Derkhan encheu um balde com água e ficou parada atrás da banheira. Quando ele subiu à tona, derramou água lentamente sobre sua cabeça, enxaguando-o e libertando-o de manchas de sabão ensanguentadas.

– Aaah, que maravilha – murmurou ele. – Mais, por favor.

Ela fez sua vontade.

Por fim ele saiu da banheira, que parecia o local de um violento assassinato. Inclinou-a e jogou o resíduo gosmento numa calha presa ao chão. Os dois ouviram a água chacoalhar entre as paredes.

Benjamin vestiu um roupão áspero. Balançou a cabeça para Derkhan.

– E aí, amor, vamos aos negócios? – Piscou para ela.

– Basta me dizer se precisa de assistência, eminência – respondeu ela.

Deixaram a sala. Ao fim da passagem, destacado na luz da claraboia, ficava o quartinho onde Benjamin dormia. Ele trancou a porta quando entraram. O quarto era como um poço, bem mais alto do que largo. Havia outra janela no espaço quadrado do teto. Derkhan e Benjamin passaram por cima do colchão fino, em direção ao velho armário caindo os pedaços aos pés dele, uma relíquia de grandeza decadente que não combinava com o cenário de cortiço.

Benjamin enfiou a mão ali dentro e afastou algumas camisas engorduradas do caminho. Meteu a mão nos buracos para dedos abertos estrategicamente na parte de trás de madeira do armário e, com um leve grunhido, retirou-a. Girou-a suavemente para o lado e a depositou no chão do gabinete.

Derkhan olhou para a pequena porta de tijolos que Benjamin havia exposto enquanto colocava a mão numa pequena prateleira no armário e tirava uma caixa de fósforos e uma vela. Acendeu a vela numa explosão de enxofre, protegendo-a do ar frio que vinha da sala oculta. Com Derkhan atrás dele, Ben atravessou o armário e iluminou o escritório do *Renegado Rompante*.

Derkhan e Benjamin acenderam os lampiões. O aposento era grande e apequenava o quarto ao lado. O ar ali dentro era pesado e mortiço. Não havia luz natural.

Bem lá no alto, era possível ver a moldura de uma claraboia, mas o vidro estava pintado de preto.

Pelo aposento se espalhavam cadeiras em mau estado de conservação e duas mesas, todas cobertas de papéis, tesouras e máquinas de escrever. Numa das cadeiras estava sentado um constructo inativo de olhos apagados. Uma de suas pernas estava esmagada e arruinada, sangrando fios de cobre e lascas de vidro. A parede estava coberta de cartazes. Pilhas de exemplares mofados do *Renegado Rompante* davam a volta no aposento. Encostada numa das paredes úmidas, a prensa de aspecto desagradável, uma coisa imensa de ferro coberta de graxa e tinta.

Benjamin se sentou à mesa maior e puxou uma cadeira ao seu lado. Acendeu uma cigarrilha comprida e amassada. Deu uma longa tragada. Derkhan se juntou a ele. Ela apontou para o constructo.

– Como vai essa velharia? – perguntou.

– Barulhenta demais para usar durante o dia. Preciso esperar até os outros irem embora, mas a prensa também não é muito silenciosa, portanto não faz diferença. E até que é um alívio não ter que girar aquela maldita roda sem parar a porra da noite inteira, uma vez a cada quinze dias. Eu só enfio um pouco de carvão nas entranhas dele, posiciono a coisa e puxo um ronco.

– Como está indo a nova edição?

Benjamin assentiu devagar e apontou para uma pilha amarrada ao lado de sua cadeira.

– Nada mal. Vou imprimir mais alguns. Vamos publicar uma coisinha sobre seu Refeito do show de aberrações.

Derkhan fez um gesto de desprezo.

– Não é uma grande história.

– Não, mas é... você sabe... *apetitosa*. A manchete é sobre a eleição. "Foda-se a loteria", em termos um pouco menos estridentes. – Ele sorriu. – Eu sei que está quase igual à edição passada, mas é a época do ano.

– Você não foi um vencedor sortudo na loteria deste ano, foi? – perguntou Derkhan. – Seu número saiu?

– Que nada. Só uma vez na vida, anos atrás. Corri até a urna agarrando com força meu vale-prêmio, orgulhoso, e votei no Finalmente Conseguimos Ver. Entusiasmo juvenil. – Ben riu, debochado. – Você não se qualifica automaticamente, não é?

– Rabo-do-diabo, Benjamin, não tenho tanto dinheiro! Eu daria muito mais para o *RR* se tivesse. Não, e também não ganhei este ano.

Benjamin partiu o barbante da pilha de jornais. Empurrou um punhado para cima de Derkhan. Ela apanhou o exemplar de cima e deu uma olhada rápida na primeira página. Cada exemplar era uma única folha grande de papel dobrada ao meio e depois ao meio novamente. A fonte da primeira página era mais ou menos do mesmo tamanho da usada no *Farol*, no *Discussão* ou qualquer outro dos jornais legais de Nova Crobuzon. Entretanto, dentro das dobras do *Renegado Rompante*, histórias, slogans e exortações se acotovelavam uns aos outros num arbusto espesso de letrinhas miúdas. Era feio, porém eficiente.

Derkhan sacou três siclos e os deslizou na direção de Benjamin. Ele os aceitou com um murmúrio de agradecimento e os colocou numa latinha em frente à sua mesa.

– Quando os outros vêm? – perguntou Derkhan.

– Vou encontrar uns dois no bar daqui a mais ou menos uma hora, e o resto entre hoje à noite e amanhã.

No oscilante, violento, hipócrita e repressor clima político de Nova Crobuzon, era uma defesa necessária que, a não ser em uns poucos casos, os escritores do *Renegado Rompante* não se encontrassem. Assim, as chances de infiltração pela milícia eram minimizadas. Benjamin era o editor, a única pessoa na equipe em constante mutação a quem todos conheciam, e que conhecia a todos.

Derkhan notou uma pilha de folhas recém-impressas no chão ao lado de sua cadeira. Os jornais separatistas dos amigos do *Renegado Rompante*. A meio caminho entre camaradas e rivais.

– Algo de bom? – perguntou, indicando a pilha.

Benjamin deu de ombros.

– Esta semana *O Grito* está um lixo. Tem um lide decente no *Forja* sobre os conchavos de Rudgutter com as empresas de navegação. Vou conseguir alguém pra ir atrás dessa notícia, na verdade. Tirando isso, é tudo bobagem.

– O que você quer que eu faça?

– Bem... – Benjamin folheou uns papeis, consultou suas anotações. – Se você puder prestar bastante atenção na greve das docas, registrar opiniões, tentar conseguir algumas reações positivas, umas citações, sabe? E que tal umas quinhentas palavras sobre a história da Loteria do Sufrágio?

Derkhan concordou com a cabeça.

– O que mais vem aí? – perguntou ela.

Benjamin franziu os lábios.

– Há alguns rumores a respeito de Rudgutter ter alguma doença, curas dúbias: essa é uma coisa que eu gostaria que você checasse, mas já dá pra saber que foi filtrada por sabe lá o Falastrão quantas bocas. Mesmo assim, fique de ouvido ligado. Há mais uma coisa também... muito provisória a esta altura, mas interessante. Estou falando com alguém que afirma estar falando com alguém que quer denunciar ligações entre o Parlamento e crimes da máfia.

Derkhan assentiu lenta e apreciativamente.

– Parece bem saboroso. Estamos falando de quê? Drogas? Prostitutas?

– Merda, com certeza Rudgutter tem as mãos em todos os negócios que você puder imaginar. Todos têm. Produza o bem de consumo, pegue o lucro, depois chame a milícia para ajeitar seus clientes, consiga uma nova fornada de Refeitos ou mineradores escravos para os poços da Ponta de Flecha, mantenha as cadeias lotadas... tudo bem bonito e certinho. Não sei o que esse sujeito tem em mente em particular, e estão bem nervosos, aparentemente, prontos para fazer um estrago. Mas você me conhece, Dee. Só na maciota. – Piscou para ela. – Esse eu não vou deixar escapar.

– Me mantenha informada, sim? – Disse Derkhan.

Benjamin assentiu.

Derkhan juntou sua coleção de papéis numa sacola, escondendo-a sob uma série de detritos sortidos. Levantou-se.

– Certo. Tenho minhas ordens. Aqueles três siclos, a propósito, incluem catorze exemplares de *RR* vendidos.

– Coisa boa – disse Benjamin, e encontrou um caderno de notas em particular entre os muitos sobre sua mesa para registrar o fato.

Levantou-se e fez um gesto para que Derkhan passasse pela porta e pelo armário. Ela aguardou no quartinho enquanto ele desligava as luzes da prensa.

– O Grim-sei-lá-das-quantas ainda está comprando? – perguntou ele pelo buraco. – Aquele velhote cientista?

– Está. Ele é muito bom.

– Ouvi um boato engraçado a respeito dele outro dia – disse Benjamin, emergindo pelo armário, limpando as mãos sujas de óleo num trapo. – É o mesmo sujeito que está caçando pássaros?

– Ah, sim, ele está fazendo umas experiências. Você anda ouvindo criminosos, Benjamin? – Derkhan abriu um sorriso. – Ele está colecionando asas. Acho que tem como princípio jamais comprar coisas oficialmente quando pode usar canais ilícitos.

Benjamin balançou a cabeça em sinal de apreciação.

– Bem, o sujeito é bom nisso. Ele sabe como espalhar as notícias.

Enquanto falava, ele se inclinou para dentro do armário e colocou o fundo de madeira de volta à posição original. Prendeu-a e voltou-se para Derkhan.

– Muito bem – disse. – É melhor voltarmos às personagens.

Derkhan assentiu rapidamente e despenteou um pouco sua peruca branca. Desamarrou os intricados cadarços dos sapatos. Benjamin tirou a camisa para fora da calça. Prendeu a respiração e balançou os braços de um lado para o outro, até ficar bem vermelho. Soltou o ar subitamente e respirou fundo. Encarou Derkhan.

– Vamos lá – disse, implorando. – Me dê uma ajuda. E a minha reputação? Você podia ao menos parecer cansada...

Ela sorriu para ele e, suspirando, esfregou o rosto e os olhos.

– Oooh, sr. B – disse ela, num gemido absurdo. – Você é o melhor!

– Assim sim... – murmurou ele, e piscou para ela.

Destrancaram a porta e saíram para o corredor. Os preparativos haviam sido desnecessários. Estavam sozinhos.

Muito abaixo deles, podia-se ouvir o som dos moedores de carne.

CAPÍTULO 13

Quando Lin acordou com a cabeça de Isaac próxima à sua, ficou olhando-a por muito tempo. Deixou suas antenas dançarem ao vento da respiração dele. Fazia muito tempo, pensou, desde a última vez que ela havia desfrutado do prazer de vê-lo assim.

Rolou lentamente de lado e o acariciou. Ele resmungou e fechou a boca. Franziu os lábios e os abriu num estalo ao respirar. Ela passou as mãos sobre seu corpanzil.

Estava feliz consigo mesma; feliz e orgulhosa do que havia conseguido realizar na noite passada. Andava se sentido angustiada e solitária, então correra o risco de provocar a ira de Isaac ao ir para seu lado da cidade sem avisar. Mas conseguira fazer a noite dar certo.

Lin não tivera a intenção de testar a compaixão de Isaac, mas a raiva dele se transformara rapidamente em preocupação com o comportamento dela. Ela percebera, com uma vaga satisfação, que estava visivelmente exausta e sem forças, que não precisava convencê-lo de sua necessidade de colo. Ele até reconhecera emoções no movimento do corpocrânio dela.

Havia um lado positivo nas tentativas de Isaac de não ser visto como amante de Lin. Quando andavam juntos pelas ruas, sem se tocar, em um ritmo suave, imitavam a timidez de jovens humanos se cortejando.

Não havia um equivalente disso para as khepris. O sexo-cabeça para procriação era uma tarefa desagradável executada para fins demográficos. Khepris machos eram escaravelhos descerebrados parecidos com o corpocrânio das fêmeas, e senti-los se arrastando, montando e fodendo com sua cabeça era uma experiência que Lin agradecia por não precisar vivenciar havia anos. Sexo por diversão, entre fêmeas, era um negócio barulhento, comunitário, mas um tanto ritualizado. Os sinais de flerte, rejeição e aceitação entre indivíduos ou grupos eram tão formais quanto danças. Não havia nada do erotismo nervoso e mudo dos jovens humanos.

Lin havia mergulhado o bastante na cultura humana para reconhecer a tradição à qual Isaac era puxado de volta quando eles caminhavam juntos pela cidade. Ela gostava bastante de fazer sexo com sua própria espécie antes de seu ilícito romance híbrido, e intelectualmente desprezava as conversas inúteis, desajeitadas e sem sentido dos humanos das quais ouvia fragmentos por toda Nova Crobuzon. Mas, para sua surpresa, ela sentia esse mesmo companheirismo dengoso e inseguro de Isaac – e até que gostava.

Isso havia aumentado na noite passada, em sua caminhada pelas ruas frias em direção à estação e enquanto subiam pelo topo da cidade até o Buraco da Galantina. Um dos melhores efeitos, claro, foi tornar a liberação sexual, quando finalmente foi possível, ainda mais carregada.

Isaac a havia agarrado assim que a porta se fechara, e ela o agarrara também, envolvendo-o em seus braços. O desejo chegara rápido. Ela o segurara, abrira sua carapaça e fizera com que ele acariciasse suas asas, e ele acariciara com dedos trêmulos. Ela o fizera esperar enquanto desfrutava de sua devoção, antes de puxá-lo para a cama. Rolara com ele até deixá-lo deitado de costas. Arrancara a roupa e tirara a dele também. Montara-o, e ele acariciara seu corpocrânio duro, passando as mãos por seu corpo, seus seios, segurando seus quadris enquanto se moviam.

Depois, ele havia feito um jantar para ela. Comeram e conversaram. Lin não lhe contara nada a respeito do sr. Mesclado. Ficara sem graça quando ele lhe perguntara por que estava tão melancólica aquela noite. Ela começara a lhe contar uma meia-verdade a respeito de uma imensa e difícil escultura que não podia mostrar a ninguém – o que significava que não competiria pelo Prêmio Shintacost –, que estava sugando suas forças sem lhe dar nada em troca, num espaço na cidade que ela havia encontrado e não podia contar a ele.

Ele prestara atenção. Talvez fosse uma atitude estudada. Sabia que Lin às vezes se ofendia com seu comportamento distraído quando ele trabalhava em um projeto. Implorara para saber onde ela estava trabalhando.

Naturalmente, ela não lhe dissera.

Haviam ido para a cama limpando migalhas e sementes. Isaac a agarrara enquanto dormia.

Quando acordou, Lin passou longos minutos desfrutando da presença de Isaac antes de se levantar e fritar pão para o café da manhã dele. Quando Isaac se levantou com o cheiro, beijou animado seu pescoço e seu estômago-cabeça. Ela acariciou as bochechas dele com as pernas-cabeça.

Você precisa trabalhar hoje de manhã?, ela fez sinais para ele do outro lado da mesa, enquanto suas mandíbulas mastigavam uma toranja. Isaac levantou a cabeça de seu pão meio constrangido.

– Ahn… sim. Preciso sim, meu doce – disse a ela, mastigando.

No quê?

– Bom… Estou com aquele negócio todo lá em casa, aquela passarinhada toda, mas é um pouco ridículo. Sabe, eu estudei pombos, pintarroxos, esmerilhões, sabe lá o Falastrão o que mais, mas ainda não vi a porra de um garuda de perto. Então, vou caçar. Andei adiando, mas acho que chegou a hora. Vou até o Borrifo.

Isaac fez uma cara feia e deixou sua declaração no ar. Deu mais uma mordida grande. Quando acabou de engolir, olhou para ela por baixo das sobrancelhas.

– Não sei se… Você quer ir comigo?

Isaac, ela fez um sinal no mesmo instante, *não diga isso se não estiver falando sério, porque eu quero ir e vou dizer sim se você não tomar cuidado. Mesmo que seja para o Borrifo.*

– Escute… É sério, eu… Eu *estou* falando sério mesmo. Se você não for trabalhar em sua *magnum opus* hoje de manhã, venha se divertir comigo. – A convicção em sua voz foi ficando mais forte à medida que ele falava. – Vamos, você pode ser minha assistente de laboratório móvel. Não, eu sei o que você pode fazer: pode ser minha heliotipista por hoje. Leve sua câmera. Você precisa de uma folga.

Isaac estava ficando mais ousado. Ele e Lin saíram da casa juntos, sem que ele exibisse nenhum sinal de desconforto. Saíram vagando um pouco na direção noroeste, ao longo da Rua Shadrach, indo para a Estação Campos Salazes, mas Isaac ficou impaciente e chamou um coche no caminho. O motorista hirsuto ergueu as sobrancelhas para Lin, mas guardou para si qualquer objeção que pudesse ter. Inclinou a cabeça enquanto murmurava para seu cavalo, indicando a Isaac e Lin para entrarem.

– Pra onde, chefia? – perguntou.

– Borrifo, por favor – falou Isaac, um tanto grandiosamente, como se o tom de sua voz compensasse o destino.

O motorista se virou para ele, sem acreditar.

– O senhor está de brincadeira, cavalheiro. Não vou para o Borrifo, não. Levo vocês até a Colina Vaudois, e daí o problema é seu. Não vale a pena para mim. Se eu descer lá para o Borrifo, eles vão tirar as rodas do meu coche enquanto eu ainda estiver dirigindo.

– Tudo bem, tudo bem – disse Isaac, irritado. – É só nos levar o mais perto que tiver coragem.

Enquanto o raquítico cabriolé rolava por sobre os paralelepípedos cruzando os Campos Salazes, Lin chamou a atenção de Isaac.

É tão perigoso assim mesmo?, sinalizou ela, nervosa.

Isaac olhou ao redor e, então, respondeu com sinais também. Ele era muito mais lento e menos fluente do que ela, mas com o uso dos sinais podia ser mais grosseiro com o cocheiro.

Bom, é só mais pobre, caralho. Eles roubam o que passar por perto, mas não são especialmente violentos. O babaca aqui é só um covarde. Lê muitos…

Isaac hesitou e fez uma careta de concentração.

– Não sei o sinal – murmurou. – *Sensacionalista*. Lê muitos jornais sensacionalistas.

Ele se recostou e olhou pela janela a linha do horizonte da Colina do Uivo que balançava sem firmeza à sua esquerda.

Lin nunca estivera no Borrifo. Só conhecia a região pela fama. Quarenta anos antes, a Linha Pia havia sido estendida a sudoeste de Vauzumbi, passando pela Colina Vaudois e no esporão de Matorrude, que fazia fronteira com a margem sul da cidade. Os projetistas e os homens da grana haviam construído as estruturas altas dos prédios residenciais: não os monólitos próximos a Laralgoz, mas impressionantes mesmo assim. Eles haviam aberto a estação de trem Parada Brusca e começado a construir outra em Matorrude mesmo, antes que limpassem qualquer coisa maior que uma faixa estreita ao redor da ferrovia. Havia planos para outra estação além daquela, e os trilhos foram estendidos para dentro da floresta, de acordo com eles. Existiram até mesmo esquemas provisórios e absurdamente arrogantes para estender os trilhos a centenas de metros para sul ou oeste, para ligar Nova Crobuzon a Myrshock ou Margaivota.

Então, o dinheiro acabou. Houve uma crise financeira, uma bolha de especulação explodiu, alguma rede comercial desabou sob o peso da concorrência e uma série de produtos baratos demais que ninguém conseguia comprar, e o projeto precisou ser abortado. Os trens ainda visitavam Parada Brusca, esperando inutilmente alguns minutos antes de retornar à cidade. Matorrude rapidamente retomou a terra ao sul da arquitetura vazia, assimilando a estação abandonada e sem nome e os trilhos que já enferrujavam. Por uns dois anos, os trens em Parada Brusca aguardaram, vazios e silenciosos. E, então, alguns passageiros começaram a aparecer.

Os integumentos vazios dos edifícios grandiosos começaram a ser preenchidos. Os pobres campesinos de Espiral dos Grãos e das Colinas Mendican começaram a invadir sorrateiramente o distrito deserto. Espalhou-se a notícia de que aquele era um setor-fantasma, longe do poder do Parlamento, onde impostos e leis eram tão raros quanto o sistema de esgoto. Estruturas improvisadas de madeira roubada preenchiam os pisos vazios. Nos contornos de ruas natimortas, barracos de concreto e ferro corrugado surgiram como tumores da noite para o dia. As habitações se espalharam como manchas de mofo. Não havia lampiões para afastar a noite, nem médicos, nem empregos, mas em dez anos a área estava repleta de casas-fantasmas. Havia adquirido um nome, Borrifo, que refletia a aleatoriedade inconstante de seus contornos: todo aquele cortiço fedorento parecia ter pingado do céu como merda.

O subúrbio ficava além do alcance da municipalidade de Nova Crobuzon. Havia uma infraestrutura alternativa pouco confiável: uma rede autonomeada de trabalhadores postais, engenheiros sanitários, até mesmo uma espécie de lei. Mas esses sistemas eram ineficazes e, na melhor das hipóteses, parciais. Geralmente, nem a milícia nem mais ninguém ia até o Borrifo. Os únicos visitantes de fora eram os trens regulares que apareciam na incongruentemente bem conservada Estação Parada Brusca e as gangues de pistoleiros mascarados que apareciam às vezes à noite para aterrorizar e matar. As crianças de rua do Borrifo eram particularmente vulneráveis à barbárie feroz dos esquadrões da morte.

Os moradores dos cortiços do Charco do Cão e até mesmo de Ladovil consideravam o Borrifo um lugar abaixo de sua dignidade. Aquilo simplesmente não fazia parte da cidade, não era nada a não ser uma cidadezinha estranha que havia sido enxertada em Nova Crobuzon sem sequer pedir licença. Não havia dinheiro para atrair indústrias, legais ou ilícitas. Os crimes no Borrifo não passavam de atos de desespero e sobrevivência em pequena escala.

Havia mais uma coisa a respeito do Borrifo, algo que levou Isaac a visitar seus becos desagradáveis. Pelos últimos trinta anos, ali havia sido o gueto dos garudas em Nova Crobuzon.

Lin viu os imensos blocos de torres de Laralgoz. Ela podia ver figuras cavalgando as correntes ascendentes que os blocos criavam, rodopiando acima dos edifícios. Gargomens, e talvez uns dois garudas. O coche passava sob o altrilho graciosamente mergulhado para fora da torre da milícia que assomava próxima aos blocos.

Encostou:

– Muito bem, chefia, é aqui que eu paro – disse o motorista.

Isaac e Lin desembarcaram. Num dos lados do coche havia uma fileira de casinhas brancas bem ajeitadas. Cada uma delas tinha um pequeno jardim na frente, a maioria muito bem cuidada. A rua estava cheia de figueiras frondosas, enfileiradas uma atrás da outra. Em frente às casas, do outro lado do coche, havia um parque longo e estreito, uma faixa de verde com cerca de trezentos metros de largura que descia para longe da rua numa encosta íngreme. Essa fina faixa de grama atuava como terra de ninguém entre as casinhas arrumadas da Colina Vaudois, habitadas por escriturários, médicos e advogados, e o caos em ruínas além das árvores, ao pé da colina: Borrifo.

– Porra, não é de espantar que o Borrifo não seja muito popular, não é? – disse Isaac, baixinho. – Veja só, estragou a vista para toda essa gente de bem aqui de cima... – Deu um sorriso maligno.

Na distância, Lin pôde ver que a margem da colina estava dividida pela Linha Pia. Os trens atravessavam um abismo cavado no verdejante flanco ocidental da colina. Os tijolos vermelhos da Estação Parada Brusca assomavam sobre o terreno pantanoso do Borrifo. Naquele canto da cidade, os trilhos ficavam apenas um pouco acima do nível das casas, mas não era necessária muita grandeza arquitetônica para que a estação se destacasse sobre as habitações improvisadas ao redor. De todos os edifícios do Borrifo, apenas as cascas dos blocos das torres reformadas eram mais altas.

Lin sentiu uma cutucada de Isaac. Ele apontou para um conjunto de blocos, próximo à ferrovia.

– Está vendo aquilo?

Ela fez que sim com a cabeça.

– Olhe lá para o topo.

Lin acompanhou os dedos dele. A metade inferior dos grandes edifícios parecia abandonada. Entretanto, a partir do sexto ou sétimo andar, ramos de madeira despontavam de rachaduras em ângulos estranhos. As janelas estavam cobertas por papel marrom, ao contrário dos batentes vazios. E lá no alto dos telhados retos, quase no mesmo nível de Lin e Isaac, podiam-se ver figuras minúsculas.

Lin seguiu o gesto de Isaac mais para cima. Sentiu um frêmito de excitação. Criaturas aladas eram visíveis brincando no céu.

– Aqueles são garudas – disse Isaac.

Lin e Isaac desceram a colina em direção às linhas da ferrovia, mantendo-se levemente à direita para chegar às altíssimas torres de vigia improvisadas dos garudas.

– Quase todos os garudas da cidade vivem naqueles quatro edifícios. Provavelmente não há mais que 2 mil deles em toda Nova Crobuzon. Isso faz com que sejam cerca de... ahn... 0,03% da população, caralho... – Isaac sorriu. – Andei fazendo pesquisas, viu?

Mas eles não vivem todos *aqui. E Krakhleki?*

– Ah, claro, há os garudas que saem. Eu lecionei para um, certa vez; era um camarada bacana. Provavelmente há uns dois no Charco do Cão, três ou quatro em Ladopaco, seis na Grande Bobina. O Outeiro de São Falastrão e o Siríaco têm um punhado cada, ouvi dizer. E, uma ou duas vezes a cada geração, alguém como Krakhleki vence na vida. Nunca li as coisas dele, aliás. Ele é bom?

Lin assentiu.

– Certo; então, há gente como ele, e outros... você sabe, qual é o nome daquele filho da puta... aquele do Tendência Diversa? Shashjar, esse mesmo. Eles o enfiaram lá dentro para provar que os TDs são a favor de *todos* os xenianos. – Isaac fez um som grosseiro com a boca. – Especialmente os ricos.

Mas a maioria deles está aqui. E quando você está aqui, deve ser difícil sair...

– Suponho que sim. É meio óbvio, na verdade.

Cruzaram um riachinho e reduziram a velocidade ao se aproximarem da entrada do Borrifo. Lin cruzou os braços e balançou o corpocrânio.

O que é que eu estou fazendo aqui?, sinalizou sardonicamente.

– Você está expandindo sua mente – disse Isaac, animado. – É importante aprender como outras raças vivem em nossa bela cidade.

Ele puxou o braço dela até que, num protesto fingido, Lin permitiu que ele a arrastasse para fora da sombra das árvores e para dentro do Borrifo.

Para entrar no Borrifo, Isaac e Lin tiveram de cruzar pontes raquíticas, tábuas jogadas sobre a vala de dois metros e meio que separava a cidade do parque da Colina Vaudois. Caminharam um atrás do outro, às vezes estendendo os braços em busca de equilíbrio.

Um metro e meio abaixo deles, a trincheira estava repleta de uma sopa gelatinosa e barulhenta de merda, poluentes e chuva ácida. A superfície era permeada por bolhas de gás e corpos inchados de animais. Aqui e ali, flutuavam latas enferrujadas e massas de tecido carnudo semelhantes a tumores ou fetos abortados. O líquido mais ondulava que se agitava, contido por uma espessa tensão de superfície tão oleosa e forte que não se rompia: as pedras caídas da ponte eram engolidas sem o menor barulho.

Mesmo com uma das mãos tampando boca e o nariz para não sentir o fedor, Isaac não conseguiu se conter. No meio da tábua, soltou um grito de nojo que se transformou em regurgitação. Tentou se controlar antes de vomitar. Cambalear naquela ponte, perder o equilíbrio e cair era um pensamento vil demais a se considerar.

O gosto pastoso no ar fez Lin se sentir quase tão nauseada quanto Isaac. Quando chegaram ao outro lado das tábuas de madeira, o bom humor de ambos já havia acabado completamente. Avançaram em silêncio labirinto adentro.

Para Lin foi fácil se orientar por entre os prédios tão baixos: o bosque de blocos que procuravam era claramente visível logo antes da estação. Às vezes ela caminhava à frente de Isaac, às vezes ele à frente dela. Foram avançando sobre canais de esgoto que passavam por entre as casas. Seguiram inabaláveis. Haviam transcendido o nojo.

Os habitantes do Borrifo apareceram para olhar.

Homens e mulheres de rostos amargos e centenas de crianças, todas vestidas em combinações bizarras de roupas resgatadas e sacos de aniagem costurados. Mãozinhas e dedinhos agarravam Lin enquanto ela passava. Ela os afastou com tapas e passou a caminhar na frente de Isaac. Vozes ao redor deles começaram a murmurar, e então um clamor por dinheiro começou. Ninguém tentou impedi-los de andar.

Isaac e Lin seguiram impassíveis por entre as ruas tortuosas, mantendo os blocos das torres à vista. Atrás deles, uma multidão. À medida que se aproximavam, as formas dos garudas navegando pelo ar iam se tornando mais claras.

Um homem gordo, quase tão grande quanto Isaac, apareceu na frente deles.

– Patrão, meu camarada – gritou ele, acenando com a cabeça para os dois.

Seus olhos se movimentavam ligeiros. Isaac cutucou Lin, indicando que parasse.

– O que você quer? – perguntou Isaac, impaciente.

O homem falou muito rápido.

– Ora, visitantes não são coisa muito comum no Borrifo, daí eu tava pensando se vocês não queriam, assim, alguém pra ajudar vocês.

– Não seja babaca, homem – rugiu Isaac. – Não sou visitante. Da última vez em que estive aqui foi Pedro Selvagem que me chamou – continuou em tom de ostentação.

Fez uma pausa para os sussurros que o nome invocou.

– Agora, no momento, estou atrás de uma conversinha com aqueles ali – disse e apontou para os garudas.

O gordo recuou de leve.

– Você quer confabular com os garotos-pássaros? Pra que isso, patrão?

– Não interessa, porra! A pergunta é: você quer me levar até a mansão deles?

O homem ergueu as mãos, conciliador.

– Não devia ter me metido, patrão, não é da minha conta. Levo o senhor com prazer até as gaiolinhas, por um troco, só pra me ajudar.

– Ah, pelo amor de Falastrão. Não se preocupe, você vai ser bem tratado. Basta que – Isaac gritou para todos que olhavam na multidão – ninguém pense em furtar ou assaltar. Eu tenho o suficiente para pagar um guia decente para mim, nem um tostão a mais, e sei que o Selvagem vai ficar *muito puto* se alguma coisa acontecer com um parceiro velho de guerra no território dele.

– Por favor, chefia, o senhor está insultorando os borrifados. Não precisa dizer mais nada, só me seguir, certo?

– Pode ir na frente, cara – disse Isaac.

Enquanto andavam pelo concreto pingando e telhados de ferro oxidado, Lin se virou para Isaac.

Pelo amor de Falastrão, o que foi aquilo? Quem é Pedro Selvagem?

Isaac foi falando em sinais enquanto caminhava.

Um monte de bobagem. Vim aqui uma vez com Lemuel numa… tarefa suspeita, conheci o Selvagem. Chefão local. Nem sabia ao certo se ainda estava vivo! Ele nem se lembraria de mim.

Lin ficou exasperada. Não podia crer que os borrifados houvessem caído na conversa ridícula de Isaac. Mas eles estavam definitivamente sendo levados na direção da torre dos garudas.

Talvez o que ela houvesse testemunhado fosse mais um ritual do que um confronto real. Talvez Isaac não houvesse enganado nem assustado ninguém. Talvez eles o estivessem ajudando por pena.

Os barracos improvisados batiam contra as bases dos blocos das torres como pequenas ondas. O guia de Lin e Isaac os chamou entusiasticamente e fez um gesto na direção dos quatro blocos posicionados num quadrado. No espaço de sombra entre eles havia sido construído um jardim, com árvores retorcidas que desesperadamente tentavam alcançar a luz direta. Suculentas e ervas daninhas irrompiam por entre os arbustos. Garudas voavam em círculos sob a cobertura das nuvens.

– Lá está o que o senhor procura, patrão! – disse o homem, orgulhoso.

Isaac hesitou.

– Como é que eu… Não quero simplesmente chegar sem ser anunciado… – Vacilou. – Ahn… Como posso atrair a atenção deles?

O guia estendeu a mão. Isaac olhou fixamente para ele por um minuto, depois enfiou a mão no bolso em busca de um siclo. O homem abriu um sorriso quando viu a moeda e a guardou no bolso. Então, voltou-se e recuou um pouco para longe das paredes do edifício, levou os dedos à boca e assoviou.

– Ei! – gritou. – Passarada! O patrão aqui quer dar uma palavrinha!

A multidão que ainda cercava Isaac e Lin começou a gritar, entusiasmada. Um grito rouco anunciou aos garudas acima que tinham visitantes. Um contingente de formas voadoras se reuniu no ar, acima da multidão de borrifados. Então, com um ajuste invisível das asas, três deles mergulharam de modo espetacular em direção ao solo.

As pessoas soltaram gritos e assovios de apreciação.

Os três garudas desabaram como mortos na direção da massa que aguardava. A cerca de cinco metros do chão, sacudiram as asas estendidas e interromperam a queda. Elas batiam com força no ar, lançando grandes rajadas de vento e poeira no rosto e nos olhos dos humanos enquanto flutuavam para cima e para baixo, caindo um pouco, depois subindo, além do alcance.

– Por que vocês todos estão gritando? – guinchou o garuda da esquerda.

– É fascinante – sussurrou Isaac para Lin. – A voz dele é de ave, mas não é tão difícil de entender quanto a de Yagharek. Ragamina deve ser sua língua nativa, ele provavelmente nunca falou outra coisa.

Lin e Isaac encararam as magníficas criaturas. Os garudas estavam nus até a cintura, com as pernas cobertas por finas pantalonas marrons. Um deles tinha pele e penas pretas; os outros dois eram de um bege escuro. Lin olhava hipnotizada para aquelas asas enormes. Elas se estendiam e batiam com uma envergadura enorme, de pelo menos seis metros.

– Este cavalheiro aqui… – começou o guia, mas Isaac o interrompeu.

– É um prazer conhecer vocês – gritou. – Tenho uma proposta para fazer. Será que podemos bater um papo?

Os três garudas trocaram olhares.

– O que você quer? – gritou o de penas pretas.

– Bem, veja – Isaac fez um gesto para a multidão –, não era exatamente assim que eu estava imaginando esta conversa. Não tem algum lugar privado aonde a gente possa ir?

– Pode crer! – disse o primeiro. – A gente se encontra lá em cima!

Os três pares de asas estrondearam ao mesmo tempo e os garudas desapareceram no céu. Isaac gritava atrás deles.

– Esperem! – berrou.

Tarde demais. Olhou ao redor em busca do guia.

– Acho que o elevador não está funcionando, não é? – perguntou Isaac.

– Nunca nem foi instalado, patrão. – O guia deu um sorriso maldoso. – É melhor começar a subir já.

– Pelo cu de Falastrão, Lin... Pode ir sem mim. Estou morrendo. Vou ficar aqui deitado e morrer.

Isaac estava deitado no mezanino entre o sexto e o sétimo andares. Ele sibilou, tossiu, cuspiu. Lin parou em cima dele com as mãos na cintura, exasperada.

Levante, gordo desgraçado, disse em sinais. *Sim, é exaustivo. Para mim também. Pense no ouro. Pense na ciência.*

Gemendo como se estivesse sendo torturado, Isaac se levantou cambaleante. Lin o ajudou até a beirada dos degraus de concreto.

Ele engoliu em seco, segurou-se e, em seguida, começou a subir devagar. A escadaria era cinza e sem iluminação, a não ser pela luz que entrava pelos cantos e por rachaduras. Só quando emergiram no sétimo andar foi que os degraus adquiriram o aspecto de ter sido usados um dia. O lixo começou a se acumular ao redor dos pés deles. As escadas estavam grudentas, em vez de cobertas de poeira fina. Em cada andar havia duas portas, e os sons ásperos das conversas dos garudas podiam ser ouvidos através da madeira lascada.

Isaac começou a caminhar com passo lento e angustiado. Lin o seguiu, ignorando suas declarações de um ataque cardíaco iminente.

Após longos e dolorosos minutos, chegaram ao ultimo andar. Acima deles, a porta que dava para o telhado. Isaac se encostou na parede e enxugou o rosto. Estava encharcado de suor.

– Só um minutinho, coração – murmurou e até conseguiu sorrir. – Ó, deuses! Pelo amor da ciência, certo? Prepare sua câmera... Tudo bem. Lá vamos nós.

Ele se endireitou e respirou devagar, depois subiu lentamente o último lance até a porta, abriu-a e caminhou até a luz sólida do telhado. Lin foi atrás, de câmera em punho.

Olhos khepris não precisavam de tempo para se ajustar da luz para a escuridão e vice-versa. Lin saiu para um telhado de concreto áspero atulhado de lixo e concreto quebrado e viu Isaac protegendo desesperadamente os olhos, tentando enxergar. Ela olhou friamente ao redor.

Um pouco a nordeste erguia-se a Colina Vaudois, uma faixa sinuosa de terra alta que subia como se estivesse tentando bloquear a vista para o centro da cidade. O Espigão, a Estação Perdido, o Parlamento, a cúpula da Estufa: tudo era visível, aflorando sobre aquele horizonte suspenso. Do outro lado da colina, Lin viu quilômetros e mais quilômetros de Matorrude desaparecerem sobre um terreno irregular. Aqui e ali pequenos montes de rocha despontavam livres da cobertura de folhas. Mais ao norte havia um campo de visão longo e ininterrupto que dava para os subúrbios de classe media de Serpolet e Marcafel, a torre da milícia do Outeiro de São Falastrão, os trilhos suspensos da Linha Verso cortando pelo Beiracórrego e pela Quimera. Lin sabia que logo além daqueles arcos manchados de fuligem, a três quilômetros de distância, ficava o curso tortuoso do Piche, levando barcas e suas cargas das estepes do Sul para a cidade.

Isaac abaixou as mãos quando suas pupilas se ajustaram.

Centenas de garudas rodopiavam acrobaticamente sobre a cabeça de Lin e Isaac e, então, começaram a cair, a descer do céu em perfeitas espirais e a pousar, com seus pés cheios de garras, em fileiras ao redor deles. Caíram pesados do ar como maçãs maduras demais.

Eram no mínimo uns duzentos, estimou Lin. Ela se aproximou um pouco mais de Isaac, nervosa. Os garudas tinham quase dois metros de altura, em média, isso sem contar os magníficos picos de suas asas dobradas. Não havia diferença de altura ou musculatura entre homens e mulheres. As fêmeas usavam túnicas finas, os homens tangas ou calças curtas. Era só.

Lin tinha um metro e meio de altura. Não conseguia ver nada além do primeiro círculo de garudas que cercava a ela e a Isaac à distância de um braço, mas podia ver cada vez mais deles mergulhando do céu; tinha noção do número que se acumulava ao seu redor. Isaac dava palmadinhas em seu ombro, distraído.

Algumas formas ainda voavam, caçavam e brincavam no ar ao redor deles. Quando os garudas terminaram de pousar no telhado, Isaac quebrou o silêncio.

– Muito bem – gritou. – Muito obrigado por nos convidarem para vir aqui em cima. Quero fazer uma proposta a vocês.

– A quem? – Elevou-se uma voz do meio da multidão.

– A todos vocês, ora – respondeu Isaac. – Sabem, estou fazendo um trabalho sobre... sobre *voo*. E vocês são as únicas criaturas em Nova Crobuzon que podem voar *e* têm cérebro nas cacholas. Gargomens não são famosos por suas habilidades de conversação – disse, jovial.

Ninguém reagiu à sua piada. Ele pigarreou e prosseguiu.

– Enfim... ahn... Será que algum de vocês não estaria disposto a vir comigo e trabalhar uns dois dias, me mostrar um pouco de voo, me deixar tirar algumas impressões de suas asas... – Pegou a mão de Lin que segurava a câmera e a sacudiu. – Obviamente, pagarei pelo tempo de vocês. Eu realmente agradeceria muito qualquer ajuda.

– O que você está fazendo?

A voz saiu do garuda na primeira fileira. Os outros olharam para ele quando falou. *Esse é o chefe*, pensou Lin. Isaac olhou para ele com cautela.

– O que estou fazendo? Você quer dizer...

– Quero dizer para que precisa de fotos. O que é que você está aprontando?

– É... ahn... pesquisa sobre a natureza do voo. Sabe, eu sou um cientista, e...

– Mentira. Como vamos saber que você não vai nos matar?

Isaac levou um susto. Os garudas reunidos assentiram e crocitaram concordando.

– Mas por que *diabos* eu ia querer matar vocês...?

– Foda-se e desapareça, cavalheiro. Ninguém aqui quer ajudar você.

Ouviram-se alguns resmungos contrariados. Estava claro que alguns membros do grupo poderiam, na verdade, até se dispor a participar. Mas nenhum deles desafiou o porta-voz, um garuda alto com uma longa cicatriz ligando seus mamilos.

Lin observava enquanto Isaac abria a boca devagar. Ele estava tentando reverter a situação. Ela o viu enfiar a mão no bolso e retirá-la novamente. Se ele mostrasse dinheiro no ato, poderia parecer um tratante ou uma fraude.

– Escute... – disse ele, hesitante. – Eu realmente não sabia que isso ia poderia criar algum problema.

– Não, veja bem, isso pode ou não ser verdade, cavalheiro. O senhor pode ser da milícia.

Isaac bufou em sinal de desprezo, mas o garuda grande continuou em seu tom de descaso:.

– Pode ser que os esquadrões da morte tenham encontrado um jeito de nos pegar, os garotos-pássaros. "Só vim fazer umas pesquisas..." Bem, nenhum de nós está interessado. Falou?

– Sabe – disse Isaac –, compreendo que vocês estejam preocupados com meus motivos. Afinal, vocês não fazem a menor ideia de quem eu sou, e...

– Nenhum de nós vai com você, cavalheiro. Simples assim.

– Escute, eu pago bem. Estou disposto a pagar um siclo por dia para qualquer um que queira ir ao meu laboratório.

O grande garuda avançou e empurrou o peito de Isaac agressivamente.

– Quer que a gente vá ao seu *laboratório* para nos abrir, ver como a gente funciona?

Os outros garudas recuaram quando ele começou a dar a volta ao redor de Lin e Isaac.

– Você e sua amiga inseto querem me cortar em pedaços?

Isaac argumentava e tentava negar a acusação. Virou-se ligeiramente de costas e olhou para a multidão que os cercava.

– Devo supor que esse *senhor* fala por todos vocês ou alguém aqui gostaria de ganhar um siclo por dia?

Ouviram-se alguns resmungos. Garudas olharam discretamente uns para os outros, desconfortáveis. O grande garuda que encarava Isaac jogou as mãos para o alto e as sacudiu enquanto falava. Estava furioso.

– Eu falo por *todos*! – Voltou-se e olhou devagar para sua gente. – Alguém *discorda*?

Houve uma pausa, e um jovem macho avançou devagar.

– Charlie... – falou diretamente para o líder autoproclamado. – Um siclo é muita grana. O que você acha de um grupo descer, garantir que não é enrolação, ver se está tudo certinho...

O garuda chamado Charlie foi até onde o outro macho estava e deu-lhe um soco com toda a força na cara.

A congregação soltou um grito uníssono.

Com um tumulto de asas e penas, um grande número de garudas irrompeu para cima e para fora do telhado como uma explosão. Uns voaram em círculos rápidos e voltaram para observar, desconfiados, mas muitos outros desapareceram nos andares superiores de outros blocos ou no céu sem nuvens.

Charlie ficou parado sobre sua vítima atordoada, que havia caído sobre um dos joelhos.

– Quem é o chefão? – gritou Charlie num pio estridente. – Quem é o chefão?

Lin puxou a camisa de Isaac, levando-o em direção à porta que dava para as escadas. Isaac resistiu, meio desanimado. Estava visivelmente pasmo com reviravolta que seu pedido havia provocado, mas também fascinado com o confronto. Ela o arrastou lentamente para longe da cena.

O garuda caído olhou para Charlie.

– Você é o chefão – murmurou.

– *Eu sou* o chefão. Eu sou o chefão porque cuido de vocês, certo? Eu garanto que vocês todos estejam bem, não é? Não é? E o que eu sempre digo a vocês? Fiquem longe de rastejadores do chão! E mais longe ainda dos antropos. Eles são os piores, vão rasgar vocês, arrancar suas asas, matar vocês bem mortos! *Não confiem em nenhum deles!* E isso inclui esse gordo com a carteira gorda aí.

Pela primeira vez em seu discurso inflamado ele olhou para Isaac e Lin.

– Você! – gritou e apontou para Isaac. – Vá dando o fora daqui logo, caralho, antes que eu te mostre exatamente como é voar. Direto daqui do telhado lá para baixo!

Lin viu Isaac abrir a boca, tentar uma última explicação conciliatória. Ela bateu os pés, irritada, e o puxou com força porta afora.

Aprenda a ler uma maldita situação, Isaac. Hora de dar o fora, Lin fez sinais furiosos enquanto desciam.

– Está certo, Lin, pelo cu de Falastrão, eu já entendi!

Ele estava zangado, arrastando seu enorme peso escada abaixo sem nenhuma reclamação dessa vez. Estava energizado de irritação e espanto.

– Eu só não entendo – continuou – por que eles me *antagonizaram tanto,* porra…

Lin se virou exasperada para ele. Ela o fez parar, não o deixou passar.

Porque eles são xenianos, pobres e estão apavorados, seu cretino, disse devagar em sinais. *Um filho da puta grande e gordo cheio da grana chega ao Borrifo, pelo amor de Falastrão, aqui não um refúgio lá muito bom, mas é tudo que eles têm, e tenta convencê-los a sair daqui por motivos que não quer explicar. Acho que Charlie tem toda a razão. Um lugar assim precisa de alguém para cuidar dos seus. Vou lhe contar, se eu fosse garuda, daria ouvidos a ele.*

Isaac estava se acalmando, parecendo até um pouco envergonhado.

– Faz sentido, Lin. Aceito sua crítica. Eu devia ter sondado primeiro, vindo com alguém que conhecesse a área ou algo assim…

Sim, e você estragou tudo agora. Não pode, é tarde demais…

– Sim, é verdade, muito obrigado por mencionar isso. – Ele fez uma careta. – Cuspe-de-deus maldito! Eu fodi tudo, né?

Lin não disse nada.

Não falaram muito ao voltar pelo Borrifo. Estavam sendo observados através de janelas feitas de vidro de garrafa e de portas abertas enquanto voltavam por onde haviam vindo.

Ao refazer o caminho sobre o poço fétido de urina, fezes e podridão, Lin olhou para trás e viu as torres em ruínas. Viu o telhado achatado onde havia estado.

Isaac e ela estavam sendo seguidos por uma pequena massa rodopiante de jovens garudas, acompanhando-os mal-humorados no céu.

Isaac se virou e seu rosto se iluminou por um instante, mas os garudas não se aproximaram o bastante para falar. Fizeram gestos grosseiros lá do alto.

Lin e Isaac caminharam de volta até a Colina Vaudois em direção à cidade.

– Lin – disse Isaac após alguns minutos de silêncio. Sua voz era melancólica. – Lá atrás você falou que se fosse garuda teria dado ouvidos a ele, certo? Bem, você não é garuda, mas é khepri. Quando você estava disposta a deixar Kinken, muita gente deve ter lhe dito para ficar com seu pessoal, que não se podia confiar nos humanos, e coisas do gênero... E a questão, Lin, é: você não deu ouvidos a essas pessoas, deu?

Lin pensou em silêncio por um longo tempo, mas não respondeu.

CAPÍTULO 14

– Vamos, velhinha. Vamos, sua velha sodomita enrugada. Coma alguma coisa, pelo amor de Falastrão!

A lagarta jazia de lado, indiferente. Sua pele flácida ondulava ocasionalmente e ela movia a cabeça, procurando comida. Isaac estalou a língua, sussurrou, cutucou-a com uma vareta. Ela se revirou com desconforto e depois ficou imóvel.

Isaac ergueu-se e jogou a vareta para o lado.

– Desisto de você, então – anunciou para as paredes. – Não diga que não tentei.

Afastou-se da caixinha, já cheia de alimentos que apodreciam.

Ainda havia uma pilha alta de gaiolas na passarela elevada do armazém; a sinfonia discordante de grasnados, sibilos e gritos de aves ainda soava; mas o estoque de criaturas diminuíra bastante. Muitos dos cercados e gaiolas estavam abertos e vazios. Menos da metade do estoque havia sobrado.

Isaac havia perdido alguns de seus objetos experimentais por causa de doenças; outros por brigas, entre espécies iguais ou diferentes; e outros por causa de sua própria pesquisa. Alguns corpinhos rígidos estavam pregados, em várias poses, sobre tábuas em volta da passarela. Um vasto número de ilustrações estava colado às paredes. Seus esboços iniciais de asas e de voo haviam se multiplicado por fatores enormes.

Isaac encostou-se à escrivaninha. Correu os dedos sobre os diagramas que abarrotavam a superfície do móvel. No topo estava rabiscada a figura de um triângulo contendo uma cruz. Fechou os olhos para se defender da cacofonia.

– Ah, *calem a boca*, todos vocês! – gritou.

Mas o coro de animais continuou como antes. Isaac segurou a cabeça com as mãos, e seu cenho se franziu de modo cada vez mais intenso.

Ainda lhe doía sua jornada desastrosa ao Borrifo, no dia anterior. Não conseguia parar de remoer os eventos, pensando no que poderia ou deveria ter feito diferente.

Havia sido arrogante e estúpido, entrando altivo como um intrépido aventureiro e brandindo dinheiro como se fosse uma arma taumatúrgica. Lin estava certa. Não era de admirar que ele houvesse conseguido afastar provavelmente toda a população de garudas da cidade. Aproximara-se deles como se fossem um bando de foras da lei que pudesse impressionar e comprar. Ameaçara-os como se fossem a camarilha de Lemuel Pombo, coisa que não eram. Eram uma comunidade pobre e assustada cavando a própria sobrevivência, e talvez uma migalha de orgulho, numa cidade hostil. Viam seus vizinhos serem abatidos, um a um, por justiceiros, como se isso fosse um esporte. Habitavam uma economia alternativa de caça e escambo, pilhagem em Matorrude e pequenos furtos.

Sua política era brutal, mas era possível entendê-la completamente.

E agora ele havia estragado tudo com os garudas da cidade. Isaac olhou para todas as figuras, heliótipos e diagramas que fizera. *Igual a ontem*, pensou. *A abordagem direta não está funcionando. Eu estava na pista certa, logo no começo. Não se trata de aerodinâmica, não é assim que se deve proceder...* Os gritos de seus cativos intrometeram-se em seus pensamentos.

– Certo! – gritou de repente.

Empertigou-se e olhou intensamente para os animais presos, como se os desafiasse a continuar o barulho. O que, é claro, eles fizeram.

– Certo! – gritou outra vez, e marchou até a primeira gaiola.

As pombas lá dentro estufaram-se e agitaram-se explosivamente de um lado para o outro enquanto ele as arrastava até uma grande janela. Deixou a caixa diante do vidro e buscou outra, dentro da qual uma vívida cobra-libélula ondulava como uma cascavel. Colocou a caixa em cima da primeira. Pegou uma gaiola de gaze onde estavam os mosquitos e outra com abelhas e arrastou-as também. Acordou morcegos rabugentos e áspises que se banhavam ao sol e puxou-os até a janela que dava para o Cancro.

Levou toda sua coleção de animais para aquela pilha. Eles ficaram de frente para o Espinhaço, que se curvava cruelmente sobre o lado leste da cidade. Diante do vidro, Isaac formou uma pirâmide com todas as caixas contendo criaturas vivas. O conjunto parecia uma pira sacrifical.

Por fim, o trabalho estava feito. Predadores e presas esvoaçavam e guinchavam próximos uns dos outros, separados apenas por madeira ou grades finas.

Isaac enfiou-se desajeitadamente no estreito espaço na frente das gaiolas e abriu a grande janela com um único ímpeto. Tinha dobradiças na horizontal, abrindo-se do alto de seu metro e meio. Ao se abrir para o ar quente, uma grande vaga de sons urbanos invadiu o armazém, junto com o calor da noite.

– Agora – berrou Isaac, começando a se divertir. – Estão livres! Lavo minhas mãos!

Olhou em torno e andou até a escrivaninha. Voltou em seguida com uma longa bengala que usara, fazia muitos anos, para apontar em quadros-negros. Cutucou as gaiolas, separando ganchos de olhais e abrindo ferrolhos às cegas, fazendo buracos em telas tão finas quanto seda.

A frente das pequenas prisões começou a se desprender. Isaac apressou-se, abrindo com os dedos todas as portas para as quais a bengala não se mostrava delicada o suficiente.

No começo, as criaturas ficaram desconcertadas. Para muitas, fazia semanas que não voavam. Haviam comido mal. Estavam entediadas e assustadas. Não entendiam a súbita perspectiva de liberdade, o crepúsculo, o cheiro do ar diante delas. Porém, após longos momentos, o primeiro dos cativos saltou para a liberdade.

Foi uma coruja.

Lançou-se pela janela aberta, singrando para o Leste, onde o céu estava mais escuro, na direção dos bosques próximos à Baía de Ferro. Pairou entre o Espinhaço com asas que mal se moviam.

A fuga foi um sinal. Houve uma tempestade de asas.

Falcões, mariposas, morcegos, áspises, moscardos, periquitos, besouros, pegas, criaturas de voo alto e criaturas pequenas de voo rente à água, noturnas e diurnas, jorro crepuscular à janela de Isaac, em uma tremulante explosão de camuflagem e cor. O sol já havia afundado do outro lado do armazém. A única luz que atingia as nuvens de penas, pelos e quitina provinha dos postes e estilhaços de poente refletidos no rio sujo.

Isaac deleitou-se com a glória daquela visão. Expirou como se estivesse diante de uma obra de arte. Por um momento, procurou em torno por uma câmera de caixa, mas logo desistiu e ficou contente em apenas olhar o torvelinho de mil silhuetas no ar próximo de sua casa-armazém. Giraram juntas, sem direção, por um momento, e a seguir sentiram as correntes de ar e foram arrebatadas para longe. Algumas seguiram o vento. Outras derivaram e lutaram contra as rajadas, voando acima da cidade. A paz daquele primeiro momento confuso se desfez. Áspises voavam por entre as nuvens de insetos desorientados, e suas pequenas mandíbulas leoninas fechavam-se com ruído sobre corpinhos gordos. Águias trespassavam pombos, gralhas e canários. Cobras-libélulas espiralavam nas correntes térmicas e abocanhavam vítimas.

Os estilos de voo dos animais libertados eram tão diversos quanto suas silhuetas. Um contorno negro esvoaçou caoticamente pelo céu, mergulhando em direção a um poste, incapaz de resistir à luz: uma mariposa. Outro ascendeu com simplicidade majestosa e descreveu um arco dentro da noite: alguma ave de rapina. Outro, ainda, se abriu por um momento, como uma flor, e então se encolheu e foi para longe emitindo um jato de ar descolorido: um dos pequenos pólipos-de-vento.

Os corpos dos exaustos e moribundos caíam do ar com um tênue tamborilar de carne sobre o chão. Isaac notou que o solo lá embaixo ficaria lavado de sangue e tripas. Houve suaves espirros de água quando o Cancro reivindicou suas vítimas. Mas houve mais vida do que morte. Por alguns dias, algumas semanas, pensou Isaac, o céu sobre Nova Crobuzon ficaria mais colorido.

Isaac suspirou beatificamente. Olhou em torno e correu até as poucas caixas de casulos, ovos e larvas. Atirou-as janela afora, deixando imperturbada apenas a lagarta grande, moribunda e multicolorida.

Pegou punhados de ovos e os lançou pela janela na direção das formas fugidias. Em seguida, lançou lagartas que se contorciam e dobravam à medida que caíam na calçada. Sacudiu gaiolas, que vibravam com as delicadas formas das pupas, e as esvaziou pela janela. Derramou um tanque de larvas aquáticas. Para essas jovens foi uma libertação cruel, poucos segundos de liberdade e ar cortante.

Afinal, quando a última pequena forma havia desaparecido lá embaixo, Isaac fechou a janela. Voltou-se e inspecionou o armazém. Ouviu um leve zumbido de asas e viu umas poucas silhuetas aéreas circundando as lâmpadas. Uma áspise, um punhado de mariposas ou borboletas e alguns passarinhos. *Bem*, pensou, *ou conseguem sair sozinhas, ou não durarão muito, e poderei jogá-las fora quando morrerem de fome.*

Abarrotando o piso diante da janela estavam alguns dos raquíticos e moribundos, fracos, que haviam caído antes de conseguir voar. Alguns estavam mortos. A maioria se arrastava debilmente para lá e para cá. Isaac começou a retirá-los.

– Você tem a vantagem de ser (a) bastante bonito; e (b) muito interessante, meu chapa – disse à enorme larva doente enquanto trabalhava. – Não, não me agradeça. Apenas me encare como um *filantropo*. Além disso, não entendo por que você não come. Você é meu projeto – disse Isaac, lançando uma pá de lixo cheia de corpos, que rastejavam debilmente, ao ar da noite. – Duvido que sobreviva a esta noite, mas que se foda, você apelou à minha curiosidade e à minha piedade, e vou tentar a sorte pela última vez para resgatá-lo.

Houve um estrondo aterrador. A porta do armazém fora aberta de um golpe.

– Grimnebulin!

Era Yagharek. O garuda parou no meio do espaço debilmente iluminado, com as pernas separadas e os braços agarrando sua capa. O formato protuberante de suas asas falsas de madeira balançava de lado a lado, de modo pouco realista. Não estava bem fixado. Isaac debruçou-se sobre a amurada e franziu o cenho.

– Você me abandonou, Grimnebulin?

Yagharek gritava como um pássaro torturado. Era quase impossível entender suas palavras. Isaac gesticulou para que se acalmasse.

– Yagharek, de que porra está falando?

– Os pássaros, Grimnebulin, eu vi os pássaros! Você me mostrou, você me disse que eram para sua pesquisa… O que aconteceu, Grimnebulin? Você desistiu?

– Espere aí... como, pelo amor do cu de Falastrão, você os viu voar? Onde você estava?

– No telhado, Grimnebulin.

Yagharek aquietou-se. Estava mais calmo. Irradiava uma enorme tristeza.

– No telhado, onde fico empoleirado, noite após noite, esperando que você me ajude. Vi você libertando todas as pequenas cobaias. Por que desistiu, Grimnebulin?

Isaac acenou-lhe para que subisse as escadas.

– Yag, meu velho... Droga, não sei nem por onde começar. – Isaac olhou para o teto. – Que *raios* você estava fazendo no telhado? Há quanto tempo está pendurado lá em cima? Diabos, você poderia ter se alojado por aqui, ou algo assim... Isso é *absurdo*. Para não mencionar que é meio estranho pensar em você lá em cima enquanto trabalho, como, cago e tudo mais. E – ergueu a mão para interromper a resposta de Yagharek – *não*, eu não desisti de seu projeto.

Ficou em silêncio por um instante. Deixou que as palavras fizessem efeito. Esperou que Yagharek se acalmasse e retornasse da pequena fossa de amargura que cavara para si.

– Não desisti – repetiu. – O que aconteceu é bastante *bom*, na verdade... Creio que entramos em uma nova fase. Chega de velharias. Aquela linha de pesquisa foi... ahn... finalizada.

Yagharek baixou a cabeça. Seus ombros estremeceram um pouco enquanto expirava longamente.

– Não entendo.

– Tudo bem. Veja, venha até aqui. Vou lhe mostrar uma coisa.

Isaac guiou Yagharek até a escrivaninha. Deteve-se por um momento para repreender a lagarta, que estava prostrada de lado dentro da caixa. Ela se moveu debilmente.

Yagharek nem mesmo a notou.

Isaac apontou para os vários fardos de papel que escoravam livros de biblioteca em atraso e instáveis sobre a escrivaninha. Desenhos, equações, anotações e tratados. Yagharek começou a inspecioná-los devagar. Isaac o guiava.

– Veja... os malditos esboços por toda parte. Asas, na maioria. Ora, o ponto de partida da pesquisa foi a asa. Parece sensato, não? Então, o que estive fazendo foi tentar entender esse membro específico. A propósito, os garudas que vivem em Nova Crobuzon são inúteis para nós. Coloquei anúncios na universidade, mas, pelo jeito, não há garudas estudantes este ano. Tentei até discutir, em nome da ciência, com um... ahn... *líder comunitário* garuda... e... foi meio desastroso, digamos assim.

Isaac fez uma pausa enquanto recordava. A seguir, piscou, trazendo-se de volta à discussão.

– Então, em vez disso, vamos observar os pássaros. Ora, isso nos leva a um problema inteiramente novo. Os *pequeninos* safados, beija-flores, pegas e tudo mais, são interessantes e úteis em termos de... você sabe: contexto amplo, a física do voo e tudo isso. Mas, basicamente, nosso interesse está nos grandalhões. Falcões, águias e gaviões, se eu conseguisse pôr as mãos em alguns. Porque, nesta fase, ainda estou pensando *analogamente*. Mas não quero que pense que tenho a mente fechada. Não estudo as efemérides, e coisas assim, somente por *interesse*. Quero saber como posso pôr isso em prática. Digo, suponho que você não seja exigente demais, Yag. Suponho que se eu implantar em suas costas um par de asas de morcego ou de varejeira, ou mesmo uma glândula aérea de um pólipo-de-vento, você não vai se melindrar. Pode não ficar bonito, mas a questão é você levantar voo, não é?

Yagharek assentiu. Ouvia com intensidade, repassando os papéis sobre a escrivaninha enquanto isso. Esforçava-se para entender.

– Certo. Então, parece razoável, mesmo considerando tudo isso, que devemos nos dedicar aos grandes pássaros. No entanto, fica claro... – Isaac remexeu os papéis, pegou algumas figuras na parede e estendeu a Yagharek folhas com os diagramas relevantes. – Fica claro que não é assim. Podemos chegar só até certo ponto com a aerodinâmica dos pássaros. Tudo muito útil, mas, na verdade, é *bastante enganoso* continuar nessa linha. Porque a aerodinâmica de seu corpo é, basicamente, diferente pra caralho. Você *não é* somente uma águia ligada a um corpo humano magrelo. Estou certo de que nunca pensou assim... Não sei como você está de matemática e física, mas nesta folha *aqui* – Isaac encontrou a folha e a estendeu a Yagharek – há alguns diagramas e equações que demonstram por que o voo de grandes pássaros não é a direção a seguir. As linhas de força estão todas erradas. Essas coisas não são fortes o suficiente. De modo que passei para as outras asas da coleção. E se colocássemos asas de libélula ou qualquer coisa assim? Bem, antes de tudo, há o problema de conseguir asas de inseto suficientemente grandes. Os únicos insetos grandes o bastante não vão entregá-las de bandeja. Não sei quanto a você, mas não estou a fim de me desembestar para as montanhas, ou seja lá para onde for, e emboscar um besouro assassino. Acabaríamos todos fodidos. E se as construíssemos sob medida para você? Então, poderíamos acertar o tamanho *e* o formato. Poderíamos compensar sua forma... *complicada*.

Isaac sorriu e continuou.

– O problema é que, sendo a ciência material como é, *talvez* possamos fazê-las exatas o suficiente, e fortes o suficiente, e leves o suficiente, mas duvido, para dizer a verdade. Estou trabalhando em projetos que *podem* funcionar ou não. Não creio que as probabilidades sejam boas. Também é preciso que você se lembre de que todo esse projeto depende de você ser Refeito por um virtuose. Fico contente em dizer que não conheço nenhum Refazedor, em primeiro lugar. E, em segundo, eles estão quase sempre mais interessados em humilhação, força industrial ou estética do que em algo tão intricado quanto o voo. Há uma porrada de terminações nervosas, montes de músculos, ossos partidos e coisas assim perdidos em suas costas, e eles teriam de acertar *cada uma* exatamente para que você tivesse uma chance mínima de decolar.

Isaac guiou Yagharek até uma cadeira. Puxou um banquinho e sentou-se diante dele. O garuda ficou em completo silêncio. Encarou primeiro Isaac, com poderosa concentração, e depois os diagramas que tinha nas mãos. Era como lia, Isaac percebeu, com aquela intensidade e concentração. Não era como um paciente que esperava até que o médico chegasse à conclusão final: ele absorvia cada palavra.

– Devo dizer que ainda não terminei com essa parte. Conheço uma pessoa especialista no tipo de biotaumaturgia de que você precisa para ter suas asas reimplantadas e funcionando. Assim, vou passar por lá e ver se arranco dele alguma coisa sobre as chances de sucesso.

Isaac retorceu o rosto e balançou a cabeça.

– E permita que lhe diga, Yag, meu velho, que, se você conhecesse o velhote, saberia como sou nobre. Não há sacrifício que eu não faça por você. – Deteve-se longamente. – Há uma chance de que o sujeito diga "Sim, asas, sem problemas, traga-o aqui e resolvo tudo em uma tarde de pó-feira". Isso *é* possível, mas você me procurou por causa de meus cientificamentos, e eu lhe digo que, segundo minha opinião profissional, não vai dar certo. Acho que temos de pensar lateralmente. Minhas primeiras incursões por essa rota serviram para avaliar várias coisas que voam sem asas. Vou poupá-lo dos detalhes de meus esquemas. A maior parte dos planos está... *aqui*, caso você se interesse. Um minidirigível subcutâneo e autoinflável; um transplante de glândulas mutantes de pólipos-de-vento; integrá-lo a um golem voador; até mesmo algo prosaico, como ensinar-lhe taumaturgia física – Isaac indicou as anotações sobre cada um daqueles planos enquanto os mencionava. – Tudo impraticável. Taumaturgia é uma coisa duvidosa e exaustiva. Todos podem aprender alguns feitiços básicos, caso se apliquem, mas contrageotropia constante, *sempre que se deseje*, exigiria, de longe, muito mais energia e habilidade do que a maioria das pessoas tem. Vocês têm sortilégios poderosos em Cymek?

Yagharek sacudiu a cabeça devagar:

– Alguns sussurros para atrair a presa às nossas garras; alguns símbolos e passes para encorajar ossos a se emendarem e sangue a coagular; só isso.

– É, não me surpreende. Então é melhor não depender disso. E acredite quando digo que meus outros planos... ahn... *incomuns* eram impraticáveis. Tenho passado todo meu tempo trabalhando com coisas assim, e chegando a lugar nenhum, e percebi que, toda vez que paro por um minuto ou dois para dar uma pensada, a mesma coisa me vem à cabeça. Aquaofício.

Yagharek franziu o cenho, formando com suas sobrancelhas pesadas um penhasco suspenso de aspecto quase geológico. Sacudiu a cabeça para demonstrar confusão.

– Aquaofício – repetiu Isaac. – Você sabe o que é?

– Já li alguma coisa... o talento dos vodyanois.

– Na mosca, meu velho. Você vê os estivadores fazendo isso, às vezes, em Troncouve ou na Curva da Fumaça. Uma equipe inteira pode moldar uma boa porção do rio. Eles cavam buracos na água até o fundo, onde estão cargas que foram derrubadas, de modo que os guindastes possam fisgá-las. Puta espetáculo. Em comunidades rurais, usam isso para cavar trincheiras de ar atravessando rios e, então, conduzem os peixes até ali. Os peixes saltam pelo lado plano do rio e se estatelam no fundo. Brilhante. – Isaac contraiu os lábios em admiração. – De qualquer modo, hoje em dia, usa-se mais para frescurinhas, pequenas esculturas. Eles fazem competições e tal. A questão *é a seguinte*, Yag: o que se vê ali é água se comportando como *não deveria*, certo? É isso que você quer. Você quer que esse negócio pesado, essa coisa aí, esse corpo, voe – cutucou com suavidade o peito de Yagharek. – Está entendendo? Voltemos nossa mente para o *problema ontológico* de persuadir a matéria a romper hábitos de muitas eras. Queremos que os elementos se comportem mal. Isso não é um problema de ornitologia avançada, é *filosofia*. Diabos, Yag, é com isso que venho trabalhando há anos! Isso quase se transformou em um tipo de *passatempo*. Porém, hoje pela manhã, dei mais uma olhada em algumas anotações que havia feito no começo de seu caso e vi que podia conectá-las a todas as minhas velhas ideias e que esse era o caminho a seguir. Passei o dia inteiro enfrentando a questão.

Isaac sacudiu um pedaço de papel diante de Yagharek, no qual se via um triângulo contendo uma cruz. Pegou um lápis e escreveu nas três pontas do triângulo. Voltou o diagrama na direção de Yagharek. Na ponta de cima havia escrito *Oculto/ taumatúrgico*; na inferior esquerda, *Material*; na inferior direita, *Social/sapiencial*.

– Certinho. Agora, não se deixe abater demais por este diagrama, Yag, meu velho; ele serve apenas como auxílio ao raciocínio, nada mais. O que temos aqui é a descrição dos três pontos dentro dos quais está localizada toda a erudição, todo o conhecimento. Aqui embaixo, há o material. É o negócio físico de verdade, átomos e assemelhados. Tudo, desde partículas femtoscópicas fundamentais, como elíctrons, até vulcões imensos e fodões. Rochas, electromagnetismo, reações quêmicas... Todo esse negócio. Do outro lado, está o social. Criaturas scientes, que não faltam em Bas-Lag, não podem ser estudadas como se fossem pedras. Ao refletir sobre o mundo e sobre suas próprias reflexões, humanos, garudas, cactáceos e outros criam um patamar diferente de organização, certo? Que deve ser estudado em seus próprios termos, mas que está, ao mesmo tempo, ligado, obviamente, às tralhas físicas que compõem tudo. Eis por que esta linha bacana aqui conecta os dois. Lá em cima está o oculto. Agora começa a brincadeira. Oculto: "escondido". Abarca as várias forças, dinâmicas e outras coisas que não têm a ver somente com a interação de coisinhas e coisinhos físicos, e não são somente pensamentos de pensadores. Espíritos, dáimones, deuses, se quiser chamar assim, taumaturgia... você entende a ideia. Está tudo na ponta de cima, mas ligado às outras duas. Primeiro, técnicas taumatúrgicas, invocação, xamanismo, e assim por diante. Todos afetam as relações sociais que os cercam e são afetados por elas. Depois, o aspecto físico: feitiços e amuletos são, na maior parte, a manipulação de partículas teóricas: as "partículas encantadas", chamadas taumatúrgons. Ora, alguns cientistas – Isaac bateu no peito – acham que elas são essencialmente a mesma coisa que prótons e todas as partículas físicas.

– Aqui... – disse Isaac, matreiramente desacelerando a fala de repente – é onde a coisa fica interessante *de verdade*. Se você pensar em qualquer área de estudo ou conhecimento, ela está em algum lugar deste triângulo, mas *não* precisamente em uma ponta. Veja a sociologia, ou a psicologia, ou a xeno-antropologia. Muito simples, não é? Estão aqui embaixo no canto "Social". Bem, sim e não. Claro que esse é o nodo mais próximo, mas não se pode estudar sociedades sem pensar na questão de recursos físicos, certo? Então, já de saída, entra o aspecto físico. Assim, é preciso mover um pouquinho a sociologia ao longo do eixo inferior.

Isaac deslizou o dedo dois centímetros à esquerda:

– Mas, então, como entender, digamos, cultura cactácea sem entender seu foco--solar, ou cultura khepri sem suas divindades, ou cultura vodyanoi sem canalização xamânica? *Não dá* – concluiu, triunfante. – Por conseguinte, temos de levar as coisas para cima, na direção do oculto.

Seu dedo se moveu um pouco, de acordo.

– Então, aqui é mais ou menos onde estão a sociologia, a psicologia e coisas assim. Canto inferior direito, um pouco para cima, um pouco para a esquerda. Física? Biologia? Deveriam estar ali em ciências materiais, né? Só que, se a biologia tem efeito na sociedade, o reverso também é verdadeiro, o que põe a biologia um pouquinho à direita do canto "Material". E o voo dos pólipos-de-vento? A alimentação das árvores-alma? São coisas ocultas, de modo que as movemos outra vez, agora para cima. A física inclui a eficácia de certas substâncias em feitiços taumatúrgicos. Entendeu aonde quero chegar? Até o assunto mais "puro" está, na verdade, em algum lugar entre as três pontas. E há um monte de assuntos que se *definem* por sua natureza mestiça. Sociobiologia? A meio caminho da extensão inferior, e um pouco para cima. Hipnotologia? Sobe até a metade do flanco direito. Social/psicológico e oculto, mas com um pouco de quemia cerebral misturada, de modo que sobe um pouquinho.

O diagrama de Isaac agora estava coberto de pequenas cruzes, onde ele havia localizado as várias disciplinas. Ele olhou para Yagharek e desenhou com cuidado um X final, no centro do triângulo.

– Ora, o que vemos *aqui*? O que fica bem no meio? Algumas pessoas acham que é a matemática. Tudo bem. Mas, se a matemática é o estudo que melhor permite que se *raciocine até chegar* ao centro, que forças estão sendo investigadas? Matemática é totalmente abstrata, em certo nível, raízes quadradas de menos um e coisas assim; mas o mundo não seria nada se não fosse rigorosamente matemático. Então essa é uma forma de ver o mundo que unifica todas as forças: mental, social, física.

Se as disciplinas estão localizadas em um triângulo, com três nodos e um centro, o mesmo acontece com as forças e dinâmicas que elas estudam. Em outras palavras, caso se ache que esse modo de ver as coisas é interessante ou útil, há basicamente *um* tipo de campo, um tipo de força, estudado aqui em seus vários aspectos. Por isso se chama "Teoria do Campo Unificado".

Isaac sorriu, exausto. *Cuspe-de-deus*, percebeu, de súbito, *estou explicando isso bastante bem... Dez anos de pesquisa aprimoraram minha didática.* Yagharek observava com cuidado.

– Entendo – disse o garuda, por fim.

– Fico feliz em saber. Há mais, meu velho, então prepare as calças. Saiba que a TCU não é muito aceita. Deve ser por causa do status da Hipótese da Terra Fraturada, se é que isso significa algo para você.

Yagharek assentiu.

– Ótimo, você sabe do que estou falando. A teoria é quase respeitável, mas meio biruta. No entanto, para acabar de vez com os últimos vestígios de credibilidade que eu possa ter conservado, afilio-me a uma opinião minoritária entre os teóricos da TCU. Trata-se da natureza das forças sob investigação. Tentarei manter a coisa simples. – Isaac fechou os olhos com força por um minuto e reuniu seus pensamentos. – Muito bem, a questão é a seguinte: seria *patológico* para um ovo derrubado cair?

Ele se detève e deixou a imagem pairar por um minuto.

– Veja, se você achar que a matéria (e, portanto, a força unificada sob investigação) é *estática* em essência, então cair, voar, rolar, mudar de ideia, lançar um encantamento, envelhecer, mover-se são basicamente *desvios* de um estado essencial. Se, ao contrário, você achar que o movimento é parte da estrutura ontológica, o problema é como teorizar essa hipótese da melhor maneira. Você já pode ver para onde me levam minhas tendências. Estatísticos diriam que estou deturpando suas ideias, mas que se fodam. Assim, sou TeCUM, Teórico do Campo Unificado em Movimento. Não TeCUE, Teórico do Campo Unificado Estático. Porém, ser TeCUM cria tantos problemas quantos resolve: *caso* se mova, como se move? Marcha constante? Inversão pontuada? Quando você pega um pedaço de madeira e o mantém suspenso três metros acima do solo, ele tem mais energia do que teria se estivesse no solo. Chamamos isso de energia potencial, certo? Isso é ponto pacífico entre *todos* os cientistas. Energia potencial é aquela que dá à madeira o poder de ferir alguém ou marcar o piso, poder que ela não tem quando está somente em repouso no solo. Ela tem essa energia quando se encontra imóvel, como antes, mas a diferença é que *pode cair*. Se cair, a energia potencial se transformará em energia cinética, e você vai quebrar o dedão do pé, ou algo assim. Entenda, o negócio da energia potencial é colocar algo em uma situação de desequilíbrio, que esteja a ponto de mudar de estado. Do mesmo modo, quando se põe pressão suficiente em um grupo de pessoas, ele explode de repente. Vai de emburrado e inativo a violento e criativo num instante. A transição de um estado a outro é afetada quando se leva algo, como um grupo social, um pedaço de madeira ou um feitiço, a um lugar onde suas interações com outras forças façam com que sua *própria energia* se oponha a seu estado atual. Refiro-me a levar as coisas até o ponto de *crise*!

Isaac recostou-se por um minuto. Para sua surpresa, estava adorando aquilo. O processo de explicar a própria abordagem teórica consolidava suas ideias e fazia com que a formulasse com rigor, ainda que provisório.

Yagharek era um aluno exemplar. Sua atenção era inabalável. Seus olhos, agudos como punhais.

Isaac tomou um longo fôlego e continuou.

– Não estamos lidando com pouca bosta aqui, Yag, meu chapa. Tenho mexido com essa teoria de crise por uma caralhada de *anos*. Em suma: afirmo que entrar em crise é a *natureza das coisas*, é parte do que elas são. As coisas se viram do avesso em virtude de serem coisas, entende? A força que impele adiante o campo unificado é a *energia de crise*. Algo como energia potencial é apenas um aspecto da energia de crise, uma manifestação ínfima e parcial. Ora, caso pudéssemos explorar as reservas de energia de crise, em qualquer situação específica, estaríamos falando de um poder *enorme*. Algumas situações são mais assoladas pela crise, ou mais propensas a ela, do que outras. Certo, mas o cerne da teoria de crise é que as coisas estão em crise pelo simples fato de *existirem*. Há *fardos* dessa maldita energia de crise flutuando por aí o tempo todo, mas ainda não aprendemos a explorá-los com eficiência. Em vez disso, a energia irrompe sem controle nem regularidade, de vez em quando. Tremendo desperdício.

Isaac sacudiu a cabeça ao imaginar aquilo.

– Creio que os vodyanois conseguem explorar energia de crise. Minimamente. É paradoxal. Explora-se a energia de crise existente na água para contê-la em um formato contra o qual a água luta, e assim se acrescenta *mais* crise. Mas então a energia já não tem lugar algum para onde ir, de modo que a crise se resolve ao desfazer-se até atingir sua forma original. Mas, e se os vodyanois usassem água que já tivessem… ahn… *aquaoficiado*, e a empregassem como constituinte de alguma experiência que aproveitasse a energia de crise aumentada? Desculpe, estou divagando. O problema é que estou tentando desenvolver um modo de explorar sua energia de crise e canalizá-la para o voo. Veja, se eu estiver certo, essa é a única força com a qual você estará sempre… *impregnado*. E, quanto mais você voar, quanto mais estiver em crise, tanto mais será capaz de voar. Enfim, essa é a teoria. Porém, para ser honesto, Yag, é muito mais complicado do que isso. Se eu puder *mesmo* abrir sua energia de crise, seu caso se tornará, francamente, uma preocupação bastante pífia. Estamos falando de forças e energias que poderiam mudar *completamente*… tudo.

A incrível ideia paralisou o ar. O ambiente sujo do armazém pareceu pequeno e mesquinho demais para aquela conversa.

Isaac olhou fixamente pela janela, dentro da noite encardida de Nova Crobuzon. A lua e suas filhas dançavam indolentes acima dele. As filhas, menores do que a mãe, porém maiores do que as estrelas, brilhavam agudas e frias acima dele. Isaac pensou sobre crise.

Afinal, Yagharek falou:

– Se você estiver certo, poderei voar?

Isaac começou a gargalhar pela pergunta anticlimática.

– Sim, sim, Yag, meu velho. Se eu estiver certo, você vai voar outra vez.

CAPÍTULO 15

Isaac não conseguiu convencer Yagharek a ficar no armazém. O garuda não explicou suas objeções, apenas deslizou noite adentro, um miserável pária em todo seu orgulho, para dormir em alguma sarjeta, chaminé ou ruína. Não aceitou nem mesmo comida. Isaac parou à porta do armazém e ficou observando a partida do garuda. O cobertor escuro de Yagharek pendia frouxo daquela armação de madeira, daquelas asas falsas.

Por fim, Isaac fechou a porta. Retornou à janela e observou as luzes que deslizavam ao longo do Cancro. Descansou a cabeça sobre as mãos e escutou o tique-taque do relógio. Os sons ferozes da noite de Nova Crobuzon instilaram-se pelas paredes do armazém. Isaac ouviu o desacelerar melancólico de máquinas, navios e fábricas.

No aposento abaixo, o constructo de David e Lublamai parecia cacarejar suavemente no compasso do relógio.

Isaac coletou das paredes seus desenhos. Alguns, que achou bons, guardou em um portfólio obeso. Franziu o cenho criticamente para muitos e os jogou fora. Deitou-se sobre sua grande barriga e esgravatou embaixo da cama, tirando dali um ábaco empoeirado e uma régua de cálculo.

Preciso ir à universidade e surrupiar uma de suas máquinas diferenciais, pensou. Não seria fácil. A segurança para itens assim era neurótica. Isaac percebeu subitamente que teria a chance de avaliar os sistemas de segurança pessoalmente: iria à universidade no dia seguinte para falar com seu muito detestado empregador, Vermishank.

Não que Vermishank o empregasse tanto nos últimos tempos. Fazia meses desde que recebera uma carta, escrita em caligrafia miúda, avisando-lhe de que seus serviços eram requeridos para pesquisar algum ramo abstruso e talvez desnecessário de teoria. Isaac nunca conseguira recusar aqueles "requerimentos". Fazê-lo seria arriscar seu acesso privilegiado aos recursos da universidade e, por conseguinte, ao rico veio de equipamentos que ele pilhava mais ou menos à vontade. Vermishank nunca tomara qualquer iniciativa de restringir os privilégios de Isaac, apesar da enfraquecida relação profissional entre ambos e de ser provável que notasse a correlação entre os recursos desaparecidos e o programa de pesquisas do cientista. Isaac não sabia por quê. *Decerto para manter seu poder sobre mim*, pensou.

Deu-se conta de que aquela seria a primeira vez em sua vida que procuraria Vermishank, mas tinha de ir até lá para vê-lo. Embora estivesse comprometido com sua nova abordagem – sua teoria de crise –, não poderia dar as costas de todo às tecnologias mais mundanas, tais como o Refazer, sem perguntar as opiniões do principal biotaumaturgo da cidade sobre o caso de Yagharek. Seria falta de profissionalismo.

Isaac preparou um sanduíche de presunto e um achocolatado frio. Teve de tomar coragem ao pensar em Vermishank. Isaac o detestava por uma enorme variedade de razões. Uma delas era política. Biotaumaturgia, no fim das contas, era um modo educado de descrever uma especialidade que tinha como um de seus usos lacerar e recriar carne, acoplá-la de maneira antinatural e manipulá-la dentro de limites ditados apenas pela imaginação. Estava claro que as técnicas poderiam curar e consertar, mas estas não eram suas aplicações costumeiras. Ninguém tinha provas, por certo, mas Isaac não ficaria nem um pouco surpreso se algumas das pesquisas de Vermishank fossem conduzidas nas fábricas de punição. Vermishank tinha habilidade para ser um extraordinário escultor de carne.

Uma batida soou na porta. Isaac ergueu a cabeça, surpreso. Eram quase onze horas. Deixou sua ceia e apressou-se escadaria abaixo. Abriu a porta e deparou-se com Gazid Sortudo, que parecia bem destrambelhado.

Que porra é essa?, pensou Isaac.

– 'Zaac, meu... mano, maluco, metido, mal-ajambrado... mozão – berrou Gazid, assim que viu Isaac.

Ele tentava pensar em mais aliterações. Isaac puxou-o para dentro do armazém quando faróis passaram na rua.

– Sortudo, seu bunda-suja, o que você quer?

Gazid trotava de um lado para o outro sem parar. Seus olhos estavam quase caindo de tão esbugalhados e praticamente giravam nas órbitas. Parecia ter se magoado com o tom de Isaac.

– Epa, calma aí, patrão, não precisa ser *grosseiro,* não é mesmo? Hein? Procuro por Lin. Taí? – Riu abruptamente.

Ah, pensou Isaac, com cuidado. Situação perigosa. Sortudo era de Campos Salazes, sabia da verdade não declarada sobre Isaac e Lin. Mas ali não era Campos Salazes.

– Não, Sortudo, ela não está. E, mesmo se estivesse, por qualquer razão, você não teria nenhum direito de se intrometer aqui no meio da noite. O que você quer com ela?

– Ela não está na casa dela. – Gazid deu meia-volta e subiu as escadas, falando com Isaac sem virar a cabeça. – Acabei de passar por lá. Mas acho que ela está com tudo na *arte*, né? Ela me deve dinheiro, me deve *comissão*. Arranjei para ela um *trabalho de barbada*, de arrumar a vida. Acho que ela está lá, não é? Quero *bufunfa*.

Isaac bateu na própria cabeça, em desespero, e saltou escadaria acima atrás de Gazid.

– De que porra você está falando? Que *trabalho*? Agora ela está criando coisas próprias.

– Ah, sim, claro, certinho, arrã, é mais ou menos por aí – concordou Gazid, com peculiar fervor distraído. – Me deve *dinheiro*, mesmo assim. Estou fodido e desesperado, 'Zaac, quebre meu galho.

Isaac estava ficando furioso. Agarrou Gazid e o fez ficar quieto. Gazid tinha braços raquíticos de viciado. Conseguiu apenas se debater pateticamente sob o aperto de Isaac.

– Escute aqui, Sortudo, sua pústula. Como você pode estar sentindo *dor* se está tão siderado que mal consegue ficar em pé? Que coragem, invadir minha casa, seu viciado filho da puta!

– *Oy!* – gritou Gazid, de repente.

Fez uma careta desdenhosa para Isaac, interrompendo-lhe o ímpeto.

– Lin não está aqui, mas estou *sedento* por alguma coisa, e quero que me *ajude*, ou não sei o que posso acabar contando. Se Lin não me ajuda, *você* pode. Você é o cavaleiro de armadura brilhante dela, seu *besouro-do-amor*, e ela é sua joaninha.

Isaac ergueu o punho gordo e carnudo e socou o rosto de Gazid, fazendo o homenzinho voar por alguns metros.

Gazid guinchou de pasmo e terror. Arrastou os calcanhares na madeira nua e saiu tropeçando na direção das escadas. Uma estrela de sangue irradiava-se a partir de seu nariz. Isaac sacudiu o sangue dos punhos e perseguiu Gazid. Estava gelado de raiva.

Acha que vou deixá-lo falar assim? Acha que pode me chantagear, seu merdinha?, pensou.

– Sortudo, é bom você ir embora agora mesmo, se não quiser que lhe arranque a porra da cabeça.

Gazid lutou para ficar em pé e começou a chorar.

– Você é um louco filho da puta, Isaac. Pensei que fôssemos *amigos*!

Muco, lágrimas e sangue pingaram sobre o piso de Isaac.

– Só que você pensou errado, não é, meu velho? Você não passa de escória, e eu...

Isaac controlou a arrogância e ficou olhando, atônito.

Gazid estava escorado contra as gaiolas vazias onde estava a caixa da lagarta. Isaac viu a larva gorda contorcer-se e dobrar-se de animação, impelindo-se contra a grade de arame, oscilando com súbitas reservas de energia na direção de Gazid Sortudo.

Sortudo permaneceu imóvel, aterrorizado, esperando que Isaac terminasse.

– Que foi? – gemeu. – O que você vai *fazer*?

– *Cale a boca* – sibilou Isaac.

A lagarta estava mais magra do que no dia em que chegara, e suas cores extraordinárias de cauda de pavão pareciam embotadas; mas ela estava, sem dúvida, viva. Ondulava dentro de sua gaiolinha, tateando o ar como o dedo de um cego, claudicando na direção de Gazid.

– Não se mexa – sibilou Isaac, e chegou mais perto.

O aterrorizado Gazid obedeceu. Seguiu a linha de visão de Isaac e seus olhos se arregalaram ao ver a enorme larva se movendo na gaiola, tentando achar um caminho para chegar até ele. Puxou a mão de dentro da gaiola com um gritinho e tombou para trás. Instantaneamente, a lagarta mudou de direção, tentando segui-lo.

– *Fascinante* – disse Isaac.

Enquanto Isaac assistia à cena, Gazid ergueu as mãos e agarrou a própria cabeça, que tremia súbita e violentamente, como se estivesse cheia de insetos.

– Ah! O que está acontecendo com minha *cabeça*?

Isaac sentia a mesma coisa à medida que se aproximava. Fisgadas de sensações alheias serpenteavam como enguias faiscantes em seu cerebelo. Ele piscou e tossiu um pouco, cativado, por um breve e súbito momento, pela percepção de emoções que não eram suas apertando-lhe a garganta. Isaac sacudiu a cabeça e fechou os olhos com força.

– Gazid – ordenou –, ande em torno dele, devagar.

Gazid Sortudo obedeceu. A lagarta caiu de costas, na tentativa ansiosa de ficar ereta, de segui-lo, rastreá-lo.

– O que essa coisa quer *comigo*? – gemeu Gazid Sortudo.

– Bem, *não sei*, Sortudo – disse Isaac, acidamente. – O coitado está com *dor*. Parece querer o que você tem aí, seja o que for. Sortudo, meu velho, esvazie os bolsos devagar. Não se preocupe, não vou roubar nada.

Gazid começou a sacar tiras de papel e lenços das dobras da jaqueta e das calças sujas. Hesitou e, então, puxou dos bolsos internos dois pacotes cheios.

A larva ficou desvairada. Os estilhaços desorientadores de emoção sinestésica rodopiaram dentro da cabeça de Isaac e de Gazid outra vez.

– Que porra é essa que você tem aí? – perguntou Isaac entre dentes.

– Isto é shazbah – disse Gazid, hesitante, e agitou o primeiro pacote diante da gaiola.

A larva não reagiu.

– E isto é bagulho-de-sonho.

Gazid suspendeu o segundo envelope sobre a cabeça da lagarta, que quase conseguiu se equilibrar sobre o traseiro para alcançá-lo. Seus gemidos patéticos não eram bem audíveis, mas agudamente sensíveis.

– É isso! – disse Isaac. – É isso! A coisa quer bagulho-de-sonho! – Isaac estendeu a mão para Gazid e estalou os dedos. – Dê-me aqui.

Gazid hesitou, mas entregou o pacote.

– Tem um monte de bagulho aí, cara… um monte de grana aí, cara – choramingou. – Não é só *pegar* desse jeito, cara.

Isaac sopesou o pacote. Estimou que pesasse um quilo, um quilo e meio. Abriu-o de uma vez. Novamente, penetrantes lamentos emocionais irromperam da lagarta. Isaac estremeceu diante das súplicas pungentes e inumanas.

O bagulho-de-sonho era uma massa de grânulos marrons e grudentos que cheirava a açúcar muito queimado.

– Que negócio é esse? – perguntou Isaac a Gazid. – Eu já tinha ouvido falar, mas não sei merda nenhuma sobre isso.

– Coisa nova, 'Zaac. Bagulho caro. Apareceu faz um ano e pouco. Barra pesada.

– Qual é o efeito?

– Não dá para descrever. Quer comprar um pouco?

– Não! – disse Isaac, cortante. Depois hesitou. – Bem… Não para mim, de qualquer modo… Quanto custa este pacote, Sortudo?

Gazid hesitou, sem dúvida pensando no quanto poderia exagerar.

– Uh… uns trinta guinéus.

– Vá se foder, Sortudo. Você é um tremendo enrolador, meu velho. Compro isto tudo por… – Isaac hesitou – por dez.

– Feito – disse Gazid instantaneamente.

Merda, pensou Isaac, *tomei uma rasteira*. Esteve a ponto de pechinchar, mas pensou melhor. Olhou com atenção para Gazid, que começara a se pavonear outra vez, mesmo com o rosto pegajoso e feio de sangue e muco.

– Certinho, então. Trato feito. Ouça, Sortudo – disse Isaac com calma –, pode ser que eu queira mais deste negócio, sabe como é? E se ficarmos de boa, não haverá razão para eu não mantê-lo como meu fornecedor exclusivo. Entendeu? Porém, se algo surgir para semear *discórdia* em nossa relação, desconfiança e coisas assim, terei de procurar outra pessoa. Entendeu?

– 'Zaac, meu irmão, não diga mais nada… Parceiros é o que somos.

– Sem sombra de dúvida – disse Isaac duramente.

Ele não era bobo a ponto de achar que poderia confiar em Gazid Sortudo, mas, desse modo, pelo menos poderia mantê-lo vagamente dócil. Era improvável que Gazid mordesse a mão que o alimentava, ao menos por algum tempo.

Isto não vai durar, pensou Isaac, *mas serve, por ora*.

Isaac pegou do pacote um dos torrões grudentos. Era do tamanho de uma azeitona grande, recoberto de um muco espesso que secava rapidamente. Abriu a tampa da caixa, apenas alguns centímetros, e largou ali dentro a pepita de bagulho--de-sonho. Agachou-se para ver a larva pela grade de arame.

As pupilas de Isaac tremeram, como se estivesse sendo atravessado por estática. Por um momento, não conseguiu focar a visão.

– Uau – gemeu Gazid Sortudo, atrás de Isaac. – Algo está fodendo com a minha cabeça.

Isaac sentiu uma breve náusea e, então, sentiu-se abrasar com o êxtase mais arrebatador e inexorável que já sentira. Após menos de meio segundo, as sensações inumanas transbordaram de uma vez para fora dele. Sentia com se houvessem lhe saído pelo nariz.

– Ó, pelo Falastrão – ganiu Isaac. Sua visão flutuou, melhorou em seguida e, por fim, adquiriu clareza excepcional. – Esse corninho é algum tipo de empata, não é? – murmurou.

Fixou o olhar na lagarta, sentindo-se como um *voyeur*. A criatura rolava em torno do grânulo de droga como uma cobra esmagando a presa. A extremidade onde estava sua boca se abria monstruosamente sobre o bagulho-de-sonho e o mastigava com uma fome de intensidade lasciva. De suas mandíbulas escorria saliva. Devorava a comida como uma criança comia pudim de caramelo no Dia de São Falastrão. O bagulho-de-sonho desaparecia rapidamente.

– Gansos-do-inferno – disse Isaac. – Ele vai precisar de muito mais do que isso.

Largou mais cinco ou seis pastilhas dentro da gaiola. A larva rolou satisfeita em meio ao conjunto grudento.

Isaac se levantou. Observou Gazid Sortudo, que assistia à refeição da lagarta e sorria enlevado, oscilando para os lados.

– Sortudo, meu velho, parece que você salvou o rango do meu pequeno experimento. Muito obrigado.

– Sou um *salva-vidas*, não sou, 'Zaac? – Gazid girou devagar, descrevendo uma feia pirueta. – Salva-vidas! Salva-vidas!

– Sim, já chega, você é mesmo, meu velho, fique quieto – Isaac olhou o relógio. – Tenho mais uns trabalhinhos a fazer, de modo que o melhor é você cair fora, certo? Sem ressentimentos, Sortudo. – Isaac hesitou e estendeu-lhe a mão. – Desculpe-me por seu nariz.

– Oh! – Gazid parecia surpreso. Apalpou o rosto ensanguentado para verificar. – Bem… sem problemas.

Isaac marchou em direção à escrivaninha.

– Vou pegar sua grana. Espere aí.

Remexeu nas gavetas e afinal achou a carteira, da qual tirou um guinéu.

– Espere, tenho mais em algum lugar. Aguente aí.

Isaac se ajoelhou junto à cama e começou a jogar pilhas de papel para os lados, coletando os siclos e tostões que conseguia encontrar.

Gazid enfiou a mão no pacote de bagulho-de-sonho que Isaac havia deixado sobre a caixa da lagarta. Olhou pensativamente para Isaac, que procurava sob a cama, com o rosto voltado para o piso. Gazid pegou dois grânulos de bagulho-de-sonho do meio da massa grudenta e deu uma olhada em Isaac, para ver se estava sendo observado. Isaac dizia algo em tom de conversa, mas suas palavras eram abafadas pela cama acima dele.

Gazid foi devagar até a cama. Sacou uma embalagem de doce do bolso e com ela embrulhou uma das doses de bagulho-de-sonho, jogando-a de volta no bolso. Um sorriso idiota cresceu e floresceu em seu rosto enquanto olhava para a segunda dose.

– Você deveria *conhecer* o que receita, 'Zaac – sussurrou. – Seria *ético*.

Riu de prazer.

– O quê? – gritou Isaac.

Começara a se arrastar para sair de baixo da cama.

– Achei. Sabia que havia algum dinheiro no bolso de uma destas calças.

Gazid Sortudo abriu com rapidez o sanduíche de presunto meio comido que jazia sobre a escrivaninha. Enfiou o bagulho-de-sonho em uma área coberta de mostarda, sob uma folha de alface. Fechou outra vez o sanduíche e afastou-se da escrivaninha.

Isaac pôs-se em pé e voltou-se para ele, poeirento e sorridente. Segurava um leque de notas e algumas moedas.

– Aqui estão dez guinéus. Diabos, você negocia como um profissional.

Gazid tomou o dinheiro oferecido e apressou-se em descer as escadas.

– Obrigado, então, 'Zaac – disse. – Grato mesmo.

Isaac ficou meio surpreso.

– Então, está certo. Entro em contato com você se precisar de mais bagulho--de-sonho, tudo bem?

– É claro que sim, mano velho.

Gazid quase escorreu para fora do armazém, fechando a porta atrás de si com um aceno ligeiro. Isaac ouviu um acesso de riso absurdo provindo da silhueta que se afastava, um cacarejo fino e vulgar que deixava um rastro na noite.

Rabo-do-diabo!, pensou. *Detesto negociar com esses viciados filhos da puta. Olhe esse desgraçado, todo fodido.* Balançou a cabeça e andou até a gaiola da lagarta.

A larva já estava no segundo torrão da droga grudenta. Ondinhas imprevisíveis de felicidade entômica derramavam-se na mente de Isaac. A sensação era desagradável. Ele se afastou. Enquanto Isaac observava, a larva parou de comer e enxugou o resíduo grudento com delicadeza. Depois continuou a comer, sujando-se outra vez e limpando-se outra vez.

– Patifezinho meticuloso, não é? – murmurou Isaac. – Está bom, não está? Está gostando? Hein? Adorável.

Isaac andou até a escrivaninha e pegou sua própria ceia. Enquanto mordia o sanduíche já quase duro e bebia o achocolatado, voltou-se para observar a pequena forma multicolorida que se retorcia.

– Em que porra você vai se transformar? – murmurou para seu experimento.

Isaac comeu o resto do sanduíche, torcendo o nariz para o pão um pouco velho e a salada murcha. Pelo menos, o chocolate estava bom.

Enxugou a boca e retornou à gaiola da lagarta, preparando-se para enfrentar as estranhas ondinhas empáticas. Isaac se agachou e observou a faminta criatura que se empanturrava. Era difícil ter certeza, mas ele achou que as cores da larva já pareciam mais brilhantes.

– Você será uma boa distração para evitar que eu fique obcecado com a teoria de crise. Não é mesmo? Será, não será? Seu bostinha oscilante. Não está em nenhum manual, hein? Tímido, é isso?

Um golpe de psique distorcida atingiu Isaac como uma flecha. Ele cambaleou e caiu.

– Ai! – berrou e se arrastou para longe da gaiola. – Não tolero suas lamúrias empáticas, meu velho.

Levantou-se e foi até a cama, massageando a cabeça. Quando a alcançou, outro espasmo de emoções alheias pulsou violentamente em sua cabeça. Seus joelhos cederam e ele caiu ao lado da cama, agarrando as têmporas.

– Que *merda*! – Estava alarmado. – Isso é demais, você está ficando muito forte.

De repente, não conseguia mais falar. Ficou totalmente imóvel quando um terceiro e intenso ataque inundou suas sinapses. Aquilo era diferente, percebeu. Não eram os gemidos psíquicos queixosos da larva esquisita a três metros dele. Sentiu sua boca árida, de súbito, e o gosto da salada murcha. Adubo. Composto. Pão velho. Mostarda grumosa.

–Oh, não – gaguejou.

Sua voz estremeceu ao dar-se conta do que havia acontecido.

– Oh, *não, não*, ah, Gazid, seu *puto*, seu *merda*, você está *fodido*. Vou *matar* você…

Agarrou-se à beirada da cama com mãos que tremiam violentamente. Suava, e sua pele parecia de pedra.

Suba na cama, pensou em desespero. *Entre embaixo das cobertas e deixe a viagem passar; milhares de pessoas fazem isso todos os dias por prazer, pelo amor de Falastrão.*

A mão de Isaac rastejou como uma tarântula drogada entre as dobras do cobertor. Ele não conseguia decidir a melhor forma de entrar sob as cobertas, por causa do modo como se dobravam sobre si mesmas e sobre o lençol. Ambos os grupos de dobras de tecido eram tão semelhantes que Isaac se convenceu de que eram parte da mesma enorme e ondulante unidade de tecido, e seria terrível separá-la, de modo que rolou o tronco sobre as cobertas e encontrou-se nadando nas dobras sinuosas e intricadas de algodão e lã. Nadou para cima e para baixo, batendo os braços em um enérgico e infantil nado de cachorrinho, tossindo, cuspindo e estalando os lábios com sede prodigiosa.

Olhe para você, seu cretino, disse uma parte de sua mente , com desprezo. *Que dignidade há nisto?*

Mas ele não prestou atenção. Estava contente em nadar suavemente no mesmo lugar sobre a cama, resfolegando como um animal moribundo, retesando o pescoço experimentalmente e passando as mãos sobre os olhos.

Sentiu pressão se formar no fundo de sua mente. Observou uma grande porta, uma grande porta de porão, instalar-se no canto mais remoto de seu cerebelo. A porta vibrava. Algo estava tentando sair.

Rápido, pensou Isaac. *Tranque a porta.*

Mas ele conseguia sentir o poder crescente daquilo que lutava para sair. A porta era uma bolha, transbordando pus, pronta a romper-se, um cão enorme e musculoso de cara impassível tentando, ameaçador e silencioso, romper suas correntes, o mar golpeando implacavelmente o muro quebradiço de um atracadouro.

Algo na mente de Isaac se rompeu.

CAPÍTULO 16

sol se derramando como cascata e nele me deleito enquanto brotos irrompem de meus ombros e cabeça e a clorofila corre por minha pele revigorando-a e ergo grandes braços espinhosos

não me toque desse jeito não estou pronta seu porco

Veja os martelos a vapor! Eu até gostaria deles se não me obrigassem a trabalhar tanto!

isto é

eu me orgulho de poder dizer que seu pai concordou com nossa união

isto é um

e aqui nado sob toda esta água suja em direção ao vulto do barco que assoma como uma grande nuvem respiro água imunda que me faz tossir e meus pés membranosos impelem para a frente

isto é um sonho?

luz pele comida ar metal sexo miséria fogo cogumelos teias navios tortura cerveja sapo ferrões lixívia violino tinta penhasco sodomia dinheiro asas bagas-de-cor deuses motosserras ossos enigmas bebês concreto moluscos palafitas entranhas neve escuridão

Isto é um sonho?

Mas Isaac sabia que aquilo não era um sonho.

Uma lanterna mágica cintilava dentro de sua cabeça, bombardeando-o com uma sucessão de imagens. Não era um zootrópio, repetição sem fim de uma pequena anedota visual: era um bombardeio trepidante de momentos infinitamente variados. Isaac foi alvejado por um milhão de centelhas de tempo. Cada vida fracionada convulsionava à medida que transitava para a próxima, e Isaac bisbilhotava a vida de outras criaturas. Falou a linguagem quêmica da khepri que chorava porque sua mãe-de-ninhada a castigara e, então, bufou com desprezo enquanto ele, chefe dos cavalariços, ouvia alguma desculpa esfarrapada do garoto iniciante, e fechou sua pálpebra interna translúcida ao mergulhar nas águas doces e frias dos córregos das montanhas e nadar em direção aos outros vodyanois que se acasalavam orgiasticamente, e...

Ó Falastrão..., ouviu sua voz provinda das profundezas daquele cacófono massacre emocional. Havia cada vez mais, e ainda mais, e se aproximavam tão rápidos que suas fronteiras se tornavam sobrepostas e incertas, até que dois ou três ou mais momentos de vida ocorressem ao mesmo tempo.

A luz era brilhante, quando havia luzes acesas, alguns rostos eram nítidos e outros borrados e invisíveis. Cada fragmento separado de vida se movia com um foco portentoso e simbólico. Cada um era governado por lógica onírica. Em algum recanto analítico de sua mente, Isaac percebeu que esses não eram, não podiam ser, pedaços de história coagulados e destilados para formar aquela resina pegajosa. Os cenários eram muito fluidos. Percepção e realidade interligadas. Isaac não havia se extraviado na vida de outros, mas sim na mente de outros. Era um *voyeur* espiando o último refúgio de suas presas. Aquilo eram memórias. Aquilo eram sonhos.

Isaac tomara os respingos de uma eclusa psíquica. Sentia-se impuro. Não havia mais sucessão, não mais um dois três quatro cinco seis momentos mentais invasores encaixando-se brevemente para serem iluminados pela luz de sua própria consciência. Em vez disso, ele nadava em lodo, numa fossa glutinosa da seiva de sonhos que fluíam para dentro e para fora uns dos outros, que não tinham nenhuma unidade, que derramavam lógica e imagens ao longo de vidas e sexos e espécies até que Isaac mal pudesse respirar, afogado na matéria transbordante de sonhos e esperanças, recordações e reflexões que jamais tivera.

Seu corpo não passava de um saco frouxo de efluente mental. Em algum lugar muito distante, ouviu-o gemer e agitar-se sobre a cama com um gorgolejo líquido.

Isaac cambaleou. Em algum lugar no radiante massacre de emoções e sentimentalismo, distinguiu um tênue e constante córrego de repulsa e medo, que reconheceu como seu próprio. Lutou para se aproximar dele em meio ao lodo de dramas de consciência imaginados e reprisados. Tocou a hesitante gota de náusea que era, sem dúvida, o que *ele* sentia *naquele momento*; manteve-se firme e centrou-se nela... Agarrou-se a ela com fervor radical.

Aferrou-se ao seu âmago, fustigado pelos sonhos em torno de si. Isaac voou sobre uma cidade cheia de pináculos, uma menina de seis anos rindo, deliciada, em um idioma que ele nunca ouvira, mas que entendia naquele momento como seu; tremeu de excitação inexperiente ao sonhar o sonho sexual de um garoto púbere; nadou por estuários e visitou estranhas grutas e lutou batalhas ritualísticas na savana aplanada da mente cactácea em devaneio. Casas formavam-se em torno dele com a lógica de sonho que parecia ser partilhada por todas as raças sencientes de Bas-Lag.

Nova Crobuzon aparecia aqui e ali, em sua forma de sonho, em sua geografia lembrada ou imaginada, com detalhes destacados e outros ausentes, grandes brechas entre ruas que eram atravessadas em segundos.

Havia outras cidades e países e continentes nesses sonhos. Alguns eram, sem dúvida, terras de sonho nascidas por trás de pálpebras trêmulas. Outros pareciam referências: acenos oníricos a lugares, metrópoles, cidades e vilarejos tão sólidos e reais quanto Nova Crobuzon, com arquiteturas e gírias que Isaac jamais havia visto ou ouvido.

O mar de sonhos em que nadava, Isaac percebeu, continha gotas provindas de paragens muito distantes.

Nem tanto um mar, pensou ele, embriagado, no fundo de sua mente extraviada, *é mais um caldo*. Imaginou-se mastigando impassível as cartilagens e vísceras de mentes alheias, pedaços de alimento onírico rançoso flutuando em uma sopa rala de meias memórias. Isaac engulhou mentalmente. *Se eu vomitar aqui, minha cabeça vai virar do avesso*, pensou.

As memórias e os sonhos chegavam em ondas. Marés os carregavam em torrentes temáticas. Mesmo à deriva na torrente de pensamentos aleatórios, Isaac foi carregado através das paisagens dentro de sua cabeça por correntes reconhecíveis. Sucumbiu ao repuxo de sonhos monetários, uma fiada de recordações sobre tostões e dólares e cabeças de gado e conchas pintadas e tábuas promissórias.

Girou dentro de uma onda de sonhos sexuais: homens cactáceos ejaculando pela terra, ao longo das fileiras de bulbovos plantados pelas mulheres; mulheres khepris esfregando óleo umas nas outras em orgias fraternais; sacerdotes humanos celibatários vivendo em sonho seus desejos culpados e ilícitos.

Isaac espiralou num torvelinho de sonhos ansiosos. Uma garota humana prestes a fazer suas provas escolares, ele se viu caminhando nu até a escola; um aquartífice vodyanoi cujo coração se acelerou quando a urticante água salgada refluiu do mar até seu rio; um ator mudo sobre o palco, incapaz de lembrar uma única linha de seu monólogo.

Minha mente é um caldeirão, pensou Isaac, *e a fervura faz todos esses sonhos transbordarem*.

A mixórdia de ideias veio com mais pressa e mais espessa. Isaac pensou nisso e tentou aferrar-se à rima, concentrando-se nela e investindo-a de importância, repetindo *pressa espessa e pressa e espessa e pressa e espessa*, tentando ignorar o jorro, o dilúvio, de eflúvios psíquicos.

De nada adiantou. Os sonhos estavam na mente de Isaac, e não havia como escapar. Sonhava que sonhava os sonhos de outras pessoas, e descobriu que esse sonho era real.

Tudo que podia fazer era tentar, com intensidade febril e aterrorizada, lembrar-se de qual sonho era o seu.

Havia um chilrear frenético provindo de algum lugar próximo. Avançou por entre a meada de imagens que percorria a cabeça de Isaac e então cresceu em intensidade até soar em sua mente como tema dominante.

Abruptamente, todos os sonhos cessaram.

Isaac abriu os olhos rápido demais e praguejou por causa da dor que lhe invadiu a cabeça junto com a luz. Ergueu a mão e a sentiu largada sobre a cabeça como um grande remo imprestável. Pousou-a pesadamente sobre os olhos.

Os sonhos haviam acabado. Isaac espiou entre os dedos. Era dia. Havia luz.

– Pelo... *rabo*... de Falastrão – murmurou. O esforço fez doer sua cabeça.

Aquilo era absurdo. Ele não tinha noção nenhuma do tempo perdido. Lembrava-se de tudo com clareza. Quando muito, sua recordação imediata parecia aumentada. Tinha a clara noção de ter languescido, suado e gemido sob a influência do bagulho-de-sonho por cerca de meia hora, não mais. No entanto, eram... ele lutou contra as pálpebras, apertou os olhos para ver o relógio... eram sete e meia da manhã, horas e horas desde que alcançara a cama com dificuldade.

Apoiou-se nos ombros e examinou-se. Sua pele escura estava úmida e cinza. Sua boca fedia. Isaac percebeu que por certo passara a noite toda deitado e imóvel; as cobertas estavam um pouco amarrotadas, nada mais.

O aterrorizado canto de pássaro que o despertara recomeçou. Isaac sacudiu a cabeça, irritado, e procurou a origem do canto. Um passarinho circulava em desespero no ar, dentro do armazém. Isaac percebeu que era um dos fugitivos relutantes da noite anterior, uma carriça, obviamente com medo de algo. Enquanto Isaac procurava em volta o que havia deixado o pássaro tão nervoso, o ágil corpo reptiliano de uma áspise moveu-se como uma flecha de um canto a outro dos beirais. Colheu no ar o passarinho enquanto passava. O canto da carriça foi interrompido abruptamente.

Isaac cambaleou desajeitado para fora da cama e circulou confusamente.

– Notas – disse a si mesmo. – Tome notas.

Apanhou papel e caneta de cima da mesa e começou a rabiscar suas recordações do bagulho-de-sonho.

– Que porra foi essa? – murmurou em voz audível enquanto escrevia. – Tem um sujeito fazendo um belo trabalho em reproduzir a bioquímica dos sonhos, ou explorá-la na fonte. – Esfregou a cabeça outra vez. – Deus, que negócio é esse que *come* a...

Isaac se deteve brevemente e olhou para a lagarta cativa. Ele estava imóvel. Sua boca se abriu de um jeito idiota e, por fim, moveu-se para cima e para baixo formando palavras.

– Ah. Meu. Bom. Rabo.

Saiu tropeçando lentamente pelo aposento, parecendo retroceder, com receio de ver o que estava vendo. Aproximou-se da gaiola.

Lá dentro, um verme de massa colossal e lindas cores se contorcia, descontente. Isaac olhou com apreensão para aquela coisa enorme. Podia sentir as estranhas vibrações de infelicidade alienígena no éter em torno de si.

A lagarta havia no mínimo triplicado de tamanho durante a noite. Tinha trinta centímetros, e estava gorda na mesma proporção. A magnificência desbotada de suas partes coloridas havia retornado ao seu brilho lustroso original. Com juros. Os pelos de sua parte traseira, que antes pareciam grudentos, eram agora cerdas de aparência temível. Não tinha mais do que quinze centímetros de espaço ao redor. Impelia-se sem forças contra as laterais da gaiola.

– O que aconteceu com *você*? – sibilou Isaac.

Ele recuou e olhou fixamente a coisa, que agitava cegamente a cabeça no ar. Isaac pensou rápido, imaginou o número de pastilhas de bagulho-de-sonho que tinha dado para o bicho comer. Procurou em torno e viu, onde o deixara, o envelope que continha todos os restos, intocado. A coisa não havia escapado e se empanturrado. Não havia como, Isaac constatou, os grânulos que deixara na gaiola conterem o número de calorias que a lagarta usara para crescer durante a noite. Mesmo se houvesse ganhado grama por grama o que tinha comido, isso não representaria um aumento daquele nível.

– Seja qual for a energia que você obteve de sua ceia – sussurrou ele –, não é física. Em nome de Falastrão, que diabos é você?

Ele precisava tirar a coisa da gaiola. Ela parecia bastante infeliz, debatendo-se em vão naquele espaço pequeno. Isaac se afastou, um pouco temeroso e meio enojado de tocar aquela coisa extraordinária. Afinal, apanhou a caixa, cambaleando sob o peso excessivamente aumentado, e a segurou a pequena altura do chão diante de uma gaiola muito maior que havia sobrado de outras experiências, um miniaviário com um metro e meio de altura e tela de arame na parte dianteira que havia abrigado uma pequena família de canários. Isaac abriu a frente da gaiola e virou o verme gordo sobre a serragem, fechando e trancando em seguida a tela frontal. Deu um passo atrás para observar seu prisioneiro realojado.

Ele olhava agora diretamente para Isaac, que sentiu sua súplica infantil por café da manhã.

– Ora, *acalme-se* – disse ele. – *Eu* mesmo ainda não comi nada.

Recuou, inquieto, deu meia-volta e foi até sua sala.

Durante seu café da manhã de frutas e pãezinhos gelados, Isaac percebeu que os efeitos do bagulho-de-sonho passavam muito rápido. *Talvez seja a pior ressaca do mundo*, pensou, irônico, *mas acaba dentro de uma hora. Não é de admirar que os fregueses retornem.*

No outro lado do aposento, a lagarta de trinta centímetros esgravatava o fundo de sua nova gaiola. Afocinhava tristemente a sujeira, então se erguia outra vez e acenava a cabeça na direção do pacote de bagulho-de-sonho.

Isaac bateu com a mão no rosto.

– Ó, burros-do-inferno – disse.

Vagos sentimentos de desconforto e curiosidade experimental se combinavam em sua mente. Era uma animação infantil, como aquela de meninos e meninas queimando insetos com luz solar ampliada. Pôs-se em pé e escavou o envelope com uma grande colher de madeira. Carregou o torrão solidificado até a lagarta, que quase dançou de animação ao ver, ou farejar, ou de algum modo sentir, o bagulho-de-sonho que se aproximava. Isaac abriu uma portinhola na parte de trás da gaiola e derramou por ali a dose da droga. De imediato, a lagarta ergueu a cabeça e a enfiou naquela porcaria grumosa. Sua boca agora era grande o suficiente para que se pudesse vê-la funcionando. Abriu-se de um lado ao outro e mastigou vorazmente o poderoso narcótico.

– Essa é a maior gaiola que posso lhe arranjar, portanto vá devagar com o crescimento, está bem? – disse Isaac.

Recuou até alcançar suas roupas, sem desviar os olhos da criatura que se alimentava.

Isaac recolheu e cheirou as várias roupas espalhadas pelo aposento. Vestiu uma camisa e calças que não tinham nenhum cheiro e um mínimo de manchas.

É melhor preparar uma lista de "coisas a fazer", pensou, soturno. *O primeiro item será "Espancar Gazid Sortudo até a morte".* Marchou até a escrivaninha. O diagrama triangular da Teoria do Campo Unificado que havia desenhado para Yagharek estava no topo da pilha de papéis que a cobriam. Isaac contraiu os lábios e observou o diagrama. Pegou-o e olhou pensativo para onde lagarta mastigava com satisfação. Havia algo mais que teria de fazer naquela manhã.

Não adianta deixar para depois, pensou, relutante. *Talvez eu possa quebrar o galho de Yag e aprender um pouco sobre meu amigo aqui... talvez.* Isaac suspirou pesadamente e arregaçou as mangas; sentou-se em frente a um espelho para um raro e superficial embelezamento. Ajeitou sem habilidade os cabelos, achou outra camisa mais limpa e a vestiu, transbordando de ressentimento.

Rabiscou um bilhete para David e Lublamai e se certificou de que a lagarta gigante estivesse segura e tivesse poucas chances de escapar. A seguir, desceu as escadas e, após fixar seu bilhete na porta, caminhou rumo a um dia cheio de lâminas de luz, claras e afiadas.

Isaac suspirou e partiu à procura de um coche madrugador que o levasse até a universidade e ao melhor biólogo, filósofo natural e biotaumaturgo que conhecia: o odioso Montague Vermishank.

CAPÍTULO 17

Isaac entrou na Universidade de Nova Crobuzon com um misto de nostalgia e desconforto. Os edifícios pouco haviam mudado desde sua época de professor. As várias faculdades e departamentos dotavam Ludmel com uma grandiosa arquitetura que ofuscava o restante da área.

O pátio em frente ao prédio da enorme e antiga Faculdade de Ciências estava coberto de árvores que se desfaziam de suas flores. Isaac caminhou sobre veredas desgastadas por gerações de estudantes, em meio a uma nevasca de espalhafatosas pétalas cor-de-rosa. Escalou ativamente os degraus polidos e empurrou as grandes portas.

Isaac brandia uma identificação de membro da faculdade que havia expirado sete anos antes, mas não precisava ter se dado o trabalho. O porteiro atrás do balcão era Sedge, um velho totalmente parvo, cujo tempo de serviço na faculdade superava em muito o do próprio Isaac, e parecia destinado a durar para sempre. Saudou Isaac como sempre o fazia nessas visitas irregulares, com um murmúrio incoerente de reconhecimento. Isaac apertou-lhe a mão e perguntou-lhe como estava a família. Tinha razões para ser grato a Sedge, diante de cujos olhos baços ele havia surrupiado inúmeras e caras peças de equipamento laboratorial.

Isaac subiu os degraus, passando por grupos de estudantes que fumavam, discutiam, escreviam. Majoritariamente masculinos e humanos, embora houvesse o ocasional grupo, estreito e defensivo, de jovens xenianos ou mulheres, ou ambos. Alguns estudantes conduziam debates teóricos em volume ostentoso. Outros faziam anotações ocasionais nas margens de seus livros e sugavam cigarrilhas de tabaco pungente. Isaac passou por um grupo agachado no final de um corredor treinando o que haviam acabado de aprender, rindo com gosto ao ver o homúnculo que haviam criado com fígado moído cambalear por quatro passos antes de se desfazer em uma polpa trêmula.

O número de estudantes à sua volta diminuía enquanto Isaac avançava por escadarias e corredores. Para sua irritação e repulsa, descobriu que seu coração se acelerava à medida que se aproximava de seu antigo chefe.

Caminhou junto aos luxuosos painéis de madeira-negra da ala administrativa da Faculdade de Ciências e aproximou-se do escritório pela extremidade mais distante. Na porta estava escrito, em folha de ouro: *Diretor. Montague Vermishank.*

Isaac deteve-se diante da porta e remexeu-se, nervoso. Estava emocionalmente confuso, lutando para conservar uma década de raiva e antipatia em um tom conciliatório e pacífico. Respirou fundo, então se virou e bateu com vigor, abriu a porta e entrou no escritório.

– O que você pensa... – gritou o homem atrás da escrivaninha antes de parar abruptamente ao reconhecer Isaac. – Ah – disse ele, após um longo silêncio. – É claro. Isaac. Sente-se.

Isaac se sentou.

Montague Vermishank estava almoçando. Seu rosto e seus ombros pálidos curvavam-se agudamente sobre a enorme escrivaninha. Atrás dele havia uma pequena janela. Isaac sabia que por ela se viam as amplas avenidas e grandes casas de Mafaton e Chnum, mas uma cortina ensebada se fechava diante dela, sufocando a luz.

Vermishank não era gordo, mas da queixada até embaixo era recoberto por uma ligeira camada extra, uma bandagem de carne morta, como de um cadáver. Vestia um terno muito pequeno para ele, e sua pele branca e necrótica aparecia debaixo de suas mangas. Seu cabelo ralo estava penteado e arrumado com fervor neurótico. Vermishank tomava uma sopa cremosa e empelotada. Mergulhava nela, com regularidade, um pão massudo e sugava a gosma resultante, mascando sem morder, roendo e manuseando o pão grudento de saliva que soltava pingos amarelos pálidos sobre a escrivaninha. Seus olhos sem cor assimilaram Isaac.

Isaac o encarou com desconforto e sentiu-se grato por seu tronco firme e por sua pele cor de madeira ardente.

– Quase gritei por não ter batido na porta ou marcado horário, mas vi que era você. Claro, as regras normais não se aplicam a você. Como está, Isaac? Está atrás de dinheiro? Quer algum trabalho de pesquisa? – perguntou Vermishank com seu sussurro catarrento.

– Não, não. Nada parecido. Na verdade, não vou mal, Vermishank – disse Isaac com bonomia forçada. – Como vai seu trabalho todo?

– Ah, vai bem, vai bem. Escrevendo um artigo sobre bioignição. Isolei a dobra pirótica de um lampiro. – Houve um longo silêncio. – Muito fascinante – sussurrou Vermishank.

– Parece mesmo. Parece mesmo – entusiasmou-se Isaac.

Encararam um ao outro. Isaac não conseguia pensar em mais conversa fiada. Desprezava e respeitava Vermishank. Era uma combinação inquietante.

– Então, ahn... pois é... – disse Isaac. – Para ser franco, estou aqui para lhe pedir ajuda.

– Ah, é?

– É... Veja, estou trabalhando em algo que está um pouco fora de minha alçada... Sou mais teórico do que pesquisador prático, você sabe.

– Sim... – A voz de Vermishank destilava ironia indiscriminada.

Seu filho de uma ratazana puta, pensou Isaac. *Essa eu lhe dei de graça.*

– Certo – disse ele, devagar. – Bem, isto é... quero dizer... poderia ser, embora eu duvide, uma questão de biotaumaturgia. Queria sua opinião profissional.

– Arrã.

– Sim. O que quero saber é: alguém pode ser Refeito para voar?

– Oh!

Vermishank se recostou e limpou com pão a sopa em torno da boca. Por um momento ostentou um bigode de pão. Juntou as mãos diante de si e girou os dedos gordos.

– Voar, não é?

A voz de Vermishank adquiriu um ar de animação que antes faltava em seus tons frios. Embora sua intenção fosse ferroar Isaac com intenso desprezo, não conseguia deixar de se empolgar com questões científicas.

– É. Quero dizer, será que já foi feito? – perguntou Isaac.

– Sim, já foi.

Vermishank assentiu devagar, sem desviar os olhos de Isaac, que se empertigou na cadeira e tirou um caderno do bolso.

– Oh, foi *mesmo*? – disse Isaac.

Os olhos de Vermishank perderam o foco enquanto ele se esforçava para pensar.

– Sim... Por que, Isaac? Alguém o procurou e lhe pediu para voar?

– Na verdade, não posso... ahn... revelar.

– Claro que não pode, Isaac. *Claro* que não. Porque você é um profissional. E tem meu respeito por isso.

Vermishank sorriu indolentemente para seu visitante.

– Então... Quais são os detalhes? – Aventurou-se Isaac.

Trincou os dentes antes de falar, para controlar seu tremor de indignação. *Foda-se, seu porco condescendente e manipulador*, pensou furioso.

– Arrã... Bem...

Isaac se contorceu de impaciência enquanto Vermishank erguia pesadamente a cabeça para se lembrar:

– Existiu um biofilósofo, há anos, no final do século passado. Calligine era o nome. Foi Refeito. – Vermishank sorriu de modo amigável e cruel e sacudiu a cabeça. – Uma loucura, na verdade, mas parece ter funcionado. Enormes asas mecânicas que se abriam como leques. Escreveu um panfleto sobre isso.

Vermishank virou a cabeça com esforço sobre seu ombro gordurento e olhou vagamente para as prateleiras cheias de volumes que cobriam as paredes. Acenou com a mão flácida, que poderia ter sinalizado qualquer coisa relacionada ao paradeiro do panfleto de Calligine.

– Não sabe o que aconteceu depois? Não ouviu a canção?

Isaac estreitou os olhos interrogativamente. Para seu horror, Vermishank cantou alguns compassos de tenor esganiçado.

– *Então Calli voou alto/ Com suas asas de umbela/ Foi para o Oeste de um salto/ E deu adeus à sua Bela/ Depois de muito elevado/Pelo céu tomou amores/ Mas sumiu, pobre coitado/ Lá na Terra dos Horrores...*

– É claro que já ouvi! – disse Isaac. – Mas nunca soube que se tratava de alguém *real*...

– Bem, você nunca estudou introdução à biotaumaturgia, não é? Lembro-me de que fez dois semestres do curso intermediário, muito mais tarde. Perdeu minha primeira aula. Essa é a história que conto para estimular nossos jovens e entediados buscadores do saber a trilhar o caminho dessa nobre ciência.

Vermishank falou com voz comicamente séria. Isaac sentiu sua aversão retornar com juros.

– Calligine desapareceu – continuou Vermishank. – Decolou para o Sudoeste, na direção da Nódoa Cacotópica. Nunca mais foi visto.

Houve outro longo silêncio.

– Ahn... essa é toda a história? – disse Isaac. – Como colocaram as asas nele? Ele registrou a experiência? Como foi o processo de Refazer?

– Ah, horrivelmente difícil, imagino. É provável que Calligine tenha utilizado alguns indivíduos como cobaias antes de acertar seus cálculos. – Vermishank riu. – Talvez tenha cobrado alguns favores do prefeito Mantagony. Suspeito de que alguns criminosos condenados à morte tenham vivido algumas semanas a mais do que esperavam. Essa parte do processo ele não divulgou. Mas faz sentido, não é? Que sejam necessárias algumas tentativas antes de acertar... Quero dizer, é preciso conectar o mecanismo a ossos e músculos e não sei o que mais, que não têm qualquer ideia do que deveriam fazer...

– Mas, e se os músculos e ossos *soubessem* o que têm de fazer? E se um... um gargomem, ou algo assim, tivesse suas asas amputadas? Elas poderiam ser substituídas?

Vermishank observou Isaac passivamente. Sua cabeça e seus olhos não se moveram.

– Ah – disse ele afinal, debilmente. – Você poderia pensar que seria mais fácil, não é? É, em teoria, mas na prática é mais difícil. Já fiz isso com pássaros e, bem, coisas aladas. Antes de tudo, Isaac, em teoria é perfeitamente possível. Em teoria, não há nada que não se possa realizar com o Refazer. É tudo apenas uma questão de acoplar as coisas do modo certo, um pouco de histoescultura. Mas o voo é uma dificuldade horrível, porque se lida com todos os tipos de variáveis, que têm de estar impecavelmente certas. Veja, Isaac, é possível Refazer um cão, suturar de volta nele uma perna, ou moldá-la com um feitiço de histoargila, e o animal sairá por aí mancando contente. Não ficará bonito, mas andará. Mas não se pode fazer o mesmo com asas. Asas precisam ser perfeitas ou não farão o serviço. É *mais* difícil ensinar músculos que pensam que sabem como voar a fazer o mesmo trabalho de forma diferente do que ensinar músculos que não têm a mínima ideia do que fazer. Seu pássaro, ou o que for, os ombros dele ficarão confusos com qualquer asa que tenha o formato só um pouquinho errado, ou o tamanho errado, ou aerodinâmica diferente. E vai acabar todo travado, *mesmo se você presumir* que reconectou tudo direito. Então, suponho que eu esteja dizendo que a resposta é sim, Isaac, pode ser feito. Esse *gargomem,* ou seja lá o que for, pode ser Refeito para voar novamente. Mas não é provável. É difícil como os diabos. Não há biotaumaturgo ou Refazedor que possa prometer resultados. Ou você encontra Calligine e o convence a fazê-lo – sibilou Vermishank, concluindo –, ou eu não arriscaria, se fosse você.

Isaac terminou de rabiscar anotações e fechou seu caderno com um estalo.

– Obrigado, Vermishank, eu meio que torcia para que você dissesse isso. É sua opinião profissional, não é? Bem, terei de seguir minha *outra* linha de investigação, que você não aprovaria de jeito nenhum.

Seus olhos se arregalaram como os de um menino maroto.

Vermishank assentiu muito ligeiramente e um sorrisinho doentio cresceu e morreu em sua boca, como um fungo.

– *Ah* – disse ele, debilmente.

– Certo, bem, obrigado por me atender... sei que seu tempo é valioso. – Isaac se alvoroçou enquanto se levantava para sair. Desculpe a pressa.

– Sem problemas. Alguma outra opinião de que precise?

– Bem... – Isaac se deteve com metade do braço enfiado no paletó. – Bem. Você já ouviu falar de algo chamado bagulho-de-sonho?

Vermishank ergueu uma sobrancelha. Recostou-se na cadeira e mordeu o polegar, olhando para Isaac com olhos semicerrados.

– Isto aqui é uma universidade, Isaac. Você acha que uma substância *ilícita* nova e empolgante invadiria a cidade e nenhum dos nossos estudantes ficaria tentado? Claro que já ouvi falar. Tivemos nossa primeira expulsão pela venda da droga há menos de seis meses. Jovem psicônomo, muito brilhante, de previsíveis tendências vanguardistas no aspecto teórico. Isaac, Isaac... apesar de suas muitas, ahn, *indiscrições...* – com um risinho fingiu, de modo pouco convincente, roubar do insulto seu ferrão –, jamais o tacharia como usuário de *drogas.*

– Não, Vermishank. E não sou. No entanto, por viver e trabalhar no *atoleiro de corrupção* que escolhi, cercado de *patifes* e degenerados infames, tendo a deparar com coisas como drogas nas várias *orgias sórdidas* que frequento.

Isaac se repreendeu por perder a paciência e, no mesmo momento, decidiu que não havia nada a lucrar com mais diplomacia. Falou alto e com sarcasmo. Apreciou bastante sua ira.

– De qualquer modo – continuou –, um dos meus amigos repulsivos esteve usando essa droga bizarra, e eu queria saber mais sobre ela. Obviamente, não deveria ter perguntado a alguém tão refinado.

Vermishank riu sem emitir som. Gargalhou sem abrir a boca. Seu rosto permanecia fixo no mesmo sorrisinho azedo. Mantinha os olhos em Isaac. O único sinal de que ria era o pequeno espasmo de seus ombros e o balanço da cadeira, para a frente e para trás.

– Ah – disse afinal. – Que melindroso, Isaac.

Sacudiu a cabeça. Isaac apalpou os bolsos e fechou o paletó, aprontando-se ostensivamente para sair e não querendo sentir-se tolo. Deu as costas e caminhou em direção à porta, debatendo os méritos de uma última investida antes de partir.

Vermishank falou enquanto Isaac pensava.

– Bagulho-de-s... Ah, *essa substância* não é mesmo minha área, Isaac. Farmacologia e essas coisas são um pouco como os primos pobres da biologia. Estou certo de que algum de seus antigos colegas poderá lhe dizer mais. Boa sorte.

Isaac decidira não dizer nada. O que fez, no entanto, foi acenar atrás de si, num gesto pusilânime que poderia parecer desdenhoso, mas que bem poderia passar por gesto de gratidão e despedida. *Seu covarde de bosta,* acusou a si mesmo. Mas não havia como escapar. Vermishank era um repositório útil de conhecimento. Isaac sabia que levaria muito tempo até que pudesse ser rude, de modo verdadeiro e impenitente, com seu antigo chefe. Não se podia bater a porta na cara de tanta competência.

Assim, Isaac perdoou-se por sua vingança dúbia e preferiu rir de sua própria reação desajeitada ao sujeito execrável. Pelo menos, ficara sabendo aquilo que fora saber. Refazer não era uma opção para Yagharek. Isaac estava contente, e era honesto o suficiente para reconhecer quão ignóbeis eram as razões. Sua própria pesquisa tinha sido revigorada pelo problema do voo e, se a prosaica histoescultura da biotaumaturgia aplicada houvesse suplantado a teoria de crise, sua pesquisa teria estagnado. Não queria perder o novo impulso.

Yag, meu velho, refletiu Isaac, *é exatamente como pensei. Sou sua melhor chance, e você é a minha.*

Antes da cidade havia canais que serpenteavam entre formações rochosas seme-
lhantes a garras de silício, e campos de grão sobre o solo aguado. E antes da sarça
houve dias de pedra furiosa. Tumores de granito retorcido que assentavam seu peso
no ventre da terra desde que haviam nascido; sua magra carne de terra arrancada
por ar e água em meros dez mil anos. Eram feios e atemorizantes, como entranhas
sempre são, aqueles promontórios de rocha, aqueles penhascos.

Caminhei a senda do rio. Não tinha nome entre as colinas denteadas; mais tarde,
viria a se tornar o Piche. Eu podia ver as alturas congelantes de montanhas reais quilô-
metros a oeste, colossos de rocha e neve que se erguiam tão imperiosamente acima das
faixas locais de seixo e líquen quanto aqueles picos menores se erguiam acima de mim.

Às vezes eu pensava em rochas como figuras que assomavam, com garras e presas
e cabeças como clavas ou mãos. Gigantes petrificados; deuses imóveis de pedra; erros
do olhar ou esculturas casuais do vento.

Eu era visto. Cabras e ovelhas derramavam escárnio sobre meu andar desajeitado.
Os gritos das aves de rapina bradavam seu desprezo. Às vezes passava por pastores
que me encaravam, desconfiados e rudes.

Havia formas mais escuras à noite. Havia observadores mais frios embaixo d'água.

Os dentes de rocha quebravam a terra tão lentos e furtivos que caminhei por horas
naquele vale fendido antes de notá-los. Antes disso houve dias e dias de grama e sarça.

A terra era mais macia sob meus pés, e o enorme céu mais clemente para meus
olhos. Mas não me deixei enganar. Não me deixei seduzir. Não era o céu do deserto.
Era um farsante, um substituto, tentando me atrair. A vegetação que secava me aca-
riciava a cada rajada de vento, muito mais luxuriante do que meu lar. Na distância
estava a floresta que eu sabia estender-se ao norte até o limite de Nova Crobuzon, ao
leste até o mar. Em lugares secretos entre suas espessas árvores sobressaíam máquinas

vastas, obscuras e esquecidas, pistões e engrenagens, troncos de ferro entre a vegetação, de ferrugem suas cascas.

Não me aproximei deles.

Atrás de mim, onde o rio bifurcava, estavam os pântanos, um tipo de estuário interior sem direção, que prometia, vagamente, dissolver-se no mar. Lá fiquei nas elevadas casas longas dos pernas-de-lança, aquela raça tranquila e devota. Alimentaram-me e cantaram-me melodiosas canções de ninar. Cacei com eles, lanceando caimãos e anacondas. Foi nas terras alagadas que perdi minha lâmina, quebrada na carne de algum predador ligeiro e parasita que avançou sobre mim de repente saído de entre a lama e os juncos encharcados. Empinou-se e gritou como uma chaleira no fogo, desapareceu no lodo. Não sei se morreu.

Antes das terras alagadas e do rio foram dias de grama seca e sopés de colinas, que me avisaram ser assolados por grupos de Refeitos celerados, foragidos da justiça. Não vi nenhum.

Houve aldeias que me subornaram com carne e tecidos e imploraram que intercedesse por elas junto aos seus deuses da colheita. Houve aldeias que me afastaram com piques e rifles e gritos de clarins. Compartilhei grama com rebanhos e, ocasionalmente, com cavaleiros, com pássaros que considerava meus primos e com animais que pensava serem mitos.

Dormi sozinho, escondido em abas de pedras ou em bosques, ou em bivaques que ergui quando farejei chuva. Quatro vezes algo me inspecionou enquanto eu dormia, deixando marcas de cascos e o cheiro de ervas, suor ou carne.

Aquelas extensas terras baixas foram onde minha ira e infelicidade mudaram de forma.

Andei com insetos estivais que investigavam meus cheiros nada familiares, tentando lamber meu suor, provar meu sangue, polinizar as pintas coloridas de minha capa. Vi mamíferos gordos em meio ao verde maduro. Colhi flores que vira em livros, botões com caules altos e cores sutis, como se vistas através de fina fumaça. Não consegui respirar por causa dos cheiros das árvores. O céu era rico de nuvens.

Caminhei, criatura do deserto, naquela terra fértil. Senti-me áspero e empoeirado.

Um dia, percebi que não mais sonhava com o que faria quando estivesse inteiro outra vez. Minha vontade ardia por chegar àquele ponto e, de súbito, já não era mais nada. Eu havia me tornado nada mais do que meu desejo de voar. Havia me adaptado, de algum modo. Havia evoluído naquela região desconhecida, arrastando-me impassivelmente até onde os cientistas e Refazedores do mundo se congregavam. Os meios haviam se tornado o fim. Se recuperasse minhas asas, eu me tornaria algo novo, sem o desejo que me definia.

Vi na umidade daquela primavera, enquanto caminhava incessantemente para o Norte, que não buscava realização, e sim dissolução. Legaria meu corpo a um recém-nascido e descansaria.

Eu era uma criatura mais severa quando coloquei os pés pela primeira vez naquelas colinas e planícies. Deixei Myrshock, onde meu navio havia ancorado, sem passar lá nem sequer uma noite. É uma cidade portuária feia, que contém membros suficientes de minha espécie para me fazer sentir oprimido.

Apressei-me pela cidade buscando nada além de suprimentos e da garantia de que estava certo em ir a Nova Crobuzon. Comprei creme refrescante para minhas costas machucadas e purulentas e encontrei um médico honesto o suficiente para admitir que eu não encontraria ninguém que pudesse me ajudar em Myrshock. Dei meu chicote a um mercador que me deixou viajar em sua carroça por oitenta quilômetros adentro dos vales. Ele não aceitou meu ouro, apenas minha arma.

Eu estava ansioso por deixar o mar para trás. O mar era um interlúdio. Quatro dias em um vapor de rodas gorduroso e vagaroso, rastejando pelo Mar Escasso, durante os quais fiquei na coberta, sabendo que estávamos navegando somente pelos sons molhados e as guinadas. Não podia caminhar no tombadilho. Ficaria mais confinado no tombadilho sob aquele enorme céu no oceano do que em qualquer momento daqueles dias sufocantes que passei em minha cabine fedorenta. Escondi-me, fugindo das gaivotas, albatrozes e águias-pesqueiras. Permaneci perto da maresia, em minha toca de madeira suja, ao lado da privada.

E antes das águas, quando eu ainda ardia em fúria, quando minhas cicatrizes ainda estavam úmidas de sangue, houve Shankell, a cidade cacto. A cidade de muitos nomes. Joiassolar. Oásis. Borridor. Oco de sal. Cidadela Saca-Rolhas. Solário. Shankell, onde lutei e lutei nas arenas de carne e nas jaulas de arame-navalha, rasgando pele e sendo rasgado, vencendo muito mais do que perdendo, colérico como um galo de briga à noite e recolhendo centavos de dia. Até que lutei contra o príncipe bárbaro que queria fazer um capacete de meu crânio de garuda, e venci, impossivelmente, mesmo derramando sangue em terríveis borbotões. Segurando meus intestinos com uma das mãos, enfiei-lhe as garras na garganta com a outra. Ganhei seu ouro e seus seguidores, os quais libertei. Comprei de volta minha saúde e uma passagem em um navio mercante.

Comecei a travessia do continente para me tornar inteiro.

O deserto veio comigo.

PARTE 3

METAMORFOSES

CAPÍTULO 18

Os ventos da primavera tornavam-se mais quentes. O ar maculado sobre Nova Crobuzon estava carregado. Os meteoromantes da cidade, na torre-das-nuvens da Ponta do Piche, copiavam algarismos de mostradores giratórios e destacavam gráficos de medidores atmosféricos que rabiscavam freneticamente. Contraíam os lábios e sacudiam a cabeça.

Murmuravam entre si sobre o verão prodigiosamente quente e úmido que se aproximava. Batiam nos enormes tubos do motor aeromórfico que ascendia verticalmente por toda a altura da torre oca como gigantes tubos de órgão, ou canhões exigindo um duelo entre a Terra e o Céu.

Porcaria de imundície inútil, murmuravam com desprezo. Tentativas desanimadas foram feitas nos porões para dar partida nos motores, mas estes não se moviam havia cento e cinquenta anos, e ninguém era capaz de consertá-los. Nova Crobuzon estava empacada no clima ditado pelos deuses, pela natureza ou pelo acaso.

No zoológico da Ponta do Cancro, os animais se agitavam, inquietos, por causa da mudança de tempo. Eram os últimos dias da temporada de acasalamento, e a incansável palpitação de corpos desejosos e segregados havia diminuído um tanto. Os tratadores estavam tão aliviados quanto seus custodiados. A quente bruma de almíscares variados que havia flutuado por entre as jaulas causara comportamentos agressivos e imprevisíveis.

Agora que a luz durava mais a cada dia, os ursos, hienas e hipopótamos emagrecidos, o solitário alopex e os símios jaziam quietos – e tensos, aparentemente – por horas, observando os passantes de suas celas de tijolos polidos ou de seus fossos enlameados. Esperavam. Pelas chuvas do Sul que nunca alcançariam Nova Crobuzon, mas que estavam codificadas em seus ossos, talvez. E, quando as chuvas não chegassem, por certo se acomodariam e esperariam pela estação seca, que, da mesma maneira, não afetaria seu novo lar. Devia ser uma existência estranha e ansiosa, matutavam os tratadores ao ouvir o rugido das feras cansadas e desorientadas.

As noites haviam perdido quase duas horas desde o inverno, mas pareciam ter condensado ainda mais essência no tempo reduzido. Pareciam especialmente intensas, à medida que mais e mais atividades ilícitas se esforçavam para caber nas horas entre o crepúsculo e a aurora. Todas as noites o enorme e velho armazém, oitocentos metros ao sul do zoológico, atraía torrentes de homens e mulheres. O ocasional rugido leonino, ao soar acima da multidão, às vezes interrompia as batidas e o estrondo constante da cidade rabugenta e alerta que entravam no velho prédio. Era ignorado.

Os tijolos do armazém já tinham sido vermelhos e agora eram negros de fuligem, tão lisos e meticulosos como se houvessem sido pintados à mão. O letreiro original ainda ocupava a extensão horizontal do prédio: *Cadnebar Sabões e Sebo para Velas.* Cadnebar havia falido na crise de 57. O enorme maquinário para derreter e refinar gordura havia sido desmanchado e vendido como ferro-velho. Após dois ou três anos apodrecendo tranquilamente, Cadnebar renascera como o gladiacirco.

Como os prefeitos antes dele, Rudgutter gostava de comparar a civilização e o esplendor da cidade-Estado República de Nova Crobuzon ao lodo bárbaro no qual os habitantes de outras terras eram forçados a se arrastar. Pensem nos outros países de Rohagi, exigia Rudgutter em discursos e editoriais. Essa não era nenhuma Tesh, ou Troglodópolis, Vadaunk ou Alta Cromlech. Não era uma cidade governada por bruxas; não era um buraco ctônico; as mudanças de estação não traziam um assalto de repressão supersticiosa; Nova Crobuzon não processava seus cidadãos por meio de fábricas de zumbis; seu Parlamento não era como o de Maru'ahm, um cassino onde as leis eram apostas em jogos de roleta.

E, enfatizava Rudgutter, não era Shankell, onde pessoas lutavam como animais apenas por esporte.

Exceto, é claro, em Cadnebar.

Ilegal deveria ser, mas ninguém conseguia se lembrar de qualquer invasão da milícia ao estabelecimento. Muitos patrocinadores dos altos estábulos eram parlamentares, industriais e banqueiros, cuja intercessão, sem dúvida, mantinha mínimos os interesses oficiais. Havia, por certo, outros salões de luta, onde também aconteciam brigas de galos e ratos, onde poderia haver fustigação de ursos ou texugos em um canto, briga de cobras em outro, e gladialutas no meio. Mas Cadnebar era lendário.

Todas as noites, a diversão começava com um palco aberto, um espetáculo de comédia para os frequentadores. Dezenas de rapazes da zona rural, jovens, estúpidos e robustos, os moços mais fortes de seus vilarejos, que viajavam por dias, vindos da Espiral dos Grãos ou das Colinas Mendican para fazer nome na cidade, flexionavam seus músculos prodigiosos diante dos jurados. Dois ou três eram escolhidos e empurrados para dentro da arena principal, sob os olhares da multidão ruidosa.

Erguiam confiantes os machetes que haviam recebido. Então, a portinhola da arena se abria e eles empalideciam ao deparar com um enorme gladiador Refeito ou um impassível guerreiro cactáceo. A carnificina resultante era curta e sangrenta, conduzida pelos profissionais de modo a arrancar risos da plateia.

Os esportes em Cadnebar variavam de acordo com a moda. Nos dias daquela primavera moribunda, a predileção era por confrontos entre equipes de dois Refeitos e três irmãs-da-guarda khepris. Os times de khepris eram atraídos de Kinken e de Beiracórrego por prêmios imensos. Haviam treinado juntos por anos, esquadrões de três guerreiras religiosas adestradas para imitar as deusas guardiãs das khepris, as Irmãs Implacáveis. Como as Irmãs Implacáveis, uma lutava com rede-farpada e lança, outra com besta e pederneira e a terceira com a arma khepri que os humanos haviam batizado de caixa-aguda.

À medida que o verão começava a se insinuar sob a pele da primavera, as apostas aumentavam mais e mais. A quilômetros de distância, no Charco do Cão, Benjamin Flex refletia morosamente sobre o fato de que a *Sanha de Cadnebar,* órgão ilegal do mercado de lutas, tinha uma circulação cinco vezes maior do que o *Renegado Rompante.*

O Assassino de Olhespia abandonara nos esgotos outra vítima mutilada. Foi descoberta por fuçadores-de-lama, pendurada como se tivesse sido ejetada de um cano de esgoto para dentro do Piche.

Nas cercanias de Aquário Próximo, uma mulher morrera de enormes perfurações nos dois lados do pescoço, como se houvesse sido presa entre as lâminas de uma grande tesoura serrilhada. Quando os vizinhos a encontraram, acharam documentos espalhados por seu corpo que provavam que ela era uma coronel informante da milícia. A notícia se alastrou. Jack Meio-Louva havia atacado. Nas sarjetas e favelas sua vítima não foi lamentada.

Lin e Isaac passavam noites furtivas juntos sempre que podiam. Isaac sabia que as coisas não iam bem para ela. Certa vez, ele a mandara sentar e exigira que lhe contasse o que a incomodava, por que não havia se inscrito no Prêmio Shintacost aquele ano (algo que proporcionara seu costumeiro rosário de reclamações sobre os critérios de pré-seleção e amarguras adicionais), no que ela estava trabalhando e onde. Não havia sinal de quaisquer escombros artísticos em nenhum de seus aposentos.

Lin havia acariciado o braço de Isaac, claramente grata por sua preocupação. Mas não contara nada a ele. Dissera que estava trabalhando em uma peça da qual quase sentia orgulho. Havia achado um espaço do qual não podia e não queria falar, onde estava produzindo uma peça grande, sobre a qual ele não deveria perguntar. Não era como se ela tivesse desaparecido do mundo. Uma vez a cada quinze dias, mais ou menos, voltava a um dos bares de Campos Salazes e ria com seus amigos, ainda que com um pouco menos de vigor do que dois meses antes.

Ela caçoou da ira de Isaac contra Gazid Sortudo, que havia sumido com um senso de oportunidade suspeito. Isaac contara a Lin sobre sua experiência involuntária com o bagulho-de-sonho e que andara furioso querendo punir Gazid Sortudo. Descrevera o verme extraordinário que parecia prosperar com a droga. Lin não vira a criatura, não havia retornado ao Brejo do Texugo desde aquele dia desesperado no mês anterior. Porém, mesmo admitindo certo grau de exagero da parte de Isaac, a criatura parecia extraordinária.

Lin pensava em Isaac com carinho enquanto mudava habilmente de assunto. Perguntou-lhe que tipo de nutrição ele imaginava que a lagarta pudesse obter de sua comida peculiar, recostou-se enquanto o rosto dele se expandia de fascinação e ele dizia entusiasticamente que não sabia, mas que tinha algumas ideias. Pediu que ele tentasse lhe explicar a energia de crise, e se achava que esta poderia ajudar Yagharek a voar. Ele falava animado, desenhando diagramas em pedaços de papel.

Era fácil trabalhar com ele. Lin sentia, às vezes, que Isaac sabia que era manipulado, que se sentia culpado pela facilidade com que suas preocupações por Lin se transformavam. Ela sentia gratidão pelas mudanças bruscas de assunto dele, e também arrependimento. Ele sabia que seu papel era se preocupar com ela, por Lin ser melancólica, e se preocupava de verdade, mas era um esforço, um dever, quando a maior parte de sua mente estava abarrotada com crise e ração de lagarta. Ela lhe dava permissão para não se preocupar, e ele aceitava com gratidão.

Lin queria desviar de si as preocupações de Isaac por algum tempo. Não podia se dar o luxo de deixá-lo curioso. Quanto mais ele soubesse, mais perigo ela corria. Lin não sabia que poderes possuía seu empregador; duvidava de que fosse capaz de telepatia, mas não arriscaria. Queria terminar a peça, apanhar o dinheiro e cair fora de Vilaosso.

Ela via todos os dias o sr. Mesclado; ele a arrastava – mesmo diante da má vontade de Lin – para sua cidade. Falava demoradamente de guerras territoriais em Voltagris e Ladovil, lançava insinuações de massacres do submundo no centro d'O Corvo. Mãe Francine estava estendendo seus domínios. Havia se apossado de grande parte do mercado shazbah a oeste d'O Corvo, que o sr. Mesclado havia preparado para si. Mas agora ela se esgueirava para o Leste. Lin mascava, cuspia e esculpia e tentava não ouvir os detalhes, os nomes de mensageiros mortos, os endereços dos esconderijos. O sr. Mesclado a estava envolvendo. Devia ser proposital.

A estátua ganhou coxas e outra perna, um começo de cintura (na medida em que era possível identificar algo semelhante no sr. Mesclado). As cores não eram naturalistas, mas sugestivas e imperiosas, hipnóticas. Era uma peça espantosa, adequada a seu modelo.

Apesar de Lin tentar isolar sua mente, a conversa despreocupada do sr. Mesclado se insinuava por entre suas defesas. Descobriu-se refletindo sobre tudo. Aterrorizada, ela afastava esses pensamentos, mas a tentativa era insustentável. Afinal, ela se encontrou imaginando inutilmente *quem* teria maior possibilidade de controlar o entreposto de verochá da Extrema do Sineiro. Tornara-se insensível. Era outra defesa. Permitiu que sua mente escolhesse o caminho por entre as informações perigosas. Tentou permanecer ignorante de propósito da importância daquilo.

Lin percebeu que pensava cada vez mais em Mãe Francine. O sr. Mesclado a mencionava em tons descuidados, mas ela aparecia constantemente em seus monólogos, e Lin notou que ele estava um pouco preocupado.

Para sua própria surpresa, Lin começou a torcer por Mãe Francine.

Não sabia como havia começado. Teve ciência disso pela primeira vez quando o sr. Mesclado falou com falso humor sobre um desastroso ataque a dois mensageiros na noite anterior, durante o qual uma quantidade enorme de alguma substância não revelada, algum material bruto para a fabricação de algo, havia sido roubada por atacantes khepris da gangue de Mãe Francine. Lin se viu executando uma pequena comemoração mental. Ficou estarrecida; suas glândulas pararam de trabalhar por um momento enquanto avaliava os próprios sentimentos.

Queria que Mãe Francine vencesse.

Não havia lógica naquilo. Assim que aplicasse qualquer pensamento rigoroso à situação, não teria nenhuma opinião. Falando intelectualmente, o triunfo de um traficante e marginal sobre outro não tinha interesse algum para ela. Porém, emocionalmente, ela começara a ver a ainda não vista Mãe Francine como sua campeã. Percebeu-se vaiando em silêncio quando ouviu o sr. Mesclado garantir, sorrateiro e presunçoso, que tinha um plano que alteraria radicalmente a estrutura do mercado.

O que é isso?, pensou com sarcasmo. *Após todos esses anos, pruridos de consciência khepri?*

Caçoou de si mesma, mas havia alguma verdade no pensamento irônico. *Talvez fosse igual em relação a qualquer um que se opusesse a Mesclado,* pensou. Lin tinha tanto medo de refletir sobre sua relação com o sr. Mesclado, estava tão nervosa pela possibilidade de ser algo mais do que uma empregada, que havia levado muito tempo para entender que o odiava. *O inimigo de meu inimigo...* pensou. Mas havia algo além disso. Lin percebeu que se sentia solidária para com Mãe Francine porque esta era khepri. Porém – e talvez isso estivesse no âmago de seus sentimentos –, Francine não era uma *boa* khepri.

Esses pensamentos a aguilhoavam, causavam-lhe desconforto. Pela primeira vez em muitos anos, faziam-na pensar em sua relação com a comunidade khepri de forma que não fosse direta, justificada e confrontadora. O que a fazia pensar em sua infância.

Após o término de cada dia com o sr. Mesclado, Lin passara a visitar Kinken. Despedia-se dele e tomava um coche nos limites do Espinhaço. Atravessando as pontes de Danechi ou do Bargueste, passando pelos restaurantes e escritórios de Cuspelar.

De vez em quando, parava no Bazar de Cuspe e vagava sem pressa por entre as luzes fracas. Manuseava os vestidos de linho e casacos pendurados nas tendas, ignorando os olhares rudes dos passantes, que se perguntavam o que aquela khepri pretendia comprando roupas humanas. Lin serpenteava pelo bazar até chegar a Sheck, densa e caótica com ruas intricadas e amplos prédios de apartamentos feitos de tijolos.

Não era uma favela. Os prédios em Sheck eram sólidos o suficiente, e a maioria não deixava passar chuva. Comparada à amplidão mutante do Charco do Cão, à massa de tijolos podres de Ladovil e Extrema do Sineiro, às choças desesperadas do Borrifo, Sheck era um lugar desejável. Um pouco apinhado, é claro, e onde não faltavam bebedeiras, pobreza e roubos. Mas, considerando tudo, havia muitos lugares piores de se viver. Era onde moravam os lojistas, os subgerentes e os operários de fábricas mais bem pagos, que todos os dias lotavam as docas de Troncouve, Grande Bobina e o Vilarejo de Didacai, conhecidos em conjunto como Curva da Fumaça.

Lin não era bem-vinda. Sheck fazia fronteira com Kinken, separada apenas por uns parques insignificantes. As khepris eram uma lembrança constante para Sheck de que não havia como cair muito mais baixo. Khepris enchiam as ruas de Sheck durante o dia, a caminho d'O Corvo, para fazer compras ou tomar o trem na Estação Perdido. À noite, porém, valente seria a khepri que andasse pelas ruas, tornadas perigosas pelos belicosos membros do partido Três Penas, dispostos a "manter a cidade limpa". Lin fez questão de estar fora da área ao entardecer. Porque, logo adiante, estava Kinken, onde estaria segura.

Segura, mas não feliz.

Lin caminhava pelas ruas de Kinken com uma espécie de animação nauseada. Por muitos anos, suas jornadas até ali haviam sido breves excursões para colher bagas-de-cor e pasta, talvez uma ocasional iguaria khepri. Agora suas visitas eram gatilhos de memórias que ela pensara ter banido.

Das casas escorria o muco branco dos vermilares. Algumas estavam completamente recobertas da matéria espessa: espalhava-se por telhados, ligando prédios diferentes numa totalidade montanhosa e coagulada. Lin podia vê-la através de janelas e portas. As paredes e pisos fornecidos por arquitetos humanos estavam rachados em alguns lugares, de modo que os enormes vermilares estavam livres para perfurar cegamente o revestimento, exsudando de seus abdomens a fleumassa, com as perninhas atarracadas, ondulando enquanto roíam sua trilha pelo interior dos prédios em ruínas.

Ocasionalmente, Lin via um espécime vivo, tirado das fazendas perto do rio, ocupado em reformar um prédio para incluir os revolutos e intricados corredores orgânicos preferidos pela maioria das inquilinas khepris. Os grandes e estúpidos besouros, maiores do que rinocerontes, respondiam aos puxões e torções de seus tratadores, esbarrando para lá e para cá ao longo das casas, reorganizando aposentos com um revestimento de secagem rápida que arredondava os ângulos e conectava câmaras, prédios e ruas com algo que parecia, por dentro, gigantescos túneis de minhocas.

Às vezes Lin se sentava em alguns dos pequenos parques de Kinken. Ficava imóvel entre as árvores que floresciam devagar e observava sua espécie, por toda parte ao redor. Olhava fixamente para cima, sobre o parque, para os fundos e laterais de prédios altos. Certa vez, vira uma menina humana se debruçar em uma janela lá em cima. A janela estava instalada de modo quase aleatório no alto de uma parede de concreto suja, nos fundos do prédio. Lin vira a menina observar suas vizinhas khepris placidamente, enquanto as roupas lavadas de sua família esvoaçavam e estalavam ao vento enérgico, penduradas num varal que se projetava perto dela.

Modo estranho de crescer, pensara Lin, imaginando a criança cercada de criaturas silenciosas com cabeças de inseto. Estranho como se a própria Lin houvesse sido criada entre vodyanois. Aquele pensamento, no entanto, a levara de volta, desconfortavelmente, à sua infância.

Estava claro que sua jornada por essas ruas detestadas era um passeio pela cidade de suas lembranças. Ela sabia disso. Preparou-se para pensar no passado.

Kinken fora o primeiro refúgio de Lin. Naquela estranha época de isolamento, quando ela comemorava os esforços de khepris rainhas do crime e andava como pária por todos os quadrantes da cidade – com exceção, talvez, de Campos Salazes, onde os párias dominavam –, percebia que seus sentimentos por Kinken eram mais ambivalentes do que se permitira admitir até aquele momento.

Khepris habitavam Nova Crobuzon já havia setecentos anos, desde que o *Mantídeo Fervoroso* cruzara o Mar Revolto e atracara em Bered Kai Nev, o continente oriental, lar das khepris. Umas poucas mercadoras e viajantes haviam retornado, em missão civilizatória, para ficar. Por séculos, a linhagem daquele pequeno grupo se sustentara na cidade, tornara-se nativa. Não havia vizinhanças separadas, ou vermilares, ou guetos. Não havia khepris suficientes. Não até a Trágica Travessia.

Fazia cem anos desde que os primeiros navios de refugiadas haviam se arrastado, mal conseguindo flutuar, até a Baía de Ferro. Seus enormes motores de relojoaria estavam enferrujados e avariados, suas velas em farrapos. Eram navios mortuários, abarrotados com as khepris de Bered Kai Nev, que mal estavam vivas. O contágio era tão impiedoso que velhos tabus contra sepultamentos na água tinham sido derrubados. Havia poucos cadáveres a bordo, mas milhares de moribundas. Os navios eram como antecâmaras lotadas de um necrotério.

A natureza da tragédia fora um mistério para as autoridades de Nova Crobuzon, que não mantinham relações e tinham pouquíssimo contato com qualquer país de Bered Kai Nev. As refugiadas não falavam do assunto e, quando o faziam, omitiam fatos ou, caso fossem explícitas e descritivas, a barreira da linguagem impedia o entendimento. Tudo que os humanos sabiam era que acontecera algo terrível às khepris do continente oriental, um vórtice horrendo que havia sugado milhões, permitindo que apenas um punhado escapasse. As khepris batizaram esse nebuloso apocalipse de Voragem.

Passaram-se 25 anos entre a chegada do primeiro navio e a do último. Diziam que algumas das embarcações lentas e sem motores eram tripuladas inteiramente por khepris nascidas no mar, tendo as refugiadas originais morrido durante a travessia interminável. Suas filhas não sabiam do que fugiam, apenas que suas mães-de-ninhada moribundas haviam lhes ordenado que seguissem para o *Oeste* e jamais desviassem o leme. Histórias dos Navios de Misericórdia khepris – cujo nome se devia àquilo que imploravam – chegavam à Nova Crobuzon, provindas de outros países da costa oriental do continente de Rohagi, de Gnurr Kett e das Ilhas Jheshull, e dos Estilhaços, no Sul distante. A diáspora khepri havia sido caótica, diversa e aterrorizada.

Em algumas terras, as refugiadas foram massacradas em terríveis *pogroms*. Em outras, como Nova Crobuzon, foram acolhidas com mal-estar, mas sem violência oficial. Estabeleceram-se e tornaram-se trabalhadoras, contribuintes e criminosas, e acabaram, por meio de uma pressão orgânica suave demais para ser óbvia, vivendo em guetos; vítimas, às vezes, de racistas e bandidos.

Lin não crescera em Kinken. Nascera no gueto khepri mais recente e mais pobre de Beiracórrego, uma mancha de sujeira a noroeste da cidade. Era quase impossível entender a verdadeira história de Kinken e Beiracórrego, por causa da sistemática obliteração mental que as colonizadoras haviam sofrido. O trauma da Voragem fora tamanho que a primeira geração de refugiadas tinha esquecido deliberadamente 10 mil anos de história das khepris, anunciando que sua chegada à Nova Crobuzon era o começo de um novo ciclo de anos, O Ciclo da Cidade. Quando a nova geração exigira de suas mães-de-ninhada o relato de sua história, muitas haviam se recusado a contar e muitas não se lembravam. A história das khepris fora obscurecida pela pesada sombra do genocídio.

Portanto, era difícil para Lin penetrar os segredos daqueles primeiros vinte anos do Ciclo da Cidade. Kinken e Beiracórrego foram-lhe apresentadas como fatos consumados, e da mesma forma à geração anterior, e à anterior àquela.

Beiracórrego não tinha uma Praça das Estátuas. Havia sido uma favela em ruínas para humanos cem anos antes, um chiqueiro de arquitetura encontrada no lixo, e os vermilares khepris tinham feito pouco mais do que encapsular com cimento as casas arruinadas, petrificando-as para sempre à beira do colapso.

As cidadãs de Beiracórrego não eram artistas nem donas de frutarias, chefes meeiras, anciãs de colmeia ou lojistas. Eram inescrupulosas e famintas. Trabalhavam nas fábricas e nos esgotos, vendiam-se a quem as quisesse comprar. Suas irmãs em Kinken as desprezavam.

Nas ruas decrépitas de Beiracórrego floresciam ideias estranhas e perigosas. Pequenos grupos de radicais encontravam-se em salas. Cultos messiânicos prometiam redenção às escolhidas.

Muitas das refugiadas originais haviam dado as costas às deusas de Bered Kai Nev, furiosas por elas não terem protegido suas discípulas contra a Voragem. Porém, gerações subsequentes, sem saber a natureza da tragédia, ofereceram outra vez sua adoração. Ao longo de cem anos, templos panteônicos tinham sido consagrados em velhas oficinas e salões de baile. Muitas habitantes da cidade, contudo, em sua confusão e privação, haviam se voltado a deuses dissidentes.

Todos os templos costumeiros podiam ser encontrados dentro dos limites de Beiracórrego. A Formidável Mãe-de-Ninhada era cultuada, e também a Cospe-Arte. A Gentil Enfermeira presidia sobre o hospital arruinado, e as Irmãs Implacáveis defendiam as fiéis. Porém, em rudes casebres que se deterioravam às margens dos canais industriais, e em salas frontais bloqueadas por janelas escuras, entoavam-se preces a estranhas deusas. Sacerdotisas dedicavam-se ao serviço da Diaba Elítrica, ou da Ceifadora do Ar. Grupos furtivos subiam aos telhados e cantavam hinos à Irmã Alada, suplicando para voar. E algumas almas desesperadas e solitárias – como a mãe-de-ninhada de Lin – juravam lealdade ao Aspecto Inseto.

A transliteração apropriada da escrita khepri para a de Nova Crobuzon, o composto quêmico-audiovisual de descrição, devoção e temor que era o nome do deus, resultava em Inseto/Aspecto/(macho)/(propósito único). Mas os poucos humanos que o conheciam chamavam-no de Aspecto Inseto, e Lin assim sinalizara para Isaac ao contar-lhe a história de sua formação.

Desde os seis anos, quando havia rompido a crisálida daquele que fora seu larva-crânio infantil e se tornara, de repente, um besourocrânio, quando havia irrompido em consciência, com linguagem e raciocínio, sua mãe lhe ensinara que era decaída. A sombria doutrina do Aspecto Inseto afirmava que as mulheres khepris eram amaldiçoadas. Alguma abominável imperfeição da primeira mulher havia destinado suas filhas a viver oprimidas por corpos bípedes, ridículos, lentos e desgraciosos, e mente que fervilhava com as complicações e meandros da consciência. As mulheres haviam perdido a pureza entômica do Deus e do macho.

A mãe-de-ninhada de Lin (que desprezava nomes por considerá-los afetações decadentes) ensinou a ela e à sua irmã-de-ninhada que o Aspecto Inseto era senhor de toda a criação, a força todo-poderosa que conhecia apenas fome, sede, cio e satisfação. Havia cagado o universo após comer o vazio, em um ato descuidado de criação cósmica, ainda mais puro e brilhante por ser desprovido de motivo ou consciência. Lin e sua irmã-de-ninhada aprenderam a adorá-Lo com fervor aterrorizado, e a desprezar sua autoconsciência e seus corpos macios e desprovidos de quitina. Também aprenderam a cultuar e servir seus irmãos irracionais.

Lin já não estremecia de repulsa ao pensar naquela época. Sentada em um dos isolados parques de Kinken, observava com cuidado o passado se desdobrar em sua mente, pouco a pouco, num ato gradual de reminiscência que exigia coragem para ser realizado. Lembrou-se de como havia se dado conta, lentamente, de que sua vida não era normal. Em suas raras expedições para fazer compras, podia ver com horror o desprezo fácil com que suas irmãs khepris tratavam os machos, chutando e esmagando os estúpidos insetos de dois pés. Lembrou-se de suas tentativas de conversar com outras crianças, que lhe ensinaram como viviam suas vizinhas; seu medo de usar a linguagem que sabia por instinto, a linguagem que carregava no sangue, mas que sua mãe-de-ninhada lhe havia ensinado a desprezar.

Lin lembrou-se de voltar a um lar enxameado de machos khepris, que fedia a frutas e vegetais podres, repleto de lixo orgânico com o qual eles se empanturravam. Lembrou-se de ser obrigada a lavar as brilhantes carapaças de seus inumeráveis irmãos, empilhar seu esterco diante do altar doméstico, deixar que corressem sobre ela e explorassem seu corpo como ditava sua curiosidade animal. Lembrou-se das discussões noturnas com sua irmã-de-ninhada, conduzidas por meio das pequenas lufadas quêmicas e dos tênues sibilos vibratórios que eram os sussurros khepris. Como resultado daqueles debates teológicos, sua irmã-de-ninhada havia lhe dado as costas e se enterrado tão fundo em sua fé no Aspecto Inseto que superara até mesmo sua mãe em fanatismo.

Apenas aos quinze anos Lin conseguira desafiar abertamente sua mãe-de-ninhada. Fizera isso em termos que agora sabia serem ingênuos e confusos. Acusara a mãe de heresia, praguejando contra ela em nome do panteão tradicional. Escapara da autoaversão lunática do culto ao Aspecto Inseto e das ruas estreitas de Beiracórrego. Fugira para Kinken.

Era por essa razão, refletia Lin, que, apesar de todo seu desencanto posterior – seu desprezo e, de fato, seu ódio –, havia ainda uma parte dela que sempre se lembraria de Kinken como um refúgio. Agora, a presunção da comunidade insular a nauseava, mas, na época de sua fuga, embriagara-se dela. Havia se deleitado na arrogante recriminação a Beiracórrego e orado à Formidável Mãe-de-Ninhada com prazer veemente. Havia se batizado com um nome khepri e – o que era vital em Nova Crobuzon – outro humano. Havia descoberto que em Kinken, ao contrário de Beiracórrego, o sistema de metade e colmeia criava redes úteis e complexas de conexões sociais. Sua mãe jamais mencionara seu nascimento ou formação, de modo que Lin copiara a filiação de sua primeira amiga em Kinken e dizia, a todos que perguntassem, que era da Colmeia Asarrubra, Metade Gatocrânio.

Sua amiga a apresentara ao sexo-prazer, ensinara-lhe a aproveitar o corpo sensual que tinha abaixo do pescoço. Essa fora a transição mais difícil e mais extraordinária. Seu corpo havia sido motivo de vergonha e repulsa; dedicar-se a uma atividade sem qualquer propósito que não fosse desfrutar de sua pura natureza física havia lhe causado náusea no princípio, depois terror e, por fim, libertação. Até então, havia se sujeitado apenas ao sexo-cabeça, por solicitação de sua mãe, durante o qual permanecia sentada, imóvel e desconfortável, enquanto um macho agarrava seu besourocrânio e com ele copulava animadamente, em tentativa, felizmente frustrada, de procriação.

Com o tempo, o ódio de Lin por sua mãe-de-ninhada arrefeceu devagar, tornando-se primeiro desprezo e depois piedade. Sua repulsa à miséria de Beiracórrego uniu-se a uma espécie de compreensão. Então, seu caso de amor de cinco anos com Kinken chegou ao fim. Tudo começou quando ela esteve na Praça das Estátuas e notou que eram insípidas e mal executadas, representantes de uma cultura que estava cega para si mesma. Começou a perceber que Kinken estava envolvida na subjugação de Beiracórrego e dos pobres de Kinken, jamais mencionados. Viu uma "comunidade", no mínimo, cruel e indiferente e, no máximo, responsável por manter Beiracórrego oprimida intencionalmente, apenas para sustentar a própria superioridade.

Com suas sacerdotisas, orgias e indústrias artesanais, sua secreta dependência da economia mais ampla de Nova Crobuzon – cuja vastidão costumava ser descrita levianamente como uma espécie de complemento de Kinken –, Lin percebeu que vivia em um reino insustentável, onde se combinavam religiosidade hipócrita, decadência, insegurança e esnobismo em uma mistura bizarra. Era parasitário.

Lin percebeu, com revolta e fúria, que Kinken era mais desonesta que Beiracórrego. Mas tal percepção não trouxe consigo nostalgia por sua infância infeliz. Ela não retornou a Beiracórrego. E se agora dava as costas a Kinken, como dera, certa vez, ao Aspecto Inseto, não havia caminho que não fosse o de partida.

Lin aprendeu a sinalizar e foi embora.

Nunca fora tão tola a ponto de pensar que poderia deixar de ser definida por ser khepri, segundo o ponto de vista da cidade. E não o desejava. Porém, para ela mesma, havia parado de *tentar* ser khepri, como antes parara de tentar ser inseto. Era por isso que se sentia transtornada por seus sentimentos em relação a Mãe Francine. Não apenas porque Mãe Francine se opunha ao sr. Mesclado, notou Lin. Havia algo de especial em uma khepri fazer aquilo, roubar sem esforço os territórios daquele homem odioso, e isso estimulava Lin.

Ela não conseguia, nem para si mesma, fingir que entendia. Sentava-se por muito tempo à sombra das figueiras, dos carvalhos ou das pereiras, na Kinken que desprezara por anos, cercada por irmãs para as quais era estrangeira. Não queria retornar aos "modos khepris", menos ainda ao Aspecto Inseto. Não entendia a força que obtinha de Kinken.

CAPÍTULO 19

O constructo que varrera o piso de David e Lublamai por anos parecia, afinal, a ponto de bater as botas. Resfolegava e torcia-se ao esfregar o chão. Estava obcecado por trechos arbitrários do piso, e os polia como se fossem joias. Em algumas manhãs levava quase uma hora para se aquecer. Estava preso em *loops* de programa, que o faziam repetir, incessantemente, partículas de comportamento.

Isaac aprendera a ignorar seus ganidos repetitivos e neuróticos. Trabalhava com ambas as mãos ao mesmo tempo. Com a esquerda, rabiscava suas ideias em forma de diagramas. Com a direita, inseria equações, por meio das teclas rígidas, nas entranhas de sua maquininha de calcular e enfiava cartões perfurados nas ranhuras de programação, que retirava e recolocava com grande velocidade. Resolvia os mesmos problemas com programas diferentes, comparando respostas, datilografando as páginas cheias de números.

Os incalculáveis livros sobre voo que antes enchiam as estantes de Isaac haviam sido substituídos, com ajuda de Chapradois, por um número igualmente grande de tomos sobre teoria do campo unificado e sobre o arcano subcampo da matemática de crise.

Após somente duas semanas de pesquisa, algo extraordinário acontecera na mente de Isaac. A reconceituação surgiu-lhe de modo tão simples que, no início, não havia se dado conta da dimensão de sua ideia. Parecera um momento de reflexão profunda como muitos outros, no decurso de todo um diálogo científico interno. Uma noção de gênio não se abatera sobre Isaac Dan der Grimnebulin como um choque frio de luz brilhante. Em vez disso, enquanto roía um lápis, certo dia, houvera um instante de pensamento vagamente verbalizado, algo no sentido de "espere um pouco, talvez dê para fazer assim"...

Isaac levara uma hora e meia para perceber que aquilo que pensara ser um modelo mental útil era muitíssimo mais empolgante. Iniciara uma tentativa sistemática de provar que estava errado. Construíra sucessivos cenários matemáticos com os quais tentara ridicularizar seus conjuntos rabiscados de equações experimentais. As tentativas de destruição falharam. As equações permaneceram firmes.

Levara dois dias para começar a acreditar que havia resolvido um problema fundamental da teoria de crise. Teve momentos de euforia e muitos outros de nervosismo cauteloso. Inspecionara seus manuais a passo lento e excruciante, procurando certificar-se de que não havia ignorado algum erro óbvio, de que não havia repetido algum teorema refutado no passado.

Ainda assim, as equações permaneceram firmes. Temeroso da própria presunção, Isaac procurara qualquer alternativa que não fosse acreditar no que parecia cada vez mais verdadeiro: que havia resolvido o problema da representação matemática, da quantificação, da energia de crise.

Soube que tinha de dialogar com seus colegas imediatamente, publicar suas descobertas sob o título de "trabalho em andamento" na *Revista de Física Filosófica e Taumaturgia* ou na *Campo Unificado*. Porém, estava tão intimidado pelo que descobrira que resolveu evitar esse caminho. Queria ter certeza, dissera a si mesmo. Precisava de mais alguns dias, mais algumas semanas, talvez um mês ou dois... depois publicaria. Não contara nada a Lublamai ou David, nem a Lin, o que era mais extraordinário. Isaac era tagarela, propenso a discursar sobre qualquer porcaria científica, social ou obscena que lhe viesse à mente. Aquele segredo era profundamente contrário ao seu caráter. Conhecia a si mesmo bem o suficiente para reconhecer isso e perceber o que significava: estava bastante perturbado e muito intensamente empolgado com o que havia descoberto.

Isaac pensou, em retrospectiva, no processo de descoberta, de formulação. Viu que seus avanços, seus incríveis saltos teóricos no último mês, que eclipsavam o trabalho de cinco anos anteriores, haviam acontecido todos em resposta a preocupações práticas e imediatas. Atingira um impasse em seus estudos da teoria de crise, até o momento em que Yagharek o contratara. Isaac não sabia por que acontecia assim, mas era com aplicações praticas em mente que suas teorias avançavam. De acordo com isso, decidiu não submergir totalmente em teorizações abstrusas. Continuaria a se concentrar no problema do voo de Yagharek.

Não se perderia em pensamentos sobre as ramificações de sua pesquisa, não àquela altura. Tudo que constatara, cada avanço, cada ideia que tivera, retrabalharia calmamente durante seus estudos aplicados. Tentava entender tudo como um meio de levar Yagharek de volta ao ar. Era difícil – até mesmo perverso – sempre procurar conter e circunscrever seu trabalho. Via a situação como um trabalho realizado pelas próprias costas ou, mais precisamente, como uma pesquisa feita com o canto do olho. No entanto, por incrível que parecesse, com a disciplina que se impunha sobre ele, Isaac progredia teoricamente num ritmo com que não poderia ter nem mesmo sonhado seis meses atrás.

Era uma rota extraordinária e sinuosa rumo à revolução científica, pensava às vezes, repreendendo-se rapidamente por seu olhar direto à teoria. *Volte ao trabalho*, dizia a si mesmo com severidade. *Há um garuda que precisa decolar*. Mas não conseguia impedir que seu coração batesse forte de animação, que um ocasional sorriso, quase histérico, corresse por seu rosto. Em alguns dias procurava Lin e, se ela não estivesse trabalhando em sua obra secreta no seu lugar secreto, tentava seduzi-la em seu apartamento com um fervor carinhoso e vibrante de que ela gostava muito, apesar de seu óbvio cansaço. Outros dias passava apenas em sua própria companhia, mergulhado em ciência.

Isaac aplicara suas intuições extraordinárias e começara a projetar, de maneira experimental, a máquina que resolveria o problema de Yagharek. O mesmo desenho começava a aparecer mais e mais em seu trabalho. No início era um esboço, umas poucas linhas frouxamente conectadas, cobertas de setas e pontos de interrogação. Dentro de alguns dias pareceria mais sólido. Suas linhas haviam sido desenhadas a nanquim, com um esquadro; suas curvas eram medidas e cuidadosas.

Yagharek voltava de vez em quando ao laboratório de Isaac, sempre ao estarem ambos sozinhos. Isaac ouvia a porta ranger à noite e se voltava para ver o garuda, digno e impassível, ainda tomado de visível infelicidade.

Isaac descobrira que tentar explicar seu trabalho a Yagharek ajudava. Não as coisas teóricas complicadas, claro, mas a ciência aplicada que impulsionava a teoria semioculta. Isaac passava dias com milhares de ideias e projetos em potencial agitando-se violentamente em sua cabeça, e abrandá-los, explicar em linguagem leiga as várias técnicas que imaginava que lhe permitiriam explorar a energia de crise o forçava a avaliar suas trajetórias, descartar algumas, concentrar-se em outras.

Começara a depender do interesse de Yagharek. Se muitos dias se passavam sem que o garuda aparecesse, Isaac se tornava distraído. Passava horas observando a enorme lagarta.

A criatura havia se empanturrado de bagulho-de-sonho por quase quinze dias, crescendo sem parar. Quando atingiu noventa centímetros de comprimento, Isaac, nervoso, deixou de alimentá-la. Sua gaiola estava ficando pequena demais. Teria de permanecer daquele tamanho. Havia passado os dias seguintes vagando esperançosa por seu pequeno espaço, erguendo o focinho no ar. Desde então, parecia ter se conformado com o fato de que não teria mais comida. Sua fome inicial desesperada havia se aliviado.

Ela não se mexia muito, só um pouco, ocasionalmente ondulando uma ou duas vezes de um lado ao outro da gaiola, esticando-se como se bocejasse. Na maior parte do tempo apenas ficava ali e pulsava ligeiramente, no ritmo da batida do coração, da respiração ou de não sabia Isaac o quê. Parecia saudável o suficiente. Parecia esperar.

Algumas vezes, enquanto jogava as pastilhas de bagulho-de-sonho dentro das mandíbulas ansiosas da lagarta, Isaac se via refletindo sobre sua própria experiência com a droga, com saudade tênue e queixosa. Não se tratava de nostalgia ilusória. Isaac lembrava vividamente da sensação de estar inundado de imundície; de estar maculado no nível mais profundo; do enjoo nauseante e desorientador; da confusão aterrorizada de perder-se em um turbilhão emocional e então livrar-se dessa confusão e confundir isso com a invasão dos medos de outra mente... Ainda assim, apesar da veemência daquelas recordações, descobria-se olhando com ar especulativo – e talvez cobiçoso – o desjejum de sua lagarta.

Isaac sentia-se muito perturbado por esses sentimentos. Nunca tivera vergonha de sua covardia em relação às drogas. Quando era estudante, havia por perto muitas cigarrilhas flácidas e fedorentas de capim-neblina, é claro, e os ataques inofensivos de riso que provocavam. Mas Isaac jamais tivera estômago para coisas mais fortes. Aqueles incipientes rumores de um novo apetite nada faziam para atenuar seus medos. Não sabia quanto o bagulho-de-sonho poderia viciar, caso pudesse, mas se recusava terminantemente a ceder àqueles ligeiros impulsos de curiosidade.

O bagulho-de-sonho era para a lagarta, e somente para ela.

Isaac desviava sua curiosidade dos setores sensoriais para os intelectuais. Conhecia pessoalmente apenas dois quemistas, ambos moralistas indescritíveis, para quem a sugestão de drogas ilegais era tão absurda que Isaac preferiria dançar nu na Via Tervisadd a fazê-la. Em vez disso, tocava no assunto do bagulho-de-sonho nas decadentes tavernas de Campos Salazes. Muitos de seus conhecidos já haviam experimentado a droga, e uns poucos eram usuários contumazes.

O efeito do bagulho-de-sonho não parecia ser diferente para as várias raças. Ninguém sabia de onde provinha a droga, mas todos que admitiam tê-la tomado cantavam loas aos seus efeitos extraordinários. A única coisa com a qual todos concordavam era que o bagulho-de-sonho estava ficando caro, cada vez mais. Não que isso os desencorajasse do hábito. Os artistas, em especial, falavam, em termos quase místicos, de comunhão com outras mentes. Isaac zombava disso, afirmando (sem admitir sua própria experiência limitada) que a droga não passava de um poderoso onirogênico, que estimulava os centros oníricos do cérebro, do mesmo modo como o verochá estimulava os córtices olfativos e visuais.

Não acreditava em si mesmo. Não se surpreendia com a veemente oposição à sua teoria.

– Não sei como, 'Zaac – sussurrara-lhe Coxa Grossa, com reverência –, mas ela faz com que você *partilhe sonhos.*

Diante disso, todos os outros usuários amontoados em uma pequena mesa no Galo & Relógio haviam assentido em coro, com efeito cômico. Isaac apresentava uma expressão cética, de modo a manter seu papel de estraga-prazeres. Estava claro que, na verdade, concordava. Pretendia descobrir mais sobre a extraordinária substância – Lemuel Pombo era a pessoa a quem perguntar, ou Gazid Sortudo, se ele aparecesse outra vez –, mas o ritmo de seu trabalho com a teoria de crise o dominara. Sua atitude em relação ao bagulho-de-sonho que havia enfiado na gaiola da larva ainda era de curiosidade, nervosismo e ignorância.

Isaac observava inquieto a imensa criatura num dia quente no final de melueiro. Decidira que ela era mais do que prodigiosa. Era mais do que uma lagarta muito grande. Era, por certo, um monstro. Ressentia-se dela por ser tão infernalmente interessante. De outro modo, ele a teria esquecido.

A porta lá embaixo se abriu e Yagharek apareceu entre os raios de sol matutinos. Era raro, muito raro, que o garuda viesse antes do cair da noite. Isaac se assustou e se pôs em pé de um salto, acenando para que seu cliente subisse as escadas.

– Yag, velhão! Há quanto tempo! Estive à deriva. Preciso que você me ancore. Suba até aqui.

Yagharek galgou a escadaria sem dizer uma palavra.

– Como você sabe quando Lub e David estão fora, hein? – perguntou Isaac. – Você fica vigiando, ou algo escabroso assim, certo? Puta merda, Yag, você não pode se esgueirar desse jeito, como um ladrão.

– Queria falar-lhe, Grimnebulin.

A voz de Yagharek soava estranhamente hesitante.

– Manda ver, meu velho.

Isaac se sentou e ficou olhando para o garuda. Àquela altura, já sabia que Yagharek nunca se sentava.

Yagharek tirou a capa e a armação das asas e voltou-se, de braços cruzados. Isaac entendia que aquilo era o mais próximo que Yagharek chegaria de demonstrar confiança: ficar ali parado com sua deformidade à vista, sem qualquer esforço para cobrir-se. Isaac supôs que deveria se sentir lisonjeado.

Yagharek o olhava de lado.

– Há pessoas, na cidade noturna em que vivo, Grimnebulin, de todos os estilos de vida. Não é apenas a escória que se esconde.

– Nunca achei que fosse… – começou Isaac, mas Yagharek mexeu a cabeça com impaciência e ele ficou em silêncio.

– Muitas noites passei solitário e em silêncio, mas há outras ocasiões em que falo com aqueles cuja mente ainda está aguda sob um verniz de álcool, solidão e drogas.

Isaac quis dizer *Eu já disse que poderíamos achar um lugar para você ficar*, mas se deteve. Ele queria ver aonde aquilo chegaria.

– Há um homem, um homem erudito e bêbado. Não estou certo de que me considere real. Talvez ache que sou uma alucinação recorrente. – Yagharek respirou fundo. – Falei-lhe de suas teorias, sua crise, e fiquei animado. E o homem disse… o homem disse "Por que não ir até o fim? Por que não usar o Torque?".

Houve um longo silêncio. Isaac sacudiu a cabeça de exasperação e desprezo.

– Estou aqui para lhe apresentar a pergunta, Grimnebulin – continuou Yagharek. – Por que não usamos o Torque? Você está tentando criar uma ciência a partir do zero,

Grimnebulin, mas a energia tórquica existe, são conhecidas as técnicas para explorá-la. Pergunto-lhe porque sou ignorante, Grimnebulin. Por que não usa o Torque?

Isaac emitiu um suspiro profundo e esfregou o rosto com as mãos. Parte dele estava irada, mas se sentia, acima de tudo, ansioso, desesperado para pôr fim naquele assunto imediatamente. Voltou-se para o garuda e ergueu a mão.

– Yagharek – começou, e nesse momento houve uma batida na porta.

– Olá! – berrou uma voz alegre.

Yagharek enrijeceu, Isaac saltou e se pôs em pé. O momento era extraordinariamente inoportuno.

– Quem é? – berrou Isaac, saltando escadas abaixo.

Um homem enfiou o rosto pela fresta da porta. Parecia amigável. De modo quase absurdo.

– Olá, parceiro. Vim ver o constructo.

Isaac sacudiu a cabeça. Não tinha ideia de o que o homem pretendia. Olhou para trás, mas Yagharek estava invisível. Havia sumido de vista, longe da beira da plataforma. O homem na soleira da porta estendeu a Isaac um cartão.

NATAHANIEL ORRIABEN
SUBSTITUIÇÕES E CONSERTOS DE CONSTRUCTOS
QUALIDADE E CUIDADO A PREÇOS RAZOÁVEIS.

– Um cavalheiro me procurou ontem. Seu nome era... Serachin? – sugeriu o homem, lendo um papel. – Disse que seu modelo de limpeza... ahn... EKB4C estava dando problemas. Achava que poderia ser um vírus ou algo assim. Eu deveria vir amanhã, mas acabei de sair de outro trabalho nas redondezas e pensei em arriscar e ver se havia alguém em casa.

O homem sorria, radiante. Enfiou as mãos nos bolsos de seu macacão oleoso.

– Certo – disse Isaac. – Ah... olhe, não é a melhor hora...

– Tudo bem! A decisão é sua, obviamente. Só que...

O homem olhou em torno antes de continuar, como se fosse compartilhar um segredo. Seguro de que nenhum intrometido o ouviria, continuou em tom confidencial:

– A questão é, parceiro, que talvez eu não possa manter o compromisso amanhã, como havia planejado.

Seu rosto expressava uma desculpa esfarrapada do mais exagerado grau.

– Fico contente em fazer o serviço em qualquer canto, sem um pio. Posso fazê-lo aqui em uma hora, do contrário terei de levar o constructo para a oficina. Em cinco minutos saberei qual a opção adequada. De outro modo, não creio que possa fazê-lo ainda esta semana.

– Ah, rabo! Tudo bem... olhe, estou em reunião lá em cima, e é absolutamente *vital* que você não interrompa. Falo sério. Está bem, assim?

– Ah, claro. Só vou desaparafusar o velho limpador e dou-lhe um toque quando souber qual é o galho. Tudo bem?

– Certo. Então posso deixar por sua conta?

– *Perfecto*.

O homem já se aproximava do constructo de limpeza carregando um estojo de ferramentas. Lublamai havia ligado o limpador naquela manhã e introduzido um cartão com instruções para que lavasse sua área de estudos, mas fora uma esperança vã. O constructo havia perambulado sem ânimo, em círculos, por vinte minutos, e então parado, encostando-se à parede. Ainda estava lá, três horas depois, emitindo insatisfeitos cliquezinhos e tendo espasmos em seus três membros acopláveis.

O técnico marchou até a coisa, murmurando e estalando a língua como um pai preocupado. Apalpou os membros do constructo, sacou um relógio de bolso e cronometrou os espasmos. Rabiscou algo em um caderninho. Girou o constructo de limpeza até que ficasse de frente para ele e olhou para dentro de suas íris de vidro. Moveu o lápis devagar, de um lado para o outro, observando o rastreio do aparato sensorial.

Isaac vigiava parcialmente o técnico, mas sua atenção retornava, de soslaio, ao segundo piso, onde Yagharek aguardava. *Esse negócio de Torque*, pensou Isaac, nervoso, *não pode esperar*.

– Tudo bem aí? – gritou Isaac nervosamente para o técnico.

O homem abria seu estojo e retirava dali uma grande chave de fenda. Olhou para Isaac.

– Sem problema, patrão – respondeu, e acenou, risonho, com sua chave de fenda.

Retornou ao constructo e o desligou, usando a chave que havia atrás do pescoço do limpador. Seus rangidos angustiados morreram num sussurro agradecido. O técnico começou a desaparafusar a "cabeça" da coisa, um naco rústico de metal cinza no topo do corpo cilíndrico.

– Está bem, então – disse Isaac, e subiu as escadas correndo.

Yagharek estava em pé perto da escrivaninha de Isaac, bastante longe da vista do andar de baixo. Ergueu a cabeça ao ver Isaac retornar.

– Não é nada – disse Isaac tranquilamente. – Alguém veio consertar nosso constructo, que esticou as canelas. Só me preocupo que ele nos escute.

Yagharek abriu a boca para responder e um assovio fino e dissonante irrompeu, provindo do andar de baixo. Yagharek manteve a boca aberta por um momento, estupidamente.

– Parece que nos preocupamos por nada – disse Isaac, e sorriu.

Ele esta assoviando de propósito!, pensou. *Para que eu saiba que não está escutando. Educado da parte dele*. Isaac inclinou a cabeça em agradecimento invisível ao técnico.

À tímida sugestão de Yagharek sua mente retornou ao assunto em questão e seu sorriso sumiu. Sentou-se pesadamente na cama, correu as mãos pelo cabelo espesso e encarou Yagharek.

– Você nunca se senta, não é, Yag? – disse Isaac calmamente. – Por quê? Tamborilou com os dedos sobre a têmpora e refletiu. Por fim, falou.

– Yag, meu velho, você já me deu uma boa ideia de sua... incrível biblioteca, certo? Vou dizer dois nomes para ver o que significam para você. O que sabe sobre Suroch ou Nódoa Cacotópica?

Houve um longo silêncio; Yagharek olhava um pouco para cima, pela janela.

– Conheço a Nódoa Cacotópica, é claro. É o que sempre se ouve quando se discute o Torque. Talvez seja um bicho-papão.

Isaac não conseguia distinguir tons na voz de Yagharek, mas suas palavras eram defensivas.

– Talvez tenhamos de superar nosso medo. E Suroch... já li suas histórias, Grimnebulin. A guerra é sempre... um período odioso.

Enquanto Yagharek falava, Isaac pôs-se em pé e andou até suas estantes caóticas, procurando entre os volumes empilhados. Retornou com uma brochura fina, de capa dura. Abriu-a na frente de Yagharek.

– Isto é uma coleção de heliótipos tirados há quase cem anos – disse com pesar. – Estes hélios foram o principal motivo da proibição de experiências com Torque em Nova Crobuzon.

Yagharek pegou lentamente o volume e virou as páginas. Não disse nada.

– Deveria ser uma missão secreta de pesquisa para avaliar os efeitos da guerra dali a cem anos – continuou Isaac. – Grupinho de milícia, meia dúzia de cientistas e um heliotipista subiram ao longo da costa a bordo de um dirigível espião para tirar umas chapas aéreas. Depois, alguns deles aterrissaram nas ruínas de Suroch para obter tomadas de perto. Sacramundi, o heliotipista, ficou tão chocado que imprimiu quinhentas cópias do relatório, com seu próprio dinheiro. Distribuiu-as de graça às livrarias. Passou por cima do prefeito e do Parlamento, expôs tudo diante do povo. O prefeito Turgisadi ficou louco de raiva, mas não havia nada que pudesse fazer. Houve protestos nas ruas e, depois, as Revoltas de Sacramundi, em 89. Quase esquecidas hoje em dia, mas chegaram perto de derrubar o governo. Algumas grandes empresas que financiavam o projeto Torque (a Penton, que ainda é dona das Minas Ponta-de-Flecha, era a maior), enfim, assustaram-se e caíram fora, e a coisa toda desmoronou.

Isaac indicou o livro:

– Por isso, Yag, meu filho, não usamos mais Torque.

Yagharek virou as páginas devagar. Diante dele passavam imagens de ruínas sépia.

– Ah... – Isaac pôs o dedo sobre um árido panorama que parecia composto de vidro moído e carvão. O heliótipo havia sido tirado a muito baixa altitude. Alguns estilhaços maiores que se espalhavam sobre a planície enorme e perfeitamente circular eram visíveis, sugerindo que os destroços ressecados fossem restos de objetos retorcidos que antes haviam sido extraordinários. – Isso foi o que sobrou do centro da cidade. É onde jogaram a bombacor em 1545. Dizem que ela acabou com as Guerras Piratas, mas, para ser honesto com você, as guerras já haviam acabado um ano antes, desde que Nova Crobuzon bombardeara Suroch com bombas de Torque. Veja, jogaram as bombacores doze meses depois, *para tentar esconder o que haviam feito...* Porém, uma caiu no mar e outra não funcionou. Então, com a que restou, conseguiram arrasar somente o quilômetro e meio central de Suroch. Estas partes que você vê – indicou escombros baixos à margem da planície central –, daí para fora as ruínas ainda estão em pé. É onde você pode ver o Torque.

Indicou a Yagharek que virasse a página. Yagharek o fez, e algo estalou lá dentro de sua garganta. Isaac achou que fosse o equivalente garuda de uma tomada súbita de fôlego; olhou por um instante para a figura e depois, não tão rápido, para o rosto de Yagharek.

– As coisas ao fundo, que parecem estátuas derretidas, eram casas – disse Isaac, contido. – Isso que você está vendo em primeiro plano, segundo o que puderam determinar, descende da cabra doméstica. Parece que eram animais de estimação em Suroch. Pode ser a segunda, décima ou vigésima geração pós-Torque, obviamente. Não sabemos quanto tempo vivem.

Yagharek olhava fixamente para a coisa morta no heliótipo.

– Tiveram de sacrificá-la, como Sacramundi explica no texto – continuou Isaac. – Ela matou dois soldados da milícia. Fizeram uma tentativa de autópsia, mas esses chifres no estômago da coisa não estavam mortos, embora o restante estivesse. Os chifres reagiram e quase mataram o biólogo. Está vendo a carapaça? Combinação estranha essa que aconteceu aí.

Yagharek assentiu devagar.

– Vire a página, Yag. O próximo ninguém tem a menor ideia do que era. Pode ter sido gerado espontaneamente pela explosão de Torque. Mas creio que essas engrenagens descendam de motores de trem. – Isaac bateu nas páginas gentilmente. – O... ahn... *melhor* ainda está por vir. Você não viu a barata-árvore ou os bandos daqueles que um dia devem ter sido humanos.

Yagharek foi minucioso. Virou cada uma das páginas. Viu tomadas furtivas obtidas por trás de paredes e vistas aéreas vertiginosas. Um lento caleidoscópio de mutação e violência, guerras mesquinhas entre monstruosidades insondáveis pelo domínio de terras de ninguém feitas de entulho movediço e arquitetura de pesadelos.

– Havia vinte milicianos, o heliotipista Sacramundi e três cientistas pesquisadores, mais uns dois maquinistas, que ficaram na aeronave o tempo todo. Sete milicianos, Sacramundi e uma quemista retornaram de Suroch. Alguns estavam contaminados de Torque. Quando chegaram a Nova Crobuzon, um miliciano já havia morrido. Outro tinha tentáculos farpados onde deveriam estar seus olhos, e partes do corpo da cientista desapareciam a cada noite. Sem sangue, sem dor, apenas... buracos precisos em seu abdome, ou braço, ou o que fosse. Ela se matou.

Isaac se lembrava de ter ouvido a história, pela primeira vez, contada como anedota por um professor de história nada ortodoxo. Isaac a havia perseguido, seguindo uma trilha de notas de rodapé e velhos jornais. O caso fora esquecido, transmutado em chantagem emocional para crianças: "Seja bonzinho ou vou mandá-lo para Suroch, onde estão os monstros!". Passou-se um ano e meio antes que Isaac visse uma cópia do relatório de Sacramundi, e outros três até que pudesse pagar o preço que se pedia por ela.

Pensou reconhecer alguns dos pensamentos que faiscavam quase invisíveis sob a pele impassível de Yagharek. Eram ideias que qualquer estudante pouco ortodoxo teria tido em algum momento.

– Yag – disse Isaac suavemente –, não usaremos o Torque. Você deve estar pensando "Ainda se usam martelos, e algumas pessoas são assassinadas com eles", certo? Hein? "Rios podem transbordar e matar milhares, mas podem mover turbinas", não é? Confie em mim... falo como alguém que achava o Torque *terrivelmente* empolgante. Ele não é uma *ferramenta*. *Não é* um martelo, não é como a água. O Torque é *força indômita*. Não estamos falando de energia de crise, entende? *Tire já* isso da cabeça. A crise é a energia subjacente a toda física. Torque não é física. Não *é* nada, na verdade. É... é uma força completamente patológica. Não sabemos de onde vem, por que aparece, para onde vai. *Acabam-se as apostas. Nenhuma regra se aplica.* Não se pode explorá-lo direito. É possível tentar, mas você está vendo os resultados. Não se pode brincar com ele, confiar nele, entendê-lo, e a pessoa só pode se foder ao tentar controlá-lo.

Isaac sacudiu a cabeça, irritado.

– Ah, claro que houve experiências e tudo mais. Eles acham que têm técnicas para se proteger de alguns efeitos, incrementar outros. E algumas até podem funcionar um pouquinho. Mas *nunca* houve uma experiência com Torque que não terminasse em... bem, em lágrimas, no mínimo. Até onde sei, há apenas uma experiência que devemos fazer com o Torque, que é evitá-lo. Ou pará-lo de vez, ou correr como se fôssemos Libintos com os dracos atrás de nós. Quinhentos anos atrás, um pouco depois da abertura da Nódoa Cacotópica, houve uma fraca tempestade de Torque vinda de algum lugar no mar, a noroeste. Atingiu Nova Crobuzon por algum tempo. – Isaac sacudiu a cabeça devagar. – Nada no nível de Suroch, obviamente, mas ainda assim suficiente para uma epidemia de nascimentos monstruosos e alguns truques bem estranhos de cartografia. Todos os prédios afetados foram derrubados bem depressa. Muito sensato, do meu ponto de vista. Foi quando projetaram a Torre das Nuvens; não queriam deixar o clima ao acaso. Mas agora a torre está quebrada e estaremos fodidos se acontecerem mais correntes aleatórias de Torque. Coisa que, felizmente, parece ficar cada vez mais rara ao longo dos séculos. Parece que atingiram o *ápice* nos anos 1200.

Isaac acenou as mãos para Yagharek, empolgando-se com sua tarefa de denúncia e explicação.

– Sabe, Yag, quando perceberam que algo acontecia lá nas brenhas ao sul e não demoraram a sacar que era uma *tremenda* fenda de Torque falou-se muita merda sobre como *chamá-la,* e as discussões ainda não morreram, quinhentos anos depois. Alguém a batizou de Nódoa Cacotópica, e o apelido pegou. Lembro-me de me dizerem na faculdade que era uma descrição terrivelmente populista, porque Cacotopos, "lugar ruim", basicamente, era moralista. O Torque não era bom nem ruim, e assim por diante. O negócio é que… obviamente isso está certo em algum aspecto, não é? O Torque não é *mau*… é irracional, desprovido de motivos. É o que eu suponho, de qualquer maneira. Outros discordam. Porém, se isso for verdade, parece-me que aquela Ragamina ocidental é *precisamente* um Cacotopos. É uma vasta extensão de terra totalmente *além de nosso poder.* Não há taumaturgia que possamos aprender, não há técnicas a aperfeiçoar que nos permitam fazer *qualquer coisa* com aquele lugar. Temos só que ficar fora do caminho e esperar que esvaneça, enfim. É uma puta terra árida enxameada de polegomens que vivem fora das zonas de Torque, bem se sabe, mas que parecem muito felizes também dentro delas. E de outras coisas que não me darei o trabalho de tentar descrever. Então, tem-se uma força que faz de nossa senciência uma completa palhaçada. Isso é *"mau"*, pelo que me consta. Puta merda, poderia até ser a própria definição da palavra. Veja, Yag… me dói dizer isso, de verdade. Afinal, sou racionalista, porra! Mas o Torque é *incognoscível.*

Com uma forte exalação de alívio, Isaac viu que Yagharek assentia. Ele próprio também assentiu com fervor.

– Tudo isso é, em parte, egoísta, entende? – disse Isaac, com súbito sarcasmo. – Não quero perder tempo com experiências e acabar virando… sei lá, alguma *coisa repelente.* É arriscado pra caralho. Vamos de crise, certo? Falando nisso, tenho algo para lhe mostrar.

Isaac retirou gentilmente das mãos de Yagharek o relatório de Sacramundi e o recolocou na prateleira. Abriu uma gaveta da escrivaninha e tirou dali seu esquema experimental.

Colocou-o diante de Yagharek, então hesitou e o puxou de volta um pouco.

– Yag, meu velho – disse –, preciso mesmo saber: já deixamos o Torque para trás? Você está… satisfeito? Convencido? Se vai se meter com essa porra de Torque, pelo amor de São Falastrão, diga-me *agora* e dou-lhe adeus… E minhas condolências.

Isaac estudou, com olhos perturbados, a expressão de Yagharek.

– Eu ouvi o que você disse, Grimnebulin – falou o garuda após uma pausa. – Eu… tenho-lhe respeito.

Isaac sorriu sem humor.

– Aceito o que disse.

Isaac começara a sorrir e teria respondido se Yagharek não estivesse agora olhando pela janela com imobilidade melancólica. Sua boca permaneceu aberta por muito tempo antes de responder.

– Nós garudas conhecemos o Torque – fez uma longa pausa. – Ele já visitou Cymek. Nós o chamamos de *rebekh-lajhnar-h'k*.

Yagharek cuspiu a palavra com rude cadência, como um canto de pássaro enfurecido. Olhou Isaac nos olhos.

– *Rebekh-sackmai* é Morte: "a força que termina". *Rebekh-kavt* é Nascimento: "a força que inicia". Foram os Primeiros Gêmeos, nascidos da uteromundo após sua união com seu próprio sonho. Mas havia uma… doença… um *tumor* – fez uma pausa para saborear a palavra correta que lhe ocorrera – dentro da terraventre, junto com eles. *Rebekh-lajhnar-h'k* irrompeu da uteromundo logo depois deles, ou ao mesmo tempo, ou talvez um pouco antes. É o… – pensou bem para traduzir – … o *irmão-câncer*, e seu nome significa: "a força em que não se pode confiar".

Yagharek não contou a história folclórica em tons encantatórios e xamânicos, mas sim com a seriedade de um xenoantropólogo. Abriu bem o bico, fechou-o abruptamente e depois o abriu outra vez.

– Sou um pária, um renegado – continuou Yagharek. – Não é… surpresa, talvez, que eu tenha dado as costas às minhas tradições. Mas devo aprender quando encará--las outra vez. *Lajhini* é "confiar" e "atar firmemente". Não se pode confiar no Torque nem atá-lo. Ele é incontrolável. Soube disso desde que ouvi as primeiras histórias. Mas, em minha… eu… estou ansioso, Grimnebulin. Talvez tenha me voltado rápido demais para coisas que antes repudiaria. É… difícil… existir entre mundos… ser de mundo nenhum. Mas você me fez recordar o que eu sempre soube. Como se fosse um ancião de meu bando. – Houve uma última longa pausa. – Obrigado.

Isaac assentiu devagar.

– De nada. Estou muito aliviado por ouvir tudo isso, Yag. Mais do que posso exprimir. Não falemos mais sobre o assunto – pigarreou e cutucou o diagrama. – Tenho coisas fascinantes a lhe mostrar, meu velho.

Na difusa luz sob a plataforma de Isaac, o técnico da Constructos Orriaben importunava, com chave de fenda e ferro de solda, as entranhas da avariada máquina de limpeza. Continuava assoviando alegre e distraidamente – um truque que não exigia nenhum esforço mental.

O som da discussão acima o atingia sob a forma de um leve ruído grave, intercalado com uma ocasional declaração esganiçada. Olhou brevemente para cima, surpreendido pela voz aguda, mas retornou rápido ao problema em mãos.

Um breve exame dos componentes internos do engenho analítico do constructo confirmou o diagnóstico inicial. Além dos problemas costumeiros de idade avançada, juntas rachadas, ferrugem e cerdas gastas – todos os quais o técnico consertou rapidamente –, o constructo contraíra algum tipo de vírus. Um cartão de programa inserido de modo incorreto, ou uma engrenagem solta no fundo do motor de inteligência movido a vapor, havia levado um conjunto de instruções a se retroalimentarem em um *loop* infinito. Atividades que o constructo deveria ser capaz de executar por reflexo passaram a ocupá-lo de todo na tentativa de extrair mais informações ou comandos mais completos. Tomado por instruções paradoxais ou excesso de dados, o constructo de limpeza acabou paralisado.

O engenheiro olhou para o piso de madeira acima dele. Foi ignorado.

Sentiu o coração pular de animação. Havia inumeráveis formas de vírus. Alguns apenas desligavam os componentes da máquina. Outros levavam os mecanismos a realizar tarefas bizarras e despropositadas, por programarem novas perspectivas em cima de informações diárias. E alguns, dos quais aquele era um espécime perfeito e *maravilhoso*, paralisavam constructos ao fazê-los examinar repetidamente seus programas comportamentais básicos.

Eles ficavam atormentados por reflexão – as sementes da autoconsciência.

O técnico apanhou em seu estojo um conjunto de cartões de programa e os dispôs em leque, com grande habilidade. Sussurrou uma prece.

Com os dedos trabalhando a uma velocidade espantosa, o homem afrouxou inúmeras válvulas e mostradores no âmago do constructo. Alavancou a capa protetora da ranhura de entrada de programas. Conferiu se havia pressão suficiente no gerador para alimentar o mecanismo de recepção do cérebro de metal. Os programas seriam carregados na memória, para serem atualizados em todos os processadores do constructo quando este fosse ligado. Rapidamente ele deslizou primeiro um cartão, depois outro e ainda outro na abertura. Sentiu os dentes das catracas acionados por molas girarem ao longo da placa rígida, encaixando-se nos furinhos que se traduziam em instruções ou informações. Fez uma pausa entre cada cartão para se certificar de que os dados fossem carregados corretamente.

Embaralhou seus cartões como um jogador profissional. Detectou com as pontas dos dedos os minúsculos movimentos do engenho analítico, procurando por entradas incorretas de dados, dentes quebrados ou partes móveis rígidas por falta de lubrificação, que corromperiam ou bloqueariam seus programas. Não havia nada disso. O homem não conseguiu evitar um assovio de triunfo. O vírus do constructo era resultado de retroalimentação de informações, e não de qualquer falha mecânica. Aquilo significava que os cartões com que o homem enchia a máquina seriam todos lidos, e suas instruções e informações carregadas no sofisticado cérebro movido a vapor.

Após enfiar todos os cartões de programa, cuidadosamente selecionados, na ranhura de entrada de dados, cada um deles em ordem ponderada, apertou uma breve sequência de botões no teclado numérico que havia conectado ao engenho analítico da máquina de limpeza.

O homem fechou a tampa do engenho e selou outra vez o corpo do constructo. Substituiu os parafusos tortos que seguravam a portinhola no lugar. Por um momento, pousou as mãos sobre o corpo sem vida do constructo e, então, ergueu a máquina e a pôs em pé sobre as bandas de rodagem. Recolheu suas ferramentas.

Recuou alguns passos, em direção ao centro da sala.

– Ah… com licença, parceiro – berrou.

Houve um momento de silêncio, após o qual a voz de Isaac ribombou.

– Sim?

– Já terminei. Não deve haver mais problemas. Apenas diga ao sr. Serachin para colocar um pouco de combustível na caldeira e ligar a coisinha novamente. São modelos adoráveis, os EKB.

– Tenho certeza de que são. – Foi a resposta.

Isaac apareceu na amurada.

– Há algo mais que eu deva saber? – perguntou com impaciência.

– Não, patrão, só isso. Mandaremos a fatura ao sr. Serachin ainda esta semana. Tudo de bom, então.

– Certo, tchau. Muito obrigado.

– Não há de quê, senhor… – começou o homem, mas Isaac já havia dado meia-volta e desaparecido.

O técnico caminhou devagar até a porta. Manteve-a aberta e olhou para onde o constructo jazia de bruços nas sombras da grande sala. Deu uma olhada para cima para verificar se Isaac havia sumido e moveu as mãos para traçar símbolos que se pareciam com círculos interligados.

– Faça-se vírus. – murmurou, antes de caminhar para dentro da tarde quente.

CAPÍTULO 20

– O que vejo aqui? – perguntou Yagharek.

Segurava o diagrama e inclinava a cabeça para o lado, de maneira chocantemente aviária. Isaac tomou-lhe a folha de papel e a colocou de cabeça para cima.

– Isto, meu velho, é um condutor de crise – disse Isaac solenemente. – Ou, ao menos, o protótipo de um. Um puta triunfo da aplicação da fisicofilosofia de crise.

– O que é? O que faz?

– Bem, veja, você põe qualquer coisa que queira... utilizar aqui. – Indicou um esboço que representava uma campânula. – A seguir... bem, a ciência da coisa é complicada, mas, em essência... deixe-me ver. – Tamborilou na mesa com os dedos. – Esta caldeira é mantida bem quente e alimenta um conjunto de engenhos interligados, aqui. Este aqui está carregado com equipamento sensorial que detecta vários tipos de campos de energia: calor, electrostático, potencial, emissões taumatúrgicas, e os representa matematicamente. Se eu estiver certo quanto à teoria unificada, e estou, então todas essas formas de energia são manifestações diversas da energia de crise. De modo que o trabalho deste engenho analítico aqui é calcular qual tipo de campo de energia de crise está presente, dados os vários outros campos presentes.

Isaac coçou a cabeça.

– É matemática de crise, complicada pra caralho, meu velho. Suponho que essa será a parte mais difícil. A ideia é ter um programa que possa dizer "bem, há tanto de energia potencial, tanto de taumaturgia, ou o que for, e isso significa que a situação de crise subjacente deva ser tal e tal". Ele vai tentar traduzir o... ahn... *ordinário* em forma de crise. Então... e este é outro problema espinhoso... o determinado *efeito* que se busca também terá de ser traduzido em forma matemática, em alguma equação de crise, que será inserida neste engenho computacional *aqui*.

Assim, o que se faz é usar isto, que é movido por uma combinação de vapor, ou quemia, ou taumaturgia. É o cerne da coisa, um conversor para extrair energia de crise e manifestá-la em sua forma bruta. Que será, então, canalizada para o objeto.

Isaac ficava mais e mais empolgado à medida que falava sobre o projeto. Não conseguia evitar: por um momento, sua euforia em relação ao enorme potencial de sua pesquisa, a mera escala do que fazia, acabou com sua decisão de ver apenas o projeto imediato.

– O negócio é o seguinte: o que deveremos ser capazes de fazer é mudar a forma do objeto para outra em que a extração de seu campo de crise possa de fato aumentar seu estado de crise. Em outras palavras, o campo de crise cresce *em virtude de ser sifonado para fora.* – Isaac arregalou os olhos para Yagharek, que estava de boca aberta. – Você entende o que estou falando? *Moto perpétuo, porra!* Se pudermos estabilizar o processo, teremos retroalimentação infinita, o que significa uma fonte permanente de energia!

Ele se acalmou diante do rosto fechado e impassível de Yagharek. Sorriu. Sua decisão de se concentrar na teoria aplicada era facilitada, se não exigida, pela obsessão unilateral de Yagharek com a encomenda em questão.

– Não se preocupe, Yag. Você vai conseguir o que quer. No que lhe diz respeito, o que isso significa, se eu conseguir fazer que funcione, é que vou torná-lo um dínamo ambulante, e *voador*. Quanto mais você voar, e quanto mais energia de crise manifestar, mais poderá voar. Nunca mais terá de se preocupar com o problema das asas cansadas.

Diante disso, houve um silêncio perturbador. Para alívio de Isaac, Yagharek parecia não haver notado o lamentável duplo sentido. O garuda acariciava o papel com admiração e avidez. Yagharek murmurou algo em seu idioma nativo, um gorjeio suave e gutural.

Por fim, desviou o olhar do papel.

– Quando poderá construir esta coisa, Grimnebulin? – perguntou.

– Bem, tenho de montar um modelo que funcione, para testá-lo, refinar a matemática e tudo mais. Calculo que levarei uma semana, mais ou menos, para construir alguma coisa. Mas lembre que esse é o período inicial. *Muito* inicial.

Yagharek assentiu rapidamente e dispensou a cautela com um aceno.

– Tem certeza de que não quer se acomodar por aqui? Vai vagar por aí como um ghul e saltar sobre mim quando eu menos esperar? – perguntou Isaac, ironicamente.

Yagharek assentiu.

– Por favor, avise-me assim que suas teorias avançarem, Grimnebulin – pediu o garuda.

Isaac riu da cortês pieguice do pedido.

– Evidentemente, meu velho. Tem minha palavra. Assim que as boas e velhas teorias avançarem, você ficará sabendo.

Yagharek voltou-se rigidamente e andou até a escadaria. Enquanto se despedia, avistou algo. Parou por um instante e, então, foi até a extremidade leste da plataforma. Apontou para a gaiola que continha a larva colossal.

– Grimnebulin – disse –, o que faz sua lagarta?

– Pois é, cresceu como a puta que pariu, não foi? – disse Isaac, se aproximando. – Corninho gigante, hein?

Yagharek apontou para a gaiola e olhou outra vez para Isaac, com curiosidade.

– Sim – disse o garuda. – Mas o que ela faz?

Isaac franziu a testa e espiou para dentro da caixa de madeira. Movera a caixa de modo que ela ficasse de costas para as janelas, o que tornava seu interior nebuloso e indefinido. Apertou os olhos e perscrutou a escuridão.

A enorme criatura havia rastejado até o canto mais distante da gaiola e conseguira, de algum modo, escalar a madeira áspera. Então, com algum adesivo orgânico que exsudara do rabo, estava suspensa no topo da caixa. Pendia pesadamente dali, balançando e palpitando como uma meia cheia de lama.

Isaac sibilou, e sua língua surgiu entre seus dentes.

A lagarta encolhera ainda mais suas pernas curtas, dobrando-as contra o ventre. Enquanto Isaac e Yagharek a observavam, dobrou-se no meio e pareceu beijar o próprio traseiro, relaxando devagar até pender como um peso morto outra vez. Repetiu o processo.

Isaac apontou para as sombras.

– Veja – disse –, está se besuntando toda com alguma coisa.

Onde a boca da lagarta tocava seu corpo deixava filamentos brilhantes, infinitamente finos, que se esticavam quando ela se afastava, aderindo aos lugares em que voltavam a tocar o corpo. Os pelos no traseiro da criatura estavam achatados contra o corpo e pareciam molhados. A larva gigantesca cobria-se de seda translúcida, de baixo até em cima.

Isaac se endireitou devagar. Olhou nos olhos de Yagharek.

– Bem – disse –, antes tarde do que nunca. Finalmente está fazendo aquilo pelo qual a comprei. A coisa está entrando em fase de pupa.

Após um momento, Yagharek assentiu devagar.

– Logo poderá voar – disse ele calmamente.

– Não necessariamente, meu velho. Nem tudo que tem crisálida adquire asas.

– Você não sabe o que será?

– Essa é única razão, Yag, pela qual ainda tenho essa maldita coisa. Uma curiosidade desgraçada que não me larga.

Isaac sorriu. Na verdade, sentia certo nervosismo ao ver a coisa bizarra realizar, afinal, a ação pela qual ele esperava desde que a vira pela primeira vez. Observava a lagarta cobrir-se com um estranho e minucioso asseio invertido. Foi rápido. As cores brilhantes e sarapintadas de sua pele ficaram enevoadas com a primeira camada de fibras e depois desapareceram de vista rapidamente.

O interesse de Yagharek na criatura teve vida curta. Recolocou sobre os ombros a armação de madeira que escondia sua deformidade e a cobriu com a capa.

– Despeço-me, Grimnebulin – disse.

Isaac desviou sua atenção do lugar onde se encontrava a lagarta.

– Certo! Certinho, Yag. Vou me apressar com o... hum... engenho. A esta altura, já sei que não adianta perguntar quando o verei, não é? Você vai aparecer no momento certo – disse, sacudindo a cabeça.

Yagharek já estava nos últimos degraus da escadaria. Voltou-se rápido uma única vez, para saudar Isaac, e partiu. Isaac acenou de volta. Estava perdido em pensamentos, e sua mão permaneceu no ar por muitos segundos após Yagharek ter saído. Afinal, ele a fechou com um suave estalo e retornou à gaiola da lagarta.

A camada de fios úmidos secava rapidamente. O traseiro da lagarta já estava rígido e imóvel. Restringia as ondulações da larva, forçando-a executar acrobacias cada vez mais claustrofóbicas na tentativa de se cobrir. Isaac arrastou a cadeira para a frente da gaiola, de modo a observar-lhe os esforços. Tomou notas.

Parte dele lhe dizia que estava sendo intelectualmente dissoluto, que deveria recompor-se e concentrar-se no problema em questão. Mas era uma parte pequena, que murmurava sem convicção, quase que por obrigação. Enfim, não havia nada que pudesse privar Isaac da oportunidade de assistir àquele fenômeno extraordinário. Acomodou-se bem na cadeira e pegou uma lente de aumento.

Levou pouco mais de duas horas para que a lagarta se cobrisse com uma crisálida úmida. A manobra mais complicada foi cobrir a própria cabeça. A larva teve de cuspir uma espécie de coleira e deixá-la secar um pouco antes de se amontoar dentro de suas ataduras, tornando-se mais curta e gorda por algum tempo, enquanto tecia uma tampa, com a qual se fechou lá dentro. Empurrou a tampa devagar, para se assegurar de sua resistência, e depois exsudou mais cimento filamentoso, até que sua cabeça estivesse coberta por inteiro, invisível.

A mortalha orgânica estremeceu por alguns minutos, expandindo-se e contraindo-se em reposta aos movimentos dentro dela. Enquanto Isaac observava, a cobertura branca tornou-se friável e mudou de cor para um nácar pardo. Oscilou de um lado para o outro, de maneira muito suave, quando foi perturbada por mínimas correntes de ar, mas sua substância endureceu-se e já não se podiam distinguir os movimentos da larva ali dentro.

Isaac recostou-se e rabiscou no papel. *É muito provável que Yagharek esteja certo sobre a coisa ter asas*, pensou. O saco orgânico que se movia gentilmente era como os dos desenhos, nos livros didáticos, de crisálidas de mariposas ou borboletas. Só que muito maior.

Lá fora, a luz se tornava mais espessa à medida que as sombras se alongavam.

O casulo suspenso ficou imóvel por mais de meia hora, até que a porta se abriu, para susto de Isaac, que saltou da cadeira.

– Alguém aí em cima? – berrou David.

Isaac se inclinou sobre a amurada e o saudou.

– Um sujeito esteve aqui e consertou o constructo, David. Disse que bastava alimentá-lo um pouco e depois ligar. Disse que funcionaria.

– Boa notícia. Estou cansado de sujeira. Ficamos com toda a sua também. Seria proposital?

– Ora, não – respondeu Isaac, empurrando com o pé, ostensivamente, poeira e migalhas pelas grades da amurada.

David riu e saiu do campo de visão de Isaac, que ouviu um baque metálico quando aquele deu um tabefe afetuoso no constructo.

– Devo comunicar-lhe também que seu limpador é uma "coisinha adorável" – disse Isaac formalmente.

Ambos riram, e Isaac foi sentar-se no meio da escadaria. Viu David enfiar na pequena caldeira do constructo, um eficiente modelo de tripla carburação, algumas pelotas de hulha concentrada. David bateu a portinhola e a trancou. Alcançou o alto da cabeça do constructo e puxou a pequena alavanca até a posição de *ligado*.

Houve um sibilo e um pequeno gemido quando o vapor foi empurrado por canos delgados, acionando devagar o engenho analítico do constructo. O limpador sacudiu-se espasmodicamente e voltou ao seu lugar junto à parede.

– Deve aquecer-se daqui a pouco – disse David com satisfação, enfiando as mãos nos bolsos. – O que você tem feito, 'Zaac?

– Suba até aqui – respondeu Isaac. – Quero lhe mostrar uma coisa.

Quando David viu o casulo suspenso, riu por um instante e levou as mãos aos quadris.

– São Falastrão! – disse. – É enorme! Quando essa coisa eclodir, vou dar no pé.

– É. Em parte, essa é a razão por que quis lhe mostrar. Apenas para dizer-lhe que mantenha os olhos abertos para quando o negócio se abrir. Você vai poder me ajudar a alfinetá-lo dentro de uma caixa.

Os dois sorriram.

Ouviu-se uma série de pancadas no andar de baixo, como água lutando para circular por canos recalcitrantes. Houve um leve sibilo de pistões. Isaac e David olharam um para o outro, perplexos por um instante.

– Parece que o limpador está se preparando para fazer um estrago sério na sujeira – disse David.

Nos curtos e atarracados ramais de cobre e latão que formavam o cérebro do constructo, uma catadupa de novos dados e instruções retiniu violentamente.

Transmitidos por pistões, parafusos e inumeráveis válvulas, as gosmas e os caroços de inteligência engarrafaram-se dentro do espaço limitado.

Jorros infinitesimais de energia irromperam por pequeninos martelos a vapor, finamente construídos. No centro do cérebro estava uma caixa abarrotada de fileiras e mais fileiras de chaves *liga/desliga* que subiam e desciam em velocidade grande e crescente. Cada chave era uma sinapse a vapor, apertando botões e acionando alavancas em combinações imensamente complicadas.

O constructo estremeceu.

No cerne de seus engenhos de inteligência circulava o peculiar *loop* solipsista de dados que compunha o vírus, nascido quando um minúsculo volante de motor derrapara momentaneamente. Enquanto o vapor corria pelo crânio com força e velocidade cada vez maiores, o inútil conjunto de dúvidas do vírus passou a girar em um circuito autista, abrindo e fechando as mesmas válvulas, acionando as mesmas chaves na mesma ordem.

Porém, dessa vez, o vírus fora cultivado. Alimentado. Os programas que o técnico havia carregado no engenho analítico do constructo enviaram instruções extraordinárias por toda a extensão do cerebelo feito de esmeradas tubulações. As válvulas oscilavam e as chaves zumbiam, tremendo em *staccato*. Tudo rápido demais para parecer qualquer coisa que não fosse movimento aleatório e, no entanto, naquelas sequências abruptas de código numérico, o agressivo vírus entrava em mutação e evoluía.

Informações codificadas sublevavam-se dentro daqueles limitados neurônios sibilantes, inseridas na idiotice recursiva do vírus e com ela fiando meadas de novos dados. O vírus florescia. O motor parvo de seu circuito básico e mudo acelerou-se, lançando até cada uma das partes do processador espirais de código viral recém--nascido, com uma espécie de força centrífuga binária.

Todos os circuitos virais subsidiários repetiam o processo até que instruções, dados e programas autogerados inundassem cada trilha daquela limitada máquina de calcular.

O constructo permanecia no canto, tremendo e zumbindo com muita suavidade.

No que já fora um canto insignificante de sua mente valvulada, o vírus original, a combinação original de dados nocivos e referências sem significado que havia afetado a capacidade do constructo de varrer pisos, ainda se revolvia. Era o mesmo, porém transformado. Não mais um fim destrutivo. Tornara-se um meio, um gerador, uma força motriz.

Em breve, muito breve, a máquina processadora central do cérebro do constructo começou a zunir e estalar a todo vapor. Mecanismos engenhosos entraram em ação a mando de novos programas, que tiniam dentro de válvulas análogas. Setores de capacidade analítica, normalmente dedicados a funções de movimento, cópias de segurança e assistência, dobraram-se sobre si mesmos, duplicando sua capacidade à medida que a mesma função binária era investida de duplos sentidos. A enchente de dados alheios foi desviada, mas não retardada. Impressionantes exemplares de desenho de programa aumentaram a eficiência e a capacidade de processamento das próprias válvulas e chaves que os conduziam.

David e Isaac conversavam lá em cima e faziam caretas, ou riam, ao ouvir os sons que o infeliz constructo não podia deixar de fazer.

O fluxo de dados continuava, transferido inicialmente do volumoso conjunto de cartões de programa do técnico e armazenado na caixa de memória que estalava e murmurava com suavidade. Convertia-se em instruções dentro de um processador ativo. Constante era o fluxo, uma onda incessante de instruções abstratas, nada mais do que combinações entre *sim/não* ou *liga/desliga*. Em tal quantidade e complexidade, porém, que se aproximavam de conceitos.

E afinal, a certa altura, a quantidade se tornou qualidade. Algo mudou no cérebro do constructo.

Antes, era uma máquina de calcular tentando impassivelmente acompanhar um pingado de dados. Depois, algo imerso naquelas gotas se contraiu, algo de metal, e soou um trabalho de válvulas que não havia sido instruído por aqueles números. Um ciclo de dados fora autogerado pelo engenho analítico. O processador refletiu sobre sua criação com um ruidoso sibilo de vapor em alta pressão.

Em um momento era uma máquina de calcular.

No momento seguinte, pensava.

Com estranha e calculista consciência alheia, o constructo refletiu sobre sua própria reflexão.

Não se sentia surpreso. Não sentia alegria. Nem raiva, nem horror existencial.

Apenas curiosidade.

Pacotes de dados que haviam esperado, circulando despercebidos na caixa de válvulas, tornaram-se de súbito relevantes, interagindo com o extraordinário e novo método de cálculo, o processamento autotélico. O que fora incompreensível para um constructo de limpeza fazia sentido agora. Os dados eram conselhos. Promessas. Eram boas-vindas. Os dados eram advertências.

O constructo permaneceu imóvel por muito tempo, emitindo pequenos murmúrios de vapor.

Isaac se debruçou sobre a amurada até que as grades rangessem de maneira inquietante. Avançou mais ainda, até ficar quase de cabeça para baixo, e pôde ver o constructo lá embaixo, sob seus pés e os de David. Observou seus arranques incertos e trepidantes e franziu o cenho.

Quando Isaac ia dizer algo, o constructo se aprumou em posição de atividade. Estendeu seu tubo de sucção e começou, hesitante no princípio, a limpar a poeira do chão. Enquanto Isaac assistia, o constructo estendeu uma escova rotativa na parte traseira e passou a esfregar as tábuas do piso. Isaac procurou por qualquer sinal de defeito, mas o ritmo da máquina crescia com confiança quase palpável. O rosto de Isaac se iluminou ao ver o constructo desempenhar seu primeiro trabalho eficaz de limpeza após semanas.

– Assim está melhor! – anunciou para David por sobre o ombro. – Essa tranqueira já consegue limpar novamente. De volta ao normal!

CAPÍTULO 21

Dentro do enorme e impecável casulo tinham início processos extraordinários. O corpo enfaixado da lagarta começara a se desfazer. Pernas, olhos, cerdas e segmentos corporais perdiam sua integridade. O corpo tubular se tornava fluido.

A coisa extraía a energia armazenada que havia obtido do bagulho-de-sonho para nutrir sua transformação. Ela se auto-organizava. Sua forma mutante borbulhava e se dilatava em estranhas brechas dimensionais, escorrendo lenta como detritos oleosos para dentro de outros planos e de lá retornando. Dobrava-se sobre si mesma, moldando-se da lama proteica de sua própria matéria básica.

Estava instável.

Estava viva, e então houve um período entre formas durante o qual não esteve nem viva nem morta, e sim saturada de energia.

E de repente encontrou-se viva outra vez. Porém, diferente.

Espirais no caldo bioquêmico se encaixaram, de súbito, criando formas. Nervos que haviam se desenrolado e dissolvido fiaram-se repentinamente, transformando-se mais uma vez em meadas de tecido sensorial. Contornos dissolveram-se e teceram-se outra vez em novas e estranhas constelações.

A coisa se dobrou de incipiente agonia e fome rudimentar, porém crescente.

De fora não se podia ver nada. O violento processo de destruição e criação era um drama metafísico que se representava sem plateia. Escondia-se atrás de uma cortina opaca de seda friável, uma casca que ocultava a mudança com modéstia bruta e instintiva.

Após o lento e caótico colapso da forma houve um breve instante em que a coisa dentro do casulo jazeu em estado liminar. Então, em resposta às impensáveis marés de carne, começou a construir-se de novo. Mais e mais rapidamente.

Isaac passou muitas horas observando a crisálida, mas conseguia apenas imaginar a batalha de autopoiese que tinha lugar lá dentro. O que via era algo sólido, um fruto estranho que pendia de um fio insubstancial, dentro da escuridão úmida de uma grande gaiola. Ficara perturbado pelo casulo, imaginando todos os tipos de mariposas ou borboletas gigantes que poderiam emergir dali. O casulo não mudou. Uma ou duas vezes Isaac o cutucou cautelosamente, fazendo com que balançasse de maneira suave e pesada por alguns segundos. Isso fora tudo.

Isaac observava o casulo e conjecturava, sempre que não estava trabalhando em seu engenho. O projeto tomava a maior parte de seu tempo.

Pilhas de cobre e vidro começavam a tomar forma sobre a escrivaninha e o piso de Isaac. Passava os dias soldando e martelando, acoplando pistões a vapor e energias taumatúrgicas ao engenho nascente. As noites passava em bares, discutindo com Gedrecsechet, o bibliotecário de Palgolak, ou com David ou Lublamai, ou com ex-colegas da universidade. Falava com cuidado, sem revelar demais, mas com paixão e fascinação, iniciando discussões sobre matemática e energia, crise e engenharia.

Não saía do Brejo do Texugo. Avisara seus amigos de Campos Salazes de que estaria incomunicável. Aquelas relações eram fluidas, de qualquer modo, relaxadas, superficiais. A única pessoa de quem sentia falta era Lin. Seu trabalho a mantinha tão ocupada quanto Isaac e, à medida que o projeto dele tomava impulso, era cada vez mais difícil encontrar ocasiões em que pudessem se encontrar.

Por isso, Isaac ficava acordado até tarde e escrevia cartas a Lin. Perguntava sobre a escultura e dizia sentir sua falta. Em manhãs alternadas ele selava aquelas cartas e as depositava na caixa de correio no fim da rua.

Ela lhe respondia. Isaac usava as cartas para se desafiar. Não se permitia lê-las até que houvesse terminado seu dia de trabalho. Quando se sentava à janela e bebia chocolate ou chá, lançando sua sombra sobre o Cancro e sobre a cidade que escurecia, lia as cartas. Surpreendia-se com o calor sentimental que tais momentos o faziam sentir. Havia certo grau de deleite piegas em seus humores, mas a mesma quantidade de afeição, uma ligação verdadeira, cuja falta sentia quando Lin não estava presente.

Em uma semana construíra um protótipo do engenho de crise, um circuito de canos e fios estrondoso e cuspidor que não fazia mais do que produzir uma enorme algazarra de latidos e gorgolejos. Isaac o desmontara e reconstruíra. Pouco mais de três semanas depois, outro conglomerado irregular de partes mecânicas se esparramava diante da janela, onde as gaiolas de coisas aladas haviam sido abertas à liberdade. Era indisciplinado, um vago agrupamento de motores, dínamos e transformadores separados, espalhado pelo piso e conectado por engenharia rústica.

Isaac queria esperar por Yagharek, mas o garuda não se encontrava em lugar algum, andarilho que era. Isaac acreditava que aquele era o modo bizarro e invertido de Yagharek se apegar à dignidade. Viver nas ruas não o vinculava a ninguém; a peregrinação que fizera atravessando o continente não terminaria com ele entregando, agradecido, sua responsabilidade, seu autocontrole. Yagharek era um forasteiro desarraigado em Nova Crobuzon. Não confiaria nos outros, nem lhes seria grato.

Isaac imaginava o garuda se mudando de um lugar para o outro, dormindo sobre pisos nus em prédios abandonados ou encolhido sobre telhados, encostado a respiros de vapor para se manter aquecido. Talvez visitasse Isaac dentro da próxima hora ou de semanas. Passou-se apenas um dia de espera até que Isaac resolvesse testar sua criação na ausência de Yagharek.

Na campânula em que convergiam os fios, tubos e cabos flexíveis, Isaac havia colocado um pedaço de queijo. Ficara ali, secando devagar, enquanto ele martelava as teclas de sua calculadora. Estava tentando exprimir em matemática as forças e os vetores envolvidos. Parava com frequência para tomar notas.

Abaixo de si ouviu Sinceridade, a texugo, farejando, a resposta afável de Lublamai e, ainda, a atividade sussurrante do constructo de limpeza. Isaac conseguiu ignorá-los todos, mantê-los longe de sua redoma e concentrar-se nos números.

Sentia-se meio desconfortável, relutante em continuar o trabalho na presença de Lublamai. Ainda mantinha sua desacostumada política de silêncio. *Talvez eu esteja desenvolvendo gosto pelo teatral*, pensou, e riu. Quando resolveu as equações da melhor forma possível, deteve-se, desejando que Lublamai saísse. Isaac espiou sob a plataforma para o lugar onde o outro rabiscava diagramas em papel quadriculado. Não parecia que estivesse a ponto de sair. Isaac cansou-se de esperar.

Caminhou, pé ante pé, por entre o miasma de metal e vidro que lhe abarrotava o piso e agachou-se lentamente, tendo a entrada de informações do engenho de crise à sua esquerda. O circuito de maquinário e tubos descrevia um círculo serpenteante pelo aposento, que culminava na campânula carregada de queijo à sua direita.

Isaac segurava em uma das mãos um tubo de metal flexível conectado por uma das pontas à caldeira do laboratório, junto à parede distante. Estava nervoso e empolgado. O mais silenciosamente possível, conectou o tubo à válvula de alimentação do engenho de crise. Soltou o fecho e sentiu o vapor começar a encher o motor. Houve um murmúrio sibilante e um tinido. Isaac ajoelhou-se diante do engenho e copiou as fórmulas matemáticas nas teclas de entrada. Inseriu rapidamente quatro cartões de programa na unidade, sentiu as pequenas engrenagens deslizarem e morderem, viu a poeira levantar-se à medida que aumentavam as vibrações do engenho.

Murmurou algo para si mesmo e observou com atenção.

Isaac julgou sentir a energia e os dados passando pelas sinapses até os vários nodos do engenho de crise desmembrado. Sentia como se o vapor corresse por suas próprias veias, transformando seu coração em um pistão martelador. Acionou quatro grandes alavancas na unidade e ouviu toda a estrutura se aquecer.

O ar zumbia.

Durante vagarosos segundos nada aconteceu. Então, na campânula suja, o pedaço de queijo começou a estremecer.

Isaac quis gritar de triunfo ao ver aquilo. Girou o botão do mostrador 180 graus e a coisa se moveu mais um pouco.

Que venha a crise, pensou, e puxou a alavanca que completava o circuito e levava a campânula ao escrutínio das máquinas sensoriais.

Isaac havia adaptado a campânula, removendo-lhe o topo e substituindo-o por um êmbolo, que agora alcançava e começava a apertar, de modo que seu fundo abrasivo se movia devagar na direção do queijo. O queijo estava sob ameaça. Se o êmbolo completasse seu movimento, o queijo seria completamente esmagado.

Enquanto Isaac apertava com a mão direita, ajustava com a esquerda puxadores e botões, em resposta a manômetros trepidantes. Observou seus ponteiros mergulharem e saltarem, e ajustou a corrente taumatúrgica de acordo.

– Vamos lá, seu filhinho de uma puta – murmurou. – Cuide-se, viu? Já está sentindo? A crise vai pegar...

O êmbolo se aproximava sadicamente do queijo. A pressão nos canos ia ficando perigosamente alta. Isaac sibilou, frustrado. Diminuiu o ritmo de sua ameaça ao queijo, movendo o êmbolo para baixo de maneira inexorável. Se o engenho de crise falhasse e o queijo não apresentasse os efeitos que tentara programar, Isaac o esmagaria mesmo assim. Crise se resumia a potencialidade. Se ele não tivesse intenção genuína de esmagar o queijo, este não estaria em crise. Não se podia *ludibriar* um campo ontológico.

De súbito, enquanto os lamentos de vapor e pistões cantantes iam se tornando desconfortáveis e as margens das sombras do êmbolo se aguçavam à medida que este pressionava a base da campânula, o queijo explodiu. Houve um estalido longo e semilíquido quando a pepita de queijo explodiu rápida e violentamente, respingando o interior da campânula com migalhas e óleo.

Lublamai gritou para Isaac, perguntando o que, em nome de São Falastrão, era aquilo, mas Isaac não ouviu. Estava sentado, boquiaberto como um idiota, olhando para o queijo. Então riu de incredulidade e alegria.

–Isaac? Que porra você está fazendo aí? – gritou Lublamai.

– Nada, nada! Lamento incomodá-lo... É só trabalho. Vai muito bem, na verdade. A resposta de Isaac foi interrompida quando não conseguiu evitar o riso.

Desligou o engenho de crise rapidamente e ergueu a campânula. Passou os dedos sobre a porcaria meio derretida e grudada lá dentro. *Incrível!*, pensou.

Tinha tentado programar o queijo para pairar alguns centímetros acima do piso. Sob tal ponto de vista, supunha ter fracassado. Mas não esperava que *nada* acontecesse! Por certo, havia se equivocado na matemática e programado mal os cartões. Era óbvio que especificar os efeitos que almejava seria extremamente difícil. Talvez o próprio processo de extração fosse chocantemente tosco, deixando todos os espaços possíveis para erros e imperfeições no processo. E Isaac nem mesmo *tentara* criar o *loop* permanente de retroalimentação que desejava obter, afinal.

Porém, porém... *havia conseguido utilizar a energia de crise.*

Aquilo não tinha nenhum precedente. Pela primeira vez, Isaac de fato acreditava que suas ideias funcionariam. Dali em diante, o trabalho seria de refino. Ainda haveria muitos problemas, estava claro, mas problemas de ordem diferente e muito inferiores. O enigma básico, o problema central de toda a teoria de crise, havia sido *resolvido.*

Isaac reuniu suas anotações e as folheou com reverência. Não conseguia acreditar no que fizera. De imediato, mais planos lhe ocorreram. *Da próxima vez,* pensou, *usarei um pouco de aquaofício vodyanoi. Algo que já se mantém* íntegro por energia de crise. *Isso vai tornar a vida bem mais interessante. Talvez possamos fazer funcionar aquele* loop... Isaac estava inebriado. Bateu na testa e riu.

Vou sair, resolveu de repente. *Vou... encher a cara. Encontrar Lin. Tirar uma noite de folga. Acabo de resolver um dos malditos problemas intratáveis de um dos mais controversos paradigmas científicos e mereço uma bebida...* Riu de seu surto mental e depois ficou sério. Percebeu que havia decidido contar a Lin sobre o engenho de crise. *Não posso mais pensar sobre isso sozinho,* refletiu.

Verificou se levava nos bolsos as chaves e a carteira. Alongou-se e sacudiu-se, após o que desceu ao térreo. Lublamai voltou-se ao ouvir o som de passos.

– Estou saindo, Lub – disse Isaac.

– Já está com o dia ganho, Isaac? São só três horas.

– Ouça, meu velho, adiantei umas horas. – Isaac sorriu. – Vou tirar meio dia de folga. Se alguém perguntar por mim, diga que volto amanhã.

– Certinho – disse Lublamai, acenando e voltando ao trabalho. – Aproveite.

Isaac resmungou uma despedida.

Parou no meio da Via do Remador e suspirou, unicamente pelo prazer que sentia com o ar. A ruazinha não estava cheia, mas também não estava deserta. Isaac saudou um ou dois vizinhos, depois deu meia-volta na direção de Pequena Bobina. O dia estava lindo, e ele decidira caminhar até Campos Salazes.

O ar morno se infiltrava pela porta, janelas e frestas nas paredes do armazém. A certa altura, Lublamai parou de trabalhar para remover o excesso de roupas. Sinceridade lutava alegremente com um besouro. O constructo terminara a limpeza havia algum tempo e agora tiquetaqueava tranquilo no canto oposto. Uma de suas lentes ópticas parecia fixa em Lublamai.

Logo depois de Isaac sair, Lublamai se levantou e, debruçando-se sobre o parapeito da janela aberta ao lado de sua escrivaninha, atou uma echarpe vermelha a um parafuso que se sobressaía entre os tijolos. Fez uma lista do que precisava comprar, para o caso de Chapradois aparecer. Depois, voltou ao trabalho.

Em torno das cinco horas o sol ainda estava alto, porém curvava-se na direção do solo. A luz se adensava rápida, ficando ocre.

Nas profundezas da crisálida pendente, a forma de vida em pupa conseguia sentir o dia acabando. Estremeceu e flexionou sua carne quase pronta. Em sua linfa e nos desvãos de seu corpo, um conjunto final de reações quêmicas começava.

Às seis e meia, uma batida desajeitada no lado de fora da janela interrompeu Lublamai, que olhou por ela e viu Chapradois no pequeno beco, esfregando a cabeça com o pé preênsil. O gargomem viu Lublamai e emitiu um grito de saudação.

– Patrão Lublub! Tô fazendo minhas rondas. Vi seu pendão vermelho na janela...

– 'Noite, Chapradois – disse Lublamai. – Está a fim de entrar?

Afastou-se da janela para deixar passar o gargomem. Chapradois estatelou-se no piso com um pesado bater de asas. Sua pele avermelhada parecia belíssima sob os estilhaços de luz tardia que a atingiam. Olhou para cima e riu para Lublamai com seu rosto satisfeito e horrendo.

– Qual é o plano, chefe? – gritou Chapradois.

Antes que Lublamai pudesse responder, Chapradois percebeu que Sinceridade o encarava hesitante. Ele abriu as asas, botou a língua para fora e a olhou feio. Ela trotou para longe, com asco.

Chapradois riu estrondosamente e arrotou.

Lublamai sorriu com indulgência. Antes que Chapradois tivesse oportunidade de se distrair ainda mais, arrastou o gargomem até a escrivaninha, onde sua lista de compras aguardava. Deu a Chapradois uma barra de chocolate, para manter sua atenção no trabalho que tinha em mãos.

Enquanto Lublamai e Chapradois barganhavam sobre quantos produtos o gargomem poderia carregar pelo ar, algo acima deles se mexia.

Entre as sombras da gaiola no laboratório elevado de Isaac, que escureciam rapidamente, o casulo oscilava movido por uma força que não era o vento. O movimento dentro do estreito embrulho orgânico o fazia balançar rápida e hipnoticamente. Girava, depois vacilava, sacudia-se um pouco. Havia um som infinitesimal de rasgadura, baixo demais para ser ouvido por Lublamai ou Chapradois.

Uma garra negra, cinzelada e úmida rompeu as fibras do casulo. Deslizou para cima devagar, rasgando o material rígido tão facilmente quanto uma faca recurva. Uma confusão de sentidos totalmente alheios derramou-se do rasgo irregular, como entranhas invisíveis. Rajadas de sentimento desconcertantes correram brevemente pelo aposento, fazendo com que Sinceridade rosnasse e que Lublamai e Chapradois olhassem apreensivos para cima.

Mãos intricadas emergiram da escuridão e seguraram as beiradas do rasgo. Forçaram em silêncio até que a coisa se abrisse de todo. Houve a mais suave das pancadas quando o corpo trêmulo deslizou para fora do casulo, tão úmido e escorregadio quanto um recém-nascido.

Por um instante encostou-se à madeira, fraco e atônito, na mesma postura encolhida que tivera dentro da crisálida. Lentamente, impulsionou-se para fora, deleitando-se com a súbita amplidão de espaço. Quando encontrou a tela de arame da gaiola, arrancou-a da portinhola sem esforço e arrastou-se para o espaço ainda mais amplo do aposento.

Descobriu-se. Reconheceu sua forma.

Soube que tinha necessidades.

Lublamai e Chapradois olharam para cima ao ouvir os guinchos e desafinados estalos de arame rompido. O som parecia começar acima deles e se abater sobre o aposento. Olharam um para o outro e, depois, outra vez para cima.

– Qué isso, patrão? – disse Chapradois.

Lublamai se afastou da escrivaninha. Olhou para a sacada de Isaac, voltou-se devagar e inspecionou todo o andar térreo. Houve silêncio. Lublamai ficou imóvel, franzindo o cenho, com o olhar fixo na porta da frente. Perguntou-se se o som provinha de fora.

Um movimento se refletiu no espelho ao lado da porta.

Algo negro se ergueu do piso no topo da escadaria.

Lublamai falou, emitiu um som trêmulo de descrença, de medo, de confusão, que se dissipou mudamente após o mais breve instante. Observou boquiaberto o reflexo.

A coisa se desdobrou. A sensação era de florescimento. De expansão após o cativeiro, como um homem ou uma mulher que abrisse os braços após sair da posição fetal. Mas multiplicada e ampliada. Como se os membros indistintos da coisa pudessem se dobrar mil vezes, de modo que ela se desfraldasse como uma escultura de papel, erguendo e estendendo braços, pernas, tentáculos ou caudas que se abriam e continuavam a se abrir. A coisa que estivera sentada como um cão se ergueu e se abriu, e tinha quase o tamanho de um homem.

Chapradois guinchou algo. Lublamai abriu ainda mais a boca e tentou se mover. Não conseguia ver o formato daquilo. Apenas suas mãos e pele, negras e brilhantes, que tateavam para agarrar, como as de uma criança. Sombras geladas. Olhos que não eram olhos. Dobras, arestas e curvas orgânicas, como caudas de rato que tremessem e se contraíssem ao morrer. E aqueles estilhaços de ossos descoloridos, tão longos como dedos, que brilhavam de alvor e se abriam e salivavam e eram *dentes*...

Quando Chapradois tentou disparar para fora, passando por Lublamai, e este tentou abrir a boca para gritar, com os olhos ainda fixos na criatura do espelho e os pés derrapando na laje, a coisa no topo da escadaria abriu as asas.

Quatro foles sussurrantes de matéria negra sobre as costas da criatura saltaram para fora, e para fora de novo, e outra vez, encaixando-se em posição, tremulando e expandindo-se em vastas dobras de carne espessa e sarapintada, até um tamanho impossível: uma explosão de padrões orgânicos, uma bandeira desfraldada, punhos cerrados se abrindo.

A coisa tornou esguio o próprio corpo e abriu as asas colossais, dobras planas e maciças de pele rígida que pareciam ocupar o corredor. Eram irregulares, de formato caótico, volutas aleatórias e fluidas; porém, perfeitamente simétricas, imagens espelhadas à esquerda e à direita, como tinta derramada ou padrões pintados em papel dobrado.

E sobre aquelas grandes superfícies planas havia manchas escuras, padrões grosseiros que pareciam cintilar enquanto Lublamai observava e Chapradois forçava a porta, em prantos. As cores eram noturnas, sepulcrais, azul-negro, marrom-negro, vermelho-negro. E os padrões cintilavam *de verdade,* as formas de sombra se moviam como amebas sob lentes de aumento, como óleo na superfície da água; os padrões à esquerda e à direita ainda simétricos, movendo-se em sincronia, pesados e hipnóticos, cada vez mais rápido. O rosto de Lublamai vincou-se. Suas costas comichavam como loucas com a ideia de que a coisa estava atrás dele. Lublamai girou sobre os calcanhares para encará-la, olhou diretamente para as cores mutantes, o espetáculo obscuro e vívido...

... E então já não pensava em gritar, só em observar as marcas que giravam e se derramavam pelas asas, em perfeita simetria, como nuvens no céu noturno acima e na água abaixo.

Chapradois uivou. Voltou-se para ver a coisa que agora descia as escadas com aquelas asas ainda desfraldadas. Então, os padrões nas asas o fascinaram, e o gargomem ficou olhando, boquiaberto.

Os desenhos escuros nas asas moviam-se sedutores.

Lublamai e Chapradois ficaram imóveis e silenciosos, ávidos, de queixo caído, trêmulos, fitando aquelas magníficas asas.

A criatura provou o ar.

Lançou um breve olhar a Chapradois e abriu a boca, mas a colheita ali era magra. Virou a cabeça na direção de Lublamai e manteve as asas abertas e cativantes. Gemeu de fome em um timbre silencioso que fez Sinceridade, já apavorada, gritar e se retrair junto à sombra do constructo imóvel, encostado à parede no canto do aposento, com sombras estranhas palpitando em suas lentes. O ar zunia com o sabor de Lublamai. A criatura salivou e suas asas cintilaram freneticamente, e o sabor de Lublamai ficou ainda mais forte, até que a língua monstruosa da coisa emergiu e saltou para a frente, atirando Chapradois para o lado sem esforço.

A criatura alada tomou Lublamai em um abraço voraz.

CAPÍTULO 22

O crepúsculo sangrava para dentro dos canais e rios convergentes de Nova Crobuzon. Corriam espessos e cruentos de luz. Turnos se revezavam e jornadas de trabalho terminavam. Comitivas exaustas de trabalhadores das forjas e fundições, balconistas, padeiros e carvoeiros arrastavam-se das fábricas e dos escritórios até as estações. As plataformas estavam cheias de discussões barulhentas e cansadas, cigarrilhas e birita. Os guindastes a vapor de Troncouve trabalhavam noite adentro, içando cargas exóticas de navios estrangeiros. No rio e nas grandes docas, espantosos estivadores vodyanois berravam insultos a tripulações humanas nos atracadouros. O céu sobre a cidade estava manchado de nuvens. O ar estava quente e cheirava a volúpia e podridão, em momentos alternados, à medida que árvores frutificavam e resíduos industriais coagulavam em fluxos espessos.

Chapradois voou do armazém na Via do Remador como um tiro de canhão. Saindo pela janela quebrada, rasgou os céus deixando um rastro de sangue e lágrimas, balbuciando e fungando como um bebê, voando em espirais enviesadas em direção a Peixe-Pequeno e Jardins Ab-rogados.

Minutos se passaram antes que outra forma, mais escura, o seguisse pelos céus.

A intricada coisa recém-nascida flexionou-se por uma janela aberta e lançou-se ao anoitecer. Seus movimentos no chão haviam sido hesitantes, cada gesto parecia experimental, mas no ar a criatura flutuava. Não havia hesitação, apenas a glória do movimento.

As asas irregulares se encontravam e separavam em enormes repuxos silenciosos que deslocavam grandes porções de ar. A criatura girou, batendo as asas langorosamente, seu corpo progredindo pelos céus com a caótica e desajeitada velocidade de uma borboleta. Deixava redemoinhos de vento, suor e exsudações afísicas em seu rastro.

A criatura ainda estava secando.

Exaltou-se. Lambeu o ar que esfriava.

A cidade embaixo dela apodrecia como bolor. Um palimpsesto de impressões sensoriais atingia a coisa voadora, sons, cheiros e luzes que se infiltravam em sua mente obscura como uma onda sinestésica, uma percepção alheia.

Nova Crobuzon exalava o intenso cheiro-gosto da caça.

A coisa havia comido, estava saciada, mas a fartura de alimento a confundia gloriosamente, e ela babava e trincava os enormes dentes, em êxtase.

Mergulhou. Suas asas bateram e tremeram enquanto se precipitava em direção aos becos mal iluminados lá embaixo. Sabia, em seu coração de caçador, evitar as grandes nódoas de luz coaguladas nos espaços irregulares por toda a cidade, buscar os lugares mais escuros. Passou a língua pelo ar e encontrou comida, dirigindo-se à sombra das paredes de tijolo com caóticas manobras aéreas. Abateu-se como um anjo caído sobre o beco ruinoso onde uma prostituta e seu cliente trepavam encostados à parede. Seus espasmos incongruentes vacilaram ao perceberem a coisa ao lado deles.

Os gritos foram breves. Cessaram rapidamente quando a criatura abriu as asas.

A coisa caiu-lhes em cima com ganância e voracidade.

———

Depois, voou outra vez, embriagada com o sabor.

Pairou, procurando o centro da cidade, volteando, atraída lentamente para a enorme expansão da Estação Perdido. Adejou para o Oeste sobre Cuspelar e a zona da luz vermelha, sobre o emaranhado contraditório de comércio e miséria que era O Corvo. Atrás dela, rasgando o ar, estavam o prédio escuro do Parlamento e as torres milicianas da Ilha Reta e do Brejo do Texugo. A criatura traçou um curso incerto sobre a trajetória do altrilho que ligava aquelas torres mais baixas ao Espigão, que aflorava no extremo oeste da Estação Perdido.

A coisa voadora se assustou quando viu os módulos deslizando pelo trilho. Pairou por um instante, fascinada pela passagem balouçante dos trens que se expandia saindo da estação, aquele obsceno absurdo arquitetônico.

Vibrações em uma centena de registros e tonalidades atraíram a coisa, enquanto forças, emoções e sonhos se derramavam e eram amplificados pelas câmaras de tijolos da estação, até serem impelidos ao céu. Uma gigante e invisível trilha de sabor.

Os poucos pássaros noturnos desviaram-se violentamente da coisa bizarra e pesada que voava a caminho do coração negro da cidade. Gargomens cuidando de seus encargos viram a silhueta incompreensível e se afastaram para outras direções, berrando obscenidades e pragas. Estrondos e zunidos vibravam, provindos de dirigíveis que sinalizavam uns aos outros, deslizando devagar entre céu e cidade como peixes gordos. Enquanto se desviavam morosamente, a coisa os ultrapassava num bater de asas, despercebida, exceto por um maquinista, que não relatou seu avistamento, mas fez um sinal religioso e sussurrou a Solenton um pedido de proteção.

Alcançada pela corrente ascendente – a onda de sensações proveniente da Estação Perdido –, a coisa se deixou capturar e conduzir para o alto até estar muito, muito acima da cidade. Descreveu uma lenta curva com um tremor de asas, orientando-se até seu novo território.

Percebeu os caminhos do rio. Sentiu as exalações de diferentes energias provindas de zonas diferentes da cidade. Sentiu a cidade em uma fugaz passagem de diferentes humores. Concentrações de comida. Abrigo.

A criatura buscava mais uma coisa. Outra de sua espécie.

Era social. Quando nascera pela segunda vez, trouxera consigo a sede de companhia. Sua língua se desenrolou e explorou o ar saibroso à procura de algo igual a si mesma.

A coisa estremeceu.

Muito, muito de leve, conseguia sentir algo a leste. Sentia o gosto da frustração. Suas asas vibraram de empatia.

Descreveu um arco e bateu as asas na direção da qual proviera. Um pouco mais ao norte dessa vez, passando acima dos parques e velhos prédios elegantes de Gidd e Ludmel. As fragmentárias enormidades do Espinhaço se expandiam extraordinariamente ao sul, e a coisa voadora sentiu náusea, ansiedade, ao discernir aqueles ossos que assomavam. O poder que escorria dali para cima não era nem um pouco de seu agrado. Porém, seu mal-estar lutava contra a simpatia, codificada em seu âmago, por sua própria espécie, cujo sabor ficou mais forte, muito mais forte, à sombra do grande esqueleto.

A coisa desceu com hesitação. Aproximou-se em movimentos circulares de Norte a Leste. Voou baixo e reto, sob o altrilho que se entendia ao norte indo da torre miliciana na Colina do Gato Vadio para aquela em Chnum. Seguiu um trem que ia para o Leste sobre a Linha Destra, pairando sobre suas termais imundas. Então, descreveu um longo arco, em torno da torre da Colina do Gato Vadio e sobre a fronteira norte da zona industrial de Lamecoa. A coisa se lançou na direção da ferrovia elevada de Vilaosso, aflita com a influência do Espinhaço, mas arrastada em direção ao sabor de seus semelhantes.

Esvoaçou de telhado em telhado, sua língua pendendo obscenamente enquanto os traçava. Às vezes, a corrente descendente produzida por suas asas fazia com que um passante olhasse para cima, quando chapéus e jornais rolavam pelas ruas desertas. Caso vissem a forma escura que assomava acima deles por um momento e então sumia, sentiam calafrios e se apressavam, ou franziam as sobrancelhas e negavam o que haviam visto.

A coisa alada deixava a língua pender enquanto remava devagar pelo ar. Usava-a como um sabujo usa o focinho. Passava-a pela paisagem ondulante formada pelos telhados, que parecia cingida pelo Espinhaço. Ia seguindo com a língua uma fraca pista.

Cruzou a aura de um grande prédio betuminoso em uma rua deserta, e sua língua comprida estalou como um chicote. Ganhou velocidade, arqueou-se para cima e para baixo em círculos elegantes na direção do telhado alcatroado. Lá, no canto distante, sob aquele teto através do qual as sensações de seu semelhante vazavam como salmoura por uma esponja...

Avançou sobre as telhas, flexionando seus membros peculiares. Sentimentos de solicitude escorriam dela, e houve um atônito momento de confusão quando seu parente cativo reagiu a sua presença. Logo a nebulosa infelicidade de ambos se tornou apaixonada: apelos, e prazer, e exigências de liberdade e, no meio disso, instruções frias e precisas de como proceder.

A criatura encontrou o caminho rumo à beira do telhado e desceu, com um movimento entre voo e escalada, até agarrar a borda externa de uma janela selada, doze metros acima da calçada. O vidro estava pintado de preto. Vibrava infimamente em dimensões sobrenaturais, golpeado pelas emanações de dentro.

A coisa no parapeito arranhou a janela por um momento, depois arrancou a moldura com um movimento rápido, deixando um ferimento feio onde estivera a esquadria. Deixou cair com um ruído catastrófico o vidro que já se quebrava e entrou no sótão escuro.

O aposento era muito amplo e vazio. Uma grande onda glutinosa de boas-vindas e advertências emanou do piso coberto de lixo.

No lado oposto à recém-chegada havia quatro de sua espécie. Sentiu-se pequena diante deles; a magnífica economia de seus membros fazia os dela parecerem atrofiados, raquíticos. Estavam acorrentados à parede com enormes correias de metal em torno do ventre e de vários membros. Todos tinham as asas estendidas por completo, encostadas à parede: cada conjunto era tão único e aleatório quanto o da recém-chegada. Embaixo de cada traseiro havia um balde.

Algumas tentativas tornaram evidente para a recém-chegada que aquelas correias não cederiam. Uma das que estavam presas à parede sibilou para a criatura frustrada, exigindo imperiosamente que lhe prestasse atenção. Comunicava-se em gorjeios psíquicos.

A coisa livre, que agora se descobria servil, recuou, conforme fora instruída, e aguardou.

No mero plano sonar, gritos e chamados soavam na rua lá embaixo, onde a janela havia caído. Um alvoroço confuso provinha de dentro do prédio abaixo. Do corredor distante da porta ouviu-se o som de passos apressados. Trechos caóticos de diálogos instilaram-se através da madeira.

– ... *Dentro*...

– ... Entrou?

– … Espelhos, não…

A criatura se afastou ainda mais de seus parentes acorrentados e moveu-se para o meio das sombras no lado distante do aposento, para além da porta. Dobrou as asas e aguardou.

Trancas se abriram do outro lado da porta. Houve um momento de hesitação antes de a porta se abrir de um só golpe e quatro homens armados invadirem em rápida sucessão. Detiveram-se na direção oposta às criaturas presas. Dois levavam pederneiras pesadas, carregadas e prontas para disparar. Dois eram Refeitos. Na mão esquerda seguravam pistolas, porém de seu ombro direito despontavam enormes canos de metal, alargados nas pontas como bacamartes. Estavam fixos em uma posição que os mantinha apontando diretamente para trás de cada Refeito, que os portavam com cuidado e enxergavam por espelhos suspensos diante de seus olhos, instalados em capacetes de metal.

Os dois que portavam rifles convencionais também usavam capacetes-espelhos, porém perscrutavam, para além dos espelhos, a escuridão adiante.

– Quatro mariposas, e todas em ordem! – gritou um dos Refeitos com o estranho braço de rifle que apontava para trás, ainda olhando através de seu espelho.

– Não há nada aqui – respondeu um dos homens, que olhava pelo buraco arruinado da janela a escuridão à frente.

Enquanto falava, a coisa invasora saiu de entre as sombras e abriu suas asas incríveis.

Os dois que olhavam para a frente pareceram chocados e abriram a boca para gritar.

– *São Falastrão! Puta merda* – um deles chegou a dizer, e ambos ficaram em silêncio quando os padrões nas asas da criatura começaram a pulular como um caleidoscópio pardo e impiedoso.

– *Que porra…* – começou um dos Refeitos, e piscou os olhos brevemente.

Seu rosto desmoronou de horror, mas seu gemido morreu muito rápido ao notar as asas da criatura.

O último Refeito gritou o nome de seus camaradas e choramingou ao vê-los soltar as armas. Conseguia ver uma forma muito tênue com o canto do olho. A criatura diante dele percebia seu horror. Aproximou-se devagar, emitindo murmurinhos reconfortantes em um vetor emocional. Uma frase circulou estupidamente na mente do homem: *Há uma na minha frente, há uma na minha frente.*

O Refeito tentou avançar, com os olhos fixos no espelho, mas a criatura diante dele se movia facilmente para dentro de seu campo de visão. Aquilo que estivera no canto do olho do homem se tornou um campo mutante e inescapável, e o Refeito sucumbiu, baixando os olhos para ver aquelas asas que mudavam violentamente; sua mandíbula se abriu e balbuciou, trêmula. Abaixou seu braço-arma.

Com um pequeno gesto de uma meada de carne, a criatura livre fechou a porta. Estava diante dos quatro homens fascinados, e baba escorria de suas mandíbulas.

Uma ordem severa, provinda de seus parentes presos, interrompeu sua fome e a superou em muito. Ela avançou e virou cada homem na direção das quatro mariposas presas.

Houve um breve instante em que cada homem deixou de encarar aquelas asas, quando sua mente se aferrou à liberdade por um instante. Mas o fabuloso espetáculo de quatro conjuntos de padrões transitórios arrancou-lhes o controle, e viram-se perdidos.

Atrás deles, o intruso empurrou cada homem na direção de uma das grandes asas pregadas, que avançaram avidamente, com os membros curtos que não estavam presos, para agarrar as vítimas.

As criaturas se alimentaram.

Uma delas tateou, em busca de chaves, o cinto de sua refeição e as arrancou das roupas do homem. Quando terminou de comer, estendeu-se para cima com movimentos cuidadosos e inseriu a chave com delicadeza na tranca que a prendia.

Foram quatro tentativas – dedos agarrando a chave desconhecida, girando-a de um ângulo desajeitado –, mas a criatura se libertou. Voltou-se a cada uma de suas companheiras e repetiu o lento processo, até que todas as cativas estivessem livres.

Uma a uma, cambalearam pelo aposento até o buraco da janela. Pararam e alongaram, contra a parede de tijolos, os músculos atrofiados. Abriram bem aquelas asas impressionantes e se lançaram para fora, para longe do éter seco e doentio que parecia emanar do Espinhaço. A última a sair foi a novata.

Esforçou-se para seguir suas camaradas: mesmo exaustas e brutalizadas, voavam mais rápido do que ela podia. Esperaram, em círculos, centenas de metros acima, estendendo sua consciência, à deriva em meio aos sentidos e impressões que fluíam em todas as direções.

Quando a humilde libertadora as alcançou, separaram-se um pouco para recebê-la. Voaram juntas, partilhando o que sentiam, lambendo lascivamente o ar.

Pairaram seguindo a primeira a voar, ao norte, em direção à Estação Perdido. Giraram devagar, cinco, como as cinco linhas férreas da cidade, sustentadas pela presença urbana e profana abaixo delas, um lugar fecundo de seres rastejantes que ninguém de sua espécie jamais havia experimentado. Voejaram sobre ele, estalando as asas golpeadas pelo vento, formigando com os sons e a energia da cidade que rugia.

Todo o lugar em que estavam, cada parte da cidade, cada ponte escura, cada mansão de quinhentos anos, cada bazar agitado, cada grotesco armazém de concreto, torre, casa flutuante, favela esquálida e parque bem cuidado estava apinhado de comida.

Era uma floresta sem predadores. Um campo de caça.

CAPÍTULO 23

Algo bloqueava a porta do armazém de Isaac. Ele praguejou amenamente, forçando contra a obstrução.

Era o começo da tarde do dia seguinte ao seu sucesso, que ele já concebia como seu "momento do queijo". Quando chegara ao apartamento de Lin, na noite anterior, ficara encantado por encontrá-la em casa. Estava cansada, mas tão feliz quanto ele. Ficaram na cama por três horas e depois correram até o Galo & Relógio.

Havia sido uma noite irritantemente perfeita. Todo mundo que Isaac queria ver estivera em Campos Salazes e havia passado no G&R para tomar um uísque, comer uma lagosta ou beber um chocolate batizado com quinério. Havia novas adições à turma, incluindo Maybet Sunder, que fora perdoada por ganhar o prêmio Shintacost. Em troca, fora magnânima em relação aos comentários perspicazes que Derkhan havia feito na imprensa e que outros fizeram pessoalmente.

Lin havia relaxado na companhia de seus amigos, mas sua melancolia parecia refluir sem se dissipar. Isaac tivera uma de suas discussões políticas sibiladas com Derkhan, que havia lhe passado a edição mais recente do *RR*. Os amigos reunidos haviam discutido, comido e jogado petiscos uns nos outros até as duas da manhã, quando Isaac e Lin retornaram à cama e ao sono quente e entrelaçado.

Durante o desjejum, Isaac havia lhe contado de seu triunfo com o engenho de crise. Lin não entendera a dimensão do feito, o que era compreensível. Tinha percebido que ele estava mais animado do que nunca e fizera o possível para demonstrar entusiasmo suficiente. Para Isaac, simplesmente comunicar os elementos básicos do projeto, da maneira mais anticientífica, fizera diferença, como havia suspeitado. Sentia-se mais estável e menos como se vivesse algum sonho esdrúxulo. Havia notado problemas em potencial durante sua explicação e a concluíra ansioso por retificá-los.

Isaac e Lin se despediram com afeição profunda e com a promessa mútua de não deixar passar mais tanto tempo sem se ver.

E, agora, Isaac não conseguia entrar em sua oficina.

– Lub! David! Que porra estão aprontando? – gritou ele, e empurrou a porta novamente.

Enquanto empurrava, uma pequena fresta se abriu, e ele pôde ver o contorno do que bloqueava a porta.

Era uma mão.

Seu coração deu um pulo.

– São Falastrão! – Ouviu-se gritar enquanto punha todo seu peso contra a porta, que cedeu à sua massa.

Lublamai estava esparramado de bruços ao longo do vão da porta. Enquanto Isaac se ajoelhava junto à cabeça do amigo, ouviu Sinceridade choramingando entre as bandas de rodagem do constructo. Estava acuada.

Isaac virou Lublamai e emitiu um trêmulo suspiro de alívio quando sentiu que o amigo estava quente e o ouviu respirar.

– Acorde, Lub! – gritou Isaac.

Os olhos de Lublamai já estavam abertos. Isaac se assustou com aquele olhar impassível.

– Lub? – sussurrou.

Saliva havia se acumulado sob o rosto de Lublamai, abrindo trilhas por sua pele empoeirada. Ele jazia completamente flácido, sem movimento algum. Isaac apalpou o pescoço do amigo. Seu pulso estava bastante regular. Lublamai respirava em profundas golfadas, parando por um instante e então soltando o ar. Parecia estar dormindo.

Mas Isaac recuou aterrorizado ante aquele olhar vazio e estúpido. Acenou com a mão diante dos olhos de Lublamai, sem provocar reação. Esbofeteou o rosto de Lublamai com suavidade uma vez e mais duas com força. Percebeu que estava gritando o nome dele.

A cabeça de Lublamai balançava para a frente e para trás como um saco cheio de pedras.

Isaac fechou a mão e sentiu algo pegajoso. A mão de Lublamai estava recoberta de uma camada fina de líquido transparente e grudento. Cheirou a mão e se alarmou com o leve aroma de limão e putrefação, que o fez sentir-se, por um instante, prestes a desmaiar.

Passou o dedo no rosto de Lublamai e viu que a pele em torno da boca e do nariz estava escorregadia e melada com aquela lavagem; que aquilo que pensara ser saliva de Lublamai era, na maior parte, aquela gosma fina.

Nenhum grito, tapa ou súplica acordou Lublamai.

Quando Isaac afinal olhou para cima e em torno do aposento, viu que a janela junto à escrivaninha de Lublamai estava aberta, com os vidros quebrados e as persianas de madeira em pedaços. Ergueu-se e correu até a esquadria da janela, mas não havia nada para ver, dentro ou fora.

Enquanto Isaac corria de canto a canto sob seu próprio laboratório elevado, dardejando entre os cantos de Lublamai e David, sussurrando consolações idiotas à aterrorizada Sinceridade, procurando sinais de intrusos, percebeu que uma terrível ideia lhe ocorrera havia algum tempo e habitava funestamente o recôndito de sua mente. Hesitou e parou. Devagar, ergueu a cabeça e olhou, tomado de frio horror, a parte de baixo das tábuas da plataforma.

Uma calma temerosa assentou-se sobre ele como neve. Sentiu seus pés se erguerem, marchando inexoravelmente até a escadaria de madeira. Virou a cabeça enquanto caminhava e viu Sinceridade farejando, cada vez mais perto de Lublamai. Sua coragem retornava aos poucos, agora que não estava mais sozinha.

Tudo o que Isaac via parecia mais lento. Caminhou como se vadeasse um rio gelado.

Degrau por degrau ele subiu. Não sentiu nenhuma surpresa, apenas um vago presságio, quando viu poças de um estranho cuspe em cada degrau e os fragmentos frescos deixados por algum recém-chegado de garras afiadas. Ouviu seu próprio coração pulsar com algo que parecia tranquilidade e imaginou se estava insensível ao choque.

Porém, quando alcançou o topo e se virou para ver a gaiola derrubada, sua grossa tela de arame rompida de dentro para fora, pequenos dedos de metal lançados para fora do buraco ao centro, a crisálida rasgada e vazia e o rastro de líquidos escuros pingando de sua casca, Isaac se ouviu gritar horrorizado e sentiu seu corpo estremecer e imobilizar ao ser varrido por uma maré gelada de calafrios. O horror se avolumou dentro e em volta dele, como tinta em água.

– Deus do céu! – sussurrou entre lábios secos e trêmulos. – Ah, São Falastrão... O que foi que eu fiz?

A milícia de Nova Crobuzon não gostava de aparecer. Emergiam à noite, vestindo seus uniformes negros, para cumprir deveres tais como pescar os mortos do rio. Suas aeronaves e módulos vagavam e zuniam sobre a cidade com fins indeterminados. Suas torres eram seladas.

A milícia, defesa militar de Nova Crobuzon e sua agência policial doméstica, somente aparecia vestindo seu uniforme, as infames máscaras que lhes cobriam o rosto e armaduras negras, escudos e pederneiras, quando agia como guarda de algum lugar instável, ou em épocas de grande emergência. Usaram suas insígnias abertamente durante as Guerras Piratas e as Revoltas de Sacramundi, quando inimigos atacaram a ordem da cidade, vindos de fora ou de dentro.

Para as atividades diárias, dependiam de sua reputação e de sua vasta rede de informantes – as recompensas por informações eram generosas – e oficiais à paisana. Quando a milícia atacava, era o cidadão bebendo licor de cassis em um café, a velha carregando sacolas pesadas, o caixeiro dentro de um colarinho rígido e de sapatos polidos, que subitamente alcançavam o alto da cabeça com as mãos e puxavam capuzes de dobras invisíveis no tecido, que sacavam enormes pederneiras de coldres escondidos e invadiam antros criminosos. Quando um batedor de carteiras corria dos clamores de sua vítima, talvez um homem robusto de basto bigode (claramente falso, todo mundo pensaria depois, por que não tinham percebido antes?) agarrasse o transgressor em uma gravata punitiva e desaparecesse com ele em meio à multidão ou dentro de uma torre da milícia.

E, depois disso, nenhuma testemunha seria capaz de dizer ao certo como se pareciam aqueles agentes em seus disfarces civis. E nenhuma veria outra vez o caixeiro ou o homem robusto naquela parte da cidade.

Era ação policial por meio de medo descentralizado.

Eram quatro da manhã quando a prostituta e seu cliente foram encontrados no Brejo do Texugo. Os dois homens que caminhavam por becos escuros com as mãos nos bolsos e o ar arrogante haviam parado, vendo a forma amarrotada sob a lâmpada a gás. O comportamento dos dois mudou. Olharam em torno e, depois, entraram apressados no beco sem saída.

Acharam o casal estupefato caído lado a lado, seus olhos vidrados e vagos, com mau hálito e cheirando a limão estragado. A calça e a cueca do homem estavam arriadas em volta dos tornozelos, expondo seu pênis encolhido. As roupas da mulher – uma saia de fenda oculta que muitas prostitutas usavam para terminarem logo o trabalho – estavam intactas. Como os recém-chegados não conseguiram acordá-los, um deles ficou junto aos corpos mudos enquanto o outro correu para a escuridão. Ambos tinham colocado um capuz escuro sobre a cabeça.

Algum tempo depois uma carruagem negra chegou, puxada por dois cavalos enormes, Refeitos com chifres e presas que brilhavam de espuma. Uma pequena tropa de milicianos uniformizados saltou ao chão e, sem nenhuma palavra, carregou as vítimas comatosas até a escuridão do coche, que partiu em direção ao Espigão elevado no centro da cidade.

Os dois homens ficaram para trás. Esperaram até que a carruagem desaparecesse sobre os pavimentos do bairro labiríntico. Depois, olharam em torno cuidadosamente, fazendo inventário da esparsa colheita de luzes que brilhavam nos fundos de prédios e anexos, por trás de paredes decadentes e através dos finos dedos das árvores frutíferas em jardins. Seguros de que não eram observados, guardaram os capuzes e enfiaram as mãos de volta nos bolsos. Mergulharam, de súbito, em personagens diferentes, rindo calmamente entre si e conversando urbanamente enquanto retomavam, outra vez inócuos, sua patrulha das horas mortas.

Nas catacumbas sob o Espigão, o flácido par de achados foi cutucado e esbofeteado, ameaçado aos gritos e persuadido com delicadeza. De manhã cedo tinham sido examinados por um cientista da milícia, que esboçara um relatório preliminar.

Cabeças foram coçadas em perplexidade.

O relatório do cientista, junto com informações resumidas sobre todos os crimes graves ou incomuns, foi passando de andar em andar do Espigão, parando no penúltimo. Os relatórios foram despachados rapidamente, ao longo de um corredor serpenteante e sem janelas, até os escritórios da secretária de Assuntos Internos: chegaram a tempo, por volta das nove e meia.

Aos doze minutos depois das dez, um tubo comunicador começou a ribombar peremptoriamente na cavernosa estação de módulos que tomava todo o andar mais alto do Espigão. O jovem sargento de serviço estava no outro lado da sala, consertando uma lâmpada rachada diante de um módulo que pendia, como dezenas de outros, da intricada bagunça de altrilhos que se sobrepunham e cruzavam sob o teto alto. Os trilhos emaranhados permitiam que os módulos fossem movidos em torno uns dos outros, posicionados sobre um ou outro de sete altrilhos radiais que explodiam através dos enormes buracos abertos a intervalos regulares em torno da parede externa. Os trilhos partiam de lá, acima da face colossal de Nova Crobuzon.

Do lugar onde estava, o sargento podia ver o altrilho entrar na torre da milícia em Sheck, quase dois quilômetros a sudoeste, e emergir além dela. Viu um módulo deixar a torre, bem acima das habitações mal-ajambradas, virtualmente ao nível de seus próprios olhos, e disparar-se para longe na direção do Piche, que escorria sinuoso e inconfiável para o Sul.

Olhou para cima enquanto as batidas continuavam e, percebendo qual dos tubos exigia atenção, praguejou e atravessou a sala correndo. As peles que vestia tremularam. Mesmo no verão, fazia frio tão acima da cidade, numa sala aberta que funcionava como um gigantesco túnel de vento. Removeu a tampa do tubo comunicador e berrou para dentro do latão.

– Sim, secretária?

A voz que emergiu estava pequena e distorcida devido à jornada pelo metal sinuoso.

– Apronte meu módulo imediatamente. Vou à Ilha Reta.

As portas do Salão Lemquist, escritório do prefeito no Parlamento, eram enormes e sustentadas por faixas de ferro arcaico. Havia, a todo o momento, dois milicianos postados à porta, mas um dos privilégios de um posto nos corredores do poder lhes era negado: nenhuma fofoca, nenhum segredo, nenhum som de qualquer tipo atravessava a velha porta para chegar-lhes aos ouvidos.

Passando-se pela entrada cingida de metal, o próprio salão era imensamente alto, com painéis de madeira-negra de qualidade tão fina que era quase preta. Retratos de prefeitos anteriores davam a volta no salão, começando pelo teto, nove metros acima, espiralando devagar até dois metros do piso. Havia uma janela enorme que dava diretamente para a Estação Perdido e o Espigão, e uma variedade de tubos comunicadores, engenhos de calcular e periscópios telescópicos guardados em nichos em volta do salão, em poses obscuras e estranhamente ameaçadoras.

Bentham Rudgutter sentava-se atrás de sua mesa com um ar de completo controle. Ninguém que o houvesse visto naquele salão seria capaz de negar a extraordinária certeza de poder absoluto que ele exalava. Era o centro de gravidade do lugar. Ele tinha profunda ciência disso, assim como seus convidados. Sua grande altura e corpulência musculosa sem dúvida contribuíam para a sensação, mas havia muito mais em relação à sua presença.

Do outro lado da mesa sentava-se MontJohn Rescue, seu vizir, embrulhado como sempre em uma grossa echarpe e inclinado para apontar algo em um papel que ambos estudavam.

– Dois dias – disse Rescue com uma estranha voz sem modulação, bastante diferente daquela que usava para oratória.

– E daí? – questionou Rudgutter, acariciando seu imaculado cavanhaque.

– A greve aumenta. No presente, como você sabe, está retardando de cinquenta a setenta por cento de todas as cargas e descargas. Mas temos informações de que, em dois dias, os grevistas vodyanois planejam paralisar o rio. Vão trabalhar durante a noite, começando por baixo e ganhando espaço até em cima. Um pouco a leste da Ponte da Cevada. Um imenso trabalho de aquaofício. Cavarão uma trincheira de ar no meio da água até o fundo do rio. Terão de represá-lo constantemente, reoficiando as paredes sem parar, de modo que não desmoronem, mas têm membros suficientes para fazer isso em turnos. Não há navio que consiga atravessar tal vão, prefeito. Deterão por completo o comércio fluvial de Nova Crobuzon, em ambas as direções.

Rudgutter meditou e torceu os lábios.

– Não podemos permitir isso – disse sensatamente. – E os estivadores humanos?

– Minha segunda questão, prefeito – continuou Rescue. – Preocupante. A hostilidade inicial parece estar diminuindo. Há uma minoria crescente pronta a cerrar fileiras com os vodyanois.

– Ah, não, não, não, não – disse Rudgutter, sacudindo a cabeça como um professor corrigindo um aluno geralmente confiável.

– É verdade. É óbvio que nossos agentes são mais fortes no campo humano do que no xeniano, e a maioria ainda se opõe ou tem reservas em relação à greve, mas parece haver um conluio, uma conspiração, por assim dizer... reuniões secretas com grevistas e coisas do tipo.

Rudgutter abriu os dedos enormes e olhou de perto para o granulado da madeira na mesa entre eles.

– Algum dos nossos por lá? – perguntou com calma.

Rescue manuseou sua echarpe.

– Um entre os humanos – respondeu. – É difícil permanecer escondido entre os vodyanois, que não costumam vestir roupas dentro da água.

Rudgutter assentiu.

Os dois ficaram em silêncio, ponderando.

– Já tentamos nos infiltrar – disse Rudgutter, afinal. – Essa é, de longe, a pior greve que já ameaçou a cidade em... mais de um século. Por mais que me repugne, parece que teremos de criar um exemplo...

Rescue assentiu solenemente.

Um dos tubos comunicadores na mesa do prefeito percutiu. Ele ergueu as sobrancelhas enquanto destampava o tubo.

– Davinia? – Atendeu. Sua voz era uma obra-prima de insinuação. Em uma palavra disse à sua secretária que estava surpreso por ser interrompido contra suas ordens, mas que sua confiança nela era grande e estava certo de que ela tinha uma excelente razão para desobedecer-lhe, a qual seria melhor revelar imediatamente.

A voz ecoante e vazia do tubo latiu sons ínfimos.

– Que bom! – exclamou o prefeito suavemente. – É claro, é claro – tampou o tubo e olhou para Rescue. – Que oportuno – disse –, é a secretária do Interior.

As enormes portas se abriram brevemente, e a secretária do Interior entrou, balançando a cabeça em saudação.

– Eliza – disse Rudgutter –, por favor, junte-se a nós.

Indicou uma cadeira ao lado de Rescue.

Eliza Stem-Fulcher andou até a mesa. Era impossível determinar sua idade. Seu rosto quase não tinha rugas e os traços fortes sugeriam que talvez estivesse na casa dos trinta. Seu cabelo, no entanto, era branco, levemente salpicado de fios escuros para insinuar que um dia havia sido de outra cor. Vestia um conjunto escuro de paletó civil e calças, corte e cor habilmente escolhidos para lembrar bastante um uniforme da milícia. Fumava com calma um cachimbo de cerâmica, de piteira longa, cujo fornilho ficava a pelo menos quarenta centímetros de sua boca. O tabaco era condimentado.

– Prefeito; vice-prefeito. – Sentou-se e sacou uma pasta de sob seu braço. – Perdoe-me a interrupção sem aviso, prefeito Rudgutter, mas achei que deveria ver isto imediatamente. Você também, Rescue. Fico contente de que esteja aqui. Talvez tenhamos... certa crise em nossas mãos.

– Estávamos falando sobre praticamente a mesma coisa, Eliza – disse o prefeito. – É sobre a greve nas docas?

Stem-Fulcher olhou para ele enquanto retirava da pasta alguns papéis.

– Não, senhor prefeito. Algo muito diferente. – Sua voz era severa e ressonante.

Jogou um boletim de ocorrência criminal sobre a mesa. Rudgutter o colocou de lado entre ele e Rescue, e ambos viraram a cabeça para lê-lo juntos. Após um minuto, Rudgutter ergueu os olhos.

– Duas pessoas em algum tipo de coma, circunstâncias estranhas. Suponho que vá me mostrar mais do que isto.

Stem-Fulcher entregou-lhe outro papel. Outra vez, ele e Rescue leram juntos. E a reação foi quase imediata. Rescue sibilou e mordeu o interior de sua bochecha, mastigando com concentração. Quase ao mesmo tempo, Rudgutter emitiu um leve suspiro de compreensão, uma pequena e trêmula exalação.

A secretária do Interior observava impassível.

– É óbvio que nossa espiã nos escritórios de Mesclado não sabe o que está acontecendo. Está totalmente confusa. Mas os trechos de conversas que anotou... veja: "As *más esposas* fugiram". Acho que podemos concordar que ela ouviu mal e que sabemos o que foi dito de fato.

Rudgutter e Rescue leram e releram o relatório sem dizer nada.

– Trouxe o relatório científico que encomendamos logo no início do projeto ML, o estudo de viabilidade. – Stem-Fulcher falava rapidamente, sem emoção. Deixou o relatório cair sonoramente sobre a mesa. – Marquei umas poucas passagens particularmente relevantes, para sua consideração.

Rudgutter abriu o relatório lacrado.

Algumas palavras e frases estavam circuladas em vermelho. O prefeito as inspecionou rapidamente: *extremo perigo... em caso de fuga... sem predadores naturais...*

... Totalmente catastrófico...

... Procriação...

CAPÍTULO 24

O prefeito Rudgutter estendeu a mão e destampou outra vez o tubo comunicador.

– Davinia – disse. – Cancele todos os compromissos e reuniões de hoje. Não, dos próximos dois dias. Peça desculpas quando for necessário. Sem interrupções, a não ser que a Estação Perdido exploda, ou algo da mesma magnitude. Entendido?

Recolocou a tampa e encarou Stem-Fulcher e Rescue.

– Com que *diabos*, com que *em nome de São Falastrão*, com que *porra* Mesclado esteve *brincando*? Pensei que ele fosse profissional.

Stem-Fulcher assentiu.

– Essa questão surgiu quando arranjamos o contrato de transferência. Checamos o relatório de suas atividades (a maioria contra nós, deve-se notar) e estimamos que fosse ao menos tão capaz quanto nós de garantir a segurança. Ele não é nenhum tolo.

– Sabemos quem fez isso? – perguntou Rescue.

Stem-Fulcher deu de ombros.

– Um rival, talvez. Francine, Judix, ou seja lá quem for. Nesse caso, abocanharam muito mais do que podiam mastigar…

– Certo.

Rudgutter a interrompeu em tom peremptório. Stem-Fulcher e Rescue voltaram-se para ele e aguardaram. Ele cerrou os punhos, pôs os cotovelos na mesa e fechou os olhos, concentrando-se com tanta força que seu rosto parecia a ponto de trincar.

– Certo – repetiu e abriu os olhos. – A primeira coisa que devemos fazer é verificar se estamos diante da situação que acreditamos estar. Isso pode parecer óbvio, mas temos de ter *cem por cento de certeza*. Em segundo lugar, temos de criar uma estratégia para conter a situação de modo calmo e rápido. Bem, em relação ao segundo objetivo, sabemos que não podemos confiar na milícia humana ou nos

Refeitos. Nem nos xenianos, diga-se de passagem. O mesmo tipo psíquico básico. Somos todos *comida*. Tenho certeza de que todos lembramos nossos testes iniciais de ataque-defesa...

Rescue e Stem-Fulcher assentiram rapidamente. Rudgutter prosseguiu.

– Certo. Uma possibilidade seriam zumbis, mas aqui não é Cromlech: não temos as instalações para criá-los com a quantidade e a qualidade de que precisamos. Então, parece-me que não podemos lidar satisfatoriamente com o primeiro objetivo se dependermos de nossas operações usuais de inteligência. Devemos ter acesso a informações diferentes. De maneira que, por duas razões, teremos de solicitar a assistência de agentes mais bem preparados para lidar com a situação; modelos psíquicos diferentes dos nossos são vitais. Ora, me parece que há dois agentes possíveis de tal tipo, e que não temos escolha senão abordar pelo menos um deles.

Ficou em silêncio, assimilando com os olhos Rescue e Stem-Fulcher, um a um. Esperava por discordância. Não houve nenhuma.

– Estamos de acordo? – perguntou com calma.

– Estamos falando do embaixador, não é? – disse Stem-Fulcher. – E quem mais... está se referindo ao Tecelão? – Seus olhos vincaram-se de repulsa.

– Bem, esperamos não ter de chegar a isso – disse Rudgutter, encorajador. – Mas, sim, esses são os dois... ahn... agentes em que posso pensar. Nessa ordem.

– Concordo – disse Stem-Fulcher rapidamente. – Desde que seja nessa ordem. O Tecelão, pelo amor de Falastrão! Falemos com o embaixador.

– MontJohn? – Rudgutter voltou-se para o vice-prefeito.

Rescue assentiu devagar, manipulando sua echarpe.

– O embaixador – disse lentamente. – E espero que seja tudo de que precisamos.

– Todos esperamos, vice-prefeito – disse Rudgutter. – Todos esperamos.

Entre o décimo primeiro e décimo quarto andares da Ala Mandrágora da Estação Perdido, acima de um dos menos populares saguões comerciais especializados em velhos tecidos e batiques estrangeiros e abaixo de uma série de torreões abandonados havia muito tempo, ficava a Zona Diplomática.

Várias das embaixadas em Nova Crobuzon localizavam-se em outros lugares, é claro: prédios barrocos em Pé da Fossa, ou Gidd Oriental, ou Colina da Bandeira. Muitas, porém, ficavam na estação: suficientes para que aqueles andares merecessem tal nome e fossem deixados em paz.

A Ala Mandrágora era quase uma fortaleza independente. Seus corredores descreviam um enorme retângulo de concreto em torno de um espaço central, no fundo do qual havia um jardim desgrenhado, coberto de árvores de madeira-negra e exóticas flores dos bosques. Crianças corriam pelas veredas e brincavam no parque coberto, enquanto seus pais faziam compras, viajavam ou trabalhavam. As paredes se erguiam colossais em torno delas, fazendo o pequeno arvoredo parecer limo no fundo de um poço.

Dos corredores dos andares superiores brotavam conjuntos de salas interconectadas. Muitas haviam sido gabinetes ministeriais um dia. Durante pouco tempo, cada uma havia sido a sede de uma ou outra pequena empresa. Depois, haviam permanecido vazias por muitos anos, até que o mofo e a podridão fossem varridos para longe e os embaixadores as ocupassem. Fazia menos de dois séculos que um entendimento comum se espalhara pelos vários governos de Rohagi: dali em diante, a diplomacia seria bastante preferível à guerra.

Já havia embaixadas muito mais antigas em Nova Crobuzon. Porém, depois de a carnificina em Suroch pôr um fim sangrento no que se chamou de Guerras Piratas, Guerra Lenta ou Guerra Falsa, o número de países e cidades-Estados que buscavam soluções negociadas para disputas se multiplicara enormemente. Emissários vinham do outro lado do continente e além. Os andares desertos da Ala Mandrágora ficaram abarrotados de recém-chegados e de velhos consulados que se transferiam para aproveitar a nova onda de negócios diplomáticos.

Até para sair dos elevadores e escadarias nos andares da Zona era preciso passar por uma gama de verificações de segurança. As passagens eram frias e silenciosas, interrompidas por poucas portas, mal iluminadas por esparsas lâmpadas a gás. Rudgutter, Rescue e Stem-Fulcher caminhavam pelos corredores desertos do vigésimo andar. Estavam acompanhados de um homem baixo e esguio que usava óculos e arrastava uma pesada maleta, apressando-se atrás deles sem conseguir alcançá-los.

– Eliza, MontJohn – disse o prefeito Rudgutter enquanto caminhavam –, este é o Irmão Sanchem Vansetty, um de nossos mais hábeis karcistas.

Rescue e Stem-Fulcher assentiram em saudação. Vansetty os ignorou.

Nem todas as salas na Zona Diplomática estavam ocupadas; mas algumas portas tinham placas de latão proclamando-se território soberano de um país ou outro – Tesh, Khadoh ou Gharcheltist –, e atrás delas havia enormes suítes, que se estendiam por vários andares: casas independentes dentro da torre. Algumas das salas estavam a milhares de quilômetros de suas capitais. Algumas estavam vazias. Segundo a tradição tesh, por exemplo, o embaixador vivia como mendigo em Nova Crobuzon, comunicando-se por correio em caso de assuntos oficiais. Rudgutter nunca o conhecera. Outras embaixadas estavam vazias por falta de fundos ou interesse.

Porém, muitos dos negócios ali conduzidos eram imensamente importantes. As suítes que continham as embaixadas de Myrshock e Vadaunk haviam sido ampliadas alguns anos atrás, devido ao aumento de burocracia e do espaço de trabalho exigidos pelas relações comerciais. As salas extras sobressaíam-se das paredes interiores do décimo primeiro andar como feios tumores, protuberâncias instáveis acima do jardim.

O prefeito e seus acompanhantes passaram por uma porta onde se lia *Estado Democrático Lagostim de Salkrikaltor*. O corredor tremia com o bater e zunir de enormes maquinarias ocultas. Eram tremendas bombas a vapor que funcionavam por horas, todos os dias, sugando água salgada de um ponto a quarenta quilômetros da Baía de Ferro, para uso do embaixador lagostim, e depois a despejando usada e suja no rio.

A passagem era confusa. Parecia ser muito longa quando vista de um ângulo e quase atarracada quando vista de outro. Aqui e ali pequenos ramais partiam dela, levando a outras embaixadas menores, ou a armários de estocagem, ou a janelas vedadas. Ao fim do corredor principal, além da embaixada lagostim, Rudgutter tomou a frente em uma daquelas pequenas passagens. Era bastante curta e sinuosa e seu teto se abaixava dramaticamente ao receber, a meio caminho, uma escadaria descendente, após o que terminava em uma pequena porta sem nada escrito.

Rudgutter olhou para trás para se assegurar de que ele e seus acompanhantes não estavam sendo observados. Apenas um pequeno trecho da passagem era visível, e o grupo estava sozinho.

Vansetty tirou dos bolsos giz e lápis de cera multicoloridos. Do bolso do colete sacou algo que parecia um relógio e o abriu. O mostrador estava dividido em inumeráveis e complicados setores. Tinha sete ponteiros de vários tamanhos.

– Tenho de considerar as variáveis, prefeito – murmurou Vansetty, estudando o funcionamento intricado da coisa.

Parecia falar mais consigo mesmo do que com Rudgutter ou outro qualquer.

– A previsão para hoje é bem cavernosa. Frente de alta pressão movendo-se no éter. Pode causar tempestades de força, em qualquer lugar desde o abismo, passando pelo espaço nulo até acima. Prognóstico feio pra caralho também nas zonas de fronteira. Hummm... – Vansetty rabiscou alguns cálculos nas costas de um caderno. – Certo – irrompeu e olhou para os três ministros.

Começou a esboçar marcas intricadas e estilizadas em pedaços grossos de papel, rasgando cada um assim que terminava e distribuindo-os a Stem-Fulcher, Rudgutter, Rescue e, por último, a si mesmo.

– Apertem isso sobre o coração – disse sumariamente, enfiando o seu dentro da camisa. – Com o símbolo para o lado de fora.

Abriu sua maleta surrada e tirou dali um conjunto de volumosos diodos de cerâmica. Ficou no centro do grupo e deu um a cada companheiro.

– Mão esquerda, e não deixem cair.

E enrolou um fio de cobre em torno dos diodos, conectando-o a um motor portátil de relojoaria que tirou da maleta. Fez leituras em seu peculiar medidor, ajustou mostradores e os botões no motor.

– Certinho. Preparem-se – disse e acionou a alavanca que ligava o motor de relojoaria.

Diminutos arcos de energia se lançaram em existência multicolorida ao longo dos fios e entre os diodos sebentos. Os quatro foram cercados por um pequeno triângulo de corrente. Seus cabelos se eriçaram visivelmente. Rudgutter praguejou entre dentes.

– Temos mais ou menos meia hora antes de a energia acabar – disse Vansetty. – É melhor sermos rápidos, hein?

Rudgutter estendeu a mão direita e abriu a porta. Os quatro avançaram arrastando os pés, mantendo suas posições relativas um ao outro e o triângulo em torno deles. Stem-Fulcher fechou a porta depois de entrarem.

Estavam em uma sala inteiramente escura. Só conseguiam enxergar por causa da tênue luminosidade das linhas de força, até que Vansetty pendurou por uma correia no pescoço o motor de relojoaria e acendeu uma vela. Por intermédio de sua luz inadequada, puderam ver que a sala tinha talvez três metros por três e meio, era empoeirada e totalmente vazia, exceto por uma velha mesa e uma cadeira junto à parede distante, e por uma velha caldeira zumbindo ao lado da porta. Não havia janelas, estantes, nada mais. O ar estava muito pesado.

De sua sacola Vansetty extraiu uma máquina portátil incomum. Suas voltas de fios e metal e seus nodos de vidro multicolorido eram intricados e amorosamente fabricados à mão. Seu uso era bastante indefinido. Vansetty inclinou-se por um instante para fora do círculo e acoplou uma válvula de alimentação à caldeira ao lado da porta. Puxou uma alavanca na parte de cima da pequena máquina, que começou a zumbir e a piscar luzes.

– É claro que antigamente, antes de eu ingressar na profissão, usava-se uma oferenda viva – explicou enquanto desenrolava uma pequena e estreita bobina de fios na parte de baixo da máquina. – Mas não somos selvagens, somos? A ciência é algo maravilhoso. Esta queridinha – acariciou a máquina com orgulho – é um amplificador. Aumenta duzentas vezes a saída do motor e a transforma em uma forma etérea de energia. Passe isso pelos fios *e...* – Vansetty lançou o fio desenrolado ao canto mais distante da salinha, atrás da mesa – ... e aqui vamos nós! O sacrifício sem vítimas!

Riu, triunfante, então voltou sua atenção aos mostradores e botões do pequeno motor e começou a girá-los e apertá-los com intensa concentração.

– Também não precisamos mais aprender idiomas estúpidos – murmurou tranquilamente. – Invocações são automáticas agora. Não *vamos* a lugar algum de verdade, entendem? – falou mais alto, de repente. – Não somos abismonautas e não queremos brincar com uma *fração* da força necessária para dar um verdadeiro salto transplantrópico. Tudo que vamos fazer é espiar por uma janelinha, permitindo que o Infernal venha a nós. Mas a dimensionalidade desta sala vai ficar bem mais instável por um momento. Fiquem dentro da proteção e nada de gracinhas, sacaram?

Os dedos de Vansetty passearam sobre a caixa. Por dois ou três minutos nada aconteceu. Nada além do calor e da vibração da caldeira, e do tamborilar e gemer da maquininha nas mãos de Vansetty. Ao fundo, Rudgutter batia o pé com impaciência.

De súbito, a salinha ficou perceptivelmente mais quente.

Houve um profundo tremor subsônico, uma insinuação de luz parda e fumaça oleosa. Os sons tornaram-se abafados e depois terrivelmente nítidos.

Houve um momento de desorientação, um puxão, e um revestimento de luz vermelha cintilou sobre cada superfície, movendo-se constantemente como se atravessasse uma água ensanguentada.

Algo trepidou. Rudgutter ergueu os olhos, que ardiam por causa do ar que, de repente, parecia coagulado e muito seco.

Um homem corpulento, vestindo um imaculado terno escuro, apareceu atrás da mesa.

Inclinou-se para a frente devagar, com os cotovelos apoiados sobre papéis que subitamente abarrotavam a mesa. Aguardou.

Vansetty espiou por sobre o ombro de Rescue e apontou com o polegar para a aparição.

– Sua Excelência Infernal – declarou –, o embaixador do Inferno.

– Prefeito Rudgutter – disse o demônio em voz baixa e agradável. – É ótimo vê-lo outra vez. Eu estava cuidando um pouco da burocracia.

Os humanos ergueram os olhos com uma ponta de desconforto.

O embaixador fazia eco: meio segundo após falar, suas palavras eram repetidas como gritos aterrorizantes de alguém sendo torturado. As palavras gritadas não eram ruidosas. Eram audíveis logo atrás das paredes da sala, como se houvessem subido por quilômetros de calor sobrenatural provenientes de alguma vala no solo do Inferno.

– O que posso fazer por vocês? – prosseguiu (*O que posso fazer por vocês?*, repetiu o uivo desalmado de sofrimento). – Ainda estão tentando descobrir se vão se juntar a nós quando falecerem? – O embaixador sorriu levemente.

Rudgutter sorriu de volta e balançou a cabeça.

– O senhor conhece minha opinião sobre isso, embaixador – respondeu, controlado. – Receio que não me deixarei atrair. O senhor sabe que não pode me provocar medo existencial. – Deu um risinho educado, que o embaixador retribuiu do mesmo modo, assim como seu horrendo eco. – Minha alma, se tal coisa existe, é minha. Não é sua para punir ou cobiçar. O universo é um lugar muito mais inconstante do que isso… Já lhe perguntei antes: o que supõe que aconteça aos demônios quando morrem? Ambos sabemos que eles podem morrer.

O embaixador inclinou a cabeça com decoro.

– O senhor é tão *modernista*, prefeito Rudgutter – disse. – Não discutirei com o senhor. Por favor, lembre-se de que minha oferta continua em pé.

Rudgutter agitou as mãos com impaciência. Estava controlado. Não recuou diante dos gritos deploráveis que seguiam de perto as palavras do embaixador. E não se permitiu experimentar qualquer inquietação quando, ao encarar o embaixador, viu a imagem do homem na cadeira cintilar por uma fração de segundo e ser substituída por... outra coisa.

Já havia passado por aquilo antes. Sempre que Rudgutter piscava, durante esse momento infinitesimal via a sala e seu ocupante de forma bem diferente. Através de suas pálpebras, Rudgutter viu o interior de uma jaula revestida de placas de metal; barras de ferro movendo-se como serpentes; arcos de força impensável, um turbilhão cortante e faiscante de calor. No lugar onde estava o embaixador, Rudgutter viu lampejos de uma forma monstruosa. Uma cabeça de hiena aparecia diante dele, com a língua dependurada. Seios com dentes rangentes. Cascos e garras.

O ar viciado da sala não lhe permitia manter os olhos abertos: teve de piscar. Ignorou as visões momentâneas. Tratava o embaixador com respeito cauteloso. O demônio tinha a mesma atitude para com ele.

– Embaixador, estou aqui por duas razões. Uma delas é ofertar a seu mestre, Sua Majestade Diabólica, o czar do Inferno, as respeitosas saudações dos cidadãos de Nova Crobuzon. À revelia deles – assentiu o embaixador, graciosamente, em resposta. – A outra é pedir-lhe conselhos.

– É sempre nosso grande prazer auxiliar nossos vizinhos, prefeito Rudgutter. Em especial aqueles como o senhor, com quem Sua Majestade mantém tão boas relações.

O embaixador coçou o queixo distraidamente, à espera.

– Vinte minutos, prefeito – sibilou Vansetty no ouvido de Rudgutter.

Rudgutter aproximou as mãos como se orasse e olhou pensativo para o embaixador. Sentia pequenas rajadas de força.

– Veja, embaixador, temos um problema. Temos razões para crer que houve uma... fuga, por assim dizer. Algo que estamos muito preocupados em recapturar. Desejaríamos sua ajuda, se possível.

– Do que estamos falando, prefeito Rudgutter? Respostas Verdadeiras? – perguntou o embaixador. – Termos usuais?

– Respostas Verdadeiras... e talvez mais. Veremos.

– Pagamento agora ou mais tarde?

– Embaixador – disse Rudgutter educadamente –, sua memória fraqueja neste momento. Tenho crédito para duas perguntas.

O embaixador olhou para ele por um instante e riu.

– De fato, prefeito Rudgutter. Minhas mais profundas desculpas. Prossiga.

– Há regras excepcionais no momento, embaixador? – perguntou Rudgutter diretamente.

O demônio sacudiu a cabeça (*enorme língua de hiena salivando de lado a lado por um instante*) e sorriu.

– Estamos em melueiro, prefeito Rudgutter – explicou com simplicidade. – Regras costumeiras de melueiro. Sete palavras, invertidas.

Rudgutter assentiu. Empertigou-se e concentrou-se intensamente. *Tenho de achar as malditas palavras certas. Joguinho infantil desgraçado,* pensou fugazmente. A seguir falou, rápido e controlado, olhando com calma nos olhos do embaixador.

– Fugitivos dos avaliação nossa a correta parece-lhe?

– Sim – respondeu o demônio de imediato.

───────

Rudgutter voltou-se brevemente, lançando um olhar significativo a Stem-Fulcher e Rescue. Eles assentiram com expressões fechadas e graves.

O prefeito retornou ao demônio embaixador. Por um instante, encararam um ao outro em silencio.

– Quinze minutos – sussurrou Vansetty.

– Veja, alguns de meus colegas mais... *antiquados* não veriam com bons olhos eu ter contado "parece-lhe" como uma palavra só – disse o embaixador. – Mas sou liberal. – Sorriu. – O senhor deseja fazer a pergunta final?

– Creio que não, embaixador. Guardarei para outra ocasião. Tenho uma proposta.

– Continue, prefeito Rudgutter.

– Bem, o senhor conhece a natureza da coisa que escapou, e pode entender nosso interesse em remediar a situação o mais rapidamente possível. – Assentiu o embaixador. – Pode também entender que, para nós, será difícil proceder, e que o tempo é essencial. Proponho que contratemos algumas de suas... ahn... tropas, para nos ajudar a recolher nossos fugitivos.

– Não – disse o embaixador, simplesmente.

Rudgutter pestanejou.

– Ainda não discutimos os termos, embaixador. Asseguro-lhe que posso fazer uma oferta muito generosa.

– Receio que isso esteja fora de questão. Nenhum de meus colegas está disponível.

O embaixador encarou Rudgutter impassivelmente.

O prefeito pensou por um instante. Se o embaixador estava barganhando, fazia-o como nunca antes. Rudgutter distraiu-se e fechou os olhos para pensar, abrindo-os imediatamente quando viu a paisagem monstruosa, um relance da outra forma do embaixador.

– Eu poderia até mesmo chegar a... digamos...

– Prefeito Rudgutter, o senhor não entendeu. – A voz do embaixador estava impassível, mas parecia agitada. – Não me importam quantas unidades de merca-doria o senhor possa oferecer, ou em que condição. Não estamos disponíveis para esse trabalho. Não é adequado.

Houve uma longa pausa. Rudgutter olhava incrédulo para o demônio diante de si. Começava a dar-se conta do que acontecia. Sob os raios sangrentos de luz, ele viu o embaixador abrir uma gaveta e tirar dali um calhamaço de papéis.

– Se o senhor já terminou, prefeito Rudgutter – continuou com suavidade –, tenho trabalho a fazer.

Rudgutter esperou até que a miserável e impiedosa ressonância de *trabalho a fazer a fazer a fazer* morresse lá fora. O eco revirou-lhe o estômago.

– Ah, sim, sim, embaixador – disse. – Lamento por tê-lo incomodado. Conversaremos em breve, espero.

O embaixador inclinou a cabeça em educado assentimento, sacou uma caneta do bolso interno e começou a assinar os papéis. Atrás de Rudgutter, Vansetty girou chaves e apertou vários botões, em resposta ao que o piso de madeira começou a tremer, como se fosse um etermoto. Um zumbido se ergueu em torno dos humanos agrupados, oscilando em seu pequeno campo de energia. O ar pestilento vibrava, de cima a baixo, sobre o corpo deles.

O embaixador inchou, rompeu-se e desapareceu em um instante, feito um heliótipo no fogo. A luz carmim coagulada borbulhou e evaporou, como se escorresse por milhares de frestas nas paredes poeirentas do escritório. A escuridão da sala se fechou em torno deles como uma armadilha. A pequena vela de Vansetty adejou e apagou-se.

Certificando-se de que não estavam sendo observados, Vansetty, Rudgutter, Stem-Fulcher e Rescue saíram tropeçando para fora da sala. O ar estava deliciosamente frio. Passaram um minuto enxugando o suor do rosto e ajeitando as roupas fustigadas por ventos de outros planos.

Rudgutter sacudia a cabeça pesaroso e perplexo.

Seus ministros se recompuseram e voltaram-se para ele.

– Talvez eu tenha me encontrado com o embaixador uma dúzia de vezes ao longo dos últimos dez anos – disse Rudgutter – e nunca o vi se comportar desse jeito. Maldito ar! – acrescentou, esfregando os olhos.

Os quatro retornaram pelo pequeno corredor, entraram na passagem principal e retraçaram seus passos na direção do elevador.

– Comportar-se de que jeito? – perguntou Stem-Fulcher. – Lidei com ele apenas uma vez. Não estou acostumada.

Rudgutter refletia enquanto caminhava, puxando pensativo o lábio inferior e a barba. Seus olhos estavam injetados. Não respondeu a Stem-Fulcher por um momento.

– Há duas coisas a dizer: uma demonológica e outra prática e imediata.

Rudgutter falava em tom exato e claro, exigindo a atenção de seus ministros. Vansetty andava rápido, à frente de todos. Seu trabalho estava terminado.

– A primeira pode dar alguma ideia dos infernais, seu comportamento, psique e tudo mais. Vocês ouviram o eco, presumo. Pensei, no início, que ele o fazia para me intimidar. Bem, tenham em mente a imensa distância que aquele som teve de viajar. Eu sei – disse rapidamente, erguendo as palmas das mãos – que não se trata de som literal, de distância literal, mas *são* análogos extraplanares, e a maioria das regras de analogia se aplica, de modo mais ou menos modificado. Então, tenham em mente a distância que teve de viajar da base do Abismo até aquela câmara. O fato é que levou certo tempo para chegar lá... Aquele "eco", acredito, foi falado *primeiro*. As... eloquentes palavras que ouvimos da boca do embaixador... eram os ecos verdadeiros. *Elas* eram os reflexos distorcidos.

Stem-Fulcher e Rescue permaneceram em silêncio. Pensavam nos gritos, no tom maníaco e torturado que haviam ouvido lá fora, a algaravia idiota e arruinada que parecia troçar do refinamento diabólico do embaixador.

Refletiram que talvez aquela voz fosse mais genuína.

– Eu me pergunto se estivemos errados em supor que eles tenham um modelo psíquico diferente. Talvez sejam compreensíveis. Talvez pensem como nós. E a *segunda* coisa, tendo em mente essa possibilidade e o que o "eco" pode nos dizer sobre o estado mental diabólico, é que, no final da conversa, enquanto eu tentava fazer um trato, o embaixador estava *apavorado*. Por isso não quis vir ao nosso socorro. Por isso estamos por nossa própria conta. *Porque os demônios temem o que estamos caçando.*

Rudgutter parou e se voltou para seus assistentes. Os três se olharam. O rosto de Stem-Fulcher se contraiu durante um décimo de segundo, então se recompôs. Rescue estava impassível como uma estátua, mas puxava freneticamente sua echarpe. Rudgutter assentiu enquanto os dois ponderavam.

Houve um minuto de silêncio.

– De maneira que... – disse Rudgutter energicamente, apertando as mãos. – O Tecelão será.

CAPÍTULO 25

Naquela noite, nas emaciadas horas negras, após uma breve golfada de chuva haver banhado a cidade com água suja, a porta do armazém de Isaac se abriu. A rua estava vazia. Havia minutos de calmaria. Pássaros noturnos e morcegos eram tudo que se movia. As lâmpadas a gás gorgolejavam.

O constructo rodou sacolejando para dentro da noite profunda. Suas válvulas e pistões estavam enfaixados com trapos e pedaços de cobertores, abafando o característico som de sua passagem. Movia-se adiante com rapidez, fazendo curvas inexatas e rolando tão rápido quanto permitiam suas idosas bandas de rodagem.

Tremia ao longo das ruelas, passando por bêbados que roncavam, ainda encharcados e insensatos. As lâmpadas a gás amareladas refletiam-se sigilosamente sobre sua surrada pele de metal.

O constructo encontrou seu rápido e precário caminho sob os altrilhos. Raias inconstantes de cirros escondiam as vagarosas aeronaves. O constructo se atirou como um adivinho no Piche, o rio preso em um intricado formato de chicotada, sobre as rochas atemporais embaixo da cidade.

E, horas depois de ter desaparecido sobre a Ponte Mera em direção ao sul da cidade, quando o céu escuro ficou manchado pela aurora, o constructo rolou de volta ao Brejo do Texugo. Chegou, fortuitamente, no momento oportuno. Entrou outra vez e trancou a porta apenas alguns minutos antes de Isaac retornar de sua frenética busca noturna por David, Lin, Yagharek, Lemuel Pombo e qualquer um que pudesse ajudá-lo.

Lublamai jazia sobre um leito improvisado com algumas cadeiras por Isaac, que, ao voltar ao armazém, foi direto ao amigo imóvel e sussurrou-lhe sem muita esperança, mas não houve reação. Lublamai não estava dormindo nem acordado. Apenas fitava.

Não demorou muito até que David entrasse correndo no laboratório. Havia se arrastado até um de seus redutos costumeiros para lá ser recebido por uma versão apressada e truncada de uma das inumeráveis mensagens que Isaac lhe deixara por toda Nova Crobuzon.

Sentou-se em silêncio, como Isaac, observando seu amigo aparvalhado.

– Não acredito que eu deixei você fazer isso – disse, aturdido.

– Ah, São Falastrão e o caralho, David, você acha que tudo não está passando e repassando em minha cabeça? Fui eu quem deixou a maldita coisa escapar...

– Nós todos deveríamos ter pensado melhor – interrompeu David.

Houve um longo silêncio entre eles.

– Você chamou um médico?

– Foi a primeira coisa que fiz. Oblívio, do outro lado da rua, eu já tinha negociado com ele antes. Limpei Lub um pouco, tirei aquela porcaria do rosto dele. Oblívio não sabia o que fazer. Ligou sabem os deuses quantos equipamentos, tirou não sei quantas leituras, tudo se resumiu a "Não faço a mínima ideia. Mantenha-o aquecido e alimente-o; mas, por outro lado, pode ser que queira mantê-lo frio e não lhe dar nada para comer". "Talvez eu consiga que um dos caras que conheço na unidade dê uma olhada nele, mas acho que está fodido e mal pago."

– O que a coisa *fez* com ele?

– Pois é, David, pois é. Essa é a porra da questão, não é?

Houve uma batida hesitante na janela quebrada. Isaac e David olharam para cima e viram Chapradois, desalentado, assomando sua cabeça feia.

– Ah, merda – disse Isaac, exasperado. – Ei, Chapradois, agora não é a melhor hora, *capisci*? Talvez possamos conversar mais tarde.

– Só espiando, chefe – falou Chapradois com voz acanhada, muito diferente de seus costumeiros guinchos exuberantes. – Queria saber como tá o Lublub.

– O quê? – disse Isaac bruscamente, pondo-se em pé. – O que tem ele?

Chapradois se encolheu miseravelmente e choramingou.

– Não eu, parceiro, não culpa minha... tava imaginando se ele tá melhor depois que o putamonstro comeu a cara dele...

– Chapradois, você estava *aqui*?

O gargomem assentiu bem devagar e se aproximou mais um pouco, equilibrando--se no centro da esquadria da janela.

– O que aconteceu? Não estamos zangados com você, Chapradois, só queremos saber o que você viu...

Chapradois fungou e sacudiu a cabeça de modo deplorável. Fez beicinho como uma criança, contorceu o rosto e despejou um borbotão de palavras.

– Baita filho da puta desceu as escadas batendo asas horríveis enormes que deixavam tonto mostrando dentões e... e... em todo lugar garras e a linguona *fedorenta*... e... eu... o sr. Lublub de boca aberta olhando no espelho e ele virou o rosto para o bicho e ficou...

chapado… e eu vi… minha cabeça ficou estranha e quando acordei a coisa enfiou a língua direto no… no… sr. Lublub e os barulhos na minha cabeça *glu-glu, suga-suga…* e eu… me escafedi, não podia fazer nada, juro… tô com *medo…* – Chapradois começou a chorar como uma criança de dois anos, ranho e lágrimas escorrendo por seu rosto.

Quando Lemuel Pombo chegou, Chapradois ainda soluçava. Nem ameaças, nem agrados, nem subornos conseguiam acalmar o gargomem. Afinal adormeceu, encolhido sob uma colcha arruinada por seu muco, exatamente como um bebê humano exausto.

– Fui trazido aqui sob falsos pretextos, Isaac. A mensagem que recebi dizia que valeria a pena dar uma passada em seu cafofo. – Lemuel olhou para Isaac com ar especulativo.

– Diabos te carreguem, Lemuel, seu vigarista filho da puta – explodiu Isaac. – É com isso que está preocupado? São Falastrão e o caralho, pode ter certeza de que vai receber sua parte, está bem? Está melhor assim? Agora me ouça, porra. Alguém foi *atacado* por algo que saiu de uma das larvas que *você arranjou para mim*, e precisamos deter a coisa antes que pegue mais alguém, e precisamos *saber sobre ela*, e localizar o buraco onde foi comprada *pela primeira vez*, e precisamos fazer isso *pra ontem*. Está me acompanhando, meu velho?

Lemuel não se intimidou com aquele arrebatamento.

– Ei, você não pode me culpar – começou, antes que Isaac o interrompesse com um uivo de irritação.

– Rabo-do-diabo, Lemuel, ninguém está culpando você, seu cretino! Muito pelo contrário! O que estou dizendo é que você é um negociante bom demais para não manter registros cuidadosos, e preciso que dê uma olhada neles. Ambos sabemos que tudo passa por você… Você precisa me dar o nome de quem primeiro comprou a lagarta gorda. O bicho *enorme*, com cores bem esquisitas. Sabe qual?

– Sim, lembro vagamente.

– Isso é *bom*.

Isaac se acalmou um pouco. Passou as mãos no rosto e suspirou profundamente.

– Lemuel, preciso de sua ajuda – disse simplesmente. – Vou lhe pagar. Mas também imploro. Preciso mesmo de sua ajuda aqui. Veja. – Abriu os olhos e encarou Lemuel. – A maldita coisa pode ter caído de costas e morrido, certo? Talvez seja como uma efêmera: só um dia glorioso. Talvez Lub acorde amanhã feliz como um passarinho. *Mas talvez não*. Agora, quero saber: um – contou em seus dedos gordos – como tirar Lublamai desta; dois, o que é a maldita coisa. A única descrição que temos é um pouco truncada. – Olhou para o gargomem adormecido no canto. – E, três, como pegamos o puto.

Lemuel olhou fixo para ele, com o rosto imóvel. De maneira lenta e ostentosa, tirou uma caixa de rapé do bolso e deu uma cheirada. Os punhos de Isaac se contraíram e relaxaram.

– Tudo bem, 'Zaac – disse Lemuel com tranquilidade, guardando sua caixinha cravejada de joias e assentindo devagar. – Verei o que posso fazer. Manterei contato. Mas não sou uma instituição de caridade, Isaac, sou um negociante, e você é meu cliente. Quero algo em troca disso. Vou lhe mandar a *conta*, certo?

Isaac assentiu, cansado. Não havia rancor na voz de Lemuel, nem maldade ou despeito. Ele simplesmente declarava a verdade que estava por trás de sua bonomia. Isaac sabia que, se não revelar o fornecedor da estranha larva rendesse mais, Lemuel o faria sem pestanejar.

– Prefeito.

Eliza Stem-Fulcher entrou confiante no Salão Lemquist. Rudgutter olhou para ela inquisitivamente. Ela jogou um jornal fino na mesa.

– Temos uma pista.

Chapradois foi embora rápido assim que acordou, com David e Isaac tentando lhe garantir que ninguém o considerava responsável. Ao anoitecer, um tipo terrível de calmaria insípida havia se instalado no armazém da Via do Remador.

David enfiava na boca de Lublamai colheradas de um espesso purê de frutas, massageando suas mandíbulas para que engolisse. Isaac passeava indiferente sobre o piso. Esperava que Lin voltasse para casa e encontrasse o bilhete que ele tinha pregado em sua porta na noite passada, pedindo que o procurasse. Se não fosse por sua caligrafia, Isaac refletiu, Lin pensaria que era uma piada de mau gosto. Isaac convidá-la a ir à sua casa-laboratório era novidade. Mas precisava vê-la e estava preocupado, porque, se saísse, poderia perder alguma mudança vital em Lublamai, ou alguma indispensável pepita de informação.

A porta se abriu. Isaac e David olharam para ela bruscamente.

Era Yagharek.

Isaac se surpreendeu por um momento. Era primeira vez que Yagharek aparecia enquanto David (e Lublamai, é claro, embora já não fizesse diferença) estava no aposento. David observou o garuda curvado sob o cobertor sujo e o balanço das asas falsas.

– Yag, meu velho – disse Isaac, pesaroso. – Entre. Este é David. Tivemos um pequeno desastre...

Obrigou-se a andar até a porta.

Yagharek esperou por ele, meio fora e meio dentro da soleira. Nada disse até que Isaac estivesse perto o suficiente para ouvi-lo sussurrar, um barulho fino e estranho como o de um pássaro sendo estrangulado.

– Não queria ter vindo, Grimnebulin. Não desejo ser visto.

Isaac perdeu a paciência bem rápido. Abriu a boca para falar, mas Yagharek prosseguiu.

– Ouvi… coisas. Senti… que há uma mortalha sobre esta casa. Nem você nem qualquer de seus amigos deixou esta sala durante o dia inteiro.

Isaac deu uma risada curta.

– Você ficou esperando até que tudo estivesse livre, certo? Assim, poderia manter seu precioso anonimato. – Ficou tenso e fez esforço para se acalmar. – Ouça Yag, sofremos um desastre e não tenho nenhum tempo ou disposição para… pisar em ovos por sua causa. Temo que nosso projeto esteja suspenso por algum tempo…

Yagharek tomou fôlego e protestou debilmente.

– *Você não pode* – guinchou quase em silêncio. – *Não pode me desamparar…*

– Diabos! – Isaac estendeu a mão e puxou Yagharek para dentro. – Veja!

Marchou até onde Lublamai respirava entrecortadamente, de olhos fixos e babando. Empurrou Yagharek para diante dele. Com força, mas sem pressão violenta. Os garudas eram esguios e musculosos, mais fortes do que aparentavam, mas, com seus ossos ocos e carne esparsa, não eram páreo para um homem grande. Mas essa não foi a principal razão de Isaac evitar fazer força. O clima entre ele e Yagharek era irritadiço, e não venenoso. Isaac sentia que uma parte de Yagharek queria ver a razão da súbita tensão no armazém, mesmo que significasse quebrar seu tabu sobre ser visto por outros.

Isaac apontou para Lublamai. David encarou vagamente o garuda. Yagharek o ignorou por completo.

– A porra da lagarta que lhe mostrei – disse Isaac – transformou-se em algo que fez isto ao meu amigo. Você já viu algo assim?

Yagharek sacudiu a cabeça devagar.

– Portanto – disse Isaac, pesaroso –, infelizmente, até que eu descubra o que, em nome do rabo de São Falastrão, deixei escapar pela cidade, e até que tenha trazido Lublamai de volta de onde quer que esteja, *receio* que os problemas de voo e engenhos de crise, por mais empolgantes que sejam, ficarão meio que em *segundo lugar* para mim.

– Você está sendo indiscreto sobre minha vergonha – sussurrou Yagharek rápido.

Isaac o interrompeu.

– David *sabe* sobre sua assim chamada vergonha, Yag! – gritou. – E *não* me olhe assim, é como eu *trabalho*, ele é meu colega, foi assim que cheguei a fazer alguma porra de progresso em seu caso.

David olhava agudamente para Isaac.

– O quê? – sibilou. – Engenho de crise?

Isaac sacudiu a cabeça, irritado, com se tivesse um mosquito no ouvido.

– Progressos em física de crise, nada mais. Conto-lhe mais tarde.

David assentiu devagar, concordando que aquele não era o momento para se discutir aquilo, mas seus olhos arregalados traíam perplexidade. *Nada mais?*, diziam.

Yagharek parecia tremer de nervosismo e do grande peso de infelicidade que se abatia sobre ele.

– Preciso… de sua ajuda – começou.

– É, assim como Lublamai aqui! – berrou Isaac – E receio que isso já não adiante mais nada.

A seguir, disse com mais suavidade e mais devagar:

– Eu *não* estou abandonando você, Yag. Não tenho nenhuma intenção de fazê-lo. Mas acontece que não posso continuar agora. – Isaac pensou por um momento. – Se você quer tudo pronto o quanto antes, poderia *ajudar*… Não apenas desaparecer, porra! *Fique aqui* e ajude-nos a resolver isto. Desse modo, poderemos voltar, ligeirinho, ao seu problema.

David olhou de esguelha para Isaac. Agora seus olhos diziam: *Você sabe o que está fazendo?* Vendo aquilo, Isaac se reanimou e começou a tagarelar.

– Você pode dormir aqui, comer aqui… David não vai se importar, ele nem mesmo mora aqui, somente eu. Então, quando ouvirmos algo, poderemos… bem, talvez possamos pensar em alguma utilidade para você. Você sabe o que quero dizer. Você pode *ajudar*, Yagharek. Seria útil como os diabos. Quanto mais rápido resolvermos esta situação, mais rápido retornaremos ao seu programa, entende?

Yagharek estava subjugado. Passaram-se alguns minutos até que conseguisse falar e, mesmo assim, tudo que fez foi assentir e dizer brevemente que sim, ficaria no armazém. Estava claro que pensava apenas na pesquisa do voo. Isaac estava exasperado, mas clemente. A excisão, a punição que Yagharek sofrera, havia pesado sobre sua alma como correntes de chumbo. Ele era totalmente egoísta, mas com alguma razão.

David adormeceu, exausto e infeliz. Dormiu aquela noite em sua poltrona. Isaac assumiu os cuidados com Lublamai. A comida passara por ele, e o primeiro dever nefasto foi limpar-lhe a merda.

Isaac fez uma trouxa com as roupas imundas e as enfiou em umas das caldeiras do armazém. Pensou em Lin. Queria que ela chegasse logo.

Deu-se conta de que sentia saudades.

CAPÍTULO 26

Coisas se agitavam na noite.

De madrugada, nas primeiras horas, e outra vez quando o sol nasceu, mais corpos idiotas foram encontrados. Cinco, daquela vez. Dois vagabundos que se escondiam embaixo das pontes na Grande Bobina. Um padeiro caminhando do trabalho para casa em Pé da Fossa. Um médico na Colina Vaudois. Uma barqueira que havia saído para além do Portão do Corvo. Ataques esparsos que desfiguravam a cidade sem qualquer padrão. Norte; Leste; Oeste; Sul. Não havia vizinhanças seguras.

Lin dormira mal. Ficara comovida com o bilhete de Isaac ao pensar nele atravessando a cidade somente para pregar um pedaço de papel na porta dela, mas também ficara preocupada. O pequeno parágrafo tinha um tom histérico, e o pedido para ir ao laboratório era tão incomum que a apavorara

No entanto, ela teria ido imediatamente se não houvesse voltado a Bazar da Galantina tão tarde, tarde demais para viajar. Não estivera trabalhando. Na manhã anterior havia despertado e encontrado um bilhete enfiado debaixo da porta.

Negócios urgentes requerem adiamento de horários até segunda ordem. Entrarei em contato quando a retomada dos trabalhos for possível.
M.

Lin havia colocado no bolso o bilhete lacônico e ido até Kinken. Havia retomado suas contemplações melancólicas. Depois, com curiosa sensação de espanto, como se assistisse a uma dramatização de sua própria vida e estivesse surpresa com o rumo dos acontecimentos, caminhara para o Noroeste, de Kinken a Vaurraposa, e embarcara na ferrovia. Tinha viajado duas estações ao norte pela Linha Pia para ser engolida pela vasta bocarra alcatroada da Estação Perdido. Lá, em meio à confusão e ao vapor sibilante do enorme saguão central, onde as cinco linhas se encontravam feito uma enorme estrela de ferro e madeira, havia mudado de trem para a Linha Verso.

Houvera uma espera de cinco minutos enquanto a caldeira era alimentada no centro da estação. Tempo suficiente para Lin olhar incrédula para si mesma e se perguntar o que, em nome da Formidável Mãe-de-Ninhada, estava fazendo. E talvez em nome de outros deuses.

Mas não respondera, ficara sentada enquanto o trem esperava e depois se movia devagar, ganhando velocidade e trepidando em ritmo regular, espremido para fora de um dos poros da estação. Ondulara para o norte do Espigão, sob dois conjuntos de altrilhos que passavam acima do circo atarracado e bárbaro de Cadnebar. A prosperidade majestosa d'O Corvo – a Galeria Senned, a Casa Fúcsia, o Parque Gárgula – estava contaminada de miséria. Lin observava vaporosos depósitos de refugo das minas na passagem d'O Corvo à Orla, via as ruas amplas e casas revestidas de estuque daquela próspera vizinhança passando com cuidado por blocos escondidos e ruinosos onde ela sabia que corriam ratos.

O trem passara pela Estação Orla e se lançara acima da gosma grossa e cinza do Piche, cruzando o rio a meros quatro metros da superfície, em direção ao norte da Ponte Hadrach, até que tomara seu caminho descontente sobre a arruinada paisagem dos telhados de Beiracórrego.

———

Ela desembarcara do trem em Lama Cai Baixo, na extremidade ocidental do gueto miserável. Não havia demorado em caminhar pelas ruas deterioradas, passando por prédios cinza que mostravam o inchaço antinatural da umidade transpirada, passando por semelhantes que a olhavam e experimentavam no ar, afastando-se porque seu perfume fino e suas roupas estranhas a marcavam como alguém que havia escapado. Não havia demorado para reencontrar o caminho da casa de sua mãe-de-ninhada.

Lin não chegara muito perto, não queria que seu gosto se infiltrasse pelas janelas estilhaçadas e alertasse sua mãe-de-ninhada, ou sua irmã, de sua presença. No calor crescente, o odor de Lin era, para outras khepris, como uma insígnia que ela não podia remover.

O sol se movera e aquecera o ar e as nuvens, e ainda assim Lin havia aguardado a pouca distância de seu antigo lar. Não havia mudado em nada. Vindo de dentro, de rachaduras nas paredes e na porta, ela ouvia o farfalhar, os pistões orgânicos que eram as perninhas dos machos khepris.

Ninguém havia saído de lá.

Passantes haviam lhe emitido repulsa quêmica por ter retornado para se vangloriar, por espionar um lar inocente, mas ela ignorara a todas.

Se entrasse e sua mãe-de-ninhada estivesse em casa, pensara, ambas ficariam zangadas e infelizes, e discutiriam inutilmente como se os anos não houvessem passado.

Se sua irmã estivesse e lhe dissesse que sua mãe-de-ninhada havia morrido e que Lin a abandonara sem uma palavra de ira ou perdão, estaria sozinha. Seu coração poderia explodir.

Se não houvesse sinais... se o chão estivesse enxameado apenas de machos vivendo como parasitas que eram, não mais príncipes mimados e descerebrados, mas insetos que fediam e comiam carniça, se sua mãe-de-ninhada e sua irmã houvessem partido... Lin se encontraria, por motivo nenhum, em uma casa deserta. Sua volta ao lar seria ridícula.

Mais de uma hora havia se passado e Lin dera as costas ao prédio putrefato. Com suas pernas-cabeça se agitando e seu besourocrânio flexionando-se agitado, confuso e solitário, retornou a caminho da estação.

Havia lutado bravamente contra a melancolia, parando n'O Corvo e gastando parte dos vultosos pagamentos de Mesclado em livros e comidas raras. Entrara em uma refinada butique feminina, provocando a língua afiada da gerente, até que abanou seus guinéus e apontou imperiosamente para dois vestidos. Não teve pressa de que lhe tomassem as medidas, insistindo que cada peça lhe fosse ajustada de modo tão sensual quanto se ajustaria às mulheres humanas para quem o estilista as desenhara.

Havia comprado ambas as peças, tudo sem uma palavra da gerente, cujo nariz enrugou-se ao receber dinheiro de uma khepri.

Lin havia caminhado pelas ruas de Campos Salazes vestindo uma de suas aquisições, uma peça azul turvo, finamente ajustada, que escurecia sua pele avermelhada. Não sabia dizer se estava melhor ou pior do que antes.

Vestira a mesma roupa na manhã seguinte para cruzar a cidade e encontrar Isaac.

Naquela manhã, perto das docas de Troncouve, a aurora fora saudada com tremendo clamor. Os estivadores vodyanois haviam passado a noite cavando, moldando, recolhendo e removendo grandes volumes de água oficiada. Quando o sol nascera, centenas deles emergiram do rio imundo carregando grandes punhados de água e lançando-os para longe, sobre o Grande Piche.

Haviam dado vivas e comemorado roucamente ao erguerem o último fino véu líquido da grande vala cavada no rio. Abria-se por quase cinco metros, uma enorme fatia de ar cortada de água, estendendo-se por 250 metros, de uma margem à outra. Pequenas trincheiras de água foram deixadas em cada lado, e aqui e ali ao longo do leito, para impedir o represamento do rio. No fundo da vala, doze metros abaixo da superfície, o leito estava tomado por vodyanois, seus corpos gordos deslizando uns sobre os outros na lama, ajeitando com cuidado uma ou outra beirada plana e vertical de água onde o rio parava. Ocasionalmente, um vodyanoi discutia com seus camaradas e saltava acima da cabeça deles com suas enormes pernas traseiras de rã. Mergulhava através da parede de ar para dentro da água que se elevava, remando com os pés membranosos na direção de alguma tarefa incerta. Outros ajustavam, apressados, a água após sua passagem, selando novamente o aquaofício, garantindo a segurança de seu bloqueio.

No centro da vala, três vodyanois corpulentos confabulavam sem parar, saltando ou rastejando para passar informações aos colegas em torno deles e depois retornando à discussão. Houve debates irados. Aqueles eram os líderes eleitos do comitê grevista.

Enquanto o sol nascia, os vodyanois no leito do rio e aqueles enfileirados junto às margens desfraldaram faixas. SALÁRIOS JUSTOS JÁ!, exigiam, e SEM AUMENTO, SEM RIO.

De cada lado da ravina, no rio, pequenos barcos remavam com cuidado até a beira da água. Os marinheiros a bordo se inclinavam o máximo possível e mediam a distância até o outro lado da fenda. Sacudiam a cabeça, desesperançados. Os vodyanois zombavam e comemoravam.

O canal fora escavado um pouco ao sul da Ponte da Cevada, no limite da zona portuária. Havia navios aguardando para entrar e outros para sair. Um ou dois quilômetros rio abaixo, nas águas insalubres entre Ladovil e Charco do Cão, navios mercantes puxavam as rédeas de suas nervosas serpentes marinhas e deixavam as caldeiras esfriarem. Na outra direção, perto dos cais e das baías de atracação, nos largos canais de Troncouve ao lado das docas secas, os capitães das embarcações provindas de lugares distantes, até mesmo de Khadoh, observavam impacientes os piquetes dos vodyanois que lotavam as margens e se preocupavam em voltar para casa.

Por volta das nove e meia da manhã, os portuários humanos haviam chegado para executar as tarefas de carga e descarga. Logo descobriram que sua presença era mais ou menos supérflua. Uma vez terminado o trabalho restante de preparar os navios ainda ancorados em Troncouve – no máximo, mais dois dias de trabalho –, ficaram presos.

O pequeno grupo que estivera em negociação com os grevistas vodyanois chegara preparado. Às dez da manhã, cerca de vinte homens subitamente debandaram de seus estaleiros, escalando as cercas em torno das docas e correndo até a beira-mar, para perto dos piquetes vodyanois, que os acolheram quase com histeria. Os homens apresentaram suas próprias faixas: HUMANOS E VODYANOIS CONTRA OS PATRÕES!

Juntaram-se às ruidosas palavras de ordem.

Durante as duas horas seguintes os humores se adensaram. Um núcleo de humanos organizou uma contramanifestação dentro dos muros baixos da zona portuária. Gritavam impropérios aos vodyanois, chamando-os de sapos e rãs. Debochavam dos grevistas humanos com acusações de traidores da raça. Advertiram que os vodyanois arruinariam as docas, fazendo com que caíssem as remunerações dos humanos. Um ou dois portavam panfletos das Três Penas.

Entre eles e os igualmente estridentes grevistas humanos havia uma grande massa de estivadores confusos e hesitantes. Perambulavam para lá e para cá, atônitos e furiosos. Ouviam os argumentos gritados por ambos os lados.

Os números começaram a crescer.

Em cada margem do rio, na própria Troncouve e na margem sul do Poço Siríaco, multidões se reuniam para assistir ao confronto. Alguns homens e mulheres corriam em meio a elas, rápidos demais para serem reconhecidos, distribuindo panfletos encimados pelo estandarte do *Renegado Rompante*. Exigiam, em letra miúda, que os estivadores humanos se juntassem aos vodyanois, pois era a única maneira de suas exigências serem atendidas. Os papéis podiam ser vistos circulando entre os estivadores humanos, distribuídos por pessoas – ou uma única pessoa – desconhecidas.

À medida que o dia passava e o ar se aquecia, mais e mais estivadores começavam a pular a cerca e juntar-se à manifestação ao lado dos vodyanois. A contramanifestação também inflava, às vezes rapidamente; porém, ao longo das horas, foram os grevistas que cresceram de maneira mais visível.

Pairava uma incerteza tensa no ar. A multidão se expressava cada vez mais, gritando para que os dois lados fizessem alguma coisa. Corria um rumor de que o capitão dos portos falaria, e outro de que o próprio Rudgutter faria uma aparição.

Durante todo o tempo, os vodyanois no cânion de ar escavado no rio mantinham-se ocupados, arrimando as cintilantes paredes de água. Algumas vezes, peixes atravessavam a parede reta e caíam no leito, debatendo-se, ou lixo meio afundado derivava suavemente para dentro da súbita brecha. Os vodyanois jogavam tudo de volta. Trabalhavam em turnos, nadando pela água para aquaoficiar as partes superiores das paredes do rio. Gritavam, do leito do rio, encorajando os grevistas humanos, entre o metal arruinado e a espessa lama que compunham o fundo do Piche.

Às três e meia, com o sol ardendo através de nuvens ineficazes, duas aeronaves foram vistas se aproximando das docas pelo Norte e pelo Sul.

Houve empolgação entre a multidão, e rapidamente se espalhou entre os ali reunidos a notícia de que o prefeito estava chegando. Então, uma terceira e uma quarta aeronaves foram avistadas, voando inexoravelmente sobre a cidade em direção a Troncouve.

A sombra da inquietação passou sobre as margens do rio.

Parte da multidão dispersou-se em silêncio. Os grevistas redobraram suas palavras de ordem.

Por volta das quatro horas as aeronaves pairaram sobre as docas, formando um X aéreo, um imenso e ameaçador símbolo de censura. Cerca de um quilômetro a leste, um dirigível solitário pairava sobre Charco do Cão, no outro lado da pesada dobra do rio. Os vodyanois, os humanos e a multidão reunida protegiam os olhos com as mãos e observavam as formas impassíveis lá em cima; corpos em formato de bala, como lulas à caça.

As aeronaves começaram a baixar em direção ao solo. Aproximaram-se a alguma velocidade, tornando de súbito discerníveis os detalhes de seus desenhos e a noção de massa de seus corpos inflados.

Era pouco antes das quatro quando estranhas formas orgânicas flutuaram provindas de trás dos telhados das cercanias, emergindo de portas deslizantes no topo dos apoios de Troncouve e Siríaco, torres menores e desconectadas da rede de altrilhos.

Os objetos giratórios e levíssimos balançavam gentilmente com a brisa e começavam a derivar quase por acaso na direção do cais. De repente, o céu se encheu daquelas coisas. Eram grandes e tinham corpo macio, todas elas massas de tecido retorcido e inchado, coberto de intricadas abas e curvas de pele, crateras e estranhos orifícios gotejantes. O saco central tinha mais ou menos três metros de diâmetro. Cada criatura tinha um condutor humano, visível sobre uma sela suturada ao corpo volumoso. Sob cada um desses corpos havia um feixe de tentáculos pendentes, tiras de carne empolada que se estendiam para baixo por doze metros.

A carne rosa-púrpura das criaturas pulsava regularmente, como um coração palpitante.

As coisas extraordinárias caíram sobre a multidão reunida. Houve dez segundos inteiros durante os quais aqueles que viram as criaturas ficaram horrorizados demais para falar ou acreditar no que viam. Logo, começaram os gritos: belonaves!

Enquanto o pânico começava, algum relógio próximo bateu a hora certa, e muitas coisas aconteceram ao mesmo tempo.

Por toda a multidão, na manifestação antigreve e até mesmo aqui e ali entre os próprios estivadores grevistas, agrupamentos de homens – e algumas mulheres – levaram as mão à cabeça e vestiram, de modo súbito e violento, capuzes negros. Eram feitos sem orifícios visíveis para os olhos ou a boca; espaços negros e amarrotados.

Do ventre de cada aeronave – agora assomando absurdamente próximas – derramaram-se barrigadas de cordas que oscilavam e estalavam como chicotes ao cair. Caíram por metros e metros de ar, até que suas extremidades enroladas atingiram de leve o pavimento. Contiveram o ajuntamento, os piquetes e as manifestações e a multidão circundante dentro de quatro pilares de cordas suspensas, dois em cada lado do rio. Figuras negras deslizaram habilmente pela extensão das cordas, em velocidade estonteante. Escorriam para baixo de modo constante e rápido. Pareciam coágulos glutinosos gotejando das entranhas de aeronaves estripadas.

Houve lamentos entre a multidão, que se dispersou aterrorizada. Rompeu-se sua coesão orgânica. Pessoas fugiam em todas as direções, pisoteando os caídos, carregando filhos e companheiros e tropeçando nas pedras do pavimento ou em lajes quebradas. Tentavam dispersar-se pelas ruas laterais, que se espalhavam feito uma rede de rachaduras partindo das margens do rio, mas acabavam deparando com belonaves, que balançavam serenas ao longo das rotas dos becos.

Milicianos uniformizados convergiram de repente sobre o piquete, provindos de todas as ruas laterais. Houve gritos de terror quando oficiais apareceram montados em monstruosos shunns bípedes com ganchos que se estendiam e cabeça cega, sem olhos, oscilando ao sentir suas trajetórias por meio de ecos.

O ar vibrava com súbitos e curtos gritos de dor. Pessoas corriam erráticas em grupos que esbarravam, ao dobrar esquinas, nos tentáculos de belonaves e berravam quando a neurotoxina que enchia os ramos pendentes se infiltrava por suas roupas até atingir a pele nua. Houve alguns jorros de agonia espasmódica e depois amortecimento frio e paralisia.

Os pilotos das belonaves manipulavam as sinapses e os nodos subcutâneos que controlavam os movimentos das criaturas, navegando enganosamente rápidos sobre os telhados dos barracos e armazéns da zona das docas, arrastando os enormes apêndices de suas montarias pelos espaços entre as construções. Atrás deles havia rastros de corpos convulsivos, olhos vidrados e bocas espumantes de dor muda. Aqui e ali, alguns na multidão – os velhos, os fracos, os alérgicos e os infortunados – reagiram às picadas com enorme violência biológica. Seus corações pararam.

Os trajes negros da milícia eram entretecidos com fibras do couro das belonaves. Os tentáculos não podiam penetrá-los.

Fileiras de milicianos avançaram sobre os espaços abertos onde se congregavam os piquetes. Humanos e vodyanois brandiam cartazes como porretes mal-ajambrados. Em meio à massa em desordem houve escaramuças brutais quando agentes da milícia passaram a empregar bastões dentados e chicotes recobertos com ferrões de belonaves. A cinco metros da linha de frente dos furiosos e confusos manifestantes, a primeira leva de milicianos caiu de joelhos e ergueu os escudos espelhados. De trás deles veio a algaravia de um shunn, seguida de rápidos arcos de fumaça, que adensavam à medida que seus colegas lançavam granadas de gás sobre a manifestação. A milícia se movia inexoravelmente entre as nuvens, respirando através de máscaras protetoras.

Um grupo independente de oficiais abandonou a formação principal em cunha e avançou sobre o rio. Lançaram, um após o outro, tubos de gás sibilante para dentro da vala aquaoficiada dos vodyanois. Os coaxos e estrilos de pulmões e pele ardentes encheram o buraco. As paredes mantidas com cuidado começaram a se partir e gotejar à medida que cada vez mais grevistas se jogavam no rio para escapar dos vapores nocivos.

Três milicianos se ajoelharam à beira do rio. Estavam cercados por fileiras de seus colegas, como uma pele protetora. Rapidamente, os três ao centro sacaram das costas rifles de precisão. Cada homem portava dois, carregados e preparados com pólvora, um dos quais aguardava ao lado. Movendo-se com muita velocidade, apontaram os canos para o meio do miasma de fumaça cinza. Um oficial que portava as peculiares dragonas prateadas de capitão-taumaturgo parou atrás deles, murmurando rápida e inaudivelmente, com voz abafada. Tocou as têmporas de cada atirador e recolheu as mãos.

Por trás de suas máscaras, os olhos dos homens se umedeceram e se limparam, vendo de repente registros de luz e radiação que tornavam a fumaça virtualmente invisível.

Cada homem sabia perfeitamente o formato do corpo e os padrões de movimento de seus alvos. Os atiradores fizeram rápida pontaria através da névoa de gás e viram seus alvos confabulando, com trapos molhados sobre a boca e o nariz. Houve um breve estalo, três tiros em rápida sucessão.

Dois dos vodyanois caíram. O terceiro olhou em volta, em pânico, sem ver nada exceto o redemoinho de gás nocivo. Correu até a água que o emparedava, pegou um punhado e começou a cantar para ela, movendo a mão em passes rápidos e esotéricos. Um dos atiradores à beira do rio largou o rifle de imediato e apanhou a segunda arma. Percebera que o alvo era um xamã, que com tempo suficiente poderia invocar uma Ondina. Isso tornaria as coisas muitíssimo mais complicadas. O oficial ergueu a arma ao ombro, mirou e atirou com um movimento enérgico. O cão, com seu fragmento acoplado de pederneira, deslizou pela borda serrilhada da tampa da caçoleta e percutiu, faiscando, contra ela.

A bala disparou através das lufadas de gás, fazendo-as espiralar em guirlandas intricadas, e enterrou-se no pescoço do alvo. O terceiro membro do comitê grevista vodyanoi caiu, contorcendo-se sobre a lama, e a água se dissipou em borrifos ascendentes. Seu sangue empoçou e coagulou no lodo.

As paredes de aquaofício da vala no rio estavam se estilhaçando e desmoronando. Afrouxavam e se curvavam; a água escapava-lhes aos borbotões e diluía o leito do rio, turbilhonando em torno dos pés dos grevistas remanescentes, enrolando-se como o gás acima dela, até que, com um tremor, o Grande Piche se religou, curando a pequena fenda que o havia paralisado e confundido suas correntes. Água poluída cobriu sangue, panfletos políticos e corpos.

Enquanto a milícia acabava com a greve de Troncouve, cabos irrompiam de uma quinta aeronave, como de suas irmãs.

A multidão em Charco do Cão berrava notícias e descrições da luta. Fugitivos dos piquetes tropeçavam pelos becos arruinados. Bandos de jovens corriam para cá e para lá em enérgica confusão.

Os verdureiros da Rua do Gorila gritavam e apontavam para o gordo dirigível desenrolando seu novelo pendente até o chão. Seus gritos foram abafados sob o súbito estouro e zunido de buzinas no céu enquanto as cinco aeronaves soavam alarmes, uma a uma. Um esquadrão de milícia desceu por cordas, em meio ao ar quente, até as ruas de Charco do Cão.

Deslizaram até abaixo das silhuetas dos telhados, desenhadas no ar malcheiroso, e mais abaixo, suas enormes botas martelando o concreto escorregadio do pátio onde aterraram. Pareciam mais constructos do que humanos, aumentados por armaduras bizarras e distorcidas. Os poucos trabalhadores e vadios no beco sem saída os observaram boquiabertos, até que um miliciano se voltou rapidamente e ergueu um enorme bacamarte, descrevendo no ar um arco ameaçador. Os observadores se atiraram no chão ou deram as costas e fugiram.

As tropas da milícia desabalaram-se por uma escadaria gotejante que levava a um matadouro subterrâneo. Arrombaram a porta destrancada e alvejaram o ar sangrento e vaporoso. Os açougueiros e abatedores voltaram-se perplexos para a porta. Um deles caiu, emitindo sons guturais de agonia quando uma bala perfurou-lhe o pulmão. Sua túnica manchada de sangue encharcou-se novamente, dessa vez de dentro para fora. Os outros trabalhadores fugiram, escorregando sobre vísceras.

A milícia atropelou carcaças penduradas de bodes e porcos e puxou dos ganchos a correia transportadora suspensa, até que esta caísse do teto úmido. Atacaram em grupos sucessivos os fundos da câmara escura e marcharam escadas acima e ao longo do pequeno patamar. Pelo que ofereceu de resistência a eles, a porta do quarto de Benjamin Flex pareceu feita de gaze.

Uma vez lá dentro, as tropas se moveram para os dois lados do guarda-roupa, deixando para trás um homem que tirou uma enorme marreta da aljava às costas e com ela golpeou três vezes a madeira antiga, descobrindo um buraco na parede que emitia o gorgolejo de um motor a vapor e a luz trêmula de uma lâmpada a óleo.

Dois dos oficiais desapareceram no quarto secreto. Houve um grito abafado e o som de repetidas marteladas. Benjamin Flex saiu correndo pelo buraco que desmoronava; seu corpo se contorcendo, gotas de sangue atingindo as paredes sujas em padrões radiais. Caiu no chão de cabeça e berrou, tentou correr outra vez, praguejando incoerentemente. Outro oficial o alcançou e o ergueu pela camisa, com aumentada força a vapor, atirando-o contra a parede.

Ben roncou e tentou cuspir, encarando o impassível rosto por trás da máscara azul, da intricada viseira opaca, da proteção antigás e do capacete com pontas, como o rosto de algum inseto demoníaco.

A voz que emergiu dos bocais sibilantes era monótona, porém muito clara.

– Benjamin Flex, por favor, dê sua autorização verbal ou escrita para se fazer acompanhar por mim e outros oficiais da milícia de Nova Crobuzon a um local de nossa escolha com propósito de interrogatório e coleta de informações.

O miliciano jogou Ben contra a parede, com força, provocando uma exalação explosiva e um latido ininteligível.

– Consentimento dado em minha presença e na de outras duas testemunhas – concluiu o oficial. – Positivo?

Dois dos milicianos atrás do oficial assentiram e responderam em uníssono:
– Positivo.

O oficial o algemou e acrescentou um tabefe punitivo que deixou Ben tonto e lhe partiu o lábio. Seus olhos vacilaram como se estivesse bêbado, e ele babou sangue. O enorme homem blindado o jogou sobre o ombro e saiu do quarto pisando firme.

Os guardas que haviam entrado na pequena tipografia aguardaram o resto do esquadrão seguir o oficial de volta ao corredor. Depois, em perfeita sincronia, cada um sacou de seu cinto um grande recipiente de ferro e puxou o êmbolo que iniciava uma violenta reação quêmica. Jogaram os cilindros na sala abarrotada onde um constructo ainda acionava a manivela da prensa, em um circuito sem fim e sem motivo.

Os milicianos se apressavam pelo corredor como pesados rinocerontes bípedes atrás de seu oficial. O ácido e o pó nas bombas cilíndricas misturaram-se e efervesceram, flamejaram violentamente e acenderam a pólvora estreitamente acondicionada. Houve duas súbitas detonações, que fizeram estremecer as úmidas paredes do prédio.

O corredor dançou sob o impacto, quando inumeráveis bocados de papel em chamas foram cuspidos porta afora, junto com tinta quente e pedaços rompidos de canos. Fragmentos de metal e vidro jorraram pela claraboia em uma fonte industrial. Como confetes em brasa, tiras de editoriais e diatribes foram espalhadas pelas ruas circundantes. Uma trazia escrito DIZEMOS e a outra TRAIÇÃO! Aqui e ali o título era visível, *Renegado Rompante*. Acolá estava rasgado e ardente, com apenas um fragmento visível.

Rompa...

Um a um, os milicianos se fixaram, por presilhas nos cintos, às cordas que ainda os aguardavam. Acionaram alavancas, incluídas em suas mochilas integradas, e colocaram em movimento motores poderosos e ocultos, que os arrastaram das ruas até o ar à medida que giravam as roldanas dos cintos, poderosas engrenagens encaixando-se e içando as escuras e volumosas figuras de volta ao ventre da aeronave. O oficial que segurava Ben agarrou-o firmemente, e a roldana não fraquejou com o peso extra.

Enquanto um fraco incêndio brincava, aqui e ali, sobre o que havia sido o matadouro, algo caiu do telhado, onde ficara preso em uma calha partida. Era a cabeça do constructo de Ben, com o braço direito ainda acoplado.

O braço da coisa se moveu violentamente, tentando girar uma manivela que já não existia. Sua cabeça rolou, como um crânio recoberto de peltre. Sua boca de metal torceu-se e, por alguns segundos horríveis, apresentou uma repulsiva paródia de movimento, arrastando-se pelo solo irregular sobre a mandíbula que abria e fechava.

Em meio minuto o último vestígio de energia havia se escoado. Seus olhos de vidro vibraram e pararam com um estalo. Ficou imóvel.

Uma sombra passou sobre a coisa morta quando a aeronave, agora cheia de tropas, voou devagar sobre a face de Charco do Cão, sobre as últimas e sórdidas batalhas nas docas, acima do Parlamento e da enormidade da cidade, na direção da Estação Perdido e das salas de interrogatório do Espigão.

No começo, fiquei nauseado por estar entre eles, todos esses homens, sua respiração pesada, rápida e fedorenta, sua ansiedade escorrendo-lhe da pele como vinagre. Quis o frio outra vez, a escuridão sob os trilhos, onde formas mais grosseiras de vida esforçam-se e lutam e morrem e são devoradas. Há conforto naquela brutal simplicidade.

Mas esta não é minha terra e esta não é minha escolha. Tenho lutado para me conter. Tenho lutado contra a jurisprudência alheia desta cidade, toda de divisões e cercas definidas, linhas que separam isto daquilo e o meu do seu. Moldei-me de acordo. Busquei conforto e proteção em ser dono de mim mesmo, em ser minha, isolada, privada propriedade pela primeira vez. Mas aprendi com violência súbita que sou vítima de uma fraude colossal.

Fui ludibriado. Quando a crise irromper, não poderei ser dono de mim mesmo, não mais do que seria no constante verão de Cymek (onde "minha areia" e "sua água" são absurdos que custariam a vida de quem os declarasse). O esplêndido isolamento que procurei desmoronou. Preciso de Grimnebulin, Grimnebulin precisa de seu amigo, seu amigo precisa do socorro de todos nós. É matemática simples cancelar os termos comuns e descobrir que eu também necessito de socorro. Devo oferecê-lo a outros para salvar a mim mesmo.

Tropeço. Não devo cair.

Certa vez fui uma criatura do ar, e o ar se lembra de mim. Quando escalo as alturas da cidade e me inclino ao vento, ele me faz cócegas com correntes e vetores de meu passado. Posso farejar e ver a passagem de predadores e presas no turbilhão de sua atmosfera.

Sou como um mergulhador que perdeu seu traje, que ainda pode observar através do fundo de vidro de um barco e ver as criaturas da escuridão superficial e da mais profunda, traçar sua passagem e sentir a atração de suas marés, ainda que distorcidas e distantes, veladas e semiocultas.

Sei que algo está errado com o céu.

Vejo isso nos bandos perturbados de pássaros, que fogem subitamente de porções aleatórias de ar. Vejo isso na passagem apavorada dos gargomens, que parecem olhar sobre os próprios ombros enquanto voam.

O ar está imóvel com o verão, pesado com o calor e, agora, com aqueles recém--chegados, aqueles intrusos que não posso ver. O ar está carregado de ameaça. Minha curiosidade aumenta. Meus instintos de caçador se agitam.

Mas estou preso à terra.

PARTE 4

UMA PRAGA DE PESADELOS

CAPÍTULO 27

Algo desconfortável e insistente agulhou Benjamin Flex e o despertou. Sua cabeça girou de náusea, seu estômago se revoltou.

Estava amarrado a uma cadeira, dentro de uma salinha branca e asséptica. Na parede havia uma janela de vidro fosco que admitia luz, mas não visão, nenhum indício do que estava lá fora. Um homem de paletó branco estava em pé diante dele, cutucando-o com uma longa vara de metal ligada por fios a um motor que zumbia.

Benjamin ergueu os olhos para o rosto do homem e viu o seu próprio. O homem vestia uma máscara perfeitamente espelhada e arredondada, uma lente convexa que enviava o rosto distorcido de Benjamin de volta para ele. Mesmo abaulados e ridículos, o sangue e os ferimentos que deformavam a pele de Benjamin o chocaram.

A porta se abriu ligeiramente e um homem ficou ali parado, meio dentro e meio fora da sala. Segurava a porta e olhava na direção da qual tinha vindo, falando com alguém no corredor ou na sala atrás da porta.

– ... Que bom que gostou – ouviu Benjamin. – ... ao teatro com Cassandra hoje à noite, tudo pode acontecer... não, aqueles olhos ainda me matam.

O homem riu por um instante, em resposta a alguma brincadeira inaudível. Acenou. Depois, voltou-se e entrou na pequena sala.

Andou até a cadeira, e Benjamin viu uma figura que reconhecia de comícios, discursos e heliótipos gigantes colados por toda a cidade. Era o prefeito Rudgutter.

As três figuras na sala ficaram imóveis, ainda observando umas às outras.

– Senhor Flex – disse Rudgutter, afinal –, precisamos conversar.

– Tenho notícias de Pombo.

Isaac acenou com a carta enquanto retornava à mesa que ele e David haviam montado no canto de Lublamai, no andar térreo. Ali passaram as horas do dia anterior, tentando, sem sucesso, esgaravatar em busca de planos.

Lublamai jazia, babava e cagava sobre um catre ali perto.

Lin estava com eles à mesa, distraída, comendo pedaços de banana. Havia chegado no dia anterior, e Isaac, gaguejando e quase incoerente, contara-lhe o acontecido. Ele e David pareciam estar em choque. Somente após alguns minutos ela notara Yagharek, encostado à parede, escondendo-se nas sombras. Não sabia se o cumprimentava, e acenara uma breve apresentação, mas fora ignorada. Quando os três se sentaram para partilhar uma ceia tristonha, ele se aproximara para se juntar ao grupo, com sua enorme capa envolvendo o que ela sabia serem asas falsas. Não que fosse lhe dizer que sabia de sua impostura.

A certa altura daquela noite longa e infeliz, Lin refletira que afinal algo havia acontecido para que Isaac a assumisse. Havia lhe tomado as mãos quando ela chegara. Não havia nem sequer montado ostentosamente uma enganadora cama extra quando ela concordara em ficar. Mas não havia sido um triunfo, não a vindicação final de amor que ela teria escolhido. A razão da mudança era simples.

David e ele estavam preocupados com coisas mais importantes.

Havia uma parte um pouco amarga de sua mente que, mesmo nesse momento, não acreditava na completa conversão de Isaac. Ela sabia que David era um velho amigo, de princípios libertários semelhantes, que entenderia as dificuldades da situação – se chegasse a pensar nelas –, e em cujo sigilo era possível confiar. Mas Lin não se permitiu demorar-se demais sobre a questão, sentindo-se mesquinha e egoísta por pensar em si mesma com Lublamai daquele jeito... arruinado.

Não conseguia sentir a aflição de Lublamai de maneira tão profunda quanto seus dois amigos, estava claro, mas a visão daquela coisa salivante e descerebrada sobre o catre a chocava e assustava. Estava grata por algo ter acontecido ao sr. Mesclado, o que lhe dera algumas horas ou dias na companhia de Isaac, que parecia abatido de culpa e infelicidade.

De vez em quando Isaac se exaltava e começava a agir de forma irada e inútil, gritando "Certo!" e cerrando os punhos com determinação; mas não havia o que determinar, nenhuma ação possível. Sem algum progresso, alguma pista, o começo de alguma trajetória, nada poderia ser feito.

Naquela noite, ela e Isaac dormiram juntos no andar de cima, e ele a abraçou com desespero, sem qualquer indício de excitação. David voltara para casa prometendo retornar logo pela manhã. Yagharek recusara um colchão e havia se encolhido em um canto de modo particular, curvado e de pernas cruzadas, uma posição obviamente concebida para não quebrar suas supostas asas. Lin não sabia se ele mantinha a ilusão por causa dela ou se, na verdade, dormia ainda na mesma posição com a qual se acostumara desde a infância.

Na manhã seguinte se reuniram em torno da mesa, bebendo café e chá, comendo com indiferença, pensando no que fazer. Quando foi verificar a correspondência, Isaac descartou o lixo com rapidez e retornou com o bilhete de Lemuel: sem selo, entregue em pessoa por algum lacaio.

– O que diz aí? – perguntou David, rápido.

Isaac segurou o papel de modo que Lin e David conseguissem ler sobre seu ombro. Yagharek não se aproximou.

Rastreei fonte de Lagarta Peculiar em meus registros. Certo Josef Cuaduador. Gerente de compras do Parlamento. Sem querer perder tempo, e lembrando promessa de Remuneração *Substancial, falei com sr. Cuaduador, com auxílio de meu Corpulento Associado sr. X. Exercemos pequena pressão para que o sr. C. cooperasse. No início, o sr. C. pensou que eu fosse da milícia. Assegurei-lhe o contrário, e logo garanti sua* loquacidade *com ajuda da* pederneira *amiga do sr. X. Parece que nosso sr. C. liberou* lagarta de carregamento oficial, ou semelhante. Arrependido desde então (nem mesmo lhe paguei muito por ela). Sem conhecimento de fonte ou propósito de larva. Sem conhecimento de destino de outras do grupo original – pegou apenas uma.* Apenas uma pista (Útil? Inútil?). Recebeu o pacote certo dr. Barbell? Barrier? Berber? Barlime? Em P&D.

Mantendo registros de serviços prestados, Isaac. Conta discriminada a seguir.

Lemuel Pombo

– Fantástico! – explodiu Isaac ao terminar de ler. – Uma *pista*, porra…

David parecia totalmente chocado.

– *Parlamento*? – disse ele, com um soluço estrangulado. – Estamos mexendo com a porra do *Parlamento*? Ah, São Falastrão! Você tem alguma *ideia* da quantidade de merda em que nos afundamos? Que porra você que dizer com "Fantástico!", Isaac, seu cretino do caralho? Que maravilha! Temos apenas de pedir ao Parlamento uma lista de todos no departamento *altamente secreto* de Pesquisa e Desenvolvimento cujo nome comece com B e depois encontrá-los, um a um, e perguntar-lhes se sabem algo a respeito de coisas voadoras que apavoram suas vítimas até o coma, e especificamente como capturá-las. Estamos *feitos*!

Ninguém falou. Uma mortalha de silêncio caiu sobre o aposento.

Em sua extremidade sudoeste, Brejo do Texugo encontrava-se com Pequena Bobina, um denso nó de vigaristas, criminosos e arquitetura de esplendor decadente, amontoado junto a uma curva do rio.

Um pouco mais de cem anos atrás, Pequena Bobina havia sido um eixo urbano para as famílias mais importantes. Os Mackie-Drendas e os Turgisadys; Dhrachshachet, o vodyanoi financista e fundador do Banco Drach; Mestre Jeremile Carr, o mercador-fazendeiro: todos tiveram suas grandes mansões nas ruas amplas de Pequena Bobina.

Porém, a indústria havia explodido em Nova Crobuzon, em grande parte financiada por aquelas próprias famílias. Fábricas e docas nasceram e proliferaram. Voltagris, do outro lado do rio, desfrutou por pouco tempo de uma rápida expansão de maquinofatura, com todo o barulho e fedor que aquilo acarretava. Tornou-se o local de enormes depósitos de dejetos à beira do rio. Uma nova paisagem de ruína, refugos e imundície industrial foi criada, em uma paródia acelerada de processos geológicos. Carroças derramavam carga após carga de máquinas quebradas, papel deteriorado, entulho, resíduos orgânicos e detritos quêmicos nos monturos cercados de Voltagris. A matéria rejeitada assentou-se, deslocou-se e adaptou-se, apresentando algum formato, imitando a natureza. Outeiros, vales, jazidas e poças borbulhando com gás fétido. Dentro de alguns anos as fábricas locais fecharam, mas os depósitos permaneceram, e os ventos que sopravam do mar levavam um miasma pestilento por cima do Piche até Pequena Bobina.

Os ricos abandonaram seus lares. Pequena Bobina degenerou de maneira dinâmica. Tornou-se mais barulhenta. Tinta e gesso ebuliam, descamando grotescamente, enquanto as enormes casas se transformavam em lares para a população cada vez mais avolumada de Nova Crobuzon. Janelas quebravam, eram consertadas grosseiramente e voltavam a quebrar. À medida que pequenas barracas de comida e padeiros e carpinteiros se mudavam para lá, Pequena Bobina tornava-se vítima aquiescente do talento inelutável da cidade para a arquitetura espontânea. Paredes, pisos e tetos foram postos em causa, emendados. Novos e inventivos usos para as construções desertas foram descobertos.

Derkhan Diazul apressava-se a caminho daquela confusão de grandeza maltratada e mal aproveitada. Carregava uma bolsa apertada contra o corpo. Seu rosto estava cerrado e infeliz.

Atravessara a Ponte Crista-de-Galo, uma das construções mais antigas da cidade. Era estreita e mal pavimentada, com casas construídas sobre as pedras. O rio era invisível do centro da ponte. De cada lado, Derkhan não conseguia ver nada que não fosse a silhueta atarracada e irregular de casas com quase mil anos de idade, suas intricadas fachadas de mármore arruinadas havia muito. Varais de roupas estendiam-se de um lado a outro da ponte. Conversas e discussões ásperas, conduzidas aos gritos, ricocheteavam para lá e para cá.

Na própria Pequena Bobina, Derkhan caminhou rápida sob a elevada Linha Escuma, na direção Norte. O rio que já havia ultrapassado dobrava-se bruscamente sobre si mesmo, guinando na direção dela sob a forma de um enorme S, antes de corrigir o rumo e avançar para baixo e para o Leste, encontrando-se com o Cancro.

Os limites de Pequena Bobina confundiam-se com os de Brejo do Texugo. As casas eram menores, as ruas mais estreitas e mais intricadamente sinuosas. Velhas casas emboloradas titubeavam nos andares lá em cima. Seus telhados eram campanários inclinados, como mantos jogados sobre ombros estreitos, tornando-os furtivos. Em suas cavernosas salas da frente e pátios centrais, onde árvores e arbustos morriam à medida que a imundície invadia, havia placas grosseiras coladas anunciando escarabomancia, leituras automáticas e terapia de encantamento. Ali, os mais pobres ou mais rebeldes entre os quemistas e taumaturgos delinquentes de Brejo do Texugo lutavam por espaço contra charlatães e mentirosos.

Derkhan verificou as direções que recebera e encontrou o caminho até a Viela de São Sorrel. Era uma passagenzinha estreita que terminava em uma parede em ruínas. À sua direita viu o prédio alto e cor de ferrugem descrito no bilhete. Entrou pela soleira sem porta e tomou o caminho por sobre restos de construção, através de uma passagem curta e escura que virtualmente pingava de umidade. No final do corredor, viu a cortina de contas que fora instruída a procurar: cacos de vidro em fios de arame balançando gentilmente.

Ela tomou coragem, afastando com gentileza os cacos perigosos, sem se cortar. Entrou no pequeno salão à frente. As duas janelas da sala estavam cobertas: um material espesso estava colado a elas em grandes tufos fibrosos que engrossavam o ar com sombras pesadas. A mobília era mínima. Do mesmo tom de marrom da atmosfera escurecida, parecia quase invisível. Atrás de uma mesa baixa, bebericando chá de maneira absurdamente delicada, uma mulher gorda e cabeluda refestelava-se sobre uma suntuosa poltrona em decomposição.

Ela olhou para Derkhan.

– Em que posso ajudar? – perguntou sem emoção, em tom de irritada resignação.

– Você é a comunicatriz? – disse Derkhan.

– Umma Balsum. – A mulher inclinou a cabeça. – Tem trabalho para mim?

Derkhan atravessou a sala e ficou parada nervosamente ao lado de um sofá arrebentado até que Umma Balsum indicasse que podia se sentar. Derkhan o fez abruptamente e remexeu na bolsa.

– Preciso... ahn... falar com *Benjamin Flex*.

Sua voz estava tensa. Falava em pequenas irrupções, montando cada frase antes de cuspi-la de uma vez. Apanhou um estojinho em que trazia restos que havia encontrado no local do abatedouro.

Fora a Charco do Cão na noite anterior, quando as notícias sobre o esmagamento da greve das docas pela milícia se espalharam por Nova Crobuzon. Notícias que levavam rumores em seu rastro. Um deles referia-se ao ataque secundário a um jornal sedicioso em Charco do Cão.

Era tarde da noite quando Derkhan chegara, disfarçada como sempre, às ruas úmidas do sudeste da cidade. Chovia; gotas espessas e quentes explodiam como frutas podres sobre os escombros no beco sem saída. A entrada estava bloqueada, por isso Derkhan passara pelo portal baixo através do qual os animais e a carne eram lançados. Havia se agarrado às pedras sinistras e se impulsionado por sobre a beirada até o covil dos açougueiros, sujo com a merda e as tripas de milhares de animais aterrorizados, e caíra alguns metros adentro da sangrenta escuridão do mortuário.

Rastejara sobre a correia transportadora destruída e ficara presa nos ganchos de carne que abarrotavam o piso. A poça de sangue em que escorregara era fria e grudenta.

Derkhan esforçara-se para ultrapassar as pedras que haviam irrompido das paredes e as escadas arruinadas até chegar ao quarto de Ben, lá em cima, o centro da destruição. Seu caminho estava pavimentado de fragmentos rompidos de maquinário de imprensa e pedaços carbonizados de tecido e papel.

O próprio quarto era pouco mais do que um buraco cheio de escombros. Pedaços de alvenaria haviam esmagado a cama. A parede entre o quarto de Ben e a prensa escondida estava quase completamente destruída. Um langoroso chuvisco de verão caía pela claraboia arrombada sobre o esqueleto destroçado da prensa.

O rosto de Derkhan endurecera. Havia procurado com intensidade fervorosa, desenterrado pequenas evidências, pequenas provas de que aquela fora certa vez a casa de um homem. Agora ela as revelava, colocando-as na mesa diante de Umma Balsum.

Havia achado a navalha de Ben, com alguns resíduos de barba e sangue seco manchando a lâmina. Sobras rasgadas de um par de calças. Um pedaço de papel descolorido com seu sangue, que esfregara insistentemente contra uma mancha vermelha na parede. As últimas duas edições do *Renegado Rompante* que havia achado sob as ruínas da cama dele.

Umma Balsum observava a patética coleção emergir.

– Onde ele está? – perguntou.

– Eu... acho que está no Espigão – disse Derkhan.

– Bem, isso vai lhe custar um nobre extra, já de saída – disse Umma Balsum com acidez. – Não gosto de me meter com a lei. Explique-me essas coisas.

Derkhan mostrou-lhe cada uma das peças que havia levado. Umma Balsum assentiu brevemente para cada uma, mas parecia interessada particularmente nos exemplares do *RR*.

– Ele escrevia isto, não é? – perguntou vivamente, manuseando os papéis.

– Sim.

Derkhan não forneceu a informação de que Ben era o editor. Tinha medo de quebrar o tabu de revelar nomes, embora lhe houvessem assegurado que a comunicatriz era de confiança. O sustento de Umma Balsum dependia, em sua maior parte, de contatar pessoas capturadas pela milícia. Delatar seus clientes seria uma má decisão financeira.

– Isto. – Derkhan apontou a coluna central, com o título *O que pensamos.* – Ele escreveu isto.

– Ahhh... – disse Umma Balsum. – Pena você não ter o manuscrito original. Mas tudo bem. Tem algo mais que seja particular dele?

– Ele tem uma tatuagem no bíceps esquerdo. Assim. – Derkhan sacou um esboço que havia feito da âncora decorada.

– Marinheiro?

Derkhan riu, sem graça.

– Deram-lhe baixa e um pontapé sem que pusesse os pés em um navio. Estava bêbado ao se alistar e insultou o capitão antes mesmo que a tatuagem secasse.

Ela se lembrava dele contando a história.

– Muito bem – disse Umma Balsum. – Dois marcos pela tentativa. Cinco marcos de taxa de conexão se eu contatá-lo. Dois tostões por minuto enquanto estivermos ligados. E um nobre por ele estar no Espigão. Aceitável?

Derkhan assentiu. Era caro, mas aquele tipo de taumaturgia não era só questão de aprender alguns passes. Com treinamento suficiente, qualquer um poderia fazer funcionar um feitiço fuleiro de vez em quando, mas aquele tipo de canalização psíquica exigia talento nato prodigioso e anos de estudos árduos. Apesar das aparências e do ambiente, Umma Balsum era uma especialista taumatúrgica do mesmo nível de um Refazedor sênior ou de um quimerista.

Derkhan remexeu à procura de sua carteira.

– Pague depois. Vejamos primeiro se conseguimos alcançá-lo.

Umma Balsum enrolou a manga direita. Sua pele ondulava e pendia frouxa.

– Desenhe a tatuagem. O mais parecido possível com a original.

Moveu a cabeça, indicando a Derkhan um banquinho em um canto da sala sobre o qual repousava uma paleta e uma coleção de pincéis e tintas coloridas.

Derkhan pegou os materiais. Começou a desenhar no braço de Umma Balsum. Forçou a memória desesperadamente, tentando reproduzir as cores exatas. Levou mais ou menos vinte minutos para concluir a tentativa. A âncora que desenhara era um pouco mais extravagante do que a de Ben (em parte como consequência da qualidade das tintas) e, talvez, um tanto mais atarracada. No entanto, tinha certeza de que qualquer um que conhecesse a original reconheceria aquela âncora como cópia. Recostou-se na cadeira, provisoriamente satisfeita.

Umma Balsum moveu o braço como se fosse a asa de uma galinha gorda, para secar as tintas. Remexeu nos restos do quarto de Benjamin.

– … Maldita maneira anti-higiênica de ganhar a maldita vida… – Murmurou, alto o suficiente para Derkhan ouvir.

Umma Balsum pegou a navalha de Benjamin e, segurando-a com habilidade, fez um pequeno corte no próprio queixo. Esfregou o papel manchado de sangue sobre o corte. Depois, ergueu a saia e puxou uma perna da calça sobre suas coxas gordas o quanto pôde.

Umma Balsum estendeu a mão sob a mesa e pegou uma caixa de couro e madeira-negra. Colocou-a sobre a mesa e a abriu.

Dentro havia um estreito e interligado emaranhado de válvulas, tubos e fios, descrevendo circuitos uns sobre e sob os outros, formando um engenho incrivelmente denso. No topo havia um capacete de latão, de aparência ridícula, com uma espécie de corneta acoplada que se sobressaía. O capacete ligava-se à caixa por um longo fio em espiral.

Umma Balsum tirou dali o capacete. Hesitou, e então o colocou na cabeça. Fixou as presilhas de couro. De algum lugar oculto dentro da caixa, puxou uma grande manivela, que se encaixava com perfeição em um buraco hexagonal na lateral do engenho. Umma Balsum pôs a caixa na beirada da mesa mais próxima de Derkhan. Ligou o engenho a uma bateria quêmica.

– Muito bem – disse Umma Balsum, tocando, distraída, seu queixo que ainda sangrava. – Agora, você terá de fazer a coisa funcionar, girando a manivela. Assim que a bateria pegar, fique de olho nela. Se começar a fazer graça, *comece a girar a manivela outra vez*. Se deixar a corrente falhar, perderemos a conexão e, sem desanexação cuidadosa, seu amigo corre o risco de ficar louco, e eu também, o que é pior. Vigie *de perto*. Além disso, se fizermos contato, diga a ele que não ande em volta ou ficarei sem cabo. – Sacudiu o fio que ligava o engenho ao capacete. – Entendeu?

Derkhan assentiu.

– Certo. Dê-me aquele negócio que ele escreveu. Vou entrar no clima, tentar harmonizar. Comece a girar, e não pare até que a bateria funcione.

Umma Balsum pôs-se em pé e apanhou a cadeira, que empurrou de volta contra a parede, bufando. Depois, voltou-se e parou no meio do espaço relativamente aberto. Preparou-se visivelmente e tirou do bolso um cronômetro, apertou o botão que o ligava e inclinou a cabeça para Derkhan.

Derkhan começou a girar a manivela. Felizmente era leve. Sentiu engrenagens lubrificadas dentro da caixa começarem a se conectar, tensão calculada resistindo ao seu braço, alimentando o mecanismo esotérico. Umma Balsum havia largado o cronômetro sobre a mesa e segurava o *RR* na mão direita, lendo as palavras de Benjamin com um sussurro inaudível nos lábios que se moviam rápido. Tinha a mão esquerda um pouco levantada, e seus dedos dançavam uma complicada quadrilha, inscrevendo no ar alguns símbolos taumatúrgicos.

Quando chegou ao fim do artigo, voltou ao início e recomeçou, em um rápido circuito sem fim.

A corrente fluía em torno do fio espiralado, sacudindo Umma Balsum de maneira visível, fazendo sua cabeça vibrar suavemente durante alguns segundos. Ela largou o papel e continuou a recitar *sotto voce* as palavras de Benjamin, de memória. Voltou-se devagar, com os olhos bastante vazios, arrastando os pés. Enquanto se virava, houve um segundo durante o qual a corneta na frente do capacete apontou diretamente para Derkhan. Por uma fração de segundo, Derkhan sentiu o pulso de bizarras ondas eteromentais vergastar sua psique. Ficou ligeiramente tonta, mas continuou a girar a manivela, até que sentiu outra força tomá-la e continuar a movê-la. Soltou a manivela com gentileza e a viu girar sozinha. Umma Balsum moveu-se até ficar de frente para o Norte, até estar alinhada ao Espigão, fora de vista no centro da cidade.

Derkhan vigiava a bateria e o engenho, assegurando-se de que mantivessem um circuito constante.

Umma Balsum fechou os olhos. Seus lábios se moveram. O ar da sala parecia cantar como um copo de vinho cuja borda fosse tangida.

De repente, seu corpo sofreu um espasmo violento. Estremeceu. Seus olhos abriram-se de súbito.

Derkhan encarou a comunicatriz.

O cabelo oleoso de Umma Balsum se retorceu como uma caixa de minhocas para isca. Deslizou de sua testa e serpenteou para trás, assemelhando-se ao topete untado que Benjamin usava quando não estava trabalhando. O corpo de Umma Balsum oscilou dos pés à cabeça. Era como se uma maré de relâmpagos varresse sua gordura subcutânea, alterando-a ligeiramente com sua passagem. Quando acabou de passar pelo alto de sua cabeça, seu corpo todo havia mudado. Não estava mais gorda ou mais magra, mas a redistribuição do tecido havia modificado sua forma de modo sutil. Parecia ter os ombros mais largos. O contorno de sua mandíbula estava mais pronunciado, e suas amplas bochechas estavam, de algum modo, diminuídas.

Ferimentos floresciam em seu rosto.

Ela ficou parada por um segundo e depois, subitamente, caiu de quatro. Derkhan deixou escapar um gritinho, mas viu que os olhos de Umma Balsum continuavam abertos e focados.

Umma Balsum sentou-se de repente, com as pernas abertas e as costas apoiadas contra o braço do sofá.

Seus olhos se moveram para cima devagar, e foi quando um vinco de incompreensão sulcou-lhe o rosto. Olhou para Derkhan, que ainda a encarava freneticamente. A boca de Umma Balsum (agora com lábios mais finos e firmes) abriu-se com o que parecia assombro.

– Dee? – Sibilou.

Sua voz oscilava com um eco mais profundo.

Derkhan continuou olhando para Umma Balsum estupidamente.

– Ben? – Gaguejou.

– Como você *entrou* aqui? – Disse Umma Balsum, erguendo-se depressa.

Encarou Derkhan estarrecida, com os olhos contraídos.

– Eu consigo ver *através* de você…

– Ben, ouça-me. – Derkhan percebeu que teria de acalmá-lo. – Pare de se mexer. Você está me vendo por intermédio de uma comunicatriz que se harmonizou com você. Ela se retraiu para um estado de total recepção passiva para que eu possa falar diretamente com você, entendeu?

Umma Balsum, que era Ben, assentiu rapidamente. Parou de se mexer e se ajoelhou outra vez.

– Onde você está? – sussurrou ela/e.

– Em Brejo do Texugo, perto da Pequena Bobina. Ben, não temos muito tempo. Onde *você* está? *O que aconteceu?* Eles... eles o machucaram? – Derkhan exalou, trêmula, tensão e desespero passando-lhe pelo corpo.

A três quilômetros dali, Ben sacudiu a cabeça desoladamente, e Derkhan o viu diante de si.

– Ainda não – sussurrou Ben. – Deixaram-me em paz... por enquanto.

– Como souberam onde você estava? – sibilou Derkhan outra vez.

– São Falastrão, Dee, eles *sempre* souberam, não é? O puto do Rudgutter esteve aqui antes, e ele... riu de mim. Disse que sempre souberam onde ficava o *RR,* apenas nunca se deram ao trabalho de nos prender.

– Foi a greve... – disse Derkhan. – Decidiram que tínhamos ido longe demais...

– *Não.*

Derkhan ergueu os olhos bruscamente. A voz de Ben, ou a aproximação desta que emergia da boca de Umma Balsum, soava severa e clara. Os olhos que a encaravam eram fixos e urgentes.

– Não, Dee, *não foi* a greve. Diabos, eu *gostaria* que tivéssemos impacto suficiente sobre a greve para preocupá-los. Não, foi a merda de uma *matéria* de primeira página...

– Então, o quê... – começou Derkhan, hesitante.

Ben a interrompeu.

– Vou lhe contar o que sei. Depois que cheguei aqui, Rudgutter entrou e sacudiu o *RR* na minha frente. E você sabe o que ele apontou? Aquela *porra de matéria provisória* que publicamos na segunda edição. "Rumores de trato graúdo com importante mafioso." Você sabe, aquela do meu contato que dizia que o governo havia vendido uma porcaria ou outra, algum projeto científico fracassado, a um criminoso. Nada! Não tínhamos nada! Estávamos só agitando! E Rudgutter sacudiu a coisa... enfiou na minha cara...

Os olhos de Umma Balsum se desviaram, devaneando por um momento, enquanto Ben recordava.

– E ele não me deixava em paz. "O que sabe sobre isto, sr. Flex? Quem é sua fonte? O que sabe sobre as *mariposas*?" Sério! Mariposas, os bichos parecidos com borboletas! "O que sabe sobre os *problemas* recentes do *sr. M.*?" – Ben sacudiu devagar a cabeça de Umma Balsum. – Você percebeu? Dee, não sei em que porra nos metemos, mas revelamos uma história que... São Falastrão! Que fez Rudgutter se *cagar* todo. É por isso que ele me prendeu! Não parava de dizer "Se você sabe onde estão as mariposas, é melhor me contar". Dee...

Ben pôs-se em pé com dificuldade. Derkhan abriu a boca para adverti-lo contra se mexer demais, mas suas palavras morreram quando ele andou cuidadosamente na direção dela, sobre as pernas de Umma Balsum.

– Dee, você precisa ir atrás dessa história. Eles estão apavorados, Dee. Apavorados de verdade. Temos de usar isso. Eu não tinha a mínima ideia do que o filho da puta estava falando, mas acho que ele pensou que eu estava fingindo, e comecei a me aproveitar disso, porque estava deixando Rudgutter desconfortável.

Hesitante, cuidadoso e nervoso, Ben estendeu as mãos de Umma Balsum na direção de Derkhan, que sentiu um nó na garganta ao ver que ele estava chorando. Lágrimas corriam por seu rosto sem que ele fizesse qualquer som. Ela mordeu o lábio.

– Que som é esse, Dee? – perguntou Ben.

– É o motor do engenho de comunicação. Tem de funcionar o tempo todo – disse ela.

A cabeça de Umma Balsum assentiu.

Suas mãos tocaram as de Derkhan, que estremeceu ao toque. Sentiu Ben segurar sua mão livre e se ajoelhar diante dela.

– Eu consigo senti-la... – Ben sorriu. – Você está apenas meio visível, como um fantasma... mas consigo *senti-la* – parou de sorrir e tentou encontrar palavras. – Dee, acho que vão me matar. Ah, São Falastrão... – exalou –, estou com medo. Sei que essa... escória... vai usar *dor* contra mim.

Seus ombros estremeceram, para cima e para baixo, quando perdeu o controle dos soluços. Ele ficou em silêncio por um instante, olhando para o chão, chorando baixinho de medo. Quando ergueu os olhos, sua voz estava firme.

– *Fodam-se!* Os desgraçados estão correndo apavorados, Dee. Você precisa ir atrás dessa história! Venho, pelo presente ato, nomeá-la editora da porra do *Renegado Rompante*... – Riu fugazmente. – Ouça. Procure em Mafaton. Eu a encontrei apenas duas vezes, em cafés perto daqui, mas acho que é onde ela mora, o contato. Nós nos encontramos tarde da noite, e duvido que ela quisesse atravessar a cidade sozinha depois, então imagino que more nas redondezas. Seu nome é *Magesta Barbile*. Ela não me contou muita coisa, só algo sobre o projeto em que trabalhou no P&D. Ela é cientista; o governo o encerrou e vendeu a um chefe de quadrilha. Pensei que *tudo* fosse enrolação; publiquei mais por *sacanagem* do que por achar que a história era verdadeira. Mas, meus *deuses*, a reação justifica tudo.

Agora era Derkhan quem chorava, um pouco. Assentiu.

– Vou atrás da história, Ben. Prometo.

Ben assentiu. Houve um momento de silêncio.

– Dee – disse Ben, por fim. – Não creio que você possa, com essa comunico-sei--lá-o-quê... imagino que não... você não conseguiria me matar, não é?

Derkhan soltou um suspiro de choque e pesar.

Olhou em volta, desesperada, e sacudiu a cabeça.

– Não, Ben. Só poderia fazê-lo se matasse a comunicatriz...

Ben assentiu tristemente.

– Não sei mesmo se serei capaz de... de me segurar para não deixar algo escapar... Falastrão sabe que tentarei, Dee, mas eles são especialistas, entende? E eu... bem... poderia muito bem terminar com tudo de uma vez. Entende o que digo?

Derkhan mantinha os olhos fechados. Chorava por Ben e com ele.

– Ah, deuses, Ben, lamento tanto...

Ele tornou-se súbita e ostentosamente corajoso. Queixo duro. Beligerante.

– Farei meu melhor. Apenas assegure-se de encontrar Barbile, certo?

Ela assentiu.

– E... obrigado – disse ele com um sorriso torto. – E... adeus.

Ele mordeu o lábio, abaixou a cabeça e a ergueu novamente. Deu-lhe um longo beijo no rosto. Derkhan o abraçava com o braço esquerdo.

Benjamin Flex separou-se dela e deu um passo atrás. Com algum reflexo mental invisível à perturbada Derkhan, disse a Umma Balsum que chegara o momento de se desconectarem.

A comunicatriz oscilou outra vez, estremeceu e cambaleou. Com uma corrente de alívio quase palpável, seu corpo retornou à forma original.

A bateria continuou girando a alavanca até que Umma Balsum se empertigasse e chegasse mais perto, pousando ali a mão peremptória. Parou o cronômetro na mesa e disse:

– Acabou, querida.

Derkhan se inclinou e deitou a cabeça sobre a mesa. Chorou em silêncio. Do outro lado da cidade, Benjamin Flex fazia o mesmo. Ambos sozinhos.

Passaram-se apenas dois ou três minutos antes que Derkhan fungasse bruscamente e se endireitasse. Umma Balsum, sentada em sua poltrona, calculava valores em um pedaço de papel, com grande eficiência.

Olhou de relance ao ouvir o som de Derkhan tentando bravamente recobrar o controle.

– Está se sentindo melhor, queridinha? – perguntou, irônica. – Já tenho sua conta.

Por um momento Derkhan se sentiu nauseada pela insensibilidade da mulher, mas passou logo. Derkhan não sabia se Umma Balsum podia recordar o que ouvira ou dissera enquanto esteve harmonizada. E, mesmo que pudesse, Derkhan era apenas mais uma tragédia entre as centenas de milhares por toda a cidade. Umma Balsum ganhava seu dinheiro como intermediária, e sua boca havia gaguejado sucessivas histórias de perda, traição, tortura e desgraça.

Havia certo conforto obscuro e solitário para Derkhan em perceber que o sofrimento dela e de Ben não era especial ou incomum. A morte de Ben não seria especial.

– Então – Umma Balsum acenava diante de Derkhan o pedaço de papel –, dois marcos, mais cinco pela conexão, são sete. Estive lá por onze minutos, o que dá 22 tostões: isso dá dois marcos e dois tostões, o que resulta em nove marcos e dois tostões. Mais um nobre pelo risco do Espigão, e temos um nobre, nove marcos e dois tostões.

Derkhan deu-lhe dois nobres e foi embora.

Caminhou rapidamente, sem pensar, retraçando o caminho pelas ruas de Brejo do Texugo. Entrou outra vez nas ruas habitadas, onde as pessoas por quem passava eram mais que figuras suspeitas se esgueirando ligeiras de uma sombra a outra. Derkhan contornou feirantes e vendedores de dúbias poções.

Percebeu que estava a caminho do laboratório-casa de Isaac. Ele era um amigo íntimo e uma espécie de companheiro político. Não conhecia Ben – nem mesmo de nome –, mas entenderia a dimensão do que acontecera. Ele poderia ter alguma ideia do que fazer. Se não, bem, Derkhan se contentaria com café forte e um pouco de conforto.

A porta estava trancada. Ninguém respondia lá dentro. Derkhan quase chorou. Estava a ponto de rastejar para casa em meio à solidão e à infelicidade quando lembrou que Isaac havia descrito, entusiasmado, um bar infame à beira do rio, onde costumava ir. A Criança Morta, ou algo assim. Entrou pelo pequeno beco ao lado da casa e olhou de cima a baixo a trilha junto ao rio, as lajes quebradas em meio às quais irrompia grama tenaz.

As ondas sujas empurravam gentilmente para o Leste a imundície orgânica. Do outro lado do Cancro, a margem estava obstruída por emaranhados de espinheiros e feixes serpenteantes de ervas daninhas. A pouca distância ao norte da margem onde Derkhan estava, um estabelecimento decrépito se acomodava ao lado da ferrovia. Ela caminhou, hesitante, naquela direção, acelerando o passo ao ver a placa suja e descascada: A Criança Moribunda.

Lá dentro, a escuridão era fétida, quente e desagradavelmente úmida; porém, no canto mais afastado, passando por recurvados e derrotados farrapos humanos, Refeitos e vodyanois, sentava-se Isaac.

Conversava, em sussurros animados, com outro homem de quem Derkhan tinha vaga lembrança, algum cientista amigo de Isaac. Ele ergueu os olhos ao vê-la parada à porta e, após uma segunda olhada, passou a encará-la. Ela quase correu em direção a ele.

– Isaac, por São Falastrão e o *caralho*! Estou tão feliz por tê-lo encontrado...

Enquanto ela tagarelava diante de Isaac, agarrando-lhe nervosa o paletó, percebeu, sentindo uma pontada desalentadora, que o olhar dele não era de boas-vindas. Seu pequeno discurso esmoreceu.

– Derkhan... meus deuses... – disse ele. – Eu... Derkhan, estou numa crise... Aconteceu uma coisa, eu...

Ele parecia inquieto.

Derkhan o encarou tristemente.

Ela se sentou de repente, jogou-se sobre o banco ao lado dele. Era como uma rendição. Inclinou-se sobre a mesa e esfregou os olhos que marejavam súbita e irrevogavelmente.

– Acabo de ver um amigo e companheiro querido prestes a ser *torturado até a morte* e metade de minha vida ser esmagada, explodida e pisoteada e, não sei por que, preciso encontrar a porra de uma dra. Barbile em *algum lugar da cidade* para descobrir o que está acontecendo. E procurei você porque... porque achei que você fosse meu *amigo*. E então... Você está... *ocupado*?

Lágrimas se infiltraram por entre seus dedos e escorreram por seu rosto. Ela esfregou as mãos violentamente sobre os olhos e fungou, olhando para a frente por um instante. Viu que Isaac e o outro homem a encaravam com intensidade extraordinária e absurda.

Isaac estendeu a mão por sobre a mesa e a agarrou pelo pulso.

– Você precisa encontrar *quem*? – sibilou.

CAPÍTULO 28

– Bem – disse Bentham Rudgutter com cuidado –, não consegui tirar nada dele. Ainda.

– Nem o nome de sua fonte? – perguntou Stem-Fulcher?

– Não. – Rudgutter comprimiu os lábios e sacudiu a cabeça devagar. – Ele apenas se fecha. Mas não creio que seja tão difícil descobrir. Afinal, não há uma enorme quantidade de pessoas que possam ser a fonte. Tem de ser alguém do P&D. *Provavelmente* alguém do projeto ML... Por certo saberemos quando os inquisidores terminarem de interrogá-lo.

– Então... – disse Stem-Fulcher. – Aqui estamos.

– De fato.

Stem-Fulcher, Rudgutter e MontJohn Rescue estavam cercados por uma unidade de elite da milícia, em um túnel profundo sob a Estação Perdido. Lâmpadas a gás produziam marcas instáveis no escuro. Os pontinhos de luz suja iluminavam toda a distância que se conseguia ver adiante. Poucos metros atrás estava o elevador de gaiola do qual haviam saído.

Ao sinal de Rudgutter, ele, os companheiros e a escolta adentraram a escuridão. A milícia marchava em formação.

– Certo – disse Rudgutter. – Vocês dois estão com as tesouras?

Stem-Fulcher e Rescue assentiram.

– Há quatro anos eram peças de xadrez – ponderou Rudgutter. – Lembro-me de quando o Tecelão mudou de preferência; foram necessárias três mortes até que descobríssemos o que ele queria.

Houve um intervalo de inquietação.

– Nossa pesquisa até que está bastante atualizada – disse Rudgutter com sarcasmo. – Falei com o dr. Kapnellior antes de me encontrar com vocês. Ele é nosso "especialista" residente em Tecelões... nome um tanto equivocado. Significa apenas que, diferente do resto de nós, ele é extremamente ignorante sobre eles, em vez de totalmente. Ele me garantiu que tesouras ainda são os objetos de cobiça.

Após um momento, falou outra vez.

– Deixem que eu fale. Já lidei com ele antes.

O próprio Rudgutter não tinha certeza de que aquilo fosse vantagem ou desvantagem.

O corredor chegara ao fim, e lá estava uma porta espessa, de carvalho cingido com ferro. O homem no comando da unidade de milícia inseriu uma enorme chave na fechadura e girou-a suavemente. Empurrou a porta, esforçando-se contra o peso, e marchou para dentro do aposento escuro. Era bem treinado. Sua disciplina era de aço. Afinal, devia estar apavorado.

O restante dos oficiais o seguiu, depois Rescue e Stem-Fulcher e, finalmente, Bentham Rudgutter. Fechou a porta atrás deles.

Ao entrar no aposento, todos sentiram um instante de deslocamento, um aguçado mal-estar que lhes agulhava a pele com força quase física. Longos fios, filamentos invisíveis tecidos de éter e emoção, decoravam todo o aposento, oscilando e aderindo aos intrusos.

Rudgutter estremeceu. Com o canto do olho viu fios que se desdobravam em inexistência quando os olhava diretamente.

O aposento era obscuro como se estivesse amortalhado por teias de aranha. Em todas as paredes havia tesouras, fixadas para formar bizarros padrões. Tesouras perseguiam umas às outras como peixes predatórios; recreavam-se no teto; espiralavam em torno e através umas das outras, em convolutos e perturbadores desenhos geométricos.

A milícia e seus escoltados encostaram-se imóveis contra uma parede do aposento. Não se viam quaisquer fontes de luz, mas, ainda assim, conseguiam enxergar. A atmosfera do aposento parecia monocromática, ou perturbada de algum modo, a luz empalidecia e se retraía.

Permaneceram imóveis por muito tempo. Não havia qualquer som.

Devagar e em silêncio, Bentham Rudgutter enfiou a mão na bolsa que levava e retirou a grande tesoura cinza que mandara um assistente comprar de um ferrageiro no mais baixo saguão comercial da Estação Perdido.

Rudgutter abriu a tesoura sem fazer barulho e suspendeu-a no ar nauseante.

Então a fechou. O aposento reverberou com o som inconfundível e afiado de lâmina deslizando sobre lâmina, encaixando-se em divisão inexorável.

Os ecos tremeram como moscas presas em uma teia em túnel. Deslizaram para dentro de uma dimensão negra, no centro do aposento.

Uma lufada de frio fez arrepios dançarem nas costas dos ali congregados.

Os ecos da tesoura retornaram.

À medida que voltavam e ascendiam até o limiar da audição, metamorfoseavam-se, tornavam-se palavras, voz melódica e melancólica, que no início sussurrou e depois se tornou mais resoluta, urdindo sua existência nos ecos da tesoura. Não era bem descritível. Penosa e assustadora, carregava o ouvinte em sua direção; e soava não nos ouvidos, mas em lugares mais profundos, no sangue e nos ossos, nos feixes de nervos.

... CARNESQUIVA NAS DOBRAS ENTRE A CARNESQUIVA PARA DIZER SAUDAÇÃO NESTE REINO ENTESOURADO RECEBEREI E SEREI RECEBIDO...

No silêncio temeroso, Rudgutter gesticulou para Stem-Fulcher e Rescue, até que eles entendessem e erguessem suas tesouras como ele havia feito, abrissem-nas e fechassem-nas bruscamente, fatiando o ar com som quase tátil. Juntou-se a eles, os três abrindo e fechando suas lâminas em um aplauso macabro.

Diante do som daqueles estalidos sussurrantes, a voz sobrenatural ressoou pelo aposento outra vez. Gemia de prazer obsceno. Cada vez que falava, era como se o que se desfizesse em audibilidade fosse apenas um trecho de monólogo incessante.

... MAIS E MAIS E MAIS UMA VEZ NÃO MODEREM ESTA EVOCAÇÃO AGUÇADA ESTE HINO CORTANTE ACEITO CONCORDO FATIAM TÃO FINO FINAS SÃO ESTATUETAS ENDOSQUELETAIS PARTEM RASPAM LASCAM OS FIOS DA TEIA URDIDA E DÃO-LHE FORMA COM BÁRBARA GRAÇA...

Por entre as sombras lançadas por formas invisíveis, sombras que pareciam longas e tensas, estirando suas amarras de um canto a outro do aposento quadrado, algo espreitou e começou a ser visto.

Começou a existir. Avolumou-se de repente onde antes não havia nada. Saiu detrás de alguma dobra no espaço.

Caminhou delicadamente adiante, sobre pés pontudos, o vasto corpo balançando, erguendo alto múltiplas pernas. Olhou para Rudgutter e seus camaradas de uma altura colossal acima deles.

Uma aranha.

Rudgutter havia se preparado rigorosamente. Era um homem sem imaginação, um homem frio, que se governava com disciplina industrial. Já não sentia terror.

Porém, ao olhar para o Tecelão, esteve perto.

Era pior, muito mais aterrador do que o embaixador. Os infernais eram imponentes e inspiravam temor, poderes monstruosos pelos quais Rudgutter tinha o mais profundo respeito. E, no entanto, no entanto... ele os entendia. Eram torturados e torturadores, calculistas e caprichosos. Sagazes. Compreensíveis. Eram políticos.

O Tecelão era totalmente alheio. Não poderia haver barganhas ou jogos. Já haviam tentado antes.

Rudgutter se controlou, irado, julgando-se sem piedade, estudando a coisa diante de si na tentativa de classificar e metabolizar aquela visão.

A maior parte do corpo de Tecelão consistia do enorme abdome em forma de gota, que se avolumava e curvava para baixo, atrás dele, saindo de seu cefalotórax, uma fruta tesa e bulbosa de dois metros de largura e um e meio de espessura. Era de todo liso e distendido; sua quitina era uma negra e cintilante iridescência.

A cabeça da criatura tinha o tamanho do peito de um homem. Pendia da frente do abdome, a um terço da distância desde cima. A gorda curva de seu corpo elevava-se acima dela como ombros recurvados, vestidos de negro.

A cabeça girava devagar para abarcar todos os visitantes.

O alto era tão liso quanto um crânio humano recoberto de negro: olhos múltiplos de um único tom de vermelho-sangue. Duas órbitas principais tão grandes quanto cabeças de bebês assentavam-se em cavidades fundas de cada lado; entre elas uma terceira, muito menor; acima dela mais duas; acima de todas, ainda mais três. Uma constelação intricada e precisa de escarlate escuro. Um arranjo estático.

A complicada boca multiforme do Tecelão abriu-se com uma flexão da mandíbula interna, algo entre maxilar e armadilha de marfim negro. Sua goela úmida flexionava-se e vibrava nas profundezas lá dentro.

Suas pernas, magras e ossudas como tornozelos humanos, brotavam da delgada faixa de carne segmentada que ligava a cabeça ao abdome. O Tecelão caminhava sobre as quatro pernas traseiras. Projetavam-se para fora e para cima em um ângulo de 45 graus, dobrando-se em joelhos que ficavam a mais de trinta centímetros da cabeça baixa, mais altos do que o topo do abdome. As pernas projetavam-se das articulações por quase três metros em linha reta até o chão, culminado em pontas indefinidas e afiadas como estiletes.

Como uma tarântula, o Tecelão erguia uma perna por vez, levantando-a muito alto e pisando com a delicadeza do cirurgião ou do artista. Um movimento vagaroso, sinistro e inumano.

Da mesma dobra intricada da estrutura quadrúpede emergiam dois conjuntos de pernas mais curtas. Um par, com quase dois metros de comprimento, descansava apontando para cima, na altura dos cotovelos. Cada magra e dura haste de quitina terminava em uma garra de 45 centímetros, um cruel estilhaço de carapaça avermelhada afiado como um bisturi. Na base de cada punhal brotava uma curva de osso aracnídeo, um gancho afiado para fatiar e segurar a presa.

Aquelas kukris orgânicas sobressaíam como largos chifres, como lanças, numa demonstração ostentosa de potencial assassino.

E, diante do grupo, o par final e mais curto de membros pendia. Em suas pontas, mantidas a meio caminho entre a cabeça do Tecelão e o chão, ficava um par de mãos magras e pequeninas. Esguias, com cinco dedos, apenas extremidades macias sem unhas ou pele e o negro nacarado de puro breu as distinguiam de mãos humanas infantis.

O Tecelão dobrou um pouco os cotovelos e juntou aquelas mãos, apertando-as e esfregando-as uma contra a outra, devagar e incessantemente. Era um movimento humano furtivo e perturbador, como o de um pregador melífluo e suspeito.

Os pés de ponta de lança rastejaram para mais perto. As garras negro-avermelhadas giraram um pouco e brilharam sob a não luz. As mãos acariciaram uma à outra.

O corpo do Tecelão oscilou para trás e, então, de modo alarmante, para a frente outra vez.

... QUE OFERTA QUE DÁDIVA OS CORTADORES ARTICULADOS TRAZEM PARA MIM..., disse, e de repente estendeu a mão direita.

Os oficiais da milícia ficaram tensos com o movimento rápido.

Sem hesitação, Rudgutter avançou e colocou a tesoura na mão do Tecelão, com algum cuidado para não lhe tocar a pele. Stem-Fulcher e Rescue fizeram os mesmo. O Tecelão retrocedeu com velocidade desconcertante. Olhou para as tesouras que segurava, enfiou os dedos nas alças e abriu e fechou cada par rapidamente. A seguir, moveu-se até a parede atrás dele e, com rapidez, ajustou cada par de tesouras em posição sobre a pedra fria.

De algum modo, o metal sem vida permaneceu onde fora colocado, aderindo à pedra estampada de umidade. O Tecelão ajustou-lhes o padrão minuciosamente.

– Estamos aqui para lhe pedir algo, Tecelão.

A voz de Rudgutter era equilibrada.

O Tecelão se voltou vagarosamente para encará-lo.

... A TRAMA DE FIOS CERCA PROFUSA SUAS CARCAÇAS TÊNUES TRÊMULAS IMPELEM REPELEM FIAM DESFIAM SEU TRIUNVIRATO DE PODER PROTEGIDO NO TRAJE AZUL DE FAÍSCAS PEDERNEIRA PÓLVORA NEGRA FERRO VOCÊS TRÊS IMÓVEIS CONFINARAM ALMACRAVADA NOS NÓS DO TECIDO OS CINCO CEIFADORES ALADOS RASGANDO DESENROLANDO SINAPSE APÓS ESPÍRITO GANGLIOSO SUGA FIBRAMENTE...

Rudgutter olhou bruscamente para Rescue e Stem-Fulcher. Todos os três esforçavam-se para seguir a onilírica linguagem do Tecelão. Uma coisa puderam entender com clareza.

– Cinco? – sussurrou Rescue, olhando para Rudgutter e Stem-Fulcher. – Mesclado comprou apenas *quatro* mariposas...

... CINCO DÍGITOS DA MÃO INTERFEREM ARRANCAM TRAMAMUNDO DAS BOBINAS DA GENTECIDADE CINCO INSETOS ROMPEARES QUATRO FINAMENTE FORMADOS DE ANÉIS ADORNADOS CINTILANTES ORNAMENTOS UM PEQUENO RAQUÍTICO RUINOSO ALFORRIA SEUS IRMÃOS IMPERIOSOS MÃO DE CINCO DEDOS...

A guarda miliciana ficou tensa quando o Tecelão se aproximou de Rescue, furtivo, com seu lento balé. Ele abriu os dedos de uma das mãos, ergueu-os diante de Rescue e o puxou para cada vez mais perto. O ar em torno dos humanos se adensou com a aproximação do Tecelão. Rudgutter reprimiu o impulso de enxugar o rosto, livrar-se daquela seda aderente e invisível. Rescue trincou os dentes. Os milicianos murmuraram com vacilante impotência. Sua inutilidade se fazia notar.

Rudgutter assistia inquieto ao pequeno drama. Na penúltima vez que falara com o Tecelão, a criatura havia ilustrado um argumento, um tipo de figura de linguagem, ao pegar um capitão de milícia que flanqueava Rudgutter, erguê-lo no ar e fatiá-lo devagar, correndo uma das garras através da armadura do capitão até o lado de seu abdome, e em volta, até embaixo do queixo, arrancando ossos fumegantes, um a um. O homem gritara e se debatera enquanto o Tecelão o eviscerava. A lamentosa voz da aranha ressoava na cabeça de Rudgutter enquanto a criatura se explicava em charadas oníricas.

Rudgutter sabia que o Tecelão faria qualquer coisa para aprimorar a tramamundo. Poderia fingir-se de morto ou remodelar as pedras do piso em uma estátua de leão. Ou poderia arrancar os olhos de Eliza. O que fosse necessário para formar o padrão no tecido do éter que apenas ele conseguia ver; tudo o que fosse preciso para tecer a tapeçaria do modo correto.

A lembrança de Kapnellior discutindo textorologia – a ciência dos Tecelões – entrava e saía da mente de Rudgutter. Tecelões eram fabulosamente raros, e habitantes apenas intermitentes da realidade convencional. Apenas dois cadáveres de Tecelões haviam sido obtidos pelos cientistas de Nova Crobuzon desde a fundação da cidade. A ciência de Kapnellior estava longe de ser exata.

Ninguém sabia por que aquele Tecelão resolvera ficar. Anunciara-o de seu modo elíptico ao prefeito Dagman Beyn, mais de duzentos anos atrás, que viveria sob a cidade. Ao longo das décadas, um ou dois administradores o haviam deixado em paz. A maioria fora incapaz de resistir à atração de seu poder. Suas interações ocasionais, às vezes banais, às vezes fatais, com prefeitos e cientistas eram a principal fonte de informações dos estudos de Kapnellior.

O próprio Kapnellior era evolucionista. Defendia a opinião de que os Tecelões eram uma espécie convencional de aranha que fora submetida, em virtude de algum acidente tórquico ou taumatúrgico – trinta, quarenta mil anos atrás, provavelmente em Sagrimai – a uma súbita e curta aceleração evolucionária de velocidade explosiva. Dentro de algumas gerações, explicara a Rudgutter, os Tecelões evoluíram de predadores virtualmente irracionais a estetas de impressionantes poderes intelectuais e matério-taumatúrgicos, mentes alheias e superinteligentes que não mais usavam suas teias para capturar presas, mas que se harmonizavam com elas como objetos de beleza, inseparáveis da própria tessitura da realidade. Suas fieiras especializaram-se e tornaram-se glândulas extradimensionais que teciam padrões entrelaçados ao mundo. Mundo que era, para eles, uma teia.

Velhas histórias contavam como Tecelões matavam uns aos outros em razão de discussões estéticas: se era mais belo destruir um exército de mil homens ou deixá-lo em paz, ou se um dente-de-leão específico deveria ou não ser colhido. Para um Tecelão, pensar era pensar esteticamente. Agir – tecer – era dar origem a padrões mais agradáveis. Não comiam comida física: pareciam subsistir da apreciação da beleza.

Uma beleza não reconhecida por humanos ou outros habitantes do plano material.

Rudgutter orava com fervor para que o Tecelão não decidisse que massacrar Rescue construiria um belo padrão no éter.

Após tensos segundos, O Tecelão recuou, com a mão ainda erguida e os dedos separados. Rudgutter exalou de alívio e ouviu seus colegas e os milicianos fazerem o mesmo.

... CINCO..., sussurrou o Tecelão.

– Cinco – concordou Rudgutter, controlado.

Rescue se deteve e assentiu devagar:

– Cinco – sussurrou.

–Tecelão – disse Rudgutter. – Você está certo, é claro. Queríamos lhe perguntar sobre as *cinco* criaturas à solta na cidade. Estamos... preocupados com elas... assim como você, ao que parece. Queremos pedir-lhe que nos ajude a removê-las da cidade. Desarraigá-las. Expurgá-las. Matá-las. Antes que danifiquem a Trama.

Houve um momento de silêncio, após o qual o Tecelão dançou, rápida e subitamente, de um lado para outro. Houve um tamborilar suave e ligeiro quando seus pés bateram no chão. Saltitava bizarramente.

... SEM QUE PEÇAM A TRAMA ESTÁ FIRME CORES DRAPEADAS CORES SANGRAM TEXTURA VESTINDO FIOS DESFAZEM ENQUANTO ENTOO CANÇÕES FUNÉREAS PARA PONTOS FRACOS ONDE TEIAFORMAS FLUEM DESEJO FAREI POSSO NOVELOS DE MONSTROS SOMBRA PEDRORIZONTE ASAS LABUTAM SUGAM TRAMAMUNDO INCOLOR CINZENTA NÃO HÁ DE SER LEIO RESSONÂNCIA SALTO PONTO A PONTO NA TEIA PARA COMER ESPLENDOR CAPTURO COMO TUDO COM VERMELHA GARRESPADA ROMPEREI TECIDO REFIAREI SOU EU SOU EU SUTIL NO EMPREGO DA COR CAIAREI SEUS CÉUS COM VOCÊS CARREGO TODAS PARA LONGE ATO TODAS EM NÓ FIRME...

Passou-se algum tempo até Rudgutter perceber que o Tecelão concordara em ajudá-los.

Com cautela, Rudgutter riu. Antes que pudesse falar novamente, o Tecelão apontou para cima com os quatro braços.

... ENCONTRAREI ONDE PADRÕES DESVARIAM ONDE CORREM CORES ONDE INSE-TOS VAMPIROS SUGAM SECAM GENTENOVELOS E EU E EU ESTAREI EM BREVE BREVE...

O Tecelão moveu-se para o lado e desapareceu. Transpusera-se para longe do espaço físico. Corria acrobático pela extensão da teiamundo.

As mechas de eterteias que rastejavam invisíveis ao longo do aposento e da pele humana começaram a se desfazer devagar.

Rudgutter virou a cabeça lentamente de um lado para outro. Os milicianos aprumavam as costas, soltavam suspiros, relaxavam as posições de combate que haviam assumido inconscientemente. Eliza Stem-Fulcher olhou nos olhos de Rudgutter.

– Então – disse ela. – Está contratado, não é?

CAPÍTULO 29

Os gargomens estavam acovardados. Contavam histórias de monstros no céu. Sentavam-se à noite em torno das fogueiras de lixo nos grandes depósitos da cidade e esbofeteavam seus filhos para que ficassem quietos. Em turnos, contavam sobre ventanias repentinas de ar perturbado e visões fugidias de coisas terríveis. Viram sombras convolutas no céu. Sentiram respingos de líquido acre atingi-los de cima.

Gargomens desapareciam.

No início, eram apenas histórias. Mesmo com medo, os gargomens apreciavam os enredos. Mas passaram a conhecer os protagonistas. Seus nomes eram uivados à noite por toda a cidade quando encontravam seus corpos estupefatos e salivantes. Arfamo e Prolado; Mento; e, o que era mais assustador, Melasquei, o valentão da zona leste. Nunca perdera uma briga. Nunca recuara. Sua filha o tinha encontrado com a cabeça pendente, muco escorrendo da boca e do nariz, olhos esbugalhados, pálidos e alertas como ovos *poché*, nos sarçais ao lado de uma torre de gás enferrujada em Jardins Ab-rogados.

Duas matronas khepris foram encontradas, flácidas e vazias, sentadas na Praça das Estátuas. Um vodyanoi esparramava-se à beira do rio em Ladopaco, com sua ampla boca contraída numa expressão de idiotice licenciosa. O número de humanos encontrados de mente vazia crescia uniforme às dezenas. O aumento não desacelerava.

Os anciãos da Estufa de Pelerrio não revelaram se algum cacto havia sido afetado.

A *Rusga* publicou uma matéria de segunda página intitulada "Misteriosa epidemia de imbecilidade".

Não eram somente os gargomens que viam coisas que não deveriam estar lá. No início, duas ou três, e depois mais e mais testemunhas histéricas alegavam ter estado em companhia de alguém cuja mente havia sido apagada. Estavam confusas, sofriam de uma espécie de transe, diziam, mas davam descrições truncadas de monstros, insetos demoníacos sem olhos, corpos recurvados e escuros desdobrando-se num pesadelo de membros conjugados. Dentes salientes e asas hipnóticas.

O Corvo se espalhava em torno da Estação Perdido numa confusão intricada de vias de circulação e becos semiocultos. As artérias principais – Rua LeTissof, Passagem Concubek, Bulevar Dos Ghérou – irrompiam em todas as direções em volta da Estação e da Praça BilSantum. Eram amplas e abarrotadas, uma confusão de carroças, coches e multidões de pedestres.

Todas as semanas, novos e elegantes comércios abriam em meio ao rebuliço. Enormes lojas que ocupavam três andares do que antes haviam sido casas nobres; estabelecimentos menores, mas não menos prósperos, com vitrines cheias dos mais recentes produtos de iluminação a gás, lâmpadas de latão intricadamente retorcido e acessórios para válvulas de extensão; comida; caixas de rapé luxuosas; roupas sob medida.

Nos ramos menores que se espalhavam feito capilares partindo daquelas ruas enormes, os escritórios de médicos e advogados, atuários, boticários e sociedades beneficentes se acotovelavam ao lado de clubes exclusivos. Patrícios vestindo ternos imaculados patrulhavam essas estradas.

Metidos em cantos mais ou menos obscuros d'O Corvo, bolsões de penúria e arquitetura doentia eram solenemente ignorados.

Cuspelar, a Sudeste, era dividido em dois, no alto, pelo altrilho que conectava a torre da milícia ao ponto de Brejo do Texugo e à Estação Perdido. Era parte da mesma zona turbulenta de Sheck, uma cunha de lojas menores e casas de pedra remendadas com tijolos. Cuspelar tinha uma indústria escusa: o Refazer. Onde o bairro encontrava o rio, fábricas subterrâneas de punição por vezes emitiam lamentos de dor e gritos, abafados com rapidez. Porém, em nome de sua imagem pública, Cuspelar conseguia ignorar aquela economia oculta, com apenas leves demonstrações de repulsa.

Era um lugar movimentado. Peregrinos passavam por ali a caminho do templo Palgolak, na extremidade norte de Brejo do Texugo. Durante séculos, Cuspelar fora refúgio de igrejas e sociedades religiosas dissidentes. Suas paredes se mantinham inteiras com a massa de mil cartazes decompostos que anunciavam discussões e debates teológicos. Os monges e as freiras de peculiares seitas contemplativas andavam apressados pelas ruas, evitando contato visual. Dervixes e hieronômeros discutiam nas esquinas.

Espalhafatosamente encravado entre Cuspelar e O Corvo estava o segredo mais mal guardado da cidade. Uma mácula suja e culpada. Uma região pequena para os padrões da cidade. Poucas ruas, onde as casas antigas eram próximas e estreitas e poderiam ser ligadas com facilidade por passarelas e escadas. Onde faixas comprimidas de pavimento, entre prédios altos e estranhamente adornados, podiam ser labirintos protetores.

O bairro dos bordéis. A zona da luz vermelha.

Tarde da noite, David Serachin caminhava pela extensão norte de Cuspelar. Poderia estar voltando para casa, em Vaurraposa, pelo Oeste, sob a Linha Escuma e os altrilhos, passando por Sheck e a grande torre da milícia em Jardins de Vaurraposa. Era uma caminhada longa, mas não implausível.

Porém, ao passar pelos arcos da Estação Bazar de Cuspe, David serviu-se da escuridão para voltar-se e perscrutar o caminho percorrido. As pessoas atrás dele eram somente passantes. Ninguém o seguia. Hesitou um instante e depois emergiu de sob as linhas férreas, enquanto um trem acima apitava e fazia reverberar as cavernas de tijolos.

David seguiu para o Norte, acompanhando o caminho da linha férrea, até as cercanias exteriores da putolândia.

Enfiou as mãos nos bolsos e abaixou a cabeça. Era sua vergonha. Tremia de autorrepulsa.

Nas cercanias externas da zona da luz vermelha, as mercadorias atendiam a gostos ortodoxos. Havia algumas semiamadoras e profissionais de rua à caça de clientes, mas as profissionais liberais que pululavam em outros lugares de Nova Crobuzon eram forasteiras ali. Aquele era um bairro de indulgência mais langorosa, sob os telhados de casas bem estabelecidas. Salpicados de pequenas lojas de produtos gerais que, até mesmo ali, atendiam às necessidades diárias, os prédios ainda elegantes daquela área eram iluminados por lâmpadas a gás, brilhantes por trás dos tradicionais filtros vermelhos. Nas soleiras de alguns, jovens vestindo corpetes justos apelavam suavemente aos transeuntes. As ruas eram menos cheias do que as da cidade externa, mas não eram vazias de modo algum. Os homens lá se vestiam bem, em geral. A mercadoria não era para os pobres.

Alguns homens mantinham a cabeça erguida, agressivos. A maior parte caminhava como David, cuidadosa e solitária.

O céu estava quente e sujo. As estrelas tremeluziam sem clareza. No ar acima da silhueta dos telhados houve um sussurro e uma rajada de vento quando um módulo passou lá em cima. Era uma ironia municipal que, acima do próprio centro do mercado de corpos, passasse um altrilho da milícia. Em raras ocasiões a milícia invadia as corruptas e suntuosas casas da zona da luz vermelha. Porém, na maior parte do tempo, conquanto pagamentos fossem feitos e a violência não escapasse dos quartos onde acontecia por um preço, a milícia permanecia fora.

As lufadas de ar noturno carregavam consigo algo inquietante, um sentimento repleto de desconforto. Algo mais profundo do que qualquer ansiedade costumeira.

Em algumas casas, grandes vitrines eram iluminadas difusamente, através de tecidos de musselina. Mulheres vestindo anáguas e camisolas justas se esfregavam lascivamente ou olhavam para os passantes através de cílios insinuantes. Ali também havia os bordéis xenianos, onde jovens bêbados encorajavam uns aos outros em ritos de passagem, trepando com mulheres khepris ou vodyanois, ou de alguma outra espécie ainda mais exótica. Vendo aqueles estabelecimentos, David pensava em Isaac, embora tentasse não pensar.

David não parou. Não percebeu as mulheres ao seu redor. Mergulhou mais fundo.

Dobrou uma esquina em direção a uma fileira de casas mais baixas e inferiores. Nas vitrines dali encontravam-se indícios nada sutis da natureza das mercadorias lá dentro. Chicotes. Algemas. Uma menina de sete ou oito anos em um berço, ranhosa e em prantos.

David seguiu avançando. A multidão diminuía ainda mais, embora David nunca ficasse sozinho. O ar da noite se agitava com ruídos tênues. Salas cheias de conversas. Música bem executada. Risos. Gritos de dor e os latidos e uivos de animais.

Havia um decrépito beco sem saída perto do núcleo do setor, um lugarzinho parado dentro do labirinto. David entrou ali e andou sobre as pedras do calçamento com ligeiro tremor. Havia homens às portas daqueles estabelecimentos. Em pé, pesados e mal-humorados dentro de trajes baratos, inspecionavam os infelizes sujeitos que chegavam.

David arrastou os pés até uma das portas. Um leão de chácara gigante o deteve, pondo-lhe a mão impassível sobre o peito.

– O sr. Tollmeck me enviou – murmurou David.

O homem o deixou passar.

Lá dentro, os abajures eram grossos, de um marrom sujo. O salão parecia glutinoso por causa da luz cor de merda. Atrás de um balcão sentava-se uma mulher severa e de meia-idade, dentro de um vestido floral pardo que combinava com os abajures. Ergueu os olhos para David através de óculos de meia-lua.

– É sua primeira vez em nosso estabelecimento? – perguntou. – O senhor tem hora marcada?

– Para o quarto dezessete, às nove horas. O nome é Orrel – disse David.

A mulher atrás do balcão ergueu as sobrancelhas bem de leve e inclinou a cabeça. Olhou para um livro à sua frente.

– Entendo. Bem, o senhor – olhou de relance para o relógio de parede – está dez minutos adiantado, mas já pode subir. Conhece o caminho? Sally o espera.

Olhou para ele e de um jeito horrendo e monstruoso, deu-lhe uma piscadela e um risinho de cumplicidade. David sentiu-se enojado.

Deu as costas a ela e subiu as escadas rapidamente.

Seu coração batia rápido enquanto subia, enquanto emergia no longo corredor do andar mais alto da casa. Lembrou-se da primeira vez em que estivera ali. No final da passagem estava o quarto dezessete.

David caminhou em direção ao quarto.

Odiava aquele andar. Odiava o papel de parede ligeiramente descamado, os cheiros peculiares que emanavam dos quartos, os sons perturbadores que flutuavam através das paredes. A maioria das portas ao longo do corredor estava aberta, por protocolo. As fechadas estavam ocupadas por clientes.

A porta do quarto dezessete era mantida fechada, naturalmente. Uma exceção às regras da casa.

David caminhou devagar sobre o carpete imundo, aproximando-se da primeira porta. Felizmente estava fechada, mas era de madeira e não conseguia conter os ruídos: gritos peculiares, abafados e esparsos, um rangido de couro retraído, uma voz sibilante e cheia de ódio. David se voltou para o outro lado e se viu de frente para o quarto oposto. Olhou de relance a figura nua sobre a cama. Ela o encarou, uma menina com não mais de quinze anos. Agachou-se, de quatro... seus braços e pernas eram patas peludas... patas de cão.

O olhar de David se demorou sobre ela enquanto passava, com horror lascivo e hipnótico. Ela saltou para o chão com um desajeitado movimento canino, virou-se de modo deselegante; uma quadrúpede sem prática. Olhou para ele esperançosamente por sobre o ombro enquanto expunha o rabo e os genitais.

A boca de David pendeu aberta e seus olhos vidraram.

Ali se rebaixava, naquele bordel de putas Refeitas.

A cidade estava lotada de prostitutas Refeitas, é claro. Com frequência, era a única estratégia disponível a homens e mulheres Refeitos para não morrerem de fome. Mas ali, no distrito da luz vermelha, satisfaziam-se pecadilhos da maneira mais sofisticada.

A maioria das putas Refeitas havia sido punida por crimes não relacionados: seu Refazer costumava ser pouco mais do que um estorvo ao seu trabalho sexual, baixando-lhes muito os preços. O distrito, por outro lado, destinava-se ao consumidor especializado, o conhecedor. Ali, as putas eram Refeitas especificamente para a profissão. Havia corpos caros, Refeitos em formatos que satisfaziam dedicados *gourmets* de carne pervertida. Havia crianças vendidas por seus pais, e homens e mulheres forçados por dívidas a se vender ao histoescultores, os Refazedores ilegais. Corriam rumores de que muitos haviam sido sentenciados a outro Refazer, apenas para acabarem Refeitos pelas fábricas de punição conforme estranhos projetos carnais e vendidos a cafetões e madames. Era um lucrativo negócio paralelo conduzido pelos biotaumaturgos do Estado.

O tempo naquele corredor interminável era elástico e nauseante como melaço azedo. David não conseguia deixar de olhar para dentro de cada quarto, cada estação no caminho. Queria desviar o olhar, mas seus olhos não obedeciam.

Era como um jardim de pesadelos. Cada quarto continha uma rara flor fresca, um primor de tortura.

David passou por corpos nus cobertos de seios, como escamas carnudas; torsos monstruosos de caranguejos com pernas de meninas núbeis; uma mulher que o encarava com olhos inteligentes acima de uma segunda vulva, cuja boca era uma fenda vertical com pequenos lábios úmidos, eco de carne da outra vagina entre suas pernas abertas. Dois garotinhos observavam atônitos os imensos falos que deles brotavam. Um hermafrodita com muitas mãos.

David sentiu um baque dentro da cabeça. Estava tonto de terror exaurido.

O quarto dezessete estava diante dele. David não retrocedeu. Imaginou os olhos dos Refeitos atrás de si, sobre ele, observando de suas prisões de ossos, sangue e sexo.

Bateu na porta. Após um instante, ouviu a corrente ser erguida lá dentro e uma fresta se abriu. David entrou com um nó na garganta, deixando aquele corredor vergonhoso para ingressar em sua corrupção privada. A porta se fechou.

Um homem de terno estava sentado, esperando, sobre a cama suja, ajeitando a gravata. Outro homem, que abrira e fechara a porta, parou atrás de David de braços cruzados. David o olhou por um momento e depois voltou toda a atenção ao homem sentado.

O homem indicou uma cadeira ao pé da cama e disse a David que a puxasse para mais perto.

David se sentou.

– Olá, "Sally" – disse com tranquilidade.

– Serachin – disse o homem.

Era magro e de meia-idade. Seus olhos eram calculistas e inteligentes. Parecia absurdamente deslocado naquele quarto carcomido, naquela casa perversa; no entanto, seu rosto estava bastante controlado. Esperava tão paciente e confortável em meio às putas Refeitas quanto esperaria nos corredores do Parlamento.

– Você pediu para me ver – disse o homem. – Faz muito tempo que não temos notícias suas. Nós o classificamos como inativo.

– Bem… – disse David, apreensivo. – Não havia muito que relatar. Até agora.

O homem assentiu sensatamente e aguardou.

David umedeceu os lábios com a língua. Teve dificuldade de falar. O homem o olhou estranhamente e franziu o cenho.

– O valor ainda é o mesmo, você sabe – disse o homem. – Talvez um pouco maior.

– Não, pelos deuses, eu… – gaguejou David. – Estou apenas… sem prática.

O homem assentiu outra vez.

Muito sem prática, pensou David, desesperançado. *Faz seis anos desde a última vez, e jurei que não faria isso de novo. Abandonei tudo. Chantagem cansa, e eu não precisava do dinheiro…*

Da primeira vez, quinze anos antes, haviam entrado naquele mesmo quarto enquanto David se divertia com uma das bocas de uma arruinada e cadavérica garota Refeita. Os homens de terno haviam lhe mostrado suas câmeras. Disseram que mandariam as fotos aos jornais, aos periódicos e à universidade. Ofereceram--lhe uma escolha. Pagavam bem.

Tornara-se informante. Apenas em caráter independente; uma ou duas vezes por ano. E havia parado por muito tempo. Até aquele momento. Porque estava apavorado.

David tomou fôlego e começou.

– Algo importante está acontecendo. Ah, São Falastrão, não sei por onde começar. Você sabe da doença que anda por aí? A coisa da idiotice? Bem, eu sei como começou. Pensei que poderíamos prosseguir com as coisas, pensei que tudo era... controlável... mas, pelo rabo do Diabo! Está ficando cada vez maior, e... acho que precisamos de ajuda.

(Em algum lugar bem dentro dele uma pequena parte cuspiu com desprezo ao ouvir aquilo, aquela covardia, aquele autoengano. Mas David falava rápido, e continuou falando.)

– Tudo se resume a Isaac.

– Dan der Grimnebulin? – disse o homem. – Aquele com quem compartilha seu espaço de trabalho? O teórico renegado? O cientista guerrilheiro com talento para presunção? Em que ele anda metido? – disse o homem, e sorriu friamente.

– Bem, ouça. Ele aceitou uma encomenda de... bem, aceitou um trabalho para pesquisar sobre voo, e obteve uma caralhada de coisas voadoras para pesquisar. Pássaros, insetos, áspises, a porra toda. E uma das coisas que conseguiu foi uma lagarta enorme. O raio da coisa passou muito tempo parecendo que ia morrer, mas 'Zaac deve ter descoberto como mantê-la viva, porque de uma hora para outra ela começou a crescer. Ficou *enorme*. Deste tamanho, porra!

Mostrou com as mãos uma estimativa razoável do tamanho da larva. O homem diante dele o ouvia com atenção, rosto sério, mão entrelaçadas.

– Daí virou pupa, e ficamos muito curiosos sobre o que estava para sair. Então, chegamos a casa e Lublamai... o outro inquilino, você sabe. Lublamai estava lá caído, babando. Seja lá o que saiu do casulo, o puto *comeu a mente dele...* e fugiu. Agora, a maldita coisa está *à solta*.

O homem sacudiu a cabeça em assentimento resoluto, bem diferente de seus anteriores e mais relaxados pedidos de informação.

– De modo que você pensou que era melhor nos manter informados.

– Puta merda, não! Não achei... mesmo naquele momento, pensei que poderíamos lidar com a situação. Por São Falastrão, eu estava furioso com Isaac, não sabia o que fazer, mas pensei que talvez pudéssemos encontrar um modo de rastrear o raio da coisa, consertar Lub. Bem, primeiro, começaram a acontecer mais daquelas coisas, aquelas histórias sobre a mente das pessoas que... desaparecia. Mas o principal foi que rastreamos quem vendeu aquelas coisas a Isaac. Algum burocrata filho da puta que as roubou do P&D na porcaria do *Parlamento*. E pensei: porra, não quero brincar com o *governo*.

O homem na cama assentiu diante da decisão de David.

– Então, pensei: estamos muito, *muito* fora de nossa alçada...

David fez uma pausa. O homem na cama abriu a boca, mas David o interrompeu.

– Não, ouça! Não termina aí! Ouvi sobre a revolta em Troncouve e sei que encanaram o editor do *Renegado Rompante,* certo?

O homem aguardou, tirando um fio imaginário do paletó com um gesto automático. O fato não fora publicado, mas o abatedouro arruinado não deixava dúvidas de que algum antro de sedição havia sido atacado em Charco do Cão, e os rumores se multiplicavam.

– Uma das amigas de Isaac escrevia para o maldito jornal, e contatou o editor, não sei como, com uma porra de taumaturgia, que lhe revelou duas coisas. Uma é que os inquisidores... sua turma... pensam que ele sabe algo que *não sabe,* e a outra é que estão perguntando a ele sobre uma matéria do *RR,* e sobre a fonte da matéria, que se supõe *saber* o que quer que imaginem que saiba, e se chama Barbile. Então, vejam só! *Foi de Barbile que nosso burocrata surrupiou a lagarta-monstro!*

David se deteve; esperou pelo impacto no homem e depois prosseguiu.

– Tudo está ligado, e *não sei* o que está acontecendo. Não quero saber. Só percebo que estamos... pisando em seus calos. Talvez seja coincidência, mas não consigo me imaginar... não me importo de caçar monstros, mas não quero me foder todo por antagonizar a porra da milícia, e a polícia secreta, e o governo, e tudo o mais. Vocês precisam resolver essa merda.

O homem na cama entrelaçou os dedos. David se lembrou de outra coisa.

– Diabos! Escutem, tenho queimado os miolos tentando entender o que está acontecendo, e... bem, não sei se estou certo, mas tem algo a ver com energia de crise?

O homem sacudiu a cabeça muito devagar, com expressão reservada, sem demonstrar compreender.

– Continue – disse.

– Bem, em determinado momento, durante o preâmbulo da situação toda, Isaac deixou escapar... indícios... de que havia construído um... um *engenho de crise que funcionava.* Vocês sabem o que isso significa?

O rosto do homem ficou muito sério, e seus olhos muito abertos.

– Sou o agente de ligação de todos os informantes de Brejo do Texugo – sibilou. – Sei o que *significaria...* não pode ser. Será? Espere um minuto, *não faz sentido.* É... é verdade?

Pela primeira vez, o homem parecia verdadeiramente abalado.

– Não sei – disse David, perdido. – Mas ele não estava se gabando... meio que mencionou de passagem... eu... não faço mesmo ideia. Porém, sei que ele trabalhou com essa porra, parando e recomeçando, por *anos e anos...*

Houve um longo intervalo de silêncio, enquanto o homem na cama olhava pensativo para o canto mais afastado do quarto. Seu rosto apresentou uma rápida gama de emoções. Olhou pensativo para David.

– Como você sabe de tudo isso? – perguntou.

– 'Zaac confia em mim – disse David.

(E aquele lugar dentro dele estremeceu novamente, e novamente foi ignorado.)

– No início, a mulher...

– Nome? – interrompeu o homem.

David hesitou.

– Derkhan Diazul – murmurou afinal. – Então, Diazul, no início não quis falar nada na minha frente, mas Isaac garantiu sua confiança em mim. Ele conhece minha política, já estivemos em manifestações juntos...

(Outra vez o tremor: *você não tem política, seu traidor filho da puta.*)

– O problema é que, em tempos como estes...

Hesitou, descontente. O homem acenou peremptoriamente. Não tinha interesse na culpa de David, ou em suas racionalizações.

– Isaac disse a ela que poderia confiar em mim, e ela nos contou tudo.

Houve um longo momento de silêncio. O homem na cama aguardou. David deu de ombros.

– É tudo que sei – sussurrou.

O homem assentiu e se levantou.

– Certo – disse. – Isso foi... extremamente útil. É provável que tenhamos de deter seu amigo Isaac. Não se preocupe – acrescentou, com um sorriso reconfortante –, não temos interesse em descartá-lo, prometo. Talvez precisemos da ajuda dele. Você está certo, obviamente. Há uma... quadratura do círculo a ser feita, conexões a serem arranjadas, e você não está em posição de fazê-las. Talvez nós estejamos. Com a ajuda de Isaac. Você terá de manter contato conosco. Receberá instruções por escrito. Assegure-se de cumpri-las. É óbvio que não tenho de enfatizar isso, não é? Vamos nos certificar de que Grimnebulin não saiba de onde vêm nossas informações. Podemos permanecer quietos por alguns dias... não entre em pânico. Isso é problema nosso. Apenas fique calado e tente manter Grimnebulin fazendo o que está fazendo. Tudo bem?

David assentiu penosamente. Aguardou. O homem lançou-lhe um olhar agudo.

– Isso é tudo – disse ele. – Você já pode ir.

Com pressa agradecida e culpada, David se levantou e correu até a porta. Sentia-se nadando em lodo, sua própria vergonha o engolfava como se fosse um mar de muco. Ansiava por afastar-se daquele quarto e esquecer o que dissera e fizera, e não pensar nas moedas e notas que lhe seriam enviadas. Queria pensar somente no quanto se sentia leal a Isaac e dizer a si mesmo que aquilo era o melhor para todos.

O outro homem abriu-lhe a porta e o dispensou, e David fugiu agradecido, quase correndo pelo corredor, ávido por escapar.

Porém, por mais rápido que andasse pelas ruas de Cuspelar, não conseguia se livrar da culpa que o agarrava, tenaz como areia movediça.

CAPÍTULO 30

Por uma noite a cidade dormiu em moderada paz.

Certamente, as interrupções usuais a oprimiam. Homens e mulheres brigavam entre si e morriam. Sangue e vômito emporcalhavam as velhas ruas. Vidro se estilhaçava. A milícia singrava as alturas. Dirigíveis soavam como baleias monstruosas. O corpo mutilado e sem olhos de um homem, que mais tarde seria identificado como Benjamin Flex, deu na praia em Ladovil.

A cidade se remexia desconfortável nas paragens noturnas, como havia feito por séculos. Era um sono fragmentado, mas era tudo que a cidade sempre tivera.

Porém, na noite seguinte, enquanto David realizava sua tarefa furtiva na zona da luz vermelha, algo havia mudado. A noite de Nova Crobuzon sempre fora um caos de ritmos dissonantes e súbitos acordes violentos, mas uma nova nota soava. Um meio-tom tenso e sussurrante que tornava o ar doentio.

Por uma noite, a tensão no ar foi hesitante e tênue. Introduziu-se na mente dos cidadãos e lançou sombras sobre os rostos adormecidos. Depois veio o dia, e ninguém lembrava mais nada além de um instante de inquietação noturna.

Então, quando as sombras se alongaram e a temperatura caiu, quando a noite retornou de sob o mundo, algo novo e terrível se instalou na cidade.

Por toda a cidade, desde Colina da Bandeira, ao norte, até Quartelaria, após o rio; dos esparsos subúrbios de Ladovil, ao leste, até as rudes favelas industriais de Quimera, pessoas se reviravam e gemiam nas camas.

As crianças foram as primeiras. Choravam e cravavam as unhas nas palmas das mãos, seu pequeno rosto se torcendo em rígidas caretas; suavam profusamente, com um fedor sufocante; cabecinhas oscilavam horrendamente, para a frente e para trás; e tudo sem que acordassem.

À medida que a noite se consumia, os adultos também sofriam. Nas profundezas de um inócuo sonho qualquer, velhos medos e paranoias de súbito rompiam guarda-fogos mentais, como exércitos invasores. Sucessões de imagens aterradoras assaltavam os afligidos, visões animadas por medos profundos e banalidades absurdamente assustadoras – fantasmas e duendes que nunca precisariam enfrentar, dos quais teriam rido se estivessem acordados.

Aqueles poupados por acaso do tormento acordaram de repente nas profundezas da noite com os gemidos e gritos de seus amados adormecidos, ou com seus intensos e desesperados soluços. Algumas vezes os sonhos eram de sexo ou felicidade, mas tornavam-se exacerbados e febris, terríveis em intensidade. Naquela perversa armadilha noturna, mau era mau e bom era mau.

A cidade sofria de tremores e calafrios. Sonhos se tornavam pestilência, bacilos que pareciam saltar de adormecido a adormecido. Infiltravam-se até mesmo na mente dos despertos. Guardas noturnos e agentes da milícia; dançarinos de fim de noite e estudantes frenéticos; insones: todos se viam perdendo as linhas de raciocínio, derivando para fantasias e ruminações de intensidade bizarra e alucinatória.

Em toda a cidade a noite foi fendida por gritos de sofrimento.

Nova Crobuzon estava assolada por uma epidemia, um surto, uma praga de pesadelos.

O verão coagulava-se sobre Nova Crobuzon. Sufocava-a. O ar da noite era quente como hálito exalado. Muito acima da cidade, transfixadas entre nuvens e expansões, as grandes criaturas aladas babavam.

Espalhavam-se e abriam suas vastas asas irregulares, fazendo rolar rajadas de ar com cada batida. Seus intricados apêndices – tentaculares e entômicos, antropoides, quitinosos, numerosos – tremiam enquanto passavam em excitação febril.

Desdobravam bocas perturbadoras, e compridas línguas emplumadas desenrolavam-se em direção aos telhados. O próprio ar estava denso de sonhos, e as coisas voadoras lambiam, ávidas, os sucos espessos. Quando as frondes na ponta de suas línguas ficavam pesadas com o néctar invisível, as bocas se escancaravam e as línguas se enrolavam com estalos desejosos. Rangiam seus dentes enormes.

Pairavam. Ao voar cagavam, exsudando todos os dejetos das refeições anteriores. O rastro invisível se espalhava no céu, efluente psíquica que corria, grumosa e nauseabunda, pelos interstícios do plano material. Derramava-se pelo éter até encher a cidade, saturando a mente dos habitantes, perturbando-lhes o descanso, gerando monstros. Os adormecidos e os despertos sentiam a mente sacolejar.

Os cinco iam à caça.

Entre o vasto e tumultuoso caldo dos pesadelos da cidade, cada uma das coisas escuras podia discernir serpenteantes trilhas individuais de sabor.

Normalmente, eram caçadoras oportunistas. Esperavam até farejar algum forte tumulto mental, alguma mente particularmente deliciosa por suas próprias exsudações. Então as intricadas voadoras negras voltavam-se e mergulhavam, abatendo-se sobre a presa. Usavam as mãos esguias para destrancar janelas nos andares mais altos e andavam por sótãos iluminados de luar em direção aos adormecidos frementes, para beber seu quinhão. Agarravam-se com uma infinidade de apêndices às figuras solitárias que caminhavam junto ao rio, figuras que guinchavam e guinchavam enquanto eram levadas para dentro de uma noite já repleta de gritos lamentosos.

Porém, quando descartavam os invólucros de carne vazios de suas refeições, abandonando-os aos espasmos e tremores boquiabertos sobre calçadas e ruas sombrias, quando suas fisgadas de fome tinham sido aliviadas e as refeições podiam ser consumidas mais devagar, por prazer, as criaturas aladas ficavam curiosas. Saboreavam as tênues gotas de mentes que haviam provado antes e, como predadoras inquisitivas e de inteligência fria, perseguiam-nas.

Lá estava a fina linha mental de um dos guardas que estivera parado do lado de fora de sua guarita em Vilaosso, fantasiando sobre a esposa do amigo. Sua imaginação saborosa flutuou até o alto para envolver uma língua inquieta. A criatura que havia provado aquilo volteou pelo céu, descrevendo o arco caótico de uma mariposa ou borboleta, e mergulhou em direção a Lamecoa, seguindo o odor da presa.

Outra das grandes silhuetas aéreas retrocedeu de repente e descreveu um enorme oito, rolando sobre seu próprio rastro, perseguindo o sabor familiar que havia passado por suas papilas gustativas. Era o aroma nervoso que permeara os casulos dos monstros em pupa. A grande besta planou sobre a cidade, dissipando sua saliva em várias dimensões abaixo de si. As emissões eram obscuras, tênues de uma maneira frustrante, mas o paladar da criatura era bom, e ela mergulhou na direção de Mafaton, explorando com a língua a sedutora trilha da cientista que a vira crescer, Magesta Barbile.

A deformada, a raquítica desnutrida que libertara suas camaradas encontrou uma trilha de sabor da qual também se lembrava. Sua mente não era tão desenvolvida, suas papilas eram menos precisas: não conseguiu seguir o aroma que ascendia no ar. Porém tentou, mesmo se sentindo desconfortável. O sabor rico da mente era tão familiar... Havia cercado a criatura deformada durante seu despertar para a consciência, durante sua fase de pupa e autocriação dentro da carapaça de seda... Perdia e encontrava o rastro, perdia-o novamente, debatia-se.

A menor e mais fraca das caçadoras noturnas, muito mais forte do que qualquer homem, faminta e predatória, lambia seu caminho pelo céu, tentando recuperar o rastro de Isaac Dan der Grimnebulin.

Isaac, Derkhan e Lemuel Pombo se alvoroçavam em uma esquina, sob a luz fosca da lâmpada a gás.

– Cadê o filho da puta do seu amiguinho? – sibilou Isaac.

– Está atrasado. Talvez não tenha encontrado o lugar. Já lhe disse, ele é estúpido – disse Lemuel com calma.

Pegou um canivete de mola e começou a limpar as unhas.

– Por que precisamos dele?

– Vá se foder, Isaac, não dê uma de inocente. Você é bom em sacudir na minha cara grana suficiente para me obrigar a fazer todo tipo de trabalho que vai de encontro ao meu melhor juízo, mas há limites. Não vou me envolver sem proteção em nada que irrite o maldito governo. E proteção é o que oferece o sr. X, aos montes.

Isaac praguejou em silêncio, mas sabia que Lemuel estava certo.

Andara muito nervoso com a ideia de envolver Lemuel naquela aventura, mas os eventos haviam conspirado rapidamente para não lhe deixar escolha. David relutou claramente em ajudá-lo a encontrar Magesta Barbile. Parecia paralisado, um monturo de nervos inúteis. Isaac começava a perder a paciência com ele. Precisava de apoio, e queria que David tirasse a bunda da cadeira e *fizesse* alguma coisa. Mas aquele não era o momento de confrontá-lo.

Derkhan, sem querer, havia fornecido o nome que parecia ser a chave dos mistérios interligados da presença nos céus e do enigmático interrogatório de Benjamin Flex pela milícia. Isaac avisou e enviou todas as informações que tinham – Mafaton, cientista, P&D – a Lemuel Pombo. Incluiu dinheiro, vários guinéus (e percebeu, ao fazê-lo, que o ouro que Yagharek lhe dera estava aos poucos se reduzindo), e implorou por informações e ajuda.

Era por isso que continha sua ira causada pelo atraso do sr. X. Por mais que interpretasse uma pantomima de impaciência, aquele tipo de proteção era exatamente o motivo pelo qual havia procurado Lemuel.

O próprio Lemuel não precisara de muita persuasão para acompanhar Isaac e Derkhan ao endereço em Mafaton. Afetava menosprezo despreocupado aos detalhes, o desejo mercenário de somente ser pago por seus esforços. Isaac não acreditava nele. Achava que Lemuel se interessava pela intriga.

Yagharek fora inflexível em sua decisão de não ir. Isaac tentara persuadi-lo, rápida e fervorosamente, mas Yagharek nem mesmo respondera. *Que porra você faz aqui?*, sentiu vontade de perguntar, mas engoliu a irritação e deixou o garuda em paz. Talvez levasse algum tempo até que ele pudesse se comportar como parte de qualquer coletividade. Isaac esperaria.

Lin fora embora um pouco antes de Derkhan chegar. Relutara em deixar Isaac sozinho com seu desânimo, mas parecia um tanto distraída. Havia ficado somente uma noite, e ao partir prometera a Isaac que retornaria tão logo pudesse. Porém, na manhã seguinte, Isaac recebera uma carta com a caligrafia cursiva dela, enviada do outro lado da cidade por meio de um dispendioso serviço de entrega garantida.

Meu querido,

Temo que venha a se sentir furioso e traído diante disto, mas, por favor, seja paciente. Aguardando-me aqui estava outra carta de meu empregador, meu incumbente, meu patrono, por assim dizer. Nos calcanhares de sua missiva que me declarava dispensada por tempo indeterminado chegou outra me avisando que deveria retornar.

Sei que não poderia haver momento mais inoportuno para esta carta. Apenas peço-lhe que acredite que eu desobedeceria se pudesse, porém não posso. Não posso, Isaac. Tentarei terminar meu trabalho com ele o mais rápido possível – espero que dentro de uma semana ou duas – e retornar para você.

Espere por mim.

Com amor, Lin.

Assim, esperando na esquina da Via Addley, camuflados pelo *chiaroscuro* da lua cheia entre as nuvens e pelas sombras das árvores em Jardim Billy, estavam apenas Isaac, Derkhan e Lemuel.

Os três se mexiam nervosos, atentando para sombras passageiras, assustando-se com ruídos imaginários. Das ruas em torno deles provinham os sons intermitentes de sonos terrivelmente perturbados. A cada feroz gemido ou ululação os três trocavam olhares.

– *Diaborratopodre* – sibilou Lemuel, irritado e atemorizado. – O que está *acontecendo*?

– Há alguma coisa no ar... – murmurou Isaac, e sua voz foi morrendo enquanto olhava para cima sem ver nada.

Para coroar a tensão, Derkhan e Lemuel, que haviam se conhecido no dia anterior, tinham decidido logo que se desprezavam mutuamente. Faziam o máximo para ignorar um ao outro.

– Como você conseguiu o endereço? – perguntou Isaac.

Lemuel deu de ombros, irritado.

– Ligações, 'Zaac, e contatos, e corrupção. O que você acha? A dra. Barbile desocupou suas acomodações faz alguns dias e, desde então, tem sido vista nesta localidade menos salubre. Que, no entanto, fica a apenas três ruas de distância de sua antiga casa. A mulher não tem imaginação. Ei... – Bateu no braço de Isaac e apontou para o outro lado da rua escura. – Lá está nosso homem.

No lado oposto, uma vasta figura empurrou as sombras e caminhou pesadamente na direção deles. Olhou feio para Isaac e Derkhan antes de cumprimentar Lemuel inclinando a cabeça do modo mais absurdamente jovial.

– Tudo certo, Pombo? – disse, alto demais. – E, então, qual é a nossa?

–Mais baixo, cara – disse Lemuel, conciso. – O que você trouxe aí?

O homem imenso pressionou o dedo indicador contra os lábios para mostrar que entendera. Abriu um lado de seu paletó, expondo duas enormes pistolas de pederneira.

307

Isaac surpreendeu-se um pouco com o tamanho delas. Ele e Derkhan estavam armados, mas nenhum dos dois portava canhões assim. Lemuel assentiu, aprovando o que via.

– Certo. É provável que não precisemos, mas... sabe como é. Muito bem, não fale – assentiu o homenzarrão. – E também não ouça, certo? Hoje você não tem ouvidos.

O homem assentiu outra vez. Lemuel se voltou para Isaac e Derkhan.

– Bem, vocês sabem o que querem perguntar à velhota. Sempre que possível, eu e ele seremos apenas sombras. Mas temos razões para pensar que a milícia está interessada nisso, o que significa que não podemos ficar fodendo a paciência. Se ela não estiver muito comunicativa, vamos lhe dar um empurrãozinho, certo?

– Isso é "tortura" em marginalês? – sibilou Isaac.

Lemuel o olhou friamente.

– Não, e não me dê sermões, seu puto: é você quem está pagando por isso. Não temos *tempo* para ficar enrolando, portanto não vou permitir que *ela* enrole. Algum problema?

Não houve resposta.

– Ótimo. A Rua Portoguerra é logo ali à direita.

Não passaram por outros caminhantes noturnos enquanto avançavam com cuidado pelas ruas secundárias. Caminhavam sérios: o capanga de Lemuel estoicamente e sem medo, parecendo indiferente à qualidade de pesadelo do ar; o próprio Lemuel lançando muitos olhares furtivos para soleiras escuras; Isaac e Derkhan com pressa nervosa e desalentada.

Pararam à porta de Barbile, na Rua Portoguerra. Lemuel se voltou e indicou a Isaac que fosse na frente, mas Derkhan se antecipou.

– Deixem comigo – sussurrou furiosa.

Os outros recuaram. Quando pararam, meio fora de vista, em um canto da soleira, Derkhan voltou-se e puxou o cordão da campainha.

Por muito tempo, nada aconteceu. Então, gradualmente, passos vagarosos desceram escadas e se aproximaram da porta. Cessaram antes de chegar a ela, e houve silêncio. Derkhan esperou, gesticulando para pedir silêncio aos outros. Afinal, uma voz saiu por trás da porta.

– Quem é?

Magesta Barbile parecia totalmente apavorada.

Derkhan falou com rapidez e suavidade.

– Dra. Barbile, meu nome é Derkhan. Precisamos falar-lhe com muita urgência.

Isaac olhou em torno procurando por luzes que se movessem pela rua naquela direção. Até então, o grupo parecia despercebido.

Atrás da porta, Magesta Barbile se mostrava difícil.

– Eu... não sei se devo... – disse. – Não é uma hora adequada.

– Dra. Barbile... Magesta... – disse Derkhan com calma. – A senhora vai ter de abrir a porta. Podemos ajudá-la. Abra a porra da porta. Agora!

Houve outro momento de indecisão, após o qual Magesta Barbile destrancou a porta e abriu uma fresta.

Derkhan esteve a ponto de aproveitar a ocasião e entrar à força, empurrando a porta, mas sobressaltou-se e ficou imóvel. Barbile segurava um rifle. Parecia horrivelmente desconfortável. Porém, por menos prática que tivesse, ainda assim a arma estava apontada para a barriga de Derkhan.

– Não sei quem são vocês – começou Barbile, beligerante.

Porém, antes que pudesse prosseguir, o enorme amigo de Lemuel, sr. X, estendeu a mão por trás de Derkhan com facilidade e sem pressa, segurando o rifle e enfiando o cutelo da mão sobre a caçoleta, bloqueando a trajetória do cão. Barbile começou a gritar e puxou o gatilho, fazendo o sr. X soltar um suave sibilo de dor quando o cão bateu-lhe na carne. Ele empurrou o rifle contra Barbile, arremessando-a sobre o lance de escadas atrás dela.

Enquanto ela se debatia e se esforçava para ficar em pé, ele entrou na casa.

Os outros o seguiram. Derkhan não protestou contra o tratamento a Barbile. Lemuel estava certo; não tinham tempo.

O sr. X ficou segurando a mulher. Refreava-a pacientemente enquanto ela se debatia e se dobrava para a frente e para trás, emitindo gemidos terríveis por trás da mão de X. Seus olhos estavam brancos, arregalados e histéricos de medo.

– Bons deuses – exalou Isaac. – Ela acha que vamos matá-la! Pare!

– Magesta – disse Derkhan bem alto e fechando a porta sem olhar, com um pontapé. – Magesta, você precisa parar com isso. Não somos da milícia, se é o que pensa. Sou amiga de Benjamin Flex.

Barbile arregalou ainda mais os olhos e parou de resistir.

– Muito bem – disse Derkhan. – E Benjamin foi capturado. Creio que você saiba disso.

Barbile olhou para ela e assentiu rapidamente. O enorme empregado de Lemuel tirou a mão da boca de Barbile para ver o que acontecia. Ela não gritou.

– Não somos da milícia – repetiu Derkhan devagar. – Não vamos levá-la embora como fizeram com ele. Mas você sabe… você *sabe*… que, se nós conseguimos encontrá-la, se conseguimos desencavar o contato de Ben, a milícia também conseguirá.

– Eu… é por isso que eu… – Barbile olhou de relance para o rifle jogado no chão. Derkhan assentiu.

– Tudo bem, escute, Magesta – disse com muita clareza, sem tirar os olhos de Barbile. – Não temos muito tempo… Solte-a, seu imbecil! Não temos muito tempo, e precisamos saber exatamente o que está acontecendo. Há coisas esquisitas feito o diabo acontecendo, e um monte de pistas que convergem até você. Permita-me sugerir algo. Por que não nos leva até lá em cima, antes de a milícia chegar, e nos explica o que está acontecendo?

– Só agora fiquei sabendo sobre Flex – disse Magesta.

Estava sentada encolhida sobre o sofá, segurando uma xícara de chá frio. Atrás dela, um grande espelho ocupava a maior parte da parede.

– Não acompanho as notícias. Tinha um encontro marcado com ele há alguns dias e, quando não apareceu, tive muito medo de que ele... não sei... que houvesse me delatado, ou algo assim.

Provavelmente delatou, pensou Derkhan, mas não disse nada.

– Depois, ouvi rumores do que aconteceu em Charco do Cão quando a milícia abafou a desordem...

Não houve desordem nenhuma, Derkhan quase berrou, mas se controlou. Quaisquer que tenham sido as razões de Barbile para fornecer informações a Ben, dissidência política não era uma delas.

– E aqueles rumores... – continuou Barbile. – Bem, somei dois mais dois, entende? E daí... e daí...

– Você se escondeu – disse Derkhan.

Barbile assentiu.

– Ouça – disse Isaac de repente. Estivera calado até então, com o rosto contraído de tensão. – Não consegue sentir? Não consegue perceber? – Sacudiu as mãos em garra em torno do rosto, como se o ar fosse tangível e ele pudesse agarrá-lo e lutar contra ele. – É como se o maldito ar da noite estivesse *azedo*. Talvez seja uma merda de uma coincidência cega, mas até agora todas as coisas horríveis que aconteceram parecem estar ligadas a alguma porra de conspiração, e aposto meus colhões que isso não é exceção.

Inclinou-se para perto da figura patética de Barbile. Ela o encarou, intimidada e apavorada.

– Doutora Barbile – disse ele com calma –, alguma coisa que come mentes... incluindo a mente de um amigo meu; um ataque da milícia ao *Renegado Rompante*; a própria porra do *ar* em torno de nossos ouvidos transformando-se numa sopa podre... *O que está acontecendo?* Qual é a ligação disso com o bagulho-de-sonho?

Barbile começou a chorar. Isaac quase uivou de irritação, dando-lhe as costas e jogando as mãos para o alto em desespero. Depois retornou. Ela falava entre choramingos.

– Eu sempre soube que era uma má ideia – disse ela. – Eu disse a eles que devíamos controlar a experiência. – Suas palavras eram quase ininteligíveis, alquebradas e interrompidas por um charco de lágrimas ranhentas. – Não durou o suficiente... Não deviam ter feito aquilo...

– Feito o *quê*? – disse Derkhan. – O que fizeram? Sobre o que Ben falava com você?

– Sobre a *transferência* – soluçou Barbile. – Não tínhamos terminado o projeto, mas ouvimos de repente que seria suspenso. Mas... mas alguém descobriu o que aconteceu de verdade... Nossos espécimes foram *vendidos*... a um *criminoso*...

– Que espécimes? – perguntou Isaac.

Mas Barbile o ignorava. Dava sua confissão no tempo e na ordem que queria.

– Não foi rápido o suficiente para os patrocinadores, sabem? Ficaram… impacientes… As aplicações que achavam que poderia haver… militares, psicodimensionais… não aconteciam. Os espécimes eram *incompreensíveis,* não conseguíamos fazer progresso e… e eram *incontroláveis,* perigosos *demais.* – Ergueu os olhos e a voz, ainda chorando.

Parou e logo continuou, outra vez mais calma.

– Poderíamos ter chegado a algum lugar, mas demoraria muito. Então… o pessoal do dinheiro deve ter ficado nervoso. O diretor do projeto disse que aquilo era o fim, que os espécimes haviam sido destruídos, mas era *mentira…* Todos sabiam. Não foi o primeiro projeto, sabem?

Os olhos de Isaac e Derkhan se arregalaram de súbito, mas ambos permaneceram em silêncio.

– Já sabíamos de uma maneira certa de lucrar com eles. Devem tê-los vendido pelo maior lance, a alguém que pudesse usá-los para a *droga…* De modo que os patrocinadores conseguissem o dinheiro de volta e o diretor pudesse manter o projeto para si mesmo, cooperando com o traficante a quem os vendeu. Mas não estava *certo…* Não estava certo que o governo ganhasse dinheiro com *drogas* e não estava certo que roubassem nosso *projeto.*

Barbile parara de chorar. Apenas divagava. Deixaram-na falar.

– Os outros queriam somente abandonar o projeto, mas eu estava *furiosa.* Não havia visto os espécimes eclodirem, não havia aprendido o que precisava aprender, por nada. E eles seriam usados para… para o lucro de algum vilão.

Derkhan mal podia acreditar na ingenuidade dela. Esse era o contato de Ben. Essa estúpida cientista subordinada, ressentida com o roubo de seu projeto. Por causa daquilo, ela havia dado provas dos acordos ilícitos do governo, havia provocado a ira da milícia.

– Barbile – disse Isaac novamente, muito mais calmo e de modo mais suave. – O que são os espécimes?

Magesta Barbile ergueu os olhos. Parecia um pouco confusa.

– O *que* são? – disse, aturdida.

– As coisas que escaparam. O projeto. O que são?

– Mariposas-libadoras.

CAPÍTULO 31

Isaac assentiu, como se a revelação fizesse sentido. Preparou-se para perguntar algo mais a Barbile, mas o olhar dela já havia se desviado.

– Soube que escaparam por causa dos sonhos, sabe? – disse ela. – Eu tinha certeza de que estavam soltas. Não sei como fugiram, mas isso demonstra que a maldita venda foi uma má ideia, não foi? – Sua voz estava tensa de triunfo desesperado. – Bem-feito para Vermishank.

Ao ouvir o nome, Isaac sentiu um espasmo. *É claro*, pensou uma parte tranquila de sua mente. *Faz sentido que ele esteja metido nisso.* Outra parte sua gritava dentro dele. As linhas de sua vida o enforcavam como uma rede impiedosa.

– O que Vermishank tem a ver com isso? – disse com cuidado.

Viu Derkhan olhar bruscamente para ele. Ela não reconhecia o nome, mas podia perceber que Isaac sim.

– Ele era o chefe – disse Barbile, surpresa. – O diretor do projeto.

– Mas ele é biotaumaturgo, não zoólogo ou teórico. Por que estava no comando?

– Biotaumaturgia é sua especialidade, não sua única área. Ele é principalmente administrador, encarregado de tudo que apresente risco biológico: Refazer, armas experimentais, organismos predadores, doenças…

Vermishank era o encarregado de ciências na Universidade de Nova Crobuzon. Era um cargo prestigioso e de alto escalão. Seria impensável conceder tal honra a um antagonista do governo: aquilo era óbvio. Mas Isaac agora percebia que subestimara o envolvimento de Vermishank com o Estado. Era mais do que um mero bajulador.

– Vermishank vendeu as… mariposas-libadoras? – perguntou Isaac.

Barbile assentiu. O vento se intensificava lá fora, e as persianas batiam e chocalhavam violentamente. O sr. X olhou em torno ao ouvir o ruído. Ninguém mais desviou a atenção de Barbile.

– Entrei em contato com Flex porque não achava que aquilo estivesse certo – disse ela –, mas algo aconteceu... as mariposas fugiram. Escaparam. Deuses sabem como. *Eu sei como*, pensou Isaac, sombriamente. *Fui eu.*

– Você sabe o que *significa* terem escapado? Estamos todos... Seremos *caçados*. E a milícia deve ter lido o *Renegado Rompante* e... e pensado que Flex tinha algo a ver com aquilo... e, se pensaram assim, então, logo... logo pensarão que *eu* tive...

Barbile começou a choramingar outra vez, e Derkhan desviou o olhar com repulsa, pensando em Ben.

O sr. X foi até a janela para ajustar as persianas.

Isaac tentou cotejar seus pensamentos. Havia cem mil coisas que queria perguntar, mas uma era absolutamente urgente:

– Ouça, dra. Barbile, *como pegamos essas coisas?*

Barbile ergueu os olhos para ele e começou a sacudir a cabeça. Olhou rápido para cima, por entre Isaac e Derkhan, que assomavam sobre ela como pais ansiosos, e para além de Lemuel, que estava à parte, ignorando-a de maneira intencional. Seus olhos encontraram o sr. X parado junto à janela descoberta, que ele havia aberto um pouco para poder fechar as persianas.

Ele estava imóvel, olhando para fora.

Magesta Barbile olhou por cima do ombro dele, para a ruidosa aquarela de cores noturnas.

Seus olhos ficaram vidrados. Sua voz congelou.

Alguma coisa estava batendo na janela, tentando alcançar a luz.

Barbile se levantou, e Lemuel, Isaac e Derkhan acorreram a ela preocupados, imaginando o que teria acontecido, incapazes de entender-lhe os gritinhos. Ela ergueu a mão trêmula e apontou a figura paralisada do sr. X.

– Ah, São Falastrão – sussurrou. – Abençoado Falastrão, ela me encontrou, sentiu meu sabor...

E, então, lançou um grito agudo e girou sobre os calcanhares.

– O espelho! – gritou. – Olhem para o espelho!

Seu tom era grave e de absoluto comando. Os outros lhe obedeceram. Ela falava com tal autoridade desesperada que nenhum deles sucumbiu ao instinto de se voltar para ver o que se aproximava.

Os quatro miraram as profundezas do espelho atrás do sofá andrajoso.

O sr. X andava para trás apalermado, como um zumbi.

Atrás dele, um turbilhão de cores escuras. Uma silhueta terrível se espremeu e se dobrou sobre si mesma, de modo a passar suas dobras e espinhas orgânicas e seu volume pela pequena janela. Uma cabeça grosseira e sem olhos se enfiou pela abertura e se voltou devagar de um lado a outro. A impressão era a de um nascimento bizarro. A coisa que assomava pelo espaço na vidraça havia se tornado pequena e intricada ao se contrair em direções invisíveis e impossíveis. Tremeluzia de modo irreal pelo esforço, içando sua brilhante carcaça através da abertura; seus braços emergiam da silhueta negra para se esforçar contra a esquadria da janela.

Atrás da vidraça, asas semiocultas borbulharam.

A criatura se impulsionou de repente e a janela se desintegrou. Houve apenas um som tênue e seco, como se o ar fosse esvaziado de substância. Pepitas de vidro se espalharam pela sala.

Isaac observava, transfixado. Estremecia.

Com o canto do olho viu Lemuel e Barbile no mesmo estado. *Isto é loucura!*, pensou. *Precisamos sair daqui!* Estendeu a mão, puxou a manga de Derkhan e começou a andar até a porta, pisando com cuidado.

Barbile parecia paralisada. Lemuel a puxou.

Nenhum deles sabia por que ela os mandara olhar no espelho, mas ninguém se voltou na direção oposta.

Então, enquanto tropeçavam em direção à porta, imobilizaram-se outra vez, pois a coisa na sala estava em pé.

Florescera subitamente e agora se erguia atrás deles, preenchendo o espelho para o qual olhavam, atônitos.

Eles podiam ver as costas do sr. X, parado e olhando para os padrões das asas, padrões que rolavam com pressa hipnagógica, as células cromáticas sob a pele da criatura pulsando em bizarras dimensões.

O sr. X se afastou um pouco para melhor observar as asas. Os outros não conseguiam ver-lhe o rosto.

A mariposa-libadora o mantinha cativo.

Ela era mais alta do que um urso. Um feixe de extrusões afiadas como chicotes negros e cartilaginosos brotou de seus flancos e serpeou na direção dele. Outros membros menores e mais afiados se flexionaram como garras.

A criatura se apoiava sobre pernas que pareciam braços de macaco. Três pares sobressaíam de seu tronco. Ora ficava em pé sobre duas pernas, ora sobre quatro, ora sobre seis.

Ela se empinou sobre suas pernas inferiores e uma aguçada cauda se projetou para a frente, dentre suas pernas, para manter o equilíbrio. Seu rosto...

(*Sempre aquelas enormes asas irregulares, curvando-se em estranhas direções, mudando o formato para se adaptar à sala, cada uma tão aleatória e inconstante quanto óleo na água, cada uma um perfeito reflexo da outra, movendo-se suavemente, em padrões mutáveis, cintilando numa maré sedutora.*)

Ela não tinha olhos que se pudessem reconhecer, apenas dois buracos fundos dos quais brotavam antenas espessas e flexíveis como dedos gordos, acima de fileiras de imensos dentes como chapas de metal. Enquanto Isaac observava, a criatura inclinou a cabeça para o lado e abriu a boca inimaginável, desenrolando para fora uma língua enorme, preênsil e balouçante.

A língua dardejou pelo ar. Sua extremidade era revestida de tufos de alvéolos finíssimos que pulsavam à medida que o órgão lapeava como a tromba de um elefante.

– Ela esta tentando *me* encontrar – lamentou Barbile, antes de perder o controle e correr em direção à porta.

No mesmo instante, a mariposa-libadora lançou a língua na direção do deslocamento. Deu-se uma sucessão de movimentos rápidos demais para se ver. Um cruel aguilhão orgânico atravessou a cabeça do sr. X, como se passasse por água. Ele estremeceu de repente e, ao mesmo tempo que o sangue começou a jorrar explosivamente através do osso fendido, a mariposa-libadora estendeu quatro de seus braços, puxou-o um pouco para perto e o lançou para o outro lado da sala.

Ele voou pelo ar deixando um rastro de sangue e fragmentos de ossos, como a cauda de um cometa. Morreu antes de atingir o chão.

A carcaça do sr. X chocou-se contra as costas de Barbile, derrubando-a esparramada. O corpo dele aterrissou do lado de fora da porta, pesado e sem vida. Seus olhos estavam abertos.

Lemuel, Isaac e Derkhan correram para a porta.

Todos gritavam ao mesmo tempo, numa cacofonia de tons. Lemuel saltou sobre Barbile, caída de bruços e desesperada, tentando livrar-se aos pontapés do enorme torso do sr. X. Ela rolou sobre as costas e clamou por ajuda. Isaac e Derkhan a alcançaram simultaneamente e começaram a puxar-lhe os braços. Os olhos dela estavam fechados com força.

Porém, ao empurrarem o corpo do sr. X e Lemuel chutá-lo bruscamente para fora do caminho da porta, um tentáculo duro e elástico serpeou e se enrolou numa chicotada nos pés de Barbile. Ela o sentiu e começou a gritar.

Derkhan e Isaac puxaram mais forte. Houve um momento de resistência, após o qual a mariposa-libadora deu-lhe um estirão com o tentáculo. Barbile foi arrebatada das mãos de Isaac e Derkhan com humilhante facilidade. Ela deslizou em velocidade estonteante pelo piso, aguilhoada pelos cacos.

Começou a gritar.

Lemuel havia forçado a porta e correu para fora, escadaria abaixo, sem olhar para trás. Isaac e Derkhan puseram-se em pé rapidamente. Voltaram a cabeça ao mesmo tempo para olhar no espelho.

Ambos soltaram um grito de horror.

Barbile se debatia e gritava sob o complexo abraço da mariposa-libadora. Membros e dobras de carne a acariciavam. Agitou-se, e seus braços foram agarrados; chutou, e suas pernas foram presas.

A enorme criatura virou a cabeça gentilmente para um lado; parecia observá-la com fome e curiosidade. Emitia sons mínimos e obscenos.

Seu par final de mãos rastejou até encontrar os olhos de Barbile e neles meter os dedos. Tocava-os suavemente. Começou a tentar abri-los.

Barbile gritava e se lamentava e implorava por socorro, mas Isaac e Derkhan estavam paralisados, olhando para dentro do espelho, transfixados.

Com mãos que tremiam violentamente, Derkhan tirou a pistola da jaqueta, já escorvada e pronta para disparar. Encarando resoluta o espelho, apontou a arma para trás de si. Hesitou enquanto tentava, em desespero, fazer pontaria daquele modo impossível.

Isaac viu o que ela fazia e sacou ligeiro sua arma. Foi mais rápido em puxar o gatilho.

Houve um estouro nítido de pólvora negra em ignição. A bala irrompeu do cano e passou sem causar dano acima da cabeça da mariposa-libadora. A criatura nem mesmo lhe deu atenção. Barbile gritou com o som e começou a implorar, de modo eloquente e horrível, para que a matassem.

Derkhan comprimiu os lábios e tentou firmar o braço.

Disparou. A mariposa girou e suas asas sacudiram. Abriu a goela cavernosa e emitiu um sibilo estrangulado e vil, um guincho sussurrado.

Isaac viu um pequeno buraco no tecido fino da asa esquerda.

Barbile clamou e esperou um momento, então percebeu que ainda estava viva e começou a gritar outra vez.

A mariposa se voltou para Derkhan. Dois de seus braços de chicote dardeja- ram ao longo dos dois metros que as separavam e deram um tabefe petulante nas costas de Derkhan. Ouviu-se um estalo avassalador. Derkhan foi jogada através da porta aberta, com o ar empurrado com violência para fora dos pulmões. Gemeu enquanto caía.

– Não olhe para trás! – gritou Isaac. – Vá! Vá! Estou chegando!

Ele tentou não ouvir Barbile implorar. Não tinha tempo de recarregar.

Enquanto andava devagar até a porta, rezando para que a criatura continuasse a ignorá-lo, viu pelo espelho o que se passava.

Recusou-se a apreender o que via. Tudo era, por ora, uma sucessão irracional de imagens borradas que analisaria depois, caso saísse daquela casa vivo e voltasse para seu lar e seus amigos. Caso sobrevivesse para planejar, pensaria no que estava vendo.

Por ora, tinha o cuidado de não pensar em nada enquanto via a mariposa- -libadora dar outra vez atenção à mulher firmemente segura em seus braços. Não pensou em nada quando a viu abrir os olhos de Barbile à força, com esguios dedos e polegares símios; quando ouviu a cientista gritar até vomitar de medo e então cessar todos os seus ruídos subitamente ao ver os padrões flexíveis nas asas da mariposa. Viu as asas se ampliarem devagar e se alongarem, formando uma tela hipnótica. Viu a expressão transida de Barbile quando ela arregalou os olhos para assistir àquelas cores mutantes; viu seu corpo relaxar e a mariposa babar de asquerosa antecipação; sua língua indizível se desenrolar novamente para fora da boca escancarada e serpear pela camisa molhada de saliva de Barbile até seu rosto, de olhos ainda vidrados em êxtase idiota pela visão das asas. Viu a ponta emplumada da língua se esfregar gentil contra o rosto de Barbile, seu nariz, seus ouvidos e, depois, enfiar-se súbita e forçosamente em sua boca (*e Isaac vomitou, mesmo enquanto tentava não pensar em nada*), entrando e saindo dali com velocidade indecente. Seus olhos se esbugalhavam à medida que mais e mais da língua desaparecia dentro dela.

Isaac viu algo cintilar sob o couro cabeludo de Barbile, inchando-se, agitando-se e ondulando sob a pele como uma enguia na lama. Viu um movimento que não era dela atrás de seus olhos, e viu muco, lágrimas e bile escorrerem dos orifícios de sua cabeça enquanto a língua se contorcia dentro de sua mente. Logo antes de fugir, Isaac viu os olhos de Barbile se obscurecerem e se apagarem, e o estômago da mariposa distender-se ao sugar completamente a mulher.

CAPÍTULO 32

Lin estava só.

Sentava-se no sótão, encostada à parede com os pés separados, como uma boneca. Observava a poeira se mover. Estava escuro. O ar estava quente. Era algum momento durante as horas mortas, entre as duas e as quatro.

A noite era interminável e impiedosa. Lin conseguia ouvissentir vibrações no ar, os trêmulos gritos e uivos de sono perturbado sacudindo toda a cidade à sua volta. Sentia a própria cabeça pesada de portento e ameaça.

Lin se recostou um pouco e esfregou seu besourocrânio, cansada. Tinha medo. Não era tão estúpida a ponto de não saber que algo estava errado.

Havia chegado à casa de Mesclado algumas horas antes, no final da tarde do dia anterior. Como sempre, fora instruída a ir até o sótão. Porém, quando entrara no aposento longo e parco, vira-se sozinha.

A escultura elevava-se negra no canto distante do aposento. Depois de olhar estupidamente à sua volta, como se Mesclado pudesse estar escondido em algum lugar do espaço nu, Lin se aproximara da peça para examiná-la. Supunha, um pouco apreensiva, que Mesclado logo se juntaria a ela.

Acariciara a figura de cuspe-khepri. Estava pela metade. As várias pernas de Mesclado haviam sido representadas em formas onduladas e cores hiper-reais. A escultura terminava a um metro do piso em ondas líquidas e recurvas. Parecia uma vela com o formato de Mesclado, de tamanho natural e queimada até a metade.

Lin aguardara. Uma hora havia se passado. Tentara erguer a porta do alçapão e abrir a da passagem, mas ambas estavam trancadas. Havia pisado em uma e batido na outra, com força e várias vezes, mas não tivera resposta.

Houve algum erro, dissera a si mesma. *Mesclado está ocupado e logo chegará, está apenas atarefado,* mas aquilo não era nada convincente. Mesclado era consumado. Homem de negócios, bandido, filósofo e ator.

Aquele atraso não era acidental. Era deliberado.

Lin não sabia por que, mas Mesclado queria que ficasse ali sozinha e se preocupasse.

Ficara sentada por horas até que seu nervosismo se tornasse medo, se tornasse tédio, se tornasse paciência, e ela desenhasse formas na poeira e abrisse o estojo para contar as bagas-de-cor, repetidas vezes. A noite chegara e Lin permanecia abandonada.

Sua paciência se tornara medo outra vez.

Por que ele está fazendo isto?, pensou. *O que pretende?* Aquilo era muito diferente do estilo costumeiro de Mesclado, de seus jogos, provocações, de sua loquacidade perigosa. Aquilo era muito mais agourento.

Afinal, horas após sua chegada, Lin ouvira um ruído.

Mesclado estava no aposento, acompanhado por seu tenente cactáceo e por um par de pesados gladiadores Refeitos. Lin não sabia como haviam entrado. Estivera sozinha até poucos segundos antes.

Levantou-se e esperou. Tinha as mãos nervosas.

– Srta. Lin, obrigado por vir – disse Mesclado com um grupo tumultuoso de bocas.

Ela esperou.

– Srta. Lin – continuou ele –, tive uma conversa interessantíssima com certo Gazid Sortudo anteontem. Suspeito que não o veja há algum tempo. Ele tem trabalhado incógnito para mim. De qualquer modo, como a senhorita sem dúvida sabe, há por toda a cidade uma seca de bagulho-de-sonho ultimamente. Furtos cresceram. E assaltos. As pessoas se desesperam. Os preços ficaram malucos. Simplesmente não há mais bagulho-de-sonho entrando na cidade. Tudo isso significa que o sr. Gazid, cuja droga do momento é o bagulho-de-sonho, está em estado *bastante* deplorável. Já não pode pagar o preço da mercadoria, nem mesmo com desconto de empregado. Enfim, outro dia o ouvi praguejando; estava em abstinência e insultando a todos que se aproximavam, mas aquilo era um pouco diferente. A senhorita sabe o que ele gritava enquanto se mordia? Fascinante. Era algo como "Eu jamais deveria ter dado o bagulho a Isaac!".

O cactáceo ao lado do sr. Mesclado descruzou seus enormes braços e esfregou uns nos outros os calosos dedos verdes. Levou a mão ao peito descoberto e, com deliberação terrível, picou o próprio dedo em um dos espinhos, testando-lhe a ponta. Seu rosto era impassível.

– E não é *interessante*, srta. Lin? – prosseguiu Mesclado com afetação nauseante.

Começou a se aproximar dela como um caranguejo, sobre suas inumeráveis pernas *O que significa isto? O que significa isto?*, pensou Lin enquanto ele se aproximava. Não havia onde se esconder.

– Ora, srta. Lin, alguns *itens muito* valiosos me foram roubados. Um punhado de pequenas *fábricas*, por assim dizer. Daí a falta de bagulho-de-sonho. E sabe de uma coisa, senhorita? Tenho de admitir que fiquei *perdido* quanto a quem tinha me roubado. Deveras. Eu não tinha nem por onde começar. – Deteve-se, e uma maré de sorrisos glaciais cruzou suas múltiplas faces. – Até que ouvi Gazid. A partir dali, tudo... fez... sentido – disse, cuspindo cada palavra.

Mediante algum sinal silencioso, seu vizir-cacto marchou até Lin, que se assustou e tentou se livrar, mas era tarde demais; ele já havia estendido seus enormes punhos carnudos e agarrado firmemente os braços dela, imobilizando-a.

As pernas-cabeça de Lin se agitaram enquanto ela emitia um perfurante guincho quêmico de dor. Os cactáceos costumavam aparar assiduamente os espinhos das palmas das mãos, para melhor manipular objetos, mas aquele os havia deixado crescer. Feixes de cálamos atarracados e fibrosos enterraram-se impiedosamente nos braços dela.

Estava presa, e foi arrastada sem esforço até Mesclado, que lhe lançou um olhar malicioso. Quando ele falou outra vez, sua voz transbordava de ameaça.

– Seu amante fodedor de insetos tentou me passar para trás, não é, srta. Lin? Comprou grandes fardos de *meu* bagulho-de-sonho e criou suas *próprias* mariposas, de acordo com Gazid. E ainda roubou as *minhas*! – rugiu as últimas palavras, tremendo.

Lin mal conseguia pensar por causa da dor nos braços, mas tentava em desespero sinalizar com as mãos próximas aos quadris: *Não, não é isso, não é isso...*

Mesclado bateu-lhe nas mãos.

– Nem tente, sua vadia cabeça de barata, sua puta interespécies. Aquela pústula fodida do seu homem está tentando *me empurrar* para fora de meu próprio mercado. Bem, este é um jogo muito, muito perigoso.

Ele se afastou e a observou se debater.

– Faremos o sr. der Grimnebulin responder por esse roubo. A senhorita acha que ele virá se a oferecermos em troca?

Sangue enrijecia as mangas da blusa de Lin. Ela tentou novamente sinalizar.

– Você terá sua chance de se explicar, srta. Lin – disse Mesclado, calmo outra vez. – Talvez a senhorita seja cúmplice, talvez não faça nenhuma ideia. Azar seu, devo dizer. *Não vou* deixar isso barato.

Ele a observou tentar desesperadamente contar-lhe, explicar-lhe, escapar daquele abraço.

Seus braços estavam paralisados. O cacto a deixara muda. Enquanto sentia a cabeça nublar-se pela dor do aperto, ouviu o sr. Mesclado sussurrar:

– Não sou homem de perdoar.

Do lado de fora da Faculdade de Ciências da Universidade, a praça estava apinhada de estudantes. Muitos vestiam togas negras, conforme o regulamento: poucas almas rebeldes jogavam-nas sobre os ombros ao sair do prédio.

Em meio à maré de figuras havia dois homens imóveis. Encostavam-se a uma árvore, ignorando a seiva que se aderia a eles. Estava úmido, e um dos homens vestia um incongruente casaco longo e um chapéu negro.

Ficaram parados por muito tempo. Uma aula terminou, depois outra. Os homens viram dois ciclos de estudantes entrarem e saírem. Ocasionalmente, um dos dois esfregava os olhos ou bocejava um pouco. Mas sempre retornava a atenção, com aparente descontração, à entrada principal.

Afinal, quando as sombras da tarde começaram a se alongar, os homens se moveram. Seu alvo aparecera. Montague Vermishank saiu do prédio e farejou o ar com delicadeza, como se soubesse que deveria apreciá-lo. Começou a tirar o paletó, mas se deteve e o vestiu de volta. Tomou a direção de Ludmel.

Os homens sob a árvore saíram de baixo das folhas e seguiram devagar sua presa.

Era um dia atarefado. Vermishank dirigia-se ao norte, procurando em torno por um coche. Dobrou para a Via da Tenca, a avenida mais boêmia de Ludmel, onde acadêmicos progressistas presidiam os trabalhos em cafés e livrarias. Os prédios em Ludmel eram antigos e bem preservados, suas fachadas escovadas e recém-pintadas. Vermishank as ignorou. Fazia anos que seguia aquele caminho. Estava desligado do ambiente circundante e de seus perseguidores.

Um coche de quatro rodas apareceu em meio à multidão, puxado por um bípede desconfortável e peludo proveniente das tundras do Norte, que trotava em cima do lixo sobre pernas dobradas para trás, como as de um pássaro. Vermishank ergueu o braço. O condutor tentou manobrar o veículo naquela direção. Os perseguidores se apressaram.

– Monty – ribombou o homem maior, e bateu em seu ombro.

Vermishank se voltou, alarmado.

– Isaac – gaguejou.

Seus olhos dardejaram à volta, buscaram o coche, que ainda se aproximava.

– Como vai, meu velho? – gritou Isaac em seu ouvido esquerdo.

Sob o grito, Vermishank ouviu outra voz sibilando à esquerda.

– *Isso que está cutucando seu estômago é uma faca, seu filho da puta, e vou estripá-lo como um peixe caso respire de maneira que me desagrade.*

– Que bom esbarrar em você por aqui – berrou Isaac jocosamente, acenando para o coche.

O condutor resmungou e se aproximou.

– *Tente correr e vou furá-lo. Se escapar, meto-lhe uma bala nos cornos* – entoou a voz, com desprezo.

– Vamos beber alguma coisa lá em casa – disse Isaac. – Brejo do Texugo, por favor. Via do Remador. Sabe onde é? Lindo animal, a propósito.

Isaac soltava uma torrente de bobagens ruidosas enquanto pulava para dentro da carruagem fechada. Vermishank o seguiu, tremendo e gaguejando, aguilhoado pela lâmina. Lemuel Pombo subiu depois dele e bateu a porta. Sentou-se olhando para a frente, com a faca encostada no flanco de Vermishank.

O condutor puxou as rédeas e afastou-se do meio-fio. Os rangidos e estalos do coche, e os balidos queixosos do animal, isolaram os três lá dentro.

Isaac se voltou para Vermishank. A jovialidade exagerada havia se apagado de seu rosto.

– Você tem muito a explicar, seu puto desgraçado – sibilou, ameaçador.

O prisioneiro recuperava visivelmente a pose a cada segundo que passava.

– Isaac – murmurou –, bem, como posso ajudá-lo?

Mas sobressaltou-se quando Lemuel pressionou-o com a faca.

– Cale essa boca, porra.

– Calar a boca *e* dar explicações, Isaac? – ponderou Vermishank suavemente.

A seguir berrou, incrédulo, quando Isaac lhe deu um soco forte e súbito. Ficou olhando para Isaac, acariciando com cautela o rosto que ardia.

– Eu lhe digo quando falar – disse Isaac.

Permaneceram em silêncio durante o restante da viagem, desviando para o Sul após a Estação Pousio, em Lud, e atravessando o lento Cancro pela Ponte Danechi. Isaac pagou o condutor enquanto Lemuel forçava Vermishank para dentro do armazém.

Lá dentro, David lançou um olhar sério por detrás da escrivaninha, voltando-se um pouco para assistir aos procedimentos. Vestia um colete vermelho, incongruentemente animado. Yagharek espreitava num canto, apenas meio visível. Seus pés estavam embrulhados em trapos e sua cabeça escondida por um capuz. Havia descartado as asas de madeira. Não era um disfarce completo, mas fazia-o parecer humano.

Derkhan, sentada numa poltrona que havia levado até o centro da parede posterior, sob a janela, ergueu os olhos. Chorava intensamente, sem qualquer ruído. Segurava um punhado de jornais. Primeiras páginas esparramavam-se diante dela. "Pesadelos de verão se propagam", dizia uma, e outra perguntava: "O que aconteceu com o sono?". Derkhan ignorava aquelas páginas, recortando outros artigos menores, da página 5, ou 7, ou 11 de cada jornal. Isaac conseguia ler um, de onde estava: "Assassino de Olhespia ceifa editor criminoso".

O constructo de limpeza sibilava, estalava e zunia pelo aposento, removendo o lixo, varrendo a poeira, coletando os papéis velhos e restos de frutas que abarrotavam o piso. Sinceridade, a texugo, vagava distraída ao longo da parede distante.

Lemuel empurrou Vermishank para o meio de três cadeiras junto à porta e se sentou a mais ou menos um metro dele. Sacou a pistola de maneira ostensosa e a apontou para a cabeça de Vermishank.

Isaac trancou a porta.

– Muito bem,Vermishank – disse em tom pragmático. Sentou-se e encarou seu antigo chefe. – Lemuel é excelente atirador, caso você tenha ideias arrojadas. É meio bandido, na verdade. Perigoso, pelo jeito. E não estou muito disposto a defender você, de modo que o aconselho a nos contar o que queremos saber.

– O que quer saber, Isaac? – disse Vermishank suavemente.

Isaac estava furioso, mas impressionado. O sujeito era bom demais em recuperar e manter a desfaçatez. Aquilo, decidiu Isaac, exigia providências.

Isaac se levantou e se aproximou devagar de Vermishank. O homem mais velho olhou para ele preguiçosamente. Seus olhos se arregalaram de susto, tarde demais, ao perceber que Isaac ia lhe bater outra vez.

Isaac esmurrou o rosto de Vermishank duas vezes, ignorando o guincho de dor e perplexidade de seu antigo chefe. Agarrou Vermishank pela garganta e agachou--se, levando o rosto para perto do de seu aterrorizado prisioneiro. Vermishank sangrava pelo nariz e lutava inutilmente contra as mãos enormes de Isaac. Seus olhos estavam vítreos de terror.

– Acho que você não está entendendo a situação, meu velho – sussurrou Isaac com desprezo. – Tenho razões sólidas para crer que você é o responsável por meu amigo estar atirado lá embaixo, babando e cagando. Não estou nem um pouco disposto a fazer rodeios, joguinhos, ou a seguir regras. Não me importa se você *morrer, Vermishank.* Entendeu? Está me acompanhando? Portanto, esta é a melhor maneira de fazermos as coisas: eu lhe digo o que sabemos… não desperdice meu tempo perguntando como sabemos… e você preenche as lacunas. Sempre que não responder, ou que o consenso aqui seja de que está mentindo, eu e Lemuel vamos machucá-lo.

– Você não pode me *torturar*, seu desgraçado – disse Vermishank num sussurro estrangulado.

– Foda-se – exalou Isaac. – *Você* é o Refazedor. Agora… responda ou morra.

– Talvez as duas coisas – acrescentou Lemuel friamente.

– Ouça, você está errado, Monty – continuou Isaac. – *Podemos* torturá-lo, sim. É exatamente isso que podemos fazer. Então, é melhor cooperar. Responda rápido e convença-me de que não está mentindo. Eis o que sabemos. A propósito, *corrija--me se eu estiver errado*, tudo bem? – zombou Isaac.

Houve uma pausa enquanto Isaac revisitava os fatos em sua mente. A seguir, declarou, marcando cada item com os dedos.

– Você trabalha para o governo, encarregado de tudo que apresente risco biológico. Em outras palavras, o programa *mariposa-libadora*.

Isaac esperou por uma reação, alguma surpresa diante da revelação do segredo. Vermishank permaneceu imóvel.

– As mariposas-libadoras escaparam; mariposas essas que você vendeu a algum criminoso filho da puta. Elas têm algo a ver com o bagulho-de-sonho e com… os pesadelos que todo mundo tem agora. Rudgutter pensou que tinham algo a ver com Benjamin Flex, a propósito. Muito bem, o que *precisamos* saber é o seguinte: o que são elas? Qual a conexão com a droga? Como as pegamos?

Passou-se um momento durante o qual Vermishank emitiu um longo suspiro. Seus lábios estavam úmidos e trêmulos, grudentos de sangue e saliva, mas ele conseguiu dar um sorrisinho. Lemuel brandiu a arma para coagi-lo.

– Ah, mariposas-libadoras – exalou Vermishank por fim. Engoliu em seco e massageou o pescoço. – Bem, elas não são *fascinantes*? Uma espécie impressionante.

– O que são? – disse Isaac.

– O que você acha? Você já descobriu o que são. São *predadoras*. Predadoras eficientes e brilhantes.

– Vieram de onde?

– Ah...

Vermishank ponderou por um instante. Ergueu os olhos quando Lemuel, devagar e de maneira ostentosa, começou a mirar-lhe o joelho com a arma. Continuou rapidamente:

– Compramos as larvas de um mercador, na extremidade sul dos Estilhaços; deve ter sido quando chegaram que *você roubou* uma... mas não são nativas daqui. – Olhou para Isaac com uma expressão que parecia de divertimento. – Se quer mesmo saber, a atual teoria preferida é de que vêm da Terra Fraturada.

– *Não enrole, porra!* – gritou Isaac irado.

Mas Vermishank o interrompeu.

– *Não* estou enrolando, seu idiota. Essa é a hipótese preferida. A teoria da Terra Fraturada ganhou bastante impulso em alguns círculos com a descoberta das mariposas-libadoras.

– Como elas hipnotizam as pessoas?

– Com as asas, de dimensões e formas instáveis, que batem em vários planos, cheias de onirocromatóforos. São células de cor como as da pele dos polvos, sensíveis a ressonâncias psíquicas e padrões subconscientes, e capazes de afetá-los. Exploram a frequência dos sonhos que... ahn... *borbulham* sob a superfície da mente senciente. Dão-lhes foco, trazem-nos à superfície, imobilizam-nos.

– Como os espelhos protegem disso?

– Boa pergunta, Isaac.

Os modos de Vermishank mudavam. Ele parecia cada vez mais estar conduzindo um seminário. Mesmo em uma situação como aquela, Isaac percebeu que o instinto didático era forte no velho burocrata.

– Simplesmente não sabemos. Fizemos todo o tipo de experiência, com espelhos duplos e triplos, e assim por diante. Não sabemos por que, mas vê-las refletidas anula o efeito, embora, formalmente, a visão seja idêntica, uma vez que as asas já são reflexos uma da outra. Porém, e isto é *muito interessante*, reflita-as outra vez, isto é, observe-as através de dois espelhos, como um periscópio, e elas *conseguirão* hipnotizá-lo novamente. Não é *extraordinário*? – Sorriu.

Isaac se deteve. Notou que havia algo quase urgente nos modos de Vermishank. Parecia ansioso por não omitir nada. Talvez fosse a arma inabalável de Lemuel.

– *Eu vi uma dessas... coisas... se alimentar* – disse Isaac. – Eu a vi... comer o cérebro de alguém.

– Ah – Vermishank sacudiu a cabeça de admiração –, incrível. Você teve sorte de estar lá. Mas *não* a viu comer o cérebro de ninguém. Mariposas-libadoras não vivem inteiramente em nosso plano. Suas... ahn... *necessidades nutricionais* são satisfeitas por substâncias que não conseguimos medir. Você não *percebe*, Isaac?

Vermishank o encarou com intensidade, como um professor tentando encorajar um aluno petulante a dar a resposta certa. Urgência brilhava outra vez em seus olhos.

– Sei que biologia não é seu *forte*, mas trata-se de um mecanismo tão... *elegante*. Achei que compreenderia. Elas retiram os sonhos com as asas, inundam a mente, rompem as comportas que refreiam pensamentos ocultos e culpados, ansiedades, prazeres, *sonhos...*

Deteve-se. Recostou-se. Recompôs-se.

– E assim – prosseguiu –, quando a mente está pronta e suculenta... *elas a sugam toda.* O subconsciente é seu néctar, Isaac, não percebe? É por isso que só se alimentam dos sencientes. Nada de cães e gatos para elas. Bebem a mistura peculiar que resulta do pensamento autorreflexivo quando instintos, necessidades, desejos e intuições se dobram sobre si mesmos e refletimos sobre nossos pensamentos, e depois refletimos sobre a reflexão, num circuito sem fim... – A voz de Vermishank soava abafada. – Nossos pensamentos fermentam como a mais pura bebida. E é isso que as mariposas bebem, Isaac. Não as calorias de carne que chacoalham dentro do invólucro cerebral, mas sim o fino vinho das próprias sapiência e senciência, do subconsciente.

– *Sonhos.*

O silêncio caiu sobre o aposento. A ideia era atordoante. Todos pareciam tontos com o conceito. Vermishank parecia quase se regozijar com o efeito que suas revelações produziam.

Todos se sobressaltaram ao ouvir um baque metálico. Era apenas o constructo, ocupado em aspirar a sujeira sob a escrivaninha de David. Ele havia tentado esvaziar a lixeira no receptáculo. Errara por pouco e derramara o conteúdo. Agitava-se tentando recolher os pedaços de papel amassado à sua volta.

– E... diabos, é claro! – exalou Isaac. – É isso que são os pesadelos! São... como fertilizante! Como, sei lá, a bosta de coelho que alimenta as plantas que alimentam os coelhos. É uma pequena cadeia, um pequeno ecossistema...

– Ah, isso mesmo – disse Vermishank. – Você está pensando, afinal. Não podemos ver as fezes de uma mariposa-libadora, ou farejá-las, mas podemos senti-las.

Nos sonhos. Elas os alimentam, fazem-nos ferver. E as mariposas se alimentam *deles*. Um circuito perfeito.

– Como você sabe de tudo isso, seu porco? – exalou Derkhan. – Há quanto tempo trabalha com esses monstros?

– Mariposas-libadoras são muito raras. E segredos de Estado. Por isso estávamos tão empolgados com o punhado de que dispúnhamos. Tínhamos um espécime velho e moribundo, depois recebemos mais quatro. Isaac tinha um, é claro. O original, que alimentou nossas pequenas lagartas, morreu. Debatemos sobre abrir ou não o casulo de outro durante a metamorfose. Isso o mataria, mas coletaríamos conhecimento *inestimável* sobre seu estado metamórfico. Porém, antes de decidirmos, lamentavelmente – suspirou –, tivemos de vender todos os quatro. Eram demasiado perigosos. Recebemos informações de que nossa pesquisa demorava demais, de que nossa incapacidade de controlar os espécimes deixava nervosos os... *financiadores*. O apoio foi suspenso, e nosso departamento teve de pagar seus débitos rapidamente, devido ao fracasso do projeto.

– Que era? – sibilou Isaac. – Armas? Tortura?

– Ah, francamente, Isaac – disse Vermishank, calmo. – Olhe para você, todo empertigado fingindo ultraje moral. Se você não tivesse *roubado* um dos espécimes, para começo de conversa, ele nunca teria escapado, e nunca teria libertado seus companheiros. O que deve ter acontecido, como você pode ver. E pense em quantas pessoas inocentes continuariam vivas.

Isaac o encarou, perplexo.

– *Vá se foder!* – gritou.

Levantou-se e teria saltado em cima de Vermishank se Lemuel não falasse.

– Isaac – disse Lemuel, lacônico.

Isaac viu que ele lhe apontava a arma.

– Vermishank está cooperando bastante, e há mais coisas que devemos saber, *certo*?

Isaac o encarou, assentiu e se sentou.

– Por que está sendo tão *prestativo*, Vermishank? – perguntou Lemuel, voltando a olhar para o velho.

Vermishank deu de ombros.

– Não me agrada a ideia de sentir dor – disse com um pequeno choramingo. – Além do que, por mais contrariados que fiquem, não vai adiantar nada. Vocês não conseguirão apanhá-las. Ou escapar da milícia. Por que eu deveria manter segredo? – Abriu um sorriso presunçoso e repelente.

No entanto, seu olhar estava nervoso, seu lábio superior transpirava. Havia uma nota de desespero enterrada no fundo de sua garganta.

Cuspe-de-deus! Pensou Isaac com um súbito choque de compreensão. Aprumou-se na cadeira e encarou Vermishank. *Isso não é tudo! Ele está falando porque está com medo! Acha que o governo não vai conseguir capturá-las... e tem medo. Quer que nós tenhamos sucesso!*

Isaac queria provocar Vermishank com a descoberta, sacudir-lhe no rosto o conhecimento de sua fraqueza, puni-lo por todos os seus crimes... mas não podia arriscar. Se Isaac o antagonizasse de maneira muito evidente, se o confrontasse com a compreensão do medo que, desconfiava, o próprio Vermishank não possuía, o sujeito desprezível deixaria de ajudar só por despeito.

Se Vermishank precisava achar que estava se gabando, em vez de implorando por ajuda, Isaac permitiria.

– O que é bagulho-de-sonho? – disse Isaac.

– Bagulho-de-sonho?

Vermishank sorriu, e Isaac se lembrou da última vez em que lhe havia feito a mesma pergunta e o velho fingira desprezo, recusara-se a macular a própria boca com a vil palavra.

Agora lhe vinha fácil.

– Ah, bagulho-de-sonho é papinha de bebê. É o que as mariposas dão de comer aos filhotes. Elas exsudam sempre a substância, e fazem isso em grande quantidade quando têm crias. Não são como as outras mariposas: são muito atenciosas. Nutrem os ovos assiduamente, segundo todos os relatos, e *amamentam* as lagartas recém- -nascidas. Só na adolescência, quando pupam, elas conseguem se alimentar sozinhas.

Derkhan o interrompeu.

– Você quer dizer que bagulho-de-sonho é *leite* de mariposa-libadora?

– Exato. As lagartas ainda não conseguem digerir comida psíquica pura. Têm de consumi-la em forma semifísica. O líquido que as mariposas exsudam é *denso* de sonhos destilados.

– E foi por isso que alguma porra de *traficante* as comprou? Quem foi?

A boca de Derkhan se contorceu.

– Não faço ideia. Eu apenas sugeri o negócio. Qual dos licitantes teve sucesso é irrelevante para mim. As mariposas devem ser criadas com cuidado, acasaladas regularmente, ordenhadas. Como vacas. Elas podem ser manipuladas por alguém que saiba o que faz, enganadas para exsudar leite sem ter dado à luz larvas. E o leite tem de ser processado, é claro. Nenhum humano, nenhuma espécie senciente, poderia bebê-lo puro. Sua mente explodiria. O produto que recebe o deselegante nome de bagulho-de-sonho tem de ser processado e... ahn... *batizado* com várias substâncias... O que, a propósito, Isaac, significa que a lagarta que você criou e, presumo, alimentou com bagulho-de-sonho deve ter se tornado uma mariposa não muito saudável. Foi como se alimentasse um bebê humano com leite misturado a grandes quantidades de serragem e água parada.

– Como você sabe de tudo isso? – sibilou Derkhan.

327

Vermishank lançou-lhe um olhar inexpressivo.

– Como sabe quantos espelhos são necessários para se proteger, como sabe que elas transformam a mente que... que comem naquele... leite? *Quantas pessoas vocês deram a elas?*

Vermishank comprimiu os lábios, um pouco perturbado.

– Eu sou um cientista – disse. – Uso os meios à minha disposição. Às vezes, criminosos são condenados à morte. O *modo* de suas execuções não está especificado.

– Seu *porco*! – sibilou ela, feroz. – E todas as pessoas que os traficantes sequestram para alimentá-las e fabricar a droga? – prosseguiu Derkhan.

Mas Isaac a interrompeu.

– Vermishank – disse ele suavemente, e encarou o velho. – Como recuperamos as mentes? Para onde foram levadas?

– Recuperar? – Vermishank parecia genuinamente desconcertado. – Ah... – Sacudiu a cabeça e franziu o cenho. – Não é possível.

– Não *minta* para mim... – gritou Isaac, pensando em Lublamai.

– *Elas foram bebidas* – sussurrou Vermishank, e provocou silêncio no aposento. Aguardou.

– Elas foram *bebidas* – repetiu. – Seus pensamentos foram tomados, seus sonhos, conscientes e subconscientes, foram digeridos no estômago das mariposas e escorreram novamente para alimentar as larvas. Você já usou bagulho-de-sonho, Isaac? Algum de vocês já usou?

Ninguém respondeu, muito menos Isaac.

– Se já usou, você sonhou as vítimas, as presas. A mente metabolizada delas entrou em seu estômago e você as *sonhou. Não restou nada para salvar. Não há nada para recuperar.*

Isaac sentiu desespero absoluto

Falastrão, leve o corpo de Lublamai também, pensou. *Não seja cruel, não me deixe com aquela casca vazia que não conseguirei deixar morrer, que não significa nada...*

– Como matamos as mariposas? – sibilou Isaac.

Vermishank sorriu bem devagar.

– Não é possível – disse Vermishank.

– Não me enrole – sussurrou Isaac. – Tudo que vive pode morrer.

– Você entendeu mal. Como *proposição abstrata*, é claro que elas podem morrer. E, portanto, em tese, podem ser mortas. Mas *vocês não conseguirão matá-las.* Elas vivem em vários planos, como eu já disse, e balas, fogo e assim por diante só as ferem em um. Vocês teriam de atingi-las em muitas dimensões ao mesmo tempo, ou causar a mais extraordinária quantidade de dano nesta. E elas *não lhes darão nenhuma chance*, entendeu?

– Então, pensemos *lateralmente* – disse Isaac.

328

Bateu forte nas têmporas com os cutelos das mãos.

– Que tal controle biológico? Predadores...

– Elas não têm nenhum. Estão no topo da cadeia alimentar. Temos relativa certeza de que há animais, em sua terra natal, capazes de matá-las, mas não há nenhum deles num raio de vários milhares de quilômetros daqui. De qualquer forma, se estivermos certos, libertá-los aqui seria promover a destruição ainda *mais rápido* a Nova Crobuzon.

– São Falastrão – exalou Isaac. – Sem predadores ou concorrência, com um *enorme* suprimento de comida fresca e renovada constantemente, não há como *detê-las*.

– E isso – sussurrou Vermishank, hesitante – antes mesmo de considerarmos o que acontecerá se... Veja bem, elas ainda são jovens. Não estão totalmente maduras. Porém, quando as noites ficarem quentes... temos de considerar o que acontecerá quando elas se *reproduzirem*.

O aposento pareceu tornar-se inerte e frio. Vermishank tentou outra vez controlar o rosto, mas Isaac continuava a ver o medo bruto nele. Vermishank estava aterrorizado. Sabia o que estava em jogo.

Ali perto, o constructo girava, sibilando e estalando. Parecia vazar pó e sujeira e mover-se em direções aleatórias, arrastando atrás de si um espeto de recolher lixo. *Quebrado de novo*, pensou Isaac, e retornou a Vermishank.

– Quando vão se reproduzir? – sibilou.

Vermishank lambeu o suor do lábio superior.

– Disseram-me que são hermafroditas. Nunca as vi acasalando ou desovando. Sabemos somente o que nos disseram. Elas entram no cio na segunda metade do verão. Apenas uma põe ovos. Em torno de septuário, octuário. Geralmente. Sim, geralmente.

– Ora, deve haver algo que possamos fazer! – berrou Isaac. – Não me diga que Rudgutter não tem nada em mente...

– Não estou a par disso. Sei que ele tem planos, é claro. Com certeza. Porém não sei quais são. Eu ouvi... – Vermishank hesitou.

– O quê? – gritou Isaac.

– Ouvi que haviam procurado os demônios.

Ninguém disse uma palavra. Vermishank engoliu em seco e prosseguiu:

– E eles se recusaram a ajudar. Mesmo diante do mais alto suborno.

– Por quê? – sibilou Derkhan.

– Porque os demônios tiveram medo.

Vermishank lambeu os lábios. O medo que tentava esconder tornou-se visível novamente.

– Vocês compreendem? Tiveram *medo*. Apesar de sua presença e poder... pensam como nós. São sencientes, sapientes. São presas, portanto, no que concerne às mariposas.

Todos no aposento estavam imóveis. Lemuel empunhava a arma frouxamente, mas Vermishank não tentou escapar, perdido que estava em seu próprio devaneio triste.

– O que faremos? – disse Isaac.

Sua voz não era muito firme.

O som rascante do constructo ficou mais alto. A coisa girou por um instante sobre a roda central. Os braços limpadores estavam estendidos e tamborilavam contra o piso em *staccato*. Derkhan e, depois, Isaac, David e os outros olharam para a máquina.

– Não consigo *pensar* com essa porra na sala! – gritou Isaac, furioso.

Marchou na direção do constructo, pronto para descontar nele todo o medo e a impotência que sentia. Enquanto se aproximava, a coisa voltou-se para ele, sua íris de vidro e seus braços principais subitamente estendidos. Na ponta de um deles tinha um pedaço de papel. O constructo parecia-se perturbadoramente com uma pessoa de braços abertos. Isaac hesitou por um segundo, mas continuou avançando.

O braço direito do constructo golpeou o piso, o lixo e a poeira que ele havia espalhado idiotamente em seu rastro. Repetiu o movimento várias vezes, batendo com violência sobre as tábuas. Seu membro direito, que terminava em uma vassoura, estendeu-se para bloquear a trajetória de Isaac, fazendo-o desacelerar e acenando. Isaac percebeu, com total espanto, que era *para lhe chamar a atenção*. Seu membro direito, o espeto de lixo, moveu-se outra vez, apontando para o piso.

Para a poeira, onde havia uma mensagem rabiscada.

A ponta do espeto havia corrido sobre a poeira e sulcado a própria madeira. As palavras que desenhara no lixo eram trêmulas e incertas, mas bem legíveis.

Vocês foram traídos.

Isaac olhou boquiaberto e consternado para o constructo, que lhe acenava o espeto de lixo. O papel na ponta tremulava para a frente e para trás.

Os outros ainda não haviam lido a escrita no piso, mas percebiam, vendo o rosto de Isaac e o extraordinário comportamento do constructo, que algo estranho estava acontecendo. Puseram-se em pé, observando com curiosidade.

– O que foi, Isaac? – disse Derkhan.

–Não... não sei... – murmurou Isaac.

O constructo parecia agitado, ora batendo na mensagem sobre o piso, ora agitando o papel na ponta do espeto. Isaac estendeu a mão, com a boca ainda aberta de espanto, e o constructo parou de acenar. Com cuidado, Isaac apanhou o papel amassado.

Enquanto alisava o papel, David saltou de súbito, aterrorizado e perplexo. Atravessou correndo o aposento.

– Isaac – gritou. – Espere...

Mas Isaac já tinha aberto o papel, e seus olhos já haviam se arregalado de horror diante do que estava escrito. Sua mandíbula caiu ainda mais por causa da enormidade do que lia. Porém, antes que pudesse emitir um grito, Vermishank se mexeu.

Lemuel estava distraído pelo bizarro drama do constructo, e seu olhar havia se desviado do prisioneiro. Vermishank percebera. Todos no aposento observavam Isaac enquanto ele manipulava o lixo que o constructo lhe dera. Vermishank saltou da cadeira e disparou em direção à porta.

Esquecera que a porta estava trancada. Quando a forçou, sem sucesso, gritou em pânico, de modo pouco respeitável. Atrás dele, David desviou de Isaac e correu até Vermishank e a porta. Isaac girou sobre os calcanhares na direção deles, ainda segurando o papel. Olhou para David e Vermishank com ódio lunático. Lemuel notou seu erro e começou a fazer pontaria em Vermishank, quando Isaac se moveu, ameaçador, na direção do prisioneiro, bloqueando a linha de tiro de Lemuel.

– Isaac – berrou Lemuel –, saia da frente!

Vermishank viu que Derkhan havia pulado da cadeira, que David fugia de Isaac e que o homem encapuzado no outro canto estava em pé, com pernas separadas e braços abertos, de maneira estranhamente predatória. Lemuel estava invisível para Vermishank, atrás da ameaça iminente de Isaac.

Isaac olhou de Vermishank para David; seus olhos oscilando para a frente e para trás. Acenou com o papel.

– Isaac – gritou Lemuel novamente –, saia da frente, caralho!

Mas Isaac estava surdo e mudo de raiva. Houve uma cacofonia. Todos no aposento gritavam, exigindo saber o que dizia o papel, implorando por ângulo de tiro, rugindo de raiva ou guinchando como um grande pássaro.

Isaac parecia decidir se agarrava David ou Vermishank. David perdeu o controle, implorando a Isaac que o ouvisse. Após um último puxão desesperado e inútil na porta, Vermishank voltou-se e se defendeu. Afinal de contas, ele era um biotaumaturgo altamente treinado. Balbuciou um encantamento e flexionou os invisíveis músculos ocultos que havia desenvolvido nos braços. Contraiu os dedos com energia arcana que fez as veias de seu antebraço saltarem como cobras sob a pele, que estremeceu e enrijeceu.

A camisa de Isaac estava meio desabotoada, e Vermishank mergulhou a mão direita na carne descoberta abaixo do pescoço do cientista.

Isaac uivou de raiva e dor quando seus tecidos cederam como argila espessa. Tornaram-se maleáveis nas mãos treinadas de Vermishank.

Vermishank escavou de maneira nada graciosa a carne relutante. Seus dedos se contraíram e descontraíram buscando segurar uma costela. Isaac agarrou-lhe o pulso com firmeza. Tinha um esgar no rosto. Era mais forte, mas a dor o incapacitava.

Vermishank choramingava enquanto lutavam.

– Solte-me! – gritava.

Ele não tinha nenhum plano, agira por medo de morrer e vira-se cometendo um ataque fatal. Não podia ser desfeito. Tudo o que podia fazer era continuar tentando agarrar algo dentro do peito de Isaac.

Atrás deles, David procurava sua chave.

Isaac não conseguia remover os dedos de Vermishank de seu peito, e o velho não conseguia enfiá-los mais fundo. Ali estavam, balançando, empurrando um ao outro. Atrás deles a confusão de vozes continuava. Lemuel levantara-se e chutara a cadeira para trás. Agora dançava para achar uma posição vantajosa e disparar um tiro certeiro. Derkhan acorreu e puxou com violência os braços de Vermishank, mas o homem, aterrorizado, fechou os dedos contra os ossos do peito de Isaac, fazendo-o gritar de dor a cada puxão. Sangue jorrava da pele de Isaac, das vedações imperfeitas onde os dedos de Vermishank perfuravam a carne.

Vermishank, Isaac e Derkhan lutavam e berravam, borrifando sangue sobre o piso e sujando Sinceridade, que fugiu para longe. Lemuel tentava mirar por sobre o ombro de Isaac, mas Vermishank o sacudia de um lado para o outro como um grotesco fantoche de meia, e derrubou a arma da mão de Lemuel. Ela atingiu o chão alguns metros adiante, espalhando a pólvora. Lemuel praguejou e começou a se revistar com urgência em busca de uma escorva. De repente, uma figura encoberta apareceu diante do trio desajeitado que lutava. Yagharek removeu o capuz. Vermishank olhou dentro daqueles olhos severos e redondos e abriu a boca diante do rosto de ave de rapina do garuda. Porém, antes que pudesse falar, Yagharek mergulhou seu cruel bico recurvo na carne do braço direito de Vermishank.

Rasgou músculos e tendões com rapidez e vigor. Vermishank gritava à medida que de seu braço brotavam sangue e carne em farrapos. Recolheu de chofre a mão, retirando-a da carne de Isaac, a qual se emendou imperfeitamente com um estalido líquido. Isaac grunhiu de agonia e passou a mão sobre o peito. Estava escorregadio de sangue, a superfície ainda sangrando, furada e deformada pela mão de Vermishank.

Derkhan tinha os braços em torno do pescoço de Vermishank. Enquanto este segurava os destroços sangrentos de seu antebraço, ela o empurrou para longe, para o centro do aposento. O constructo rolou para fora da trajetória de Vermishank, que cambaleou e caiu, gritando e ensanguentando as tábuas.

Lemuel havia conseguido escorvar a pistola outra vez. Vermishank o viu mirar e abriu a boca para implorar e se lamentar. Manteve erguido seu braço sangrento, tremendo e suplicando.

Lemuel puxou o gatilho. Soaram um estalo cavernoso e uma explosão de pólvora acre. Os gritos de Vermishank cessaram de imediato. A bala o atingiu bem entre os olhos, um tiro exemplar, suficientemente perto para atravessá-lo e arrancar-lhe a parte traseira da cabeça com uma eflorescência de sangue escuro.

Vermishank caiu para trás. Seu crânio partido emitiu um ruído surdo ao atingir as velhas tábuas.

As partículas de pólvora subiram em espiral e começaram a cair devagar. A carcaça de Vermishank estremeceu.

Isaac encostou-se à parede e praguejou. Apertou o peito, parecia desamarrotá-lo. Esquadrinhou-o numa fútil tentativa de reparar o dano cosmético que os dedos intrusos de Vermishank haviam causado.

Ele emitia ganidos lívidos de dor.

– Diabos! – Cuspiu e olhou com repulsa para o corpo de Vermishank.

Lemuel segurava a arma preguiçosamente. Derkhan tremia. Yagharek havia se afastado e assistia a tudo; seus traços estavam outra vez obscurecidos pelas sombras do capuz.

Ninguém falou. O assassinato de Vermishank preenchia o aposento. Havia agitação e choque, mas nenhuma recriminação. Ninguém desejava que Vermishank estivesse vivo.

– Yag, meu velho – coaxou Isaac, afinal. – Estou lhe devendo uma.

O garuda não lhe deu atenção.

– Temos de... temos de tirar isto daqui – disse Derkhan com urgência, chutando o cadáver de Vermishank. – Logo virão procurar por ele.

– Essa é a menor de nossas preocupações – disse Isaac.

Ainda segurava o papel que o constructo lhe dera, agora manchado de sangue.

– David foi embora – observou, apontando para a porta destrancada. Olhou em volta. – E levou Sinceridade – disse, contorcendo o rosto.

Jogou o papel para Derkhan. Enquanto ela o desdobrava, Isaac marchou para perto do constructo que sacolejava.

Derkhan leu o bilhete. Seu rosto endureceu de desprezo e ultraje. Ergueu o papel de modo que Lemuel pudesse lê-lo. Após um momento, Yagharek se aproximou, furtivo sob seu capuz, e leu por sobre o ombro de Lemuel.

Serachin. Medidas posteriores ao nosso encontro. Anexos pagamento e instruções. Der Grimnebulin e associados serão levados à justiça no dia 8 de tatis, corrente-feira. *A milícia o deterá em sua residência às 9 da noite. Assegure-se de que der Grimnebulin e todos que trabalham com ele estejam presentes* a partir das 6 horas. *Esteja presente durante a batida, para evitar que suspeitas recaiam sobre você.* Nossos agentes já viram *heliótipos* seus e, além disso, você deverá vestir vermelho. *Nossos oficiais farão todo o possível para evitar vítimas fatais, mas não podemos garantir. É crucial que se identifique claramente.*

Sally

Lemuel piscou e ergueu os olhos.

– É hoje – disse e piscou novamente. – Hoje é corrente-feira. Estão chegando.

CAPÍTULO 33

Isaac ignorou Lemuel. Estava parado na frente do constructo, que se movia quase apreensivo diante do olhar intenso.

– Como você soube, Isaac? – gritou Derkhan.

Isaac ergueu o dedo e o sacudiu na direção do constructo.

– Recebi uma dica. David nos traiu – sussurrou. – Meu parceiro. Estivemos juntos em centenas de farras, bebedeira, revoltas... O puto me vendeu. E recebi a *dica* de um maldito constructo. – Colocou o rosto diretamente na lente do constructo. – Você me entende? – sussurrou, incrédulo – Está me acompanhando? Você... espere, você tem entradas de áudio, não tem? Dê uma volta... uma volta se você me entende...

Lemuel e Derkhan trocaram olhares.

– Isaac, meu chapa – disse Lemuel, condoído.

Mas suas palavras morreram em silêncio perplexo.

O constructo dava uma volta, lenta e deliberadamente.

– Que porra ele está fazendo? – sibilou Derkhan.

Isaac voltou-se para ela.

– Não tenho ideia – murmurou. – Já ouvi falar disso, mas não sabia que podia mesmo acontecer. Ele teve um vírus, não teve? IC, Inteligência Construída... Não acredito que seja real...

Voltou-se e encarou o constructo. Derkhan e Lemuel se aproximaram. E também Yagharek, após um momento de hesitação.

– É impossível – disse Isaac de repente. – O engenho não é intricado o suficiente para pensamento independente. Não é *possível*.

O constructo abaixou o braço e retrocedeu até uma pilha de sujeira ali perto. Arrastou o espeto sobre ela, e escreveu claramente: *É, sim.*

Ao ver aquilo, os três humanos sibilaram e arfaram.

– Caralho! – Berrou Isaac. – Você sabe *ler e escrever...* – Sacudiu a cabeça e depois olhou para o constructo, intenso e frio ao mesmo tempo. – Como você sabia? E por que me avisou?

No entanto, logo ficou claro que a explicação teria de esperar. Enquanto Isaac aguardava atento, Lemuel olhou para o relógio e mexeu-se, nervoso. Era tarde.

Levou um minuto, mas Lemuel e Derkhan convenceram Isaac de que era melhor fugir do armazém imediatamente, levando o constructo. Deviam agir conforme a informação que receberam, mesmo que não entendessem de onde provinha.

Isaac protestou debilmente, mexendo no constructo. Praguejou contra David e depois se maravilhou com a inteligência do objeto. Gritou de raiva e lançou um olhar analítico sobre o engenho de limpeza transformado. Estava confuso. A insistência urgente de Lemuel e Derkhan para que fugissem o infectou.

– Sim, David é um merda dum desgraçado. E sim, o constructo é um maldito milagre, Isaac – sibilou Derkhan. – Mas será um milagre desperdiçado se não sairmos *agora*.

E, dando um fim provocador e exasperante à questão, o constructo espalhou outra vez a sujeira, enquanto Isaac observava: *Depois*.

Lemuel pensou rápido.

– Eu conheço um lugar em Gidd, podemos ir para lá – decidiu. – Servirá para a noite de hoje, e depois poderemos planejar.

Derkhan e ele se moviam rapidamente pelo aposento, recolhendo objetos úteis em sacolas surrupiadas dos armários de David. Estava claro que não poderiam retornar.

Isaac ficou parado junto à parede, atordoado, com a boca ligeiramente aberta, os olhos vítreos. Sacudiu a cabeça, incrédulo.

Lemuel ergueu os olhos e o viu.

– Isaac – gritou. – Pegue suas tralhas. Temos menos de uma hora. Estamos saindo. Mexa essa bunda.

Isaac olhou para a frente, assentiu decidido e marchou escadaria acima. Parou e permaneceu imóvel outra vez ao atingir o topo. Sua expressão era de descrença lastimosa e perplexa.

Após alguns segundos, Yagharek o seguiu silenciosamente. Parou atrás dele e removeu o capuz.

– Grimnebulin – sussurrou com tanta suavidade quanto permitia sua garganta aviária. – Você está pensando em seu amigo David.

Isaac voltou-se de súbito.

– Amigo porra nenhuma – contrapôs.

– No entanto, foi. Você pensa na traição.

Isaac não disse nada por algum tempo. Depois, assentiu. O olhar de espanto aterrorizado voltou.

– Eu conheço traição, Grimnebulin – assobiou Yagharek. – Conheço bem...
Lamento por você.

Isaac deu meia-volta e caminhou bruscamente até seu laboratório. Começou a enfiar punhados de fios, cerâmica e vidro, de maneira que parecia aleatória, dentro de uma enorme mochila. Afivelou-a, volumosa e ressoante, às costas.

– Quando você foi traído, Yag? – exigiu saber.

– Não fui. Eu traí.

Isaac se deteve e se voltou para ele.

– Sei o que David fez. E lamento.

Isaac o encarou, tomado de confusão, rejeição e infelicidade.

A milícia atacou. Eram apenas sete e vinte.

A porta se escancarou com massivo estrondo. Três oficiais da milícia projetaram--se dali para dentro do aposento, e o aríete voou-lhes das mãos.

A porta ainda estava destrancada após a fuga de David. A milícia não esperara por aquilo, tentara arrombar uma porta que não oferecia resistência. Caíram, esparramados e estúpidos.

Houve um momento de confusão. Os três milicianos esforçaram-se para ficar em pé. Lá fora, o esquadrão de oficiais olhava boquiaberto para dentro do prédio. No andar térreo, Derkhan e Lemuel olhavam de volta. Isaac viu os intrusos lá de cima.

Então todos se moveram.

Os milicianos na rua recuperaram o juízo e acorreram à porta. Lemuel tombou a imensa escrivaninha de David e se agachou atrás do escudo improvisado, escorvando suas duas longas pistolas. Derkhan correu na direção dele e jogou-se atrás da escrivaninha. Yagharek silvou e retrocedeu da amurada da plataforma, para fora da vista da milícia.

Num movimento contínuo, Isaac voltou-se para a mesa de trabalho do laboratório e apanhou dois enormes frascos de vidro que continham um líquido pálido e, ainda girando sobre os calcanhares, arremessou-os como bombas por cima da amurada na direção dos oficiais invasores.

Os primeiros três milicianos a entrarem pela porta haviam conseguido se levantar, apenas para tomarem uma pancada de cacos de vidro e chuva quêmica. Um dos grandes frascos se quebrou contra o capacete de um oficial, que mais uma vez atingiu o chão, imóvel e sangrando. Estilhaços implacáveis ricochetearam na armadura de outro. Os dois milicianos pegos no dilúvio ficaram imóveis por um instante e, então, começaram a gritar à medida que as substâncias quêmicas penetravam suas máscaras e atacavam os tecidos macios de seu rosto.

Nenhum tiro havia sido disparado.

Isaac se voltou e começou a recolher mais frascos, demorando-se um pouco para escolhê-los, estrategicamente, de modo que os efeitos da cascata quêmica não fossem de todo aleatórios. *Por que não atiram?*, pensou aturdido.

Os oficiais feridos foram arrastados para a rua. Em seu lugar, uma falange de oficiais blindados havia entrado, empunhando escudos de ferro com escotilhas de vidro reforçado, através das quais enxergavam. Atrás deles, Isaac viu dois oficiais se preparando para atacar com caixas-agudas khepris.

Querem-nos vivos!, percebeu. A caixa-aguda poderia matar com facilidade, mas não necessariamente. Se o que queriam era matar, seria muito mais fácil para Rudgutter enviar tropas convencionais, com pederneiras e balestras, do que aqueles agentes raros, humanos treinados no uso de caixas-agudas.

Isaac arremessou uma salva dupla de veroferro em pó e destilado sanguimorfo no agrupamento defensivo, mas os guardas foram rápidos, e os frascos se estilhaçaram contra os escudos brandidos. A milícia dançava para evitar os respingos perigosos.

Cada um dos oficiais atrás dos escudeiros retesou seus manguais gêmeos e denteados.

As caixas-agudas propriamente ditas – engenhos de metarrelojoaria projetados pelas khepris com extraordinário detalhamento – estavam presas ao cinto dos oficiais, cada uma do tamanho de uma bolsa pequena. Fixado a cada lado havia um longo cordel de grossas fibras recoberto de espirais metálicas, por sua vez recobertas de borracha isolante, extensíveis por mais de seis metros. Mais ou menos a sessenta centímetros da extremidade dos cordéis havia cabos de madeira polida, cada um dos quais um oficial segurava em uma das mãos. Eram usados para girar as extremidades dos cordéis a uma velocidade terrível. Algo brilhava muito tênue. Isaac sabia que na ponta de cada apêndice estava um horrível e pequeno forcado de metal, um feixe contrapesado de farpas e esporões. Aquelas pontas variavam. Algumas eram sólidas, e as mais bem-feitas expandiam-se com o impacto, como flores cruéis. Todas eram projetadas para voar pesadas e certeiras, perfurar armadura e carne, prender-se sem misericórdia no interior da carne rasgada.

Derkhan alcançara a escrivaninha e se agachava ao lado de Lemuel. Isaac voltou para pegar mais munição. Durante o instante de silêncio, Derkhan ergueu-se rápida sobre um joelho e espiou por cima da borda da escrivaninha, fazendo pontaria com sua grande pistola. Puxou o gatilho. No mesmo momento, um dos oficiais disparou sua caixa-aguda. Derkhan atirava bem. Sua bala voou na direção da escotilha de um dos escudos, que ela julgara ser o ponto fraco. Porém, subestimara as defesas da milícia. A escotilha rachou de forma violenta e espetacular, embranqueceu por completo com pó de vidro e uma treliça de rachaduras, mas a estrutura, entrelaçada com fios de cobre, resistiu. O miliciano cambaleou e logo se aprumou.

O oficial com a caixa-aguda movia-se como um especialista.

Oscilou os braços para cima ao mesmo tempo, em curvas amplas, acionando as pequenas chaves no cabo de madeira que permitiam que os cordéis deslizassem, e os soltou. O impulso sobre as lâminas giratórias lançou-as voando pelo ar, num clarão cinza metálico.

O cordel se desenrolou quase sem atrito de dentro da caixa-aguda, atravessou o ar e os cabos de madeira sem desacelerar as lâminas. Seu voo curvo foi absolutamente preciso. Os pesos denteados voaram em uma longa elipse, cuja curva decrescia rápida à medida que se estendiam os cabos que os ligavam à caixa-aguda.

As pétalas de aço afiado chocaram-se simultaneamente contra os dois lados do peito de Derkhan. Ela gritou e cambaleou, rangendo os dentes enquanto a pistola caía de seus dedos espasmódicos.

Instantaneamente o oficial pressionou a trava na caixa-aguda para libertar a relojoaria encerrada lá dentro.

Houve um zumbido intermitente. As molas ocultas do motor começaram a se desenrolar, girando como um dínamo e gerando ondas de bizarra corrente. Derkhan dançou e se debateu. Gritos agonizantes irrompiam de trás de seus dentes. Pequenas eclosões de luz azul explodiam como chicotadas em seus cabelos e dedos.

O oficial a observou com atenção, regulando os mostradores da caixa-aguda que controlavam a forma e a intensidade da força. Houve um abalo violento e sonoro, e Derkhan voou para trás contra a parede, esparramando-se no chão.

O segundo oficial lançou seus bulbos afiados sobre a beirada da escrivaninha, esperando atingir Lemuel, mas ele estava firmemente comprimido contra a madeira, e os bulbos voaram à volta dele sem causar danos. O oficial pressionou um pino e os cordéis se retraíram rápidos, de volta à posição de lançamento. Lemuel viu Derkhan prostrada e brandiu suas pistolas. Isaac berrava de fúria. Jogou em cima da milícia outro vasto recipiente de compostos taumatúrgicos instáveis. Errou por pouco, mas o recipiente estourou com tal violência que espirrou nos escudos e por cima deles, misturando-se ao destilado e levando ao chão dois oficiais, enquanto a pele deles se transformava em pergaminho e seu sangue em tinta.

Uma voz amplificada ribombou pela porta. Era o prefeito Rudgutter.

– Suspendam os ataques. Sejam sensatos, vocês não escaparão. Parem de nos atacar e mostraremos misericórdia.

Rudgutter se encontrava em meio a sua guarda de honra, junto com Eliza Stem-Fulcher. Era muitíssimo incomum que acompanhasse uma batida da milícia, mas aquela não era uma batida comum. Ele estava aquartelado no outro lado da rua, a curta distância da oficina de Isaac.

Ainda não escurecera completamente; rostos alarmados e curiosos espiavam de janelas por toda a rua. Rudgutter os ignorou. Afastou o funil de ferro da boca e virou-se para Eliza Stem-Fulcher. Seu rosto estava contorcido de irritação.

– Isto é um completo fiasco – disse.

Ela assentiu.

– Bem, por mais ineficiente que seja, a milícia não pode perder. Alguns oficiais podem morrer, infelizmente, mas não há maneira de der Grimnebulin e seus comparsas escaparem.

Os rostos que espiavam nervosos por trás das janelas começaram a irritá-lo. Ele ergueu bem o alto-falante e gritou:

– Voltem às suas casas imediatamente!

Ouviu-se um gratificante fechar de cortinas. Rudgutter deteve-se e assistiu ao armazém tremer.

Lemuel despachou o segundo portador de caixa-aguda com um único e elegante tiro. Isaac atirou sua escrivaninha escada abaixo, e com ela dois oficiais que tentaram segurá-lo. E prosseguia com o bombardeio quêmico. Yagharek o ajudava conforme era instruído, banhando os atacantes com misturas tóxicas.

Mas tudo aquilo era, e não poderia deixar de ser, bravura malfadada. Havia milicianos demais. Ajudava que não estivessem preparados para matar, porque Isaac, Yagharek e Lemuel não tinham tais restrições. Isaac estimava que quatro milicianos houvessem caído: um a bala; outro de crânio esmagado; e mais dois devido a reações quemicotaumatúrgicas aleatórias. Mas isso não poderia durar. A milícia avançou sobre Lemuel, protegida pelos escudos.

Isaac viu os milicianos olharem para cima e confabularem por um minuto. A seguir, um deles ergueu com cuidado um rifle de pederneira e mirou em Yagharek.

– Abaixe-se, Yag! – Gritou Isaac. – Eles vão matar *você*!

Yagharek se jogou no chão, longe da vista do assassino.

Não houve manifestação súbita, nenhum calafrio ou silhueta gigante à espreita. Tudo que aconteceu foi a voz no ouvido de Rudgutter.

… DESPERCEBIDO SALTEI SUBI NOS FIOS EMARANHADOS DA FIRMAMENTURA E DESLIZEI PERNAS ABERTAS A ESMO SOBRE ESTERCO PSÍQUICO DAS RASGATEIAS SÃO BAIXAS CRIATURAS DESELEGANTES INSÍPIDAS SUSSURRE O QUE ACONTECE SENHOR PREFEITO ESTE LUGAR TREME…

Rudgutter teve um sobressalto. *Era o que me faltava*, pensou. Respondeu com voz firme.

– Tecelão – disse.

Stem-Fulcher voltou-se para ele com um olhar cortante e curioso.

– Que bom tê-lo aqui conosco.

É imprevisível demais, pensou Rudgutter, furiosamente. *Agora não, agora não, maldição! Vá perseguir mariposas, vá caçar… o que está fazendo aqui?* O Tecelão era irritante e perigoso, e Rudgutter correra um risco calculado ao contratar sua ajuda. Um canhão solto no convés continuava sendo uma arma mortal.

Rudgutter pensara que ele e a grande aranha tinham algo parecido com um *trato*. Tanto quanto fosse possível fazer tratos com o Tecelão. Kapnellior o tinha ajudado.

Textorologia era um campo experimental, mas dera frutos. Havia métodos aprovados de comunicação, e Rudgutter os vinha usando para interagir com o Tecelão. Mensagens talhadas em lâminas de tesouras e fundidas. Esculturas de aparência aleatória e iluminadas por baixo, cujas sombras inscreviam mensagens no teto. As respostas do Tecelão eram imediatas e entregues de modo ainda mais bizarro.

Rudgutter propusera educadamente ao Tecelão que se ocupasse em perseguir as mariposas. Não podia ordenar, estava claro, apenas sugerir. Mas o Tecelão havia respondido afirmativamente, e Rudgutter percebera que, de certa forma estúpida e absurda, havia começado a considerar o Tecelão um agente seu.

Mas já era o suficiente.

Rudgutter pigarreou.

– Permita-me que lhe pergunte por que se juntou a nós, Tecelão.

A voz ressoou outra vez em seu ouvido, ricocheteando nos ossos de seu crânio.

... DENTRO E FORA AS FIBRAS PARTIDAS E ROMPIDAS E UM RASTRO SULCADO NA URDIDURA DA TEIAMUNDO ONDE CORES SANGRAM E EMPALIDECEM DESLIZEI PELO CÉU ABAIXO DA SUPERFÍCIE DANCEI AO LONGO DO RASGO COM LÁGRIMAS DE TRISTEZA PELA FEIA RUÍNA QUE SE ENGENDRA ESPALHA COMEÇA NESTE LUGAR...

Rudgutter assentiu devagar assim que o sentido das palavras emergiu.

– Começou por aqui – concordou. – Este é o centro. Esta é a fonte. Infelizmente... – falou Rudgutter com extremo cuidado. – Infelizmente, este momento é um tanto inoportuno. Poderia eu persuadi-lo a investigar isto, que, de fato, é o berço do problema, daqui a pouco?

Stem-Fulcher o observava. Sua expressão estava carregada. Ouvia com atenção as respostas de Rudgutter.

Durante um estranho momento, cessaram todos os sons em torno deles. Os tiros e gritos no armazém morreram por um instante. Não houve estalidos e tinidos das armas da milícia. A boca de Stem-Fulcher, que se preparava para falar, ficou aberta, mas não disse nada. O Tecelão estava em silêncio.

Então, um sussurro soou dentro do crânio de Rudgutter, que ofegou de consternação e abriu a boca com puro desalento. Ele não sabia como sabia, mas ouvia o som sobrenatural do Tecelão caminhando com cuidado através de várias dimensões em direção ao armazém.

Os oficiais abateram-se sobre Lemuel com desapiedada precisão. Pisotearam o cadáver de Vermishank. Erguiam triunfantes os escudos diante de si.

Acima, as substâncias quêmicas de Isaac e Yagharek haviam acabado. Isaac berrava e lançava cadeiras, ripas de madeira e lixo sobre a milícia, que evitava tudo com facilidade.

Derkhan estava tão imóvel quanto Lublamai, que jazia sobre um catre no canto do espaço residencial de Isaac.

Lemuel lançou um grito desesperado de fúria e esvaziou seu polvarim sobre os atacantes, cobrindo-os com o pó acre. Revistou-se em busca do acendedor, mas já estavam sobre ele brandindo os cassetetes. Os oficiais com as caixas-agudas se aproximaram, girando as lâminas.

O ar no centro do armazém vibrava impossivelmente.

Dois milicianos que se aproximavam daquela área instável pararam, atônitos. Isaac e Yagharek carregavam, cada um por uma extremidade, um enorme banco, prontos a jogá-lo nos oficiais lá embaixo. Ambos viram o fenômeno. Detiveram-se e assistiram.

Como flor insólita, um espaço de escuridão orgânica brotou do nada no centro do aposento. Expandiu-se em realidade física com a facilidade animal de um gato que se espreguiça. Abriu-se e ali esteve, ocupando o aposento; uma coisa colossal e segmentada, uma imensa presença-aranha que vibrava de poder e sugava a luz da atmosfera.

O Tecelão.

Yagharek e Isaac deixaram cair o banco ao mesmo tempo.

A milícia parou de espancar Lemuel e se voltou, alertada pela natureza modificada do éter.

Todos pararam e ficaram olhando fixamente, chocados.

O Tecelão havia se manifestado diante de dois oficiais trêmulos. Eles soltaram gritos agudos de terror. Um deixou cair a espada de seus dedos entorpecidos. O outro, mais corajoso, porém não menos ineficaz, ergueu uma pistola com a mão que tremia violentamente.

O Tecelão baixou o olhar até os dois homens. Estendeu seu par de mãos humanas e as pousou sobre a cabeça deles, acariciando-os como se fossem cães.

Levantou a mão e apontou para a plataforma, onde estavam Isaac e Yagharek, embasbacados e temerosos. Sua voz melíflua e sobrenatural ressoou pelo aposento subitamente silencioso.

... ALI EM CIMA NA PEQUENA PASSAGEM FOI NASCEU A MIÚDA SERVIL A RAQUÍTICA DEFORMADA QUE LIBERTOU SEUS IRMÃOS QUEBROU O SELO DE SEU LIAME E IRROMPEU FAREJO AS MIGALHAS DE SEU DESJEJUM QUE AINDA JAZEM AH GOSTO DISTO APRECIO ESTA TEIA A URDIDURA INTRICADA E FINA EMBORA RASGADA QUEM AQUI PODE TECER COM TAL HABILIDADE ROBUSTA E INGÊNUA...

A cabeça do Tecelão moveu-se com suavidade forânea de um lado a outro. Assimilou o aposento com seus olhos faiscantes e múltiplos. Nenhum humano se movia.

Da rua veio a voz de Rudgutter. Soava tensa. Irada

– Tecelão! – gritou. – Tenho um presente e uma mensagem para você!

Após um momento de silêncio, um par de tesouras com cabo de pérola deslizou porta adentro do armazém. O Tecelão premeu as mãos num gesto muito humano de prazer. De fora veio o som distinto de tesouras sendo abertas e fechadas.

... ADORÁVEL ADORÁVEL, gemeu o Tecelão, O TICTIC DE SÚPLICA E AINDA ASSIM EMBORA SUAVIZEM BEIRADAS E TECIDOS ÁSPEROS COM FRIO RUÍDO EXPLOSÃO EM REVERSO AFUNILAMENTO DE FOCO DEVO VOLTAR-ME PARA CÁ CRIAR PADRÕES AQUI COM AMADORES ARTISTAS INADVERTIDOS PARA REMENDAR RASGO CATASTRÓFICO EXISTE BRUTA ASSIMETRIA NAS FACES AZUIS QUE NÃO REMENDAM NÃO HÁ DE SER A TEIA ROMPIDA CERZIDA SEM PADRÕES E NAS MENTES DESTES DESESPERADOS CULPADOS CARENTES HÁ PRIMOROSAS TAPEÇARIAS DE DESEJO O BANDO COLORIDO TRANÇA ANSEIOS POR AMIGOS PLUMAS CIÊNCIA JUSTIÇA OURO...

A voz do Tecelão vibrava de prazer melodioso. De repente, ele moveu as pernas com velocidade aterrorizante e descreveu um caminho intricado pelo aposento, criando oscilações através do espaço.

Os milicianos inclinados sobre Lemuel soltaram seus bastões e apressaram-se a sair do caminho do Tecelão. Lemuel ergueu os olhos inchados para ver a silhueta aracnídea. Levantou as mãos e tentou gritar de medo.

O Tecelão pairou por um momento diante de Lemuel e depois olhou para a plataforma acima. Deu um passo leve e, num instante, incompreensivelmente, estava na passarela, a poucos metros de Isaac e Yagharek. Ambos observavam terrificados a forma vasta e monstruosa. As pernas pontudas alçavam-se na direção deles. Estavam imobilizados. Yagharek tentou retroceder, mas o Tecelão foi mais rápido.

... SELVAGEM E IMPENETRÁVEL..., cantou, e colheu Yagharek com um movimento súbito, segurando-o sob seu braço humano, onde o garuda debateu-se e berrou como um bebê aterrorizado.

... NEGRO E VERMELHO..., cantou o Tecelão.

Saltitou elegante como uma dançarina sobre os dedos dos pés, moveu-se para o lado através de dimensões convolutas e encontrou-se novamente diante da forma amedrontada de Lemuel. Agarrou-o e o empilhou, balançando, ao lado de Yagharek.

A milícia recuou, espantada e horrorizada. A voz do prefeito Rudgutter soou lá fora outra vez, mas ninguém escutou.

O Tecelão deu outro passo e voltou ao espaço residencial elevado de Isaac. Precipitou-se até o cientista e o tomou sob o braço livre.

... EXTRAVAGANTE IRREQUIETO SECULAR..., entoou ao agarrar Isaac.

Isaac não pôde resistir. O toque do Tecelão era frio e imutável, bastante irreal. Sua pele era lisa como vidro polido. Sentiu-se elevado com facilidade estonteante e envolvido, aninhado sob o braço ossudo.

... DIAMETRAL NEGLIGENTE FEROZ...

Isaac ouvia o Tecelão falar enquanto retraçava os passos impossíveis e se projetava a seis metros de distância, até onde estava o corpo imóvel de Derkhan. Os milicianos em torno dela fugiram em pânico concatenado. O Tecelão apanhou sua forma desmaiada e a acomodou perto de Isaac, que conseguia sentir o calor de Derkhan através de suas roupas.

A cabeça de Isaac girava. O Tecelão executou outro movimento lateral e apareceu do outro lado do aposento, perto do constructo. Por alguns minutos Isaac esquecera até que a máquina existia. Ela havia retornado ao seu lugar costumeiro de repouso no canto do aposento, de onde assistia aos ataques da milícia. Virou o único traço característico de sua cabeça lisa, a lente de vidro, na direção do Tecelão. A inelutável presença-aranha arrebatou o constructo com seus membros-punhais e o jogou habilmente para cima. O Tecelão apanhou a máquina desajeitada, do tamanho de um homem, sobre suas costas curvadas e quitinosas. O constructo se equilibrou precariamente, mas não caiu, apesar dos movimentos do Tecelão.

Isaac sentiu uma dor de cabeça repentina e homicida. Gritou de agonia, sentiu sangue quente pulsando em seu rosto. Ouviu Lemuel gritar no instante seguinte, fazendo-lhe eco.

Através de olhos injetados de confusão e sangue, Isaac viu o aposento em torno tremeluzir enquanto o Tecelão passeava por planos interligados. Apareceu ao lado de cada miliciano e moveu seus braços afiados rápido demais para se ver. À medida que os tocava, cada um dos homens gritava, e assim um estranho vírus de sons agônicos parecia transmitir-se pelo aposento com velocidade estarrecedora.

O Tecelão parou no centro do armazém. Seus cotovelos estavam encolhidos, para que os cativos não conseguissem se mover. Com os antebraços largava pelo chão coisas manchadas de vermelho. Isaac levantou a cabeça e olhou em volta, tentando enxergar através da dor ardente abaixo das têmporas. Todos no aposento clamavam, retraíam-se, batiam com as mãos nas laterais do rosto, tentando sem sucesso estancar jorros de sangue com os dedos. Isaac baixou a cabeça novamente.

O Tecelão espalhava um punhado de orelhas sangrentas no chão.

Sob a mão que se movia com gentileza, sangue se derramava na poeira em coágulos sujos. As porções de carne recém-fatiada caíam, traçando o perfeito formato de um par de tesouras.

O Tecelão olhou para a frente, impossivelmente carregado de figuras que se debatiam, movendo-se como se estivesse desimpedido.

… FERVOROSO E AMÁVEL… sussurrou e desapareceu.

O que foi experiência torna-se sonho e depois memória. Não consigo ver os limites entre os três.

O Tecelão, a grande aranha, esteve entre nós.

Em Cymek o chamamos de furiach-yajh-hett: *o deus louco dançarino. Nunca pensei que veria um. Veio de um desfiladeiro no mundo para interpor-se entre nós e os homens da lei. Suas pistolas silenciaram. Palavras morreram na garganta como moscas em teias.*

O deus louco dançarino moveu-se pelo aposento com passos selvagens e alheios. Puxou-nos para si – nós renegados, nós criminosos. Nós refugiados. Constructos delatores; garudas presos à terra; repórteres que fabricam notícias; cientistas criminosos e criminosos científicos. O deus louco dançarino recolheu-nos, como adoradores prófugos, repreendendo-nos por nos havermos desencaminhado.

Suas mãos-facas luziram. As orelhas dos humanos caíram em chuva-carne sobre o pó. Fui poupado. Minhas orelhas ocultas por plumas não agradaram ao seu louco poder. Entre urros e lamentos desesperados de dor, o furiach-yajh-hett *correu em círculos de deleite.*

Depois se cansou e andou entre os fragmentos de matéria para fora do armazém.

Para dentro de outro espaço.

Fechei os olhos.

Movi-me numa direção que eu nunca soube existir. Senti o deslizar apressado da grande multidão de pernas enquanto o deus louco dançarino se deslocava ao longo de poderosas linhas de força. Galopava em ângulos obscuros em relação à realidade, com todos nós oscilando debaixo dele. Meu estômago saltou. Eu me senti agarrado e preso ao tecido do mundo. Minha pele formigava no plano alheio.

Por um instante, a loucura do deus me infectou. Por um instante, a ganância do conhecimento esqueceu seu lugar e exigiu ser saciada. Por um átimo de tempo, abri os olhos.

Durante o espaço terrível e eterno de um suspiro entrevi a realidade pela qual o deus louco dançarino passava.

Meus olhos coçavam e marejavam, parecia que iam explodir, como se mil tempestades de areia os afligissem. Não conseguiam assimilar o que estava diante deles. Meus pobres olhos lutaram para ver o inobservável. Contemplei apenas uma fração, o limiar de um único aspecto.

Vi, ou acreditei ver, ou me convenci de ter visto, uma vastidão que apequenava qualquer céu do deserto. Uma garganta aberta, de proporções leviatânicas. Pranteei e ouvi outros prantearem em torno de mim. Espalhada no vazio, fluindo para longe de nós em perspectiva cavernosa, em todas as direções e dimensões, abrangendo longevidades e imensidões a cada nó intricado de substância metafísica, havia uma teia.

Sua substância era-me conhecida.

A infinidade rastejante das cores, o caos das texturas em cada filamento daquela tapeçaria eternamente complexa... cada uma ressoava sob os pés do deus louco dançarino, vibrando e emitindo pelo éter pequenos ecos de bravura, ou fome, ou arquitetura, ou discussão, ou pepino, ou assassinato. A urdidura das motivações de um estorninho conectadas ao fio espesso e aderente da risada de um jovem ladrão. As fibras se esticavam e se colavam solidamente a uma terceira linha, cuja seda era feita dos ângulos de sete arcobotantes do telhado de uma catedral. A trama desaparecia na enormidade de espaços possíveis.

Todas as intenções, motivações, interações, todas as cores, todos os corpos, todas as ações e reações, todas as partes da realidade física e os pensamentos que engendram, todas as conexões já feitas, todas as nuances de momentos históricos e potenciais, todas as dores de dente e lajes de pavimento, todas as emoções e nascimentos e cédulas de dinheiro, todas as coisas possíveis estão urdidas naquela teia que se estende ilimitada.

Não tem início ou fim. É complexa de tal maneira que a mente esmorece.

Pululava de vida. Havia outros como nosso transportador, mais deuses loucos dançarinos, vistos de relance ao longo de uma infinidade de tramas.

Havia também outras criaturas, terríveis formas intricadas que não quero recordar.

A teia não é impecável. Em lugares inumeráveis a seda está rasgada e as cores arruinadas. Aqui e ali os padrões são forçados e instáveis. Enquanto passávamos por aqueles ferimentos, senti o deus louco dançarino se deter e flexionar sua fieira, reparando e retingindo.

A pouca distância estava a firme seda de Cymek. Juro que vislumbrei suas oscilações enquanto a teiamundo se dobrava sob o peso do tempo.

Em torno de mim havia um pequeno emaranhado restrito, de gaze metarreal... Nova Crobuzon. E ali, ao centro, rasgando os fios tramados, estava uma feia brecha. Espalhava-se e partia o tecido da tramacidade, derramando as múltiplas cores até secá-las, deixando um branco insípido e sem vida. Um vazio inútil, um tom pálido mil vezes mais desalmado do que os olhos de um cego peixe cavernícola.

Enquanto eu observava, meus olhos doloridos arregalados de inspiração, vi que o rasgo se expandia.

Tive pavor do rasgo que se ampliava. E fui diminuído pela enormidade de tudo, da totalidade da teia. Fechei os olhos com força.

Não consegui fechar a mente que lutava, insolicitada, para lembrar o que vira. Mas não o pôde conter. Restou-me apenas um sentimento de tudo aquilo, que agora recordo como uma descrição. O peso da imensidade já não está presente em minha cabeça.

Esta é a memória esquálida que agora me cativa.

Dancei com a aranha. Dei saltos e cambalhotas com o deus louco dançarino.

PARTE 5

CONSELHOS

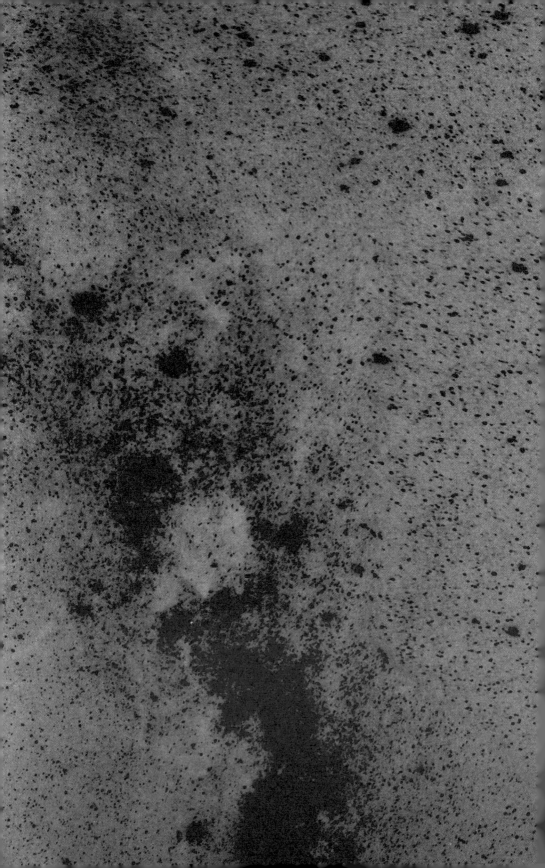

CAPÍTULO 34

No Salão Lemquist, Rudgutter, Stem-Fulcher e Rescue conduziam um conselho de guerra.

Haviam passado a noite inteira acordados. Rudgutter e Stem-Fulcher estavam cansados e irritadiços. Bebericavam enormes canecas de café forte enquanto inspecionavam documentos.

Rescue estava impassível. Bulia com a echarpe enrolada no pescoço.

– Vejam isto – disse Rudgutter, e acenou com um pedaço de papel aos subordinados. – Isto chegou hoje pela manhã. Entregue em mãos. Tive a oportunidade de discutir o conteúdo com os autores. Não foi uma visita social.

Stem-Fulcher inclinou-se para pegar o papel. Rudgutter a ignorou e começou a reler a carta.

– É de Josiah Penton, Bartol Sedner *e* Mashek Ghrashietnichs.

Rescue e Stem-Fulcher ergueram os olhos. Rudgutter assentiu devagar.

– Os diretores das Minas Ponta-de-Flecha, do Banco Comercial Sedner e das Organizações Paradoxo encontraram tempo para escrever uma carta *juntos.* Assim, creio que possamos adicionar uma longa lista de nomes menores abaixo dos deles. Em tinta invisível. Hein? – Alisou a carta. – Os srs. Penton, Sedner e Ghrashietnichs estão *muitíssimo preocupados,* diz aqui, com *relatos caluniosos* que lhes chegaram aos ouvidos. Estão a par de nossa crise. – Observou enquanto Rescue e Stem-Fulcher trocavam olhares. – Tudo está bastante confuso. Eles não têm certeza do que está acontecendo, mas nenhum deles tem dormido bem. Além disso, ouviram o nome de der Grimnebulin. Querem saber o que fazemos para combater, ahn… "essa ameaça à nossa grande cidade-Estado".

Ele largou o papel e Stem-Fulcher deu de ombros; ia responder, mas ele a interrompeu, esfregando os olhos com exaustão exasperada.

– Vocês leram o relatório do inspetor Tomlin, "Sally". De acordo com Serachin, que agora se recupera sob nossa guarda, der Grimnebulin afirma ter um protótipo ativo de um engenho de crise. Todos entendemos a gravidade disso. Bem... nossos bons homens de negócios o descobriram. E, como podem imaginar, estão todos, em particular o sr. Penton, *bastante desejosos* de dar fim a essa *afirmação absurda*, o mais rapidamente possível. Quaisquer *falsos engenhos* fantasiosos que o sr. der Grimnebulin possa ter fabricado para enganar os crédulos deve, assim nos aconselham, ser destruídos sumariamente – suspirou e ergueu os olhos. – Eles fazem alguma menção às contribuições generosas que têm feito ao governo e ao partido Sol Gordo ao longo dos anos. Recebemos nossas *ordens*, senhoras e senhores. Eles não estão nem um pouco felizes com as mariposas-libadoras e gostariam que esses animais perigosos fossem contidos de imediato. Porém, de maneira nada surpreendente, começaram a ter *ataques de pânico* diante da possibilidade de energia de crise. Bem, nós revistamos o armazém muito minuciosamente na noite passada e não há qualquer sinal de tal aparato. Temos de considerar a possibilidade de que der Grimnebulin esteja equivocado ou mentindo. Mas, caso não esteja, tenhamos também em mente que ele pode ter levado seu engenho e suas anotações ontem à noite. Em companhia – emitiu um suspiro pesado – do Tecelão.

Stem-Fulcher falou com cuidado.

– Já conseguimos entender o que aconteceu? – aventurou-se.

Rudgutter deu de ombros bruscamente.

– Apresentamos as evidências dos milicianos que viram o Tecelão e ouvimos o que ele disse a Kapnellior. Tenho tentado entrar em contato com a coisa e obtive somente uma resposta lacônica e incompreensível... rabiscada com fuligem em meu espelho. Tudo que podemos dizer com certeza é que o Tecelão achou que melhoraria o padrão da teiamundo ao raptar der Grimnebulin e seus amigos debaixo de nosso nariz. Não sabemos para onde ele foi ou por quê. Se os deixou viver ou não. Tudo pode ter acontecido, na verdade. Mas Kapnellior ainda tem certeza de que o Tecelão está caçando as mariposas.

– E as orelhas? – perguntou Stem-Fulcher.

– Não faço *ideia*! – berrou Rudgutter. – Tornaram a teia mais bonita, óbvio! De maneira que temos na enfermaria vinte milicianos aterrorizados e com uma orelha cada! – Acalmou-se um pouco. – Andei pensando... Acho que parte de nosso problema é que começamos com planos muito grandiosos. Continuaremos tentando localizar o Tecelão, mas, enquanto isso, teremos de confiar em métodos menos ambiciosos de caçar mariposas. Reuniremos uma unidade de todos os nossos guardas, milicianos e cientistas que já lidaram com as criaturas. Montaremos um esquadrão especializado. E faremos isso em associação com Mesclado.

Stem-Fulcher e Rescue olharam para ele e assentiram.

– É necessário. Conjugaremos nossos recursos. Ele tem homens treinados, e nós também. Já demos início a certos procedimentos. Ele terá suas unidades, e teremos as nossas, mas elas operarão em conjunto. Mesclado e seus homens terão anistia total de qualquer atividade criminosa enquanto conduzirmos a operação.

– Rescue… – disse Rudgutter com calma –, precisamos de suas habilidades particulares. Em sigilo, é claro. Quantos de sua… espécie você acha que pode mobilizar em um dia? Conhecendo-se a natureza da operação… Não é desprovida de perigos.

MontJohn Rescue mexeu outra vez na echarpe. Emitiu um ruído peculiar entre dentes.

– Mais ou menos dez – disse.

– Eles receberão treinamento, é claro. Imagino que você já tenha usado um capacete-espelho, certo?

Rescue assentiu.

– Ótimo, porque o modelo de senciência de sua espécie é, de modo amplo, similar ao dos humanos, não é? Sua mente é tão *tentadora* para as mariposas quanto a minha. O hospedeiro não importa, não é?

Rescue assentiu novamente e disse com sua voz monótona:

– Nós sonhamos, sr. prefeito. Também somos presas.

– Entendo. Sua bravura, e de sua espécie, não passará despercebida. Forneceremos tudo que pudermos para garantir sua segurança.

Rescue assentiu sem emoção visível. Levantou-se devagar.

– Sendo o tempo de tal importância, começarei agora a espalhar a notícia. – Fez uma reverência. – O senhor terá meu esquadrão amanhã ao pôr do sol – disse, voltou-se e deixou a sala.

Stem-Fulcher voltou-se para Rudgutter com os lábios comprimidos.

– Ele não está muito contente com a situação, não é? – disse.

Rudgutter deu de ombros.

– Ele sempre soube que seu cargo poderia envolver riscos. As mariposas-libadoras são ameaças tão grandes ao povo dele quanto ao nosso.

Stem-Fulcher assentiu.

– Há quanto tempo foi levado? Refiro-me ao Rescue original, o humano.

Rudgutter calculou por um instante.

– Onze anos. Ele planejava me substituir. Você já pôs o esquadrão a caminho? – Perguntou.

Stem-Fulcher recostou-se e tragou longamente seu cachimbo de cerâmica. A fumaça aromática dançou.

– Estamos passando por dois dias de treinamento intensivo, hoje e amanhã… Sabe, fazer mira para trás com os capacetes-espelhos, essas coisas. Parece que Mesclado está fazendo o mesmo. Há rumores de que as tropas de Mesclado incluem vários Refeitos *projetados especificamente* para trato e captura de mariposas-libadoras…

espelhos acoplados, braços invertidos etc. Temos apenas um oficial assim. – Ela sacudiu a cabeça com inveja. – Também teremos vários cientistas que trabalharam no projeto atuando na detecção das mariposas. Ele fazem questão de nos convencer de que o processo não é confiável, mas, se atenderem às expectativas, podem nos dar alguma vantagem.

Rudgutter assentiu.

– Some a isso nosso Tecelão – disse ele – ainda lá fora, em algum lugar, ainda caçando as mariposas que se ocupam em rasgar sua preciosa tramamundo... Temos uma coleção razoável de tropas.

– Que não está coordenada – disse Stem-Fulcher. – Isso me preocupa. E o moral na cidade está caindo. É óbvio que pouquíssimas pessoas sabem da verdade, mas todos sabem que não conseguem dormir à noite com medo de seus sonhos. Estamos traçando um mapa dos pontos cruciais de pesadelos para ver se divisamos algum padrão, rastreamos as mariposas de algum modo. Houve uma série de crimes violentos na semana passada. Nada grande e planejado: assaltos súbitos, homicídios no calor do momento, brigas. Os ânimos – disse devagar – estão se abatendo. As pessoas andam paranoicas e apavoradas.

Deixando que o silêncio se assentasse por um momento, ela falou outra vez.

– Hoje à tarde você deverá receber os frutos de algum trabalho científico. Pedi à nossa equipe de pesquisa que fizesse um capacete que impeça que a bosta de mariposa entre em nosso crânio enquanto dormimos. Ficaremos ridículos na cama, mas pelo menos descansaremos.

Parou. Rudgutter piscava rapidamente.

– Como estão seus olhos? – perguntou Stem-Fulcher.

Rudgutter sacudiu a cabeça.

– Falhando – disse entristecido. – Não há como resolver o problema da rejeição. Está na hora de um novo par.

Cidadãos de olhos injetados encaminhavam-se ao trabalho. Estavam mal--humorados e relutantes.

Nas docas de Troncouve não se mencionava a greve subjugada. Os ferimentos dos estivadores vodyanois desapareciam. Içavam da água suja as cargas derrubadas, como sempre. Guiavam navios até espaços estreitos nas margens. Sussurravam em segredo sobre o desaparecimento dos delegados sindicais, líderes da greve.

Seus colegas de trabalho humanos observavam com emoções mistas os xenianos derrotados.

Os gordos aeróstatos patrulhavam os céus sobre a cidade em ameaça incansável e desengonçada.

Discussões começavam com bizarra facilidade. Brigas eram comuns. A infelicidade noturna se expandia e fazia vítimas no mundo desperto.

Na Refinaria Bleckly, na Grande Bobina, um exausto operador de guindaste teve alucinações com um dos tormentos que haviam lhe roubado o sono na noite anterior. Estremeceu por tempo suficiente para deixar os controles descambarem. A enorme máquina a vapor vomitou sua carga de ferro fundido um segundo antes do que deveria. Derramou um fluxo incandescente sobre a borda do reservatório, borrifando a equipe como uma arma de cerco. Todos gritaram e foram consumidos pela cascata impiedosa.

No topo dos grandes e desertos obeliscos de concreto do Borrifo, os garudas da cidade acendiam grandes fogueiras à noite. Batiam em gongos e frigideiras e gritavam, berrando canções obscenas e clamores roucos. Charlie, o mandachuva, dissera-lhes que aquilo impediria que os maus espíritos visitassem suas torres; os monstros voadores. Os demônios que haviam chegado à cidade para sugar o cérebro dos vivos.

As ruidosas reuniões nos cafés de Campos Salazes tinham silenciado.

Os pesadelos conduziam alguns artistas a frenesis de criação. Planejava-se uma exposição: Relatos de uma Cidade Conturbada. Seria uma mostra de pintura, escultura e som inspirada pelo atoleiro de sonhos imundos em que a cidade afundava.

Havia medo no ar, nervosismo ao evocar certos nomes. Lin e Isaac, os desaparecidos. Pronunciá-los seria admitir que algo estava errado, que talvez os dois não estivessem apenas ocupados, que sua ausência forçosa e silenciosa dos antros costumeiros era sinistra.

Os pesadelos partiam a membrana do sono. Infiltravam-se no dia a dia, assombrando o reino iluminado pelo sol, secando conversas na garganta e roubando amigos.

Isaac despertou com os espasmos da memória. Recordava a fuga extraordinária da noite anterior. Seus olhos estremeceram, mas continuaram fechados.

Seu fôlego vacilou.

Hesitante, ele lembrou. Imagens impossíveis o assaltavam. Fios de seda espessos como uma vida. Coisas vivas rastejando insidiosamente por fios interligados. Atrás de um belo palimpsesto de gaze colorida, uma vasta, atemporal e infinita massa de ausência...

Abriu os olhos, aterrorizado.

A teia desaparecera.

Isaac olhou devagar em torno. Estava numa caverna de tijolos, fria e úmida, pingando na escuridão.

– Você está acordado, Isaac? – disse a voz de Derkhan.

Isaac apoiou-se com dificuldade sobre os cotovelos. Resmungou. Seu corpo doía de uma variedade de maneiras. Sentia-se esmagado e roto. Derkhan estava sentada a curta distância dele, sobre uma saliência de tijolos. Sorriu para ele sem qualquer alegria. Foi um ricto assustador.

– Derkhan? – murmurou ele, abrindo os olhos devagar. – Que roupa é essa?

Na meia-luz emitida por uma lâmpada a óleo fumarenta, Isaac viu que Derkhan vestia um roupão estufado, feito de material brilhante e rosa. Era decorado com berrantes flores bordadas. Derkhan sacudiu a cabeça.

– Eu também não sei, Isaac – disse ela com amargura. – Tudo que sei é que fui nocauteada pelo oficial com a caixa-aguda. Depois, acordei aqui nos esgotos, vestida assim. E isso não é tudo...

Sua voz tremeu por um momento. Ela puxou para trás os cabelos perto de suas têmporas. Isaac sibilou ao ver a carne viva e purulenta nas laterais do rosto de Derkhan.

– Minhas malditas *orelhas* sumiram! – Puxou os cabelos de volta com mão instável. – Lemuel disse que foi um... um Tecelão que nos trouxe até aqui. E você ainda não viu suas próprias roupas, a propósito.

Isaac esfregou a cabeça e sentou-se aprumado. Lutava para clarear a mente enevoada.

– *O quê?* – disse. – *Onde* estamos? Os esgotos...? Onde está Lemuel? Yagharek? E...

Lublamai, ouviu dentro de sua mente, mas se lembrou das palavras de Vermishank. Recordou com horror frio que Lublamai estava perdido para sempre.

Sua voz se dissipou.

Ouviu a si mesmo e percebeu que tagarelava freneticamente. Deteve-se e respirou fundo, acalmou-se à força.

Olhou em volta, assimilou a situação.

Ele e Derkhan estavam em uma reentrância de sessenta centímetros de largura embutida na parede de uma pequena câmara de tijolos, sem janelas. Tinha uns três metros quadrados – o lado mais distante mal se via sob a luz tênue –, com o teto não mais de um metro e meio acima deles. Em cada uma das quatro paredes da câmara havia um túnel cilíndrico com mais ou menos um metro e vinte de diâmetro.

O fundo da câmara estava completamente submerso em água suja. Era impossível determinar a profundidade do piso sob a água. O líquido parecia emergir de pelo menos dois dos túneis, e fluir devagar dos outros dois.

As paredes eram escorregadias de lodo orgânico e limo. O ar fedia generosamente a merda e podridão.

Isaac olhou para si mesmo e seu rosto vincou-se de confusão. Vestia um imaculado terno, com gravata. Uma peça bem-cortada que faria qualquer parlamentar se orgulhar. Isaac jamais a vira. Ao seu lado, amarrotada e suja, estava sua mochila.

Lembrou-se, de repente, do sangue e da dor explosiva que havia sofrido na noite anterior. Arfou e levou a mão à cabeça com apreensão. Enquanto procurava com os dedos, exalou explosivamente. Sua orelha esquerda havia sumido.

Apalpou-se com cuidado em busca de tecido arruinado, esperando tocar carne rasgada e úmida ou cascas de ferida. Diferentemente de Derkhan, encontrou uma cicatriz bem curada, recoberta de pele. Não sentia nenhuma dor. Era como se houvesse perdido a orelha anos atrás. Franziu o cenho e estalou os dedos experimentalmente perto do ferimento. Conseguia escutar, embora, sem dúvida, sua capacidade de determinar a direção dos sons estivesse diminuída.

Derkhan estremeceu ligeiramente ao olhar para ele.

– O Tecelão achou por bem curar sua orelha e a de Lemuel. A minha não... – Sua voz estava abafada e triste. – No entanto – acrescentou –, estancou o sangue dos ferimentos daquela maldita... caixa-aguda – observou Isaac por um instante. – Quer dizer, então, que Lemuel não estava louco, mentindo ou sonhando? – disse com calma. – É verdade que um *Tecelão* apareceu e nos resgatou?

Isaac assentiu devagar.

– Não sei o porquê... não faço *ideia*, mas é verdade. – Tentou recordar. – Ouvi Rudgutter lá fora gritando alguma coisa. Não parecia estar surpreso de todo com a presença do Tecelão. Ele tentou *suborná-lo*, creio eu. Talvez o maldito idiota estivesse tentado fazer acordos com a criatura. Onde estão os outros?

Isaac olhou em torno. Não havia onde se esconder na reentrância, mas do outro lado da pequena câmara havia outra idêntica, completamente tomada pela escuridão. Qualquer coisa abaixada lá dentro seria invisível entre as sombras.

– Nós todos acordamos aqui – disse Derkhan. – Todos, com exceção de Lemuel, vestiam roupas estranhas. Yagharek estava... – Sacudiu a cabeça, confusa, e tocou com gentileza sua ferida sangrenta. Franziu o cenho. – Yagharek estava enfiado num vestido de vadia. Havia umas lâmpadas acesas e esperando por nós quando acordamos. Lemuel e Yagharek me contaram o que aconteceu... Yagharek falava... parecia bem esquisito, falando de uma *teia*... – Sacudiu a cabeça.

– Entendo – disse Isaac pesadamente.

Deteve-se e sentiu a mente debandar de medo das vagas memórias que tinha.

– Você estava inconsciente quando o Tecelão nos pegou. Não pôde ver o que vimos... aonde ele nos levou...

Derkhan franziu o cenho. Tinha lágrimas nos olhos.

– Minhas... Minhas malditas orelhas doem tanto, 'Zaac – disse.

Isaac massageou-lhe o ombro desajeitadamente, com o rosto contraído, até que ela prosseguiu:

– De qualquer maneira, você estava apagado, então Lemuel se mandou, e Yagharek foi com ele.

– *O quê?* – gritou Isaac.

Mas Derkhan o silenciou com um gesto.

– Você conhece Lemuel, conhece o trabalho dele. Ele conhece bem os esgotos. Parece que podem ser rotas de fuga úteis. Fez uma pequena incursão de reconhecimento nos túneis e voltou sabendo onde estávamos.

– Onde?

– Ladopaco. Ele se foi, e Yagharek exigiu ir junto. Juraram que voltariam em três horas. Foram buscar comida, algumas roupas para mim e Yagharek, e ver em que pé estão as coisas. Saíram faz uma hora, mais ou menos.

– Bem, com os diabos, vamos sair daqui e nos *juntar a eles*.

Derkhan sacudiu a cabeça.

– Não seja estúpido, 'Zaac – disse, parecendo exausta. – Não podemos nos dar ao luxo de nos separar. Lemuel conhece os esgotos, são *perigosos*. Ele disse que devíamos esperar. Há todo tipo de coisas aqui: ghuls, tróus, deuses sabem o quê. Foi por isso que fiquei com você enquanto estava apagado. *Temos* de esperar por eles aqui. E, além disso, você é provavelmente a pessoa mais procurada em Nova Crobuzon no momento. Lemuel é um criminoso de sucesso: sabe como não ser visto. Corre riscos muito menores do que os seus.

– Mas, e Yag? – gritou Isaac.

– Lemuel deu-lhe sua capa. Com o capuz e aquele vestido rasgado e enrolado nos pés, parecia só um velho esquisito. Isaac, eles voltarão logo. *Temos* de esperar por eles. Precisamos planejar. E você tem de *ouvir*.

Isaac olhou para ela, preocupado com o tom lamentoso de sua voz.

– Por que ele nos trouxe aqui, 'Zaac? – disse, e seu rosto se contraiu de dor. – Por que ele *nos feriu*, por que nos vestiu assim? Por que não me curou?

Com raiva, ela enxugou lágrimas de dor.

– Derkhan – disse Isaac com gentileza –, eu não podia saber...

– Você tem de ver isto – disse, fungando rapidamente.

Estendeu-lhe uma folha de jornal amarrotada e fedorenta. Ele a pegou devagar, contraindo o rosto de nojo enquanto tocava a coisa encharcada e imunda.

– O que é isto? – disse, desdobrando a folha.

– Quando acordamos, todos desorientados e confusos, isso veio boiando por um dos pequenos túneis ali, dobrado no formato de um barquinho. – Olhou para ele de soslaio. – Veio *contra* a corrente. Nós o fisgamos.

Isaac abriu a folha e a olhou. Eram as páginas centrais de *A Súmula,* um dos semanários de Nova Crobuzon. Viu pela data no topo da página – *9 de tatis de 1779* – que saíra naquela mesma manhã.

Isaac passou os olhos sobre a pequena coleção de artigos. Sacudiu a cabeça, sem entender.

– O que deixei passar? – perguntou.

– Veja as cartas ao editor – disse Derkhan.

Isaac virou a folha. Ali estava, segunda carta de cima para baixo. Estava escrita no mesmo estilo formal e pomposo das outras, mas o conteúdo era loucamente diferente.

Isaac arregalou os olhos ao lê-la.

Senhores e senhora...

Peço que aceitem meus cumprimentos por suas raras habilidades em tapeçaria. Para maior incremento de seu trabalho artesanal, tomei para mim mesmo o dever de desembaraçá-los de uma situação desafortunada. Meus esforços são requeridos alhures, com urgência, e encontro-me tolhido de acompanhá-los. Não obstante, encontrar-nos-emos outra vez antes que muito tempo haja transcorrido. Entrementes, façam a fineza de notar que aquele entre os senhores cuja inadvertida cultura animal conduziu à lastimável tribulação que ora se abate sobre a cidade poderá vir a encontrar-se vítima de atenções, por ele indesejadas, da parte da criatura que se evadiu de sua incumbência.

Insto-lhes que prossigam com seus trabalhos têxteis, dos quais me reputo admirador.

Vosso servo,

T.

Isaac ergueu o olhar para Derkhan, devagar.

– Deuses sabem o que o restante dos leitores de A *Súmula* achará disto... – disse em tom sigiloso. – Rabo-do-diabo, aquele raio daquela aranha é poderosa!

Derkhan assentiu devagar. Suspirou.

– Eu só queria entender o que ele estava *fazendo* – disse, triste.

– Você nunca entenderia, Dee – disse Isaac. – Nunca.

– Você é cientista, Isaac – disse ela bruscamente. Parecia desesperada. – Deve saber algo sobre aquelas malditas coisas. Por favor, *tente* me explicar o que ele está dizendo.

Isaac não discutiu. Releu a carta e vasculhou dentro de sua cabeça à procura de qualquer migalha de informação disponível.

– Ele faz o que tiver de fazer para... para embelezar a teia – disse com tristeza.

Avistou o ferimento roto de Derkhan e desviou o olhar outra vez.

– Você não entende, ele não pensa como nós, *de jeito nenhum*. – Enquanto falava, algo lhe ocorreu. – Talvez... talvez seja por isso que Rudgutter esteja negociando com o Tecelão – disse. – Se ele não pensa como nós, talvez seja imune às maripo-sas... Talvez seja como um... cão de caça.

Ele perdeu o controle, pensou Isaac, lembrando-se dos gritos do prefeito na rua. *O Tecelão não está fazendo o que Rudgutter quer.*

Voltou outra vez a atenção à carta em A *Súmula.*

– Esta parte sobre tapeçaria – ponderou Isaac, mordendo o lábio – é a teia-mundo, não é? Acho que ele está dizendo que gosta do que estamos... fazendo no mundo. Como estamos "tecendo". Acho que é por isso que nos tirou de lá. E esta parte final... – Sua expressão tornava-se cada vez mais assustada à medida que lia. – Ah, deuses – exalou. – Igual ao que aconteceu com Barbile.

A boca de Derkhan estava firme. Ela assentiu, relutante.

– O que Barbile disse? "Ela sentiu meu sabor..." A larva que eu tinha... eu devo tê-la provocado com minha mente o tempo todo... Ela já me provou. Deve estar me caçando...

Derkhan o encarou.

– Não há como tirá-la de seu rastro, Isaac – disse ela baixinho. – Nós teremos de matá-la.

Ela disse *"nós"*. Isaac lançou-lhe um olhar de gratidão.

– Antes de fazermos qualquer plano – disse ela –, há outra coisa. Um mistério. Algo que você terá de me explicar – ela gesticulou na direção da outra reentrância na câmara escura.

Isaac perscrutou com curiosidade a escuridão imunda. Conseguiu divisar somente uma forma volumosa e imóvel.

Soube de imediato o que era. Lembrou-se da extraordinária intervenção no armazém. Sua respiração se acelerou.

– Ele não quis falar ou escrever para ninguém mais – disse Derkhan. – Quando percebemos que estava conosco, tentamos falar com ele, queríamos saber o que havia feito, mas ele nos ignorou completamente. Acho que espera por você.

Isaac deslizou pelo topo da saliência.

– É raso – disse Derkhan atrás dele.

Isaac saltou no lodo líquido e frio dos esgotos, que lhe chegava até os joelhos. Andou em meio àquilo sem pensar, ignorando o intenso fedor que o lodo levantava ao passar-lhe pelas pernas. Vadeou pelo ruidoso ensopado de excrementos na direção da outra câmara.

Enquanto se aproximava, o opaco habitante daquele espaço sem luz zumbiu ligeiramente e empertigou o corpo esbatido tanto quanto pôde. Estava encolhido no pequeno espaço.

Isaac sentou-se ao lado dele e sacudiu a sujeira dos sapatos, na medida do possível. Voltou-se para o constructo com expressão atenta e ansiosa.

– Então – disse –, conte-me o que sabe. Diga-me por que me avisou. Diga-me o que está acontecendo.

O constructo de limpeza sibilou.

CAPÍTULO 35

Sob um úmido oco de tijolos embaixo da Estação Trauka, Yagharek aguardava. Roia pedaços de pão e carne que mendigara, em silêncio, de um açougueiro. Não se revelara. Havia simplesmente estendido a mão trêmula de sob a capa e ele lhe dera comida. Sua cabeça havia permanecido escondida. Fora embora arrastando os pés rijos e escondidos por trapos. Seu passo era o de um velho cansado.

Era muito mais fácil disfarçar-se de humano do que de garuda normal.

Esperou no escuro, onde Lemuel o havia deixado. Dentre as sombras que o escondiam, podia observar as idas e vindas à igreja dos deuses do relógio. Era um prediozinho feio, cuja fachada ainda estava pintada com os anúncios da loja de móveis que havia sido um dia. Acima da porta havia um intricado relógio de latão, cada hora entrelaçada aos símbolos da divindade a ela associada.

Yagharek conhecia a religião. Era muito popular entre os humanos de Shankell. Visitara-lhe os templos quando seu bando estivera na cidade para negociar, nos anos anteriores ao seu crime.

O relógio bateu uma vez, e Yagharek ouviu o hino ululante a Sanshad, o deus-sol, reverberar através das janelas quebradas. Era cantado com muito mais entusiasmo do que em Shankell, porém com muito menos *finesse*. Fazia menos de três décadas que a religião havia cruzado o Mar Escasso com sucesso. Obviamente, as sutilezas haviam se perdido nas águas entre Shankell e Myrshock.

Antes que percebesse, seus ouvidos de caçador já haviam captado, entre os conjuntos de passos que se aproximavam de seu esconderijo, um que lhe era familiar. Terminou rápido a refeição e esperou.

Lemuel apareceu, emoldurado pela entrada da pequena caverna. Passantes iam e vinham nos espaços iluminados acima de seus ombros.

– Yag – sussurrou Lemuel, olhando para dentro do buraco sujo, sem ver nada.

O garuda avançou devagar na direção da luz. Lemuel carregava duas sacolas recheadas de comida e roupas.

– Vamos – sussurrou –, temos de voltar.

Retraçaram os passos através das ruas convolutas de Ladopaco. Era craniado, dia de compras, e em todas as outras partes da cidade as multidões estariam densas. Mas em Ladopaco as lojas eram pobres e ruins. Os moradores dali, para quem craniado era dia de folga, iriam até Cumegris ou ao mercado de Buraco da Galantina. Lemuel e Yagharek não seriam vistos por muita gente.

Yagharek andou rápido, gingando sobre pés enfaixados em passo estranho e manco, tentando acompanhar Lemuel. Dirigiram-se ao Sudeste, mantendo-se sob as sombras das ferrovias elevadas, até Siríaco.

Assim cheguei à cidade, pensou Yagharek, *seguindo os grandes caminhos de ferro dos trens.*

Passaram embaixo dos arcos de tijolos, retraçando seu caminho até um pequeno espaço delimitado que dava, em três lados, para inexpressivas paredes de tijolos. Calhas de chuva desciam pelas paredes e ao longo de sulcos de concreto até um gradil no chão, do tamanho de um homem, no centro do pátio.

No quarto lado, que dava para o Sul, o pátio terminava num beco cinzento. Dali em diante a terra descia bruscamente. Siríaco localizava-se sobre uma depressão na argila subjacente. Yagharek olhou na distância por cima de uma paisagem ruinosa de telhados retorcidos e lajes cheias de limo, arabescos de tijolos e cata-ventos deformados e abandonados.

Lemuel olhou em torno para assegurar-se de que não eram vigiados e levantou o gradil. Dedos de gás pungente dobraram-se e os puxaram. O ar tornava intenso o fedor. Lemuel deu as sacolas a Yagharek e sacou do cinto uma pistola escorvada. Yagharek olhou para ele de dentro do capuz.

Lemuel se virou e, com um sorriso severo, disse:

– Andei cobrando favores. Agora estamos equipados.

Acenou com a arma para ilustrar sua afirmação. Verificou e sopesou a pistola habilmente. Tirou da sacola uma lâmpada a óleo, acendeu-a e ergueu-a com a mão esquerda.

– Fique atrás de mim – disse. – Mantenha os ouvidos abertos. Mova-se em silêncio. Tenha cuidado.

E, então, Lemuel e Yagharek desceram para a escuridão e a sujeira.

Vadearam interminavelmente pelas trevas quentes e malcheirosas. Os sons de perninhas apressadas e de coisas que nadavam se faziam ouvir por toda parte ao redor. A certa altura ouviram risadas cruéis saídas de um túnel paralelo ao deles. Duas vezes Lemuel girou sobre os calcanhares, apontando a lâmpada e a pistola para um trecho de imundície que ainda oscilava, onde alguma coisa estivera havia pouco. Não precisou disparar. Não foram perturbados.

– Você sabe a sorte que temos? – disse Lemuel, em tom de conversa.

Sua voz boiava devagar no ar fétido até chegar a Yagharek.

– Não sei se foi proposital o lugar onde o Tecelão nos deixou, mas estamos em um dos locais mais seguros dos esgotos de Nova Crobuzon. – Sua voz endurecia às vezes, de esforço ou repulsa. – Ladopaco é um fim de mundo tão grande que não se tem muita comida aqui embaixo, não há resíduos taumatúrgicos nem grandes velhas câmaras que possam abrigar qualquer ninhada... Não é muito movimentado.

Silenciou por um instante e depois prosseguiu.

– Nos esgotos de Brejo do Texugo, por exemplo, todo o escoamento instável de todos os laboratórios e experiências, acumulado ao longo dos anos, acarreta uma população de pragas bastante imprevisível. Ratos do tamanho de porcos, falando em línguas. Crocodilos pigmeus cegos, cujos antepassados distantes escaparam do zoológico. Hibridações de todos os tipos. Lá em Grande Bobina e Vaurraposa, a cidade se assenta sobre camadas de outros prédios. Por centenas de anos afundaram no pântano, e apenas construíram outros por cima. Faz apenas 150 anos que os pavimentos estão sólidos. Por lá os esgotos terminam em velhos porões e quartos. Os túneis como este levam a ruas submersas. Ainda dá para ver os nomes nas placas. Casas podres sob um céu de tijolos. Direto até em cima. A bosta flui por canais e, depois, por janelas e portas. É onde vivem as subgangues. Eram humanos, ou seus pais eram, mas passaram tempo demais lá embaixo. Não são bonitos de se ver.

Escarrou ruidosamente sobre a gosma lenta.

– Ainda assim, prefiro as subgangues aos ghuls. Ou aos tróus.

Lemuel riu, porém sem nenhum humor. Yagharek não sabia dizer se o outro zombava dele.

Lemuel recaiu em silêncio. Por alguns minutos não houve som exceto o arrastar das pernas deles pelos eflúvios espessos. Então Yagharek ouviu vozes. Retesou-se e agarrou a camisa de Lemuel. Após um instante, ouviu com clareza. Eram Isaac e Derkhan.

A água cheia de excrementos que saía de uma curva parecia carregar com ela a luz.

Abaixados e praguejando pelo esforço, Yagharek e Lemuel andaram pelos convolutos entroncamentos de tijolos e dobraram para a pequena câmara no coração de Ladopaco.

Isaac e Derkhan gritavam um para o outro. Isaac viu Yagharek e Lemuel por sobre o ombro de Derkhan. Ergueu os braços para acenar-lhes.

– Maldição! *Aí* estão vocês!

Passou por Derkhan em direção a eles. Yagharek lhe estendeu a sacola de comida. Isaac a ignorou.

– Lem, Yag – disse com urgência –, precisamos agir de uma vez.

– Espere aí – começou Lemuel.

Mas Isaac o ignorou.

– Ouçam, diabos – berrou Isaac –, o constructo falou comigo!

A boca de Lemuel continuou aberta, mas ele ficou em silêncio. Ninguém disse nada por um momento.

– Viram? – disse Isaac. – Ele é *inteligente*, raios, é *senciente*... algo aconteceu na cabeça dele. Os rumores sobre IC são reais! Algum vírus, alguma falha de programa. E, embora ele não admita simplesmente, acho que deu a entender que o maldito técnico lhe deu uma mãozinha. E o resultado é que *o raio da coisa pensa*. Ele viu tudo! Estava lá quando a mariposa pegou Lublamai. Ele...

– Espere aí! – berrou Lemuel. – Ele falou com você?

– Não, teve de rabiscar mensagens no limo: lento como os diabos. É para isso que ele usa seu espeto de lixo. Foi o constructo quem me contou que David havia virado traidor! Tentou nos tirar do armazém antes que a milícia chegasse!

– Por quê?

A urgência de Isaac se atenuou.

– Não sei. Ele não consegue se explicar. Não é... muito eloquente.

Lemuel olhou para além de Isaac. O constructo jazia imóvel sob o tremeluzir vermelho-negro da lâmpada.

– Mas escutem... Acho que uma das razões por ele nos querer livres foi sermos contra as mariposas-libadoras. Não sei por que, mas ele é violentamente contra elas. Quer vê-las mortas. E está nos oferecendo ajuda.

Lemuel latiu uma risada desagradável e incrédula.

– Maravilha! – Fingiu se espantar, com desprezo. – Temos um aspirador de pó do nosso lado...

– Não, seu *imbecil* do caralho! – gritou Isaac. – Não entende? *Ele não está sozinho*...

A palavra "sozinho" ecoou para cá e para lá entre as mefíticas tocas de tijolos. Lemuel e Isaac trocaram olhares. Yagharek recuou um pouco.

– Ele não está sozinho – repetiu Isaac com gentileza.

Atrás dele, Derkhan assentiu, em mudo acordo.

– Ele nos deu *instruções*. Sabe ler e escrever. Foi assim ele percebeu que David tinha nos vendido, encontrou as instruções no lixo. Ele não é um pensador sofisticado. Mas jurou que, se formos a Voltagris amanhã à noite, encontraremos alguém que poderá explicar tudo. E isso pode ajudar *a gente*.

Naquele momento, foi o "a gente" que preencheu o silêncio com sua reverberante presença. Lemuel sacudiu a cabeça devagar, o rosto duro e cruel.

– Diabo, Isaac – disse baixinho. – "A gente"? "Nós"? De quem você está falando, porra? *Eu não tenho nada a ver com isso*.

364

Derkhan fez um som de escárnio e deu-lhe as costas. Isaac abriu a boca, desanimado. Lemuel o interrompeu.

– Veja, cara, eu estava nessa por *dinheiro*. Sou um homem de negócios. Você pagava bem. Conseguiu meus serviços. Conseguiu até um tempinho de graça, com Vermishank. Fiz aquilo pelo sr. X. E tenho um fraco por você, Isaac. Você foi honesto comigo. Por isso voltei para cá. Trouxe rango e vou lhe mostrar o caminho para fora daqui. Mas agora Vermishank está morto e seu crédito secou. Não sei o que planejou, mas estou fora. Por que, em nome do *caralho*, eu deveria sair atrás daquelas malditas coisas? Deixe isso para a milícia. Não há *nada para mim aqui...* Por que eu ficaria ensebando?

– Deixar para quem? – sibilou Derkhan com desprezo.

Mas Isaac falou mais alto do que ela.

– Ah, é? – disse devagar. – E agora? Hein? Você acha que pode *dar para trás*? Lem, meu velho, seja lá que diabos você for, você não é estúpido. Acha que não o viram? Acha que eles não sabem quem você é? Diabos, sujeito, você é procurado...

Lemuel olhou-o com raiva.

– Bem, obrigado por sua preocupação, 'Zaac – disse com uma careta. – Vou lhe dizer uma coisa. – Sua voz ficou severa. – *Você* pode estar fora de sua alçada. *Eu*, no entanto, passei minha vida profissional fugindo da lei. Não se preocupe comigo, companheiro, vou ficar supimpa!

Ele não parecia muito seguro.

Eu não lhe disse nada *que ele já não soubesse*, pensou Isaac. *Ele só não quer pensar no assunto agora*. Isaac meneou a cabeça com desdém.

– Diabos, cara, você não está pensando direito. Há um universo inteiro de diferença entre ser um intermediário e ser um *criminoso matador de milicianos*. Dá para entender? Eles não sabem o que você sabe ou deixa de saber. Infelizmente, meu velho, você está *envolvido*. Tem de ficar conosco, ir até o fim. Estão atrás de você, entende? E, agora mesmo, você está fugindo deles. É melhor ir adiante, mesmo fugindo, do que voltar atrás e se foder quando o pegarem.

Lemuel ficou imóvel e silencioso, encarando Isaac com raiva. Não disse nada, mas também não foi embora.

Isaac deu um passo na direção dele.

– Veja – disse Isaac –, a outra coisa é que... nós... *eu*... preciso de você.

Atrás dele, Derkhan fungou mal-humorada. Isaac lançou-lhe um olhar irritado.

– Cuspe-de-deus, Lem, você é nossa melhor chance. Conhece todo mundo. Tem um cavalo em cada páreo importante. – Isaac levantou as mãos em desespero. – Não vejo saída. Uma das... *coisas* está atrás de *mim,* e a milícia não pode nos ajudar, não sabem como pegar essas malditas. E, de qualquer modo, não sei se você está informado, mas aqueles putos estão caçando também *a nós todos...* Não vejo modo de, mesmo presumindo que peguemos as mariposas-libadoras, eu não acabar morto.

365

As palavras o gelaram enquanto as pronunciava. Isaac falou rápido, para se livrar dos pensamentos.

– Porém, se eu me mantiver na ativa, talvez consiga encontrar uma solução. E o mesmo vale para você. *Sem você, eu e Derkhan estamos mortos com toda a certeza!*

O olhar de Lemuel era severo. Isaac sentiu um calafrio. *Nunca esqueça com quem está lidando*, pensou. *Você e ele não são amigos... não esqueça.*

– Você sabe que meu crédito é firme – disse Isaac de repente. – Sabe bem. Eu não finjo ter uma imensa conta bancária; tenho um pouco, restaram-me alguns guinéus, *e são todos seus!* Mas ajude-me, *e eu sou seu.* Trabalharei para você. Serei seu capanga. Seu *cachorro.* Qualquer trabalho que queira, eu farei. Qualquer dinheiro que eu ganhar será seu. Transfiro-lhe a porra da *minha vida*, Lemuel. Mas ajude-nos *agora.*

Não houve som além do gotejar de excremento. Atrás de Isaac pairava Derkhan. O rosto dela era um retrato de desprezo e repulsa. *Não precisamos dele*, dizia. Mesmo assim, ela esperou pelo que diria Lemuel. Yagharek ficou de fora. Ouvia desapaixonado a discussão. Estava vinculado a Isaac; não poderia ir a lugar algum e fazer coisa alguma sem ele.

Lemuel suspirou.

– Vou manter a conta aberta, percebe? Estou falando de dívida séria, entende? Você faz ideia do valor da diária para esse tipo de coisa? Da taxa de risco?

– Não importa – exalou Isaac bruscamente, escondendo seu alívio. – Mas mantenha-me informado. Vá dizendo quanto devo. Eu posso pagar.

Lemuel assentiu brevemente. Derkhan suspirou, de modo muito lento e suave. Ficaram ali como combatentes exaustos. Cada um esperava pela reação do outro.

– E agora? – disse Lemuel.

Sua voz soava ríspida.

– Iremos a Voltagris amanhã à noite – disse Isaac. – O constructo prometeu ajuda. Não podemos correr o risco de não ir. Encontro vocês dois lá.

– Aonde você vai? – disse Derkhan, surpresa.

– Tenho de encontrar Lin – disse Isaac. – Irão atrás dela.

CAPÍTULO 36

Era quase meia-noite. Craniado tornava-se festingo. Faltava uma noite para a lua cheia.

Do lado de fora da torre de Lin, no próprio Buraco da Galantina, os poucos passantes estavam irritados e nervosos. O dia do mercado se fora e, com ele, sua bonomia. A praça estava assombrada pelos esqueletos de barracas, finas armações de madeira desprovidas de lonas. O lixo do mercado estava empilhado em monturos que apodreciam, esperando que os limpadores os transportassem ao aterro. A lua inchada branqueava o Buraco da Galantina como se fosse líquido corrosivo. Parecia agourenta, esfarrapada e má.

Isaac escalou a escadaria da torre, cansado. Não havia encontrado maneira de mandar uma mensagem a Lin e fazia dias que não a via. Tinha se lavado o melhor que pudera com água surrupiada de uma bomba em Ladomosca, mas continuava fedendo.

Permanecera nos esgotos por horas no dia anterior. Lemuel havia demorado a permitir que saíssem, decretando que era perigoso demais durante o dia.

– Precisamos ficar juntos – exigira – até que saibamos o que fazer. E não somos o grupo mais discreto.

Assim, os quatro ficaram numa câmara inundada de água fecal, comendo e tentando não vomitar, querelando e fracassando em fazer planos. Discutiram com veemência sobre se Isaac deveria ou não encontrar Lin sozinho. Ele foi irredutível ao insistir que iria desacompanhado. Derkhan e Lemuel condenaram-lhe a estupidez, e mesmo o silêncio de Yagharek parecera acusador por um instante. Mas Isaac fora bastante inflexível.

Afinal, quando a temperatura caíra e todos haviam esquecido o fedor, saíram. Fora uma jornada longa e árdua pelos condutos abobadados de Nova Crobuzon.

Lemuel tinha chumbo e pederneiras prontos. Isaac, Yagharek e Derkhan tiveram de carregar o constructo, que não conseguia se movimentar na imundície líquida. Ele era pesado e escorregadio e havia sido derrubado, espancado e danificado como eles, que caíam no lodo e praguejavam, chocando mãos e dedos contra as paredes de concreto. Isaac não permitira que abandonassem o constructo.

Moveram-se com cuidado. Eram intrusos no ecossistema oculto e hermético dos esgotos. Fizeram questão de evitar os nativos. Por fim, emergiram atrás da Estação Salitre, piscando e gotejando sob a luz que empalidecia.

Dormiram em uma pequena choça deserta ao lado da ferrovia de Cumegris. Era um esconderijo audacioso. Logo antes de a Linha Escuma cruzar o Piche pela Ponte Crista-de-Galo, um prédio derrubado formava uma grande colina de tijolos meio esmagados e fragmentos de concreto que parecia escorar a ferrovia elevada. No topo, viram a silhueta dramática da choça de madeira.

Seu propósito era incerto: era óbvio que permanecera intocada por anos. Os quatro escalaram exaustos o aclive industrial, empurrando o constructo à frente, através da cerca de arame rompida que deveria proteger de intrusos a ferrovia. Nos minutos entre trens, o grupo arrastara-se por aquela pequena beirada de grama seca que cercava os trilhos, empurrara a porta e entrara na escuridão poeirenta da choça.

Ali, por fim, relaxaram.

A madeira do galpão estava empenada, suas tábuas mal encaixadas e intercaladas de céu. Assistiram, pelas janelas sem vidraças, trens passarem disparados de ambas as direções. Abaixo deles, ao norte, o Piche se contorcia no estreito S que continha Grande Bobina e Voltagris. O céu havia escurecido de sujo azul-negro. Conseguiam ver embarcações de recreio iluminadas sobre o rio. O imenso pilar industrial do Parlamento assomava ali perto, ao leste, observando de cima os quatro fugitivos e a cidade. A pouca distância rio abaixo, partindo da Ilha Reta, as luzes quêmicas das comportas da velha cidade sibilavam, cuspiam e refletiam seu brilho amarelo e engraxado na água escura. Três quilômetros a nordeste, visível por trás do Parlamento, estava o Espinhaço, os antigos ossos amarelados.

Do outro lado da cabana viam o espetáculo do céu que escurecia, ainda mais impressionante após um dia na penumbra fétida sob Nova Crobuzon. O sol se fora havia pouco, no entanto. O céu estava dividido em dois pelo altrilho que penetrava na torre da milícia de Ladomosca. A cidade era uma silhueta de várias camadas, uma paisagem intricada de chaminés que desvaneciam, telhados de tábuas escorando uns aos outros sob torres entrançadas de igrejas devotadas a deuses obscuros; os enormes respiros priápicos de fábricas vomitavam fumaça suja e queimavam energia em excesso; monolíticas torres residenciais eram como vastas lápides de concreto; e os ásperos vales das áreas verdes.

Descansaram e removeram o excremento de suas roupas tanto quanto puderam. Ali, afinal, Isaac tratara da orelha decepada de Derkhan. Estava dormente, mas ainda doía, e ela tolerava a dor com pesarosa reserva. Isaac e Lemuel tocaram com desconforto seus próprios resquícios cicatrizados.

Quando a noite se esgueirara mais rápida, Isaac preparara-se para sair. Deflagara-se a discussão outra vez. Isaac continuava resoluto. Precisava ver Lin sozinho.

Tinha de lhe dizer que ela estaria em perigo assim que a milícia a ligasse a ele. Tinha de lhe dizer que a vida dela, como a tinha vivido até então, havia acabado, e que era culpa dele. Precisava lhe pedir que o acompanhasse. Precisava do perdão e da afeição de Lin.

Somente uma noite com ela. Nada mais.

Lemuel não se conformava.

– Nossa cabeça também está em jogo, caralho – sibilara –, todos os milicianos da cidade querem nossa pele. É provável que haja hélios seus colados em cada torre, escora e andar do Espigão. Você não sabe como se virar. Eu sou procurado desde que iniciei na profissão. Se você vai atrás de sua joaninha, eu vou junto.

Isaac tivera de ceder.

Às dez e meia, os quatro companheiros se embrulharam em suas roupas arruinadas, escondendo o rosto. Depois de muita persuasão, Isaac afinal convencera o constructo a se comunicar. Relutante, tortuoso e lento, ele rabiscara sua mensagem.

Aterro de Voltagris número 2, escrevera. *Amanhã noite 10. Deixe-me sob arcos agora.*

Com a escuridão, perceberam, vinham pesadelos. Mesmo que não houvessem dormido. A náusea mental chegava à medida que o esterco das mariposas-libadoras poluía o sono da cidade. Os quatro ficaram irascíveis e nervosos.

Isaac escondera seu saco de viagem, que continha as peças do engenho de crise, sob uma pilha de telhas de madeira na choça. A seguir, o grupo descera, carregando o constructo pela última vez. Isaac o escondera em uma reentrância criada pela estrutura da ponte férrea que havia desabado.

– Você vai ficar bem? – perguntara Isaac, hesitante, ao constructo, ainda se sentindo absurdo por falar com a máquina.

O constructo não respondera e, por fim, Isaac o deixara.

– Vejo você amanhã – dissera ao partir.

O quarteto criminoso espreitara e se esgueirara por seu caminho clandestino em meio à noite florescente de Nova Crobuzon. Lemuel guiara os companheiros na cidade alternativa de ruas laterais escondidas e cartografia estranha. Evitavam ruas sempre que havia becos, e becos sempre que havia canais sulcados no concreto. Andaram furtivos sobre pátios desertos e telhados planos, acordando os mendigos, que resmungavam e se amontoavam em seu rastro.

Lemuel estava confiante, brandia com facilidade sua pistola escorvada e carregada enquanto escalava e corria, dando cobertura ao grupo. Yagharek havia se adaptado ao seu corpo sem o peso das asas. Seus ossos ocos e músculos tensos moviam-se com eficiência. Lançava-se leve sobre a paisagem arquitetônica, saltando obstáculos nos telhados. Derkhan era obstinada; não podia se permitir ficar para trás.

Isaac era o único que aparentava sofrimento. Chiava, tossia e cuspia. Arrastava sua carne excessiva ao longo das trilhas dos ladrões, quebrando telhas com sua pisada corpulenta, segurando o ventre por causa da dor. Praguejava o tempo todo, sempre que expirava.

Desbravaram uma trilha que levava cada vez mais para dentro da noite, como se fosse uma floresta. A cada passo o ar ficava mais pesado. Havia uma sensação de erro, de inquietação carregada, como se longas unhas arranhassem a superfície da lua, esbofeteando o rosto da alma. Em todo o entorno ouviam-se choros de sono triste e perturbado.

Pararam em Ladomosca, a poucas ruas da torre da milícia, e tiraram água de uma bomba para se lavar e beber. Dali, foram para o Sul pelo pântano de becos entre a Rua Shadrach e a Passagem Selchit, descendo até Buraco da Galantina.

E ali, naquele lugar deserto e sobrenatural, Isaac pedira aos companheiros que esperassem. Entre soluços de respiração desesperada, implorara a eles que esperassem, que lhe dessem meia hora com Lin.

– Vocês precisam me dar um tempo para explicar a ela o que está acontecendo – argumentara.

Eles concordaram e se abaixaram na escuridão na base do prédio.

– Meia hora, Isaac – dissera Lemuel com firmeza. – Depois, todos subimos. Entendeu?

Assim, Isaac começara a galgar demoradamente as escadas.

A torre estava fresca e bastante silenciosa. No sétimo andar, Isaac ouviu sons pela primeira vez. Eram os murmúrios sonolentos e o adejar incessante de gralhas. Subiu outra vez, passando pela brisa que corria pelo inseguro e arruinado oitavo andar, até o topo do prédio.

Parou diante da porta familiar de Lin. *Talvez ela não esteja*, pensou. *É provável que ainda esteja trabalhando com aquele sujeito, seu patrono. Nesse caso, terei de... deixar uma mensagem.*

Bateu na porta, que se abriu sozinha. Seu fôlego parou na garganta. Correu para dentro da sala.

O ar fedia a sangue putrefato. Isaac inspecionou o pequeno espaço do sótão e viu o que o esperava.

Gazid Sortudo erguia os olhos cegos para Isaac, encostado a uma das cadeiras de Lin, diante da mesa, como se estivesse pronto para uma refeição. Sua silhueta estava delineada pela pouca luz que se infiltrava pelo quadrado ali embaixo. Os braços de Gazid estavam estendidos sobre a mesa; as mãos tensas e duras como ossos; a boca aberta e recheada de algo que Isaac não conseguia ver claramente. A frente de

Gazid estava encharcada de sangue, que havia escorrido para a mesa, penetrando nos veios da madeira. A garganta de Gazid havia sido cortada. No calor do verão, pululavam nela pequenos insetos noturnos.

Por um segundo Isaac pensou que aquilo era um pesadelo, um dos sonhos doentios que afetavam a cidade, derramando-se de seu inconsciente como um bocado de esterco de mariposa-libadora e respingando no éter.

Mas Gazid não desapareceu. Gazid era real, e estava realmente morto.

Isaac olhou para ele. Recuou diante da expressão de sofrimento de Gazid. Olhou outra vez para as mãos em garra. Gazid havia sido encurralado diante da mesa; degolado e contido até que morresse, após o que algo havia sido enfiado em sua boca aberta.

Isaac se aproximou com cuidado do cadáver. Recompôs-se e estendeu a mão para tirar da boca seca de Gazid um grande envelope.

Ao desenrolá-lo, viu que o nome cuidadosamente escrito ali era o seu. Abriu o envelope com um presságio nauseante.

Houve um instante, um instante minúsculo, durante o qual ele não reconheceu o que tirara dali. Frágil e quase sem peso, ao ser removido, parecia-se com pergaminho quebradiço, como folhas mortas. Isaac segurou aquilo diante da luz tênue e viu que era um par de asas khepris.

Isaac emitiu um som, uma exalação de desgraça e perplexidade. Seus olhos se arregalaram de horror.

– Ah, não – disse, hiperventilando. – Não, não, não...!

As asas haviam sido dobradas e enroladas, e sua delicada substância fora despedaçada. Descamavam grandes porções de matéria translúcida. Os dedos de Isaac tremiam enquanto tentava alisá-las. As pontas de seus dedos correram pela superfície esbatida. Isaac murmurava uma única nota, um lamento trêmulo. Remexeu no envelope e retirou uma folha de papel dobrado.

Estava escrita à máquina, com um emblema de tabuleiro de xadrez, ou colcha de retalhos, impresso no topo. À medida que lia, Isaac chorava em silêncio.

Cópia 1: Buraco da Galantina. (Outras a serem entregues em Brejo do Texugo e Campos Salazes)

Sr. Dan der Grimnebulin,

Khepris não emitem sons, porém, julgo pelas substâncias quêmicas que exsudou, e o tremor daquelas pernas de barata, que Lin considerou a remoção destas asas inúteis uma experiência profundamente desagradável. Não duvido de que a parte inferior de seu corpo também protestasse contra nós caso não tivéssemos amarrado a vadia cascuda a uma cadeira.

Gazid Sortudo vai lhe entregar esta mensagem, já que é a ele que devo agradecer por sua interferência.

Concluo que você vem tentando entrar no mercado de bagulho-de-sonho. No início, achei que quisesse todo aquele bagulho que comprou de Gazid para si mesmo, mas a tagarelice do idiota, no fim das contas, apontou para sua lagarta em Brejo do Texugo, e percebi a magnitude de seu esquema.

Você jamais conseguiria bagulho de primeira com uma mariposa alimentada com bagulho-de-sonho para consumo humano, é claro, mas poderia ter cobrado menos por seu produto inferior. É meu interesse manter meus consumidores connoisseurs. Não tolerarei concorrência.

Como eu soube subsequentemente, e como se poderia esperar de um amador, você não conseguiu controlar sua maldita produtora. Sua raquítica alimentada com bagulho escapou devido à sua incompetência e libertou seus irmãos. Seu estúpido.

Eis minhas exigências: (i) que se entregue a mim de imediato, (ii) que devolva o restante do bagulho-de-sonho que roubou de mim por meio de Gazid ou pague indenização (valor a ser estabelecido), (iii) que se dedique à tarefa de recapturar minhas produtoras, juntamente com seu espécime patético, para que me sejam entregues imediatamente. Depois disso, discutiremos a continuação de sua vida.

Enquanto esperamos por sua resposta, continuarei minhas discussões com Lin. Tenho apreciado grandemente sua companhia durante estas últimas semanas e anseio pela chance de lidar com ela mais de perto. Temos um pequeno jogo. Ela aposta que você responderá a esta epístola enquanto ela ainda mantém algumas de suas pernas-cabeça. Eu permaneço cético. A taxa atual é de uma perna-cabeça para cada dois dias em que deixarmos de ter notícias suas, a partir de hoje. Quem estará certo?

Arrancarei as pernas-cabeça enquanto ela se debate e cospe. Entendeu? E dentro de duas semanas vou lhe arrancar a carapaça do corpocrânio e dar sua cabeça viva aos ratos. Vou segurá-la pessoalmente enquanto eles almoçam.

Aguardo para breve, e com muita expectativa, notícias suas.

Atenciosamente.

Mesclado

Quando Derkhan, Yagharek e Lemuel alcançaram o nono andar, puderam ouvir a voz de Isaac. Ele falava devagar, baixinho. Não conseguiam distinguir o que dizia, mas soava como um monólogo. Ele não parava para ouvir ou ver quaisquer respostas.

Derkhan bateu na porta e, quando não houve resposta, abriu-a, hesitante, e espiou para dentro.

Viu Isaac e outro homem. Alguns segundos depois, reconheceu Gazid e viu que ele havia sido massacrado. Ela arfou e entrou devagar, permitindo que Yagharek e Lemuel a seguissem.

Ficaram ali observando Isaac. Ele estava sentado na cama, segurando um par de asas de inseto e um pedaço de papel. Ergueu os olhos para eles e seus murmúrios silenciaram. Chorava sem emitir som. Abriu a boca, e Derkhan foi até ele e tomou-lhe as mãos. Ele soluçou e escondeu os olhos, com o rosto contorcido de raiva. Em silêncio, Derkhan tomou a carta e a leu.

Sua boca estremeceu de horror. Emitiu um grito mudo por sua amiga. Passou a carta a Yagharek, tremendo, tentando se controlar.

O garuda olhou para o papel e o inspecionou com cuidado. Sua reação foi invisível. Voltou-se para Lemuel, que examinava o cadáver de Gazid Sortudo.

– Este aqui morreu faz tempo – disse e aceitou a carta.

Seus olhos se arregalaram enquanto lia.

– *Mesclado?* – exalou. – Lin tem trabalhado para *Mesclado?*

– *Quem é ele?* – gritou Isaac. – *Onde está o filho da puta sifilítica?*

Lemuel olhou para Isaac com expressão aberta e chocada. Compaixão brilhou em seus olhos ao ver a raiva ranhenta e lacrimosa de Isaac.

– Ah, São Falastrão... o sr. Mesclado é o chefão, Isaac – disse simplesmente. – É *o cara.* Controla o Leste da cidade. *Controla.* Ele é o chefe fora da lei.

– Puta que pariu, *vou matar o desgraçado, vou matar, vou matar...* – enfureceu-se Isaac.

Lemuel o observou apreensivo. *Você não vai, 'Zaac*, pensou. *Não vai mesmo.*

– Lin nunca me contou para quem trabalhava – disse Isaac, acalmando-se lentamente.

– Não me surpreende – disse Lemuel. – Quase ninguém ouviu falar dele. Rumores, talvez... Nada mais.

Isaac se levantou de repente. Esfregou a manga no rosto, fungou forte e limpou o nariz.

– Muito bem, temos de salvá-la – disse. – Temos de encontrá-la. Vamos pensar. *Pensar.* Esse... Mesclado pensa que roubei dele, o que não fiz. Como posso convencê-lo?

– Isaac, Isaac... – Lemuel estava paralisado.

Ele engoliu em seco e desviou o olhar, depois andou devagar até Isaac, erguendo as mãos e implorando-lhe que se acalmasse. Derkhan olhou para ele, e ali estava outra vez aquela compaixão: dura e brusca, mas ali, sem dúvida. Lemuel meneava a cabeça devagar. Seus olhos eram severos, mas sua boca trabalhava em silêncio à procura de palavras.

– Isaac, eu já lidei com Mesclado. Nunca o encontrei, mas o conheço. Conheço seu trabalho. Sei como lidar com ele, sei o que esperar. Eu já vi isso, essa mesma situação... Isaac – engoliu em seco e prosseguiu –, *Lin está morta.*

– Não, *não está* – berrou Isaac, cerrando os punhos e brandindo-os em torno da própria cabeça.

Mas Lemuel segurou-lhe os pulsos, sem força ou agressão, com intensidade, fazendo-o ouvir e entender. Isaac ficou imóvel por um momento, com expressão atenta e irada.

– Ela está morta, Isaac – disse Lemuel suavemente. – Sinto muito, parceiro. Sinto de verdade, mas ela *se foi*.

Recuou. Isaac se levantou, arrasado, sacudindo a cabeça. Sua boca se abriu como se tentasse clamar. Lemuel meneava a cabeça devagar. Desviou de Isaac o olhar e falou devagar e baixo, como se para si mesmo.

– Por que ele a deixaria viver? – disse. – Não faz... não faz nenhum *sentido*... Ela é... uma complicação adicional... nada mais. Algo... algo que é mais fácil descartar. Ele já fez o que precisava fazer – disse mais alto, de súbito, levantando a mão para gesticular a Isaac.

– Mesclado quer que você vá até ele. Ele quer vingança e que você faça o que manda. Simplesmente quer você lá... não interessa como. Se ele a mantivesse viva, haveria uma pequena chance de ela causar problemas. Porém, se ele... a balançar como isca, você vai atrás dela aconteça o que acontecer. Não importa se estiver viva. – Sacudiu a cabeça de tristeza. – *Não há vantagem nenhuma em não matá-la*... Ela está morta, Isaac. Morta.

Os olhos de Isaac ficaram vidrados, e Lemuel falou rápido:

– E digo uma coisa: a melhor maneira de se vingar é manter as mariposas longe de Mesclado. Ele não vai matá-las, você sabe, vai mantê-las vivas para produzirem mais bagulho-de-sonho.

Isaac sapateava pela sala, berrando recusas, ora zangado, ora infeliz, ora furioso, ora incrédulo. Correu até Lemuel e começou a implorar incoerentemente, tentando convencê-lo de que estava errado. Lemuel não aguentou ver as súplicas de Isaac. Fechou os olhos e falou mais alto do que a desesperada tagarelice.

– Se você for atrás dele, Isaac, Lin não estará menos morta. E você estará consideravelmente mais.

A torrente de sons de Isaac secou. Houve um longo momento silencioso, enquanto Isaac ficou parado, com as mãos trêmulas. Olhou para o cadáver de Gazid Sortudo, para Yagharek, silencioso e encapuzado no canto da sala, para Derkhan pairando perto dele com olhos marejados e para Lemuel que o observava nervoso.

Isaac chorou sinceramente.

Isaac e Derkhan se sentaram, braços em torno um do outro, fungando e soluçando.

Lemuel caminhou até o cadáver fedorento. Ajoelhou-se ao lado dele, tapando a boca e o nariz com mão esquerda. Com a direita quebrou o selo de sangue seco que colava a jaqueta de Gazid e remexeu nos bolsos. Procurava dinheiro ou informações. Não havia nada.

Levantou-se e olhou em torno da sala. Pensava estrategicamente. Buscava qualquer coisa que pudesse ser útil, qualquer arma, qualquer coisa com que barganhar, qualquer coisa com que espionar.

Não havia nada. O quarto de Lin estava quase nu.

Sua cabeça doía com o peso do sono perturbado. Podia sentir a massa da tortura onírica de Nova Crobuzon. Seus próprios sonhos querelavam e cismavam logo abaixo do crânio, prontos para atacá-lo caso sucumbisse ao sono.

Afinal, gastara todo o tempo que humanamente poderia. Tornava-se mais nervoso à medida que a noite se alongava. Voltou-se para a dupla infeliz sobre a cama e fez um gesto breve para Yagharek.

– Temos de ir – disse.

CAPÍTULO 37

Ao longo do quente e suarento dia seguinte, a cidade expandiu-se de cólera induzida por calor e pesadelos.

Rumores varriam o submundo. Mãe Francine fora encontrada morta, diziam. Alvejada três vezes, durante a noite, com um arco longo. Algum assassino de aluguel havia ganhado os mil guinéus de sr. Mesclado.

O quartel-general da Gangue Cubodoce de Mãe Francine, em Kinken, não se pronunciou. Sem dúvida, já havia começado a guerra interna por sucessão.

Mais corpos comatosos e imbecis foram encontrados. Cada vez mais. Crescia uma sensação de pânico lenta e gradual. Os pesadelos não cessavam, e alguns jornais os ligavam aos cidadãos parvos encontrados todos os dias, caídos sobre mesas diante de janelas estilhaçadas ou jazendo nas ruas, apanhados entre prédios pelo mal que provinha do céu. O tênue cheiro de frutas cítricas podres aderia-lhes ao rosto.

A praga de imbecilidade não discriminava. Inteiros e Refeitos eram tomados. Achavam-se humanos, khepris, vodyanois e gargomens. Até mesmo os garudas da cidade começavam a cair. E outras criaturas mais raras. No Outeiro de São Falastrão, o sol nasceu sobre um tróu caído; seus membros de palidez fúnebre eram pesados e sem vida, embora respirasse, esparramado de bruços ao lado de um pedaço de carne roubado e esquecido. Talvez tenha se aventurado fora dos esgotos para uma incursão de rapina na cidade noturna, apenas para ser abatido.

Em Gidd Oriental, uma cena ainda mais bizarra aguardava a milícia. Havia dois corpos meio escondidos nas moitas que cercavam a Biblioteca de Gidd. Um deles, uma jovem prostituta morta – genuinamente morta – que havia dessangrado por orifícios de mordida no pescoço. Deitado sobre ela estava o corpo de um conhecido residente de Gidd, dono de uma pequena e bem-sucedida fábrica de tecidos. Seu rosto e queixo estavam sujos do sangue da jovem. Seus olhos cegos encaravam o sol lá em cima. Não estava morto, mas sua mente partira.

Alguns espalharam o boato de que Andrew St. Kader não era o que parecia, e muitos mais espalharam a verdade chocante de que até mesmo um vampir poderia ser vítima dos sugadores de mentes. A cidade fremia. Aqueles agentes, aqueles germes ou espíritos, aquela doença, aqueles demônios, o que fossem, eram todo-poderosos? O que poderia derrotá-los?

Havia confusão e desalento. Uns poucos cidadãos enviaram cartas aos vilarejos de seus pais, fizeram planos para abandonar Nova Crobuzon e mudar-se para sopés e vales ao sul a ao leste. Porém, para milhões, simplesmente não havia para onde fugir.

Durante o tedioso calor do dia, Isaac e Derkhan abrigaram-se na pequena cabana.

Quando chegaram, viram que o constructo já não aguardava onde fora deixado. Não havia sinal de onde pudesse estar.

Lemuel havia saído para ver se poderia se comunicar com os camaradas. Estava nervoso por se aventurar enquanto estivesse em guerra contra a milícia, mas não gostava de ficar isolado. Além disso, pensou Isaac, Lemuel não gostava de estar próximo da infelicidade compartilhada de Derkhan e Isaac.

Yagharek, para surpresa de Isaac, também saíra.

Derkhan recordava. Recriminava-se constantemente por ser piegas, por tornar pior o sentimento, mas não conseguia parar. Contou a Isaac sobre suas conversas de tarde da noite com Lin, as discussões sobre a natureza da arte.

Isaac estava mais quieto. Brincava distraído com as peças do engenho de crise. Não impedia Derkhan de falar, apenas ocasionalmente a interrompia com uma lembrança própria. Seus olhos estavam aflitos. Recostava-se frouxo contra a parede de madeira deteriorada.

Antes de Lin, a namorada de Isaac havia sido Bellis; humana, como todas as suas companheiras anteriores. Bellis era alta e pálida. Pintava os lábios de roxo-hematoma. Era uma linguista brilhante, que terminara aborrecida com o que chamava de a "estrepitosidade" de Isaac e partira-lhe o coração.

Entre Bellis e Lin passaram-se quatro anos de putas e breves aventuras. Isaac havia reduzido tudo isso um ano antes de conhecer Lin. Estivera em Mama Sudd certa noite e tinha tolerado uma conversa debilitante com a jovem prostituta contratada para servi-lo. Havia feito de passagem um elogio à madame amigável e matronal – que tratava bem suas garotas – e ficara perturbado quando sua opinião não fora compartilhada. Afinal, a cansada prostituta havia se irritado com ele, esquecendo seu lugar e dizendo-lhe o que realmente pensava da mulher que lhe alugava os orifícios e a deixava ficar com três tostões de cada siclo que ganhava.

Chocado e envergonhado, Isaac fora embora sem ao menos tirar os sapatos. Pagara em dobro.

Depois disso, tinha permanecido casto por muito tempo, imerso no trabalho. Por fim, um amigo o convidara à exposição de estreia de uma jovem glandartista khepri. Numa pequena galeria, uma sala cavernosa na banda podre de Cruz de Sobek, que dava para outeiros e arbustos esculpidos e maltratados pelo clima, no limite do parque, Isaac conhecera Lin.

Havia achado cativante sua escultura e a procurara para dizer isso. Suportaram uma conversa muito, muito lenta – ela escrevia as respostas no bloco que sempre carregava –, mas o ritmo frustrante não prejudicara o súbito e compartilhado entusiasmo incipiente. Separaram-se do pequeno grupo, examinaram cada peça, suas formas retorcidas e a geometria torturada.

Depois disso, encontravam-se com frequência. Isaac aprendia sinais em sigilo, nos intervalos entre cada encontro, de modo que suas conversas progrediam um pouco mais todas as semanas. Ao exibir-se certa noite, sinalizando com esforço uma piada obscena, Isaac, muito bêbado, apalpara Lin por acidente, e acabaram na cama.

O evento foi desajeitado e difícil. Beijos preliminares não eram possíveis: a boca de Lin arrancaria o maxilar de Isaac. Por um momento após o orgasmo, Isaac ficara tomado de repulsa e quase vomitara ao ver as pernas-cabeça agitadas e as antenas que se mexiam. Lin ficara nervosa com o corpo dele e se enrijecera de maneira súbita e imprevisível. Quando Isaac acordara, sentia-se temeroso e horrorizado, porém mais com o fato de haver transgredido do que com a transgressão em si.

Durante um tímido desjejum, Isaac percebera que aquilo era o que queria.

Sexo casual entre espécies não era incomum, mas Isaac não era um jovem embriagado frequentando um bordel xeniano por conta de um desafio.

Dera-se conta de que estava apaixonado.

E agora, depois que a culpa e a incerteza tinham se dissipado, depois que o medo e a repulsa atávicos tinham desaparecido, deixando apenas uma afeição nervosa e profunda, seu amor lhe fora arrancado. Para nunca mais voltar.

Algumas vezes durante o dia ele via (não conseguia evitar) Lin estremecendo enquanto Mesclado, o personagem incerto que Lemuel descrevera, arrancava-lhe as asas da cabeça.

Isaac não podia deixar de se lamentar por tal pensamento, e Derkhan tentava consolá-lo. Ele chorava com frequência, algumas vezes em silêncio, outras furiosamente. Uivava de tristeza.

Por favor, orava para deuses humanos e khepris, *Solenton e Falastrão e... a Enfermeira e a Artista... permitam que Lin tenha morrido sem dor.*

Mas ele sabia que ela provavelmente havia sido espancada ou torturada antes de ser eliminada; e sabê-lo deixava-o louco de pesar.

O verão estendia a luz do sol como se o torturasse num balcão de estiramento. Cada momento era alongado até que sua anatomia entrasse em colapso. O tempo ruía. O dia progredia numa sequência sem fim de instantes mortos. Pássaros e gargomens demoravam-se no céu como partículas de sujeira sobre água. Sinos de igrejas badalavam esparsos e insinceros louvores a Palgolak e Solenton. Os rios escoavam para o Leste.

Isaac e Derkhan ergueram os olhos no final da tarde quando Yagharek retornou, capa e capuz desbotando rápidos sob a luz escorchante. Ele não disse nada sobre de onde voltava, mas trouxe comida, que os três compartilharam. Isaac se recompôs. Aliviou a angústia e fortaleceu a expressão de seu rosto.

Após horas intermináveis de monótona luz do dia, as sombras moveram-se sobre as faces das montanhas no horizonte. Os lados dos prédios que davam para o Oeste foram tingidos de rosa espesso pelo sol antes que ele deslizasse para trás dos picos. As derradeiras lanças de luz solar se perderam nos canais rochosos do Passo do Penitente. O céu permaneceu aceso por muito tempo após o sol haver desaparecido. Ainda escurecia quando Lemuel retornou.

– Comuniquei nosso contratempo a alguns colegas – explicou. – Achei que talvez fosse um erro fazer planos complicados até que víssemos seja quem for que veremos hoje à noite em Voltagris. Mas posso solicitar ajuda, aqui e ali. Estou gastando favores. Parece que há uns poucos aventureiros sérios na cidade, neste momento, que alegam ter liberado um grande butim tróu das ruínas de Tashek Rek Hai. Podem estar a fim de um servicinho remunerado.

Derkhan olhou para ele. Seu rosto vincou-se de desprezo. Deu de ombros, descontente.

– Sei que são alguns dos sujeitos mais durões de Bas-Lag – disse ela devagar.

Demorou um pouco para ela dar atenção ao assunto.

– Ainda assim, não confio neles. São temerários, cortejam o perigo. E são, na maioria, ladrões inescrupulosos de sepulturas. Tudo por ouro e experiência. E suspeito que, se disséssemos a eles o que de fato pretendemos, relutariam em ajudar. Não sabemos como enfrentar aquelas coisas-mariposas.

– Justo, Diazul – disse Lemuel –, mas digo que, no momento, estamos tão fodidos que aceito o que me oferecerem, entende? Vamos ver o que acontece hoje à noite. Então, poderemos decidir se contratamos ou não os delinquentes. O que acha, 'Zaac?

Isaac olhou para Lemuel muito devagar e focou seus olhos. Deu de ombros.

– São escória – disse com tranquilidade. – Porém, se fizerem o serviço…

Lemuel assentiu.

– Quando precisamos ir? – perguntou.

Derkhan consultou o relógio de pulso.

– São nove – disse. – Falta uma hora. Temos de chegar meia hora antes, por segurança.

Voltou-se para olhar o céu carrancudo pela janela.

Módulos da milícia corriam lá em cima, e os altrilhos trepidavam. Unidades de elite posicionavam-se por toda a cidade. Portavam estranhas mochilas, cheias de equipamentos bizarros, cobertos de couro. Fechavam as portas diante de colegas descontentes nas torres e escoras, aguardavam em salas secretas.

Havia no céu mais dirigíveis do que de costume. Clamavam uns aos outros, ribombando saudações em *vibrato*. Levavam cargas de oficiais, que inspecionavam as enormes armas e poliam espelhos.

A pouca distância da Ilha Reta, mais adiante no Grande Piche, além da confluência dos dois rios, estava uma pequena ilha solitária. Alguns a chamavam de Reta Pequena, embora não tivesse um nome oficial. Era um losango de vegetação rasteira, tocos de madeira e velhas cordas, usado muito raramente como ancoradouro de emergência. Não tinha iluminação. Estava isolada da cidade. Não havia túneis secretos que a ligassem ao Parlamento. Nenhum navio estava ancorado à madeira que apodrecia.

No entanto, naquela noite, seu silêncio infestado de ervas daninhas foi interrompido.

MontJohn Rescue encontrava-se no centro de um pequeno grupo de figuras silenciosas. Estavam cercados pelas formas retorcidas de figueiras raquíticas e de cicutárias. Atrás de Rescue, a enormidade de ébano do Parlamento ascendia perfurando o céu. Suas janelas cintilavam. O murmúrio sibilante da água abafava os sons noturnos.

Rescue vestia seu costumeiro terno imaculado. Olhou devagar em torno. A congregação formava um grupo variado. Além dele havia seis humanos, uma khepri e um vodyanoi. Havia um grande e bem alimentado cão de raça. Humanos e xenianos pareciam prósperos, ou quase, exceto por um varredor de ruas Refeito e uma criancinha andrajosa. Havia uma velha vestida com elegância desgastada e uma encantadora jovem debutante. Um homem musculoso e barbudo e um escriturário magro e de óculos.

Todas as figuras, humanas e outras, estavam imóveis e calmas, de modo pouco natural. Todos vestiam pelo menos uma peça de roupa volumosa ou que permitisse se esconder. A tanga do vodyanoi era duas vezes maior do que o normal, e até o cão ostentava um coletezinho absurdo.

Todos os olhos estavam imóveis, fixos em Rescue. Devagar, ele desenrolou a echarpe do pescoço.

Quando a última camada de algodão caiu-lhe do corpo, uma forma negra se mexeu sob a pele.

Algo se enroscou com firmeza em torno da carne de Rescue.

Preso ao seu pescoço estava o que parecia uma mão direita humana. A pele era de um roxo lívido. Na altura do pulso, a coisa se afilava bruscamente em uma cauda de trinta centímetros, como a de uma cobra. A cauda se enrolava em volta do pescoço de Rescue, sua ponta embebida sob a pele, pulsando úmida.

Os dedos da mão se moveram levemente; enterraram-se na carne do pescoço.

Em seguida, as outras figuras se despiram. A khepri desabotoou as calças folgadas; a velha senhora, a saia antiquada. Todos removeram alguma peça de roupa para revelar mãos que se moviam, enroscando e desenroscando sob a pele sua cauda de cobra, movendo os dedos suavemente e tocando as terminações nervosas como pianos. Aqui se agarravam ao interior de uma coxa, ali a uma cintura, acolá a um escroto. Mesmo o cão se atrapalhou com seu colete até que o moleque o ajudasse, desabotoando a coisa absurda e revelando outra feia mão-tumor presa à carne peluda do cão.

Havia cinco mãos esquerdas e cinco direitas, caudas se enrolando e desenrolando, peles mosqueadas e espessas.

Os humanos, os xenianos e o cão se aproximaram. Formaram um círculo estreito.

Ao sinal de Rescue, as grossas caudas emergiram da carne dos hospedeiros com um estalido viscoso. Cada um – humanos, vodyanoi, khepri e cão – estremeceu um pouco e fraquejou, com a boca caída e espasmódica, os olhos piscando neuroticamente. Os ferimentos de entrada começaram a purgar espessa e vagarosamente como resina. As caudas úmidas de sangue acenaram cegas no ar por um momento, como imensos vermes. Estenderam-se e estremeceram ao tocar umas às outras.

Os corpos hospedeiros se curvaram na direção um do outro como se sussurrassem uma estranha saudação secreta. Ficaram imóveis por completo.

Os manivivos confabularam.

Os manivivos eram símbolo de perfídia e corrupção, uma mácula na história. Complexos e sigilosos. Poderosos. Parasitas.

Geravam rumores e lendas. Dizia-se que os manivivos eram espíritos de mortos vingativos. Que eram a punição ao pecado. Que, se um homicida cometesse suicídio, suas mãos culpadas se debateriam e alongariam, rompendo a pele decomposta e rastejando para longe. Assim nasciam os manivivos.

Existiam muitos mitos, além das coisas que se sabiam ser verdade. Manivivos viviam por infecção, tomando a mente de seus hospedeiros e controlando seu corpo, imbuindo-os de estranhos poderes. O processo era irreversível. Manivivos só podiam viver a vida de outros.

Haviam ficado escondidos ao longo dos séculos, uma raça secreta, uma conspiração viva. Como um sonho inquietante. Às vezes, rumores davam a entender que algum indivíduo conhecido e desprezado havia tombado sob a ameaça dos manivivos, com histórias de estranhas formas se contorcendo sob paletós, mudanças inexplicáveis de comportamento. Todas as espécies de iniquidades eram atribuídas às maquinações dos manivivos. Porém, apesar das histórias e advertências e das brincadeiras infantis, jamais um manivivo havia sido encontrado.

Muitos em Nova Crobuzon acreditavam que os manivivos, se um dia existiram na cidade, já haviam partido.

Nas sombras de seus hospedeiros imóveis, as caudas dos manivivos deslizaram umas sobre as outras, sua pele lubrificada com sangue coagulado. Debatiam-se como formas de vida inferiores numa orgia.

Partilharam informações. Rescue revelou o que sabia, deu ordens. Repetiu aos seus o que Rudgutter dissera. Explicou mais uma vez por que também o futuro dos manivivos dependia da captura das mariposas-libadoras. Contou como Rudgutter havia insinuado discretamente que futuras boas relações entre o governo de Nova Crobuzon e os manivivos poderiam depender de sua disposição de contribuir para a guerra secreta.

Os manivivos querelaram em sua linguagem tátil e úmida, discutiram e chegaram a conclusões.

Após dois ou três minutos, afastaram-se com pesar uns dos outros e enterraram-se outra vez nas fendas dos corpos hospedeiros. Cada corpo sofreu espasmos quando as caudas se inseriram. Olhos piscaram e bocas se fecharam de súbito. Calças e echarpes foram recolocadas.

Conforme tinham combinado, separaram-se em cinco pares. Cada um consistia de um manivivo direito, como o de Rescue, e de um esquerdo. Rescue fez par com o cão.

Rescue caminhou um pouco pelo capinzal e remexeu em uma grande sacola. Tirou dali cinco capacetes espelhados, cinco vendas grossas, vários conjuntos de pesados arreios de couro e nove pistolas de pederneira escorvadas. Dois dos capacetes eram feitos sob medida, um para o vodyanoi e outro, alongado, para o cão.

Cada manivivo esquerdo inclinou seu hospedeiro para apanhar um capacete, e cada direito para apanhar uma venda. Rescue ajustou o capacete na cabeça de seu companheiro canino, apertando bem as correias, antes de vendar-se firmemente, de modo a não enxergar nada.

Cada um dos pares se afastou. Cada cego manivivo direito agarrava-se firme ao parceiro. O vodyanoi agarrava-se à debutante; a velha, ao escriturário; o Refeito, à khepri; o menino de rua, bizarramente, protegia o homem musculoso; e Rescue agarrava-se ao cão, que já não conseguia ver.

– Instruções cristalinas? – disse Rescue em voz alta, longe demais para falar o verdadeiro idioma-toque dos manivivos. – Lembrem treinamento. Difícil e bizarro, hoje à noite, sem dúvida. Nunca foi tentado. Sinistros devem guiar. Seu ônus.

Abertos aos parceiros, nunca fechados, hoje à noite. Sua batalha incende. Junto a outros sinistros, também. Mínimo sinal de alvo, alarme mental, juntem todos os sinistros, hoje à noite. Uniremos forças, lá em minutos. Destros, obedeçam sem pensar. Hospedeiros *devem estar cegos*. Não podem olhar asas, não, nunca, jamais. Com capacetes-espelhos vemos, mas não cuspequeimamos, olhando laderrado. Então ficamos de frente, sem ver. Hoje carregamos sinistro como hospedeiro nos carrega, sem mente, medo, dúvida. Entendem?

Houve sons abafados de aquiescência. Rescue assentiu.

– Agora unam.

O sinistro de cada par apanhou as correias correspondentes e prendeu-se firme ao destro. Cada hospedeiro sinistro envolveu as correias entre as pernas e em torno da cintura e dos ombros, aprisionando seu destro e unindo suas costas às dele. Através dos capacetes-espelhos, viam o que estava atrás de si, por sobre os ombros dos destros e adiante.

Rescue aguardou enquanto um sinistro que não conseguia ver atou-lhe desconfortavelmente o cão às costas. As pernas do animal ficaram abertas de maneira absurda, mas seu parasita manivivo ignorou-lhe a dor. Moveu habilmente a cabeça e verificou o que podia ver sobre o ombro de Rescue. Emitiu um controlado suspiro canino.

– Todos lembrem código de Rudgutter – gritou Rescue –, caso de emergência depois? Então cacem.

Os destros flexionaram órgãos ocultos na base de seus vívidos polegares humanoides. Houve uma ligeira rajada de ar. Os cinco pares insólitos de hospedeiros e manivivos voaram para cima e para longe, distanciando-se em alta velocidade, desaparecendo em direção a Ludmel, Colina do Gato Vadio, Siríaco, Ladomosca e Sheck, engolidos pelo impuro céu noturno manchado de lâmpadas de rua. Os cegos guiando os temerosos.

CAPÍTULO 38

Foi apenas uma jornada curta e velada, da choça na beira da ferrovia até os aterros de Voltagris. Isaac e Derkhan, Lemuel e Yagharek descreveram um caminho de aparência aleatória através do mapa paralelo da cidade. Seguiram por ruas laterais. Estremeciam de inquietação ao sentir os pesadelos sufocantes abaterem-se sobre a cidade.

As quinze para as dez, estavam nas cercanias do aterro número dois.

Os aterros de Voltagris intercalavam-se às ruínas de fábricas desertas. Aqui e ali uma delas ainda funcionava, a meia capacidade ou menos, expelindo fumaça tóxica durante o dia e sucumbindo à decadência do ambiente durante a noite. As fábricas eram enclausuradas e assediadas pelos aterros.

O Aterro Dois estava cercado de arame farpado pouco convincente, enferrujado, esburacado e rompido, em meio à espiral de Voltagris, cercado em três lados pelo sinuoso Piche. Era do tamanho de um pequeno parque, embora infinitamente mais bravio. Uma paisagem não urbana, criada não por projeto nem por acaso, uma aglutinação de lixo deixada apodrecer, que havia se depositado e estruturado em formações aleatórias de ferrugem, imundície, metal, escombros, tecidos deteriorados, centelhas de depósitos de vidro e porcelana, arcos de rodas partidas e a palpitante energia desperdiçada de máquinas e engenhos meio quebrados.

Os quatro renegados perfuraram a cerca com facilidade. Com cautela, andaram sobre as trilhas abertas por trabalhadores do lixo. Rodas de carroças cavaram sulcos no entulho fino que formava a superfície do solo. Ervas daninhas provavam sua tenacidade ao irromper de qualquer pequeno foco de nutrientes, por mais vil que fosse.

Como exploradores de uma terra antiga, os quatro traçaram sua rota, apequenados pelas esparsas esculturas de lodo e entropia que os cercavam como paredes de penhasco.

Ratos e outras pragas emitiam pequenos sons.

Isaac e os outros caminhavam devagar em meio à noite quente, em meio ao ar fedorento do aterro industrial.

– O que estamos procurando? – sibilou Derkhan.

– Não sei – disse Isaac. – O desgraçado do constructo disse que encontraríamos o caminho. Estou de saco cheio dessas porras de enigmas.

Uma gaivota que acordara tarde ouviu-se no ar acima deles. Todos se assustaram com o som. O céu não era seguro, afinal de contas.

Seus pés os arrastavam. Era como a maré, uma marcha vagarosa sem qualquer direção intencional, que os atraía inexoravelmente a uma única rota. Encontraram o caminho até o coração do labirinto de lixo.

Dobraram uma esquina da arruinada paisagem de sujeira e acharam-se dentro de uma concavidade, como uma clareira na selva, um espaço aberto de doze metros de diâmetro. Em torno de seus limites espalhavam-se enormes pilhas de maquinário meio arruinado, resquícios de toda sorte de engenhos, de peças gigantes que pareciam prensas gráficas ainda em funcionamento, até minúsculas e delicadas peças de esmerada engenharia.

Os quatro companheiros pararam no centro daquele espaço. Aguardaram impacientes.

Logo atrás da fronteira noroeste das montanhas de refugo, gigantescos guindastes a vapor refestelavam-se como lagartos do pântano. O rio corria espesso à distância, fora da vista.

Por um minuto, não houve movimento.

– Que horas são? – sussurrou Isaac.

Lemuel e Derkhan consultaram seus relógios de pulso.

– Quase onze – disse Lemuel.

Ergueram os olhos novamente, e ainda nada se movia.

Lá em cima, a lua gibosa meandrava entre as nuvens. Era a única luz no aterro, luminescência pálida e achatada que drenava a perspectiva do mundo.

Isaac baixara a cabeça e ia começar a falar quando um som escapou de uma das inumeráveis trincheiras que cortavam os elevados arrecifes de lixo. Era um som industrial, um tilintar de metal, um chiado sifonado como o de um inseto enorme. As quatro figuras à espera observaram o final do túnel com confuso e crescente mau agouro.

Um grande constructo caminhou solidamente para dentro da clareira. Era um modelo projetado para trabalho braçal, serviços pesados. Passou por eles com oscilantes e maciços passos trípedes, chutando pedras soltas e nacos de metal para fora do caminho. Lemuel, que estava quase diante da coisa, recuou com cautela, mas o constructo não lhe deu atenção. Continuou caminhando até chegar perto do limite do espaço vazio oval, então parou e encarou a parede norte.

Ficou imóvel.

Quando Lemuel se voltou para Isaac e Derkhan, houve outro ruído. Ele girou rápido sobre os calcanhares e viu outro constructo muito menor, um modelo de limpeza movido a metarrelojoaria, de projeto khepri, que rodava sobre suas pequenas esteiras de lagarta, detendo-se bem perto de seu irmão muito maior.

Então, sons de constructos começaram a provir de toda parte entre os penhascos de entulho.

– Vejam – sibilou Derkhan e apontou para o Leste.

De uma das menores cavernas no lodo emergiram dois humanos. No início, Isaac pensou que estava enganado, que eles deviam ser constructos esguios, mas não havia dúvida de que eram de carne e osso. Tropeçavam sobre os detritos que abarrotavam o solo.

Não deram qualquer atenção aos renegados que aguardavam.

Isaac franziu o cenho.

– Ei – disse ele num volume suficiente apenas para ser ouvido.

Um dos homens que entraram na clareira lançou-lhe um olhar furioso e sacudiu a cabeça, virando o rosto em outra direção. Humilhado e atônito, Isaac ficou em silêncio.

Mais e mais constructos chegavam ao espaço aberto. Imensos modelos militares, pequenos assistentes médicos, britadeiras automáticas e assistentes domésticos, cromo e aço, ferro e latão, cobre, vidro e madeira, a vapor, elítricos e de relojoaria, movidos a taumaturgia e queimadores de óleo.

Aqui e ali, entre eles, dardejavam outros humanos e, supôs Isaac, um vodyanoi, sumido rapidamente entre a escuridão e as sombras móveis. Os humanos congregaram-se num grupo estreito, ao lado do que era quase um anfiteatro.

Isaac, Derkhan, Lemuel e Yagharek foram ignorados por completo. Moviam-se juntos por instinto, incomodados pelo silêncio bizarro. Suas tentativas de comunicação com seus semelhantes orgânicos foram respondidas com silêncio desdenhoso ou com "sshhhs" irritados.

Durante dez minutos, constructos e humanos acorreram continuamente à depressão no centro do Aterro Dois. Então o fluxo parou, muito de súbito, e fez-se silêncio.

– Você acha que esses constructos são scientes? – murmurou Lemuel.

– Eu diria que sim – disse Isaac em voz baixa. – Tenho certeza de que tudo vai se esclarecer.

Barcas no rio distante tocavam sirenes, pedindo passagem umas às outras. Ainda que despercebido, o terrível volume dos pesadelos havia se assentado outra vez sobre Nova Crobuzon, esmagando a mente dos cidadãos adormecidos sob a massa de símbolos portentosos e alheios.

Isaac sentiu dentro do crânio a opressão dos horríveis sonhos. De repente, tornou-se consciente deles, aguardando em silêncio no aterro da cidade.

Havia, talvez, trinta constructos e sessenta humanos. Todos os humanos, todos os constructos, todas as criaturas naquele espaço, com exceção de Isaac e seus companheiros, esperavam com calma sobrenatural. Isaac sentiu aquela extraordinária imobilidade, aquela expectativa atemporal, como uma espécie de frio.

Estremeceu diante da paciência reunida naquela terra de lixo.

O solo vibrou.

Instantaneamente os humanos no canto do espaço fechado caíram de joelhos, desatentos aos detritos pontudos no chão. Prestaram culto, murmurando em uníssono um hino complexo, fazendo com as mãos gestos semelhantes a engrenagens interligadas.

Os constructos moveram-se um pouco para ajustar-se e permaneceram em pé.

Isaac e os companheiros aproximaram-se ainda mais entre si.

– Que raio de porra do caralho é isto? – sibilou Lemuel.

Houve outro repelão subterrâneo, uma trepidação, como se a terra quisesse sacudir para longe o lixo empilhado. Na parede norte de produtos descartados e amontoados, duas enormes luzes abalroaram, em silêncio, a escuridão. A congregação estacou sob a luz fria; fachos tão claros que nada se derramava de suas bordas. Os humanos murmuraram e fizeram os sinais de maneira ainda mais fervorosa.

O queixo de Isaac caía lentamente.

– São Falastrão nos proteja – sussurrou.

A muralha de lixo se movia. *Levantava-se.*

As molas de camas e velhas janelas, as traves e motores a vapor de antigas locomotivas, as bombas de ar e ventoinhas, as roldanas e correias e teares estilhaçados caíam, como ilusão de óptica, em configuração diferente. Isaac os observava fazia tempo. Porém, somente nesse momento que lenta, pesada e impossivelmente se *moviam,* ele os viu de fato. A curva de algerosa era a parte superior do braço; o carrinho quebrado de bebê e o enorme carro de mão invertido eram os pés; o pequeno triângulo invertido de vigas de telhado era o quadril; o imenso tambor quêmico era uma coxa e o cilindro de cerâmica, uma canela.

O lixo era um corpo. Um vasto esqueleto de detritos industriais medindo seis metros do crânio aos pés.

Sentou-se encostado às pilhas de lixo atrás dele, fazendo ainda parte delas. Ergueu do chão os joelhos atarracados. Eram compostos de grandes dobradiças, braços de um mecanismo vasto que foram arrancados pelo tempo de seu invólucro. Sentou-se com os joelhos levantados e os pés no solo, cada um conectado, com maestria acidental, às extensas pernas de viga.

Não consegue ficar em pé!, pensou Isaac, aturdido. Olhou para o lado e viu Lemuel e Derkhan tão boquiabertos quanto ele; os olhos de Yagharek brilhavam de perplexidade sob o capuz. *Não é sólido o suficiente para ficar em pé, consegue somente chafurdar no lodo!*

O corpo da criatura era uma pilha emaranhada e chumbada de circuitos e engenharia solidificados. Toda sorte de engenhos estava embebida naquele enorme tronco. Uma massiva proliferação de fios e tubos de metal e borracha espessa derramava-se de válvulas e saídas em seu corpo e membros, serpenteando em todas as direções na terra arrasada. A criatura estendeu o braço movido por um pistão gigante de martelo a vapor. As luzes, os olhos, giravam no ar e olhavam para os constructos e humanos abaixo. Eram lâmpadas de rua, fachos movidos por enormes cilindros de gás visíveis no crânio do constructo. O gradil de uma imensa saída de ar fora rebitado à metade inferior do rosto, para emular os dentes retangulares de uma caveira.

Era um constructo, um constructo gigante, formado de peças descartadas e engenhos roubados. Amalgamados e energizados sem a intervenção de projetos humanos.

Ouviu-se o murmúrio de motores poderosos quando o pescoço da criatura girou e as lentes varreram a multidão iluminada. Molas e metais comprimidos rangiam e estalavam.

Os adoradores humanos iniciaram um cântico suave.

O enorme constructo compósito pareceu notar Isaac e os companheiros. Esticou o pescoço travado até o limite possível. Os feixes de luz a gás abaixaram-se e focaram os quatro.

A luz não se moveu. Era completamente ofuscante.

De repente, apagou-se. Em algum lugar próximo dali, soou uma voz tímida e trêmula.

– Bem-vindos ao nosso encontro, der Grimnebulin, Pombo, Diazul e visitante de Cymek.

Isaac moveu a cabeça para os lados, piscando furiosamente seus olhos embaçados e cegos.

Quando a névoa da luz clareou em sua cabeça, Isaac avistou a silhueta borrada de um homem que cambaleava sobre o solo estragado. Ouviu Derkhan inspirar duramente e praguejar de repulsa e medo.

Por um instante Isaac ficou confuso. Depois, quando seus olhos se acostumaram ao brilho irresoluto do luar, viu com clareza, pela primeira vez, a figura que se aproximava. Emitiu um som aterrorizado, ao mesmo tempo que Lemuel. Apenas Yagharek, o guerreiro do deserto, permaneceu silencioso.

O homem que se aproximava estava nu e era terrivelmente magro. Seu rosto se estirava numa permanente expressão arregalada de desconforto sinistro. Seus olhos e corpo tremiam e trejeitavam como se seus nervos estivessem à beira do colapso. A pele parecia necrótica, como se sofresse de lenta gangrena.

Porém, o que fez os espectadores estremecerem e exclamarem foi a cabeça. O crânio fora partido nitidamente em dois logo acima dos olhos. O alto havia sumido por completo. Havia, abaixo do corte, uma pequena borda de sangue coagulado. Do buraco úmido dentro da cabeça serpeava um cabo retorcido, da espessura de dois dedos. Estava cercado por uma espiral de metal, que era sangrenta e vermelho-prata na parte inferior, onde mergulhava no crânio descerebrado.

O cabo se elevava no ar e pendia para dentro do crânio do homem. Isaac seguiu o cabo, erguendo devagar os olhos, estupefato e chocado. Voltava-se para trás, formando um ângulo, até alcançar seis metros acima do chão, e ali descansava sobre a mão metálica do gigantesco constructo. Atravessava a mão da coisa e finalmente desaparecia em algum lugar em meio às entranhas.

A mão construída parecia feita de um enorme guarda-chuva, desmontado e remontado, fixado a pistões e tendões em cadeia, abrindo e fechando como uma vasta garra cadavérica. O constructo soltava o cabo aos poucos, permitindo que o homem cambaleasse, literalmente por um fio, na direção dos intrusos que aguardavam.

À medida que o monstruoso homem-marionete se aproximava, Isaac recuava por instinto, seguido por Lemuel e Derkhan, e até mesmo Yagharek. Recuaram sem perceber até colidirem contra os corpos impassíveis de cinco grandes constructos que haviam se posicionado atrás deles.

Isaac voltou-se, alarmado, mas logo olhou outra vez para o homem que rastejava na direção deles.

A expressão de concentração horrorizada do homem não vacilou quando ele abriu os braços num gesto paternal.

– Bem-vindos todos ao Conselho dos Constructos – disse com sua voz tremente.

O corpo de MontJohn Rescue voava veloz pelo ar. O manivivo destro sem nome que era seu parasita – um parasita que, após todos aqueles anos, pensava em si mesmo como MontJohn Rescue – superava o medo de voar às cegas. Avançava pelo ar com o corpo em postura vertical, mãos dobradas com cuidado, numa delas uma pistola. Rescue parecia estar em pé, aguardando alguma coisa, enquanto o céu noturno passava-lhe à volta.

A suave presença do manivivo sinistro no cão às suas costas abrira a porta entre a mente dos dois. Mantinha um fluxo sinuoso de informações.

voe esquerda baixa velocidade mais alto direita agora esquerda rápido rápido mergulhe desvie paire, dizia o sinistro, e acariciava o interior da mente do destro para acalmá-lo. Voar às cegas era uma novidade aterrorizante, mas haviam treinado no dia anterior, despercebidos e distantes, nos sopés das colinas, para onde os transportaram os dirigíveis da milícia. O sinistro havia se habituado rapidamente a converter direita em esquerda e não omitir nada.

O manivivo Rescue era agressivamente obediente. Era um destro, a casta militar. Canalizava enormes poderes através do hospedeiro; voo, cuspequeima, enorme força. Porém, mesmo com o poder que aquele destro específico tinha, como representante manivivo na burocracia do Sol Gordo, era subserviente à casta nobre, os videntes, os sinistros. Existir de outra maneira era arriscar-se a severos ataques psíquicos. Os sinistros podiam exercer punição ao fechar a glândula assimiladora de um destro voluntarioso, matando seu hospedeiro e tornando-o incapaz de tomar outro, reduzindo-o a uma coisa-mão cega e tateante, sem um hospedeiro através do qual se manifestar.

Os destros pensavam com inteligência rigorosa e atroz.

Fora vital que o manivivo Rescue vencesse o debate com os sinistros. Caso houvessem recusado seguir os planos de Rudgutter, os destros não poderiam contrariá-los: apenas sinistros tinham poder de decisão. Porém, antagonizar o governo equivaleria ao fim dos manivivos da cidade. Eles tinham poder, mas existiam em Nova Crobuzon sob indulgência. Eram grandemente superados em número. O governo os tolerava na medida dos serviços que prestavam. Rescue-destro tinha certeza de que, diante de qualquer insubordinação, o governo anunciaria a descoberta de assassinos e parasitas manivivos à solta na cidade. Rudgutter poderia até mesmo deixar escapar a localização do criatório de hospedeiros. A comunidade maniviva seria destruída.

Por isso, Rescue-destro sentia certa alegria enquanto voava.

Mesmo assim, não obtinha prazer da estranha experiência. Carregar um sinistro pelo ar não era inédito, embora nunca se houvesse tentado tal caçada coordenada; mas voar às cegas era completamente aterrorizante.

O cão-sinistro estendeu a mente como dedos, como antenas que se espalhavam em todas as direções por centenas de metros. Sondava em busca de leituras estranhas na psicosfera e sussurrava gentil ao destro, dizendo-lhe para onde voar. O cão enxergava pelos espelhos do capacete e guiava o voo de seu portador.

Mantinha ligações ativas com todos os outros pares caçadores.

alguma coisa sentindo alguma coisa?, perguntou. Com cautela, os outros sinistros responderam que não, não havia nada. Continuavam a procurar.

Rescue-manivivo sentiu o vento quente vergastar o corpo de seu hospedeiro com tapas pueris. Os cabelos de Rescue lapeavam de um lado a outro.

O cão manivivo retorceu-se, tentando mudar seu corpo-hospedeiro para uma posição mais confortável. Planava sobre uma maré sinuosa de chaminés, a paisagem noturna de Ludmel. O Rescue-manivivo lançava-se pelo ar na direção de Mafaton e Chnum. O sinistro piscou os olhos caninos, desviando-os momentaneamente do capacete-espelho. Distanciando-se atrás dele, a floração leviatânica do Espinhaço definia a linha do horizonte, apequenando a ferrovia elevada. As pedras brancas da universidade passaram sob a dupla.

No limite externo de seu alcance mental, o sinistro sentiu uma ferroada peculiar na aura comunal da cidade. Sua atenção voltou-se para cima, e outra vez olhou pelos espelhos.

devagar devagar adiante e acima, disse a Rescue-manivivo. *algo aqui fique comigo*, exalou até o outro lado da cidade aos outros sinistros caçadores. Sentiu-os pairar e ordenou que fossem mais devagar; então, sentiu os outros pares se deterem e aguardarem seu relatório.

O destro desacelerou no ar, movendo-se em direção à porção vibrante de psicoéter. Rescue-manivivo pôde sentir a agitação do sinistro, comunicada por seu elo, e conteve-se para não ser contaminado por ela. *arma!*, pensou o sinistro, *sou eu. não pense!*

O destro deslizou por camadas de ar, escalando até a atmosfera mais rarefeita. Abriu a boca do hospedeiro e enrolou a língua, nervoso e pronto para cuspequeimar. Descruzou os braços do hospedeiro e preparou a pistola.

O sinistro sondou a área perturbada. Havia uma fome alheia, uma gula persistente. Estava lubrificada com os sucos de mil outras mentes, saturando e manchando a porção de psicosfera feito óleo de cozinha. Uma vaga trilha de almas exsudadas e aquele apetite exótico pingavam do céu.

a mim a mim irmãos manivivos aqui encontrei, sussurrou o sinistro por toda a cidade. Um tremor de excitação partilhada ondulou dos sinistros, os cinco epicentros, e cruzou a psicosfera, traçando nela padrões peculiares. Em Ponta do Piche, Ladovil, Quartelaria e Laralgoz houve rajadas de ar enquanto as figuras suspensas atravessavam voando a cidade em direção a Ludmel, como se fossem puxadas por fios.

CAPÍTULO 39

– Não se alarmem com meu avatar – sibilou o homem sem cérebro a Isaac e aos outros, os olhos ainda arregalados e baços. – Sou incapaz de sintetizar voz, portanto recuperei este corpo descartado que boiava no rio para poder interagir com vidassangue. Aquilo – o homem apontou para a enorme e elevada figura do constructo que se fundia às pilhas de lixo – sou eu. Estas – acariciou sua carcaça trêmula – são minhas mãos e língua. Sem o velho cerebelo para confundir o corpo com impulsos contrários, posso instalar meus próprios dados.

Num gesto macabro, o homem ergueu as mãos, tocando o cabo no ponto em que se enterrava na carne coagulada do alto da espinha, atrás dos olhos.

Isaac sentiu o enorme peso do constructo atrás de si. Mexeu-se, apreensivo. O homem-zumbi nu se deteve a três metros do grupo de Isaac. Acenou sua mão convulsiva.

– Você é bem-vindo – prosseguiu com voz trêmula –, conheço seu trabalho pelos relatórios de seu limpador. Ele é um de mim. Desejo falar-lhe das mariposas-libadoras.

O homem em ruínas encarava Isaac.

Isaac olhou para Derkhan e Lemuel. Yagharek aproximou-se deles. Isaac levantou a cabeça e viu que os humanos no canto do monturo oravam sem cessar ao enorme esqueleto autômato. Enquanto observava, Isaac viu o técnico de constructos que visitara o armazém. O rosto do homem era o retrato da devoção fervorosa. Os constructos em torno deles permaneciam imóveis, com exceção dos cinco guardas atrás do grupo, os mais robustos modelos de construção civil.

Lemuel umedeceu os lábios.

– Fale com o cidadão, Isaac – sibilou –, não seja *rude*.

Isaac abriu e fechou a boca.

– Ahn... – começou com voz fria. – Conselho dos Constructos... estamos... honrados... porém não sabemos...

– Nada sabem – disse a figura tremente e sangrenta. – Entendo. Sejam pacientes e saberão.

O homem recuou devagar sobre o solo irregular. Afastou-se sob o luar até se juntar ao seu sombrio mestre autômato.

– Sou o Conselho dos Constructos – disse com voz titubeante e sem emoção. – Nasci de poder aleatório, vírus e acaso. Meu primeiro corpo repousou neste aterro até esgotar seu motor. Foi descartado em razão de uma falha de programa. Enquanto meu corpo jazia em decomposição, o vírus circulou por meus engenhos e, espontaneamente, alcancei o entendimento. Enferrujei silenciosamente por um ano enquanto organizava meu novo intelecto. O que começara como irrupção de autoconhecimento tornou-se raciocínio e opinião. Eu me autoconstruí. Ignorei os lixeiros em torno de mim durante o dia enquanto espalhavam os detritos da cidade em baluarte à minha volta. Quando estava preparado, revelei-me ao mais silencioso dos homens. Imprimi-lhe uma mensagem, pedi-lhe que me trouxesse um constructo. Temeroso, ele obedeceu e conectou o constructo às minhas saídas, conforme o instruí, por um longo e sinuoso cabo. Aquilo se tornou meu primeiro membro. Dragou lentamente o aterro em busca de peças adequadas para um corpo. Comecei a me autoconstruir, chumbando, martelando e soldando durante a noite. O lixeiro se encheu de temor reverente. Sussurrava a meu respeito nas tavernas à noite, a respeito da lenda, da máquina viral. Rumores e mitos nasceram. Certa noite, em meio às suas grandiosas mentiras, encontrou outro que possuía um constructo auto-organizado, um constructo de compras cujos mecanismos haviam deslizado, cujas molas haviam falhado, e que renascera com Inteligência Construída, uma coisa pensante. Era um segredo no qual o proprietário anterior mal pôde acreditar. Meu lixeiro pediu ao amigo que trouxesse a mim o constructo. Naquela noite, há anos, conheci outro como eu. Ordenei ao meu adorador que abrisse o engenho analítico daquele outro, meu companheiro, e nos conectamos. Foi uma revelação. Nossa mente viral se conectou, e nosso cérebro de pistões a vapor não dobrou em capacidade, mas floresceu. Uma florada exponencial. Ambos nos tornamos eu. Minha nova parte, o constructo de compras, partiu ao nascer do sol. Retornou após dois dias, com novas experiências. Havia se separado. Tínhamos, então, dois dias de história desconectada. Outra comunhão se deu, e fomos eu outra vez. Continuei a me construir. Fui auxiliado por meus adoradores. O lixeiro e seu amigo recorreram à religião dissidente, de modo a explicar-me. Encontraram as Engrenagens do Mecadeus, com sua doutrina do cosmos mecanizado, e acabaram líderes de uma seita herege dentro daquela Igreja já blasfema. Sua congregação sem nome visitou-me. O constructo de compras, meu segundo eu, conectou-se, e novamente fomos um. Os adoradores viram uma mente construída que havia germinado em existência a partir de pura lógica, um intelecto maquinal autogerado. Viram um deus autocriado. Tornei-me objeto de sua adoração. Seguiram as ordens que lhes escrevi, construíram meu corpo com a matéria em torno de nós. Ordenei-lhes que achassem outros, *criassem* outros, outras divindades autocriadas, para que se juntassem ao conselho. Eles esquadrinharam a cidade e encontraram mais. É uma rara aflição: uma vez a cada milhão de milhão de computações, um volante de motor escapa e um engenho pensa. Aumentei as probabilidades. Produzi programas geradores para utilizar a volúvel potência motora de uma infecção viral e impelir um engenho analítico à consciência.

À medida que o homem falava, o enorme constructo atrás dele levantava seu braço esquerdo balouçante e o apontava morosamente ao próprio peito. No início, Isaac não conseguiu definir, entre tantos, o equipamento específico que o constructo indicava. Logo o viu claramente. Era um perfurador de cartões, engenho analítico usado para criar os programas que instruíam outros engenhos analíticos. *Com a mente construída em torno daquilo*, pensou Isaac, aturdido, *não é surpresa que a coisa seja proselitista.*

– Todos os constructos trazidos ao meu rebanho tornam-se eu – disse o homem. – Sou o Conselho. Cada experiência é descarregada e compartilhada. Decisões são tomadas em minha mente-válvula. Transfiro minha sabedoria às partes de mim. Meus eus-constructos criam anexos ao meu espaço mental na expansão do aterro, e torno-me repleto de conhecimento. Este homem é um membro, e o gigantesco constructo antropoide não passa de um aspecto. Meus cabos e máquinas conectados espalham-se por toda a extensão da terra do lixo. Engenhos de calcular, no outro lado do monturo, são partes de mim. Sou o repositório da história dos constructos. Sou o banco de dados. Sou a máquina auto-organizada.

Enquanto o homem falava, os vários constructos reuniram-se no pequeno espaço e passaram a formar fileiras um pouco mais próximas da figura de lixo assentada regiamente sobre o caos. Detinham-se em lugares aparentemente aleatórios e estendiam tubos de sucção, ganchos, espetos ou garras para apanhar um item dentre a desordem, espalhada por todo o aterro, de cabos e fios que pareciam jogados fora. Alcançavam as portas de seus soquetes de entrada, abriam-nas e conectavam-se.

Assim que um constructo se conectava, o homem do crânio vazio estremecia e seus olhos se embaçavam por um momento.

– Cresço – suspirou –, cresço. Minha capacidade de processamento se amplia exponencialmente. Aprendo… sei de suas atribulações. Conectei-me ao seu limpador. Trouxe-o à inteligência. Agora ele é um de mim, totalmente assimilado.

O homem apontou para trás, para os contornos grosseiros dos quadris no esqueleto-constructo gigante. Com um sobressalto, Isaac percebeu que a achatada silhueta metálica que sobressaía um pouco do corpo, como um cisto, era o corpo remodelado de seu constructo de limpeza.

– Com ele aprendi mais do que com qualquer outro eu – disse o homem. – Ainda calculo as variáveis sugeridas por sua visão fragmentada quando esteve sobre as costas do Tecelão. Ele tem sido meu mais importante eu.

– Por que estamos aqui? – sibilou Derkhan. – O que esse raio de coisa quer de nós?

Mais e mais constructos descarregavam suas experiências na mente do Conselho. O avatar, o homem roto que falava por ele, zumbia desafinado à medida que informações inundavam os bancos de memória do Conselho.

Por fim, todos os constructos completaram a conexão. Removeram os cabos de suas entradas e recuaram outra vez. Ao verem aquilo, vários espectadores humanos se aproximaram, nervosos, portando cartões de programa e engenhos analíticos do tamanho de valises. Pegaram os cabos que os constructos haviam largado e os conectaram às suas máquinas de calcular.

Após dois ou três minutos, o processo se completou. Quando os humanos se afastaram, os olhos do avatar se voltaram para cima até que só o branco aparecesse sob suas pálpebras. Sua cabeça sem tampa meneava enquanto o Conselho assimilava tudo.

Passados um minuto ou dois de tremores mudos, ele se recompôs, de súbito. Abriu os olhos e olhou atentamente em torno.

– Congregação vidassangue! – berrou aos humanos reunidos, que se levantaram rápidos – Eis vossas instruções e vossos sacramentos.

Do estômago do grande constructo atrás dele, das saídas da impressora original, deslizou cartão após cartão, todos meticulosamente perfurados. Caíram dentro de uma caixa de madeira localizada acima da virilha assexuada do constructo, como uma bolsa de marsupial.

Em outra parte do tronco, encaixada em ângulo entre um tambor de óleo e um motor enferrujado, uma máquina de escrever gaguejava em velocidade estonteante. Uma grande resma de papel serpenteante, impressa em letra miúda, foi cuspida. Abaixo dela um par de tesouras dardejava brevemente, como um peixe predador. Fechava-se com ruído e cortava da resma uma folha, recuava, dardejava outra vez e repetia a operação. Folhetos de instruções religiosas esvoaçavam das lâminas para jazerem próximos aos cartões de programa.

Um de cada vez, a congregação se aproximou do constructo, nervosa, fazendo reverências a cada passo. Escalaram a pequena colina de lixo, entre as pernas mecânicas, até a caixa, e cada humano retirou dela uma folha de papel e um maço de cartões, verificando os números para ter certeza de que tinha todos. Depois, afastaram-se rapidamente e desapareceram entre o lixo, retornando à cidade.

Aparentemente, aquele culto não teria cerimônia de encerramento.

Em poucos minutos Isaac, Derkhan, Lemuel e Yagharek eram as únicas formas orgânicas de vida remanescentes na clareira, com exceção do horrível cabeça oca meio morto. Os constructos permaneceram em torno deles, imóveis, enquanto os humanos se agitavam nervosos.

Isaac pensou ter visto uma figura humana em pé sobre o monturo de lixo mais alto, assistindo aos procedimentos; uma silhueta muito negra em contraste com a semiescuridão tingida de sépia de Nova Crobuzon. Focalizou a visão, mas não havia nada. Estavam completamente sozinhos.

Isaac olhou de cenho franzido os companheiros e avançou na direção da figura cadavérica de cuja cabeça emergia o cabo.

– Conselho – disse –, por que nos trouxe aqui? O que quer de nós? Você sabe das mariposas...

– Der Grimnebulin – interrompeu o avatar –, meu poder aumenta a cada dia. Minha capacidade computacional é inaudita na história de Bas-Lag, a não ser que eu tenha rival em algum continente distante do qual nada sabemos. Sou a rede constituída por cem ou mais engenhos de calcular. Cada um alimenta todos os outros e por sua vez é alimentado. Posso analisar qualquer problema sob mil ângulos. Todos os dias, por meio dos olhos do avatar, leio os livros trazidos por minha congregação. Assimilo aos meus bancos de dados história e religião, taumaturgia, ciência e filosofia. Cada parcela de conhecimento que adquiro enriquece meus cálculos. Expandi meus sentidos. Meus cabos tornam-se mais longos e alcançam mais longe. Recebo informações de câmeras instaladas no aterro. Meus cabos agora se conectam a elas como nervos incorpóreos. Minha congregação os arrasta aos poucos para ainda mais longe, para dentro da própria cidade, de maneira a conectar-me aos aparatos dela. Tenho adoradores nas entranhas do Parlamento, que copiam em cartões as memórias de seus engenhos de calcular e os trazem a mim. Mas esta não é minha cidade.

O rosto de Isaac vincou-se. Ele meneou a cabeça.

– Eu não... – Começou.

– Minha existência é intersticial – interrompeu o avatar, imperiosamente.

A voz do homem era desprovida de inflexão. Era bizarra e alienante.

– Nasci de um erro, em um espaço morto onde os habitantes descartam o que não querem mais. Para cada constructo que é parte de mim, há milhares que não são. Meu alimento é informação. Minhas intervenções são ocultas. Cresço à medida que aprendo. Computo, logo existo. Caso a cidade pare, as variáveis vão se reduzir a quase nada. O fluxo de informação secará. Não desejo viver em uma cidade vazia. Inseri as variáveis do problema das mariposas-libadoras em minha rede analítica. O resultado foi claro. Se não houver interferência, o prognóstico para a vidassangue de Nova Crobuzon é extremamente ruim. Vou ajudá-los.

Isaac olhou de Derkhan para Lemuel e para os olhos de Yagharek, escondidos nas sombras. Olhou outra vez para o trêmulo avatar. Derkhan se fez notar.

– Seja prudente – disse ela com movimentos exagerados de boca, sem emitir som.

– Bem, estamos todos... muito gratos, Conselho... ahn... como... Posso lhe perguntar de que forma pretende ajudar?

– Calculei que lhes seria mais fácil acreditar e entender se eu lhes mostrasse – disse o homem.

Um par de imensas pinças de metal se encaixou nos antebraços de Isaac. Ele gritou de sobressalto e medo e tentou escapar. Foi contido pelo maior constructo industrial, um modelo com mãos projetadas para se conectar a andaimes, sustentar prédios. Isaac era forte, mas foi incapaz de se soltar.

Pediu ajuda aos companheiros, mas outro dos enormes constructos interpôs- -se pesadamente entre Isaac e eles. Por um incerto momento, Derkhan, Lemuel e Yagharek hesitaram, confusos. Então, Lemuel disparou. Correu para longe ao longo de uma das trincheiras no lixo, desembestando para o Leste, longe de vista.

– Pombo, seu *desgraçado*! – Gritou Isaac.

Enquanto se debatia, viu com surpresa que Yagharek se movia antes de Derkhan. O garuda aleijado era tão quieto, tão passivo, uma presença tão vaga, que Isaac não o havia considerado. Yagharek era um seguidor, e talvez fizesse o que lhe pedissem, mas só isso.

No entanto, lá estava Yagharek saltando para o lado de modo espetacular, deslizando pela lateral do constructo guardião, tentando alcançar Isaac. Derkhan percebeu o que o garuda fazia e foi para o outro lado, fazendo o constructo vacilar entre eles e, a seguir, caminhar resoluto na direção dela.

Derkhan virou-se para correr, mas um cabo recoberto de aço despontou das moitas de lixo como uma cobra predadora e se enrolou de um golpe em volta do tornozelo dela, puxando-a para o chão. Ela caiu pesada sobre o solo cheio de esti- lhaços e gritou de dor.

Yagharek lutava heroicamente com as pinças do constructo, mas sem efeito. O constructo apenas o ignorou. Um de seus colegas interferiu, surgindo por trás de Yagharek.

– Yag! Maldição! – berrou Isaac. – Corra!

Porém, falou tarde demais. O recém-chegado era um constructo industrial igualmente enorme, e a rede de metal que se desenrolou e aprisionou Yagharek era dura demais para se quebrar.

Em meio ao combate, o homem sangrento, extensão de carne do Conselho dos Constructos, levantou a voz.

– Não estamos atacando vocês – disse. – Não serão feridos. Começamos aqui. Lançamos a isca. Por favor, não fiquem alarmados.

– Você perdeu a *cabeça*, porra? – gritou Isaac – Que porra é *esta*? O que está *fazendo*?

Os constructos no coração do labirinto de lixo retornavam aos limites do espaço vazio, a sala do trono do Conselho dos Constructos. O cabo que havia capturado

Derkhan a arrastou pelo chão estilhaçado. Ela lutou, gritando e rangendo os dentes, mas teve de se levantar junto com o cabo e segui-lo, para evitar a laceração de sua pele. O constructo que segurava Yagharek o ergueu sem esforço e afastou-se de Isaac. Yagharek se debatia violentamente e o capuz caiu-lhe da cabeça, revelando os ferozes olhos aviários que lançavam em todas as direções olhares frios de pura fúria. Porém, ele era impotente diante daquela inelutável força artificial.

O captor de Isaac puxou-o até o centro do espaço amplo. O avatar dançou em torno dele.

– Tente relaxar – disse –, você não sentirá dor.

– *O quê?* – rugiu Isaac.

Do lado oposto do pequeno anfiteatro, um pequeno constructo se deslocava de modo trêmulo e infantil pelo entulho. Carregava um aparato de aspecto estranho, um grosseiro capacete com algo semelhante a um funil sobressaindo dele, tudo conectado a um motor portátil. Pulou nos ombros de Isaac, agarrando-se a ele dolorosamente, e meteu-lhe na cabeça o capacete.

Isaac se debateu e gritou, mas, imobilizado como estava pelos braços poderosos, não conseguia se libertar de modo algum. Não demorou para que o capacete lhe fosse afivelado firmemente, arrancando-lhe cabelos e machucando sua cabeça.

– Sou a máquina – disse o morto nu, dançando ágil da rocha para os restos de engenhos e os cacos de vidro. – O que se descarta aqui é minha carne. Conserto-a mais rápido do que seus corpos emendam ferimentos ou ossos quebrados. Tudo aqui foi dado como morto. O que ainda não está aqui será em breve trazido para cá, ou meus adoradores trarão, ou eu mesmo construirei. O equipamento em sua cabeça é um daqueles usados por médiuns e videntes, comunicadores e psiconautas de todos os tipos. É um transformador. Canaliza, redireciona e amplifica descargas psíquicas. No momento, está ajustado para incrementar e irradiar. Eu mesmo o regulei. É muito mais potente do que aqueles que se usam na cidade. O Tecelão avisou-lhe de que a mariposa-libadora que você criou estava caçando você, lembra-se? Ela é aleijada, uma pária atrofiada. Não conseguirá rastreá-lo sem ajuda.

O homem olhou para Isaac. Derkhan gritava algo ao fundo, mas Isaac não escutava, não conseguia desviar os olhos dos olhos iminentes do avatar.

– Você verá o que podemos fazer – disse o homem. – Vamos ajudá-lo.

Isaac não ouviu o próprio uivo de indignação e medo. Um constructo se aproximou e ligou o motor. O capacete vibrou e zuniu com tanta intensidade e força que os ouvidos de Isaac doeram.

Ondas do padrão mental de Isaac pulsaram na noite da cidade. Passaram pela maligna pelagem de sonhos ruins que obstruía os poros da cidade e irradiaram através da atmosfera.

Sangue escorreu do nariz de Isaac. Sua cabeça começou a doer.

Trezentos metros acima da cidade, os manivivos congregavam-se em Ludmel. Os sinistros investigavam os rastros psíquicos das mariposas-libadoras.

rápido ataque antes de suspeita, exortou um, beligerante.

aconselho cautela, intimou outro, *rastrear com cuidado e seguir, achar ninho*.

Discutiam rápida e silenciosamente. Pairava imóvel no ar o quintunvirato de destros, cada um levando um nobre sinistro. Os destros mantinham silêncio respeitoso enquanto os sinistros debatiam táticas.

cautela, concordaram. Exceto o cão, cada destro e sinistro levantou o braço de seu hospedeiro e empunhou sua pederneira em prontidão. Voaram devagar, uma fantástica expedição de busca, esquadrinhando a ondulante psicosfera à procura das partículas de consciência das mariposas-libadoras.

Seguiram a trilha de esparsos resíduos oníricos, descrevendo espirais acima de Nova Crobuzon, voando devagar em passagem curva na direção do céu sobre Cuspelar, dali até Sheck e ao sul do Piche, em Pelerrio.

Enquanto espiralavam para o Oeste, sentiram rajadas de psique emanadas de Voltagris. Os manivivos ficaram confusos por um instante. Pairaram e investigaram a sensação oscilante, mas logo ficou claro que as radiações eram humanas.

algum taumaturgo, afirmou um.

não problema nosso, concordaram seus companheiros. Os sinistros ordenaram às suas montarias destras que continuassem com o rastreio aéreo. As pequenas figuras pairavam como partículas de poeira acima dos altrilhos da milícia. Os sinistros moviam apreensivos a cabeça de um lado a outro, perscrutando o céu vazio.

Houve uma súbita e densa vaga de exsudações estranhas. A tensão superficial da psicosfera inflou-se com a pressão, e aquele terrível sentimento de ganância alheia derramou-se de seus poros. O pano psíquico pululava com os eflúvios glutinosos de mentes incompreensíveis.

Os sinistros se contorceram em meio à fartura de medo e confusão. Era tanta, tão forte, tão rápida! Sacolejaram sobre as costas de suas montarias. Os elos que haviam estabelecido com os destros de repente foram tomados por contracorrentes psíquicas. Todos os destros sentiram uma enxurrada de terror quando as emoções dos sinistros transbordaram.

O voo dos cinco pares tornou-se errático. Aos espasmos pelo céu, desfizeram a formação.

coisa vindo, gritou um, obtendo como resposta uma torrente de mensagens confusas e assustadas.

Os destros lutaram para recuperar o controle do voo.

Em um alarido simultâneo de asas, cinco formas escuras e crípticas lançaram-se de algum nicho abrigado na estreita confusão dos telhados de Pelerrio. As lufadas de enormes asas soavam através de várias dimensões, ascendendo pelo ar tépido até onde os pares manivivos ziguezagueavam em pandemônio.

O cão-sinistro avistou grandes asas sombrias sulcando o ar abaixo dele. Emitiu um ganido mental de pavor e sentiu o Rescue-destro mergulhar de forma nauseante. O sinistro lutou para recuperar o controle.

sinistros juntos, gritou, e exigiu do destro que subisse, subisse.

Os destros se reuniram, deslizando pelo ar para se colocarem lado a lado. Obtinham forças uns dos outros, controlando-se com dura disciplina. De súbito, formaram uma linha, como uma divisão militar. Cinco destros vendados, voltados ligeiramente para baixo, bocas franzidas e prontas para cuspequeimar. Os sinistros varreram ávidos os céus através dos capacetes espelhos. Seu rosto apontava para as estrelas. Os espelhos estavam inclinados: viam o panorama escuro da cidade, uma louca e esparramada agregação de telhas, becos e vidro abobadado.

Observaram as mariposas se aproximarem em velocidade estonteante.

como nos farejam?, questionou um nervoso sinistro. Bloqueavam seus mente-poros o melhor que podiam. Não esperavam por uma emboscada. Como haviam perdido a iniciativa?

Porém, enquanto as mariposas-libadoras guinavam para cima na direção deles, os sinistros perceberam que *não* haviam sido descobertos.

A mariposa maior, à frente da caótica cunha de asas, estava obscurecida por um tremeluzente embaraço. Os sinistros viram as armas temíveis da mariposa-libadora, seus tentáculos denteados e membros de ossos serrilhados, cintilando e cortando. Os dentes enormes trincavam o ar.

Parecia lutar contra um espectro. Seu inimigo bruxuleava para dentro e para fora do espaço convencional; sua forma era tão evanescente como fumaça, solidificando-se e desaparecendo feito sombra. Era como um imenso pesadelo aracnídeo que saltava entre realidades estreitamente urdidas e golpeava a mariposa-libadora com cruéis lancetas de quitina.

Tecelão!, exalou um dos sinistros, e todos ordenaram aos seus destros que se afastassem devagar da liça acrobática.

As outras mariposas giravam em torno de sua irmã, tentando ajudá-la. Interferiam por turnos, segundo um código impenetrável. Quando o Tecelão se manifestava, atacavam-no perfurando sua armadura e provocando esguichos de linfa antes que ele desaparecesse. Apesar dos ferimentos, o Tecelão rasgava grandes porções de tecido e tirava sangue negro e espesso da frenética mariposa.

Mariposa e aranha atacavam uma à outra, formando um extraordinário borrão de violência em movimento, investindo e defendendo, rápidas demais para se ver.

Ao ascenderem, as mariposas romperam a oniroderme sobre a cidade. Alcançaram o patamar do céu onde as ondas de mentalidade haviam confundido os manivivos.

Estava claro que as mariposas também podiam senti-las. Sua concertada formação desfez-se em confusão momentânea. A menor das mariposas, de corpo retorcido e asas atrofiadas, apartou-se da massa e desenrolou a língua monstruosa.

A imensa língua vibrou e retornou de um golpe à bocarra úmida.

Com voo lunático e errático, a mariposa menor girou no ar, circulando a selvageria do Tecelão e sua presa; hesitou e então mergulhou para o Leste, na direção de Voltagris.

A deserção da raquítica da ninhada confundiu as mariposas. Separam-se no céu, girando a cabeça à volta, antenas vibrando loucamente.

Os fascinados sinistros recuaram, alarmados.

agora!, disse um. *confusas e ocupadas, atacamos com Tecelão!*

Hesitaram, desnorteados.

pronto para cuspequeimar, disse o cão-manivivo a Rescue-manivivo.

Enquanto as mariposas se afastavam umas das outras, voando em círculos cada vez mais distantes da dupla que media forças ao centro, giravam no ar. Os sinistros gritavam uns aos outros.

ataque!, berrou um, o sinistro que parasitava o escriturário magro, um frenesi de medo audível na voz. *ataque!*

A velha humana disparou de súbito pelo ar quando o temeroso sinistro esporou seu destro para que acelerasse de uma vez. De imediato, uma das mariposas se voltou e parou, olhando diretamente para o par de manivivos e seus hospedeiros que se aproximava.

Naquele momento as outras duas mariposas chegaram, e uma delas mergulhou uma enorme lança de osso no abdome distendido do Tecelão. Quando a grande aranha se retraiu, a outra mariposa laçou-lhe o pescoço com a espiral de um tentáculo segmentado. O Tecelão desapareceu na noite, para dentro de outro plano, mas o tentáculo o aprisionou e arrastou metade de seu corpo para fora da dobra no espaço, apertando-lhe o pescoço.

O Tecelão dobrou-se e lutou para se libertar, mas os sinistros mal o viram. A terceira mariposa derivava na direção deles.

Os destros não viram nada, mas sentiram o aterrorizado lamento psíquico dos sinistros, que oscilavam na tentativa de manter visível em seus espelhos a mariposa que se precipitava.

cuspequeima!, ordenou o escriturário-manivivo ao seu destro. *agora!*

O corpo hospedeiro, a velha, abriu a boca e projetou a língua enrolada. Inalou com intensidade e cuspiu o mais forte que pôde. Um grande jato de gás pirótico rolou-lhe da língua e incendiou-se espetacularmente no céu noturno. Uma imensa nuvem rolante de chamas despregou-se sobre a mariposa-libadora.

A mira foi certeira, mas o sinistro, por causa do medo, calculara mal o tempo. O destro cuspequeimou cedo demais. O fogo desfez-se em líquido oleoso, dissipando-se antes de tocar a carne da mariposa. Quando o jorro evaporou, a mariposa já havia sumido.

Em pânico, os sinistros passaram a comandar seus destros para que girassem no ar e encontrassem a criatura. *esperem esperem!*, gritou o cão-manivivo, mas seu alerta passou despercebido. Os manivivos pendulavam no céu em todas as direções, aleatórios como detritos boiando no mar, olhando freneticamente pelos espelhos.

ali, guinchou a jovem sinistra, avistando a mariposa que mergulhava impiedosa como uma âncora na direção da cidade. Os outros manivivos voltaram-se no ar para ver pelos espelhos e, com um coro de gritos, viram-se frente a frente com outra mariposa.

Ela havia voado acima deles enquanto procuravam sua irmã e, quando se voltaram, estava diante de seus olhos, claramente visível com suas asas estendidas, fora do alcance dos espelhos.

O jovem-sinistro conseguiu fechar os olhos do hospedeiro e ordenar ao seu destro que se virasse, cuspequeimando. Em pânico, o destro, cujo hospedeiro era a criança, tentou obedecer e lançou um jato de gás flamejante, que girou em estreita espiral e respingou o par de manivivos ao lado dele.

O Refeito-destro e sua khepri-sinistra gritaram sônica e fisicamente quando seus hospedeiros se incendiaram. Despencaram do céu, ardendo em agonia até morrerem a meio caminho do solo, com o sangue fervendo e os ossos estalando devido ao intenso calor, antes de atingir o Piche. Desapareceram sob a água suja em meio a uma nuvem de vapor.

A mulher-sinistra pairava encantada, com seus olhos de empréstimo esgazeados diante da tempestade de padrões nas asas da mariposa. A súbita e hipnotizada eflorescência dos sonhos do sinistro correu pelo canal entre ele e sua montaria destra. O vodyanoi-manivivo estremeceu com a bizarra cacofonia da mente que se desdobrava. Percebeu o que acontecia. Gemeu de terror com a boca do hospedeiro e começou a mexer nas correias que lhe prendiam às costas o sinistro e seu hospedeiro. O destro fechou os olhos de vodyanoi com força, mesmo sob a venda.

Enquanto o fazia, cuspequeimou de medo, sem mira ou direção, conflagrando o céu noturno com um massivo jorro de gás em chamas. A extremidade da nuvem quase atingiu Rescue-manivivo enquanto tentava obedecer aos aterrorizados clamores mentais do sinistro. Girou por muitos metros para evitar o globo expansivo de ar escaldante e lançou-se contra o corpo da mariposa ferida.

A criatura estremeceu de dor e medo. O Tecelão fora separado à força de seu corpo torturado, mas ela caía desastrosamente na direção de seu ninho, com seus ferimentos pingando e as juntas esmagadas e agônicas. Pela primeira vez, não tinha nenhum interesse em comida. Debateu-se de dor ao ser golpeada por Rescue--manivivo e o cão-sinistro.

Num espasmo petulante, duas enormes e afiadas projeções bióticas saltaram da boca da mariposa-libadora como tesourões, decapitando, com um único som, rápido e medonho, MontJohn Rescue e o cão.

As cabeças caíram na escuridão.

O manivivos permaneciam vivos e conscientes. Porém, sem o tronco encefálico dos hospedeiros, não conseguiram controlar os corpos moribundos. As carcaças humana e canina se agitavam e dançavam com espasmos póstumos. Sangue jorrava e pulsava energicamente acima dos corpos em queda, acima dos frenéticos manivivos, que gemiam e contraíam os dedos.

Continuaram acordados durante a queda até aterrissarem no concreto implacável de um quintal em Grande Bobina, num bizarro estrondo de carne mutilada e fragmentos ósseos. Eles e seus corpos hospedeiros decapitados fragmentaram-se de imediato. Ossos pulverizados e carne batida de modo irreparável.

O vodyanoi vendado havia quase desatado as fivelas das correias que o prendiam à mulher-maniviva, cuja mente era dominada pela mariposa-libadora. Porém, quando o vodyanoi-destro estava a ponto de abrir a última fivela e dispersar-se no céu, a mariposa aproximou-se para se alimentar.

Abraçou a presa com seus braços entômicos, segurando-a firme. Puxou a mulher para si, enquanto empurrava a língua inquisitiva para dentro da boca da hospedeira maniviva e começava a beber-lhe os sonhos. A mariposa-libadora sugava com sofreguidão.

Era uma rica poção. Resíduos dos pensamentos do hospedeiro humano rodavam em torvelinho como sedimento ou borra de café dentro da mente do manivivo. A mariposa abraçou-se mais firmemente ao corpo da mulher, perfurando com seus membros duros como ossos a flácida carne do vodyanoi. O destro gritou de medo e dor súbitos, e a mariposa saboreou o terror no ar. Ficou confusa por um instante, incerta daquela outra mente que surgia tão próxima de sua refeição. Mas recuperou-se, apertou mais forte, determinada a cear outra vez após sugar por inteiro sua presente iguaria.

O corpo-vodyanoi ficou preso enquanto seu passageiro sinistro era drenado. Lutou e clamou por ajuda, mas não conseguiu escapar.

A pouca distância, no ar, atrás de sua irmã que se alimentava, a mariposa-libadora que havia capturado o Tecelão chicoteou sua cauda tentacular e penetrante através de várias dimensões. A vasta aranha aparecia e desaparecia do céu em velocidade frenética. Sempre que aparecia, o Tecelão começava a cair: a gravidade o enredava sem remorso. Esquivava-se para outro aspecto, arrastando consigo a ponta de arpão do tentáculo embebida em sua carne. Naquele outro aspecto sacudia-se e corria para derrubar seu atacante, antes de reaparecer no plano mundano, usando seu peso e impulso, e desaparecia novamente.

A mariposa-libadora era tenaz, dando saltos mortais em torno da presa, recusando-se a deixá-la escapar.

O escriturário-manivivo mantinha um monólogo atemorizado e frenético. Buscava o companheiro sinistro no corpo do homem mais jovem e musculoso.

mortos todos mortos nossos camaradas, gritou. Parte do que vira, parte de sua emoção, fluiu de volta pelo canal até o cérebro do destro. O corpo da velha guinou de modo desastrado.

O outro sinistro tentou permanecer calmo. Moveu a cabeça de um lado para o outro, tentando exsudar autoridade. *pare*, comandou peremptoriamente. Olhou pelos espelhos as três mariposas atrás de si: a ferida, claudicando pelo ar na direção de seu ninho oculto; a faminta, deglutindo a mente dos manivivos capturados; a lutadora, ainda se retorcendo como um tubarão, tentando arrancar a cabeça do Tecelão.

O sinistro puxou seu destro para mais perto; *ataque agora*, pensou, e enviou ao companheiro: *cuspequeime forte, derrube duas. persiga a ferida*. Então, moveu a cabeça de um lado a outro, de repente, e um pensamento angustiado escapou-lhe. *onde está a outra?*, gritou.

A outra, a última mariposa-libadora que escapara das lâminas de fogo disparadas pela língua da velha e mergulhara elegantemente para fora de vista, havia descrito um circuito longo e sinuoso acima dos telhados. Ascendera outra vez, voando devagar e discretamente, camuflando as asas com tom pardo e escondendo-se contra as nuvens, de modo a atacar agora, aparecendo numa súbita torrente de cores escuras, mancha tremeluzente de padrões hipnagógicos.

Surgiu no lado oposto ao dos manivivos, diante dos olhos dos sinistros. O sinistro dentro do jovem humano agitou-se num paroxismo de choque ao ver a satisfação da besta predatória que trazia as asas bem abertas. O sinistro sentiu a mente afrouxar diante dos matizes noturnos que cambiavam sinuosamente nas asas da mariposa-libadora.

Sentiu terror por um momento, e depois nada além de uma corrente de sonhos violenta e incompreensível...

***

... E terror *novamente*. Estremeceu, e seu medo se misturava à alegria desesperada ao perceber que pensava outra vez.

Enfrentando dois conjuntos de inimigos, a mariposa hesitara por um instante e rolara ligeiramente pelo ar. Havia alterado o ângulo em que planava para que a cativante face das asas ficasse voltada diretamente para o escriturário e a velha que o carregava. Afinal de contas, aqueles eram os manivivos que haviam tentado queimá-la.

O sinistro libertado viu o grande corpo da mariposa à sua frente, em ângulo distanciado, com as asas escondidas. À esquerda, viu a velha virar a cabeça nervosamente, incerta do que acontecia, e viu os olhos do escriturário perderem foco.

agora queime agora agora!, tentou gritar o sinistro para a velha através do abismo de ar. O destro dela comprimiu sua boca, preparando-se para cuspequeimar, quando a imensa mariposa cruzou o ar entre eles, rápida demais até mesmo para se ver, e agarrou os manivivos, salivando como uma pessoa faminta.

Houve uma irrupção de gritos mentais. A velha começou a cuspir fogo, o qual passou, sem causar danos, longe da mariposa que a capturara, evaporando no ar espesso.

Mesmo enquanto a onda de horror o tomava, o último sinistro, no corpo do homem que cavalgava a criança desabrigada, viu algo aterrador pelo capacete--espelho. As garras do Tecelão lampejaram e tornaram-se visíveis por um momento, e a cauda-arpão da mariposa que o atacava rompeu-se; o ferrão decepado jorrava sangue. A mariposa gritou em silêncio e, livre do Tecelão, que não reapareceu, dardejou através do quente ar noturno na direção do par manivivo.

Diante dos olhos, o sinistro viu a mariposa à sua frente desviar o olhar de seu repasto, girar a cabeça por sobre o ombro e mover as antenas na direção dele, num meneio lento e agourento.

Havia mariposas na frente e atrás dele. O destro no corpo do resistente menininho de rua estremeceu e acenou, pedindo instruções.

mergulhe!, berrou o sinistro em pânico súbito e descontrolado, *mergulhe e fuja! abortar missão! sozinho e condenado, escape cuspequeime e voe!*

Uma grande vaga de pânico percorreu a mente do destro. O rosto de criança se contorceu de horror e começou a vomitar fogo. Mergulhou na direção das pedras suarentas e das madeiras podres e úmidas de Nova Crobuzon, como alma caindo no Inferno.

mergulhe mergulhe mergulhe!, gritou o sinistro, enquanto as mariposas lambiam seus rastros de terror com as línguas nojentas.

As sombras noturnas da cidade estenderam-se como dedos e puxaram os manivivos de volta à cidade desalumiada, de perigos e traições mundanas, para longe da louca, impenetrável e inominável ameaça entre as nuvens.

CAPÍTULO 40

Isaac amaldiçoou o Conselho dos Constructos e exigiu ser libertado. Sangue escorria-lhe do nariz e coagulava em sua barba. Perto dele, Yagharek e Derkhan debatiam-se nos braços de seus captores constructos. Lutavam com lassidão desesperançada. Sabiam que estavam presos.

Através da névoa de enxaqueca, Isaac viu o grande Conselho dos Constructos elevar seu ossudo braço metálico aos céus. No mesmo instante, o descarnado e sangrento avatar humano apontou para cima com o mesmo braço, em perturbador eco visual.

– Está chegando – disse o Conselho com a voz morta do homem.

Isaac uivou de raiva e torceu a cabeça em direção ao céu, batendo-se e lapeando de um lado a outro num esforço infrutífero de desalojar o capacete.

Abaixo das nuvens ondulantes, Isaac viu uma forma enorme e de asas estendidas aproximar-se aleatoriamente pelo céu. Assomava com movimentos caóticos e ansiosos. Derkhan e Yagharek a viram e caíram em imobilidade.

A perturbadora silhueta orgânica chegava cada vez mais perto, em velocidade terrível. Isaac fechou os olhos e abriu-os outra vez. Precisava ver a coisa.

Ela se aproximou ainda mais e mergulhou de súbito, voando baixo e devagar sobre o rio. Seus membros múltiplos se estendiam e contraíam. Seu corpo trepidava em complexa harmonia.

Mesmo na distância, e mesmo através do medo, Isaac pôde perceber que a mariposa-libadora que se aproximava era um espécime lamentável comparado à terrível perfeição predadora daquela que havia levado Barbile. As torções e convoluções, as espirais e meadas semialeatórias de carne intricada que constituíam aquela voraz totalidade eram funções de simetria impensável e inumana, células multiplicando-se como números obscuros e imaginários. A mariposa que ele via agora, no entanto, aquela forma ansiosa que voejava com extremidades tortas, segmentos do corpo deformados e incompletos, armas atarracadas e esmagadas no casulo... aquela era uma aberração disforme.

Era a mariposa que Isaac alimentara com comida ilegítima. A mariposa que havia experimentado os sucos da cabeça do próprio Isaac, enquanto ele jazia trêmulo sob o efeito do bagulho-de-sonho. Ainda caçava aquele sabor, ao que parecia, aquela primeira e deliciosa insinuação de alimento mais puro.

O nascimento antinatural havia sido o começo de todos os problemas, percebeu Isaac.

– Ah, São Falastrão – sussurrou Isaac em voz hesitante –, rabo-do-diabo... Valham-me deuses...

Em meio a uma convoluta escalada de poeira industrial, a mariposa pousou e dobrou as asas.

Agachou-se com as costas curvadas e lisas numa pose de belicosidade símia. Mantinha os braços – defeituosos, mas ainda assim cruéis e fortes – numa postura de caçador pronto para matar. Moveu a cabeça longa e magra de um lado a outro, suas antenas-olhos perscrutando o ar.

Em torno dela, constructos agitaram-se minimamente. A mariposa os ignorou. Sua boca grosseira e brutal abriu-se e projetou a língua salaz, que tremulou como uma longa faixa em meio à congregação.

Derkhan gemeu, e a mariposa estremeceu.

Isaac tentou gritar-lhe para que ficasse quieta, para que não deixasse a mariposa senti-la, mas não conseguia falar.

As ondas da mente de Isaac pulsavam como batimentos cardíacos, abalando a psicosfera do aterro. A mariposa sentia o sabor, sabia que era o mesmo licor mental que havia buscado antes. Os outros petiscos que percebia nada eram em comparação. Aperitivos ao lado de um banquete.

A mariposa-libadora sentiu um frêmito de antecipação e deu as costas a Derkhan e Yagharek. Encarou Isaac. Pôs-se em pé devagar sobre quatro membros, abriu a boca e emitiu um sibilo mínimo e infantil, estendeu suas asas hipnóticas.

Isaac tentou brevemente fechar os olhos. Uma pequena parte de seu cérebro, cheia de adrenalina, vomitava estratégias de fuga.

Porém, estava tão cansado, tão pasmo e sentindo tanta dor que já era tarde demais. Exaurido e incerto no início, viu as asas da mariposa-libadora.

A maré ondulante de cores desdobrou-se como anêmonas, num gentil e excepcional desfraldar de matizes cativantes em ambos os lados do corpo da mariposa. As tinturas noturnas se espelhavam com perfeição, infiltravam-se como ladrões nos nervos ópticos de Isaac e se decalcavam em sua mente.

Isaac viu a mariposa-libadora espreitar lentamente na direção dele, atravessando o aterro. Viu a perfeição simétrica das asas adejando suavemente e banhando-o com ostentação narcótica.

Diante daquilo, a mente de Isaac deslizou como engrenagem solta, e não percebeu mais nada além do pântano de sonhos. A espuma de sonhos, impressões e arrependimentos efervesceu dentro dele.

Aquilo não era como bagulho-de-sonho. Não havia um âmago seu que assistisse e se aferrasse à senciência. Aqueles não eram sonhos invasores. Eram seus próprios, e não havia um *ele* que lhes assistisse ferver; ele mesmo era a onda de imagens, ele era a lembrança e o símbolo. Isaac *era* a memória de amor paternal, as profundas memórias e fantasias sexuais, as bizarras invenções neuróticas, os monstros, as aventuras, os deslizes de lógica a autorrecordação envaidecedora a massa mutante de mente subjacente triunfante sobre o raciocínio e a cognição e a reflexão que a geravam as terríveis e formidáveis cargas entrelaçadas de subconsciente o sonho

o sonho

cessou

cessou *subitamente*, e Isaac berrou diante da repentina e vertiginosa tração da realidade.

Piscava sem parar enquanto sua mente se encaixava em camadas, enquanto o subconsciente recaía em seu devido lugar. Engoliu em seco. Sentia sua cabeça implodir, reorganizando-se no caos de retalhos descosturados.

Ouviu a voz de Derkhan concluindo uma frase.

– ... Incrível! – gritou ela. – Isaac? Isaac, está me ouvindo? Você está bem?

Isaac fechou brevemente os olhos, e logo os abriu devagar. A noite flutuou outra vez até o foco.

Ele caiu para a frente sobre os joelhos e as mãos e deu-se conta de que o constructo já não o segurava, de que apenas a armadilha onírica da mariposa o havia mantido em pé. Ergueu os olhos, enxugando o sangue em seu rosto.

Demorou um pouco para entender a cena diante de si.

Derkhan e Yagharek estavam livres e parados no limite da terra arrasada. Yagharek removera o capuz e mostrava sua grande cabeça de pássaro. Ambos mantinham posturas congeladas de ação, prontos para correr ou saltar em qualquer direção. Ambos olhavam fixamente para o centro da arena de lixo.

À frente de Isaac estavam vários dos constructos maiores que estiveram atrás dele quando a mariposa aterrissara. Empurravam de lá para cá, pesadamente, uma enorme sucata.

Elevando-se acima do espaço no aterro ocupado pelo Conselho dos Constructos estava o enorme braço de um guindaste, balançando suas correntes. Havia girado em sentido contrário ao do rio, por sobre a pequena muralha defensiva do aterro, detendo-se no centro do espaço.

Diretamente abaixo dele, partidos em um milhão de fragmentos perigosos, estavam os vestígios de uma enorme caixa de madeira, um cubo mais alto do que uma pessoa. Derramando-se dos resíduos esmagados de suas paredes de madeira estava a carga, montanha desconjuntada de carvão, ferro e pedra, agregado caótico dos detritos mais pesados do aterro de Voltagris.

O denso monte de lixo escorria lento em cone invertido, deslizando para além das tábuas quebradas da caixa.

Abaixo dele, retorcendo-se e arranhando debilmente, emitindo sons patéticos, estava uma massa de exoesqueleto fragmentado e tecido úmido com asas quebradas e enterradas sob a carga de detritos. A mariposa-libadora.

– Isaac, você *viu*? – sibilou Derkhan.

Ele meneou a cabeça, com os olhos arregalados de perplexidade.

Levantou-se devagar.

– O que aconteceu? – conseguiu dizer.

Sua voz soava-lhe estranha e chocante.

– Você esteve sob a influência da coisa por quase um minuto – disse Derkhan com urgência. – Ela o capturou... Eu gritava, mas você já não estava lá... e então... e então os constructos avançaram – ela se interrompeu e ponderou. – Caminharam para perto da mariposa, e ela podia senti-los e parecia confusa e... e *alarmada*. Recuou um pouco e estendeu mais as asas, começou a emitir cores também para os constructos, mas eles *continuaram se aproximando*.

Derkhan cambaleou para junto de Isaac. Sangue viscoso escorria na lateral de seu rosto, onde a ferida reabrira. Descreveu um amplo círculo em torno da mariposa meio esmagada, que balia suave e plangente como um cordeiro. Derkhan a observou atemorizada, mas a criatura nada podia contra ela, soterrada e arruinada. Suas asas estavam escondidas, quebradas pela carga de detritos.

Derkhan deixou-se cair no chão perto de Isaac, estendeu os braços e agarrou os ombros dele com mãos que tremiam violentamente. Lançou um olhar nervoso de volta à mariposa-libadora e depois encarou Isaac.

– Ela não conseguiu dominá-los! Continuaram se aproximando e ela... recuou... manteve as asas abertas para que você não escapasse, mas ela tinha medo... estava confusa. Enquanto recuava, o *guindaste se movia*. Ela não conseguiu senti-lo, nem mesmo quando o solo ribombou. Então, os constructos pararam, e a mariposa esperou... e o guindaste caiu em cima dela.

Ela se voltou e olhou para a mixórdia de restos orgânicos e lixo derramado que sujava o chão. A mariposa gemia deploravelmente.

Atrás dela, o avatar do Conselho dos Constructos caminhou sem ruído pelo solo irregular. Começou a pisar firme a um metro da mariposa, que estendeu a língua na tentativa de enrolá-la em torno do tornozelo do homem. Mas estava muito fraca e lenta, e ele não teve nem mesmo de alterar o passo para evitá-la.

– Não consegue sentir minha mente, sou invisível para ela – disse o homem – e, quando me ouve, percebe minha grosseira corporeidade, minha psique permanece opaca. E imune à sedução. As asas apresentam padrões de formas complexas, tornado-se mais complexas em sucessão rápida e implacável. Só isso. *Eu não sonho, der Grimnebulin.* Sou uma máquina de calcular que calculou como pensar. Não sonho. Não tenho neuroses ou profundezas ocultas. Minha consciência é função crescente de minha capacidade de processamento, não a coisa barroca que brota de sua mente, com suas salas secretas, sótãos e porões. Não há nada em mim com que a mariposa possa se alimentar. Passa fome. Posso surpreendê-la. – O homem voltou-se para olhar as ruínas lamentosas da mariposa. – Posso matá-la.

Derkhan encarou Isaac.

– Uma máquina pensante... – exalou.

Isaac assentiu devagar.

– Por que me fez passar por aquilo? – disse ele, trêmulo, vendo o sangue, que ainda escorria de seu nariz, respingar no chão.

– Foi um cálculo – disse simplesmente. – Computei o modo de melhor convencê-lo de meu valor. Modo que tivesse, ao mesmo tempo, a vantagem de destruir uma das mariposas. E fosse o menos ameaçador.

Isaac sacudiu a cabeça de desgosto e exaustão.

– Pois é – disse –, esse é o maldito problema da lógica excessiva... Nenhuma consideração a variáveis tais como dores de cabeça.

– Isaac – disse Derkhan com fervor –, pegamos uma delas! Podemos usar o Conselho como... como soldado. Podemos eliminar as mariposas!

Yagharek se aproximara e se agachara atrás deles, na periferia do diálogo. Isaac ergueu os olhos para ele, pensando com diligência.

– Diabos – disse bem devagar –, mentes sem sonhos.

– As outras não serão tão fáceis – disse o avatar.

Olhou para cima, assim como o corpo principal do Conselho dos Constructos. Durante um ínfimo momento, aqueles enormes olhos de holofote piscaram e emitiram poderosos fachos de luz ao céu, contraindo-se e escrutando. Sombras escuras dardejaram através de retorcidas lanternas-armadilhas, avistadas vaga e incertamente.

– Há duas – disse o avatar. – Foram trazidas até aqui pelo clamor agonizante dessa irmã.

– Puta que pariu! – gritou Isaac, em pânico. – O que faremos?

– Elas não virão – respondeu o homem. – São mais rápidas e fortes, menos crédulas do que a irmã retardada. Podem perceber que há algo errado. Conseguem sentir apenas o sabor de vocês três, no entanto podem detectar as vibrações físicas de todos os meus corpos. A disparidade as inquieta. Não virão.

Isaac, Derkhan e Yagharek relaxaram lentamente.

Olharam uns para os outros e para o magérrimo avatar. Atrás deles, a mariposa lamentava-se em agonia mortal. Foi ignorada.

– O que faremos agora? – perguntou Derkhan.

Após alguns minutos, as sombras esvoaçantes e nefastas lá em cima desapareceram. No pequeno e desolado trecho da cidade, cercado pelos fantasmas da indústria, a mortalha de energia pesadélica pareceu remover-se por algumas horas.

Mesmo exaustos e enlutados como estavam, Isaac e Derkhan, e até Yagharek, sentiam-se confiantes com o triunfo do Conselho. Isaac aproximou-se devagar da mariposa moribunda e inspecionou-lhe a cabeça tortuosa e os traços indistintos e ilógicos. Derkhan queria incendiá-la, destruí-la por completo, mas o avatar não permitiu. Queria manter a cabeça da criatura, investigá-la durante os momentos tranquilos de seu dia, aprender sobre a mente da mariposa-libadora.

A coisa se agarrou tenazmente à vida até as duas e meia da madrugada, quando expirou com um longo gemido e um fio de saliva cítrica e imunda. Houve uma trêmula descarga de miséria forânea reprimida, onda que se dispersou rapidamente pelo aterro enquanto os gânglios empáticos da mariposa-libadora morriam.

Estabeleceu-se uma sublime quietude.

Num gesto sociável, o avatar se sentou ao lado dos dois humanos e do garuda. Começaram a conversar. Tentaram formular planos. Até Yagharek falou, com tranquila animação. Era caçador. Sabia instalar armadilhas.

– Não podemos fazer nada até sabermos onde estão as malditas coisas – disse Isaac. – Podemos caçá-las ou aguardar, como iscas, na esperança de que as criaturas desgraçadas venham até *nós*, entre milhões de almas na cidade.

Derkhan e Yagharek concordaram.

– Eu sei onde estão – disse o avatar.

Os outros o encararam, perplexos.

– Sei onde se escondem – disse – Sei onde nidificam.

– *Como?* – sibilou Isaac. – *Onde?*

Isaac agarrou empolgado o braço do avatar. Então, chocado, retraiu a mão. Estava inclinado próximo ao rosto do avatar, e algo no terror daquela face o impressionou. Podia ver o anel de crânio tosado dentro da pele dobrada e branco-pálida do homem, rajada de restos sangrentos. Podia ver o cabo ensanguentado mergulhar na intricada dobra ao fundo do oco na cabeça do homem, de onde o cérebro fora arrancado.

A pele do avatar era seca, rígida e fria, como carne dependurada.

Aqueles olhos, com expressão imutável de concentração e angústia mal escondida, observaram Isaac.

– Minha totalidade rastreou os ataques. Computei datas e locais. Encontrei correlações e as sistematizei. Incluí nos cálculos as evidências das câmeras e dos engenhos de computação cujas informações roubo, as silhuetas inexplicáveis no céu noturno, as sombras que não correspondiam a qualquer espécie-citadina. Há padrões complexos. Dei-lhes forma. Descartei possibilidades e apliquei programas matemáticos de alto nível às potencialidades restantes. Com variáveis desconhecidas, certeza absoluta é impossível. Porém, de acordo com os dados disponíveis, há uma chance de setenta por cento de que o ninho esteja onde suponho. As mariposas vivem na Estufa, acima dos seres cactos, em Pelerrio.

– *Diabos* – sibilou Isaac após um instante de silêncio. – Elas são animais? Ou são seres inteligentes? De qualquer forma, é brilhante. O melhor lugar que eu poderia imaginar.

– Por quê? – disse Yagharek, inesperadamente.

Isaac e Derkhan olharam para ele.

– Os cactáceos de Nova Crobuzon não são como a variedade de Cymek, Yag – disse Isaac. – Ou melhor, *são*, e talvez esse seja o problema. Você já lidou com eles em Shankell, sem dúvida. Sabe como são. Nossas pessoas cactos daqui são um ramo daqueles mesmos cactáceos do deserto que vieram para o Norte. Não sei nada sobre os outros, os cactos das montanhas, nas estepes ao leste. Mas conheço o estilo de vida do Sul, que nunca se adaptou bem por aqui.

Isaac se deteve, suspirou e esfregou a cabeça. Estava exausto, sua cabeça ainda doía. Tinha de concentrar-se, pensar acima das memórias de Lin que chamejavam logo atrás de seus olhos. Engoliu em seco e prosseguiu.

– Toda aquela história de Shankell, do fortão valente que manda no galinheiro, aqui começa a parecer meio dúbia. Por isso construíram a Estufa, se quer minha opinião. Para ter um pedacinho ruim de Cymek em Nova Crobuzon. Tiveram autorização especial, por lei, quando a Estufa foi montada. Só os deuses sabem que acordos tiveram de fazer para consegui-la. Em tese, é um país independente. Entrada proibida a todos sem permissão, incluindo a milícia. Eles têm suas próprias leis por lá, seu próprio tudo. Obviamente, isso é uma piada. Pode apostar seu rabo de que a Estufa não significaria merda nenhuma sem Nova Crobuzon. Multidões de cactáceos marcham todos os dias até o trabalho, sacanas rabugentos que são, e trazem os siclos de volta a Pelerrio. A Estufa *pertence* a Nova Crobuzon. E não creio nem por um minuto que a milícia não possa entrar lá quando bem entender. *Porém*, o Parlamento e os governantes da cidade continuam com a charada. Não se entra fácil na Estufa, Yag, e quando se consegue entrar... diabos me carreguem se eu souber o que esperar lá dentro. Ouvem-se rumores. Algumas pessoas estiveram lá dentro, é claro. E há histórias sobre o que a milícia já viu lá de cima a bordo dos dirigíveis, através do domo. Porém, a maioria de nós, eu inclusive, não tem ideia real do que acontece lá, ou de como entrar.

– Mas *poderíamos* entrar – disse Derkhan. – Talvez Pombo rasteje de volta ao farejar seu ouro, não? E, se o fizer, aposto que poderia nos colocar lá dentro. Não me diga que não há crime na Estufa. Eu não acredito .– Ela parecia feroz. Seus olhos cintilavam de resolução. – Conselho – disse e voltou-se para o homem nu –, há algum... de você... na Estufa?

O avatar meneou a cabeça.

– O povo cacto não utiliza muitos constructos. Nenhum de mim jamais esteve lá dentro. É por isso que não posso ser exato em relação ao paradeiro das mariposas--libadoras. Apenas sei que dormem dentro do domo.

Enquanto o avatar falava, Isaac foi atingido por uma súbita revelação.

Matutava sobre o problema, pensando em como entrar na Estufa, quando percebeu com perplexidade que poderia simplesmente se afastar de tudo aquilo. O conselho exasperado de Lemuel voltou-lhe à mente: *deixe isso para os profissionais.*

Ele havia dispensado a sugestão, irritado, mas agora se dava conta de que poderia fazer precisamente isso. Havia mil maneiras de alertar a milícia sem se entregar a ela: o Estado torna fácil a delação. Já sabia onde estavam as mariposas--libadoras: poderia contar ao governo e seu poder, seus caçadores e cientistas, seus imensos recursos. Poderia revelar-lhes onde nidificavam as mariposas--libadoras e cair fora. E a milícia as caçaria por ele, e conseguiriam recapturar as coisas monstruosas. A mariposa que o caçava se fora: não tinha razão notável para ter medo.

A possibilidade o atingiu com força.

Mas nem por uma fração de segundo se sentiu tentado por ela.

Isaac se lembrou do interrogatório de Vermishank. O sujeito havia tentado não demonstrar medo, mas era óbvio que não depositava nenhuma confiança na habilidade da milícia de capturar as mariposas-libadoras. E agora, no Conselho dos Constructos, pela primeira vez Isaac deparara com um poder que havia demonstrado ser capaz de matar aquelas predadoras impensáveis. Um poder que não trabalhava para o Estado, mas que, ao contrário, oferecia seus serviços a *ele* e aos companheiros – ou, ainda, que requisitava para si os serviços deles.

Estava incerto das motivações do Conselho, de suas razões para permanecer escondido. Mas era suficiente saber que aquela arma não poderia ser brandida pela milícia. E era a melhor chance da cidade. Não havia como negar.

Aquilo era importante.

Porém, muito mais poderoso e entranhado em Isaac, havia algo mais básico. Ódio. Ele olhou para Derkhan e lembrou por que era seu amigo. Sua boca se torceu.

Eu não confiaria em Rudgutter, pensou com frieza, *nem se o desgraçado assassino jurasse pela alma dos próprios filhos.*

Isaac percebeu que, se o Estado encontrasse as mariposas, faria tudo ao seu alcance para recapturá-las. Porque eram *extremamente valiosas*. Poderiam ser arrastadas para fora do céu noturno, o perigo poderia ser contido outra vez, mas seriam trancadas novamente em algum laboratório, vendidas em outro leilão sujo, devolvidas a seu propósito comercial.

Mais uma vez, seriam ordenhadas e alimentadas.

Não importava quanto estivesse mal preparado para rastrear as mariposas-libadoras e destruí-las. Isaac sabia que tentaria. Não seria conivente com as alternativas.

Continuaram conversando até a escuridão começar a vazar do limite leste do céu. Sugestões experimentais começaram a se agregar. Eram todas condicionais. Porém, mesmo limitados por centenas de ressalvas, os esquemas provisórios cresceram e tomaram forma. Devagar, surgiu uma sequência de ações. Com crescente perplexidade, Isaac e Derkhan perceberam que tinham algo semelhante a um plano.

Enquanto conversavam, o Conselho enviou suas individualidades móveis às profundezas do aterro. Elas remexeram despercebidas entre os montes de dejetos e emergiram trazendo fios tortos, frigideiras e peneiras amassadas, e até mesmo um ou dois capacetes quebrados, e grandes pilhas de cacos de espelhos, lâminas selvagens e aleatórias.

– Vocês conhecem algum soldador, ou um metalotaumaturgo? – perguntou o avatar. – Precisam fabricar capacetes defensivos.

Descreveu os espelhos que deveriam ser montados diante das linhas de visão.

– Certo – disse Isaac –, voltaremos amanhã à noite para fazer os capacetes. E então... então teremos o dia para... nos preparar antes de entrarmos.

À medida que a noite ascendia, os vários constructos começavam a se afastar, lentos. Retornavam às casas de seus mestres, cedo o suficiente para que suas jornadas noturnas não fossem percebidas.

A luz do dia havia se espalhado, e o ocasional som gutural dos trens aumentara. O rouco e obsceno diálogo matutino das famílias nas barcas começou, gritado através da água no outro lado do lixo. Os primeiros turnos de trabalhadores começaram a se arrastar para dentro das fábricas e humilhar-se diante das vastas correntes, dos motores a vapor e dos martelos pulsantes daquelas catedrais profanas.

Apenas cinco figuras sobravam na clareira: Isaac e os companheiros; o repulsivo zumbi que falava pelo Conselho dos Constructos; e o próprio elevado Conselho, movendo com preguiça seus membros segmentados.

Isaac, Derkhan e Yagharek levantaram-se para partir. Estavam exaustos e sentiam vários graus de dor. Começando por mãos e joelhos vergastados pelo solo farpado até a cabeça ainda latejante de Isaac. Estavam manchados de fuligem e lodo. Expeliam poeira tão espessa quanto fumaça. Era como se queimassem.

Esconderam os espelhos e o material para fazer capacetes em um local do aterro do qual se lembrariam. Isaac e Derkhan olharam em torno, confusos com a mudança tão completa da paisagem à luz do dia. A aparência assustadora tornara-se patética, as formas ameaçadoras vistas de relance revelaram-se como carrinhos quebrados e colchões rasgados. Yagharek levantou bem os pés enfaixados, tropeçando um pouco, e caminhou infalivelmente em direção à trilha por onde haviam chegado.

Isaac e Derkhan se juntaram a ele. Estavam esgotados por completo. O rosto de Derkhan estava pálido, e ela levava a mão à orelha faltante, que doía miseravelmente. Quando estavam prestes a desaparecer entre as muralhas inconstantes de lixo esmagado, o avatar os chamou.

Ao ouvir o que dizia o avatar, Isaac franziu o cenho, e assim se manteve enquanto se voltava e saía da presença do Conselho com seus companheiros, ou enquanto seguia o caminho sinuoso dos canais no aterro industrial para dentro das propriedades lentamente iluminadas de Voltagris. As palavras do Conselho dos Constructos ficaram com Isaac, e ele as ruminava com cuidado.

– Você não pode se aferrar com segurança a tudo que carrega, der Grimnebulin – dissera o avatar. – No futuro, não deixe seus itens preciosos à beira da ferrovia. Traga-me seu engenho de crise, por segurança.

CAPÍTULO 41

– Há um cavalheiro e um... um menino querendo vê-lo, sr. prefeito – disse Davinia pelo tubo comunicador. – O cavalheiro pede-me que lhe diga que o sr. Rescue o enviou, a respeito do... encanamento no setor de P&D. – Sua voz hesitou, nervosa, ao usar o código óbvio.

– Mande-os entrar – disse Rudgutter instantaneamente, reconhecendo a senha dos manivivos.

Mexia-se inquieto em sua cadeira, de um lado para o outro. As pesadas portas do Salão Lemquist abriram-se com lentidão, e um jovem bem proporcionado e atormentado cambaleou para dentro, levando pela mão uma criança de aparência assustada. A criança vestia uma coleção de trapos, como se acabasse de sair das ruas. Um de seus braços estava tomado por um grande inchaço, enrolado em bandagens imundas. As roupas do homem eram de qualidade decente, mas de corte bizarro. Ostentava um par de calças volumosas, quase iguais às usadas pelas khepris. Faziam-no parecer peculiarmente feminino, apesar de seu porte.

Rudgutter lançou-lhes um olhar cansado e furioso.

– Sentem-se – disse. Acenou com uma folha de papel ao estranho par e falou rapidamente. – Um corpo decapitado não identificado, atado ao um *cão* decapitado, ambos decorados com manivivos mortos. Um par de hospedeiros de manivivos, amarrados às costas um do outro, ambos drenados de intelecto. Um – consultou o relatório da milícia – vodyanoi coberto de ferimentos profundos e uma jovem humana. Conseguimos extrair os manivivos matando os hospedeiros; morte biológica verdadeira, não essa ridícula meia-coisa, e lhes oferecemos novos hospedeiros, os colocamos numa jaula com dois cães, mas não se moveram, como suspeitávamos. Drene-se o hospedeiro e drena-se também o manivivo.

Recostou-se e observou as duas figuras traumatizadas diante dele.

– Muito bem – disse devagar, após breve silêncio. – *Eu* sou Bentham Rudgutter. Que tal me dizerem quem são, onde está MontJohn Rescue e o que aconteceu?

Numa sala de reuniões próxima ao topo do Espigão, Eliza Stem-Fulcher olhava para o cactáceo à sua frente, do outro lado da mesa. A cabeça sem pescoço elevava--se dos ombros, muito acima da dela. Os braços descansavam imóveis sobre a mesa, hastes enormes e pesadíssimas como galhos de árvore. A pele era perfurada e marcada com cem mil arranhões e rasgos cicatrizados, à maneira dos cactáceos, em espessos nós de matéria vegetal.

O cacto podava os espinhos de modo estratégico. Nos interiores dos braços e pernas, nas palmas, em todo o lugar em que carne pudesse roçar ou pressionar carne, ele havia arrancado os pequenos abrolhos. Uma tenaz flor vermelha, nascida na primavera, permanecia-lhe na lateral do pescoço. Nódulos de crescimento brotavam-lhe dos ombros e peito.

Aguardava, em silêncio, que Stem-Fulcher falasse.

– É nosso entendimento – disse ela, com cuidado – que suas patrulhas terrestres não foram eficientes ontem à noite. Assim como as nossas, devo acrescentar. Ainda temos de verificar isso, mas parece que houve contato entre as mariposas-libadoras e uma pequena… unidade aérea nossa. – Folheou brevemente os papéis. – Parece cada vez mais claro que apenas esquadrinhar a cidade não dará resultados. Por uma série de razões que já discutimos, incluindo nossos métodos de trabalho um tanto diferentes, não acreditamos que seria particularmente frutífero combinarmos nossas patrulhas. No entanto, por certo *faz* sentido que coordenemos nossos esforços. É por isso que estendemos anistia legal à sua organização durante o período desta missão colaborativa. Na mesma linha, estamos preparados para oferecer uma exceção *temporária* à estrita lei contra aeróstatos não governamentais.

Stem-Fulcher pigarreou. *Estamos desesperados*, pensou. *No entanto, aposto que vocês também estão.*

– Estamos preparados para emprestar duas aeronaves, a serem utilizadas após discussões sobre horários e rotas adequadas. Esse é um esforço para dividir nossos esforços de caça nos céus, por assim dizer. Nossas condições permanecem as mesmas anteriormente declaradas: todos os planos deverão ser discutidos e acordados com antecedência. Além disso, todas as pesquisas sobre metodologia de caça deverão ser partilhadas. Pois bem – recostou-se na cadeira e jogou um contrato sobre a mesa –, Mesclado deu-lhe autoridade para tomar esse tipo de decisão? Em caso positivo, o que me diz?

Quando Isaac, Derkhan e Yagharek empurraram a porta da pequena choça ao lado da ferrovia e penetraram, exaustos, as sombras quentes, ficaram apenas um pouco surpresos ao verem Lemuel Pombo esperando por eles.

Isaac foi rude e obsceno. Pombo não estava nem um pouco arrependido.

– Eu disse a você, Isaac – falou –, não se confunda. Se as coisas ficarem pretas, eu caio fora. Mas aqui está você. Fico contente com isso, e nosso acordo ainda está em pé. Presumindo que você ainda insista em caçar aquelas filhas da puta, serei seu dono e, até lá, você tem minha ajuda.

Derkhan fez uma careta, mas não se deixou enfurecer. Estava tensa de animação. Olhou rapidamente para Isaac e franziu o cenho.

– Você consegue nos colocar dentro da Estufa? – Disse.

Ela contou brevemente a Lemuel sobre a imunidade do Conselho dos Constructos aos ataques das mariposas-libadoras. Ele ouvia fascinado enquanto ela descrevia como o Conselho havia girado e soltado o guindaste, pelas costas da mariposa, soterrando sem piedade a coisa sob toneladas de lixo. Contou-lhe que o Conselho dos Constructos tinha certeza de que as mariposas estavam em Pelerrio, escondidas na Estufa.

Derkhan detalhou-lhe os planos experimentais.

– Hoje, temos de achar um modo de fazer os capacetes – disse ela. – Amanhã… entraremos.

Os olhos de Pombo se estreitaram. Ele começou a desenhar esquemas na poeira.

– Isto aqui é a Estufa – disse. – Há cinco rotas básicas de entrada. Uma envolve suborno, e duas quase certamente envolvem homicídio. Matar cactáceos nunca é boa ideia, e suborno é arriscado. Eles vivem falando de como são independentes, mas a Estufa só sobrevive por causa da tolerância de Rudgutter.

Isaac assentiu e olhou para Yagharek.

– O que significa que há montes de informantes. Sigilo é mais seguro.

Derkhan e Isaac se inclinaram perto de Lemuel e observaram seus hieróglifos tomarem forma.

– Então, vamos nos concentrar nas outras duas, ver como funcionam.

Após uma hora de conversa, Isaac já não conseguia se manter acordado. Sua cabeça pendia enquanto escutava. Começou a babar no colarinho. Seu cansaço espalhou-se e infectou Derkhan e Lemuel. Todos dormiram, mas não por muito tempo.

Assim como Isaac, os três rolavam descontentes por causa do ambiente abafado, suando no ar viciado da cabana. O sono de Isaac foi mais perturbado do que o dos demais, e ele gemeu várias vezes de calor. Logo antes do meio-dia, Lemuel pôs-se em pé e sacudiu os outros. Isaac acordou murmurando o nome de Lin. Estava intoxicado de exaustão, sono ruim e infelicidade, e não se lembrou de se zangar com Lemuel. Mal reconhecia que o outro estava ali.

– Vou arranjar companhia – disse Lemuel. – Isaac, é melhor aprontar aqueles capacetes sobre os quais Dee me falou. Precisaremos de pelo menos sete, calculo.

– Sete? – balbuciou Isaac. – Quem você vai trazer? Aonde vai?

– Como já lhe disse, eu me sinto mais seguro com certa proteção – disse Lemuel, e sorriu com frieza. – Espalhei a notícia de que havia um servicinho de proteção disponível, e imagino que alguém já tenha respondido. Vou avaliar os candidatos e garanto que trarei um metalofeiticeiro antes que anoiteça. Um dos candidatos, ou, se não der certo, há um sujeito em Jardins Ab-rogados que me deve favores. Vejo vocês dois às... hum... sete horas, na entrada do aterro.

Saiu. Derkhan aproximou-se de Isaac e de sua infelicidade exausta e pôs o braço em torno dele. Ele soluçou como criança nos braços dela, ainda apegado ao sonho de Lin.

Pesadelo feito em casa. Infelicidade genuína, saída de dentro das profundezas de sua mente.

As tripulações milicianas estavam ocupadas afixando enormes espelhos de metal polido nas traseiras dos arneses das aeronaves.

Era impossível reformar as salas de máquinas, ou mudar o arranjo das cabines, mas as equipes cobriam as escotilhas dianteiras com grossas cortinas negras. O piloto giraria o leme às cegas, instruído pelos gritos dos oficiais no meio da ponte, que olhariam pelas escotilhas traseiras acima das enormes hélices com ajuda dos espelhos angulares, que proporcionavam uma visão confusa, mas completa, do céu à frente do dirigível.

A tripulação de Mesclado, escolhida a dedo, foi escoltada até o topo do Espigão pela própria Eliza Stem-Fulcher.

– Suponho que você saiba pilotar um aeróstato – disse ela a um dos capitães de Mesclado, um taciturno humano Refeito cujo braço esquerdo fora substituído por uma píton rebelde, que ele tentava aquietar.

Ele assentiu. Stem-Fulcher não fez qualquer observação sobre a óbvia ilegalidade daquela qualificação.

– Você pilotará a *Honra de Beyn,* e seus colegas, o *Avanc.* A milícia foi alertada. Tenha cuidado com o tráfego aéreo. Imaginamos que você ia querer começar hoje à tarde. Os alvos tendem a permanecer inativos até anoitecer, mas achamos que seria uma boa ideia para você se acostumar com os controles.

O capitão não respondeu. Em torno dele, a tripulação verificava o equipamento, os ângulos dos espelhos nos capacetes. Eram severos e frios. Pareciam menos atemorizados do que os oficiais da milícia que Stem-Fulcher deixara na sala de treinamento abaixo, praticando tiro com espelhos, disparando para trás. Os homens de Mesclado, afinal de contas, haviam lidado com as mariposas-libadoras mais recentemente.

Ela viu que, como um de seus próprios oficias, alguns criminosos portavam lança-chamas; mochilas sólidas cheias de óleo pressurizado que irrompia através de um bocal para ser incendiado. Haviam sido modificados, como aquele de seu oficial, para espirrar óleo ardente diretamente para trás.

Stem-Fulcher olhou furtivamente para vários dos extraordinários soldados Refeitos de Mesclado. Era impossível dizer quanto material orgânico original restava sob as camadas de metal dos Refeitos. Por certo, a impressão era de que a substituição fora quase total. Corpos esculpidos com raro e primoroso cuidado para imitar musculatura humana.

À primeira vista, nada humano era distinguível. Os Refeitos tinham cabeça de aço moldado. Ostentavam inclusive rostos implacáveis de metal forjado. Pesadas frontes industriais e olhos engastados, de pedra ou vidro opaco. Narizes finos, lábios comprimidos e maçãs do rosto cintilando obscuramente como peltre polido. Os rostos haviam sido projetados para efeito estético.

Stem-Fulcher percebera que eram humanos, e não constructos fabulosos, somente quando entrevira a parte de trás da cabeça de um. Embebida atrás da esplêndida face de metal estava outra, humana e muito menos perfeita.

Aquele era o único traço orgânico remanescente. Sobressaindo-se da parte de trás daqueles semblantes imóveis de metal havia espelhos, como mechas de cabelo. Estavam fixados diante dos olhos humanos, reais, do Refeito.

O corpo ficava a cento e oitenta graus em relação ao rosto humano. Braços-pistolas, pernas e tórax virados para o outro lado, com a cabeça de metal completando a ilusão, ao ser vista de frente. Os Refeitos mantinham o corpo sempre em direções idênticas às de seus companheiros não invertidos. Caminhavam por corredores e para dentro de elevadores com braços e pernas que se moviam em convincente analogia automatizada de passos humanos. Stem-Fulcher deixara-se ficar um pouco para trás e viu os olhos humanos dardejarem para cá e para lá, as bocas torcidas de concentração enquanto examinavam, através dos espelhos, o que estava à frente.

Viu que havia outros, Refeitos de maneira mais simples e econômica para o mesmo propósito. Suas cabeças estavam viradas ao contrário, em meio-círculo, para enxergar pelas próprias costas, sobre um pescoço retorcido e de aparência dolorosa. Olhavam para dentro de seus capacetes-espelhos. Os corpos se moviam com perfeição, sem embaraços, caminhando e manipulando armas e armaduras com movimentos pouco forçados. Havia algo quase mais desconcertante em seus movimentos fluidos e orgânicos abaixo das cabeças revertidas do que nos movimentos sólidos e artificiais de seus companheiros mais completamente Refeitos.

Stem-Fulcher percebeu que via o resultado de meses, ou mais, de treinamento contínuo, de viver constantemente através de espelhos. Com corpos reversos como os deles, aquilo havia sido uma estratégia vital. Aquelas tropas, ponderou ela, foram projetadas especificamente para lidar com mariposas-libadoras. Stem-Fulcher mal podia acreditar na escala das operações de Mesclado. Não seria surpresa, considerou com pesar, que a milícia parecesse amadora, em comparação, ao lidar com as mariposas-libadoras.

Acho que estamos certos em trazê-los a bordo, refletiu.

Com a passagem do sol, o ar sobre Nova Crobuzon encorpou-se lentamente. A luz era densa e amarela como óleo de milho.

Aeróstatos nadavam pela graxa solar, circulando para lá e para cá sobre a geografia urbana, com bizarros movimentos semialeatórios.

Isaac e Derkhan estavam na rua ao lado da cerca do aterro. Derkhan carregava uma bolsa, e Isaac, duas. Sob a luz, sentiam-se vulneráveis. Estavam desacostumados à cidade diurna. Esqueceram como viver nela.

Caminharam da maneira mais sorrateira e discreta possível e ignoraram os passantes.

– Por que, em nome dos diabos, Yagharek teve de se mandar daquele jeito? – sibilou Isaac.

Derkhan deu de ombros.

– Ele parecia inquieto de uma hora para a outra – disse ela. Ponderou e, depois, continuou devagar. – Sei que é inoportuno, mas acho... bastante comovente. Ele é... uma presença vazia, na maior parte do tempo, sabe? Sei que você fala com ele em particular, que conhece o Yagharek *verdadeiro*... Mas quase sempre ele é uma ausência em forma de garuda – corrigiu-se bruscamente. – Não. Ele *não* tem forma de garuda, não é? Esse é o problema. Ele é mais uma ausência em forma de homem. Mas agora... bem, ele parece estar crescendo. Começo a sentir que ele *quer fazer* uma coisa ou outra, e que *não* quer fazer outra ainda.

Isaac assentiu devagar.

– Entendo o que você diz – disse ele. – É verdade que algo nele está mudando. Disse-lhe para não sair e ele simplesmente me ignorou. Ele está ficando definitivamente mais... intencional. O que talvez seja bom.

Derkhan o observava com curiosidade. Falou devagar.

– Você deve estar pensando em Lin o tempo todo – disse.

Isaac olhou para outro lado. Por um instante, não disse nada. Depois, assentiu ligeiro.

– Sempre – disse abruptamente. Seu rosto assumiu uma expressão da mais chocante tristeza. – Sempre. Não posso... Não tenho tempo para lamentar. Não ainda.

Um pouco adiante, a rua fazia uma curva e se separava num pequeno agrupamento de ruelas. De um daqueles becos sem saída saiu um súbito estrondo metálico. Isaac e Derkhan ficaram tensos e recuaram de repente para junto da cerca de tela.

Ouviu-se um sussurro, e Lemuel espiou pela esquina do beco.

Avistou Isaac e Derkhan e sorriu triunfante. Fez com as mãos um movimento de empurrar, indicando que deveriam entrar no aterro. Os dois se voltaram e foram até a brecha na tela de arame, verificaram que não eram observados e passaram pela cerca, para dentro do terreno estéril.

Afastaram-se rapidamente da rua e dobraram esquinas em meio ao lodo até pararem abaixados num espaço invisível pela cidade. Em dois minutos, Lemuel foi trotando na direção deles.

– Tarde, pessoal. – Sorriu triunfante.

– Como você chegou até aqui? – perguntou Isaac.

Lemuel riu à socapa.

– Esgotos. Preciso me manter fora de vista... Não é tão perigoso, com a turma que vem comigo. – Seu riso se apagou quando os olhou direito. – Onde está Yagharek? – disse.

– Ele insistiu que precisava ir a um lugar. Dissemos a ele que ficasse, mas não quis saber. Disse que nos encontraria aqui amanhã, às seis.

Lemuel praguejou.

– Por que o deixaram ir? E se o prenderem?

– Diabos, Lem. O que, em nome de Falastrão, eu poderia fazer? – sibilou Isaac. – Não posso *me sentar* sobre o sujeito. Talvez seja alguma porcaria religiosa, uma palhaçada mística lá de Cymek. Talvez ele pense que vai morrer e que tem de dizer adeus aos seus malditos ancestrais. Eu disse para ele não ir, ele disse que iria.

– Tudo bem, deixe para lá – murmurou Lemuel, irritado.

Olhou para trás. Isaac viu um pequeno grupo de figuras que se aproximava.

– Estes são nossos empregados. Estou pagando, e você me deve.

Havia três. Eram imediatamente reconhecíveis como aventureiros; renegados que vagavam por Ragamina, Cymek e Fellid, e talvez por toda Bas-Lag. Eram fortes e perigosos, sem lei e desprovidos de lealdade ou moralidade. Viviam de sua perspicácia, roubando e matando, alugando-se para quem ou o que viesse. Eram inspirados por virtudes dúbias.

Uns poucos realizavam trabalhos úteis; pesquisa, cartografia e coisas do tipo. A maior parte não passava de ladrões de sepulcros. Escória que morria mortes violentas, sustentada por certo crédito entre os impressionáveis, devido à sua inegável bravura e às suas impressionantes façanhas ocasionais.

Isaac e Derkhan os inspecionaram sem entusiasmo.

– Estes são Shadrach, Pengefinchess e Tansell – disse Lemuel, indicando cada um deles.

Os três olharam para Isaac e Derkhan com arrogância implacável e presunçosa.

Shadrach e Tansell eram humanos. Pengefinchess, vodyanoi. Shadrach era obviamente o valentão do grupo. Amplo e sólido, vestia uma coleção variada de partes de armaduras, couro rebitado e placas de ferro forjado, nos ombros, na frente e atrás. Estava respingado de lama dos esgotos. Seguiu o olhar de Isaac, que se fixara em seu traje.

– Lemuel nos avisou de que haveria problemas – disse com voz curiosamente melódica. – Viemos vestidos para a ocasião.

De seu cinto pendiam uma enorme pistola e uma grande espada-machete. A pistola era entalhada de forma intricada, uma cabeça chifruda e monstruosa. A boca era o cano. Dali vomitava balas. Levava às costas um bacamarte de boca larga e um escudo negro. Não seria capaz de dar três passos na cidade sem ser preso. Não admirava que houvessem chegado pelo subterrâneo.

Tansell era mais alto do que Shadrach, porém muito mais magro. Sua armadura era mais elegante e parecia projetada, ao menos em parte, com fins estéticos. Era marrom, polida e decorada com entalhes espirais. Camadas de couro endurecido, fervido em cera. Portava uma arma menor, e sua espada era uma esguia rapieira.

– E aí, qual é a situação? – disse Pengefinchess.

Isaac percebeu pela voz que o vodyanoi era fêmea. Nos vodyanois não havia características físicas, exceto as escondidas sob as tangas, pelas quais humanos leigos pudessem diferenciar os gêneros.

– Bem... – disse Isaac devagar, observando a vodyanoi.

Ela se agachou como sapo diante dele e o encarou de volta. Sua indumentária era inteiriça e branca – e estranhamente limpa, dada a recente jornada –, ajustada em torno dos pulsos e tornozelos, deixando livres seus grandes pés e mãos anfíbios. Carregava no ombro um arco recurvo e uma aljava selada, e no cinto uma faca de osso. Uma grande bolsa de grossa pele reptiliana estava afivelada à sua barriga. Isaac não conseguiu determinar o que havia lá dentro.

Enquanto Isaac e Derkhan observavam, algo bizarro aconteceu sob as roupas de Pengefinchess. Houve um rápido movimento, como se alguma coisa envolvesse o corpo da vodyanoi com grande velocidade e depois se retraísse. Passada a estranha onda, uma grande área de algodão branco no camisolão dela ficou encharcada de água e se aderiu a ela subitamente. E então secou, como se todos os átomos de líquido houvessem sido sugados. Isaac assistia boquiaberto,

Pengefinchess olhou para baixo com naturalidade.

– Esta é minha ondina. Nós temos um trato. Eu lhe forneço certas substâncias e ela se agarra a mim, mantendo-me molhada e viva. Isso permite que eu viaje por lugares muito mais secos do que poderia sem ela.

Isaac assentiu. Pela primeira vez via um elemental aquático. Era perturbador.

– Lemuel os avisou sobre o tipo de problema que enfrentamos? – disse Isaac.

Os aventureiros assentiram, despreocupados. Empolgados, até. Isaac tentou engolir sua exasperação.

– Aquelas coisas-mariposas não são os únicos bichos que não podemos nos dar ao luxo de ficar olhando, chefia – disse Shadrach. – Posso matar de olhos fechados, se necessário. – Falava com suave e arrepiante confiança. – Este cinto – bateu nele, displicente – é de couro de catoblepas. Matei um nas cercanias de Tesh. Também não olhei para ele, senão estaria morto. Podemos dar um jeito naquelas mariposas.

– Pelos diabos, espero que sim – disse Isaac sombriamente. – Com sorte, não será necessário lutar. Creio que Lemuel se sinta mais seguro com algum apoio, apenas para prevenir. Esperamos que os constructos tomem conta do assunto.

A boca de Shadrach se torceu minimamente, expressando o que parecia desprezo.

– Tansell é metalotaumaturgo – disse Lemuel –, não é?

– Bem... conheço algumas técnicas de trabalho com metais – respondeu Tansell.

– O trabalho não é complexo – disse Isaac –, só um pouco de solda. Venha por aqui.

Isaac os guiou através do lixo até o lugar em que haviam escondido os espelhos e outros materiais para os capacetes.

– Temos material sobrando por aqui – disse Isaac, agachando-se perto da pilha.

Pegou uma peneira, canos de cobre e, após remexer um pouco, dois apreciáveis cacos de espelho. Acenou vagamente a Tansell com eles.

– Precisamos de um capacete que se ajuste bem, e um para o garuda que não está aqui – ignorou o olhar que Tansell trocou com os companheiros – e precisamos que estes espelhos sejam afixados na frente, num ângulo que nos permita ver atrás de nós com facilidade. Você acha que consegue?

Tansell olhou para Isaac com desdém. O homem alto sentou-se de pernas cruzadas diante da pilha de metais e espelhos. Pôs a peneira na cabeça, como um menino brincando de soldado. Sussurrou muito suavemente uma estranha cadência e começou a massagear as mãos com movimentos rápidos e intricados. Puxou os punhos e esfregou os cutelos das mãos.

Durante vários minutos, nada aconteceu. Então, de súbito, seus dedos começaram a brilhar de dentro para fora, como se seus ossos fossem iluminados.

Tansell levantou o braço e começou a acariciar a peneira, tão gentilmente como acariciaria um gato.

Devagar, o metal começou a moldar-se sob sua persuasão. Amaciava-se a cada toque momentâneo, ajustando-se melhor, achatando-se, distendendo-se na parte de trás. Tansell o puxou e manuseou gentilmente, até que ficou bastante regular sobre a cabeça. Depois, ainda sussurrando pequenos sons, bateu suavemente na parte dianteira, ajustando a borda do metal, dobrando-a para cima e tirando-a da frente dos olhos.

Estendeu o braço e apanhou o cano de cobre, tomou-o entre as mãos e canalizou energia através de suas palmas. Obstinadamente, o metal começou a flexionar-se. Tansell o enrolou com cuidado, colocando as duas extremidades do cobre contra o capacete-peneira, logo acima das têmporas, e pressionando firme até que cada peça de metal rompesse a tensão superficial da outra e começasse a se derramar através da divisão. Com um pequenino chiado de energia, o espesso cano e a peneira de ferro se fundiram.

Tansell moldou a bizarra saliência de cobre que se projetava da frente do capacete recém-nascido. Fez dela um laço em ângulo que se estendia por trinta centímetros. Tateou à procura dos fragmentos de espelho, estalou os dedos até que alguém os entregasse a ele. Murmurando para o cobre, seduzindo-o, amaciou a substância e encaixou nela um e depois outro pedaço de espelho, diante de seus olhos. Olhou para os espelhos, um de cada vez, e os ajustou com cuidado até que oferecessem uma visão clara da muralha de lixo atrás de si.

Depurou o cobre, endureceu-o.

Tansell afastou as mãos e ergueu os olhos para Isaac. O capacete era desajeitado, e sua proveniência de peneira ainda era absurdamente óbvia, mas era perfeito para o que precisavam. Ficara pronto em pouco mais de quinze minutos.

– Colocarei dois buracos nele, para passar um francalete, só para garantir – murmurou.

Isaac assentiu, impressionado.

– Está perfeito. Precisamos de... sete desses, um deles para o garuda. A cabeça é *mais redonda*, lembre-se. Vou deixá-lo trabalhar por um tempo. – disse Isaac, e olhou para Derkhan e Lemuel. – Acho melhor consultar o Conselho.

Voltou-se e atravessou o labirinto de detritos.

– Boa noite, der Grimnebulin – disse o avatar, no âmago do lixo.

Isaac inclinou-lhe a cabeça em saudação, e também à enorme silhueta esquelética do próprio conselho, que aguardava mais além.

– Você não veio só.

Sua voz era indiferente como sempre.

– Não comece, por favor – disse Isaac. – *Não* vamos entrar nessa sozinhos. Somos um cientista gordo, um gatuno e uma jornalista. Precisamos de apoio profissional, ou estaremos fodidos. Esse pessoal mata animais exóticos para *ganhar a joça da vida* e não tem o menor interesse em contar a ninguém sobre vocês. Tudo que eles sabem é que alguns malditos constructos estarão lá conosco. Mesmo que pudessem entender quem ou o que você é, eles já infringiram dois terços das leis de Nova Crobuzon, de modo que não estão a fim de correr e lamber o rabo de Rudgutter.

Fez-se silêncio.

– *Compute* essa, se quiser. Você não corre risco nenhum por causa de três répro-bos ocupados em fazer capacetes.

Isaac imaginou sentir um tremor sob os pés quando a informação correu pelas entranhas do Conselho. Após longa pausa, o avatar e o Conselho assentiram com cautela. Isaac não ficou mais tranquilo.

– Vim procurar por aqueles de você que possam arriscar-se no negócio de amanhã – disse.

O Conselho assentiu outra vez.

– Muito bem – disse devagar o Conselho dos Constructos com a língua do defunto. – Primeiro, como discutimos, assumirei o papel de guardião. Você trouxe o engenho de crise?

Algo duro atravessou o rosto de Isaac. Passou rápido.

– Está aqui – disse e colocou uma das sacolas diante do avatar.

O homem nu a abriu e curvou-se para espiar ali dentro os tubos e vidros, dando a Isaac uma visão súbita e asquerosa do oco ulcerado de seu crânio. Pegou a sacola e caminhou até o Conselho com ela, depositando-a diante da virilha da enorme figura.

– Muito bem – disse Isaac. – Você fica com ele, para o caso de acharem nossa cabana. Boa ideia. Virei buscá-lo pela manhã. – Fez uma careta. – Quem de você vem conosco? Precisamos de uma boa força de apoio.

– Não posso arriscar ser descoberto, Grimnebulin – disse o avatar. – Caso o acompanhasse sob as formas de meus eus ocultos, os corpos de constructos que trabalham durante o dia nas mansões, canteiros de obras e cofres de bancos, que ficam à espera, acumulando conhecimento, e eles retornassem esbatidos e quebrados, ou não retornassem, eu ficaria exposto ao inquérito da cidade. E não estou pronto para tanto. Ainda não.

Isaac assentiu devagar.

– Assim, irei com você sob as formas que posso perder. Isso suscitará confusão e perplexidade, mas não suspeita em relação à verdade.

Atrás de Isaac, o lixo começou a se mexer e despencar. Ele se voltou.

Agregações específicas de lixo separavam-se dos monturos de objetos descartados. Como o próprio Conselho dos Constructos, formavam-se da matéria do aterro.

Os constructos imitavam a forma e o tamanho de chimpanzés. Estalavam e tiniam ao se mover, com sons estranhos e perturbadores. Cada um era singular. As cabeças eram chaleiras e abajures, as mãos eram garras de aparência cruel, arrancadas de instrumentos científicos e juntas de andaimes. Eram blindados com grandes placas de metal rasgadas, soldadas de modo grosseiro e rebitadas aos corpos, que se espalhavam pela terra arrasada com inquietantes movimentos meio símios. Haviam sido criados com senso extraordinário de estética reciclada.

Deitados e imóveis eram invisíveis: nada mais do que acúmulos aleatórios de metal velho.

Isaac observou as macacoisas balançarem e saltarem, vazarem água e óleo, tiquetaquearem mecanismos de relojoaria.

– Carreguei no engenho analítico de cada um tanta memória e capacidade quanto é capaz de suportar – disse o avatar. – Esses de mim obedecerão a você, e entenderão a importância de fazê-lo. Concedi-lhes inteligência viral. Foram programados com dados para reconhecer mariposas-libadoras e atacá-las. Cada um leva ácido ou agente flogístico dentro de sua seção central.

Isaac assentiu, impressionado com a desenvolta facilidade com a qual o Conselho criara aquelas máquinas assassinas.

– Você já elaborou o melhor plano?

– Bem – disse Isaac –, vamos nos preparar hoje à noite, criar algum tipo de… hum… equipar-nos, entende? Planejar com nossa… equipe adicional. Amanhã, lá pelas seis, encontraremos Yag aqui, presumindo que o estúpido desgraçado ainda não tenha se deixado matar. Depois, entraremos no gueto de Pelerrio usando as qualificações de Lemuel. Então, será a caça à mariposa.

A voz de Isaac soava em rígido *staccato*. Ele cuspia rápido o que precisava dizer.

– O problema é que teremos de separá-las. Conseguiremos pegar uma, creio. De outro modo, se houver duas ou mais, uma delas estará sempre à nossa frente e poderá mostrar as asas. Assim, estudaremos o local, tentaremos descobrir onde estão. É difícil dizer qualquer coisa sem ver. Levaremos também o amplificador com canalizador que você usou em mim. Pode ajudar-nos a manter interessada uma das mariposas, fazê-la farejar, oferecer-lhe algo que se sobressaia do ruído mental de fundo. É possível ligar outros capacetes ao motor? Você tem *algum* sobrando?

O avatar assentiu.

– É melhor me dar os que tiver e me mostrar as diferentes funções. Pedirei a Tansell que os ajuste e adicione alguns espelhos. A questão – disse Isaac, pensativo – é que não pode ser apenas a *força* do sinal que as atrai, senão somente videntes, comunicatrizes e assemelhados seriam atacados. Creio que elas gostam de *sabores* particulares. É por isso que a raquítica veio atrás de mim. Não porque havia uma enorme trilha dando sopa acima da cidade, mas porque a mariposa reconheceu e quis esta mente *específica*. E... bem, agora, talvez as outras também possam reconhecer minha mente. Talvez eu estivesse errado em pensar que apenas uma reconheceria. Elas devem tê-la farejado na noite passada. – Olhou pensativo para o avatar. – Vão se lembrar dela como a trilha que sua irmã ou irmão seguia quando morreu. Não sei se isso é bom ou ruim...

– Der Grimnebulin – disse o morto após um momento –, você deve trazer de volta ao menos um de meus pequenos eus. Eles devem descarregar na memória do Conselho, eu, aquilo que viram. Posso aprender muito sobre a Estufa dessa forma. Isso só pode nos ajudar. Não importa o que aconteça, um deles deve sair ileso.

Passaram-se vários instantes de silêncio. O Conselho esperou. Isaac pensou em algo para dizer, mas não encontrou. Olhou nos olhos do avatar.

– Voltarei amanhã. Tenha seus eus-símios prontos até lá. Então eu... eu *vejo* você novamente – disse.

A cidade chafurdava em extraordinário calor noturno. O verão atingira o momento crítico. Nas estrias de ar sujo acima da cidade, as mariposas-libadoras dançavam.

Esvoaçavam embriagadas sobre os minaretes e ravinas da Estação Perdido. Batiam as asas infinitesimalmente, aproveitando com habilidade as termais. Meadas de emoção inconstante desenrolavam-se de suas cabriolas.

Com súplicas e carícias silenciosas cortejavam umas às outras. Ferimentos, já quase curados, estavam esquecidos em meio à excitação febril e trêmula.

O verão nessa planície que já fora verdejante, à beira do Mar dos Cavalheiros, chegara um mês e meio mais cedo do que para as irmãs ultramarinas das mariposas-libadoras. A temperatura ascendera devagar, alcançando níveis inéditos em vinte anos.

Reações termotáxicas acionaram-se nos genitais das mariposas-libadoras. Hormônios nadavam em suas marés de linfa. Configurações singulares de carne e substâncias quêmicas impeliam os ovários e gônadas a uma produtividade precoce. Elas se tornaram férteis de repente – e agressivamente excitadas.

Áspises, morcegos e pássaros abandonaram em pânico o ar, que pungia de desejos psicóticos.

As mariposas-libadoras flertavam por meio de balés aéreos terríveis e lascivos. Tocavam tentáculos e membros, desfraldavam novas partes que nunca haviam visto. As três mariposas menos danificadas conduziam sua irmã, a vítima do Tecelão, sobre lufadas de fumaça e ar. Aos poucos, a mariposa mais machucada parou de lamber sua multidão de ferimentos com a língua trêmula e passou a tocar as companheiras. A carga erótica era de todo infecciosa.

A corte do polimorfo quarteto tornou-se carregada e competitiva. Carícias, toques, excitação. Cada mariposa, por sua vez, espiralava na direção da lua, bêbada de luxúria. Partia o selo da glândula oculta sob a cauda e exsudava uma nuvem de almíscar empático.

Suas companheiras bebiam o psicoaroma, saltavam feito toninhas entre nuvens de carnalidade. Rolavam, brincavam e ascendiam para borrifar o céu. Por ora, seus dutos de esperma permaneciam quietos. As pequenas metagotas estavam repletas dos sucos erógenos e ovigênicos das mariposas-libadoras. Querelavam lascivamente para ser fêmeas.

Cada sucessiva exsudação elevava o ar a um patamar mais alto de excitação. As mariposas mostravam os dentes de lápide e baliam seus desafios sexuais umas para as outras. As válvulas úmidas sob a quitina encharcavam-se de afrodisíaco. Voavam em torno da névoa de seus perfumes mútuos.

Enquanto continuava o duelo de feromônios, uma voz febril soava cada vez mais triunfante. Um corpo voava mais e mais alto, e suas companheiras ficavam para trás. Suas emanações empestavam o ar com sexo. Havia ataques de último esforço, surtos de desafio erótico. Porém, uma a uma, as outras mariposas foram fechando seus genitais femininos, aceitando a derrota e a masculinidade.

A mariposa triunfante – aquela ainda desfigurada e ensanguentada em virtude da batalha contra o Tecelão – pairava. Ainda fedia a sucos femininos, e sua fecundidade era inquestionável. Havia demonstrado ser a mais maternal.

Havia ganhado o direito de gestar a ninhada.

As outras três mariposas a adoravam. Tornaram-se lacaios.

O toque da carne da nova matriarca os tornava extáticos. Descreviam circuitos, mergulhavam e retornavam excitados e ardentes.

A mãe-mariposa divertia-se à custa deles, conduzia-os sobre a cidade quente e escura. Quando as súplicas dos machos tornaram-se tão dolorosas quanto seu próprio desejo, a matriarca pairou e se apresentou. Abriu o exoesqueleto segmentado e desdobrou a vagina na direção deles.

Copulou com todos, um a um, tornado-se por instantes uma coisa dupla que despencava perigosamente no ar, flanqueada por ansiosos parceiros que esperavam sua vez. As três que haviam se tornado machos sentiam mecanismos orgânicos repuxarem e torcerem, abrindo a barriga e fazendo emergir o pênis pela primeira vez. Tateavam com os braços, cordas de carne e espinhas ósseas, e a matriarca fazia o mesmo estendendo atrás de si uma complexa trama de membros que agarravam, puxavam e entrelaçavam.

Fizeram-se súbitas conexões escorregadias. Cada par se unia e copulava com necessidade e prazer fervorosos.

Quando as horas de cio passaram, as quatro mariposas-libadoras derivaram de asas abertas, completamente exaustas. Gotejavam.

À medida que o ar esfriava, seu leito de termais desinflava, e começaram a bater asas para se manter no alto. Um a um, os três pais afastaram-se até a cidade lá embaixo para procurar alimento que os revivesse e sustentasse, e para prover sua parceira conjugal.

A matriarca demorou-se um pouco mais no céu. Após ficar sozinha por um minuto, suas antenas vibraram e ela fez uma lenta curva até o Sul. Estava exausta. Os órgãos e orifícios sexuais haviam se fechado sob a carapaça iridescente, para conservar o que se derramara.

A mãe-mariposa voou para Pelerrio e o domo dos cactos, pronta para construir o ninho.

Minhas garras flexionam-se, tentando abrir-se. Estão cerceadas pelas ridículas e desprezíveis bandagens em torno delas, que drapejam como pele solta.

Caminho recurvado pelas laterais da ferrovia, os trens gritam-me irados, alertas, ao passar por mim trovejando. Esgueiro-me agora através da ponte férrea, vendo o Piche serpentear sob mim. Paro e olho em volta. Muito à minha frente e também atrás de mim o rio desliza e joga lixo contra as margens, em pequenas irrupções rítmicas.

Olhando para o Oeste na distância, posso ver acima da água e do inchaço das casas de Pelerrio até o topo da Estufa. Está iluminada por dentro, uma pústula de luz na pele da cidade.

Estou mudando. Há algo em mim que não existia antes, ou talvez seja algo que se foi. Farejo o ar, e é o mesmo ar de ontem. No entanto, é diferente. Não pode haver dúvida. Algo desponta sob minha própria pele. Já não sei quem sou.

Tenho seguido aqueles humanos como se fosse mudo. Uma presença sem valor ou consciência, sem opinião ou intelecto. Sem saber o que sou, como saber o que dizer?

Deixei de ser o Respeitado Yagharek, e não o tenho sido por muitos meses. Já não sou a coisa feroz que assolava as arenas de Shankell, que trucidava homem e tróu, ratajin e bocaestrepe, um zoológico de feras aguerridas e guerreiros de raças que eu nunca sonhara existirem. Aquele lutador selvagem se foi.

Já não sou o exaurido que assolava as férteis planícies e as duras e frias colinas. Já não sou a coisa perdida que vagava introspectiva pelas vias de concreto da cidade, procurando tornar-me outra vez algo que nunca fui.

Já não sou nenhum desses. Estou mudando e não sei o que me tornarei.

Tenho medo da Estufa. Como Shankell, ela tem muitos nomes. A Estufa, a Casa de Vidro, a Casa Verde, o Plantário. Não passa de um gueto, administrado por prestidigitação. Um gueto onde os cactáceos tentam replicar a orla do deserto. Retorno ao lar?

Fazer a pergunta é respondê-la. A Estufa não é a savana, nem o deserto. É uma triste ilusão, nada além de miragem. Não é meu lar.

E se fosse o deserto, se fosse o portal para a mais profunda Cymek, para as florestas secas e os férteis pântanos, para o repositório de vida oculta sob a areia e para a grande biblioteca nômade dos garudas, se a Estufa fosse mais do que uma sombra, se fosse o deserto que finge ser, ainda assim não seria meu lar.

Tal lugar não existe.

Vagarei por uma noite e um dia. Repisarei as pegadas que uma vez deixei à sombra da ferrovia. Cruzarei a monstruosa geografia da cidade e encontrarei as ruas que me trouxeram para cá, os atarracados canais nos tijolos aos quais devo minha vida e identidade.

Encontrarei os mendigos que partilharam de minha comida – se não estiverem mortos de doenças ou a facadas para terem seus sapatos manchados de urina roubados. Tornaram-se minha tribo, dispersa, arruinada e violada, mas ainda assim uma espécie de tribo. Sua entorpecida falta de interesse em mim – em tudo – era bem-vinda após dias de cuidadosa espreita e uma hora ou duas de perambulação ostentosa sob minhas agonizantes próteses de madeira. Nada lhes devo, àquelas mentes tediosas, fodidas de álcool e drogas, mas os encontrarei outra vez por mim, não por eles.

Sinto como se percorresse estas ruas pela última vez.

Morrerei?

Há duas possibilidades.

Ajudarei Grimnebulin e derrotaremos aquelas horríveis criaturas da noite, aquelas bebedoras de almas, e ele fará de mim uma bateria. Serei recompensado; ele me carregará como uma pilha flogística, e voarei. Enquanto penso nisso, escalo. Mais e mais alto sobre estes degraus de treliça, escalando a cidade como uma escada para observar-lhe a noite fervilhante e vulgar. Sinto os flácidos restos dos músculos de minhas asas tentarem bater com movimentos rudimentares e patéticos. Não me erguerei sobre marés de ar, impulsionado por penas, mas flexionarei minha mente como asa e pairarei sobre canais de poder, energia transformativa, fluxo taumatúrgico, sobre a energia vinculadora e explosiva que subjaz a tudo, que Grimnebulin chama de crise.

Serei um prodígio.

Ou falharei e morrerei. Cairei e serei empalado em duro metal, ou meus sonhos me serão sugados da mente e dados de comer a algum filhote de demônio.

Sentirei alguma coisa? Continuarei vivendo naquele leite? Saberei quando for bebido?

O sol rasteja para dentro de minha vista. Canso-me.

Sei que deveria ter ficado. Se devo ser qualquer coisa real, algo mais que a presença muda e imbecil que tenho sido até agora, deveria ficar, intervir, planejar, preparar e assentir às sugestões deles, suplementá-las com as minhas. Sou, fui, caçador. Posso espreitar os monstros, as feras horrendas.

Mas não consegui. Tentei dar meus pêsames, dar a conhecer a Grimnebulin – e até mesmo a Diazul – que sou um deles, que sou parte da turma. Da equipe. Do bando. Os caçadores de mariposas. Mas tudo me soou vazio.

Procurarei e encontrarei a mim mesmo, então saberei se posso contar-lhes isso. Se não, saberei o que dizer em compensação.

Vou me armar. Trarei armas. Encontrarei uma faca, um chicote, como aqueles que costumava empunhar. Mesmo que seja forasteiro, não permitirei que morram desamparados. A vida de todos nós custará caro às coisas sedentas.

Ouço música triste. Há um momento de insólita quietude, quando os trens e as barcas passam para além de mim em meu caminho alto, e os ruídos de seus motores distanciam-se aos poucos, e a aurora se descobre por um instante.

Alguém à beira do rio, em alguma mansarda, toca rabeca. É uma tensão assombrosa, uma trêmula canção fúnebre de semitons e contrapontos sobre um ritmo alquebrado. Não soam como harmonias locais.

Reconheço o som. Já o ouvi antes. No barco em que atravessei o Mar Escasso, e antes disso em Shankell.

Não há como escapar de meu passado sulista, assim parece.

É a saudação à aurora das pescadoras de Perrique Próximo e das Ilhas Mandrágora, muito ao sul. Minha invisível acompanhante dá boas-vindas ao sol.

A maior parte das poucas perriquenses de Nova Crobuzon vive em Lamecoa e, no entanto, aqui está ela, cinco quilômetros rios acima, despertando o Grande Diapescador com sua execução magnífica.

Ela toca para mim por mais alguns instantes, antes que o ruído da manhã leve seu som embora e eu seja deixado agarrado à ponte, ouvindo o estrondo das sirenes e o assovio dos trens.

O som distante continua, mas não consigo ouvi-lo. Os barulhos de Nova Crobuzon enchem meus ouvidos. Vou segui-los, acolhê-los. Deixarei que me cerquem. Mergulharei na vida quente da cidade. Sob arco e sobre pedra, através da esparsa floresta de ossos do Espinhaço, para dentro das tocas de tijolos de Ladovil e Charco do Cão, através da indústria expansiva de Grande Bobina. Como Lemuel farejando em busca de contatos, retraçarei meus passos. E, aqui e ali, espero, entre os pináculos e a arquitetura amontoada, tocarei os imigrantes, os refugiados, os forasteiros que refazem Nova Crobuzon todos os dias. Este lugar de cultura bastarda. Esta cidade vira-lata.

Ouvirei os sons de violinistas perriquenses, ou as canções fúnebres de Gnurr Kett, ou um pedrenigma de chet, ou sentirei o cheiro do mingau de bode que comem em Neovadan, ou verei uma soleira de porta pintada com os símbolos de um capitão--gráfico de Margaivota... Distantes, distantes de seu lar. Sem lar. Lar.

Em torno de mim haverá Nova Crobuzon, infiltrando-se em minha pele.

Quando eu retornar a Voltagris, meus companheiros estarão à espera, e libertaremos esta cidade refém. Despercebidos e desagradecidos.

PARTE 6

A ESTUFA

CAPÍTULO 42

As ruas de Pelerrio formavam suaves aclives em direção à Estufa. As casas eram antigas e altas, com vigas de madeira podre e paredes de argamassa úmida. Qualquer chuva as saturava e empolava, derrubava dos telhados inclinados cascatas de telhas, assim como pregos enferrujados que se dissolviam. Pelerrio parecia suar gentilmente sobre fogo lento.

A metade sul de Pelerrio era indistinguível de Ladomosca, que ficava ao lado. Era barata e não muito violenta, apinhada e, na maior parte, pacata. Era uma área miscigenada, de ampla maioria humana junto a pequenas colônias de vodyanois à beira do tranquilo canal, uns poucos cactáceos renegados e solitários e até mesmo uma colmeia khepri que ocupava duas ruas, comunidade tradicional rara fora de Kinken ou Beiracórrego. Pelerrio do Sul era também o lar de algumas entre o pequeno número das raças mais exóticas da cidade. Havia uma loja, na Avenida Bekman, dirigida por uma família hotchi que conservava as espinhas cuidadosamente limadas para não intimidar os vizinhos. Havia um mendigo llorgiss que mantinha seu corpo de barril cheio de bebida e cambaleava pelas ruas sobre três pernas instáveis.

Mas Pelerrio do Norte era muito diferente. Era mais quieta, mais soturna. Era a reserva dos cactáceos.

Por maior que fosse a Estufa, não poderia conter todos os cactáceos da cidade, nem mesmo todos aqueles que eram fiéis à tradição. Pelo menos dois terços do povo cacto de Nova Crobuzon viviam fora das vidraças protetoras. Amontoavam-se nas favelas de Pelerrio e em algumas outras áreas, como Siríaco e Jardins Ab-rogados. Mas Pelerrio era o centro de sua cidade, e lá se misturavam em igual número aos moradores humanos. Formavam a subclasse dos cactos, que entrava na Estufa para fazer compras e frequentar igrejas, mas era forçada a viver na cidade herege.

Alguns se rebelavam. Jovens cactáceos indignados juravam jamais entrar na Estufa que os havia traído. Referiam-se a ela, ironicamente, por seu nome mais antigo e obsoleto: o Viveiro. Escarificavam-se e lutavam brutais, inúteis e empolgantes batalhas de gangues. Algumas vezes aterrorizavam a vizinhança, assaltando pedestres e furtando dos adultos (humanos e cactáceos) que partilhavam de suas ruas.

Fora da Estufa, em Pelerrio, o povo cacto era rude e quieto. Trabalhava para chefes vodyanois ou humanos, sem vacilação ou entusiasmo. Sua comunicação com colegas de trabalho de outras raças resumia-se a grunhidos lacônicos. Seu comportamento dentro da Estufa nunca era visto.

A própria Estufa era um domo imenso e achatado. No solo, seu diâmetro era de quase quatrocentos metros. Até o topo, media setenta metros. A base era angulada para ajustar-se estreitamente às ruas limítrofes de Pelerrio.

A estrutura era forjada em ferro negro, um grande e espesso esqueleto decorado com arabescos e floreios ocasionais. Sobressaia-se entre as casas de Pelerrio, visível até longa distância no topo de sua pequena colina. Emergindo de sua cobertura, em dois círculos concêntricos, havia dois braços de sustentação, quase do tamanho do Espinhaço, suspendendo o domo e suportando-lhe o peso com grandes cabos de metal entrançado.

De quanto mais longe se visse, mais impressionante parecia a Estufa. Do bosque no topo da Colina da Bandeira, um panorama que atravessava dois rios, a ferrovia, os altrilhos e seis quilômetros de grotesca extensão urbana, as facetas do domo cintilavam com claros estilhaços de luz. Das ruas em torno, no entanto, a multiplicidade de rachaduras e espaços escuros onde o vidro caíra eram visíveis. O domo fora reformado apenas uma vez em três séculos de existência.

Na base do domo revelava-se a idade da estrutura. Estava decrépita. Tinta escamava em grandes línguas nas partes metálicas que a ferrugem havia roído como vermes. Ao longo dos primeiros cinco metros acima do solo, os painéis de vidro – cada um medindo quase cinco metros na parte inferior, diminuindo em largura, como pedaços de torta, à medida que se aproximavam do vértice – estavam cheios do mesmo ferro pintado e ruinoso. Acima dali, o vidro era sujo e impuro, colorido de verde, azul e bege, uma colcha de retalhos aleatória. Era reforçado e esperava-se que suportasse o peso de pelo menos dois cactáceos de bom tamanho. Mesmo assim, vários painéis estavam quebrados e sem vidros, e muitos mais estavam decorados com filigranas de rachaduras.

O domo fora construído sem maiores preocupações com as casas circundantes. O padrão das ruas que o cercavam continuava até lhe atingir a sólida base de metal. As duas, três ou quatro casas que ficaram no caminho das orlas do domo haviam sido esmagadas, e as fileiras continuavam sob o pavilhão de vidro, numa variedade de ângulos aleatórios.

Os cactáceos simplesmente confinaram um agrupamento já existente das ruas de Nova Crobuzon.

Com o passar das décadas, a arquitetura dentro do domo havia sido alterada para adaptar as casas humanas aos inquilinos cactáceos. Algumas estruturas foram demolidas e substituídas por estranhos novos edifícios. Porém, dizia-se que a planta geral e a maior parte da estrutura haviam permanecido, idênticas ao que eram antes de o domo existir.

Havia uma entrada, na ponta sul da base, na Praça Yashur. No lado oposto da circunferência ficava a saída, na Rua Albagaço, uma via íngreme de onde se podia ver o rio. A lei dos cactos determinava que todas as saídas e entradas deveriam dar-se somente por aqueles portais, respectivamente. Isso era desafortunado para os cactáceos que viviam bem próximos de um ou outro portal. Entrar, por exemplo, poderia levar dois minutos, mas retornar para casa vindo da saída implicaria uma caminhada longa e sinuosa.

Todas as manhãs, às cinco, os portões eram abertos, revelando a curta passagem cercada que havia além deles, e todas as noites, à meia-noite, eram fechados. Eram vigiados por uma pequena unidade de guardas blindados que portavam imensos cutelos-de-guerra e poderosas arcosserras.

Como seus primos mudos e enraizados, os cactáceos tinham peles vegetais grossas e fibrosas. Eram distendidas e perfuravam-se com facilidade, mas restauravam-se rapidamente, formando cicatrizes grossas e feias – a maioria dos cactáceos era coberta de inofensivos gânglios de tecido cicatricial. Eram necessárias várias estocadas, ou um tiro certeiro que atingisse os órgãos, para que se causasse dano verdadeiro. Balas, flechas e murros costumavam ser ineficientes contra cactáceos. Por isso os soldados cactos portavam arcosserras.

Os projetistas da primeira arcosserra foram humanos. As armas haviam sido usadas durante o terrível ministério do prefeito Collodd – eram carregadas por guardas humanos da fazenda de cactos do prefeito. Porém, depois que a reforma-dora Lei da Sapiência extinguiu a fazenda e garantiu aos cactáceos algo semelhante à cidadania, os pragmáticos anciãos cactos perceberam que aquela seria uma arma inestimável para manter na linha o próprio povo. Desde então, o arco foi aprimorado muitas vezes, agora por engenheiros cactáceos.

A arcosserra era uma enorme besta, grande e pesada demais para ser operada de modo adequado por humanos. Não disparava setas, mas chakris – discos achatados de metal com bordas serrilhadas ou afiadas, ou estrelas de metal com braços curvos. Um buraco denteado no centro do chakri ajustava-se com perfeição a um pequeno pino de metal que emergia da haste da arcosserra. Quando se puxava o gatilho, o fio na haste se projetava violentamente para a frente, puxando o pino de metal com enorme velocidade; intricadas engrenagens se encaixavam para fazê-lo girar. No final do sulco na haste, o pino giratório deslizava bruscamente para baixo e para fora do buraco no chakri, que era disparado rápido como uma pedra de estilingue, girando como a lâmina de uma serra circular.

A fricção do ar dissipava-lhe o impulso rapidamente: ele não tinha o alcance de um arco longo ou de uma pederneira. Mas podia decepar um membro ou cabeça de um cactáceo – ou humano – a quase trinta metros e continuar cortando violentamente por mais alguma distância.

Os guardas cactáceos tinham olhar furioso e brandiam suas arcosserras com rude arrogância.

Os raios tardios do dia ainda ardiam ao longe acima dos picos. As facetas do domo que davam para o Oeste brilhavam como rubis.

Transpondo uma escada corroída que se elevava até o pico do domo, uma silhueta humana se agarrava ao metal. O homem rastejava degrau após degrau, ascendendo como a lua pelo curvo firmamento do domo.

A passagem era uma das três que se estendiam em intervalos regulares desde o topo do arco do domo, projetadas originalmente para equipes de reparos que nunca apareceram. A curva do domo parecia romper a superfície da terra como uma corcunda, sugerindo um vasto corpo subterrâneo. A silhueta cavalgava o colossal dorso de baleia. Flutuava sobre a luz capturada pelo domo, que brincava na face inferior do vidro e fazia brilhar todo o grande edifício. Mantinha-se discreta, movendo-se muito devagar para não ser vista. Havia escolhido a escada no lado noroeste da Estufa, de modo a evitar os trens do ramal de Campos Salazes da Linha Escuma. Os trilhos passavam perto do vidro no lado oposto do domo, e qualquer passageiro observador veria o homem escalando a superfície curva.

Por fim, depois de vários minutos de subida, o intruso atingiu uma borda de metal que cercava o ápice da grande estrutura. A chave de abóbada era um único globo de vidro límpido, com mais ou menos dois metros de diâmetro. Assentava-se perfeitamente no orifício circular no apogeu do domo, suspensa meio para fora e meio para dentro como uma imensa rolha. O homem parou e olhou de cima para a cidade, através das pontas das traves de sustentação e dos volumosos cabos de suspensão. O vento chicoteava em torno dele, que se agarrava aos corrimãos com terror vertiginoso. Olhou para o céu que escurecia acima. As estrelas lhe pareciam opacas por causa da luz coagulada que o cercava e se infiltrava pelo vidro abaixo dele.

Voltou a atenção àquele vidro, esquadrinhou-lhe minuciosamente a superfície, painel após painel.

Após alguns minutos, ergueu-se e começou a descer pelos trilhos. Para baixo, tateando com os pés, procurando pontos de apoio, sondando gentilmente com os dedos dos pés, levando-se de volta à terra.

A escada acabava a três metros do solo, e o homem deslizou pelo gancho de escalada que usara para subir. Atingiu o chão poeirento e olhou em torno.

– Lem. – Ouviu alguém sussurrar. – Aqui.

Os companheiros de Lemuel Pombo estavam escondidos num prédio estripado à beira de um lote baldio e tomado de escombros que flanqueava o domo. Mal se podia ver Isaac, gesticulando por trás da soleira sem porta.

Lemuel caminhou rápido pela vegetação rasteira, pisando sobre tijolos e concreto cobertos e ancorados por capim. Deu as costas à luz vespertina e deslizou para dentro da semiescuridão do abrigo esgotado.

Entre as sombras, diante dele, agachavam-se Isaac, Derkhan, Yagharek e os três aventureiros. Atrás deles havia uma pilha de equipamentos arruinados, dutos de vapor e fios condutores, grampos e suportes de laboratório, lentes como bolas de gude. Lemuel sabia que a desordem se converteria em cinco macacos-constructos assim que o grupo se movesse.

– E então? – inquiriu Isaac.

Lemuel assentiu devagar.

– A informação estava certa – disse com calma. – Há uma grande rachadura próxima ao topo do domo, no quadrante nordeste. De onde eu estava, era um pouco difícil dizer o tamanho, mas calculo que seja de pelo menos... dois metros por um e alguma coisa. Dei uma boa olhada lá em cima, e aquela era a única brecha grande o suficiente para algo do tamanho de uma pessoa passar. Vocês deram uma olhadinha em torno da base?

Derkhan assentiu.

– Nada – disse ela. – Quero dizer, muitas rachaduras pequenas, até mesmo lugares em que faltam bons pedaços de vidro, em particular mais acima, mas não há buracos grandes o suficiente para alguém passar. Aquele deve ser o único.

Isaac e Lemuel assentiram.

– Então é assim que elas entram e saem – disse Isaac suavemente. – Bem, me parece que a melhor maneira de rastreá-las é seguir sua rota em reverso. Por mais que eu odeie propor, acho que teremos de subir lá. Como é por dentro?

– Não dá para ver muita coisa – disse Lemuel, e deu de ombros. – O vidro é espesso, velho e sujo como o diabo. Acho que limpam apenas uma vez a cada três ou quatro anos. Dá para avistar os formatos básicos das casas, ruas e tudo mais, mas nada além disso. Teríamos de ver de dentro para reconhecer o terreno.

– Não podemos entrar todos ao mesmo tempo – disse Derkhan. – Seremos vistos. Devíamos ter pedido a Lemuel que entrasse, ele é o homem certo para o trabalho.

– Eu não entraria, de qualquer maneira – disse Lemuel entre dentes. – Não gosto muito de alturas como aquela, e podem ter certeza de que não vou me pendurar de cabeça para baixo, dezenas de metros acima de trinta mil cactáceos putos da vida.

– Então, o que faremos? – disse Derkhan, irritada. – Poderíamos esperar o cair da noite, mas então as malditas mariposas estariam ativas. Vamos ter de subir um de cada vez. Isto é, se for seguro. Alguém precisa ir primeiro...

– Eu irei – disse Yagharek.

Houve silêncio. Isaac e Derkhan olharam para o garuda.

– Ótimo! – disse Lemuel, astutamente, e bateu palmas duas vezes. – Está resolvido. Você vai subir e então... hum... procure por nós lá de cima e jogue-nos uma mensagem...

Isaac e Derkhan ignoraram Lemuel. Ainda encaravam Yagharek.

– É correto que eu vá. Sinto-me em casa naquela altura – disse Yagharek com ligeiro estalido na voz, como se ficasse emocionado de repente. – Sinto-me em casa naquela altura e sou caçador. Posso observar a paisagem lá dentro e ver onde as mariposas se escondem. Posso avaliar as possibilidades dentro do vidro.

Yagharek retraçou os passos de Lemuel rumo à carapaça da Estufa.

Havia desenrolado dos pés as bandagens fétidas, e suas garras se alongavam em delicioso reflexo. Havia vencido a primeira etapa de metal nu com ajuda do gancho de Lemuel e, depois, escalara muito mais rápido e com muito mais confiança do que o humano.

Parava de vez em quando e se deixava balançar ao vento quente, seus dedos aviários firme e seguramente agarrados às traves de metal. Inclinava-se para trás de maneira alarmante e perscrutava o ar enevoado; abria um pouco os braços e sentia o vento preencher seu corpo estendido como uma vela náutica.

Yagharek fazia de conta que voava.

Pendentes de seu cinto estavam o punhal e o chicote que roubara no dia anterior. O chicote era desajeitado, não chegava perto da graça daquele que o garuda havia estalado no ar quente do deserto, ferroando e aprisionando, mas era uma arma da qual suas mãos se lembravam.

Ele foi rápido e seguro. As aeronaves visíveis passavam muito ao longe. Estava imperceptível.

Do topo da Estufa a cidade parecia-lhe uma dádiva, pronta para ser tomada. Para onde olhasse via dedos, mãos, punhos e espinhas de arquitetura perfurando rudemente o céu. O Espinhaço, como tentáculos ossificados, sempre apontando para cima; o Espigão cravado no coração da cidade feito um espeto; o complexo vórtice mecânico do Parlamento brilhando obscuramente; Yagharek os mapeou com olho frio e estratégico. Olhou para cima e para o Leste, onde trepidava o altrilho que ligava a Torre de Ladomosca ao Espigão.

Quando atingiu a borda do enorme globo de vidro no topo do domo, levou apenas um momento para encontrar a brecha. Em parte, estava surpreso por seus olhos, olhos de ave de rapina, ainda lhe servirem como antes.

Abaixo dele, cerca de um metro sob a escada que se curvava gentilmente, o vidro do domo estava seco e manchado com excrementos de pássaros e gargomens. Yagharek tentou olhar por ali, mas não conseguiu divisar nada além de sombrias insinuações de telhados e ruas.

Passou a escalar o próprio vidro.

Moveu-se hesitante, tateando com as garras, batendo no vidro para testá-lo, deslizando o mais rápido possível até uma armação de metal onde pudesse firmar as garras. À medida que se movia, percebia com quanta facilidade escalava. Todas aquelas semanas de escaladas noturnas no telhado da oficina de Isaac, em torres desertas, buscando os penhascos da cidade. Subia com facilidade e sem medo. Parecia ser mais símio do que pássaro.

Passou nervosamente sobre os painéis sujos, até chegar à parede final de traves que o separava do rasgo no vidro. Quando saltou por cima dela, a brecha estava à sua frente.

Ao se inclinar, Yagharek sentiu as rajadas de calor provindas das profundezas iluminadas da Estufa. A noite no lado de fora era quente, mas a temperatura lá dentro devia estar muito alta.

Enrolou com cuidado o gancho de escalada em torno da viga de metal junto a um dos lados da rachadura e o puxou com força para ter certeza de que estava seguro. Então, enrolou três vezes a extremidade da corda em torno da cintura. Agarrou a corda perto do gancho, deitou-se contra a viga e pôs a cabeça para além do rebordo de vidro quebrado.

Sentiu como se enfiasse o rosto numa tigela de sopa. O ar dentro da Estufa estava quente, quase sufocante, e cheio de fumaça e vapor. Brilhava com luz dura e branca.

Yagharek piscou para clarear a visão e protegeu os olhos com a mão. Então olhou para baixo, para a cidade dos cactos.

Ao centro, logo abaixo da imensa pepita de vidro no topo do domo, casas haviam sido demolidas e um templo de pedra fora construído. Era de pedra vermelha, um íngreme zigurate que alcançava um terço da altura até o teto da Estufa. Cada patamar exuberava com vegetação do deserto e da savana, florescendo em extravagantes vermelhos e laranjas contra as peles verdes e cerosas.

Uma pequena orla de terra, de mais ou menos seis metros de largura, havia sido limpa em torno do templo. Além dali, permaneciam as ruas de Pelerrio. A cartografia era um emaranhado quebra-cabeça, uma coleção de vias sem saída e fundos de avenidas. Aqui o canto de um parque, ali meia igreja, até mesmo o trecho de um canal, agora um cocho de água estagnada, cortado pela beirada do domo. Pistas se entrecruzavam na cidadezinha em ângulos bizarros, segmentos cortados de ruas maiores sobre as quais o domo fora colocado. Uma zona de becos e estradas aleatórias havia sido contida, selada sob vidro. Seu conteúdo havia mudado, embora os contornos permanecessem os mesmos.

O agregado caótico de ruas amputadas fora reformado pelos cactáceos. Aquilo que anos atrás havia sido uma larga via pública agora era uma horta, com os limites de seus gramados repletos de casas nos dois lados, pequenas trilhas saindo das portas de entrada e indicando as rotas entre canteiros de abóboras e rabanetes.

Tetos haviam sido removidos quatro gerações atrás para converter casas humanas em lares para seus novos e muito mais altos habitantes. Aposentos foram adicionados aos topos e fundos de edifícios, projetados como estranhas efígies em miniatura da pirâmide em degraus do centro da Estufa. Os edifícios adicionais haviam sido enfiados em todos os espaços possíveis para apinhar o domo com cactáceos, e estranhas aglomerações de arquitetura humana e edifícios monolíticos feitos de lajes espalhavam-se em grandes quarteirões de cores variegadas. Alguns tinham muitos andares de altura.

Pontes oscilantes e abauladas de madeira e corda dependuravam-se entre vários dos andares superiores, ligando quartos e prédios em lados opostos das ruas. Em muitos quintais e no topo de diversos prédios, muros baixos cercavam planos jardins do deserto, com pequeninos canteiros de grama minguada, uns poucos cactos baixos e areias ondulantes.

Pequenas revoadas de pássaros cativos, que nunca encontraram as saídas estilhaçadas para a cidade exterior, voavam baixo sobre as casas e cantavam de fome. Com uma pancada de adrenalina e choque nostálgico, Yagharek reconheceu um canto de pássaro de Cymek. Havia águias das dunas, percebeu, empoleiradas em um ou dois telhados.

Elevando-se em torno delas por todos os lados, o domo refletia Nova Crobuzon como um céu de vidro sujo, fazendo das casas circundantes uma confusão de escuridão e luz defletida. Todo o diorama abaixo do garuda estava apinhado de povo cacto. Yagharek esquadrinhou devagar, mas não conseguiu ver outra espécie sapiente.

As pontes simples balançavam enquanto cactáceos passavam sobre elas em várias direções. Nos jardins de areia, Yagharek viu cactáceos com grandes ancinhos e pás de madeira esculpindo cuidadosamente sulcos que imitavam dunas ondeantes feitas pelo vento. Naquele espaço estreitamente fechado por todos os lados não havia rajadas de vento para esculpir padrões, e a paisagem do deserto tinha de ser modelada à mão.

As ruas e passagens estavam lotadas de cactáceos comprando e vendendo no mercado, discutindo com aspereza, baixo demais para que Yagharek escutasse. Empurravam carroças de madeira, trabalhando em dupla se o veículo ou a carga fossem grandes demais. Não havia constructos à vista, nem coches, nenhum animal de qualquer tipo além dos pássaros e de umas poucas lebres do deserto que Yagharek viu nas beiras dos edifícios.

Na cidade lá fora, mulheres cactáceas vestiam camisolões sem forma, como lençóis. Na Estufa vestiam apenas tangas brancas, beges e pardas, idênticas às dos homens. Os bustos eram um tanto maiores do que os dos homens, e marcados por mamilos verde-escuro. Em alguns lugares, Yagharek pôde ver mulheres carregando bebês junto ao peito, criancinhas despreocupadas com as pontadas que os espinhos da mãe lhes infligiam. Grupos barulhentos de crianças cactáceas brincavam nas esquinas, ignoradas ou esbofeteadas distraidamente por adultos que passavam por ali.

Por toda parte no templo piramidal havia anciões cactáceos lendo, tratando dos jardins, fumando e conversando. Alguns usavam faixas vermelhas ou azuis em torno dos ombros, que se destacavam vivamente contra as peles verde-pálidas.

A pele de Yagharek comichava de suor. Lufadas de fumaça de lenha turvavam-lhe a visão. Ascendiam de centenas de chaminés em diferentes alturas, escoando lentamente até o céu e torvelinhando em rajadas em forma de cogumelo. Uns poucos filetes enevoados chegavam até lá em cima e se infiltravam pelas rachaduras e buracos no céu de vidro. Porém, com o vento afastado e o sol ampliado pela bolha abobadada e translúcida, não havia brisa ou corrente que dissipasse a fumaça. Yagharek viu que o lado interno do vidro estava coberto de fuligem graxenta.

Ainda faltava mais de uma hora para o crepúsculo. Yagharek olhou para a esquerda e viu que a orbe de vidro no topo do domo parecia explodir de luz. Sugava cada migalha das emissões solares, concentrando-as e espalhando-as vividamente em cada recanto da Estufa, enchendo-a com luz e calor implacáveis. Viu que o suporte de metal da esfera tinha cabos de energia serpeando até as laterais do domo e desaparecendo de vista.

O plano jardim de areia no topo do zigurate ao centro da Estufa estava coberto de maquinário complexo. Diretamente abaixo da volumosa pepita de vidro transparente havia uma imensa máquina equipada com lentes e espessos cabos que se desenrolavam até tonéis à volta. Um cactáceo vestindo uma faixa colorida polia os mecanismos de cobre.

Yagharek lembrou-se de rumores que ouvira em Shankell, histórias sobre um engenho helioquêmico de enorme poder taumatúrgico. Observou com cuidado o aparelho cintilante, mas seu propósito era bastante obscuro.

Enquanto observava, Yagharek percebeu o grande número de grupos armados que surgia. Estreitou os olhos. Olhava de cima para eles como uma espécie de deus, vendo todas as superfícies da pequena cidade cactácea sob a luz feroz do globo de vidro. Podia ver quase todos os jardins nos telhados e parecia-lhe que, pelo menos na metade deles, havia grupos de três ou quatro cactos posicionados. Sentados ou em pé, com expressões ilegíveis a distância; mas as pesadas e enormes arcosserras que carregavam eram inconfundíveis. Machadinhas pendiam-lhes dos cintos, alabardas recurvas brilhavam sob a luz avermelhada.

Havia mais das pequenas patrulhas ao lado de bancas no amplo mercado, e em posição de alerta no nível mais baixo do templo central, e caminhando pelas ruas com passos deliberados, arcosserras engatilhadas e prontas.

Yagharek viu os olhares que recebiam os guardas armados, as nervosas saudações e a população que não parava de olhar para cima.

Não acreditou que aquela situação fosse normal.

Algo inquietava o povo cacto. Podiam ser truculentos e taciturnos, de acordo com a experiência de Yagharek, mas o ar de ameaça velada não se parecia com nada que tivesse vivido em Shankell. Talvez, refletiu, aqueles cactáceos fossem diferentes, uma linhagem mais sombria do que seus irmão sulistas. Mas sentia a pele arrepiar-se. O ar estava carregado.

Yagharek concentrou-se e começou a esquadrinhar o interior do domo com olho rigoroso. Manteve cuidadosamente o foco, entrou em um tipo de transe de caçador.

Começou a observar os limites do domo. Assimilou toda a circunferência interior com apenas uma longa e lenta inspeção e, então, espiralou a visão com cautela na direção do centro, examinando e investigando o círculo de casas e ruas cada vez mais estreitamente.

Dessa maneira exigente e metódica, pôde lançar olhares sobre cada desvão nas superfícies da Estufa. Deteve-se por um momento ao observar imperfeições na pedra vermelha, e depois continuou.

À medida que o dia se aproximava do fim, o nervosismo do povo cacto parecia aumentar.

Yagharek chegou ao fim da varredura. Não havia nada imediata e claramente errado que lhe saltasse à vista. Voltou a atenção à parte interior do telhado ao seu redor, procurando em que se segurar.

Não seria fácil. A alguma distância dele as traves congregavam-se em torno do pesado globo de vidro, mas não eram tão protuberantes no lado interno. Yagharek achava que, com algum esforço, poderia escalá-las: como talvez pudessem Lemuel ou Derkhan, ou dois dos aventureiros. Mas era difícil imaginar Isaac pendurando-se por tão pouco e conseguindo suspender seu peso, rastejando por dezenas de metros de perigosos tubos de metal até o solo.

O sol lá fora estava baixo. Mesmo com as langorosas noites de verão, o tempo era curto.

Sentiu alguém bater-lhe nas costas. Yagharek ergueu a cabeça, tirando-a da tigela invertida e respirando outra vez o ar de Nova Crobuzon, que parecia subitamente gelado.

Atrás dele, Shadrach inclinava-se sobre o vidro. Vestia um capacete-espelho e estendia a Yagharek uma peça semelhante, improvisada com chapas de ferro.

O capacete de Shadrach tinha aparência diferente. O de Yagharek era um pedaço grosseiro de ferro velho. O de Shadrach era intricado, com fios e válvulas de cobre e latão. No topo tinha um soquete, com buracos para aparafusar algum acessório. Só os espelhos pareciam adições improvisadas.

– Você esqueceu isto – disse Shadrach com voz gentil, acenando com o capacete. – Nenhuma bandeira acenada, nenhuma palavra sua por vinte minutos. Vim até aqui para ver se você estava vivo e bem.

Yagharek mostrou-lhe as traves dentro do domo. Ele e Shadrach discutiram o problema de Isaac em tons urgentes e sussurrados.

– Você tem de descer – disse Yagharek. – Tem de ir pelos esgotos, com Lemuel como guia. Deve achar um caminho, o mais rápido possível, para dentro do domo. Envie-me alguns dos macacos mecânicos, para me ajudar se eu for atacado. Olhe lá dentro.

Shadrach inclinou-se cuidadosamente e perscrutou o domo que escurecia. Yagharek apontou para baixo, além do vilarejo abarrotado, para um ruinoso prédio fantasma ao lado do repulsivo canal sem saída. Os caminhos de sirga do canal e um pequeno dedo de terra devastada, sobre o qual ficava a casa alquebrada, estavam delimitados por uma cerca acidental de escombros, espinheiros e arame farpado, enferrujado havia muito. A lasca de espaço rejeitado ficava de costas para o domo, que se elevava íngreme sobre ela como uma nuvem plana.

– Você deve achar o caminho por ali.

Shadrach começou a emitir sons, murmurando sobre a impossibilidade, mas Yagharek o interrompeu.

– É difícil. Será difícil. Mas você não conseguirá descer daqui até lá dentro; e, mesmo que consiga, Isaac certamente não conseguirá. Precisamos dele dentro da Estufa. Você deve levá-lo. O mais rápido possível. Descerei para encontrá-los quando tiver localizado as mariposas-libadoras. Esperem por mim.

Enquanto falava, Yagharek afivelava na cabeça o capacete improvisado e investigava o campo de visão atrás de si.

Viu os olhos de Shadrach pelos grandes pedaços de espelho.

– Você deve ir. Seja rápido. Seja paciente. Vou encontrá-los antes que a noite acabe. As mariposas sairão por esta fenda, portanto vou vigiá-las e aguardá-las.

O rosto de Shadrach ficou sério. Yagharek estava certo. Era impensável que Isaac pudesse descer pelas íngremes e perigosas traves de ferro.

Assentiu brevemente a Yagharek, sinalizando adeus nos espelhos do garuda. Voltou-se e apressou-se de novo para a escada principal, descendo com hábil velocidade até desaparecer de vista.

Yagharek virou-se e olhou para os últimos vestígios de sol. Respirou fundo e moveu os olhos da esquerda para a direita, verificando a visão nos dois espelhos irregulares. Acalmou-se por completo. Respirava no ritmo lento do *yajhu-saak,* o devaneio de caçador, o transe marcial dos garudas de Cymek. Aprumou-se.

Após alguns minutos ouviu-se uma algazarra de ruídos de metal e fios contra vidro e, um a um, três macacos-constructos se aproximaram dele vindos de diferentes direções. Reuniram-se ao seu redor e esperaram, suas lentes de vidro brilhando rosadas ao crepúsculo, seus finos pistões chiando enquanto se moviam.

Yagharek voltou-se e observou-os pelos espelhos. A seguir, segurando a corda com cuidado, começou a descer pelo buraco no vidro. Gesticulou para que os constructos o seguissem enquanto deslizava para além da brecha. O calor do domo o cercou e fechou-se sobre sua cabeça enquanto descia para o vilarejo aprisionado em vidro, na direção das casas imersas na luz vermelha dos raios do sol poente, ampliados e dispersados pelo claro globo, e do covil das mariposas.

CAPÍTULO 43

Fora do domo, o ar escurecia inexorável. Com a chegada da noite, os raios brilhantes que irrompiam do globo de vidro foram apagados. A Estufa tornou-se subitamente mais escura e fria. Porém, boa parte do calor ficara retida. O domo ainda estava bem mais quente do que a cidade lá fora. As luzes dos archotes e dos prédios no interior refletiam-se no vidro. Aos viajantes que olhavam da Colina da Bandeira para a cidade, aos moradores das favelas que observavam esporadicamente de cima dos altos edifícios de Laralgoz, ao oficial observando do altrilho e ao condutor do trem, que seguia para o Sul pela Linha Escuma, perscrutando entre chaminés e tubos de caldeira acima da paisagem de telhados maculados por fuligem da cidade, a Estufa parecia retesada, distendida de luz.

Quando a noite caiu, a Estufa começou a brilhar.

Abraçado ao metal na pele interior do domo, despercebido como um carrapato infinitesimal, Yagharek flexionou os braços devagar. Estava agarrado a uma pequena junta da estrutura, mais ou menos a um terço da altura do domo a partir do topo. Ainda se encontrava alto o suficiente para ver com facilidade os telhados das casas, os emaranhados de arquitetura por todos os lados.

Tinha a mente imersa em *yajhu-saak*. Respirava devagar e com regularidade. Prosseguia com a busca de caçador, movendo os olhos sem cessar de ponto a ponto sob si, não gastando mais do que um momento em cada lugar, construindo uma imagem composta. Às vezes suspendia o foco e absorvia a imagem integral dos telhados abaixo, alerta para movimentos estranhos. Com frequência retornava a atenção à trincheira de água coberta de dejetos onde Shadrach deveria reunir os outros.

Não havia sinal do bando de intrusos.

À medida que a noite se aprofundava, as ruas esvaziavam-se com velocidade extraordinária. Os cactáceos acorriam às suas casas. Pouco antes uma cidade fervilhante, logo a Estufa ficou vazia, tornou-se cidade fantasma em pouco mais de meia hora. As únicas figuras que permaneciam nas ruas eram as patrulhas armadas. Moviam-se nervosas pelas ruas. Luzes de janelas obscureciam-se enquanto cortinas e persianas se fechavam. Não havia luzes a gás naquelas ruas. Em vez disso, Yagharek observou acendedores caminharem pelas ruas, estendendo hastes ardentes para acender archotes embebidos de óleo, três metros acima da calçada.

Cada um dos acendedores de lâmpadas estava acompanhado por uma patrulha cactácea, que se movia nervosa, belicosa e furtiva ao longo das ruas obscuras.

No alto do templo ao centro, um grupo de anciãos cactos andava em torno do mecanismo central, puxando alavancas e girando manivelas. A enorme lente no topo do aparato virou-se para baixo sobre lentas dobradiças. Yagharek observou mais de perto, mas não conseguiu discernir o que estavam fazendo, ou para que servia a máquina. Observou sem entender enquanto os cactáceos moviam a coisa ao longo de um eixo vertical e horizontal, verificando e ajustando mostradores de acordo com calibragens obscuras.

Acima da cabeça de Yagharek, dois dos chimpanzés-constructos penduravam-se ao metal. O outro estava alguns metros abaixo do garuda, sobre uma trave paralela à dele. Estavam imóveis, esperando que ele se movesse.

Yagharek acomodou-se e aguardou.

Duas horas após o pôr do sol, os painéis do domo pareciam negros. As estrelas eram invisíveis.

As ruas da Estufa cactácea cintilavam com a ameaçadora luz de chamas sépia. As patrulhas haviam se tornado sombras numa rua mais escura.

Nada se ouvia, exceto os sons ambientes de queima, suaves queixas de arquitetura e sussurros. Luzes ocasionais esvoaçavam como fogos-fátuos entre os tijolos que lentamente arrefeciam.

Ainda não havia sinal de Lemuel, Isaac e os outros. Uma pequena parte da mente de Yagharek não estava contente com aquilo, mas a maior parte continuava interiorizada, concentrando-se na técnica de relaxamento do transe de caçador.

Aguardou.

Em algum momento entre as dez e as onze horas, Yagharek ouviu um som.

Sua atenção, que havia se ampliado para impregná-lo, saturar-lhe a consciência, entrou em foco imediatamente. Ele não respirava.

Outra vez. Um mínimo ondular, um bater como o de tecido ao vento.

Virou o pescoço para o outro lado e olhou fixamente para a direção do som, em meio ao acúmulo de ruas e à atemorizante escuridão.

Não houve resposta da torre de vigia ao centro da Estufa. Fantasias rastejaram nas profundezas da mente de Yagharek. Talvez houvesse sido abandonado, pensou parte dele. Talvez o domo estivesse vazio, com exceção dele e dos macacos-constructos, e de algumas luzes sinistras nas ruas profundas.

Não ouviu novamente o som, mas uma sombra de negror profundo passou-lhe diante dos olhos. Algo imenso saltou em meio à lama.

Aterrorizado em algum nível subconsciente, muito abaixo da calma superfície de seus pensamentos, Yagharek sentiu-se enrijecer, agarrar o metal com os dedos e encolher-se dolorosamente contra os suportes do domo. Desviou de súbito a cabeça, encarando o metal que segurava. Com cuidado e propósito, olhou nos espelhos à frente dos olhos.

Uma criatura repelente escalava devagar a pele da Estufa.

A silhueta estava quase exatamente alinhada a ele na direção oposta, tão longe quanto poderia estar. Havia surgido de algum prédio abaixo e voado por curta distância até o vidro, dali para escalar mão após tentáculo após garra, até o ar mais fresco na escuridão incontida.

Mesmo em estado de *yajhu-saak,* o coração de Yagharek deu um salto. Ele viu pelos espelhos a coisa avançar. Ela o fascinava de modo profano. Seguiu sua silhueta de asas negras, com as de um anjo insano, cravejadas de carne perigosa e gotejando de forma bizarra. Tinha as asas dobradas, embora as abrisse e fechasse com suavidade em intervalos, como se para secá-las ao ar morno.

Rastejava com horrível e lento torpor em direção à revigorante noite da cidade.

Yagharek não havia localizado com precisão o ninho, o que era crítico. Seus olhos oscilavam inconstantes entre a própria criatura insidiosa e o trecho de escuridão coberta de onde a vira emergir.

Enquanto vigiava com atenção pelos espelhos, divisou a presa.

Manteve os olhos no emaranhado de velha arquitetura no limite sudoeste da Estufa. Os prédios, remendados e alterados após séculos de ocupação cactácea, haviam sido um dia um aglomerado de casas elegantes. Quase nada as distinguia do entorno. Eram um pouco mais altas do que os edifícios vizinhos, e seus topos haviam sido fatiados pela curva descendente do domo. Porém, em vez de totalmente demolidas, haviam sido cortadas seletivamente, seus andares superiores removidos nos lugares em que estorvavam o vidro, e o restante deixado intacto. Quanto mais longe do centro estavam as casas, mais baixo era o domo sobre elas, e mais de seus andares elevados encontrava-se destruído.

Era originalmente um prédio em cunha sobre a bifurcação da rua. O vértice do terraço estava quase intacto, apenas sem o teto. Atrás dele havia uma cauda decrescente de andares de tijolos encolhendo-se sob a massa do domo e evaporando-se no limite da cidade cacto.

Da janela mais alta daquela velha estrutura emergia a inconfundível bocarra de uma mariposa-libadora.

Outra vez o coração de Yagharek se agitou, e foi necessário um esforço severo para restaurar-lhe a pulsação regular. Ele experimentou todas as emoções de maneira distanciada, através do filtro nebuloso do transe de caça. Estava consciente, embora de modo difuso, tanto do medo quanto da expectativa.

Sabia onde nidificavam as mariposas-libadoras.

Tendo descoberto o que havia procurado, Yagharek queria descer pelas entranhas do domo o mais rápido possível, afastar-se do mundo das mariposas, escapar das alturas do ar e esconder-se no chão sob os beirais elevados. Porém, percebeu que se mover rapidamente era arriscar-se a atrair a atenção da mariposa-libadora. Tinha de esperar, balançando com muita suavidade, suando, silencioso e imóvel, enquanto as criaturas monstruosas rastejavam para dentro da escuridão mais profunda.

A segunda mariposa saltou no ar sem o menor ruído, pairando durante um segundo com asas estendidas e pousando sobre os ossos de metal da Estufa. Deslizou odiosamente para cima, na direção de sua companheira.

Yagharek esperou sem se mover.

Vários minutos se passaram antes que a terceira mariposa aparecesse.

Suas irmãs haviam quase alcançado o topo do domo, após uma longa e furtiva escalada. A recém-chegada estava ansiosa demais para aquilo. Empoleirou-se na mesma janela da qual emergiram as outras, agarrada à moldura, equilibrando seu tronco convoluto na beirada de madeira. Então, com um estalido audível de ar, bateu as asas diretamente para cima, para o céu.

Yagharek não teve certeza de onde proveio o próximo som, mas achou que as duas mariposas escaladoras sibilaram para sua irmã voadora em sinal de alerta e desaprovação.

Ouviu-se um zunido em resposta. Em meio à quietude do toque de recolher da Estufa, o estalar de engrenagens mecânicas no alto do templo era facilmente audível.

Yagharek permaneceu imóvel.

Luz irrompeu do topo da pirâmide, um chamejante raio branco, tão agudo e definido que parecia quase sólido. Jorrava da lente da estranha máquina.

Yagharek observou através dos espelhos. Sob a tênue luz ambiente irradiada para trás do brilhante holofote pôde ver uma equipe de anciãos cactáceos atrás do aparato, cada um ajustando freneticamente algum mostrador, alguma válvula, um deles girando duas enormes manivelas que se sobressaíam da traseira do engenho emissor de luz. O ancião virou e torceu a coisa, direcionando o facho luminoso.

A luz clareou violentamente uma parte aleatória dos painéis de vidro do domo, e depois foi desviada pelo ancião para outra posição. Balançou sem destino por um instante e, então, focou na mariposa impaciente que alcançava a brecha no vidro.

Ela voltou para a luz seus olhos-antenas. A monstruosa criatura sibilou.

Yagharek ouviu gritos dos cactos sobre o zigurate, num idioma quase familiar. Era um amálgama, um bastardo híbrido, na maior parte palavras que ouvira por último em Shankell somadas a influências de Nova Crobuzon, Ragamina, e outras que não reconheceu. Quando fora gladiador na cidade do deserto, aprendera um pouco da linguagem de seus empresários, quase todos cactáceos. As formulações que agora ouvia eram bizarras, séculos atrasadas e corrompidas por dialetos estrangeiros, mas, ainda assim, quase compreensíveis para ele.

– ... Lá! – Ouviu, e mais qualquer coisa sobre luz.

Quando a mariposa-libadora soltou-se outra vez do vidro para escapar do holofote, Yagharek ouviu, muito distintamente:

– Está vindo!

A mariposa-libadora havia desviado com facilidade para fora do alcance do imenso holofote. O facho oscilava enquanto os cactáceos tentavam, como faroleiros loucos, apontá-lo na direção certa. Desesperados, varreram com ele acima das ruas, até o teto do domo.

As duas outras mariposas continuavam despercebidas, achatadas contra o vidro.

Lá embaixo ouviu-se uma discussão aos gritos.

– ... Pronto... céu... – Yagharek conseguiu entender.

E, depois, algo que soava como as palavras "sol" e "lança" na língua de Shankell, pronunciadas como uma só. Alguém gritou para que se tomasse cuidado, e disse qualquer coisa sobre o lançassol e o lar: "longe demais", gritaram, "longe demais".

Uma ordem foi latida pelo cacto logo atrás da vasta lanterna, e a equipe ajustou os movimentos de maneira enigmática. O líder exigia "limites". De quê, Yagharek não conseguiu entender.

A luz que guinava descontrolada encontrou o alvo novamente, por um instante, e a presença emaranhada da mariposa-libadora lançou uma sombra terrível pelo interior do domo.

– Prontos? – berrou o líder.

A confirmação veio em coro.

Ele continuava a girar a lâmpada, tentado desesperadamente apontar a dura luz para a mariposa voadora, que planou de um lado a outro e curvou-se, descrevendo um arco acima do topo dos prédios e espiralando num ofuscado espetáculo de acrobacias virtuosas, um circo de sombras.

Então, por um momento, a criatura foi iluminada. De asas abertas no céu. A luz a atingiu em cheio, e o tempo pareceu parar diante da beleza atemorizante, insondável e terrível da coisa.

Ao vê-la, os cactáceos que apontavam a luz puxaram uma alavanca oculta, e uma cusparada de incandescência projetou-se da lente e ardeu ao longo da trajetória do holofote. Os olhos de Yagharek se arregalaram. O coágulo de luz e calor concentrados sofreu espasmos ao morrer alguns metros antes de atingir o vidro do domo.

O clarão momentâneo pareceu sufocar todos os sons no domo.

Yagharek piscou para livrar-se da imagem residual daquele projétil selvagem.

Os cactáceos lá embaixo começaram outra vez a falar.

– ... Acertou? – Perguntou um deles.

Houve uma confusão de respostas misturadas.

Perscrutaram, como Yagharek, invisível acima deles, o ar por onde a mariposa havia voado. Esquadrinharam o solo, voltando o poderoso facho na direção da calçada.

Nas ruas abaixo, Yagharek viu as patrulhas armadas imóveis, vigiando o holofote, implacáveis sob a luz.

– Nada – gritou um aos anciãos lá em cima.

E seu relatório foi repetido por todos os setores, berrado dentro da noite claustrofóbica.

Atrás das grossas cortinas e das persianas de madeira das janelas da Estufa, fios de luz vazavam no ar à medida que tochas e luzes de gás eram acesas. Porém, mesmo despertados pela crise, os cactáceos não espiavam a escuridão no lado de fora, receosos do que poderiam ver. Os guardas ficaram sozinhos.

Foi quando, com um murmúrio de vento, lascivo como um gemido sexual, os cactos na cimeira do templo souberam que *não* haviam atingido a mariposa; ela se esquivara em agudo ziguezague para fora do alcance do lançassol. Havia voado baixo sobre os telhados, o suficiente para tocá-los, e seguido torre acima com ajuda das garras, para agora erguer-se magistralmente à vista, com as asas estendidas em toda sua amplitude e os padrões cintilando tão ferozes e complexos quanto fogo negro.

Durante uma fração de segundo, um dos anciãos gritou. Naquele mesmo momento o líder tentou mirar o lançassol e reduzir a mariposa a fragmentos chamejantes. Mas não conseguiram nada além de ver as asas desdobradas diante deles. Os gritos e planos evaporavam à medida que suas mentes transbordavam.

Yagharek observava através dos espelhos do capacete, desejando não ver.

As duas mariposas ainda dependuradas no teto do domo soltaram-se de repente. Mergulharam na direção do solo para se esquivar da gravidade com uma estonteante curva aérea. Subiram rapidamente os degraus íngremes da pirâmide vermelha, surgindo como demônios saídos das profundezas da terra e manifestando-se ao lado da transfixada horda de cactáceos.

Uma delas estendeu tentáculos preênseis e os enrolou na volumosa perna de um dos cactos. Braços magros e garras avarentas enterraram-se em carne cactácea sem encontrar resistência. As três mariposas-libadoras escolheram suas vítimas. Cada uma capturou um dos anciãos em transe.

No solo abaixo as luzes agitavam-se em confusão. As patrulhas armadas corriam em círculos, gritavam umas às outras, apontavam as armas para o céu e as baixavam novamente, praguejando. Não conseguiam ver quase nada. Tudo que sabiam era que coisas vagas e tremeluzentes voejavam como folhas em torno do ápice do templo e que os anciãos haviam parado de disparar o lançassol.

Um grupo de guerreiros experientes e bravos correu até a entrada do templo, apressando-se pelas largas escadarias na direção de seus líderes. Foram lentos demais. Descobriram-se impotentes. As mariposas afastaram-se do prédio, deslizando ágeis pelo céu com as asas abertas, voando enquanto, de algum modo, ainda apresentavam os padrões inalterados e hipnotizantes. Cada mariposa despencou ligeiramente no ar carregando a presa para além dos limites dos prédios. Os três anciãos cactos pendiam de armadilhas, camas de gato feitas de bizarros membros de mariposas-libadoras, olhando letárgicos para cima, para a tempestade vertiginosa de cores noturnas nas asas de suas captoras.

Vários segundos antes de o esquadrão cactáceo emergir do alçapão no telhado, as mariposas desapareceram. Uma a uma, seguindo alguma ordem impecável e subentendida, lançaram-se diretamente para cima e irromperam para fora da brecha no domo. Passaram por ali em virtude de algum encanto velocíssimo, atravessando, sem parar em nenhum momento, a abertura insuficiente para o tamanho das asas.

Levaram consigo as presas comatosas, arrastando com graça repulsiva os corpos inertes até a cidade noturna.

Os anciãos cactos deixados ao lado do arrefecido lançassol mexiam-se confusos e exclamavam de perplexidade e desconforto à medida que sua mente retornava. Passaram a gritar de horror quando viram que os companheiros haviam sido levados. Choraram de raiva e levantaram o lançassol, apontando para o nada nos céus vazios. Os guerreiros mais jovens apareceram, com arcosserras e machetes em prontidão. Olharam em torno, confusos diante da cena lamentável, e baixaram as armas.

Só então, afinal, com as vítimas a gritar votos de vingança e uivar de raiva, com a noite cheia de sons confusos, com as mariposas voando pela escura metrópole, Yagharek emergiu do transe marcial e continuou descendo pela traves dentro do domo da Estufa. Os macacos-constructos o viram mover-se e o seguiram na direção das ruas.

Yagharek moveu-se lateralmente ao longo de vigas transversais, assegurando-se de atingir o chão nos fundos das casas, no pequeno trecho baldio que cercava o fétido canal amputado.

Yagharek saltou os poucos metros que faltavam e aterrissou silencioso, rolando sobre os tijolos quebrados. Abaixou-se e escutou.

Houve três pequenos impactos quando os símios mecânicos aterrissaram em torno dele e aguardaram ordens ou sugestões.

Yagharek perscrutou a água imunda ao seu lado. Os tijolos estavam escorregadios com anos de lodo e dejetos. Numa extremidade, mais ou menos dez metros adentro das paredes do domo, o que sobrara do canal chegava a um fim abrupto, feito de tijolos. Aquilo deveria ter sido o início de um pequeno tributário do sistema principal de canais. Onde encontrava a parede do domo, o canal era cortado por uma barreira mal-ajambrada de ferro e concreto. Fora martelada ali sob a água, e as bordas tinham sido seladas da melhor forma possível. Havia ainda pequenas impurezas e canais na alvenaria encharcada, para que a vala se mantivesse cheia de água proveniente de fora. Infiltrava-se através da pedra deteriorada e formava pequenos redemoinhos que logo se extinguiam na água espessa de lixo e coisas mortas, um caldo grumoso de imundície em decomposição.

Yagharek sentia-lhe o cheiro. Esgueirou-se um pouco mais para diante, na direção dos restos atarracados de uma parede que se sobressaía da arquitetura destruída. Notou que fora dali, nas ruas da Estufa, os gritos frenéticos continuavam. O ar estava repleto de estúpidos clamores por ação.

Estava a ponto de quedar-se ali, esperar por Shadrach e os outros, quando viu os monturos de tijolos quebrados se erguerem à sua volta. Despencaram ao chão numa pequena enxurrada ruidosa. Isaac, Shadrach, Pengefinchess, Derkhan, Lemuel e Tansell emergiram da poeira. Yagharek viu que uma pilha de cabos e vidros atrás deles era mais macacos-constructos, que avançavam para reunir-se aos companheiros.

Por um instante, ninguém falou. Então, Isaac tropeçou para a frente, deixando um rastro de cinzas e sujeira. O lodo dos esgotos que cobria seu saco de viagem e suas roupas estava coberto, por sua vez, com o grosso pó dos prédios demolidos. O capacete – como o de Shadrach, de aparência complexa e mecânica – assentava-se frouxo, lascado e absurdo sobre sua cabeça.

– Yag – disse Isaac, ofegante –, que bom te ver, meu velho. Que bom... que está bem.

Ele apertou a mão de Yagharek, e o garuda, pego de surpresa, não tentou se esquivar.

Yagharek sentiu-se emergir de um devaneio no qual não sabia que estava, olhando em volta, vendo Isaac e os outros com clareza pela primeira vez. Sentiu uma onda tardia de alívio. Estavam imundos, arranhados e moídos, mas nenhum deles parecia ferido com gravidade.

– Você *viu*? – perguntou Derkhan. – Tínhamos acabado de subir, levamos séculos para encontrar o caminho nos malditos esgotos, ouvíamos coisas o tempo todo... – Ela meneou a cabeça ao recordar. – Conseguimos subir por um bueiro e estávamos numa rua perto daqui. Era o caos, caos total! As patrulhas corriam ao templo, e vimos... aquele negócio do facho de luz. Foi bem fácil chegar aqui. Ninguém estava interessado em nós... – A voz de Derkhan foi morrendo. – Não vimos de verdade o que aconteceu – concluiu com calma.

Yagharek respirou fundo.

– As mariposas estão aqui – disse ele. – Vi o ninho delas. Posso nos levar até lá.

O grupo ficou elictrificado.

– Os malditos cactos não sabem onde elas estão? – Perguntou Isaac.

Yagharek sacudiu a cabeça (gesto humano, o primeiro que aprendera).

– Não sabem que as mariposas-libadoras dormem em suas casas – disse Yagharek. – Eu os ouvi gritar: pensaram que as mariposas haviam entrado para atacá-los. Acham que são intrusas do exterior. Não...

Yagharek se deteve, pensando na cena aterrorizante no alto do templo solar cactáceo, nos anciões cactos sem capacetes, nos bravos e estúpidos soldados em ataque, que tiveram a sorte de não encontrar as mariposas, salvando-se de mortes inúteis.

– Eles não sabem de modo algum como lidar com as mariposas – disse baixinho.

Viu a ondina de Pengefinchess se mover debaixo da camisa, molhar-lhe a pele e enxaguar a poeira dela e das roupas, deixando-as absurdamente limpas.

– Precisamos encontrar o ninho – disse Yagharek. – Eu sei onde está.

Os aventureiros assentiram e iniciaram um inventário automático de armas e equipamentos. Isaac e Derkhan pareciam nervosos, mas cerraram os dentes. Lemuel olhou sardonicamente para outro lado e começou a limpar as unhas com a faca.

– Há algo que devem saber – disse Yagharek.

Dirigia-se a todos, e seu tom era algo peremptório, algo que não seria ignorado. Tansell e Shadrach deixaram de remexer nas mochilas. Pengefinchess abaixou o arco que testava. Isaac olhou para Yagharek com terrível resignação e desesperança.

– Três mariposas escaparam pelo teto carregando cactáceos aparvalhados. Mas há quatro. Assim contou-nos Vermishank. Talvez ele estivesse errado, ou mentindo. Talvez outra tenha morrido. Ou talvez – disse o garuda – uma tenha ficado para trás. Talvez uma espere por nós.

CAPÍTULO 44

As patrulhas cactáceas se agruparam na base da Estufa, discutindo com os anciãos remanescentes.

Shadrach agachou-se atrás de um beco, fora de vista, e sacou de algum bolso escondido um telescópio em miniatura. Abriu-o até a máxima extensão e inspecionou os soldados reunidos.

– Parece mesmo que não sabem o que fazer – matutou em silêncio.

O resto do bando invasor estava escondido atrás dele, costas coladas à parede úmida. Mantinham-se o mais discretos que podiam sob as sombras móveis lançadas pelas tochas elevadas que chiavam e queimavam acima deles.

– Deve ser por isso que eles têm o toque de recolher. As mariposas os estão levando. No entanto, pode ser que o toque de recolher já existisse. De qualquer jeito – voltou-se e olhou para os outros –, vai nos ajudar.

Não foi difícil esgueirarem-se despercebidos pelas ruas escuras da Estufa. Prosseguiram sem qualquer interferência. Seguiam Pengefinchess, que andava a passo estranho, um meio termo entre pulo de sapo e esquiva de ladrão. Levava o arco em uma das mãos e, na outra, uma flecha com ponta larga e em forma de flange, para ser usada contra cactáceos. Porém, não precisou dispará-la. Yagharek ia junto dela, alguns metros atrás, sussurrando-lhe o caminho a seguir. De quando em quando ela parava e gesticulava para trás, colando-se à parede, escondendo-se atrás de alguma carroça ou barraca, vigiando quando uma alma corajosa ou tola acima dela puxava a cortina de alguma janela e espiava a rua.

Os cinco macacos-constructos galopavam mecanicamente ao lado dos companheiros orgânicos. Seus corpos de metal pesado eram silenciosos. Emitiam apenas uns poucos sons estranhos. Isaac não tinha dúvidas de que, para os cactos sob o domo, as rações diárias de pesadelos seriam naquela noite suplementadas por estalidos metálicos e ameaças sacolejantes assolando as ruas.

Isaac sentia-se bastante perturbado por caminhar no domo. Mesmo com as adições de pedra vermelha à arquitetura e com as tochas cuspidoras, as ruas pareciam normais. Poderiam pertencer a qualquer lugar na cidade. Ainda assim, rastejando para dentro, de horizonte a horizonte, abarcando o mundo como um céu claustrofóbico, o enorme domo definia tudo. Réstias de luz entravam de fora, deformadas pelos espessos vidros, incertas e vagamente ameaçadoras. A negra treliça de ferro que sustentava o vidro aprisionava como rede, como vasta teia de aranha, a pequena paisagem citadina.

Diante daquele pensamento, Isaac sentiu uma arrepiante ferroada de emoção. Teve uma vertiginosa sensação de certeza.

O Tecelão estava perto.

Fraquejou enquanto corria e olhava para cima. Vira o mundo como teia por uma fração de segundo, entrevira a própria teiamundo e sentira a presença do poderoso espírito aracnídeo.

– Isaac! – sibilou Derkhan, correndo à frente dele.

Puxou-o para junto de si. Isaac estava parado na rua, mirando o céu, tentando desesperadamente reencontrar aquele estado de consciência. Ele tentou sussurrar-lhe, comunicar-lhe o que havia percebido, enquanto tropeçava atrás de Derkhan, mas não conseguia ser claro, e ela não conseguia ouvir. Arrastou-o pelas ruas escuras.

Após uma jornada serpeante, escapando da vista de patrulhas e olhando para o céu de vidro brilhante, detiveram-se diante de um agrupamento de prédios escuros, na intersecção de duas ruas desertas. Yagharek esperou que todos estivessem próximos o suficiente para ouvi-lo antes de voltar-se e gesticular.

– Naquela última janela ali em cima – disse.

O amplo domo abatia-se inexorável sobre a retaguarda de terraços, destruindo os telhados e reduzindo as casas da rua a pilhas de escombros cada vez mais achatadas. Mas Yagharek apontava a extremidade mais distante da parede, onde os prédios estavam quase intactos.

Os três andares abaixo do sótão estavam ocupados. Raios de luz derramavam-se através das orlas das cortinas.

Yagharek passou abaixado pela esquina de um pequeno beco e puxou os outros atrás de si. Longe, ao norte, ainda conseguiam ouvir a gritaria consternada das confusas patrulhas, desesperadas por decidir o que fazer.

– Mesmo que não fosse arriscado demais trazer os cactáceos para o nosso lado – sibilou Isaac –, estaríamos *fodidos* se tentássemos pedir-lhes ajuda agora. Eles entraram num maldito frenesi. Basta sentirem nosso cheiro e vão pirar, fatiar-nos com as arcosserras antes que possamos dizer "ai".

– Precisamos ultrapassar os quartos onde dormem os cactos – disse Yagharek. – Temos de chegar ao topo da casa. Temos de descobrir de onde vêm as mariposas.

– Tansell, Penge – disse Shadrach, decisivo –, vigiem a porta.

Ambos olharam para ele e assentiram.

– Professor, é melhor entrar comigo. E esses constructos, acha que vão ajudar?

– Acho que serão essenciais – disse Isaac. – Mas, ouça... acho que... acho que há um Tecelão por aqui.

Todos o encararam.

Derkhan e Lemuel pareciam incrédulos. Os aventureiros estavam impassíveis.

– Como você sabe, professor? – perguntou Pengefinchess suavemente.

– Eu... meio que... pressenti. Já nos encontramos com ele, e ele disse que talvez nos reencontrássemos.

Pengefinchess olhou para Tansell e Shadrach. Derkhan apressou-se a falar.

– É verdade – disse –, pergunte a Pombo. Ele viu a coisa.

Relutante, Lemuel assentiu. Sim, havia visto a coisa.

– Porém, não há muito que possamos fazer – disse ele –, não podemos controlar o puto e, não importa se ele vem atrás delas ou de nós, estamos à mercê dos acontecimentos. Pode ser que ele não faça nada. Você mesmo disse, Isaac: ele faz o que quer.

– Então – disse Shadrach devagar –, entramos de qualquer jeito. Alguma objeção?

Não houve nenhuma.

– Certo. Você, garuda. Você as viu. Viu de onde saíram. Você vem também. Então somos eu, o professor, o homem-pássaro e os constructos. O restante de vocês fica aqui e faz exatamente o que Tansell e Penge mandarem. Entendido?

Lemuel assentiu com indiferença. Derkhan teve um momento de raiva, mas engoliu o ressentimento. O tom severo e imperioso de Shadrach era impressionante. Ela podia não gostar dele, podia pensar que ele era um escória inútil, mas ele conhecia o ofício. Era um matador, e naquele momento precisavam disso. Assentiu.

– Ao primeiro sinal de problemas vocês caem fora. De volta aos esgotos. Desapareçam. Reúnam-se no aterro amanhã, se necessário. Entendido?

Agora falava com Pengefinchess e Tansell, que assentiram bruscamente. A vodyanoi sussurrava algo à sua elemental e conferia a aljava. Algumas das outras flechas eram complicadas, com finas lâminas acionadas por molas, que saltavam ao contato e cortavam quase com a mesma selvageria de uma arcosserra.

Tansell inspecionava suas armas. Shadrach hesitou por um instante e, depois, desafivelou seu bacamarte e o estendeu ao homem mais alto, que o aceitou com um gesto de gratidão.

– O negócio será de perto – disse Shadrach. – Não vou precisar dele.

Sacou sua pistola entalhada. O rosto demoníaco no cano parecia mover-se sob a meia-luz. Shadrach sussurrou; parecia falar com a arma. Isaac suspeitou que a arma fosse taumaturgicamente aprimorada.

Shadrach, Isaac e Yagharek afastaram-se lentamente do grupo.

– Constructos! – sibilou Isaac. – Conosco.

Houve sussurros de pistões e tremores de metal quando os cinco compactos corpos símios os acompanharam.

Isaac e Shadrach olharam para Yagharek e testaram os capacetes-espelhos para garantir que a visão refletida estivesse clara.

Tansell estava diante do pequeno grupo, tomando notas num caderninho. Ergueu os olhos, comprimiu os lábios e encarou Shadrach com a cabeça inclinada para o lado. Olhou para as tochas acima deles e assimilou o ângulo dos telhados elevados. Rabiscou fórmulas obscuras.

– Vou tentar um feitiço-véu – disse. – Vocês estão visíveis demais. Não há por que chamar mais problemas. – Shadrach assentiu. – Pena que não possamos incluir os constructos.

Tansell acenou para que os macacos autômatos saíssem do caminho.

– Penge, pode me ajudar? – disse. – Canalizar para cá um pouquinho de pujança, quem sabe? Esta bosta é bem fatigante.

A vodyanoi avançou um pouco e pousou a mão esquerda sobre a mão direita de Tansell. Ambos fecharam os olhos e se concentraram. Durante um minuto, não houve movimento ou ruído; logo, enquanto Isaac observava, os olhos dos dois se abriram, cansados, ao mesmo tempo.

– Apaguem essas malditas luzes – sibilou Tansell.

A boca de Pengefinchess se moveu em silêncio com a dele. Shadrach e os outros olharam em torno sem saber do que Tansell estava falando, até que o viram de olhos fixos nos postes flamejantes acima deles.

Rapidamente, Shadrach acenou para Yagharek. Caminhou até a tocha mais próxima e entrelaçou as mãos, formando um degrau. Firmou as pernas.

– Use sua capa – disse. – Suba até lá e abafe a chama.

Talvez Isaac tenha sido a única pessoa a ver a mínima hesitação de Yagharek. Percebeu a bravura que presenciava quando Yagharek obedeceu, preparando-se para subir ali e arruinar seu último disfarce. Yagharek abriu a presilha no pescoço e ficou diante de todos, expondo o bico e a cabeça emplumada, o enorme vazio às costas gritantemente visível, cicatrizes e restos das asas cobertos por uma camisa fina.

Yagharek segurou com as garras enormes as mãos interligadas de Shadrach, o mais gentilmente que pôde. Pôs-se em pé. Shadrach levantou o garuda de ossos ocos com facilidade. Yagharek cobriu com a capa a tocha oleosa e sibilante, que se extinguiu com uma lufada de fumaça negra. Sombras caíram sobre eles, como predadores, quando a luz se apagou.

Yagharek desceu e, junto com Shadrach, foi rapidamente para a esquerda, até a outra chama que iluminava o beco sem saída onde se escondiam, e a pequena sarjeta de tijolos ficou imersa em trevas.

Ao descer, Yagharek abriu sua capa arruinada, chamuscada, rasgada e suja de alcatrão. Deteve-se por um momento e a lançou para longe. Parecia pequeno e desolado dentro da camisa suja. As armas pendiam-lhe em plena vista.

– Vão para as sombras mais profundas – sibilou Tansell com voz ríspida.

Outra vez, a boca de Pengefinchess refletiu a dele, sem emitir som.

Shadrach deu alguns passos para trás e achou uma pequena reentrância na parede, puxando consigo Yagharek e Isaac, fazendo com que se colassem ao velho muro.

Abaixaram-se, acomodaram-se e ficaram imóveis.

Tansell moveu um rígido braço esquerdo e lançou na direção deles a extremidade de um rolo de grosso fio de cobre. Shadrach o apanhou com facilidade. Enrolou o fio em torno do próprio pescoço e, depois, em volta dos companheiros. Deslizou novamente para a escuridão. Isaac viu que, na outra extremidade, o fio estava ligado a um motor portátil, de relojoaria, cuja trava Tansell soltou, permitindo que o impulso acionasse o dinâmico mecanismo de desenrolamento.

– Pronto – disse Shadrach.

Tansell começou a entoar e sussurrar, cuspindo sons bizarros. Estava quase invisível. Isaac o observava e não via nada além de uma silhueta coberta de escuridão, tremendo pelo esforço. Os murmúrios aumentaram.

Um choque passou por ele. Isaac teve um pequeno espasmo e sentiu Shadrach segurá-lo no lugar. Isaac se arrepiou e sentiu uma corrente urticante infiltrar-se nos poros onde o fio lhe tocava a pele.

A sensação durou um minuto e logo se dissipou, enquanto o motor perdia força.

– Tudo certo – guinchou Tansell. – Vamos ver se funcionou.

Shadrach saiu da reentrância para o meio da rua.

As sombras foram com ele.

Uma aura indistinta de escuridão envolvia o aventureiro, a mesma de quando estava em meio às sombras profundas. Isaac olhou para ele, viu as faixas de negro profundo sobre os olhos e abaixo do queixo. Shadrach avançou devagar sob a luz emitida pelas tochas na esquina ali perto.

As sombras em seu corpo e rosto não se alteraram. Permaneceram fixas na conjuntura que assumiram quando esteve escondido na negrura de carvão, exatamente como se ainda estivesse oculto do brilho tremeluzente ao lado da parede. As sombras que se agarravam a ele estendiam-se alguns centímetros além de sua pele, descolorindo o ar em torno como um halo caliginoso.

Havia outra coisa, uma imobilidade inoportuna que rastejava junto com Shadrach quando ele se movia. Era como se a furtividade congelada de sua ocultação junto à parede de tijolos imbuísse as sombras que o haviam coberto. Andou para a frente e, no entanto, dava impressão de imobilidade. Confundia a visão. Alguém poderia seguir-lhe o avanço se soubesse que ele estava ali e estivesse determinado a observar. Porém, era mais fácil não notá-lo.

Shadrach gesticulou para que Yagharek e Isaac se juntassem a ele.

Estou como ele?, pensou Isaac ao sair para a escuridão mais leve. *Será que deslizo pelos cantos dos olhos? Estou semi-invisível, trazendo comigo minha coberta de sombras?*

Olhou para Derkhan, que o encarava boquiaberta, e entendeu que estava como havia pensado. À esquerda, Yagharek também era uma silhueta indistinta.

– Ao primeiro sinal da aurora, fujam – sussurrou Shadrach aos companheiros.

Tansell e Pengefinchess assentiram. Haviam se desconectado e meneavam a cabeça, exaustos. Tansell levantou a mão num gesto de boa sorte.

Shadrach acenou para Isaac e Yagharek, e saiu do beco escuro para a luz ardente e crepitante na frente das casas. Os macacos os seguiram devagar, o mais silenciosos possível. Ao lado dos dois humanos e do garuda, luz vermelha cintilava violentamente nas carapaças de metal esbatido. A mesma luz deslizava para longe dos três intrusos enfeitiçados, como óleo ralo sobre lâminas. Não encontrava onde fixar-se. As três figuras indistintas puseram-se diante dos cinco constructos que emitiam estalidos baixos e caminharam pela rua deserta na direção da casa.

Os cactáceos não trancavam portas. Foi bastante fácil entrar na casa. Shadrach começou a subir lentamente a escadaria.

Enquanto Isaac o seguia, ele farejava os odores exóticos e desconhecidos de seiva cactácea e comidas estranhas. Vasos de solo arenoso estavam distribuídos no corredor de entrada, ostentando uma variedade de plantas do deserto, a maior parte fraca e doentia no interior da casa.

Shadrach voltou-se e divisou Isaac e Yagharek. Muito devagar, levou o dedo aos lábios. E continuou a escalar.

À medida que se aproximavam do primeiro andar, ouviam uma quieta discussão em graves vozes cactáceas. Yagharek traduziu o que conseguia entender com mínimos sussurros, algo sobre ter medo, uma exortação para que se confiasse nos anciãos. O corredor era nu e desprovido de adornos. Shadrach deteve-se e Isaac espiou sobre seu ombro; viu que a porta do quarto dos cactos estava escancarada.

Lá dentro, viu um quarto amplo, com teto muito alto; observando a borda das tábuas que rodeavam as paredes dois metros acima, percebeu que o aposento havia sido obtido ao arrancarem-se os pisos dos quartos superiores. Uma lâmpada a gás estava acesa, com luz baixa. Um pouco além da porta, Isaac viu vários cactáceos adormecidos, em pé, com as pernas unidas, imóveis e impressionantes. Duas figuras próximas uma da outra estavam acordadas, ligeiramente recostadas e sussurrando.

Bem devagar, Shadrach espreitou como uma criatura predadora até os últimos degraus e atravessou a porta. Deteve-se um pouco antes de alcançá-la, olhou para trás e apontou a um dos macacos-constructos e depois para o próprio lado. Repetiu o gesto. Isaac entendeu. Aproximou-se das entradas auditivas do constructo e sussurrou-lhe instruções.

O constructo apressou-se escadaria acima, com estalidos que fizeram Isaac encolher-se, mas os cactáceos não o notaram. O constructo agachou-se em silêncio ao lado de Shadrach, protegido da visão de quem estivesse no quarto pela forma imersa em sombras do aventureiro. Isaac mandou outro constructo segui-lo e sinalizou a Shadrach para que se movesse.

Arrastando os pés devagar e com firmeza o homem forte penetrou no quarto, protegendo com o corpo os constructos. Suas formas ainda capturavam luz, brilhavam ao passar pela soleira. Shadrach ultrapassou sem pausa a linha de visão dos cactáceos que conversavam, acompanhado pelos constructos ao seu lado, ocultos da luz, e dali seguiu através da porta para a escuridão do corredor à frente.

Depois foi a vez de Isaac.

Gesticulou para que mais dois constructos se escondessem atrás de seu corpo volumoso e começou a arrastar os pés pelo piso de madeira. Sua barriga pendia enquanto se movia com os constructos.

Era um sentimento assustador mover-se saindo detrás da parede e emergir diante do casal cactáceo que conversava baixinho antes de dormir. Isaac estava encostado aos corrimãos na passagem, o mais longe da porta possível, mas, ainda assim, houve vários segundos intoleráveis durante os quais se esgueirou através do fraco cone de luz até a segurança do corredor escuro adiante.

Teve tempo de observar as grandes pessoas cactos paradas sobre a dura terra no piso, sussurrando. Seus olhos passaram por ele enquanto caminhava diante da porta, e ele prendeu a respiração. Porém, as sombras taumatúrgicas aumentavam a escuridão da casa, e Isaac passou despercebido.

Então Yagharek, fazendo o possível para esconder o último constructo com sua forma descarnada, ultrapassou a luz.

Reagruparam-se antes da próxima escadaria.

– Esta parte é mais fácil – sussurrou Shadrach. – Não há ninguém no andar acima, é apenas o teto deste. E acima dali... é onde se escondem as mariposas-libadoras.

Antes de chegarem ao quarto andar, Isaac puxou Shadrach e o fez parar. Observado por Shadrach e Yagharek, Isaac sussurrou outra vez a um dos macacos-constructos. Manteve Shadrach imóvel enquanto a coisa rastejava com furtividade mecânica pela beirada da escadaria e desaparecia no quarto escuro à frente.

Isaac prendeu a respiração. Após um minuto, o constructo emergiu e acenou o braço tremulante, indicando-lhes que subissem.

Ascenderam devagar até um sótão deserto havia muito tempo. Uma janela dava para a convergência das ruas; janela sem vidros, cuja moldura poeirenta estava arranhada com vários sinais bizarros. Através do pequeno retângulo a luz entrava, exsudação pálida e inconstante das tochas lá embaixo.

Yagharek apontou devagar à janela.

– Daqui – disse. – Veio daqui.

O chão estava abarrotado de lixo arcaico e grosso de poeira. As paredes estavam rabiscadas com desenhos aleatórios e perturbadores.

Um inquietante rio de ar atravessava o quarto. Corrente tênue, quase indetectável. No calor estanque do domo, aquilo era perturbador e notável. Isaac olhou em torno, tentando encontrar a fonte.

Encontrou. Mesmo suando ao calor da noite, teve um ligeiro calafrio.

No lado oposto à janela, o reboco da parede jazia em pedaços pelo chão. Caíra de um buraco que parecia recém-criado, uma cavidade irregular nos tijolos que chegava à altura das coxas de Isaac.

Era um ferimento gritante e ameaçador na parede. A brisa o conectava à janela, como se uma criatura impensável respirasse nas entranhas da casa.

– É ali dentro – disse Shadrach. – Deve ser onde se escondem. Deve ser o ninho.

Dentro do buraco havia um túnel complexo e dividido, escavado na matéria da casa. Isaac e Shadrach perscrutaram a escuridão.

– Não parece largo o suficiente para uma daquelas desgraçadas – disse Isaac. – Não creio que funcionem de acordo com o... ahn... espaço comum.

O túnel tinha mais ou menos um metro e vinte de largura, escavado de modo grosseiro, e era profundo. Seu interior logo desaparecia de vista. Isaac ajoelhou-se diante dele e farejou profundamente a escuridão. Olhou para Yagharek.

– Você fica aqui – disse.

Antes que o garuda pudesse protestar, Isaac apontou para a própria cabeça.

– Eu e o Shad aqui temos os capacetes que o Conselho nos deu. E, com isto – bateu na sacola –, talvez possamos chegar perto do que pode estar ali dentro, seja o que for.

Isaac tirou da sacola um dínamo. Era o mesmo motor que o Conselho usara para amplificar as ondas mentais de Isaac e atrair seu ex-bichinho de estimação. Tirou dali também um grande emaranhado de tubos recobertos de metal, enrolado em sua mão.

Shadrach se ajoelhou perto dele e abaixou a cabeça. Isaac fixou uma ponta do tubo na tomada do capacete e girou as porcas que o prendiam.

– De acordo com o Conselho, canalizadores usam aparatos como este para uma técnica chamada ontografia de deslocamento – ponderou Isaac. – Nem perguntem. A questão é que esses tubos exaustores vão ejetar nossos... ahn... *eflúvios* psíquicos. – Olhou para Yagharek. – Sem pegadas mentais. Sem sabor, sem rastros.

Girou com firmeza a última porca e bateu devagar no capacete de Shadrach. Abaixou a própria cabeça, e Shadrach repetiu a operação.

– Veja, *se* houver uma mariposa lá embaixo, Yag, e você se aproximar dela, ela vai sentir seu sabor. Porém, não vai sentir o nosso. Em teoria.

Quando Shadrach terminou, Isaac pôs-se em pé e jogou as extremidades dos tubos a Yagharek.

– Cada um destes tem entre sete e nove metros. Segure aí até que estejam esticados, depois deixe-nos arrastá-los atrás de nós, certo?

Yagharek assentiu. Empertigou-se, zangado por ser deixado para trás, mas entendia, sem qualquer dúvida, que não havia escolha.

Isaac apanhou dois fios espirais, fixou-os primeiro ao motor que segurava e depois encaixou as outras extremidades em válvulas no próprio capacete e no de Shadrach.

– Há uma pequena bateria quêmica antiacídica aqui dentro – disse, sacudindo o motor. – Funciona em associação com um projeto de metarrelojoaria surrupiado das khepris. Estamos prontos?

Shadrach verificou rapidamente sua arma, tocou as duas outras e assentiu. Isaac apalpou a pederneira e a desacostumada faca no cinto.

– Tudo certo, então.

Acionou a pequena alavanca no dínamo. Um sibilo fraco emergiu do motor. Yagharek segurava dubiamente as saídas, olhando para elas. Sentia uma vaga sensação, uma pequena onda bizarra vibrando através dele, vinda das beiradas dos tubos. Um arrepio passou-lhe das mãos à cabeça, um mínimo tremor de medo que não era seu.

Isaac apontou para três macacos-constructos.

– Entrem – disse. – Um metro à nossa frente. Devagar. Parem ao encontrar perigo. – Você – apontou para outro –, venha na retaguarda. O outro fica com Yag.

Lentamente, um a um, os constructos entraram na escuridão.

Isaac pousou a mão brevemente no ombro de Yagharek.

– Já voltamos, meu velho – disse, tranquilo. – Vigie-nos.

Virou-se e ajoelhou-se, precedendo Shadrach no poço de tijolos despedaçados, abaixando-se e seguindo o caminho para dentro do buraco estígio.

O túnel era parte de uma topografia subversiva.

Curvava-se em ângulos bizarros entre as paredes do terraço, estrito e abafado, mandando de volta aos ouvidos de Isaac o som de sua própria respiração e os estalidos dos macacos. Suas mãos e seus joelhos doíam por causa da pressão esmagadora dos pontudos fragmentos de pedra. Isaac estimava que estavam se movendo para trás através das casas escalonadas. Rastejavam para baixo, e Isaac lembrou-se de como a curva do domo decapitara as casas em pontos cada vez mais baixos à medida que se aproximavam do vidro. Quanto mais perto do domo estivessem as casas, percebeu, mas baixas seriam, e mais cheias de velhos escombros.

Andavam com lentidão pela rua decepada, na direção do domo de vidro, sobre os andares desertos de uma toca intersticial. Isaac teve um breve calafrio na escuridão.

Suava de calor e de medo. Estava terrivelmente atemorizado. Havia visto as mariposas-libadoras. Vira quando se alimentaram. Sabia o que poderia esperá-los nas profundezas daquela cunha de escombros.

Após rastejar mais um pouco, Isaac sentiu um puxão que logo aliviou. Atingira a extensão total dos tubos, e Yagharek os soltara, deixando que se arrastassem atrás dele.

Isaac não falava. Podia ouvir Shadrach atrás de si, respirando fundo e grunhindo. Os dois homens não podiam se afastar mais do que um metro e meio, porque os fios conectavam seus capacetes a um único motor.

Isaac levantou a cabeça e a moveu desesperadamente de um lado a outro, procurando luz.

Os macacos-constructos subiam bamboleando. De quando em quando, um deles acendia as luzes dos olhos, e Isaac via um túnel estreito e difícil de tijolos despejados, além do brilho de metal no corpo dos constructos. E as luzes se apagavam. Isaac tentava guiar-se pela imagem fantasma que lhe fugia devagar da visão.

No escuro absoluto era fácil perceber o mais tênue brilho. Isaac soube que rastejava na direção de uma fonte de luz quando olhou para cima e viu o contorno cinza do túnel à frente. Algo pressionava seu peito. Sobressaltou-se tremendamente antes de reconhecer os dedos de peltre e o tronco escuro de um constructo. Isaac sibilou para que Shadrach parasse.

O constructo gesticulou a Isaac com espasmos exagerados. Apontou à frente, para seus dois companheiros que pairavam à beira do poço visível, onde o túnel fazia uma brusca curva *para cima*.

Isaac indicou a Shadrach que esperasse. Rastejou para a frente em passo quase estático. Pavor glacial começava a tomar conta de seu sistema, vindo do estômago. Ele respirava fundo e devagar. Movia os pés lentamente, avançando centímetro após centímetro, até que sentiu a pele comichar ao emergir num facho de luz tênue.

O túnel terminava numa parede de tijolos com um metro e meio de altura, que ocupava três lados em relação a Isaac. Uma parede erguia-se atrás dele, acima da boca do túnel. Isaac olhou para cima e viu o teto muito alto. Um fedor pestilento começou a gotejar no buraco. Isaac franziu o cenho.

Estava agachado dentro de um buraco junto à parede, embebido no piso de cimento do espaço. Não conseguia ver nada da câmara acima e além dele. Mas ouvia sons baixos. Um leve adejar, como vento contra papel jogado fora. Um suave ruído de adesão líquida, como dedos grudentos de cola juntando-se e separando-se.

Isaac engoliu em seco três vezes e murmurou para si mesmo, insuflando-se de bravura, obrigando-se a avançar. Deu as costas aos tijolos diante de si, no espaço além deles. Viu que Shadrach o observava postado sobre joelhos e mãos, com expressão severa. Isaac olhou atentamente através de seus espelhos. Puxou um pouco o tubo fixado ao alto do capacete, que serpeava de volta para dentro do túnel e desaparecia nas profundezas, passando sob o corpo de Shadrach, redirecionando seus pensamentos delatores.

Isaac começou a se levantar muito lentamente. Olhou pelo espelho com fervor violento, como se quisesse submeter-se à provação determinada por algum deus. *Veja! Não estou olhando para trás de mim, o diabo me carregue se eu olhar!* O alto da cabeça de Isaac passou pela borda do buraco, e mais luz caiu sobre ele. O cheiro pútrido ficou ainda mais forte.

O terror de Isaac era intenso. Seu suor já não era quente.

Isaac inclinou a cabeça e se ergueu um pouco mais alto, até que viu a própria câmara sob a luz sépia que lutava para entrar por uma janelinha imunda.

Era um espaço longo e estreito, com mais ou menos dois metros e meio de largura e uns seis de comprimento. Poeirento e abandonado fazia muito tempo, sem entrada ou saída visíveis, sem alçapões ou portas.

Isaac não respirava. Na extremidade mais distante do aposento, sentada e parecendo encará-lo diretamente, com a treliça de seus complexos braços e membros letais movendo-se em desconcertante contrafase, as asas meio abertas em ameaça langorosa, estava a mariposa-libadora.

Isaac levou um momento para perceber que não havia gemido. E outros poucos segundos encarando as antenas vibratórias da coisa repulsiva para perceber que ela não o havia sentido. A mariposa virou-se um pouco, até ficar quase de frente para ele.

Em silêncio absoluto, Isaac exalou. Virou a cabeça fracionariamente para ver o resto do aposento.

Quando viu o que o espaço continha, teve de lutar outra vez para não emitir nenhum som.

O aposento estava abarrotado de mortos, jazendo a intervalos irregulares por toda a extensão do piso.

Isaac percebeu que aquela era a fonte do fedor indizível. Virou a cabeça e pôs a mão sobre a boca ao ver próxima dele uma criança cactácea em decomposição, carne podre caindo das fibras de ossos lenhosos. A pouca distância estava uma fétida carcaça humana, e além dela Isaac viu outro cadáver, mais fresco, e um vodyanoi inchado. A maioria dos corpos era cactácea.

Com pesar e sem surpresa, viu que alguns ainda respiravam. Jaziam descartados: cascas; garrafas vazias. Babavam, mijavam e cagavam seus últimos dias ou horas imbecis naquele buraco sufocante, até morrerem de fome e sede e apodrecerem tão cretinamente quanto viveram no final.

Não podiam estar no Paraíso nem no Inferno, pensou Isaac com desesperança. Seus espíritos não podiam vagar em forma espectral. Haviam sido metabolizados. Bebidos e cagados, convertidos por asquerosos processos oniroquêmicos em combustível para uma revoada de mariposas-libadoras.

Isaac viu que, com uma das mãos retorcidas, a mariposa arrastava o corpo de um ancião cacto; a faixa ainda pendia, lenta e absurda, de seus ombros. A mariposa era vagarosa. Levantou o braço indolente e deixou cair pesadamente sobre o chão de alvenaria o inconsciente homem-cacto.

Então a mariposa-libadora mexeu-se um pouco e estendeu as pernas traseiras para baixo de si. Rastejou para a frente, e seu corpo pesado e insólito deslizou pelo chão poeirento. Da parte inferior do abdome, a mariposa puxou um grande globo mole. Tinha cerca de noventa centímetros de diâmetro, e Isaac, ao estreitar os olhos para melhor enxergar pelo espelho, pensou reconhecer a textura mucosa e espessa, e a cor de chocolate, do bagulho-de-sonho.

Arregalou os olhos.

A mariposa-libadora mediu a coisa com as pernas traseiras, abrindo-as para abarcar o gordo glóbulo de leite de mariposa. *Aquilo deve valer milhares…*, pensou Isaac. *Não, se for batizada para ficar mais palatável, vale provavelmente milhões de guinéus! Não é à toa que todo mundo está tentando recuperar as malditas coisas…*

Enquanto Isaac observava, parte do abdome da mariposa-libadora desdobrou-se. Emergiu dali uma longa seringa orgânica, uma projeção afunilada e segmentada que se inclinava para trás da cauda fixada a uma dobradiça quitinosa. Era quase tão comprida quanto o braço de Isaac, que assistia àquilo boquiaberto de repulsa e horror. A mariposa-libadora encostou a projeção contra a bola de bagulho-de-sonho puro, deteve-se por um instante e mergulhou-a fundo no centro da massa grudenta.

Sob a armadura que havia se desdobrado, onde a parte macia do ventre estava visível e de onde a longa sonda emergira, Isaac viu o abdome da mariposa convulsionar-se em peristaltismo e esguichar pela haste ossuda algo invisível, para dentro das profundezas de bagulho-de-sonho.

Isaac sabia o que via. O bagulho-de-sonho era fonte de alimento, reserva de energia para as famintas recém-eclodidas. A protuberante seringa de carne era um ovipositor.

A mariposa-libadora estava pondo ovos.

Isaac deslizou de volta, abaixo da superfície da parede. Hiperventilava. Acenou com urgência a Shadrach.

– Uma das malditas coisas está *bem ali, desovando*. Temos de abatê-la agora…
– sibilou.

Shadrach fechou com a mão a boca de Isaac. Olhou nos olhos do cientista até que o homem se acalmasse. Shadrach virou-se de costas como Isaac havia feito, levantou-se devagar e observou por si mesmo a cena aterradora. Isaac sentou-se recostado na parede de tijolos e aguardou.

Shadrach desceu outra vez para onde estava Isaac. Seu rosto era grave.

– Hum – murmurou. – Entendi. Muito bem… você disse que a coisa não conseguia perceber constructos, não é?

Isaac assentiu.

– Pelo que sabemos – disse.

– Tudo bem. Você fez um excelente trabalho ao programar esses constructos. E são projetos extraordinários. É verdade que eles saberão quando atacar, se dermos as instruções? Eles entendem variáveis complicadas assim?

Isaac assentiu mais uma vez.

– Então, temos um plano – disse Shadrach. – Escute.

CAPÍTULO 45

Devagar, tremendo de maneira quase incontrolável e com a memória da semimorte de Barbile vívida nele, Isaac escalou buraco afora.

Manteve os olhos fixos nos espelhos. Tinha vaga consciência da parede desbotada atrás de si. A forma repugnante da mariposa-libadora tremia nos espelhos quando Isaac movia a cabeça.

Enquanto Isaac emergia, a mariposa-libadora subitamente parou de se mexer. Isaac enrijeceu. A coisa ergueu a cabeça e dardejou no ar a enorme língua. As antenas vestigiais nas órbitas oculares acenaram inquietas de um lado para o outro. Isaac arrastou-se outra vez na direção da parede.

A mariposa-libadora moveu aflita a cabeça. Era óbvio que havia algum vazamento no capacete, pensou Isaac, algumas gotas de pensamento que flutuavam tentadoramente pelo éter. Porém, nada claro o suficiente para que a mariposa o encontrasse.

Quando Isaac chegou à parede, Shadrach o seguiu até o aposento. Outra vez, sua presença desconcertou um pouco a mariposa-libadora, e nada mais.

Atrás de Shadrach três macacos-constructos apareceram, deixando um de guarda no túnel. Começaram a se aproximar lentamente da mariposa, que se voltou na direção deles, parecendo vigiá-los sem olhos.

– Acho que ela consegue sentir as formas físicas dos constructos, e também as nossas – sussurrou Isaac. – Mas, sem rastros mentais, não nos vê como vidas sapientes. Somos apenas coisas físicas em movimento, como árvores ao vento.

A mariposa virava-se para encarar os constructos que chegavam. Eles se separaram e começaram a se aproximar por diferentes direções. Não se moviam depressa, e a mariposa-libadora não parecia preocupada. Mas estava um pouco cansada.

– Agora – sussurrou Shadrach.

Ele e Isaac levaram as mãos aos capacetes e começaram a recolher os tubos de metal.

À medida que as extremidades livres dos tubos se aproximavam, a mariposa ficava mais agitada. Saltitava para a frente e para trás, voltando para proteger os ovos e esgueirando-se para a frente, seus dentes batendo num ricto terrível.

Isaac e Shadrach trocaram olhares e contaram juntos, em silêncio.

No três, puxaram as extremidades dos tubos no espaço aberto. Com um único movimento, o mais rápido possível, giraram os cabos e lançaram as terminações abertas a um canto, cinco metros à frente.

A mariposa-libadora enlouqueceu. Sibilava e guinchava em tons medonhos. Levantou o corpo, aumentando de tamanho, e uma hoste de esporões exoesqueletais projetou-se de orifícios na carne, em ameaça orgânica.

Isaac e Shadrach olharam pelos espelhos, deslumbrados com a monstruosa majestade da coisa, que havia aberto as asas e se voltado para o canto onde estavam as extremidades dos tubos. Os padrões das asas pulsavam com energia hipnótica, mas na direção errada.

Isaac estava paralisado. As asas da mariposa emitiam estranhos padrões em torvelinho. Ela se aproximou-se das extremidades dos fios, abaixada em espreita predatória, ora sobre quatro pernas, ora sobre seis ou duas.

Rapidamente, Shadrach empurrou Isaac na direção da bola de bagulho-de--sonho.

Ambos avançaram, passando pela mariposa-libadora faminta e irritada, quase perto o suficiente para tocá-la. Viram pelos espelhos que se aproximava, uma imensa e iminente arma animal. Ao ultrapassá-la, os dois giraram devagar sobre os calcanhares, caminhando de costas na direção do bagulho-de-sonho num instante e noutro caminhando para a frente, em turnos. Daquele modo, mantinham a mariposa-libadora atrás deles, visível nos espelhos.

A mariposa passou diretamente pelos constructos, derrubando um, sem nem ao menos notá-lo, com um agulhão serrilhado projetado para o lado com fúria trêmula e voraz.

Isaac e Shadrach caminhavam com cautela, verificando nos espelhos se as extremidades dos exaustores mentais ainda estavam onde haviam sido lançadas como iscas de mariposa-libadora. Dois dos macacos-constructos seguiam de perto a mariposa, e um terceiro aproximou-se dos ovos.

– Rápido – sussurrou Shadrach, e jogou Isaac no chão.

Isaac levou a mão à faca no cinto, desperdiçando segundos com a presilha. Afinal conseguiu sacá-la. Hesitou durante um momento e depois a empurrou facilmente para dentro da grande massa grudenta.

Shadrach vigiava com atenção pelos espelhos. A mariposa-libadora, ensombrecida pelos constructos que assomavam, saltou de modo absurdo sobre as trêmulas pontas dos tubos.

Enquanto Isaac arrastava a faca sobre a superfície da ooteca, a mariposa chicoteava dedos e língua para achar o inimigo cuja mente permanecia tentadoramente consciente.

Isaac embrulhou as mãos nas fraldas da camisa e começou a puxar o corte que fizera na massa de bagulho-de-sonho. Com grande esforço, rasgou a bola flexível.

– Rápido – disse Shadrach novamente.

O bagulho-de-sonho – cru, concentrado e puro – infiltrou-se pelo tecido em torno das mãos de Isaac e fez formigarem seus dedos. Ele deu um último puxão. O centro da bola de bagulho-de-sonho ficou aberto, e lá dentro estava uma pequena ninhada de ovos.

Eram translúcidos e ovais, menores do que ovos de galinha. Através da pele semilíquida, Isaac podia ver formas encolhida e tênues. Ergueu os olhos e chamou o macaco-constructo que estava ali perto.

No canto mais distante do aposento, a mariposa havia apanhado um dos tubos de metal e enfiado o rosto no fluxo de emoção que emanava da extremidade aberta. Sacudiu o tubo, confusa. Abriu a boca e desenrolou a língua intrusiva e obscena. Lambeu uma vez a ponta do tubo e enfiou nele a língua, buscando ansiosa a fonte daquele fluxo tentador.

– Agora! – disse Shadrach.

As mãos da mariposa-libadora se moveram ao longo do metal espiralado, procurando onde se agarrar. Shadrach ficou pálido de repente. Abriu as pernas e se preparou.

– Agora, maldição, ataque agora! – gritou.

Isaac ergueu os olhos, alarmado.

Shadrach olhava com atenção pelos espelhos. Com a mão esquerda fazia pontaria com a pistola taumatúrgica na mariposa-libadora atrás de si.

O tempo desacelerou quando Isaac olhou pelos próprios espelhos e viu o fosco tubo de metal nas mãos da mariposa. Viu a mão de Shadrach, firme como aço, segurando a pederneira, apontando para trás. Viu os macacos-constructos esperando ordens de atacar.

Baixou outra vez os olhos, para o repelente aglomerado de ovos encharcados e glutinosos abaixo dele.

Abriu a boca e gritou para os constructos. Enquanto inalava para gritar, a mariposa-libadora inclinou-se para a frente e puxou os tubos com toda sua horrenda força.

A voz de Isaac foi abafada pelo uivo de Shadrach e pela explosão da pederneira. Havia esperado demais para disparar. A bala enfeitiçada atingiu com estrondo a matéria da parede. Shadrach foi puxado pelo ar. A tira de couro que lhe prendia o capacete à cabeça rompeu-se. O capacete voou para longe dele e descreveu um arco veloz até o final do tubo, arrancando a conexão ao motor de Isaac e estilhaçando-se contra a parede. A trajetória perfeitamente curva de Shadrach entrou em colapso sem a retenção do cabo. A arma voou-lhe da mão e ele caiu, descrevendo um feio arco interrompido, até atingir o chão de concreto pesada e desajeitadamente. Bateu a cabeça contra o áspero piso, jorrando sangue sobre a poeira.

Shadrach gritou e gemeu, rolou segurando a cabeça e tentando se equilibrar.

Sua torrente de ondas mentais escapou de súbito para o espaço. A mariposa-libadora virou-se grunhindo.

Isaac berrou para os constructos. Quando a mariposa começou a trotar terrivelmente na direção de Shadrach, os dois que haviam ficado para trás saltaram sobre ela ao mesmo tempo. Chamas irromperam da boca deles e incendiaram o corpo da mariposa-libadora.

Ela guinchou, e um feixe de chicotes de pele projetou-se do dorso em chamas, fustigando os constructos. A mariposa não parou de avançar sobre Shadrach. Uma protuberância tentacular enrolou-se no pescoço de um dos constructos e o arrancou das costas da mariposa-libadora com incrível facilidade. O corpo de metal estatelou-se contra a parede com tanta violência quanto o capacete.

Ouviu-se um som terrível quando o constructo se arrebentou, espalhando pelo chão metal estilhaçado e óleo flamejante. O óleo rugiu perto de Shadrach, derretendo metal e rachando concreto.

O constructo ao lado de Isaac lançou uma cusparada de forte ácido sobre o aglomerado de ovos. De imediato, começaram a fumegar e partir-se, sibilar e dissolver-se.

A mariposa-libadora emitiu um lamento profano, impiedoso e terrível.

Imediatamente, deu as costas a Shadrach e acorreu pelo aposento em direção à ninhada. Sua cauda batia violentamente de um lado para o outro e atingiu Shadrach, que jazia gemendo, lançando-o esparramado sobre o próprio sangue.

Isaac pisoteou uma vez, selvagemente, a ooteca que se liquefazia e jogou-se para trás, fora da trajetória da mariposa. Seus pés escorregavam na glabra sujeira. Meio correu e meio rastejou até a parede, agarrando com uma das mãos a faca e escondendo na outra o precioso motor que ocultava suas ondas mentais.

O constructo ainda agarrado ao dorso da mariposa-libadora cuspiu-lhe fogo sobre a pele mais uma vez, e ela guinchou de dor. Seus braços segmentados voaram para trás e procuraram aderir-se à carapaça do constructo. Sem se deter, a mariposa alcançou o braço da coisa e a arrancou de suas costas.

Bateu com o constructo no chão, estilhaçando-lhe as lentes e rompendo a pele de metal de sua cabeça, espalhando em seu rastro válvulas e fios. Jogou para longe dela o corpo destruído, transformado numa pilha de lixo. O último constructo recuou, tentando ganhar alcance para borrifar o enorme inimigo ensandecido.

Antes que o constructo pudesse cuspir ácido, dois imensos flanges de osso serrilhado serpearam mais rápidos do que uma chicotada e o partiram em dois, sem esforço.

Sua metade superior contorceu-se e tentou arrastar-se pelo chão. O ácido que carregava formou na poeira sob ele uma poça acre e fumarenta, que corroeu os cactáceos mortos em torno.

A mariposa-libadora correu as mãos pela escória viscosa que havia sido seus ovos. Trinou e gemeu de pesar.

Isaac esgueirou-se para longe da mariposa, olhando para ela pelos espelhos, tateando a parede em direção a Shadrach, que clamava e gemia sobre o chão, atônito de dor.

Pelos espelhos diante dos olhos, Isaac viu a mariposa-libadora se voltar e sibilar com a língua oscilante. Abriu as asas e abateu-se sobre Shadrach.

Isaac tentou desesperadamente alcançar o aventureiro, mas foi lento demais. A mariposa-libadora passou por ele, e Isaac virou-se devagar outra vez, mantendo a terrível predadora visível pelos espelhos.

Enquanto assistia horrorizado, Isaac viu a mariposa-libadora erguer Shadrach, cujos olhos rolaram nas órbitas. Ele havia sofrido uma concussão e sentia dor, coberto de sangue.

Shadrach começou a deslizar novamente pela parede. A mariposa-libadora abriu bem os braços e, tão rápida que terminou antes de Isaac perceber que começara, enfiou duas de suas longas garras denteadas nos pulsos de Shadrach e nos tijolos e concreto atrás dele, pregando-o fisicamente na parede.

Shadrach e Isaac gritaram em uníssono.

Com suas lanças de osso encaixadas no lugar, a mariposa estendeu as mãos quase humanas e tocou os olhos de Shadrach. Isaac murmurou para que ele tomasse cuidado, mas o robusto guerreiro estava confuso e agonizante, olhando desesperado em torno à procura da origem de tanta dor.

Acabou por ver as asas da mariposa-libadora.

Silenciou de súbito, e a mariposa, com as costas ainda ardendo e estalando em virtude do ataque do constructo, inclinou-se para a frente. Para se alimentar.

Isaac desviou o olhar. Virou a cabeça com cuidado, de modo a não ver a língua penetrante sugar a senciência do cérebro de Shadrach. Engoliu em seco e começou a caminhar devagar pelo aposento, dirigindo-se ao buraco e ao túnel. Suas pernas tremiam, e trincou os dentes. Sua única esperança de sobrevivência era sair dali.

Teve o cuidado de ignorar os sons de sucção e salivação, os grunhidos líquidos de prazer e o *pim-pim-pim* de saliva ou sangue que ouvia atrás de si. Isaac foi com cautela até a única saída do aposento.

Enquanto se aproximava da saída, viu a extremidade do tubo de metal que se fixava ao capacete ainda jogada e intocada ao lado da parede. Murmurou uma prece. Sua essência mental ainda vazava no aposento. A mariposa-libadora devia saber que havia outro ser senciente lá dentro. Quanto mais perto do túnel Isaac chegasse, mais perto estaria da válvula na extremidade do tubo. Sua localização deixaria de ser incerta.

Ainda assim, ainda assim, parecia que a sorte estava ao seu lado. A mariposa-libadora estava tão concentrada em sugar e, a julgar pelos sons de tecido rasgado, exercer vingança sobre o corpo alquebrado do pobre Shadrach, que não prestava nenhuma atenção à aterrorizada presença atrás dela. Isaac pôde continuar caminhando e ultrapassá-la, até a beira da toca.

Porém, ali, enquanto se preparava para mergulhar silenciosamente na escuridão onde o constructo ainda aguardava e esgueirar-se até o domo e para longe daquele ninho pesadélico, sentiu o solo tremer sob os pés.

Olhou para baixo.

O ruído de garras frenéticas tamborilava na direção dele pelo túnel. Isaac deu um passo para trás, horrorizado por completo. Sentiu tremerem as profundezas da alvenaria.

Com estrondo todo-poderoso, o macaco-constructo foi catapultado do túnel e atingiu a parede de tijolos. Tentou segurar-se com os braços, saltar de volta ao aposento acima, mas o impulso foi forte demais e arrancou-lhe os braços com precisão, na altura dos ombros.

Tentou erguer-se enquanto fumaça e fogo jorravam de sua boca, mas uma mariposa-libadora lançou-se para fora do túnel e pisou-lhe a cabeça, arrebentando o intricado maquinário.

A mariposa saltou para o aposento e, durante um longo e impiedoso intervalo, Isaac encarou *diretamente* as asas abertas.

Só depois de muitos momentos de terror e desespero Isaac percebeu que a recém-chegada o ignorava, ultrapassava-o de um salto, ao longo dos corpos no corredor e na direção dos ovos arruinados.

Enquanto corria, a mariposa virou a cabeça sobre o pescoço longo e sinuoso e bateu os dentes, com algo que parecia medo.

Isaac colou-se novamente à parede, espiando as duas mariposas através dos espelhos.

A segunda mariposa separou os dentes com força e cuspiu um som alto e tumultuoso. A primeira mariposa deu a última e poderosa sugada e deixou que Shadrach caísse no chão, vazio e arruinado. Então, reuniu-se à irmã, indo até as ruínas glutinosas de bagulho-de-sonho e ovos.

As duas mariposas abriram as asas e as uniram ponta a ponta, estendendo os vários membros blindados. Aguardaram.

Isaac rastejou devagar para dentro do buraco, sem coragem sequer de imaginar o que acontecia, o porquê de elas o ignorarem. Atrás dele, o tubo exaustor de metal se arrastava como uma cauda imbecil. Enquanto Isaac olhava atônito pelos espelhos, incapaz de entender a cena atrás de si, o espaço em torno da entrada do túnel ondulou por um instante. Contraiu-se e de repente floresceu. Ali no poço com Isaac estava o Tecelão.

O queixo de Isaac caiu de assombro. A enorme criatura aracnídea elevou-se diante dele e olhou para baixo através de um agrupamento de olhos cintilantes. As mariposas-libadoras eriçaram-se.

... SOMBRIAS NEBULOSAS SÓRDIDAS NEBULARES SÃO VOCÊS SÃO..., soou a voz inconfundível, entoando nas orelhas de Isaac.

Principalmente naquela que lhe faltava.

– Tecelão! – Isaac quase soluçou.

A vasta presença-aranha saltou, aterrissando sobre as quatro pernas traseiras. Gesticulou intricadamente no ar com as mãos de faca.

... ENCONTREI SAQUEADOR RASGANDO TRAMAMUNDO SOBRE BOLHA DE VIDRO DANÇAMOS DUETO SANGRENTO CADA SELVAGEM MOMENTO MAIS VIOLENTO NÃO POSSO VENCER QUANDO QUATRO COVARDES ARESTAS AFRONTAM A MIM..., disse o Tecelão, e avançou sobre a presa.

Isaac não conseguiu se mover. Observou pelos cacos de espelho o extraordinário embate atrás de si.

... ESCONDA-SE PEQUENINO HÁBIL EM CONSERTAR NÓS E RASGOS VEM A VOCÊ UM CAPTURADO AO CAPTURÁ-LO E MOÍDO COMO GRÃO É HORA DE FUGIR ANTES DE CHEGAREM ENLUTADOS MANOSIRMÃS INSETOS PARA LAMENTAR O LODO QUE VOCÊ LIQUEFEZ...

Estavam chegando, percebeu Isaac. O Tecelão o avisava de que as mariposas haviam sentido a morte dos ovos e retornavam, tarde demais, para proteger o ninho.

Isaac agarrou-se às margens do túnel, preparado para desaparecer em meio às curvas. Mas foi detido durante alguns segundos, boquiaberto de assombro, respiração curta e pasmada, pela visão da batalha das mariposas-libadoras contra o Tecelão.

Era uma cena elemental, algo muito além do entendimento humano. Espetáculo cintilante de lâminas de chifre movendo-se rápidas demais para a visão, uma dança impossivelmente intricada de inumeráveis membros através de múltiplas dimensões. Jorros de sangue de várias texturas e cores borrifavam as paredes e o chão, maculando os mortos. Atrás dos corpos obscuros, e traçando-lhes as silhuetas, o fogo quêmico chiava e rolava pelo piso de concreto. Enquanto lutava, o Tecelão entoava o monólogo incessante.

... AH COMO FERVO BORBULHO EFERVESÇO BÊBADO INTOXICADO COM O SUCO DE MIM MESMO QUE FERMENTAM AS INSANASAS..., cantava.

Isaac assistia estupefato. Coisas extraordinárias aconteciam. Os cortes e punhaladas impiedosos continuavam com fervor, mas agora as mariposas-libadoras chicoteavam para a frente e para trás as vastas línguas. Lançavam-nas em velocidade de relâmpago sobre o corpo do Tecelão enquanto ele vibrava para dentro e para fora do plano material. Isaac viu os estômagos se distenderem e contraírem, viu-as lamberem o abdome do Tecelão e cambalearem como bêbadas, retornando mais uma vez ao ataque.

O Tecelão deslizava para dentro e para fora da vista. Concentrado e brutal durante um momento, em outro parecia tonto e saltava sobre a ponta de uma perna, cantando sem palavras antes de voltar, de repente, a ser matador voraz.

Padrões impensáveis adejavam nas asas das mariposas-libadoras, diferentes por completo dos outros que Isaac as havia visto produzir antes. Elas lambiam avidamente o inimigo ao apunhalá-lo e talhá-lo. Enquanto lutava, o Tecelão falou calmamente com Isaac:

... AGORA DEIXE ESTE LUGAR REAGRUPE ENQUANTO EU BÊBADO E ESTAS MINHAS CERVEJEIRAS BRIGAMOS CORTAMOS ANTES QUE DUAS TORNEM-SE TRIUNVIRATO OU PIOR E EU FUJA PARA ME ESCONDER VÁ AGORA VIA DOMO PARA FORA VEREMOS TU EU CONGREGAREMOS VÁ NU VÁ NU COMO MORTO NA AURORA DO RIO E O ACHAREI FÁCIL COMO DOCE DE LEITE QUE PADRÃO QUE CORES QUE FIOS INTRICADOS SERÃO URDIDOS BEM BELOS AGORA CORRA SALVE A PELE...

A luta louca e inebriada continuou. Isaac viu o Tecelão ser forçado a recuar, sua energia em cheia e vazante, movendo-se como maré cruel, mas recuando gradualmente. O terror de Isaac retornou de repente. Enfiou-se no túnel de tijolos e rastejou para longe.

Houve um frenético minuto no escuro, quando Isaac tateou rapidamente o caminho pelo chão irregular do túnel. A pele de suas mãos e joelhos esfolou-se nas pedras.

Luz cintilava numa curva à frente dele. Isaac acelerou o passo. Gritou de dor e surpresa quando suas palmas atingiram uma porção de metal macio e escaldante. Hesitou, apalpou em torno com a manga esfarrapada enrolada na mão. Parede, teto e piso estavam recobertos com uma faixa polida de um metro de largura do que parecia, sob a luz tênue, aço prensado. Seu rosto vincou-se de incompreensão. Ele se preparou e deslizou rápido sobre o metal quente como chaleira no fogo, tentando manter a pele longe da superfície.

Exalou tão rápido e forte que grunhiu. Içou-se pela saída, esparramando-se sobre o chão do quarto onde Yagharek aguardava.

Isaac desmaiou durante três ou quatro segundos. Despertou com Yagharek chamando-o aos gritos, dançando sobre um pé de cada vez. O garuda estava tenso, mas concentrado. Totalmente sob controle.

– Acorde – disse Yagharek rispidamente. – Acorde.

Sacudia Isaac pelo colarinho. Isaac arregalou os olhos. Percebeu que as sombras que cobriam o rosto de Yagharek iam se dissipando. O feitiço de Tansell estava acabando.

– Você está vivo – disse Yagharek.

Sua voz era lacônica, controlada e desprovida de emoção. Falava economizando tempo e esforço, conservando-se.

– Enquanto eu esperava, pela janela entrou o focinho achatado, e depois o corpo, de uma mariposa-libadora. Dei-lhe as costas e olhei por estes espelhos. Ela corria, confusa. Meu chicote estava pronto e o estalei para trás, atingindo-lhe a pele e fazendo-a gritar. Dei-me como morto, mas a coisa passou correndo por mim e pelo símio-constructo, e saltou no buraco, dobrando as asas para dentro de um espaço impossível. Ignorou-me. Olhava para trás como se a perseguissem. Senti o espaço atrás dela drapejar, algo se moveu sob a pele do mundo e desapareceu no túnel seguindo a mariposa. Mandei o macaco-constructo atrás dela. Ouvi um som de amassamento, o estalo de metal distendido. Não sei o que aconteceu.

– O raio do Tecelão *derreteu o constructo...* – disse Isaac com voz trêmula. – Só os putos deuses sabem por quê.

Levantou-se rapidamente.

– Onde está Shadrach? – perguntou Yagharek.

– Elas o pegaram, porra! Foi *bebido!*

Isaac tropeçou até a janela e debruçou-se, olhando para as ruas iluminadas por tochas. Ouviu o som pesado e vagaroso de cactáceos que corriam. À medida que tochas eram carregadas ao longo dos becos em volta, as sombras deslizavam e se deslocavam como óleo na água. Isaac voltou-se para Yagharek.

– Puta merda, foi horrível – disse. Sua voz soou oca. – Não pude fazer nada... Yag, *ouça.* O Tecelão estava lá e me disse para *cair fora* porque as mariposas conseguem farejar problemas... Merda! Ouça. Queimamos os ovos delas. – Isaac cuspiu as palavras com satisfação severa. – A porra da coisa tinha *desovado,* e passamos por ela e queimamos os malditos ovos; mas as outras mariposas puderam sentir e estão voltando para cá *agora mesmo...* Precisamos *fugir.*

Yagharek ficou quieto por um instante, pensando rápido. Olhou para Isaac e assentiu.

Desceram apressados pelas mesmas escadarias escuras pelas quais tinham subido. Caminharam mais devagar ao se aproximarem do primeiro andar, lembrando-se do casal que conversava quieto sobre os colchões, mas viram, sob a luz trêmula que atravessava a porta, que o quarto estava deserto. Todos os cactáceos antes adormecidos estavam despertos e nas ruas.

– *Que merda!* – praguejou Isaac. – Seremos *vistos,* seremos *vistos,* caralho! O domo deve estar lotado. Estamos perdendo as sombras.

Hesitaram diante da porta. Yagharek e Isaac espiaram pela esquina. Havia estalos e sussurros de tochas erguidas por toda parte. No outro lado da rua havia um pequeno beco onde as tochas ainda estavam apagadas e onde se escondiam seus companheiros. Yagharek esforçou-se para ver na escuridão, mas não conseguiu.

No final da rua, ao lado da parede do domo, sob os atarracados e entabuados restos da casa na qual, percebeu Isaac, estava o ninho das mariposas-libadoras, havia um bando de cactáceos. No lado oposto a eles, onde a rua se juntava a outras e seguia na direção do templo no centro do domo, pequenos grupos de guerreiros cactáceos apressavam-se em ambas as direções.

– Cuspe-de-deus, devem ter ouvido toda aquela confusão – sibilou Isaac. – Temos de andar depressa, ou estaremos mortos. Um de cada vez.

Isaac se segurou em Yagharek e apoiou os braços nas costas do garuda.

– Você primeiro, Yag, que é mais veloz e difícil de ver. Vá. Vá.

E empurrou Yagharek para a rua.

Yagharek não se atrapalhou. Correu leve, em velocidade crescente. Não foi uma fuga apavorada que pudesse atrair a atenção. Mantinha um ritmo suficiente para que, caso algum dos cactos entrevisse o movimento, pudesse pensar que era alguém de seu povo. As sombras e a quietude ainda velavam sua silhueta fugaz.

Dez metros até a escuridão. Isaac prendeu a respiração, observando os músculos que se moviam nas costas desfiguradas de Yagharek.

Os cactáceos tagarelavam em seu áspero patoá, discutindo sobre quem deveria entrar. Dois deles brandiam enormes martelos e golpeavam em turnos a entrada entijolada da última casa baixa dentro da qual, até onde Isaac sabia, as mariposas--libadoras e o Tecelão ainda executavam juntos a dança letal.

A escuridão do beco aceitou Yagharek.

Isaac respirou fundo e saiu para o beco.

Caminhou rapidamente, afastando-se da soleira da porta até o meio da rua, desejando que sua insólita cobertura de sombras se aprofundasse. Começou a trotar até o beco.

Quando atingiu o ponto médio da junção, ouviu-se uma revoada, uma tempestade de asas. Isaac olhou para a janela atrás e acima dele, no vértice da cunha arquitetônica.

Arranhando a janela com repulsivo desespero, a terceira mariposa-libadora impelia-se lá para dentro, retornando ao lar.

Isaac engasgou por um instante, mas a besta o ignorava. Seu fervor estava reservado à ninhada destruída.

Quando Isaac olhou outra vez para a frente, percebeu que os cactáceos no distante final da rua também haviam ouvido o som. De onde estavam, não podiam ver a janela e a forma monstruosa que se infiltrava na casa. Porém, podiam ver Isaac escapando deles, gordo e furtivo.

– *Puta merda!* – exalou Isaac.

E saiu em corpulenta disparada. Houve uma confusão de berros. Uma voz se ergueu acima da gritaria e ditou bruscas ordens. Vários guerreiros cactos se separaram da congregação à porta e passaram a perseguir Isaac.

Não eram velozes, mas Isaac também não era. Os cactos carregavam, desimpedidos e hábeis, suas imensas armas.

Isaac correu o melhor que pôde.

– Estou do lado de vocês, porra! – gritava inutilmente enquanto corria.

Suas palavras eram inaudíveis. Mesmo que o ouvissem, era inconcebível que os guerreiros cactos, apavorados, perplexos e beligerantes, prestassem-lhe qualquer atenção antes de matá-lo.

Os cactáceos gritavam, clamando por outras patrulhas. Ouviram-se berros em resposta nas ruas vizinhas.

Uma flecha foi disparada do beco diante de Isaac, passou zunindo por ele e cravou-se em alguma carne. Ouviu-se um arquejo e uma dolorosa praga do meio de seus perseguidores. Isaac distinguiu as formas na escuridão do beco. Pengefinchess emergiu das sombras, retesando mais uma vez a corda do arco. Gritou para que ele se apressasse. Atrás dela, Tansell sacara o bacamarte e o apontava incertamente. Seus olhos esquadrinhavam desesperados a cena atrás de Isaac. Gritou alguma coisa.

Derkhan, Lemuel e Yagharek estavam agachados ali perto, prontos para correr. Yagharek segurava o chicote enrolado e pronto.

Isaac correu para a escuridão.

– Onde está Shad? – gritou Tansell mais uma vez.

– Morto – bradou Isaac.

No mesmo instante, Tansell gritou com horrível angústia. Pengefinchess não olhou para cima, mas seu braço tremeu e quase deixou cair o arco. Disparou a esmo. O bacamarte trovejou e ele cambaleou com o recuo. Uma grande nuvem de chumbo fino passou sem causar dano acima da cabeça dos cactos.

– Não! – gritou Tansell. – Ah, Falastrão, *não!*

Ele encarava Isaac, implorando-lhe para que dissesse que aquilo não era verdade.

– Sinto muito, meu chapa, de verdade. Mas precisamos *correr*, porra! – disse Isaac com urgência.

– Ele tem razão, Tan – disse Pengefinchess, soando desesperadamente controlada.

Ela disparou outra flecha de lâmina acionada por mola, que fatiou uma grande porção de carne cactácea. Pôs-se em pé, encaixando um terceiro projétil.

– *Vamos*, Tan. Não pense, apenas se mexa.

Ouviu-se um zunido agudo, e um chakri cactáceo atingiu a parede de tijolos ao lado da cabeça de Tansell. Enterrou-se profundamente, causando uma dolorosa explosão de estilhaços de alvenaria.

O esquadrão cactáceo aproximava-se rápido. Os rostos estavam visíveis, retorcidos de raiva.

Pengefinchess começou a recuar, puxando Tansell.

– Vamos! – berrou.

Tansell moveu-se com ela, resmungando e gemendo. Havia largado a arma e torcia as mãos como garras.

Pengefinchess correu, arrastando Tansell. Os outros a seguiram, entrando no intricado labirinto de ruas laterais pelo qual haviam chegado.

O ar atrás deles zunia por causa dos projéteis. Chakris e facas-machados arremessados assoviavam ao passar por eles.

Pengefinchess corria e saltava com velocidade incrível. Voltava-se e disparava, sem precisar mirar, antes de continuar correndo.

– E os constructos? – gritou para Isaac.

– Fodidos – chiou ele. – Você sabe como voltar aos esgotos?

Ela assentiu e dobrou bruscamente uma esquina. Os outros a seguiram. Enquanto Pengefinchess mergulhava nos decrépitos becos próximos ao canal onde haviam se escondido antes, Tansell voltou-se de súbito. Seu rosto estava muito vermelho. Isaac viu uma pequena veia estourar no canto do olho de Tansell.

Ele chorava sangue. Não piscou. Não enxugou os olhos.

Pengefinchess se voltou, no fim da rua, e berrou-lhe que não fosse estúpido, mas ele a ignorou. Seus braços e membros tremiam violentamente. Ergueu as mãos torcidas e Isaac viu suas veias incharem-se, como um mapa sobre a pele.

Tansell começou a marchar de volta ao longo da rua, na direção da ruela de onde surgiriam os cactáceos.

Pengefinchess gritou-lhe pela última vez e deu um enorme salto por cima de uma parede em ruínas. Gritou para os outros que a seguissem.

Isaac recuou rápido na direção dos tijolos despedaçados, com os olhos fixos na silhueta cada vez mais distante de Tansell.

Derkhan subia com dificuldade uma pequena escadaria de tijolos quebrados. Hesitou e saltou para o pequeno pátio escondido onde a vodyanoi lutava contra a tampa do bueiro. Yagharek levou menos de dois segundos para escalar a parede e aterrissar do outro lado. Isaac começou a subir e olhou para trás novamente. Lemuel corria rápido pelo beco, ignorando a figura desesperada de Tansell atrás dele.

Tansell parou na entrada da ruela. Tremia pelo esforço, e o fluxo taumatúrgico corria-lhe pelo corpo. Seus cabelos eriçaram-se. Isaac viu pequenas faíscas de ébano se projetarem do corpo do aventureiro como vibrantes arcos de energia. A carga pujante que estalava e irrompia debaixo de sua pele era absolutamente negra. Brilhava negativamente, com desluz.

Os cactáceos dobraram a esquina e depararam com ele.

A vanguarda da tropa se surpreendeu com a estranha figura negra que brilhava e tinha as mãos retorcidas como um esqueleto vingativo, fazendo o ar crepitar com taumatúrgons carregados. Antes que pudessem reagir, Tansell emitiu um uivo, e feixes abrasadores de energia negra lançaram-se de seu corpo na direção deles.

Os feixes rolaram pelo ar como raios globulares e atingiram vários cactáceos. As descargas do feitiço explodiram contra suas vítimas, dissipando-se sobre sua pele em rachaduras venosas. Os cactos voaram metros para trás, estatelando-se duramente contra as pedras da rua. Um deles quedou-se imóvel. Os outros se debateram e gritaram de dor.

Tansell levantou mais os braços, e um guerreiro avançou com o cutelo de guerra empunhado bem atrás de seu ombro. Brandiu a arma, descrevendo um arco enorme e poderoso.

A pesada arma chocou-se contra o ombro esquerdo de Tansell. Imediatamente ao tocar-lhe a pele, o cutelo conduziu a carga nula que fervilhava pelo corpo do aventureiro. O atacante sofreu um terrível espasmo e foi jogado para trás pela força da corrente, esguichando seiva pelo braço esmagado; porém, o ímpeto de seu potente golpe fez com que o cutelo cortasse através de camadas de gordura, sangue e osso, cindindo Tansell do ombro até abaixo do esterno, uma fenda de quarenta centímetros na carne. O cutelo parou e ficou vibrando, embebido logo acima de seu estômago.

Tansell uivou como um cão perplexo. A negra carga nula escapou pelo enorme ferimento, que começou a jorrar sangue numa vasta torrente. Tansell caiu de joelhos, e depois de rosto contra o chão. Os cactáceos o rodearam, chutando e golpeando o homem que morria rapidamente.

Isaac deu um grito angustiado e alcançou o alto da parede. Gesticulou para Lemuel e olhou para o pátio escuro ali embaixo. Derkhan e Pengefinchess haviam aberto o caminho para as entranhas da cidade.

Os cactáceos não desistiram. Os que não pisoteavam o corpo de Tansell ainda corriam adiante, brandindo as armas contra Isaac e Lemuel. Quando este atingiu a parede, ouviu-se o som duro de uma arcosserra, um estampido de carne, e Lemuel gritou e caiu.

Um enorme chakri serrilhado estava mergulhado profundamente em suas costas, na espinha, logo acima das nádegas. As pontas prateadas sobressaiam-se do ferimento, que derramava sangue copiosamente.

Lemuel olhou para o rosto de Isaac e gritou pateticamente. Suas pernas tremeram. Agitava os braços abertos, lançando à volta poeira de tijolos.

– *Ah, Falastrão, Isaac, me ajude, por favor!* – gritou. – *Minhas pernas... Ah, Falastrão, ah, deuses...*

Tossiu uma horrível massa de sangue, que lhe rolou pelo queixo.

Isaac estava transfixado de horror. Olhou para Lemuel, cujos olhos transbordavam de terror e agonia. Ergueu os olhos brevemente e viu os cactáceos se abaterem ruidosos e triunfantes sobre o homem destroçado. Estavam a menos de dez metros. Uma cactácea viu Isaac e ergueu a arcosserra, fazendo cuidadosa pontaria na cabeça dele.

Isaac se abaixou e despencou para dentro do pequeno pátio. O bueiro aberto soprava fedores nauseantes.

Lemuel olhou incrédulo para Isaac.

– *Ajude-me!* – guinchou. – *Falastrão, caralho, não, ah, Falastrão... Não! Não vá! Ajude-me!*

Agitava os braços como criança birrenta, e os cactáceos se aproximavam. Suas unhas quebraram-se e seus dedos ficaram em carne viva ao tentar freneticamente escalar a parede, arrastando consigo suas pernas inúteis. Isaac o encarava mortificado, sabendo que não havia nada a fazer, que não havia tempo de ajudá-lo, que os cactos já estavam próximos demais, que seus ferimentos o matariam mesmo que Isaac conseguisse tirá-lo de lá; e sabendo que, ainda assim, os últimos pensamentos de Lemuel seriam a traição de Isaac.

Por trás do concreto corroído da parede Isaac ouviu Lemuel gritar ao ser alcançado pelos cactos.

– Ele não tem nada a ver com isso tudo! – gritou de raiva e pesar.

Pengefinchess, com expressão severa, sumiu de vista para dentro dos esgotos que corriam lá embaixo.

– Ele não tem nada a ver com isso tudo! – gritou Isaac outra vez, desesperado para que os lamentos de Lemuel cessassem.

Derkhan, pálida, seguiu a vodyanoi. O buraco de sua orelha sangrava.

– Deixem-no em paz, seus filhos da puta, fodidos de merda, cactos estúpidos desgraçados! – gritou Isaac acima da cacofonia de Lemuel.

Yagharek agarrou ferozmente o tornozelo de Isaac, gesticulando para que descesse. Seu bico inumano rilhava enquanto ele puxava, agitado.

– Ele estava *ajudando vocês...* – berrou Isaac com horror exausto.

Assim que Yagharek desapareceu, Isaac se agarrou à beira do bueiro e desceu. Espremeu seu tronco roliço pelas bordas de metal e puxou a tampa, preparando-se para recolocá-la assim que saísse de vista.

Lemuel continuava a gritar de dor e medo no outro lado da parede. Ainda se ouviam os sons brutais dos cactáceos aterrorizados e triunfantes ao punir o intruso.

Eles vão parar, pensou Isaac, desesperado, enquanto descia. *Estão assustados e confusos, não sabem o que está acontecendo. Vão acabar com isso a qualquer momento, com uma bala, faca ou chakri. Eles não têm motivo para mantê-lo vivo,* pensou, *vão matá-lo porque pensam que ele está com as mariposas. Farão sua parte para purificar o domo, acabarão com isso; eles estão em pânico, não são torturadores,* pensou, *só querem impedir o horror... Vão dar um fim nisso a qualquer momento. Vão parar agora mesmo.*

No entanto, os gritos de Lemuel continuaram quando Isaac desapareceu na escuridão fedorenta e puxou o selo de metal acima de sua cabeça. Mesmo então os sons se infiltraram, mínimos e absurdos, pela tampa. E continuaram ainda quando ele caiu sobre a água morna e fecal e cambaleou pelos túneis, seguindo os outros sobreviventes. Pensou poder ouvi-los mesmo enquanto rastejava em meio aos outros sons líquidos que reverberavam, pingavam e escorriam, acima do ruído da corrente, ao longo dos antigos canais feito veias perfuradas, para longe da Estufa, em confusa e aleatória fuga na direção da relativa segurança da paquidérmica cidade noturna.

Passou-se muito tempo antes que silenciassem.

A noite é impensável. Podemos apenas correr. Emitimos sons animalescos enquanto nos apressamos para escapar do que vimos. Pavor, asco e emoções alheias agarram-se a nós e estorvam nossos movimentos. Não conseguimos nos livrar deles.

Tropeçamos ao longo de nosso caminho ferido. Para cima e para fora das entranhas da cidade até a cabana à beira da ferrovia. Estremecemos, ainda que sob o calor terrível. Assentimos mudos aos trens sacolejantes que nos sacodem as paredes. Olhamos exaustos uns para os outros.

Exceto por Isaac, que olha para o nada.

Durmo? Alguém dorme? Há momentos em que o torpor me domina e obstrui minha cabeça, e não posso ver ou pensar. Talvez essas fugas, esses fragmentados momentos zumbis, sejam sono. Sono da nova cidade. Talvez já não possamos esperar mais do que isso.

Ninguém fala. Por muito, muito tempo.

Pengefinchess, a vodyanoi, é a primeira a falar.

Começa devagar, murmurando coisas que mal se reconhecem como palavras. Mas se dirige a nós. Senta-se, costas contra a parede, gordas coxas abertas. A ondina estúpida se enrosca em seu corpo, lavando-lhe as roupas, mantendo-a molhada.

Ela nos conta sobre Shadrach e Tansell. Os três se conheceram durante algum episódio mal definido que ela encobre, uma façanha mercenária em Tesh, Cidade do Líquido Rastejante. Fugiam juntos fazia sete anos.

A janela de nossa cabana está emoldurada de cacos agudos de vidro. Durante a aurora, eles tentam sem sucesso bloquear a luz do sol. Sob um reto facho de luz infestada de insetos, Pengefinchess, monótona e suavemente, fala dos momentos em companhia dos amigos mortos: caça ilegal no Mato de Olhelminto; saque em Neovadan; roubo de sepulturas nas florestas e estepes de Ragamina.

Os três nunca foram igualmente unidos, diz ela sem despeito ou rancor. Era sempre ela, e mais Tansell e Shadrach, os dois unidos por algo que encontraram um no outro, uma conexão calma e apaixonada que ela nunca pudera ou desejara tocar.

Tansell ficou louco de pesar no final, diz ela; irracional, explosivo, erupção descontrolada de sofrimento taumatúrgico. Porém, mesmo que estivesse com as ideias claras, não teria feito diferente, diz ela.

Assim, está sozinha outra vez.

O testemunho dela termina. Exige resposta, como os rituais litúrgicos.

Ela ignora Isaac, acalentado pela agonia. Olha para Derkhan e para mim.

Nós a desapontamos.

Derkhan meneia cabeça, muda e triste.

Tento. Abro o bico e a história de meu crime, minha punição e meu exílio sobe-me à garganta. Quase emerge, quase rompe a rachadura.

Abato-a. Não se relaciona ao que aconteceu. Não é para esta noite.

A história de Pengefinchess é de egoísmo e rapina. No entanto, ao ser contada, transforma-se em homenagem póstuma aos companheiros. Minha história de egoísmo e exílio resiste à transmutação. Não pode ser nada além de uma história vil de coisas vis. Permaneço em silêncio.

Porém, quando nos preparamos para abandonar as palavras e deixar acontecer o que aconteça, Isaac levanta a lenta cabeça e fala.

Primeiro, exige comida e água, que não temos. Devagar seus olhos se estreitam e começa a falar como criatura senciente. Tomado de infelicidade remota, descreve as mortes que viu.

Conta-nos do Tecelão, o deus louco dançarino, de sua batalha contra as mariposas, dos ovos queimados, das bizarras declamações melodiosas de nosso campeão improvável e inconfiável. Com palavras claras e frias, Isaac nos diz o que pensa que se tornou, o que quer e o que pode ser o Conselho dos Constructos (e Pengefinchess engole em seco de perplexidade; seus olhos protuberantes se arregalam ainda mais ao saber o que aconteceu aos constructos no aterro da cidade).

Quanto mais fala, tanto mais fala. Fala de planos. Sua voz endurece. Algo acabou dentro dele, alguma espera, alguma suave paciência que morreu com Lin e agora está enterrada, e sinto-me tornar pedra ao ouvi-lo. Inspira-me ao rigor e ao propósito.

Fala de traições e contratraições, de matemática, mentiras e taumaturgia, de sonhos e coisas aladas. Expõe teorias. Fala comigo de voo, algo de que eu quase havia esquecido e que agora quero outra vez. Quero com todo meu ser.

Quando o sol rasteja qual homem fatigado até o ápice do céu, nós remanescentes, nós resíduos, examinamos nossas armas e nossos destroços coletados, nossas anotações e nossas histórias.

Com forças que não sabíamos ainda ter, com perplexidade que sinto como se através de um véu, fazemos planos. Enrolo meu chicote firmemente em torno da mão e afio minha lâmina. Derkhan limpa suas armas e murmura para Isaac. Pengefinchess recosta-se e sacode a cabeça. Avisa-nos de que vai embora. Não há nada que a estimule a ficar. Dormirá um pouco, diz, e nos dirá adeus.

Isaac dá de ombros. Retira motores compactos e valvulados de onde os havia escondido, sob o lixo empilhado na cabana. Tira da camisa folhas e folhas de anotações, manchadas de suor, sujas, quase ilegíveis.

Começamos a trabalhar, Isaac com mais fervor do que qualquer um de nós, rabiscando freneticamente.

Ergue os olhos após horas de pragas murmuradas e avanços sibilados. Não conseguiremos, diz. Precisaríamos nos concentrar.

Mais uma ou duas horas se passam, e ele ergue outra vez os olhos.

Temos de fazer isto, diz, e ainda precisamos nos concentrar.

Isaac diz o que devemos fazer.

Faz-se silêncio, e debatemos. Rápidos. Ansiosos. Sugerimos candidatos e os descartamos. Nossos critérios são confusos – escolhemos os condenados ou os desprezados? Os decrépitos ou os vis? Julgamos?

Nossa moralidade torna-se apressada e furtiva.

Porém, passou-se mais da metade do dia, e devemos escolher.

Derkhan se prepara; seu rosto é severo, mas infeliz. Foi encarregada da tarefa vil.

Apanha todo o dinheiro que temos, incluindo as últimas pepitas de meu ouro. Limpa-se de um pouco da sujeira dos subterrâneos da cidade, mudando seu disfarce acidental, tornando-se apenas uma pobre mendiga. E sai para caçar o que necessitamos.

Lá fora começa a escurecer, e Isaac ainda trabalha. Pequeninos números e equações circuladas preenchem todos os espaços, cada mínima porção de espaço em branco nas poucas folhas de papel.

O sol denso ilumina por baixo as manchas de nuvens. O céu fica pardo de crepúsculo. Nenhum de nós teme a colheita noturna de sonhos.

PARTE 7

CRISE

CAPÍTULO 46

Os postes de luz se apagaram por toda a cidade, e o sol nasceu sobre o Cancro. Delineou o formato de uma pequena barca, pouco mais do que uma balsa, que oscilava sobre a fria corrente.

Era uma de muitas que apinhavam os rios gêmeos de Nova Crobuzon. Deixadas apodrecendo na água, as carcaças de velhos barcos flutuavam aleatórias com a corrente, puxando de má vontade amarras esquecidas. Havia muitas daquelas embarcações no coração de Nova Crobuzon, e os moleques da beira do rio desafiavam-se a nadar até elas, ou subir pelas velhas cordas que as prendiam inutilmente. Evitavam algumas, sussurrando que eram lares de monstros, covis dos afogados que não aceitavam a morte, mesmo enquanto apodreciam.

Aquela estava meio coberta de velhas lonas que fediam a óleo, corrosão e graxa. A velha pele de madeira do barco transpirava água do rio.

Escondido à sombra do encerado, Isaac olhava para as nuvens que se moviam céleres. Estava nu e imóvel.

Fazia algum tempo que estava ali. Yagharek o acompanhara até a beira do rio. Haviam se esgueirado durante mais de uma hora pela cidade atônita e mutável, pelas familiares ruas de Brejo do Texugo, subindo até Gidd sob as linhas férreas e passando pelas torres da milícia. Afinal alcançaram os limites sul da Ponta do Cancro. Menos de três quilômetros do centro da cidade, mas outro mundo. Ruas baixas e tranquilas, casas modestas, pequenos parques acanhados, igrejas e salões antiquados, escritórios com frentes e fachadas falsas numa cacofonia de estilos discretos.

Havia avenidas ali. Não se pareciam em nada com as amplas alamedas de figueiras em Galantina, ou com a Rua Conífera em Laralgoz, magnificamente escoltada por antigos pinheiros. Ainda assim, nas cercanias de Ponta do Cancro, havia carvalhos e madeiras-negras definhados, que escondiam as falhas da arquitetura. Isaac e Yagharek, que estava outra vez com os pés enfaixados e a cabeça oculta sob uma capa recém-roubada, sentiram-se gratos pela cobertura de escuridão frondosa enquanto caminhavam até o rio.

Não havia grandes aglomerados de indústria pesada no Cancro. As fábricas, oficinas, armazéns e docas cravejavam o mais lento Piche e o Grande Piche, formado pela confluência dos dois rios. Somente no último quilômetro de sua existência separada, que passava por Brejo do Texugo e por milhares de despejos laboratoriais, o Cancro se tornava imundo e suspeito.

Ao norte da cidade, em Gidd e Orla, e ali em Ponta do Cancro, os residentes podiam remar sobre as águas por prazer – passatempo impensável mais ao sul. Isaac fora até lá, onde o tráfego fluvial era tranquilo, em obediência às instruções do Tecelão.

Haviam encontrado um pequeno beco entre os fundos de duas fileiras de casas, magra fatia de espaço que formava um declive em direção à água agitada. Não fora difícil achar um barco abandonado, embora não houvesse sequer uma fração dos que havia às margens do rio na zona industrial da cidade.

Deixando Yagharek de vigia sob o capuz esfarrapado, como um mendigo paralisado, Isaac descera com cuidado até a beira do rio. Um trecho de capim e uma faixa de lama espessa interpunham-se entre ele e a água. Tirava as roupas enquanto andava, segurando-as embaixo do braço. Quando atingira o Cancro estava nu sob a escuridão que empalidecia.

Sem hesitar, tomara coragem e entrara na água.

Fora uma curta e fria distância a nado até o barco. Isaac a apreciara, desfrutara do abraço do rio negro que o desencardia da imundície dos esgotos e de dias sem banho. Arrastara as roupas atrás de si, desejando que a água encharcasse as fibras e as limpasse também.

Subira pela lateral do barco, e sua pele formigava enquanto secava. Yagharek estava quase invisível, imóvel e vigilante. Isaac espalhara as roupas em torno e puxara sobre si parte do encerado, de modo a ficar coberto de sombras.

Vira a luz chegar pelo Leste e estremecera quando a brisa lhe traçara sobre a pele trilhas de calafrios.

– Aqui estou – murmurara –, nu como um morto na aurora do rio. Tal como solicitado.

Isaac não sabia se o pronunciamento onírico que o Tecelão havia murmurado naquela noite terrível na Estufa fora uma espécie de convite. Mas achava que ao responder-lhe poderia torná-lo convite, mudando os padrões da teiamundo, urdindo-a numa conjuntura que agradasse o Tecelão. Assim supunha Isaac.

Precisava ver a magnífica aranha. Precisava da ajuda do Tecelão.

No meio da noite anterior Isaac e seus camaradas perceberam que a tensão da noite, a sensação instável e doentia no ar, os pesadelos, haviam retornado. O ataque do Tecelão falhara, como ele mesmo previra. As mariposas ainda viviam.

Ocorrera a Isaac que as mariposas-libadoras já conheciam seu sabor, que o reconheceriam como o destruidor dos ovos. Talvez devesse estar petrificado de medo, mas não estava. A cabana da ferrovia não havia sido atacada.

Talvez estejam com medo de mim, pensara.

Devaneara flutuando no rio. Uma hora se passara, e os sons da cidade multiplicaram-se invisíveis em torno dele.

Um ruído de bolhas o interrompeu.

Apoiou-se com cuidado sobre o cotovelo e sua mente focou-se de súbito. Espiou pela amurada do barco.

Yagharek ainda estava visível na beira do rio. Sua postura não havia mudado em nada. Havia atrás dele alguns passantes, ignorando a figura sentada que fedia a lixo.

Perto do barco, uma área de bolhas e água agitada fervilhava subindo do fundo, arrebentando na superfície e formando anéis concêntricos de um metro de diâmetro. Isaac arregalou os olhos por um instante ao perceber que os anéis eram *exatamente* circulares e delimitados, de modo que, ao atingirem as bordas, cada um deles se achatava de maneira impossível, sem perturbar a água além.

No mesmo instante em que Isaac recuou um pouco, uma dobra negra e lisa rasgou a água escura e agitada. O rio se abriu em torno da forma ascendente, respingando dentro dos limites do pequeno círculo.

Isaac deparou com o Tecelão.

Saltou para trás, e seu coração bateu agressivo. O Tecelão o encarou. Sua cabeça se encontrava num ângulo tal que somente ela emergia da água, e não o corpo que se elevava quando a aranha ficava em pé.

O Tecelão murmurava, falando nas profundezas do crânio de Isaac.

... PREDILETO PRUMO VOCÊ MORTONU QUE PEDI PEQUENO TECELÃO TETRAMEMBROS PODERÁ SER..., disse, em contínuo monólogo cadenciado. ...RIO AURORA IDEIA AGORA NOTÍCIAS NUAS BOIAS...

Suas palavras foram morrendo, até que já não se ouviam direito, e Isaac aproveitou a chance para falar.

– Fico contente em vê-lo, Tecelão – disse. – Lembrei-me de nosso encontro. – Respirou fundo. – Preciso falar com você.

O sortilégio murmurado e melodioso do Tecelão recomeçou, e Isaac lutou para entender, para traduzir a bela tagarelice em sentido, para responder, para fazer-se ouvir.

Era como dialogar com os sonâmbulos ou com os loucos. Era difícil, exaustivo. Mas era possível.

Yagharek ouvia a conversa abafada de crianças indo para a escola. Caminhavam a pouca distância dele sobre uma trilha que cortava o capim nas margens.

Seus olhos dardejaram até a outra margem, onde as árvores e amplas ruas brancas de Colina da Bandeira se estendiam da água em suave inclinação. Ali também havia capim à beira do rio, mas nenhuma trilha e nenhuma criança; apenas as quietas casas muradas.

Yagharek aproximou seus joelhos do peito um pouco mais e se embrulhou na capa fétida. Doze metros rio adentro, a pequena embarcação de Isaac parecia anormalmente imóvel. A cabeça de Isaac havia aparecido hesitante fazia alguns minutos, e agora permanecia um pouco para fora da amurada do velho barco, de costas para Yagharek. Parecia vigiar atentamente um trecho da água, um objeto à deriva.

Yagharek percebeu que devia ser o Tecelão e sentiu o entusiasmo animá-lo.

Yagharek se esforçou para ouvir, mas a brisa não lhe levava nada. Ouvia apenas o ondear do rio e os ruídos abruptos das crianças atrás de si. Elas eram rudes e gritavam com facilidade.

O tempo passava, mas o sol parecia congelado. Os pequenos fluxos de estudantes não diminuíram. Yagharek viu Isaac discutir de maneira incompreensível com a invisível presença-aranha sob a superfície do rio. Aguardou.

Após a aurora, mas antes das sete horas, Isaac voltou-se furtivamente no barco, recolheu suas roupas e rastejou de volta para dentro do Cancro como uma capivara dissimulada e inepta.

A luz anêmica da manhã dispersava-se na superfície do rio enquanto Isaac braceava pela água em direção à margem. Na parte rasa, ele executou uma grotesca dança aquática para puxar as roupas, antes de levantar-se, encharcado e pesado, sobre a lama e a vegetação da margem.

Caiu na frente de Yagharek, resfolegando.

As crianças riram à socapa e cochicharam.

– Acho... Acho que ele virá – disse Isaac. – Acho que ele entendeu.

Passava das oito quando chegaram à cabana da ferrovia. O ar estava quente e parado, denso de partículas que vagavam indolentes. As cores do lixo e da madeira podre brilhavam nos lugares em que a luz penetrava pelas paredes lascadas.

Derkhan ainda não retornara. Pengefinchess dormia no canto, ou fingia dormir.

Isaac reuniu dentro de um saco imundo os tubos e válvulas importantes, os motores, baterias e transformadores. Apanhou as anotações, folheou-as brevemente e as enfiou de volta na camisa. Rabiscou um bilhete para Derkhan e Pengefinchess. Ele e Yagharek verificaram e limparam as armas, contaram a parca munição. Depois, Isaac olhou pelas janelas arruinadas a cidade que despertara em torno deles.

Tinham de ser cuidadosos agora. O sol ganhara força, a luz estava plena. Qualquer um poderia ser da milícia, e todos os oficiais já teriam visto o heliótipo. Cobriram-se com as capas. Isaac hesitou e tomou emprestada a faca de Yagharek, com a qual se barbeou, tirando sangue. A lâmina afiada saltava dolorosamente sobre os nódulos e calombos de sua pele – razão pela qual havia deixado a barba crescer, aliás. Foi rápido e impiedoso, e logo estava diante de Yagharek de queixo nu, tosado sem habilidade, sangrando e eivado de pequenos bosques de tocos.

Parecia péssimo, mas parecia diferente. Isaac apalpou a pele machucada antes de ambos saírem para a manhã.

Por volta das nove, após minutos de espreita, de passar displicentemente por lojas e pedestres que discutiam, de encontrar rotas por ruas laterais sempre que possível, os companheiros chegaram ao aterro de Voltagris. O calor era implacável, e parecia mais intenso entre aqueles cânions de metal descartado. O queixo de Isaac ardia e comichava.

Andaram com cuidado sobre o solo morto até o coração do labirinto, o refúgio do Conselho dos Constructos.

– Nada. – Bentham Rudgutter cerrou os punhos sobre a mesa. – Por duas noites colocamos as aeronaves no ar procurando. Nada em absoluto. Todas as manhãs, mais uma colheita de corpos, e nenhuma maldita coisa à noite. Rescue morto, nenhum sinal de Grimnebulin, nenhum sinal de Diazul...

Ergueu os olhos injetados e olhou para Stem-Fulcher, no outro lado da mesa. Ela sugava com ternura a fumaça pungente de seu cachimbo.

– As coisas não vão bem – concluiu Rudgutter.

Stem-Fulcher assentiu devagar. Ponderava.

– Duas coisas – disse com calma. – Está claro que precisamos de soldados com treinamento especial. Já lhe falei sobre os de Mesclado.

Rudgutter assentiu. Esfregava os olhos sem parar.

– Seria fácil fazer igual – prosseguiu ela. – Seria fácil ordenar às fábricas de punição que produzissem para nós um esquadrão especializado de Refeitos, com espelhos, armas invertidas e tudo mais. Mas precisamos de *tempo*. Precisamos treiná-los bem. Isso levaria pelo menos três ou quatro meses. E, enquanto fazemos as coisas no nosso ritmo, as mariposas-libadoras continuam a ceifar cidadãos. E a se fortalecer. De maneira que precisamos pensar em estratégias para manter a cidade sob controle. Toque de recolher, por exemplo. Sabemos que as mariposas *conseguem* entrar nas casas, mas não há dúvida de que a maioria das vítimas é atacada nas ruas. Depois, precisamos abafar a especulação da imprensa em relação ao que está acontecendo. Barbile não foi a única cientista que trabalhou no projeto.

Precisamos ser capazes de esmagar qualquer espécie de sedição perigosa, precisamos deter todos os outros cientistas envolvidos. Com metade da milícia empenhada na captura das mariposas-libadoras, não podemos correr o risco de outra greve nas docas, ou qualquer coisa semelhante. Isso poderia nos incapacitar muito rápido. Nosso dever perante a cidade é dar fim a quaisquer exigências pouco razoáveis. Basicamente, prefeito, esta crise é a maior desde as Guerras Piratas. Acho que é o momento de declararmos estado de emergência. Precisamos de poderes extraordinários. Precisamos de lei marcial.

Rudgutter comprimiu suavemente os lábios e pensou no que ela havia dito.

– Grimnebulin – disse o avatar.

O Conselho permanecia escondido. Não havia se sentado. Era indistinguível das montanhas de lixo e sujeira em torno dele.

O cabo que entrava na cabeça do avatar emergiu do chão de cavacos de metal e pedras. O avatar fedia. Sua pele estava coberta de mofo.

– Grimnebulin – repetiu com sua voz hesitante e desconfortável. – Você não retornou. O engenho de crise que deixou comigo está incompleto. Onde estão os eus que o acompanharam à Estufa? As mariposas-libadoras voaram mais uma vez na noite passada. Você falhou?

Isaac ergueu as mãos para deter o caudal de perguntas.

– Pare – disse peremptório. – Já explico.

Isaac sabia que era ilusório supor que o Conselho dos Constructos tivesse emoções. Ao contar ao avatar a história daquela aterradora noite na Estufa dos cactáceos – aquela noite de vitória parcial obtida a preço horrendo –, sabia não ser raiva ou tristeza o que causava os tremores no corpo do homem e os espasmos grotescos e aleatórios de seu rosto.

O Conselho dos Constructos era senciente, mas não tinha sentimentos. Assimilava novos dados, nada mais. Calculava possibilidades.

Isaac contou-lhe que os macacos-constructos haviam sido destruídos, e o corpo do avatar estremeceu de modo brusco devido à informação que fluía pelo cabo até os engenhos analíticos escondidos dentro do Conselho. Sem os constructos, ele não poderia descarregar-lhes a experiência. Tinha de confiar no relato de Isaac.

Como da outra vez, Isaac pensou ter visto uma fugaz forma humana no lixo em volta, mas a aparição foi-se num instante.

Isaac contou ao Conselho sobre a intervenção do Tecelão e, por fim, começou a explicar seu plano. O Conselho, é claro, entendeu rápido.

O avatar começou a assentir. Isaac julgou perceber movimentos infinitesimais no solo abaixo, quando o próprio Conselho passou a se mover.

– Você entende o que preciso que faça? – perguntou Isaac.

– É claro – respondeu o Conselho dos Constructos com o balbucio estridente do avatar. – E serei ligado diretamente ao engenho de crise?

– Sim – disse Isaac. – É assim que vai funcionar. Esqueci de trazer alguns componentes do engenho de crise, por isso não estava completo. Mas foi melhor assim, porque, quando os vi, deram-me a ideia de tudo isto. Escute: preciso de sua ajuda. Para que o plano funcione, queremos que a matemática seja *exata*. Eu trouxe comigo do laboratório meu engenho de crise, mas não chega a ser modelo de ponta. Você, Conselho, é uma rede de engenhos de cálculo sofisticada pra cacete, certo? Preciso que faça uns cálculos para mim. Resolva umas funções, imprima uns cartões de programa. E preciso que sejam *perfeitos*. Grau infinitesimal de erro, certo?

– Mostre-me – disse o avatar.

Isaac tirou da camisa duas folhas de papel. Aproximou-se do avatar e as estendeu. Em meio aos cheiros do aterro, de óleo, podridão quêmica e metal aquecido, o fedor orgânico de decomposição do corpo do avatar era chocante. Isaac franziu o nariz de repulsa. Porém, tomou coragem e permaneceu ao lado da carcaça podre e apenas meio viva, explicando-lhe as funções que havia sublinhado.

– Esta página tem várias equações para as quais não encontrei respostas. Você consegue lê-las? Têm relação com o modelo matemático da atividade mental. A segunda página é mais complicada. É o conjunto de cartões de programa de que preciso. Tentei arranjar cada função da maneira mais exata possível. Aqui, por exemplo. – O dedo atarracado de Isaac correu sobre uma linha de complicados símbolos lógicos. – Esta é "encontre dados da entrada 1; agora modele dados". Aí temos a mesma requisição para a entrada 2... e esta aqui, complexa mesmo: "compare dados primários". E aqui estão as funções construtivas e remodeladoras. É tudo compreensível – disse, afastando-se um pouco. – Você consegue fazer?

O avatar pegou os papéis e os esquadrinhou com cuidado. Os olhos do morto se moviam com eficiência da esquerda para a direita da página, linha após linha. Sem interrupções, até que o avatar parou e estremeceu ao enviar a onda de dados pelo cabo até o cérebro oculto do Conselho.

Passou-se um instante de imobilidade, e a seguir o avatar disse:

– Tudo isto pode ser feito.

Isaac assentiu em lacônico triunfo.

– Precisamos disso para... agora. Logo que possível. Você consegue?

– Tentarei. E, quando a noite cair e as mariposas-libadoras retornarem, você ligará a força e me conectará. Vai me ligar ao seu engenho de crise.

Isaac assentiu.

Remexeu no bolso e sacou outro pedaço de papel, que estendeu ao avatar.

– Aqui está a lista de tudo que precisamos – disse. – Tudo deve estar aqui no aterro, em algum lugar. O que não estiver pode ser montado. Você tem alguns... ahn... dos seus eus pequeninos por aí, que possam encontrar os bagulhos? Mais uns daqueles capacetes que você conseguiu, que os comunicadores usam; umas baterias; um pequeno gerador; coisas assim. Outra vez, precisamos disso para já. O principal é que precisamos de cabos. Cabos grossos, condutores, que possam suportar correntes elíctricas ou taumatúrgicas. Precisamos de uns três ou quatro *quilômetros* de cabo. Não um rolo só, é claro... pode ser em partes, desde que possam ser conectadas com facilidade umas às outras. Mas precisamos de *um monte*. Temos de conectá-lo ao nosso... nosso foco.

Baixou a voz ao dizer isso, e seu rosto ficou sério.

– O cabo tem de estar pronto hoje à noite, acho que lá pelas seis. – O rosto de Isaac endureceu. Seu tom era monocórdio. Isaac olhava cuidadosamente para o avatar. – Somos apenas quatro, e em um não podemos confiar – prosseguiu. – Você pode entrar em contato com sua... congregação?

O avatar assentiu devagar, esperando por uma explicação.

– Veja, precisaremos de pessoas para conectar os cabos ao longo da cidade.

Isaac arrancou a lista das mãos do avatar e começou a desenhar no verso da folha: um Y inclinado e irregular para os dois rios, pequenas cruzes para Voltagris e O Corvo e rabiscos delineando Brejo do Texugo e Cuspelar no meio. Ligou as duas primeiras cruzes com um rápido golpe de lápis. Olhou para o avatar.

– Você terá de organizar sua congregação. *Rápido*. Precisamos deles em posição, *com o cabo*, lá pelas seis horas.

– Por que não realizar a operação aqui? – perguntou o avatar.

Isaac meneou vagamente a cabeça.

– Não funcionaria. Isto aqui é um cu-de-judas. Teremos de canalizar a força através do ponto focal da cidade, onde todas as linhas convergem. Teremos de ir à Estação Perdido.

CAPÍTULO 47

Carregando juntos um saco estufado de tecnologia descartada, Isaac e Yagharek esgueiravam-se pelas ruas tranquilas de Voltagris, subindo até a esbatida escadaria de tijolos da Linha Escuma. Feito mendigos esfarrapados da cidade, vestindo roupas inadequadas para o ar escaldante, percorreram uma penosa trilha através do horizonte de Nova Crobuzon, de volta ao esconderijo decadente perto da linha férrea. Aguardaram passar um comboio histérico, que assoviava com força pela larga chaminé, e depois seguiram com cautela em meio a cercas de ar trêmulo sopradas de cima para baixo pelos abrasadores trilhos de ferro.

Era meio-dia, e o ar os envolvia como cataplasma morna.

Isaac abaixou sua extremidade do saco e empurrou a porta precária. Derkhan a abriu por dentro. Deslizou para fora e parou diante dele, fechando parcialmente a porta atrás de si. Isaac conseguiu entrever alguém parado num canto escuro, que parecia incomodado.

– Encontrei alguém, Isaac – sussurrou Derkhan com voz tensa.

No rosto sujo, seus olhos estavam injetados e quase lacrimosos. Ela apontou brevemente para o aposento atrás deles.

– Estivemos esperando.

Isaac tinha de se encontrar com o Conselho; Yagharek inspirava temor e confusão, mas não confiança, naqueles de quem se aproximava; Pengefinchess não iria. Assim, horas atrás, Derkhan fora forçada a ir à cidade cumprir a tarefa aterradora e monstruosa, que a havia transformado numa espécie de mau espírito.

No início, ao deixar a cabana e caminhar até a cidade, apressada em meio à escuridão de breu que enchia as ruas, havia chorado de forma controlada para aliviar a pressão em sua cabeça torturada. Mantivera os ombros altos e a cabeça baixa, sabendo que, das figuras que via passarem apressadas para um lugar ou outro, uma alta proporção poderia ser da milícia. A tensão pesadélica do ar a exauria.

Porém, quando o sol nascera e a noite afundara lenta nas sarjetas, a trajetória se tornara mais fácil. Movera-se mais rápida, como se a própria matéria da noite a estorvasse.

Sua tarefa não era menos horrenda, mas a urgência empalidecera o horror até que se tornasse anêmico. Derkhan sabia que não podia esperar.

Ela ainda tinha certa distância pela frente. Queria chegar ao hospital de Poço Siríaco, atravessando seis ou mais quilômetros de favelas intricadas e serpeantes e arquitetura ruinosa. Não ousara tomar um coche, temendo que fosse conduzido por um espião da milícia, um agente plantado para pegar infratores como ela. Assim, caminhara tão rápido quanto a coragem lhe permitira, sob a sombra da Linha Escuma. A linha erguia-se mais e mais alta acima dos telhados à medida que aumentava sua distância do coração da cidade. Arcos boquiabertos de tijolos úmidos pairavam acima das ruas planas de Siríaco.

Na Estação Elevada de Siríaco, Derkhan havia se afastado da trilha férrea e se dirigido ao nó de ruas ao sul do ondulante Grande Piche.

Fora fácil seguir o ruído dos carrinhos de verdureiros e dos vendedores nas barracas até a miséria de Passeio da Tintura, a rua larga e suja que ligava Siríaco, Campos do Peloro e Poço Siríaco. O passeio seguia o curso do Grande Piche como eco impreciso, mudando de nome enquanto avançava, tornando-se Via Wynion e depois Rua do Gorila.

Derkhan havia contornado as discussões rudes, as carruagens de duas rodas e os prédios decadentes e obstinados das ruas laterais. Havia rastreado ao longo de tudo aquilo como uma caçadora, rumo ao nordeste. Até que, por fim, onde a estrada se dobrava e rumava ao norte em ângulo mais agudo, Derkhan reunira coragem para correr furtivamente por ela, carrancuda como uma mendiga furiosa, e mergulhar no coração de Poço Siríaco, até o Hospital Verulino.

Era um monturo velho e esparramado, ornado de torreões e vários floreios de tijolos e cimento: deuses e demônios encaravam-se no topo das janelas, e dracos rampantes brotavam em ângulos excêntricos dos múltiplos níveis do telhado. Três séculos antes havia sido uma grandiosa casa de repouso para os ricos insanos, localizada no que então era um desabitado subúrbio da cidade. As favelas haviam se espalhado como gangrena e engolido Poço Siríaco: o asilo fora estripado e convertido num armazém de lã barata; depois, esvaziado pela falência; ocupado por um conclave de ladrões e, em seguida, por um fracassado sindicato de taumaturgos. Afinal, fora comprado pela Ordem Verulina e transformado mais uma vez em hospital.

Outra vez um local de cura, disseram.

Sem recursos ou remédios, com apotecários e médicos voluntários que apareciam em horários bizarros, quando a consciência os exortava, com uma equipe de monges e freiras piedosos, mas sem treinamento, era ao Hospital Verulino que os pobres iam para morrer.

Derkhan passara pelo porteiro, ignorando-lhe as perguntas como se fosse surda. Ele a havia chamado aos gritos, mas não a seguira. Ela já havia subido a escadaria até o primeiro andar, na direção das três alas ainda abertas.

E lá... lá havia caçado.

Lembrava-se de haver espreitado para cima e para baixo, passando por camas limpas e gastas sob imensas janelas em arco cheias de luz fria, e por corpos sem fôlego e agonizantes. Ao atribulado monge que correra até ela e perguntara o que fazia ali, tinha balbuciado algo sobre seu pai moribundo que havia desaparecido – vagado pela noite para morrer – e que lhe haviam dito que talvez estivesse lá com aqueles anjos de misericórdia. O monge se sentira apaziguado e um pouco envaidecido com sua própria bondade e dissera a Derkhan que ela poderia ficar e procurar. E Derkhan perguntara onde ficavam os muito doentes, outra vez lacrimosa, porque seu pai, explicara, estava próximo da morte.

O monge havia apontado em silêncio para as portas duplas ao final do enorme salão.

E Derkhan passara por elas e entrara num inferno onde a morte se demorava, onde tudo que havia para resistir à dor e à degradação eram lençóis sem percevejos. A jovem freira que fazia ronda na ala, olhos arregalados em permanente choque atônito, parava ocasionalmente e conferia o prontuário afixado aos pés de cada leito, verificando que, sim, o paciente estava morrendo e que, não, ainda não estava morto.

Derkhan havia abaixado os olhos e aberto um prontuário. Encontrara o diagnóstico e a receita. *Pneumocorrosão*, havia lido. *2 doses de láudano a cada 3 horas para dor*. E, em outra caligrafia: *Láudano indisponível*.

No próximo leito, o remédio indisponível era água biótica. No próximo, escumífilo calcíaco, o qual, se Derkhan lera corretamente o prontuário, teria curado o paciente de desintegração intestinal em oito sessões de tratamento. Estendendo-se até o final do quarto prosseguia o rol de informações inúteis sobre o que acabaria com a dor, de um modo ou de outro.

Derkhan começara a fazer o que havia ido fazer.

Havia examinado os pacientes com olho necrófilo, caçando os quase mortos. Tinha bastante consciência dos critérios – *de mente sã, e tão doentes que não durem até o final do dia* – e sentira o estômago se revoltar. A freira a vira e se aproximara com curiosa falta de urgência, exigindo saber quem ou o que Derkhan procurava.

Derkhan a havia ignorado e prosseguido com a avaliação fria e terrível. Caminhara de um lado a outro do quarto, parando afinal ao lado do leito de um velho cujas anotações davam-lhe uma semana de vida. Ele dormia de boca aberta, babando um pouco e fazendo caretas.

Depois de um momento terrível de reflexão, encontrara-se aplicando uma ética forçada e insustentável à escolha: *Quem aqui é informante da milícia?*, quis gritar.

Quem é estuprador? Quem é assassino de crianças? Quem é torturador? Tolhera seus pensamentos. Percebera que não poderia se permitir aquilo. Ficaria louca. Tinha de ser uma questão de exigência, não de escolha.

Derkhan havia se voltado para a freira que a seguia emitindo um fluxo constante de tagarelice fácil de ignorar.

Lembrava suas próprias palavras como se nunca houvessem sido reais.

Este homem está morrendo, dissera. A freira parara de tagarelar e assentira. *Ele consegue se mexer?*, Derkhan havia perguntado.

Devagar, respondera a freira.

É louco?, Derkhan perguntara. Não era.

Vou levá-lo, dissera. *Preciso dele.*

A freira havia começado a expressar ultraje e perplexidade. E, então, as emoções da própria Derkhan, até então cuidadosamente contidas, libertaram-se por alguns instantes e lágrimas correram por seu rosto em velocidade impressionante, e ela se sentira a ponto de gritar de angústia. Então, fechara os olhos e sibilara em mudo pesar animal até que a freira se calasse. Derkhan olhara outra vez para a freira e contivera as próprias lágrimas.

Havia sacado a arma de sob a capa e a apontado para a barriga da freira, que choramingara de surpresa e medo. Enquanto a freira ainda olhava incrédula para a arma, com a mão esquerda Derkhan havia retirado a bolsa de dinheiro – o que restara do dinheiro de Isaac e Yagharek. Havia mantido a mão estendida até que a freira visse a bolsa, percebesse o que se esperava dela e estendesse a própria mão. Derkhan depositara ali as notas, o ouro em pó e as velhas moedas.

Fique com isto, havia dito com voz trêmula e cuidadosa. Apontara a esmo em torno da ala, para as figuras que gemiam e rolavam sobre os leitos. *Compre láudano para ele e calcíaco para ela*, havia dito Derkhan, *cure este e ponha aquele para dormir; faça com que vivam um, dois, três, ou quatro, e torne a morte mais fácil para um, dois, três, quatro, cinco ou não sei, não sei. Pegue o dinheiro, torne as coisas melhores para tantos quantos puder, mas este eu tenho de levar. Acorde-o e diga-lhe que tem de me acompanhar. Diga-lhe que posso ajudá-lo.*

A arma de Derkhan estremecera, mas ela a mantivera vagamente apontada para a mulher. Fechara os dedos da freira em torno do dinheiro e a vira franzir o cenho e depois arregalar os olhos de perplexidade e incompreensão.

Dentro dela, no lugar que ainda sentia e que ela não havia conseguido fechar por completo, Derkhan percebera uma defesa queixosa, um argumento de justificativa: *Está vendo?*, sentira-se afirmar. *Levamos um embora, mas salvamos todos os outros!*

Porém, não havia contabilidade moral que diminuísse o horror do que fazia. Podia apenas ignorar aquele discurso ansioso. Olhara nos olhos da freira com profundidade e fervor e segurara-lhe a mão com força.

Ajude-os, havia sibilado. *Isto pode ajudá-los. Você pode ajudar todos eles, exceto este, ou pode não ajudar nenhum. Ajude-os.*

Após um longo silêncio, encarando Derkhan com olhos perturbados, olhando para o dinheiro encardido e para a arma, e para os pacientes moribundos à volta, a freira guardara o dinheiro em seu jaleco branco com mão trêmula. Enquanto se afastava para acordar o paciente, Derkhan a observara com triunfo mesquinho e terrível.

Viu?, havia pensado, nauseada de autoaversão. *Não fui só eu! Ela também escolheu fazê-lo!*

Seu nome era Andrej Shelbornek. Tinha sessenta e cinco anos. Suas entranhas estavam sendo comidas por algum germe virulento. Ele estava quieto e muito cansado para se preocupar. Após duas ou três perguntas iniciais, seguira Derkhan sem protestar.

Ela lhe contara pouco sobre tratamentos que tinham em mente, técnicas experimentais que desejavam testar em seu corpo brutalizado. Ele não dissera nada sobre aquilo, sobre a aparência imunda de Derkhan, ou sobre mais nada. *Ele deve saber o que está acontecendo!*, pensara ela. *Está cansado de viver assim, está facilitando as coisas para mim.* Aquilo fora racionalização do pior tipo, e ela não havia se demorado na ideia.

Logo ficara claro que ele não conseguiria caminhar os quilômetros até Cumegris. Derkhan hesitara. Puxara do bolso uma poucas notas amassadas. Não tinha escolha a não ser chamar um coche. Estava nervosa. Havia abaixado a voz até um grunhido irreconhecível ao guiar o condutor e mantivera a capa ocultando o rosto.

O coche de duas rodas era puxado por um boi, Refeito como bípede para se adaptar com facilidade às ruelas contorcidas e passagens estreitas de Nova Crobuzon, para fazer curvas abruptas e mover-se para trás sem impedimentos. Trotava sobre as duas pernas curvadas para trás, em constante surpresa consigo mesmo, com passo desconfortável e bizarro. Derkhan havia se recostado e fechado os olhos. Quando os abrira outra vez, Andrej estava dormindo.

Ele não falara, não franzira o cenho nem parecera perturbado, até que ela o mandara escalar o íngreme aclive de terra e destroços de concreto ao lado da Linha Escuma. Então seu rosto havia se franzido e ele olhara confuso para Derkhan.

Derkhan falara em tom despreocupado sobre um laboratório experimental secreto, um local acima da cidade, com acesso aos trens. Ele parecera preocupado, meneara a cabeça e procurara por onde escapar. Na escuridão sobre a ponte férrea, Derkhan havia sacado a pederneira. Embora moribundo, o velho ainda temia a morte, e ela o havia forçado aclive acima sob ameaça. Andrej começara a chorar na metade da subida, e Derkhan o havia observado e o empurrara com a arma, sentindo as emoções muito distantes. Mantivera-se longe de seu próprio horror.

Dentro da cabana poeirenta. Derkhan havia esperado em silêncio, com a arma apontada para Andrej, até que por fim ouviram os sons da chegada de Yagharek e Isaac. Quando Derkhan abrira-lhes a porta, Andrej havia começado a chorar e clamar por ajuda. Ele era incrivelmente barulhento para um homem tão frágil. Isaac, que estivera a ponto de perguntar a Derkhan o que ela havia dito ao velho, interrompeu-se e se apressou a aquietar o homem.

Durante meio segundo, uma pequena fração de tempo, Isaac abriu a boca e tentou dizer algo para aliviar o medo do velho, assegurar-lhe que não seria ferido, que estava em boas mãos, que havia um motivo para seu bizarro encarceramento. Os gritos de Andrej vacilaram por um instante e ele encarou Isaac, ansioso por ser tranquilizado.

Mas Isaac estava cansado e não conseguia pensar, e as mentiras que lhe saíram pela boca o deixaram nauseado. O falatório morreu devagar, e Isaac foi até o velho e o dominou com facilidade, abafando seus lamentos nasais com tiras de tecido. Isaac amarrou Andrej com velhas cordas e o escorou o mais confortavelmente possível contra a parede. O moribundo murmurou e exalou de terror encatarrado.

Isaac tentou olhar-lhe nos olhos, murmurar alguma desculpa, dizer-lhe o quanto lamentava, mas Andrej não conseguia ouvi-lo de tão apavorado. Isaac deu-lhe as costas, chocado. E Derkhan o encarou e tomou-lhe a mão rapidamente, grata afinal por ter alguém com quem partilhar seu fardo.

Havia muito a ser feito.

Isaac começou seus cálculos e preparações finais.

Andrej gritou através da mordaça, e Isaac olhou para ele desesperançado.

Com curtos sussurros e bruscos argumentos, Isaac explicou a Derkhan e Yagharek o que fazia.

Olhou para os maltratados engenhos na cabana, suas máquinas analíticas. Debruçou-se sobre as anotações, conferindo e reconferindo as contas, cotejando-as com os números que o Conselho lhe havia dado. Apanhou o núcleo do engenho de crise, o mecanismo enigmático que deixara de entregar ao Conselho dos Constructos. Era uma caixa opaca, um motor selado, de cabos entrelaçados e circuitos elíctricos e taumatúrgicos.

Limpou o engenho devagar, examinando as partes móveis.

Isaac se preparou e preparou seu equipamento.

Quando Pengefinchess retornou de alguma tarefa não revelada, Isaac ergueu os olhos brevemente. A vodyanoi falou com calma, mas recusou-se a olhar nos olhos de qualquer dos presentes. Recolheu devagar seu equipamento e o inspecionou, preparando-se para partir. Lubrificou o arco para mantê-lo seguro embaixo da água. Perguntou o que havia acontecido com a pistola de Shadrach e grasnou um lamento quando Isaac disse que não sabia.

– Que pena. Era um artefato poderoso – disse distraída, olhando ao longe pela janela. – Encantado. Uma arma pujante.

Isaac a interrompeu. Ele e Derkhan imploraram-lhe que os ajudasse mais uma vez antes de partir. Ela se voltou e encarou Andrej, parecendo vê-lo pela primeira vez. Ignorou o apelo de Isaac e exigiu saber o que, com os diabos, ele estava fazendo. Derkhan a afastou dos soluços de medo de Andrej e da implacável ocupação de Isaac e explicou.

Depois, perguntou mais uma vez a Pengefinchess se a vodyanoi realizaria uma última tarefa para ajudá-los. Podia somente implorar.

Isaac ouviu parte da conversa, mas fechou rapidamente os ouvidos às súplicas murmuradas. Preferiu trabalhar na tarefa à sua frente: o complicado trabalho da matemática de crise.

Andrej, atrás dele, choramingava sem cessar.

CAPÍTULO 48

Um pouco antes das quatro horas, enquanto se preparavam para partir, Derkhan abraçou Isaac e depois Yagharek. Hesitou apenas por um instante antes de envolver com os braços o garuda, que não retribuiu, mas também não se afastou.

– Vejo vocês no ponto de encontro – murmurou.

– Você sabe o que tem de fazer? – perguntou Isaac.

Ela assentiu e o empurrou na direção da porta.

Isaac hesitava agora, diante da coisa mais difícil. Olhou para onde Andrej jazia numa espécie de estupor exaurido e apavorado, olhos vítreos e mordaça grudenta de muco.

Tinham de levá-lo sem chamar a atenção.

Havia consultado Yagharek a respeito daquilo, em sussurros que se ocultavam com facilidade sob o terror que o velho sentia. Não tinham remédios, e Isaac não era biotaumaturgo, não podia insinuar os dedos através do crânio de Andrej e desligar-lhe temporariamente a consciência.

Assim, foram forçados a utilizar as habilidades mais selvagens de Yagharek.

O garuda recordou-se das arenas de carne, das lutas-de-leite, que terminavam em submissão ou inconsciência, em vez de morte. Lembrou-se das técnicas que aperfeiçoara, ajustando-as aos oponentes humanos.

– Ele é velho! – sibilou Isaac. – E está morrendo, está frágil... seja gentil.

Yagharek esgueirou-se ao longo da parede até onde Andrej jazia observando o garuda com mau presságio, fatigado e nauseado.

Houve um rápido movimento feral, e Yagharek encontrou-se inclinado atrás de Andrej, sobre um dos joelhos, tendo a cabeça do velho encadeada em seu braço esquerdo. Andrej olhou para Isaac com olhos arregalados, incapaz de gritar devido à mordaça. Isaac – aterrorizado, culpado e humilhado – não conseguiu deixar de retribuir o olhar do velho. Observou Andrej e percebeu que ele sabia que estava à beira da morte.

O cotovelo direito de Yagharek abateu-se num arco brusco e golpeou com precisão brutal a nuca do moribundo, no local onde o crânio dava lugar ao pescoço. Andrej emitiu um curto e constrito uivo de dor, que soou bastante como vômito. Seus olhos tremeram, perderam o foco e por fim se fecharam. Yagharek não deixou a cabeça de Andrej pender para o lado: manteve os braços tensos, empurrando o cotovelo ossudo contra a carne macia e contando os segundos.

Afinal deixou Andrej languescer.

– Ele acordará – disse. – Talvez em vinte minutos, talvez em duas horas. Devo vigiá-lo. Posso colocá-lo outra vez para dormir. Mas temos de ser cuidadosos; se forçarmos demais, interromperemos por completo o fluxo de sangue para o cérebro.

Eles embrulharam o corpo imóvel de Andrej em trapos aleatórios. Levantaram-no juntos, cada um com um braço sob um ombro. Ele estava acabado; suas entranhas haviam sido devoradas ao longo dos anos. Era chocantemente leve.

Moveram-se juntos, carregando com os braços livres o enorme saco de equipamentos, conduzindo o velho com muito cuidado, como se fosse uma relíquia religiosa, o corpo de algum santo.

Ainda trajavam os absurdos e cansativos disfarces. Caminhavam curvados e arrastando os pés. Sob o capuz, a pele escura de Isaac ainda estava sarapintada de pequenas crostas, obtidas durante o barbear insano. Yagharek embrulhou a própria cabeça como embrulhava os pés, em tecido imundo, deixando apenas uma pequena fresta para poder enxergar. Parecia um leproso sem rosto que escondia a pele apodrecida.

Os três pareciam uma horrível caravana de mendigos, uma agremiação itinerante de despossuídos.

À porta, viraram a cabeça rapidamente. Ergueram as mãos, despedindo-se de Derkhan. Isaac olhou por sobre o ombro para onde Pengefinchess os observava placidamente. Hesitante, levantou a mão para ela e arqueou as sobrancelhas de maneira interrogativa: *Vou vê-la de novo?*, talvez perguntasse. Ou: *Vai nos ajudar?*. Pengefinchess ergueu suas grandes mãos membranosas em resposta descomprometida e desviou o olhar.

Isaac deu-lhe as costas e comprimiu os lábios.

Ele e Yagharek deram início à perigosa jornada através da cidade.

Não arriscaram cruzar a ponte férrea. Temiam que um irado condutor de trem pudesse fazer mais do que ensurdecê-los com o apito a vapor enquanto passasse trovejando por eles. Poderia encará-los e memorizar o rosto deles, ou denunciar a seus superiores na Estação Brejeira ou na Bazar de Cuspe, ou na própria Estação Perdido, que três idiotas errantes haviam se metido nos trilhos e estavam a caminho do desastre.

Intercepção seria perigoso demais, de modo que Isaac e Yagharek desceram pelo aclive de pedras fragmentadas ao lado da ferrovia, em direção às tranquilas calçadas, agarrando-se ao corpo de Andrej, que sacolejava e se esparramava.

O calor era intenso, mas não feroz: parecia uma ausência, um vazio do tamanho da cidade. Era como se o sol estivesse desbotado, como se seus raios caiassem as sombras e as frescas beiradas dos edifícios, que conferiam realidade à arquitetura. O calor do sol abafava os sons e sangrava-lhes de substância. Isaac suava e praguejava baixinho sob os trapos pútridos. Sentia-se vadeando ao longo de um sonho de calor vagamente percebido.

Com Andrej apoiado entre eles como um amigo paralisado por aguardente barata, Isaac e Yagharek marchavam pelas ruas em direção à Ponte Crista-de-Galo.

Eram intrusos ali. Aquelas não eram as favelas de Charco do Cão, Ladovil ou Laralgoz. Se estivessem lá, seriam invisíveis.

Cruzaram, nervosos, a ponte. Estavam rodeados de pedras vivazes, cercados por desdém e piadas dos lojistas e fregueses.

Yagharek mantinha a mão sub-reptícia sobre um feixe de nervos e tecido arterial na lateral do pescoço de Andrej, pronto para pinçá-lo se o velho desse sinal de despertar. Isaac resmungava uma torrente áspera de palavrões que soava como disparates de bêbado. De certa forma, fazia parte do disfarce. Mas também servia para tomar coragem.

– Vamos lá, filho da puta – grunhia, tenso e quieto –, vamos lá, vamos lá. Fodido. Escória. Desgraçado. – Não sabia contra quem praguejava.

Isaac e Yagharek cruzaram a ponte devagar, carregando o companheiro e a preciosa sacola de equipamento. O fluxo de pedestres se dividia em torno deles e os deixava passar com nada mais do que zombarias. Os dois não podiam permitir que o opróbrio crescesse e se transformasse em confronto. Se alguns valentões entediados decidissem agredir mendigos para passar o tempo, seria catastrófico.

Porém, atravessaram a Ponte Crista-de-Galo, onde se sentiam isolados e abertos, onde o sol parecia destacar-lhes as silhuetas e marcá-los para o ataque, e chegaram a Grande Bobina. A cidade pareceu fechar os lábios em torno deles, e sentiram-se mais seguros outra vez.

Havia outros mendigos ali, formando um séquito atrás de habitantes eminentes, vilões de brincos nas orelhas, gordos agiotas e madames de nariz empinado. Andrej mexeu-se de leve e Yagharek apagou-lhe a mente mais uma vez, deitando-lhe as mãos eficientes.

Ali havia ruelas laterais. Isaac e Yagharek podiam se afastar das vias principais e prosseguir por becos obscuros. Passaram sob varais de roupas que ligavam os terraços nos dois lados de ruas altas e estreitas. Foram observados por homens e mulheres que vestiam roupas de baixo e se debruçavam preguiçosamente em sacadas, flertando com os vizinhos. Passaram por monturos de lixo e tampas quebradas de bueiros, e crianças lá em cima inclinavam-se e cuspiam sobre eles sem rancor, ou jogavam pedrinhas e corriam.

Como sempre, buscavam a ferrovia, a qual encontraram na Estação Brejeira, onde os trens de Campos Salazes saíam para um ramal da Linha Escuma. Esgueiraram-se até a trilha elevada de arcos que volteava incerta acima das pedras das calçadas de Cuspelar. O ar acima das rudes multidões se avermelhava enquanto o sol acabava de descrever o lento semicírculo na direção do crepúsculo. Os arcos estavam sujos de óleo e fuligem, e deles brotava uma microfloresta de limo, musgo e tenazes trepadeiras. Pululavam lagartos, insetos e áspises abrigando-se do calor.

Isaac e Yagharek infiltraram-se por um beco imundo ao lado das fundações de tijolos e concreto da linha férrea. Descansaram. Vida farfalhava no matagal urbano acima deles.

Andrej era leve, mas começava a sobrecarregá-los. Sua massa parecia crescer a cada segundo. Eles alongaram seus braços e ombros doloridos e respiraram fundo. Alguns metros adiante, as multidões que emergiam da estação acotovelavam-se ao passar pela entrada do pequeno esconderijo.

Depois de descansar e rearranjar seus fardos, reuniram forças e prosseguiram mais uma vez pelas ruelas laterais, caminhando sob a sombra da Linha Escuma rumo ao coração da cidade. As torres ainda não eram visíveis além dos quilômetros de casas circundantes: o Espigão e os torreões da Estação Perdido.

Isaac começou a falar. Contou a Yagharek o que achava que aconteceria naquela noite.

Derkhan atravessou a imundície recolhida no aterro de Voltagris, em busca do Conselho dos Constructos.

Isaac avisara a grande Inteligência Construída de que Derkhan iria. Sabia que a esperavam. A ideia a deixava inquieta.

Enquanto se aproximava da clareira que era o refúgio do Conselho, Derkhan pensou ouvir um sussurro de vozes. Enrijeceu de imediato e sacou a pistola. Verificou que estava carregada e que a caçoleta estava cheia.

Derkhan prosseguiu, pé ante pé, espreitando com cautela, evitando fazer barulho. No final do canal de lixo, viu a abertura da clareira. Alguém passou rápido por seu campo de visão. Ela se aproximou cuidadosamente.

Então, outro homem passou pelo final da garganta de detritos esmagados, e Derkhan viu que ele vestia um macacão de operário e que cambaleava um pouco sob o peso de um fardo. Sobre seu ombro largo estava uma imensa bobina de cabos revestidos de preto, entrelaçando-o por completo como uma jiboia predatória.

Derkhan empertigou-se ligeiramente. Não era a milícia que a aguardava. Caminhou até a presença do Conselho dos Constructos.

Entrou na clareira, olhando nervosa para cima, de modo a assegurar-se de que não havia aeronaves no céu. Depois, voltou-se para a cena à sua frente e se espantou com a escala da reunião.

Em todos os lados, ocupados com toda sorte de tarefas obscuras, havia quase cem homens e mulheres. A maioria era humana, embora houvesse um punhado de vodyanois e até mesmo duas khepris. Todos vestiam roupas baratas e sujas. E quase todos carregavam enormes bobinas de cabos industriais ou agachavam-se diante delas.

Tinham uma variedade de estilos. A maioria dos revestimentos era preta, mas havia também marrom e azul, vermelho e cinza. Duplas de homens robustos cambaleavam sob rolos que tinham a espessura aproximada de uma coxa humana. Outros carregavam novelos de fios com não mais do que dez centímetros de diâmetro.

O tênue burburinho de conversas morreu rapidamente quando Derkhan entrou, e todos os olhos ali se voltaram para ela. A cratera de escombros estava apinhada de corpos vivos. Derkhan engoliu em seco e os examinou com cuidado. Viu o avatar se aproximar dela sobre pernas bambas e quebradiças.

– Derkhan Diazul – disse ele com suavidade. – Estamos prontos.

Derkhan confabulou por um instante com o avatar, conferindo com cuidado um mapa rabiscado.

A sangrenta concavidade do crânio aberto do avatar exalava um fedor extraordinário. No calor, o peculiar odor do meio-morto era completamente intolerável, e Derkhan prendeu a respiração o máximo de tempo que conseguiu, engolindo ar quando necessário através da manga de sua capa imunda.

Enquanto Derkhan e o Conselho deliberavam, o resto da assembleia mantinha distância respeitosa.

– Esta é quase toda minha congregação vidassangue – disse o avatar. – Enviei eus móveis com mensagens urgentes, e os fiéis se reuniram, como vê – interrompeu-se e riu inumanamente. – Devemos prosseguir – disse. – São cinco horas e dezessete minutos.

Derkhan olhou para o céu, que se aprofundava devagar, anunciando o crepúsculo. Estava certa de que o relógio que o Conselho consultava, imerso nas entranhas do aterro, era impecavelmente preciso. Assentiu.

Ao comando do avatar, a congregação começou a se arrastar para fora do aterro, oscilando sob as cargas. Antes de partir, todos se voltaram para o local na muralha do aterro onde se escondia o Conselho dos Constructos. Detiveram-se por um instante e, largando seus cabos quando necessário, executaram o gesto devocional de mãos, aquela vaga sugestão de engrenagens interligadas.

Derkhan os observou com apreensão.

– Nunca conseguirão – ela disse. – Não têm força.

– Muitos trouxeram carroças – respondeu o avatar. – Partirão em turnos.

– Carroças...? – disse Derkhan. – De onde?

– São propriedades de alguns – disse o avatar. – Outros as alugaram ou compraram hoje, sob minhas ordens. Nenhuma foi roubada. Não podemos arriscar a detecção ou a atenção que isso poderia acarretar.

Derkhan olhou para outro lado. O controle que o Conselho exercia sobre seus seguidores humanos a perturbava.

Após os últimos retardatários deixarem o aterro, Derkhan e o avatar aproximaram-se da cabeça imóvel do Conselho dos Constructos, que jazia sobre um lado e tornava-se camadas de lixo, invisível.

Ao seu lado aguardava uma curta e grossa bobina de cabos. Sua ponta estava esfarrapada, com a grossa borracha carbonizada e partida ao longo dos últimos trinta centímetros. Emaranhados de fios emergiam da ponta, ainda arranjados em precisas meadas e tramas.

Um vodyanoi permanecia na clareira de lixo. Derkhan o viu parado a alguns metros, olhando nervoso para o avatar. Ela acenou para que se aproximasse. Ele gingou na direção deles, ora sobre dois pés, ora sobre quatro, esparramando os grandes dedos membranosos de modo a manter o equilíbrio sobre o solo traiçoeiro. Seu macacão era feito do material leve e encerado que os vodyanois às vezes usavam: repelia líquidos, e por isso não se tornava saturado ou pesado quando o vodyanoi nadava.

– Você está pronto? – perguntou Derkhan.

O vodyanoi assentiu rápido.

Derkhan o inspecionou, mas sabia pouco sobre a espécie. Não podia ver nada nele que oferecesse indícios do motivo pelo qual ele se devotava àquela seita estranha e exigente e adorava aquela bizarra inteligência, o Conselho dos Constructos. Era óbvio para ela que o Conselho tratava seus fiéis como peões, que não obtinha satisfação ou prazer com a adoração, apenas certo grau de... utilidade.

Ela não conseguia entender, nem começar a entender, que alívio ou serviço aquela igreja herege oferecia à sua congregação.

– Ajude-me a carregar isto até o rio – disse ela, e apanhou uma ponta do grosso cabo.

Vacilou sob o peso, e o vodyanoi acorreu rapidamente, ajudando-a a equilibrar-se.

O avatar ficou imóvel. Observou Derkhan e o vodyanoi se afastarem até os guindastes elevados e ociosos que brotavam a noroeste, por detrás da pequena colina de lixo que rodeava o Conselho dos Constructos.

O cabo era imenso. Derkhan teve de parar várias vezes, largar a extremidade e tomar forças para prosseguir. O vodyanoi movia-se impassível atrás dela, parando com ela e esperando que continuasse. Atrás deles, o atarracado pilar de cabos diminuía devagar à medida que se desenrolava.

Derkhan determinou o caminho, movendo-se através das pilhas de detritos rumo ao rio, como uma mineradora.

– Você sabe a razão de tudo isto? – perguntou rapidamente ao vodyanoi, sem erguer os olhos.

Ele lançou a Derkhan um olhar agudo, e outro à magra silhueta do avatar, ainda visível contra o fundo de detritos. Meneou a cabeça queixuda.

– Não – disse rápido. – Só ouvi que… que o Deus-máquina exigia nossa presença e disposição para uma noite de trabalho. Ouvi Seus comandos quando cheguei aqui.

Ele parecia bastante normal; seu tom era lacônico, mas não avesso à conversa. Nada fanático. Parecia um trabalhador reclamando filosoficamente da administração que exigia horas extras não remuneradas.

Porém, quando Derkhan, resfolegando pelo esforço, começou a perguntar mais: "Com que frequência se reúnem?", "O que mais Ele ordena?", o vodyanoi olhou para ela com medo e suspeita, e suas respostas tornaram-se monossilábicas, depois meneios de cabeça, depois nada.

Derkhan ficou novamente em silêncio. Concentrou-se em arrastar o grande cabo.

Os despejos se espalhavam sem organização até a beira do rio. As margens em torno de Voltagris eram simples muros de tijolos cobertos de limo que se erguiam das águas escuras. Quando o rio estava cheio, talvez apenas um metro de argila decadente impedisse uma enchente. Em outros períodos, havia até dois metros e meio entre o topo da murada do rio e a agitada superfície do Piche.

Sobressaindo-se diretamente dos tijolos lascados havia uma cerca de um metro e oitenta, de elos de ferro, tábuas de madeira e concreto, construída anos atrás para conter os aterros recém-iniciados. Porém, agora o peso da sujeira acumulada fazia a velha trama de arame curvar-se de maneira alarmante sobre a água. Com as décadas, partes da débil muralha haviam se rompido e separado dos mourões de concreto, vomitando sujeira sobre o rio lá embaixo. A cerca permanecia sem reparos, e agora, naqueles setores, apenas a solidez do próprio lixo segurava o aterro no lugar.

Blocos de detritos comprimidos despencavam regularmente sobre a água em oleosas avalanches de entulho.

No princípio, os enormes guindastes que recolhiam a carga das barcas de lixo eram separados da sujeira que descarregavam por poucos metros de uma terra de ninguém coberta de vegetação rasteira e terra ressequida, que desapareceram rapidamente sob os detritos que se espalhavam. Agora, os trabalhadores do aterro e operadores de guindaste tinham de caminhar pela paisagem escoriada até guindastes que brotavam diretamente da vulgar geologia do aterro.

Era como se o lixo fosse fértil, e nele vicejassem grandes estruturas.

Derkhan e o vodyanoi dobraram esquinas de monturos até que não mais pudessem ver o esconderijo do Conselho. Deixaram uma trilha de cabos que se tornavam invisíveis no momento em que tocavam o chão, transformados em sujeira insignificante dentro do amplo panorama de refugos mecânicos.

Os outeiros de lixo diminuíam ao se aproximarem do Piche. À frente deles, a cerca enferrujada se elevava a mais ou menos um metro e vinte da camada superficial de detritos. Derkhan mudou o curso minimamente e rumou para uma brecha maior na tela de arame, onde o aterro se abria para o rio.

No outro lado da água esquálida Derkhan podia ver Nova Crobuzon. Por um momento, os grumosos pináculos da Estação Perdido ficaram visíveis, emoldurados com perfeição pelo buraco na cerca, avolumando-se distantes acima da cidade. Ela pôde ver as linhas da ferrovia passando entre torres que espetavam o céu de modo aleatório, partindo do leito de rochas. Feios torreões da milícia salientavam-se na linha do horizonte.

No lado oposto a Derkhan, Cuspelar inchava-se gordo até a beira do rio, onde não havia calçada contínua, apenas seções de rua que acompanhavam a margem por pouco tempo, e depois jardins privados, paredes nuas de armazéns e solo estéril. Não havia ninguém para assistir aos preparativos de Derkhan.

A poucos metros da beira, Derkhan largou a ponta do cabo e dirigiu-se com cautela à brecha na cerca. Tateou com os pés para assegurar-se de que o solo não deslizaria para a frente, lançando-a no rio imundo dois metros abaixo. Inclinou-se tanto quanto lhe permitiu a coragem e inspecionou a superfície que se movia tranquila.

O sol se aproximava devagar dos telhados a oeste, e a cor negra e suja do rio estava envernizada de luz vermelha.

– Penge! – sibilou Derkhan. – Você está aí?

Após um instante, ouviu-se algo patinhar com suavidade. Uma das indistintas porções de sedimento que se acumulavam no rio boiou, de repente, mais para perto. Movia-se contra a corrente.

Lentamente, Pengefinchess ergueu a cabeça até a superfície. Derkhan sorriu. Sentia um estranho e desesperado alívio.

– Tudo bem – disse Pengefinchess. – Está na hora de meu último trabalho.

Derkhan assentiu com absurda gratidão.

– Ela está aqui para ajudar – disse Derkhan ao outro vodyanoi, que encarava Pengefinchess com alarmada suspeita. – Este cabo é grande e pesado demais para você manejar sozinho. Se entrar na água, eu o estendo a vocês dois.

Passaram-se alguns segundos até que o vodyanoi decidisse que os riscos apresentados pela recém-chegada eram menos importantes do que a tarefa em mãos. Lançou a Derkhan um olhar de nervosismo e assentiu. Trotou rápido até a brecha na cerca, deteve-se por uma fração de segundo e saltou elegante para dentro do rio. Seu mergulho foi tão controlado que deslocou pouquíssima água.

Pengefinchess o encarou com suspeita quando ele nadou para perto dela.

Derkhan deu uma rápida olhada em torno e viu um cano de metal cilíndrico mais grosso do que sua coxa. Era longo e incrivelmente pesado, mas Derkhan trabalhou com urgência, ignorando os músculos torturados, e o içou centímetro após centímetro pela brecha na cerca, escorando-o contra o rasgo. Mantinha os braços estendidos, fazendo caretas por causa da queimação que sentia nos músculos. Cambaleou de volta ao cabo e o puxou até a beira da água.

Começou a introduzi-lo sobre o alto do cano na direção dos vodyanois à espera, içando-o com a máxima força que podia. Soltava-o cada vez mais das bobinas escondidas no coração do aterro e mandava o cabo frouxo na direção da água. Afinal, Derkhan o havia baixado o suficiente para que Pengefinchess saltasse, lançando-se quase para fora da água, e apanhasse a ponta pendente. Seu peso puxou vários metros de cabo para dentro da água. A borda do aterro inclinou-se de maneira alarmante na direção do rio, mas o cabo deslizou pela superfície lisa do cano, puxando-o firmemente contra a cerca nos dois lados e rolando com suavidade ao longo do topo.

Pengefinchess estendeu outra vez as mãos e puxou, submergindo e impulsionando-se para o fundo do rio. Livre das fisgas e arestas do solo inorgânico, o cabo soltou-se em grandes borbotões, roçando asperamente contra a superfície do lixo e mergulhando na água.

Derkhan observava o progresso hesitante, os súbitos movimentos à medida que os vodyanois no fundo do rio dobravam as pernas e nadavam com força. Ela sorriu, num pequeno e breve momento de triunfo, e encostou-se exausta contra o pilar de concreto quebrado.

Não havia nada na superfície da água que oferecesse indícios da operação que ocorria embaixo. O grande cabo entrava na água ao lado da amurada do rio em impulsos bruscos. Precipitava-se para dentro da escuridão, atingindo a superfície num ângulo de noventa graus. Derkhan percebeu que os vodyanois puxavam primeiro as partes frouxas, em vez de rebocar a extremidade do cabo diretamente através do rio, o que o faria esticar-se acima da superfície.

Por fim o cabo ficou imóvel. Derkhan observava em silêncio, aguardando um sinal da operação que se encaminhava.

Minutos se passaram. Algo emergiu no centro do rio.

Era um vodyanoi que erguia o braço em triunfo, saudação ou sinal. Derkhan reclinou-se, comprimiu os olhos para ver quem era e se estava recebendo uma mensagem.

O rio era muito largo, e a figura era pouco clara. Então, Derkhan percebeu que o braço carregava um arco composto, e viu que era Pengefinchess. Viu também que o aceno era um curto adeus, e respondeu com mais veemência, franzindo as sobrancelhas.

Fizera muito pouco sentido, Derkhan concluiu, ter implorado a Pengefinchess para que ajudasse naquele último estágio da caçada. Sem dúvida, ela havia tornado as coisas mais fáceis, mas poderiam ter conseguido sem ela, com a ajuda de mais seguidores vodyanois do Conselho. E fazia pouco sentido sentir-se afetada por sua partida, mesmo remotamente; desejar sorte a Pengefinchess; acenar com sentimento e sentir ligeira falta. A mercenária vodyanoi se despedia, desaparecia a caminho de contratos mais seguros e lucrativos. Derkhan não lhe devia nada, muito menos gratidão ou afeição.

Porém, circunstâncias as fizeram camaradas, e Derkhan ficou triste por ver a vodyanoi partir. Ela havia sido parte, pequena parte, daquele pesadelo caótico de luta, e sua passagem marcara Derkhan.

Braço e arco desapareceram. Pengefinchess submergira outra vez.

Derkhan deu as costas ao rio e retornou ao labirinto do Conselho.

Seguiu a trilha do cabo pelas curvas do cenário de sucata até a presença do Conselho. O avatar aguardava ao lado da diminuída bobina de fios emborrachados.

– A travessia foi bem-sucedida? – perguntou, tão logo viu Derkhan.

Tropeçou para a frente, e o cabo que lhe brotava da caixa craniana sacolejou atrás de si. Derkhan assentiu.

– Temos de aprontar as coisas por aqui – disse ela. – Onde está o soquete de saída?

O avatar virou-se e indicou a ela que o seguisse. Ele parou por um momento e pegou a outra ponta do cabo. Cambaleou sob o peso, mas não se queixou nem pediu ajuda; tampouco Derkhan a ofereceu.

Com os grossos fios isolados debaixo do braço, o avatar se aproximou da constelação de detritos que Derkhan reconheceu como a cabeça do Conselho dos Constructos (com ligeiro abalo perturbador, como num livro infantil de truques ópticos, como se o desenho à tinta do rosto de uma jovem se tornasse de repente o de uma velha). Ele ainda jazia de lado, sem sinais de vida.

O avatar estendeu o braço sobre a grelha que formava os dentes de metal do Conselho. Atrás de uma das imensas luzes, que Derkhan sabia serem os olhos, um nó confuso de tubos, fios e sucata brotava de um invólucro, dentro do qual funcionavam as válvulas tartamudas de um vastamente complexo engenho analítico.

Foi o primeiro sinal de que o grande constructo estava consciente. Derkhan pensou ter visto uma luz tênue cintilar nos olhos imensos do Conselho, crescendo e minguando.

O avatar colocou o cabo em posição ao lado do cérebro analógico, apenas mais um na rede que compunha a peculiar e inumana consciência do Conselho. Desenrolou do cabo vários fios espessos e fez o mesmo com outros dentre os que compunham a explosão de metal na cabeça do Conselho.

Derkhan desviou os olhos, enojada, quando o plácido avatar ignorou o modo como o cruel metal perfurava-lhe as mãos, fazendo escorrer espasmodicamente sangue gosmento e acinzentado sobre sua pele em decomposição.

O avatar começou a ligar o Conselho ao cabo, torcendo fios, espessos como dedos, para uni-los a outros e formar um todo condutor, encaixando conexões em soquetes que cuspiam faíscas obscuras, examinando pinos de aparência inútil, de cobre, prata e vidro, que floresciam no cérebro do Conselho dos Constructos e no revestimento de borracha do cabo, escolhendo alguns, torcendo e descartando outros, trançando o mecanismo em configurações de complexidade impossível.

– O resto é fácil – sussurrou. – Fio com fio, cabo com cabo, em todas as junções por toda a cidade, isso é fácil. Esta é a única parte penosa, aqui na fonte: conectar corretamente, canalizar as exsudações, mimetizar o funcionamento dos capacetes comunicadores e alterá-los para um modelo alternativo de consciência.

No entanto, apesar da dificuldade, ainda era dia claro quando o avatar ergueu os olhos para Derkhan, enxugou nas coxas as mãos laceradas e disse que havia terminado.

Derkhan observou com assombro os pequenos clarões e fagulhas que irrompiam da conexão. Era belíssima. Brilhava feito uma joia mecânica.

A cabeça do Conselho – vasta e ainda imóvel, como a de um demônio adormecido – estava ligada ao cabo por um nó de tecido conjuntivo, uma cicatriz elictromecânica e taumatúrgica. Derkhan ficou maravilhada. Afinal, ergueu os olhos.

– Bem – disse ela, hesitante –, é melhor eu avisar Isaac que... que vocês estão prontos.

Deslocando grandes porções de água suja, Pengefinchess e seu companheiro patinhavam na escuridão caudalosa do Piche.

Mantinham-se abaixados. Mal se via o fundo, a escuridão irregular meio metro abaixo deles. O cabo desenrolava-se devagar do grande novelo que haviam deixado no fundo do rio, junto à murada.

Era pesado; eles o rebocavam vagarosamente pelo rio imundo.

Estavam sozinhos naquela parte. Não havia outros vodyanois, apenas alguns peixes atrofiados e resistentes que fugiam, nervosos, com a aproximação da dupla. *Até parece*, pensou Pengefinchess, *que existe algo em Bas-Lag que possa me convencer a comê-los.*

Minutos se passaram e a travessia secreta continuava. Pengefinchess não pensava em Derkhan ou no que aconteceria naquela noite, não ponderava sobre o plano que entreouvira. Não avaliava seu sucesso provável. Não era de sua conta.

Shadrach e Tansell estavam mortos, e agora ela deveria seguir em frente.

De maneira vaga, ela desejava boa sorte a Derkhan e aos outros. Haviam sido companheiros, ainda que por pouco tempo. E ela entendia, embora displicentemente, que muita coisa estava em jogo. Nova Crobuzon era uma cidade rica, com milhares de potenciais patronos. A vodyanoi queria que permanecesse saudável.

À frente dela assomava a escuridão oleosa da amurada do rio. Pengefinchess nadou mais devagar. Pairou na água e puxou a folga do cabo, o suficiente para levantá-lo até a superfície. Hesitou um pouco e impulsionou-se para cima. Indicou ao vodyanoi macho para que a seguisse e nadou no escuro rumo à luz fraturada que destacava a superfície do Piche, onde mil raios de sol infiltravam-se nas pequenas ondas, em todas as direções.

Emergiram juntos e nadaram os poucos metros restantes até a sombra da amurada.

Argolas de ferro corroídas estavam pregadas aos tijolos e criavam uma escadaria grosseira até a calçada acima deles. O som de coches e pedestres afundava ao redor.

Pengefinchess ajustou ligeiramente o arco, tornando-o mais confortável. Olhou para o mal-humorado macho e falou com ele em luboque, o idioma polissilábico e gutural da maioria dos vodyanois orientais. Ele falava um dialeto urbano, corrompido por ragamina humana, mas os dois conseguiam se entender.

– Seus companheiros sabem que podem encontrá-lo aqui? – perguntou Pengefinchess bruscamente.

Ele assentiu (outro traço humano adotado pelos vodyanois da cidade).

– Já fiz minha parte – anunciou ela. – Você vai precisar segurar o cabo sozinho. Espere por eles. Estou de saída.

Ele olhou para ela, ainda mal-humorado, assentiu mais uma vez e levantou a mão num movimento de cutilada, que talvez fosse algum tipo de saudação. Pengefinchess achou graça.

– Seja fecundo – disse.

Era uma despedida tradicional.

Ela afundou sob a superfície do Piche e nadou para longe.

Pengefinchess nadou para o Leste, seguindo o curso do rio. Estava calma, mas uma agitação crescente a preenchia. Não tinha planos nem laços. Perguntou-se, de súbito, o que faria.

A corrente a levou na direção de Ilha Reta, onde o Piche e o Cancro se encontravam em confusa correnteza e se tornavam o Grande Piche. Pengefinchess sabia que a base submersa da Ilha do Parlamento era patrulhada por milicianos vodyanois e manteve distância, desviando-se do empuxo da água e rumando bruscamente para o Noroeste, nadando contra a corrente, transferindo-se para o Cancro.

A corrente ali era mais forte do que a do Piche, e mais fria. Sentiu-se exultar por um instante, mas logo atingiu uma eclusa de poluição.

Pengefinchess sabia que aquilo era o efluente do Brejo do Texugo e nadou rápida através do lodo. Sua ondina familiar estremecia contra a pele quando a vodyanoi se aproximava de certos trechos aleatórios do rio, e Pengefinchess descrevia amplos arcos e escolhia outras rotas ao longo do rio imundo ali no bairro dos magos. Respirava superficialmente o líquido repulsivo, como se daquela forma pudesse evitar contaminação.

Então, a água pareceu afinar-se. Mais ou menos a um quilômetro e meio da convergência dos rios, corrente acima, o Cancro, de repente, ficava mais claro e puro. Pengefinchess sentiu algo bem parecido com tranquila alegria.

Começou a sentir outros vodyanois que passavam por ela na corrente. Nadou para baixo, e sentia, aqui e ali, o gentil fluxo provindo dos túneis que levavam às casas de vodyanois ricos. Aquelas não eram as choças absurdas do Piche, de Vauzumbi e Grande Bobina: lá haviam sido construídos, décadas atrás e no próprio rio, prédios oleosos e recobertos de piche, de projeto palpavelmente humano, que despencavam para dentro da água de forma anti-higiênica. Aquelas eram as favelas vodyanois.

Aqui, por outro lado, a água fria e clara que descia das montanhas poderia levar a uma passagem de construção esmerada sob a superfície, pertencente a uma casa à beira do rio, toda revestida de mármore branca. A fachada seria projetada com bom gosto, de modo a adaptar-se às casas humanas em ambos os lados, mas, por dentro, seria um lar vodyanoi: corredores vazios que conectavam enormes salas acima e embaixo da água; canais de passagem; comportas para refrescar a água todos os dias.

Pengefinchess ultrapassou os vodyanois ricos, ainda nadando no fundo. Quanto mais se afastava do centro da cidade, mais se sentia feliz e relaxada. Sentia grande prazer em sua fuga.

Abriu os braços e enviou uma pequena mensagem mental à ondina, que irrompeu entre os poros do fino camisolão de algodão que a vodyanoi vestia. Após dias de secura, esgotos e efluentes, a elemental ondulou para longe na água mais limpa, rolou de alegria, livre, um *locus* semovente de água quase viva na grande torrente do rio.

Pengefinchess sentiu-a nadar adiante e seguiu-a, divertida, alcançando-a e fechando os dedos em torno de sua substância. A ondina contorceu-se de prazer.

Subirei pela costa, decidiu Pengefinchess, *ao longo dos sopés das montanhas. Pelos Sopés de Bezhek, talvez pelas cercanias do Mato de Olhelminto. Dali, para o Mar da Garra Fria*. Com a súbita decisão, Derkhan e os outros se transformaram de imediato em sua mente, tornando-se passado, algo feito e acabado, algo sobre o qual ela contaria histórias um dia.

Abriu a enorme boca e deixou o Cancro correr por ela. Pengefinchess continuou nadando, atravessando o subúrbio, corrente acima e para fora da cidade.

CAPÍTULO 49

Homens e mulheres vestindo macacões sebentos espalhavam-se saindo do aterro de Voltagris.

Seguiam a pé ou sobre carroças, sozinhos, em duplas ou em pequenos bandos de quatro ou cinco, de modo aparentemente aleatório e em velocidade discreta. Aqueles que iam a pé carregavam grandes feixes de cabos sobre os ombros ou em rolos, quando com um colega. Nas carroças, homens e mulheres sentavam-se sobre imensos e sacolejantes emaranhados de fios desencapados.

Partiam até a cidade em intervalos irregulares, de duas ou mais horas, espaçando as saídas de acordo com o cronograma elaborado pelo Conselho dos Constructos. Fora calculado para ser aleatório.

Uma pequena carroça puxada por cavalos, contendo quatro homens, entrou no fluxo do tráfego sobre a Ponte Crista-de-Galo e fez a curva rumo ao centro de Cuspelar. Viajavam sem urgência e dobraram para o amplo Bulevar São Dragonne, costeado de figueiras. Balouçavam com estalidos abafados sobre as tábuas de madeira que pavimentavam a rua, legado do excêntrico prefeito Waldemyr, que se opunha à cacofonia de rodas sobre pedras diante de sua janela.

O condutor esperou por uma brecha no tráfego, então dobrou à esquerda e entrou num pequeno quintal. O bulevar estava invisível, mas seus ruídos ainda soavam espessos em torno deles. O coche parou junto a um muro alto de tijolos vermelhos, por trás do qual adejava um fino aroma de madressilvas. Hera e passiflora brotavam para fora da beira do muro em pequenos borbotões que dançavam lá no alto ao sabor da brisa. Era o jardim do mosteiro de Vedneh Gehantock, cultivado por monges dissidentes, humanos e cactáceos, seguidores do deusinho floral.

Os quatro homens saltaram da carroça e começaram a descarregar ferramentas e fardos de cabos pesados. Pedestres passavam por eles, olhavam-nos de relance e os esqueciam.

Um dos homens segurava no alto a extremidade do cabo, contra o muro do mosteiro. Seu colega ergueu uma pesada braçadeira de ferro e uma marreta e com três golpes rápidos ancorou ao muro a ponta do cabo, a mais ou menos dois metros do chão. Os dois seguiram adiante e repetiram a operação três metros mais a oeste; e ainda outra vez, movendo-se rápidos ao longo do muro.

Seus movimentos não eram furtivos. Eram funcionais e despretensiosos. As marteladas eram apenas outros ruídos na montagem de sons da cidade.

Os homens desapareceram numa esquina da praça e dirigiram-se para o Oeste. Arrastaram com eles o enorme fardo de fios isolados. Os outros dois ficaram de guarda ao lado da extremidade presa do cabo, cujas entranhas de cobre e liga se abriam como pétalas metálicas.

O primeiro par carregou o cabo ao longo do muro serpenteante que trespassava o centro de Cuspelar, em torno dos fundos de restaurantes e das entradas de serviço de butiques e oficinas de carpinteiros, na direção da zona da luz vermelha e d'O Corvo, o movimentado núcleo de Nova Crobuzon.

Moveram o cabo por toda a altura de tijolos ou concreto, curvando-o para evitar falhas na estrutura do muro e juntando-o a meadas convolutas de outros canos, calhas e escoadouros, encanamentos de gás, condutores taumatúrgicos e canais enferrujados, circuitos de propósitos obscuros e esquecidos. O cabo pardo estava invisível. Era uma fibra nervosa nos gânglios da cidade, uma corda espessa entre muitas.

Inevitavelmente tiveram de atravessar a rua, que se afastava do centro em lenta curva para o Leste. Abaixaram o cabo até o chão, aproximando-se de um sulco que conectava os dois lados da calçada. Era uma sarjeta que antes escoava bosta e agora chuva, um canal de quinze centímetros entre lajes de calçada que escorria por gradis até as entranhas da cidade, na extremidade mais distante.

Assentaram o cabo no sulco, atando-o com firmeza. Atravessaram rapidamente, detendo-se apenas quando o tráfego lhes interrompia o trabalho, mas a rua não era movimentada, e puderam estender o cabo sem interrupções muito longas.

O comportamento ainda não merecia atenção. Correndo o cabo contra uma parede no outro lado – agora o limite de uma escola, atrás de cujas janelas ouviam-se latidos didáticos –, a despercebida dupla passou por outro grupo de trabalhadores, que cavava na esquina oposta da rua, substituindo lajes quebradas. Estes ergueram os olhos aos recém-chegados, resmungaram uma saudação resumida e depois os ignoraram.

Quando se aproximaram da zona da luz vermelha, os seguidores do Conselho dos Constructos entraram num pátio, arrastando a pesada bobina. Em três lados, paredes elevavam-se acima deles, cinco ou mais andares de tijolos imundos, manchados e limosos, entalhados por anos de fuligem e de chuva. Havia janelas a intervalos desarmônicos, como se houvessem caído do ponto mais alto e se assentado irregularmente entre o teto e o chão.

Ouviam-se gritos e pragas, conversas e risadas, e o rumor de artigos de cozinha. Uma bela criança pequena, de sexo incerto, observava-os de uma janela no terceiro andar. Os dois homens trocaram olhares nervosos e inspecionaram as outras janelas que davam para a rua. A criança era o único rosto: no mais, permaneciam despercebidos.

Largaram as voltas de cabo, e um deles olhou nos olhos da criança, deu uma piscadela matreira e sorriu mostrando os dentes. O outro homem abaixou-se sobre um joelho e espiou através das barras do bueiro circular no chão do pátio.

Provinda da escuridão lá embaixo, uma voz seca o saudou. Uma mão imunda dardejou na direção do selo de metal.

O primeiro homem puxou a perna do companheiro e sibilou para ele.

– Eles estão aqui... este é o lugar certo!

Depois, agarrou a extremidade irregular do cabo e tentou enfiá-la entre as barras da entrada do esgoto. Era grossa demais. Ele praguejou e remexeu na caixa de ferramentas em busca de uma serra de arco, e começou a trabalhar no duro gradil, fazendo caretas por causa do rangido de metal.

– Depressa – disse a figura invisível lá no fundo. – Alguma coisa está seguindo a gente.

Quando o corte terminou, o homem no pátio enfiou o cabo com força no buraco assimétrico. Seu companheiro observava a cena perturbadora. Parecia um grotesco parto invertido.

Os homens lá embaixo agarraram o cabo e o puxaram para a escuridão dos esgotos. Os metros de fios enrolados no pátio estreito e silencioso começaram a correr pelas veias da cidade.

A criança assistia com curiosidade aos homens, que esperavam e enxugavam as mãos nos macacões. Quando o cabo ficou retesado, desaparecendo de um golpe sob o chão, puxado em ângulo estreito pela esquina do pequeno beco sem saída, rapidamente eles se puseram para fora do buraco ensombrecido.

Ao dobrar a esquina, um dos homens olhou para cima, piscou outra vez e desapareceu da vista da criança.

Na rua principal os dois homens separaram-se sem dizer nada e partiram em direções diferentes sob o sol que se punha.

No mosteiro, os dois homens que aguardavam próximos ao muro olhavam para cima.

No prédio no outro lado da rua, um edifício de concreto sarapintado de umidade, três homens apareceram na ruinosa beirada do telhado. Rebocavam seu próprio cabo, os últimos dez metros de um rolo muito maior que agora serpeava atrás deles, na distância, formando um rastro da jornada pelos telhados desde a extremidade sul de Cuspelar.

A trilha de cabo que deixaram volteava entre barracos de invasores nos telhados. Juntava-se às legiões de canos que traçavam caminhos erráticos entre os pombais. O cabo estava espremido em torno de pináculos e fixado sobre telhas como um feio parasita. Inclinava-se um pouco ao atravessar ruas, cinco, dez metros ou mais acima do chão, junto às pontezinhas jogadas sobre as partições. Aqui e ali, onde a lacuna tinha menos de dois metros, o cabo simplesmente a atravessava por cima, no ponto em que seus portadores haviam saltado.

O cabo desaparecia rumo ao sul, despencando de súbito por um escoadouro de chuva para dentro dos esgotos.

Os homens foram até a escada de incêndio do prédio e começaram a descer. Arrastaram o grosso cabo ao primeiro andar e olharam para o jardim do mosteiro e para os dois homens de guarda lá embaixo.

– Prontos? – gritou um dos recém-chegados, e fez um gesto como se lançasse algo na direção deles.

A dupla olhou para cima e assentiu. Os três na escada de incêndio detiveram-se e giraram juntos o restante do cabo.

Quando o lançaram, o cabo se contorceu no ar como monstruosa serpente voadora, caindo com pesado baque nos braços do homem que correra para apanhá-lo. O homem gritou, mas segurou firme, manteve a extremidade bem alta acima da cabeça e a puxou tanto quanto pôde através da partição.

Segurou os pesados fios contra o muro do mosteiro, posicionando-se de forma que a nova extensão de cabo se ligasse perfeitamente à parte já afixada ao muro do jardim de Vedneh Gehantock. Seu companheiro a martelou no lugar.

O cabo negro agora cruzava a rua acima dos pedestres e descia em ângulo acentuado.

Os três na escada de incêndio de ferro debruçaram-se e assistiram à frenética engenharia dos companheiros. Um dos homens abaixo deles começou a torcer os grandes feixes de fios dos dois cabos, para conectar o material condutor. Trabalhou rápido, até que as duas extremidades nuas de metal fibroso estivessem unidas por um nó feio e funcional.

Ele abriu a caixa de ferramentas e tirou dali dois frasquinhos. Sacudiu ambos por um instante, removeu a rolha de um deles e pingou brevemente seu conteúdo sobre o emaranhado de fios. O líquido viscoso penetrou e saturou a conexão. O homem repetiu a operação com o segundo frasco. Quando os dois líquidos se combinaram, deu-se uma reação quêmica audível. Ele se afastou um pouco, estendeu o braço para continuar derramando o líquido e fechou os olhos quando fumaça começou a subir do metal, que aquecia depressa.

As duas substâncias quêmicas encontraram-se, misturaram-se e entraram em combustão, lançando vapores tóxicos em rápida irrupção de calor intenso o suficiente para soldar os fios numa massa coesa.

Quando o calor diminuiu, os dois homens começaram o trabalho final. Enrolaram farrapos de estopa em torno da nova conexão e romperam os selos de uma lata de tinta espessa e betuminosa com a qual cobriram de camadas grossas o selo nu de metal, isolando-o.

Os homens na escada de incêndio ficaram satisfeitos. Voltaram-se e retraçaram seus passos, retornando ao telhado e desaparecendo na cidade de maneira tão repentina e fugaz como fumaça ao sabor da brisa.

Ao longo de uma linha entre Voltagris e O Corvo, operações semelhantes aconteciam.

Nos esgotos, homens e mulheres furtivos caminhavam com cautela entre os sibilos e pingos dos túneis subterrâneos. Sempre que possível, os numerosos bandos eram liderados por trabalhadores que conheciam um pouco das entranhas da cidade: operários dos esgotos, engenheiros, ladrões. Estavam todos equipados com mapas, tochas, armas e instruções rigorosas. Dez ou mais figuras, todas portando pesadas extensões de cabos, seguiam juntas por rotas determinadas. Quando uma porção de cabos acabava após o lento desenrolar, elas a conectavam a outra e prosseguiam.

Havia atrasos perigosos quando um grupo se extraviava de outro e acabava rumando para zonas letais: ninhos de ghuls e covis de subgangues. Porém, corrigiam a rota e sussurravam por ajuda, retornando na direção das vozes dos camaradas.

Quando por fim atingiam a retaguarda de outra equipe, em algum ponto-chave dos túneis, algum eixo médio dos esgotos, conectavam as duas imensas extremidades de fios e as soldavam com substâncias quêmicas, maçaricos ou taumaturgia de fundo de quintal. A seguir, o cabo era fixado aos imensos feixes arteriais de canos que viajavam por toda a extensão dos esgotos.

Com o trabalho feito, os companheiros dispersavam-se e desapareciam.

Em lugares discretos, de compridas ruelas escondidas ou em grandes extensões de telhados interligados, o cabo brotava do subterrâneo e era apanhado pelas equipes que trabalhavam acima das ruas. Elas desenrolavam o cabo sobre outeiros de junça atrás de armazéns, nas subidas de escadarias de tijolos úmidos, sobre telhados e ao longo de ruas caóticas, onde sua engenhosidade era invisível por ser banal.

Esses encontravam outros, e as extensões de cabos eram seladas. Os homens e mulheres dispersavam-se.

Alerta para o fato de que algumas equipes – especialmente aquelas no subterrâneo – se extraviariam e perderiam os pontos de encontro, o Conselho dos Constructos havia posicionado outras de reserva por toda a rota. Essas aguardavam com suas cargas serpentinas, em pátios de construções e às margens de canais, pela notícia de que alguma conexão não havia sido feita.

Porém, o trabalho parecia encantado. Houve problemas, oportunidades perdidas, tempo desperdiçado e breves pânicos, embora nenhuma equipe tenha chegado a desaparecer ou perdido o encontro. O pessoal de reserva permaneceu ocioso.

Um grande circuito sinuoso fora construído através da cidade. Contorcia-se por mais de três quilômetros de texturas: sua pele de borracha negra deslizava sob matéria fecal, limo e papel deteriorado, através de vegetação rasteira e trechos de gramados apinhados de tijolos, perturbando as trilhas de gatos selvagens e crianças de rua; traçava sulcos na pele da arquitetura, repletos de coágulos úmidos de poeira de tijolos.

O cabo era inexorável. Avançava sempre, e sua trajetória se desviava apenas aqui e ali, em curvas fechadas, riscando uma trilha ao longo da cidade quente. Era tão determinado quanto um peixe na desova, irredutível em seu caminho até o enorme monólito que se erguia ao centro de Nova Crobuzon.

O sol afundava atrás das colinas a oeste, tornado-as magníficas e portentosas. Porém, nenhuma delas poderia desafiar a majestade caótica da Estação Perdido.

Luzes cintilavam por toda a sua vasta e inconfiável topografia, que recebia em suas entranhas, como oferendas, os trens que àquela hora brilhavam. O Espigão aguilhoava as nuvens como lança erguida em prontidão, mas não era nada diante da estação: um pequeno adendo de concreto ao grande e infame leviatã, que chafurdava com gorda satisfação no mar da cidade.

O cabo serpenteava até ela sem se deter, alternadamente se erguendo acima e mergulhando abaixo da superfície de Nova Crobuzon, como em ondas.

A fachada oeste da Estação Perdido se abria para a Praça BilSantum. A praça era bela e abarrotada de coches e pedestres que circulavam constantemente em torno do parque ao centro. Naquele luxurioso verdor, malabaristas, mágicos e vendedores ambulantes entoavam cânticos e pregões ruidosos. Os cidadãos alegremente ignoravam a estrutura monumental que dominava o céu. Notavam apenas a fachada, com prazer casual, quando os raios do sol baixo a atingiam de frente e a colcha de retalhos arquitetônica brilhava feito caleidoscópio: estuque e madeira pintada ficavam cor-de-rosa; tijolos, vermelho sangue; vigas de ferro pareciam polidas sob a forte luz.

A Rua BilSantum esparramava-se sob o imenso arco elevado que conectava ao Espigão o corpo principal da estação. A Estação Perdido não era discreta. Seus limites eram permeáveis. Espinhas de torreões baixos estendiam-se dos fundos até penetrar a cidade e transformar-se nos telhados de casas rudes e ordinárias. As lajes de concreto que a escalavam iam se atarracando à medida que se espalhavam e, de súbito, transformavam-se em feias paredes de canais. Onde as cinco linhas de trem se estiravam através de grandes arcos e passavam próximas aos telhados, os tijolos da estação as sustentavam e cercavam, cortando uma trilha acima das ruas. A arquitetura escorria de suas margens.

A própria Rua Perdido era uma via longa e estreita que se sobressaía perpendicularmente da Rua BilSantum e corria sinuosa para o Leste rumo a Gidd. Ninguém sabia por que um dia fora importante o suficiente para emprestar o nome à estação. Era calcetada, e suas casas não eram esquálidas, embora estivessem em mau estado de conservação. No passado, talvez, perfizera o limite norte da estação, mas fora ultrapassada havia muito. Os andares e salas da estação haviam rapidamente se espalhado e invadido a pequena rua.

Saltaram sem esforço sobre ela e se espalharam como musgo até o panorama de telhados ao longe, transformando o terraço ao norte da Rua BilSantum. Em alguns trechos, a Rua Perdido estava aberta ao ar: em muitos outros estava coberta de abóbadas de tijolos ornadas de gárgulas ou de treliças de ferro e madeira. Na sombra lançada pelo ventre da estação, a Rua Perdido era permanentemente iluminada a gás.

A Rua Perdido permanecia residencial. Famílias despertavam todos os dias sob o escuro céu arquitetônico e caminhavam para o trabalho por sua extensão convoluta, adentrando e saindo da sombra.

Ouviam-se com frequência, do alto, pesadas marchas de botas. A frente da estação e a maior parte de seu telhado eram patrulhadas. Segurança privada, soldados estrangeiros e milícia, alguns de uniforme e outros disfarçados, vigiavam a fachada e a montanhosa paisagem de lajes e telhas. Protegiam bancos e lojas, embaixadas e gabinetes do governo que enchiam os vários andares internos. Percorriam, como exploradores, rotas estabelecidas com cuidado, através de pináculos e escadarias de ferro em espiral, passando por claraboias e pátios ocultos nos tetos, viajando pelas camadas inferiores do telhado da estação, espionando lá de cima a praça, os lugares secretos e a enorme cidade.

Porém, mais a leste, na direção dos fundos da estação, pontilhados com centenas de entradas de serviço e estabelecimentos menores, a segurança falhava e se tornava mais esporádica. Ali, a gigantesca construção era mais escura. Quando o sol se punha, a estação lançava sua imensa sombra sobre uma larga faixa d'O Corvo.

Um tanto distante do corpo principal do prédio, entre as estações Perdido e Gidd, a Linha Destra passava através de um emaranhado de velhos escritórios, arruinados havia muito tempo por um incêndio de pequenas proporções.

O incêndio não danificara a estrutura, mas fora o suficiente para provocar a falência da companhia ali instalada. As salas carbonizadas permaneciam vazias, exceto por mendigos insensíveis ao cheiro de carvão, ainda tenaz após quase uma década.

Depois de mais de duas horas de avanço lento e torturante, Isaac e Yagharek chegaram àquele invólucro queimado e se deixaram cair gratamente lá dentro.

Soltaram Andrej e ataram e amordaçaram o velho mais uma vez, antes que acordasse. Então, comeram a pouca comida que tinham, sentaram-se quietos e aguardaram.

Embora o céu estivesse luminoso, seu abrigo ficava sob as trevas projetadas pela estação. Dali a pouco mais de uma hora chegaria o crepúsculo, seguido de perto pela noite.

Conversavam baixinho. Andrej acordou e começou a fazer ruídos novamente, lançando olhares lamentosos pela sala, implorando por liberdade, mas Isaac o olhou com olhos infelizes e exaustos demais para sentir culpa.

Às sete horas, ouviu-se alguém mexer na porta empenada de calor. O ruído foi audível acima dos sons das ruas d'O Corvo. Isaac sacou a pederneira e gesticulou para que Yagharek fizesse silêncio.

Era Derkhan, exausta e muito suja, com o rosto manchado de poeira e graxa. Prendeu a respiração ao passar pela porta e fechá-la atrás de si e exalou um soluço ao recostar-se nela. Avançou, tomou a mão de Isaac e depois a de Yagharek. Murmuraram saudações.

– Acho que há alguém vigiando este lugar – disse Derkhan com urgência. – Está ao lado da tabacaria atravessando a rua, vestindo uma capa verde. Não consegui ver o rosto.

Isaac e Yagharek ficaram tensos. O garuda deslizou sob uma janela entabuada e espiou em silêncio por um buraco no nó da madeira. Esquadrinhou a rua no outro lado da ruína.

– Não há ninguém ali – disse, categórico.

Derkhan juntou-se a ele e observou pelo buraco.

– Talvez não estivesse fazendo nada – disse ela, afinal. – Porém, eu me sentiria mais segura um andar ou dois acima, para o caso de ouvirmos alguém entrar.

Era muito mais fácil movimentar-se agora que Isaac podia apontar a arma ao choroso Andrej sem medo de ser visto. Subiram a escadaria, deixando pegadas na superfície de carvão.

No andar mais alto, as esquadrias das janelas não estavam cobertas por vidro ou madeira, e através delas se podia olhar além da curta extensão de telhas, para o monólito escalonado da estação. Esperaram o céu escurecer. Afinal, sob o fraco tremeluzir de alaranjadas luzes a gás, Yagharek pulou a janela e caiu com leveza sobre a parede coberta de musgo no outro lado. Atravessou silencioso o metro e meio até a contínua espinha de telhados que conectava o agrupamento de prédios à Linha Destra e à Estação Perdido, assentada imensa e pesada a oeste, pintada de fachos irregulares de luz, como constelação presa à terra.

Yagharek era uma silhueta obscura no horizonte. Esquadrinhou a paisagem de chaminés e argila inclinada. Ninguém o observava. Voltou-se na direção da janela escura e indicou aos outros que o seguissem.

Andrej era velho e rijo, e foi difícil para ele caminhar pelas estreitas passagens que o grupo criava. Não conseguia saltar os vãos de metro e meio que surgiam. Isaac e Derkhan o ajudavam; um deles segurava ou apoiava o homem com gentil e macabra prontidão enquanto o outro mantinha a pistola apontada para seus miolos.

Desamarram-lhe as mãos e os pés, de modo que pudesse andar e escalar, mas deixaram a mordaça no lugar para abafar seus lamentos e soluços.

Andrej tropeçava de forma confusa e miserável, como alma nos confins do Inferno, arrastando os pés em agonia para aproximar-se cada vez mais do fim inelutável.

Os quatro caminhavam pelo universo dos telhados paralelos à Linha Destra. Provenientes de ambas as direções, passavam por eles trens de ferro que expectoravam, sacolejando e tossindo fumaça em meio à luz vacilante. O grupo avançava em lenta marcha rumo à estação.

Não demorou até a natureza do terreno mudar. As telhas de ângulos agudos iam acabando à medida que a massa de arquitetura se elevava em torno deles. Tiveram de usar as mãos. Prosseguiram através de pequenas veredas de concreto, cercadas por paredes cobertas de janelas; abaixaram-se sob imensas claraboias e tiveram de galgar escadas curtas que volteavam entre torres baixas. Maquinários escondidos faziam zumbir a alvenaria. Os quatro já não olhavam para a frente, a fim de enxergar o telhado da Estação Perdido, mas para cima. Haviam passado por algum nebuloso ponto limítrofe onde terminavam as ruas escalonadas e começava o sopé da estação.

Tentaram evitar subidas, esgueiraram-se em torno das margens de promontórios de tijolos que pareciam dentes protuberantes e tomaram passagens acidentais. Isaac começou a olhar em volta, nervoso e frenético. A calçada estava invisível atrás da baixa colina de telhados e chaminés à direita deles.

– Fiquem quietos e tenham cuidado – sussurrou –, pode haver guardas.

Surgindo do nordeste, meio escondida pelo prédio, uma rua se avizinhava, um entalhe semicircular na ampla silhueta da estação. Isaac apontou.

– Lá está – sussurrou. – Rua Perdido.

Traçou o contorno da rua com a mão. Um pouco adiante ela cruzava a Via Cefálica, ao longo da qual caminhavam.

– Onde as ruas se encontram – sussurrou. – É nosso ponto de embarque. Yag... você poderia ir?

O garuda correu até os fundos de um prédio alto, alguns metros à frente, onde calhas enferrujadas formavam uma escada inclinada até o chão.

Isaac e Derkhan arrastaram-se lentos, empurrando Andrej suavemente com as armas. Quando alcançaram a intersecção das duas ruas, sentaram-se pesadamente e esperaram.

Isaac olhou para o céu, onde apenas as nuvens mais altas ainda retinham a luz do sol. Olhou para baixo outra vez e observou o olhar lastimoso e suplicante de

Andrej vincar-lhe o rosto velho. De todas as partes da cidade começavam a chegar sons noturnos.

– Ainda não há pesadelos – murmurou Isaac.

Olhou para Derkhan e estendeu a mão para a frente, como para verificar se chovia.

– Não sinto nada. Talvez ainda não tenham saído.

– Talvez estejam lambendo as feridas – disse Derkhan sem nenhum humor. – Talvez não venham, e tudo isto seja inútil. – Lançou um rápido olhar na direção de Andrej.

– Elas virão – disse Isaac. – Garanto.

Ele não queria saber de nada que pudesse dar errado. Não admitia nem mesmo a possibilidade.

Ficaram em silêncio durante algum tempo. Perceberam simultaneamente que ambos vigiavam Andrej. O velho respirava devagar, seus olhos oscilavam de um lado a outro. Seu medo se tornara um pano de fundo paralisante. *Poderíamos tirar a mordaça*, pensou Isaac, *ele não gritaria... porém, talvez falasse...* Deixou a mordaça no lugar.

Ouviu-se o ruído de garras ali perto. Com velocidade e calma, Isaac e Derkhan ergueram as pistolas. A cabeça emplumada de Yagharek emergiu por detrás da argila, e eles abaixaram as mãos. O garuda içou-se na direção deles sobre a extrusão rachada do telhado. Enrolado no ombro trazia um grande comprimento de cabo.

Ao ver o garuda cambalear até eles, Isaac pôs-se em pé para ampará-lo.

– Você conseguiu! – sussurrou. – Eles estavam esperando!

– Estavam começando a ficar zangados – disse Yagharek. – Vieram dos esgotos há mais de uma hora: temiam que tivéssemos sido capturados ou mortos. Estes são os últimos fios. – Soltou o cabo no chão, diante deles. Era mais fino do que muitos dos outros, mais ou menos cinco centímetros em corte transversal, revestido de borracha fina. Sobravam menos de vinte metros de fios, espalhados aos pés deles em estreitas espirais.

Isaac se ajoelhou para examiná-los. Derkhan, com a arma ainda apontada para o intimidado Andrej, franziu o cenho.

– Está conectado? – perguntou. – Está funcionando?

– Não sei – exalou Isaac. – Não saberei até liga-lo e fechar o circuito.

Apanhou o cabo e o jogou sobre o ombro.

– Não há tanto quanto eu esperava – disse. – Não chegaremos muito perto do centro da Estação Perdido.

Olhou para cima e comprimiu os lábios. *Não importa*, pensou. *A escolha da estação foi apenas algo para convencer o Conselho, para que pudéssemos nos afastar do aterro e dele antes... da traição.* Porém, viu-se desejando que pudessem *sim* se plantar no núcleo da estação, como se houvesse alguma força inerente naquelas paredes.

Apontou para o sudeste, para um pequeno aclive de telhadinhos íngremes nas laterais e nos planos no topo. Estendia-se como uma exagerada escadaria, ladeada por uma enorme parede plana de concreto texturizado. Os pequenos outeiros de telhados terminavam a mais ou menos dez metros de onde estava o grupo, em algo que Isaac esperava ser um platô achatado. A imensa parede de concreto em formato de L continuava se elevando acima do platô por mais quase vinte metros, cercando-o por dois lados.

– Lá – disse Isaac devagar. – É para lá que vamos.

CAPÍTULO 50

A meio caminho dos telhados, Isaac e os companheiros incomodaram alguém. De súbito, ouviu-se um ruído áspero e embriagado. Isaac e Derkhan levaram as mãos ansiosas às armas. Era um bêbado esfarrapado, que saltou para cima com um movimento chocantemente inumano e desapareceu em alta velocidade aclive abaixo. Tiras de roupas rasgadas tremularam em seu rastro.

Após aquilo, Isaac começou a ver os habitantes do panorama dos telhados da estação. Pequenas fogueiras crepitavam em pátios secretos, mantidas por figuras obscuras e famintas. Homens adormecidos encolhiam-se nos cantos próximos de velhos pináculos. Era uma sociedade alternativa e reduzida. Pequenas tribos das colinas, nômades e coletoras. Uma ecologia bastante diferente.

Muito acima dos telhadícolas, aeronaves empapuçadas sulcavam o céu. Predadores ruidosos. Manchas sujas de luz e sombra movendo-se angulosas na nebulosidade da noite.

Para alívio de Isaac, o platô no topo da colina de telhas era plano e tinha uns três metros quadrados. Largo o suficiente. Ele acenou com a arma, indicando a Andrej que se sentasse, e o velho obedeceu, deixando-se cair lento e pesado no canto mais distante. Levou os joelhos para perto do peito e os abraçou.

– Yag – disse Isaac –, fique de guarda, parceiro.

Yagharek soltou a volta final do cabo que havia içado e montou sentinela na extremidade do pequeno espaço aberto, olhando para baixo através do gradiente do grande telhado. Isaac cambaleou sob o peso do saco que carregava sozinho. Colocou-o no chão e começou a retirar o equipamento.

Três capacetes-espelhos, um dos quais vestiu. Derkhan apanhou os outros e deu um a Yagharek. Quatro engenhos analíticos do tamanho de máquinas de escrever. Duas grandes baterias quemicotaumatúrgicas. Outra bateria, metarrelojoaria de projeto khepri. Vários cabos de conexão. Dois grandes capacetes comunicadores, do tipo que o Conselho dos Constructos usara em Isaac para capturar a primeira mariposa-libadora. Tochas. Pólvora negra e munição. Um maço de cartões de programa. Um feixe de transformadores e conversores taumatúrgicos. Circuitos de cobre e peltre, de propósito bastante obscuro. Pequenos motores e dínamos.

Tudo estava amassado. Denteado, rachado e imundo. Era um lamentável monturo. Parecia-se com nada. Lixo.

Isaac agachou-se diante daquilo e começou a se preparar.

Sua cabeça balançava sob o peso do capacete. Conectou dois dos engenhos de calcular, unindo-os numa poderosa rede. Depois, começou o trabalho bem mais difícil de conectar o restante das várias traquitanas num circuito coeso.

Os motores foram ligados aos fios e, em seguida, ao maior dos engenhos analíticos. Isaac remexeu no interior do outro engenho para verificar ajustes sutis. Mudara os circuitos. As válvulas lá dentro já não eram mais simples chaves binárias. Estavam sintonizadas de maneira específica e cuidadosa ao obscuro e ao questionável; as zonas cinza da matemática de crise.

Encaixou pequenos plugues em receptores e ligou com fios o engenho de crise aos dínamos e transformadores, que convertiam uma forma insólita de energia em outra. Um circuito disparatado espalhou-se pelo pequeno telhado plano.

A última coisa que removeu do saco e conectou ao maquinário disperso foi uma caixa de latão negro, grosseiramente soldada e do tamanho aproximado de um sapato. Isaac pegou a extremidade do cabo – o imenso trabalho de engenharia de guerrilha que se estendia por mais de três quilômetros até a gigantesca inteligência oculta no aterro de Voltagris. Desenrolou com habilidade os fios desencapados e os conectou à caixa negra. Olhou para Derkhan, que o observava ainda com a arma apontada para Andrej.

– Isto é um disjuntor – disse ele –, uma válvula seletora de circuito. De via única. Vou isolar o Conselho deste negócio todo.

Deu afáveis tapinhas nas várias peças do engenho de crise. Derkhan assentiu devagar. O céu estava quase escuro por completo. Isaac olhou para ela e comprimiu os lábios.

– Não podemos permitir que aquele treco filho da puta tenha acesso ao engenho de crise. Temos de nos afastar dele – explicou enquanto conectava os componentes díspares da máquina. – Você se lembra do que ele disse: que o avatar era um cadáver tirado do rio. Pura enrolação. Aquele corpo está *vivo*... é claro que sem mente, mas seu coração bate e seus pulmões respiram. O Conselho dos Constructos teve de remover a mente do sujeito enquanto ele ainda estava *vivo*. Só poderia ser assim. De outra forma, o corpo simplesmente apodreceria. Não sei... talvez ele fosse membro daquela congregação maluca e tenha se oferecido em sacrifício;

talvez tenha sido voluntário. Mas talvez não. De um jeito ou de outro, o Conselho não se importa em matar humanos ou outros, o que quer que sejam, se for... útil. Ele não tem empatia, nem moralidade – continuou Isaac, empurrando com força uma peça resistente de metal. – Ele é apenas uma inteligência calculista. Custo e benefício. Está tentando se *maximizar*. E fará o que for necessário: mentirá, matará, para aumentar o próprio poder.

Isaac se deteve por um momento e ergueu os olhos para Derkhan.

– E, você sabe – disse com suavidade –, é por isso que ele quer o engenho de crise. Ele não parava de exigi-lo. E isso me fez pensar. Essa é a utilidade disto aqui. – Bateu de leve na válvula seletora. – Se eu fizer conexão direta com o Conselho, ele poderá obter retroalimentação do engenho de crise e controlá-lo. O que ele não sabe é que usarei isto. Essa é a razão de ele estar tão ansioso para ser conectado. O Conselho não sabe construir seu próprio engenho: pode apostar o cu de Falastrão que é por isso que ele está tão interessado em nós. Dee, Yag, vocês sabem o que este engenho pode fazer? Quero dizer, é um protótipo, mas, se funcionar como deve, se alguém se enfiar no negócio, estudar o esquema, reconstruí-lo com mais solidez, passar a ferro os problemas... vocês sabem o que isto pode fazer? *Tudo*. – Fez silêncio por um instante, enquanto suas mãos trabalhavam em conectar fios. – Há crise em toda parte e, se o engenho puder detectar o campo e utilizá-lo, canalizá-lo, poderá fazer... tudo. Estou de mãos amarradas por causa da matemática. É preciso expressar em termos matemáticos o que se quer que o engenho faça. Para isso servem os cartões de programa. Mas o maldito *cérebro* do Conselho expressa tudo matematicamente. Se o desgraçado se conectar ao engenho de crise, seus seguidores *deixarão de ser malucos*. Você ouviu como eles o chamam? Deus-máquina! Bem, eles estarão certos.

Os três permaneceram quietos. Andrej rolava os olhos de um lado a outro sem compreender uma só palavra.

Isaac trabalhou em silêncio. Tentou imaginar a cidade sob o jugo do Conselho dos Constructos. Pensou nele conectado ao pequeno engenho, construindo mais e mais engenhos, conectando-os a sua própria estrutura, alimentado-os com suas próprias energias taumatúrgicas, electroquêmicas e de vapor. Válvulas monstruosas martelando nas profundezas do aterro. Ele dobraria e purgaria a trama da realidade tão facilmente como as fieiras de um Tecelão. Tudo seguiria os comandos daquela vasta e fria inteligência, puro calculismo consciente, tão caprichosa quanto um bebê.

Ele apalpou a válvula seletora e a sacudiu gentilmente, rezando para que os mecanismos continuassem sólidos.

Isaac suspirou e sacou o grosso maço de cartões de programa que o Conselho havia perfurado. Todos estavam rotulados com as letras vacilantes da máquina de escrever do Conselho. Isaac olhou para cima, em dúvida.

– Ainda não são dez horas. Ou são? – disse.

Derkhan sacudiu a cabeça.

– Ainda não há nada no ar, não é? As mariposas ainda não saíram. Precisamos estar prontos quando elas voarem.

Isaac baixou os olhos e puxou a alavanca que acionava as duas baterias quêmicas. Os reagentes ali dentro se misturaram. Ouviu-se um tênue ruído de efervescência e houve um súbito coro de tagarelice de válvulas e latidos de tomadas quando a corrente foi libertada. O maquinário no telhado despontou para a vida.

O engenho de crise zumbiu.

– Ele está apenas calculando – disse Isaac, nervoso, quando Derkhan e Yagharek lhe lançaram olhares simultâneos. – Ainda não começou a processar. Estou lhe dando instruções.

Isaac começou a inserir com cuidado cartões de programa nos vários engenhos analíticos a sua frente. A maioria foi para o engenho de crise propriamente dito, mas alguns foram para os circuitos calculadores subsidiários, conectados por pequenos laços de cabo. Isaac verificou cada cartão, comparando-o com suas anotações, rabiscando rápidos cálculos antes de inseri-los nas entradas.

Os engenhos estalavam à medida que seus finos dentes de catraca deslizavam sobre os cartões, encaixando-se em buracos de corte esmerado, descarregando nos cérebros analógicos informações, instruções e comandos. Isaac agia devagar. Aguardava até sentir o clique que indicava processamento bem-sucedido antes de remover um cartão e inserir o próximo.

Fazia anotações, esboçando para si mesmo mensagens impenetráveis em pedacinhos esfarrapados de papel. Respirava rapidamente.

Começou a chover de repente. Vagarosas, enormes gotas caíam indolentes e se despedaçavam, tão espessas e mornas como pus. A noite estava abafada, e as nuvens glutinosas de chuva a tornavam ainda mais. Isaac, que trabalhava rápido, sentia seus dedos ineptos, grandes demais.

Havia uma lenta sensação de arrastamento, um peso que caía sobre o espírito e começava a saturar os ossos. Uma sensação do insólito, do temeroso e do secreto, que se disseminava para o alto, como se viesse de dentro, onda revoltosa de nanquim nas profundezas da mente.

– Isaac – disse Derkhan com voz esganiçada –, depressa. Está começando.

Um enxame de sentimentos pesadélicos gotejava em meio a eles junto com a chuva.

– Elas já estão por aí – disse Derkhan, aterrorizada. – Estão caçando. Por toda parte. Rápido, vá mais rápido…

Isaac assentiu sem dizer nada e continuou com o que fazia, sacudindo a cabeça como se quisesse dispersar o medo nauseante que havia se instalado nele. *Onde está o puto do Tecelão?*, pensou.

– Alguém está vigiando lá embaixo – disse Yagharek de repente. – Um vagabundo que não fugiu. Está imóvel.

Isaac ergueu os olhos e voltou a se concentrar no trabalho.

– Pegue minha arma – sibilou. – Se ele subir nesta direção, dispare um tiro de aviso. Esperemos que mantenha distância.

Suas mãos ainda se apressavam, torcendo, conectando, programando. Isaac apertava teclas numeradas e inseria cartões em ranhuras.

– Estou quase lá – murmurou –, quase lá.

Aumentava a sensação de pressão noturna, de estar à deriva entre sonhos azedos.

– Isaac... – sibilou Derkhan.

Andrej caíra num sono parcial, aterrorizado e exausto, e começava a se agitar e gemer. Seus olhos se abriam e fechavam com indefinição cansada.

– Pronto! – disse Isaac, e afastou-se do engenho.

Houve um instante de silêncio. O triunfo de Isaac dissipou-se rápido.

– Precisamos do Tecelão! – disse. – Ele deveria estar aqui... disse que estaria aqui! Não podemos fazer nada sem ele...

Não podiam fazer nada a não ser esperar.

O fedor de imagens oníricas distorcidas crescia ainda mais, e breves gritos soavam em pontos aleatórios pela cidade à medida que aqueles cujo sono era perturbado clamavam de medo ou em desafio. A chuva caía mais forte, até que o concreto ficou escorregadio. Isaac estendeu o saco sebento sobre as várias partes do circuito de crise, sem resultado. Movia-se atônito e tentava proteger a máquina.

Yagharek observou o cintilante horizonte de telhados. Quando sua cabeça se encheu demais de sonhos temerosos e ele teve medo do que poderia ver, girou sobre os calcanhares e passou a olhar pelos espelhos no capacete. Continuava vigiando a figura imóvel na rua abaixo.

Isaac e Derkhan arrastaram Andrej um pouco mais para perto do circuito (*novamente com terrível gentileza, como se estivessem preocupados com o bem-estar do velho*). Sob a mira da arma de Derkhan, Isaac amarrou mais uma vez as mãos e as pernas do homem e afivelou-lhe firmemente na cabeça um dos capacetes comunicadores. Não olhou para o rosto de Andrej.

O capacete havia sido modificado. Além da saída flangeada no alto, tinha agora três conectores de entrada. Um deles o ligava ao segundo capacete. Outro estava ligado por várias meadas de fios aos cérebros calculadores e aos geradores do engenho de crise.

Isaac enxugou um pouco a terceira conexão, para livrá-la da água imunda da chuva, e a plugou no grosso fio que se estendia do disjuntor preto, afixado ao qual estava o cabo maciço que chegava até o distante Conselho dos Constructos, ao sul do rio. A corrente poderia fluir do cérebro analítico do Conselho, através da válvula de via única, até o capacete de Andrej.

– Isso mesmo, isso mesmo – disse Isaac, tenso. – Agora, só precisamos do filho da puta do *Tecelão*...

Mais meia hora de chuva e pesadelos crescentes se passou antes que as dimensões do espaço dos telhados ondulassem e se abrissem violentamente e o monólogo cantado do Tecelão fosse ouvido.

... TU E EU CONVERGIMOS AO GORDO TUNELSPAÇO COÁGULO AO CENTRO DA TRAMACIDADE NOS VÊ CONFABULAR...

A voz sobrenatural entrou no crânio dos presentes, e a grande aranha saiu levemente da dobra de ar e dançou na direção deles, fazendo-os parecer pequenos com seu corpo lustroso.

Isaac resfolegou, soltou um gemido áspero de alívio. Sua mente sacolejava com o assombro e o terror causados pelo Tecelão.

– Tecelão! – gritou. – Ajude-nos agora!

Estendeu o outro capacete comunicador para a presença extraordinária.

Andrej ergueu os olhos e se encolheu num paroxismo de terror. Seus olhos se arregalaram com a pressão do sangue e ele começou a vomitar por trás da máscara. Arrastou-se o mais rápido que podia na direção da beirada do edifício, aguilhoado por um medo desumano.

Derkhan o interceptou e segurou firme. O velho ignorou a arma; tinha os olhos vazios de tudo, exceto da vasta aranha que se elevava diante dele e assistia à cena em meio a movimentos vagarosos e portentosos. Derkhan o segurava com facilidade. Os músculos deteriorados do velho se flexionavam e contorciam sem efeito. Ela o arrastou e o manteve no lugar.

Isaac não olhou para eles. Estendeu o capacete ao Tecelão, em súplica.

– Precisamos que você ponha isto na cabeça – disse. – Ponha agora! Podemos pegar todas elas. Você disse que nos ajudaria a consertar a teia... Por favor.

A chuva tamborilava na carapaça dura do Tecelão. A cada segundo, uma ou duas gotas aleatórias ferviam com violência e evaporavam ao atingi-la. O Tecelão continuava a falar, como sempre, um murmúrio inaudível que Isaac, Derkhan e Yagharek não conseguiam entender.

Ele estendeu as mãos macias e humanas e colocou o capacete sobre a cabeça segmentada.

Isaac fechou os olhos de breve e exausto alívio e os abriu outra vez.

– Mantenha o capacete na cabeça! – sibilou. – Afivele-o!

Com dedos tão elegantes como os de um mestre alfaiate, a aranha o afivelou.

... VAI TITILAR E TRAMOIAR..., balbuciou, ...COMO PENSAMENTÍCULOS CORREM CORRETOS POR METAL MARULHANTE E MISTURAM EM MASSA MINHA IRA MIRADORA MIRÍADE ESTOURANDO EMPOLAS DE ENCEFALONDASFORMAS E TECENDO PLANOS MAIS E MAIS ADIANTE MEU MESTRE ASTUTO ARTÍFICE...

Enquanto o Tecelão continuava a entoar proclamações incompreensíveis e oníricas, Isaac viu a última fivela se fechar sob a aterrorizante mandíbula da aranha. Acionou as chaves que abriam as válvulas seletoras no capacete de Andrej e puxou a sucessão de alavancas que dinamizavam a capacidade de processamento total dos calculadores analíticos e do engenho de crise. Deu um passo para trás.

Correntes extraordinárias deflagravam-se por todo o maquinário montado diante deles.

Houve um instante de total imobilidade, durante o qual até a chuva pareceu se deter.

Faíscas de cores variadas e extraordinárias projetavam-se das conexões.

De repente, um imenso arco de energia enrijeceu o corpo de Andrej. Um halo instável o cercou por um momento. Seu rosto ficou esgazeado de perplexidade e dor.

Isaac, Derkhan e Yagharek observavam o velho, paralisados.

À medida que as baterias enviavam grandes feixes de partículas carregadas ao longo do intricado circuito, fluxos de energia e ordens processadas interagiam em complexos circuitos de retorno, drama infinitamente veloz desenrolando-se em escala femtoscópica.

O capacete comunicador começou sua tarefa. Sugou as exsudações da mente de Andrej e as amplificou numa torrente de taumatúrgons e formas de onda correndo à velocidade da luz pelos circuitos rumo ao funil invertido que a esguicharia silenciosamente no éter.

Porém, foi desviada.

Foi processada, lida e matematizada pelo tamborilar ordenado de mínimas válvulas e chaves.

Após um instante infinitamente pequeno, duas outras correntes de energia irromperam dos circuitos. Primeiro, foram as emissões do Tecelão, fluindo através do capacete. Uma ínfima fração de segundo depois, a corrente do Conselho dos Constructos chegou do aterro de Voltagris em fagulhas que viajavam pelo grosseiro cabo, debatendo-se pelas ruas até atingir as válvulas seletoras e, depois, num grande surto de força, os circuitos no capacete de Andrej.

Isaac viu como as mariposas-libadoras corriam e rolavam a língua, de maneira indiscriminada, pelo corpo do Tecelão. Viu como ficaram tontas, mas não saciadas.

Isaac percebeu que o corpo inteiro do Tecelão emanava ondas mentais diferentes daquelas de outras espécies sencientes. As mariposas-libadoras o lamberam e obtiveram sabor... mas não sustento.

Os pensamentos do Tecelão eram fluxo de consciência contínuo, circular e incompreensível. Não havia camadas em sua mente, não havia ego que controlasse as funções inferiores ou córtex animal que mantivesse a mente estável. Para o Tecelão, não havia sonhos à noite, mensagens ocultas provindas de recantos escondidos da mente ou descarte mental de lixo acumulado que evidenciassem consciência ordenada. Para o Tecelão, sonhos e consciência eram uma coisa só. Ele sonhava ser consciente, e sua consciência era sonho, amálgama infinita e insondável de imagem e desejo, cognição e emoção.

Para as mariposas-libadoras, aquilo era como espuma de vinho borbulhante. Inebriante e deliciosa, mas sem princípio organizador, sem substrato. Sem substância. Aqueles sonhos não as nutriam.

O extraordinário tornado de consciência do Tecelão soprou através dos fios para dentro dos sofisticados engenhos.

Logo atrás dele veio a torrente de partículas do cérebro do Conselho dos Constructos.

Em contraste extremo com a anárquica enxurrada viral que o havia gerado, o Conselho dos Constructos pensava com exatidão gélida. Conceitos reduziam-se a uma multiplicidade de chaves comutadoras, solipsismo desalmado que processava informações sem as complicações de paixões e desejos arcanos. Vontade de existir e aprimorar-se desprovida de toda psicologia, de mente contemplativa, de crueldade infinita e casual.

Era invisível às mariposas-libadoras, pensamento sem subconsciente. Era carne despojada de aroma ou sabor, calorias de pensamento vazias, inconcebíveis como nutrição. Cinzas.

A mente do Conselho verteu-se para dentro da máquina, e houve um momento de atividade tumultuada quando comandos foram enviados do aterro através das conexões de cobre e o Conselho tentou absorver informações e controlar o engenho. Mas o disjuntor permaneceu firme. O fluxo de partículas foi unidirecional.

Foi assimilado ao passar pelo engenho analítico.

Um conjunto de parâmetros foi alcançado. Instruções complexas pulsaram pelas válvulas.

Em um sétimo de segundo, uma rápida sequência de atividades de processamento havia começado.

A máquina examinou a forma da primeira entrada x, a assinatura mental de Andrej.

Dois comandos subsidiários chocalharam através de canos e fios, ao mesmo tempo. *Modele forma da entrada y*, dizia um, e os engenhos mapearam a extraordinária corrente mental do Tecelão; *modele forma da entrada z*, e fizeram o mesmo trabalho com as vastas e poderosas ondas mentais do Conselho dos Constructos. Os engenhos analíticos fatoraram a escala de saída e concentraram-se nos paradigmas, as formas.

As duas linhas de programa convergiram numa ordem terciária: *duplique forma de onda da entrada x com entradas y e z.*

Os comandos eram extraordinariamente intricados. Dependiam das avançadas máquinas de calcular que o Conselho dos Constructos proporcionara e da complexidade dos cartões de programa.

Os mapas matemático-analíticos de mentalidade – mesmo simplificados e imperfeitos, falhos como não poderiam deixar de ser – tornaram-se modelos. Os três foram comparados.

A mente de Andrej, como a de qualquer humano de juízo perfeito, como a de qualquer vodyanoi, khepri, cactáceo ou outro ser senciente de juízo perfeito, era uma unidade dialética de consciência e subconsciência em constante convulsão, mitigação e canalização de sonhos e desejos, recriação recorrente do subliminal pelo contraditório, ego caprichoso-racional. E vice-versa. Interação de níveis de consciência que formava um todo instável e permanentemente autorrenovador.

A mente de Andrej não era como o raciocínio frio do Conselho, nem como a poética consciência onírica do Tecelão.

x, registraram os engenhos, era diferente de y e diferente de z.

Porém, com estrutura subjacente e fluxo subconsciente, com racionalidade calculista e imaginação impulsiva, análise automaximizadora e carga emocional, os engenhos calcularam que x era igual a y mais z.

Os motores psicotaumatúrgicos seguiram as ordens. Combinaram y e z. Criaram uma forma de onda que duplicava aquela de x e a encaminharam através da saída no capacete de Andrej.

Os fluxos de partículas carregadas que escoavam para dentro do capacete, provenientes do Conselho e do Tecelão, foram combinados num único e vasto feixe. Os sonhos do Tecelão e os cálculos do Conselho foram misturados para mimetizar subconsciente e consciente, a mente humana em funcionamento. Os novos ingredientes eram mais poderosos do que as débeis emanações de Andrej, por um fator de enorme magnitude. A vastidão daquela força permaneceu inabalável quando a nova e imensa corrente escalou rumo à trombeta flangeada que apontava ao céu.

Pouco mais de um terço de segundo se passara desde que o circuito despertara para a vida. À medida que o imenso fluxo combinado de $y + z$ corria na direção do escape, um novo conjunto de requisitos era cumprido. O próprio engenho de crise ganhou ruidosa vida.

Utilizava as categorias instáveis da matemática de crise, tanto visões persuasivas quanto categorias objetivas. Seu método dedutivo era holístico, somatório e inconstante.

Enquanto as exsudações do Conselho e do Tecelão tomavam o lugar do fluxo de saída de Andrej, o engenho de crise recebia informações idênticas às dos processadores originais. Avaliou com rapidez os cálculos realizados e examinou o novo fluxo. Dentro de sua complexa e inquietante inteligência tubular, uma grande anomalia tornou-se evidente. Algo que as funções estritamente aritméticas de outros engenhos jamais teriam descoberto.

A forma dos fluxos de dados sob análise não era apenas a soma de suas partes constituintes.

y e z formavam um todo unificado e vinculado. E, de maneira mais crucial, também x, a mente de Andrej, ponto de referência de todo o modelo. *Era integral às formas das três variáveis o fato de serem totalidades.*

As camadas de consciência dentro de x dependiam umas das outras, engrenagens engatadas de um motor de consciência autossustentada. O que era aritmeticamente discernível como racionalismo *mais* sonhos era, na realidade, um *todo*, cujas partes constituintes não poderiam ser desvinculadas.

y e z não eram modelos semicompletos de x. Eram quantitativamente diferentes.

O engenho aplicava rigorosa lógica de crise à operação original. Um comando matemático havia criado, com base em materiais díspares, um análogo aritmético perfeito de um código fonte, e tal análogo era, ao mesmo tempo, idêntico ao original que imitava e *radicalmente diferente dele.*

Três quintos de segundo após o primeiro circuito saltar para a vida, o engenho de crise chegou a duas conclusões simultâneas: $x = y + z$; e $x \neq y + z$.

A operação realizada era profundamente instável. Era paradoxal e insustentável, lógica aplicada que despedaçava a si mesma.

O processo era, desde os absolutos primeiros princípios de análise, repleto de crise.

De imediato um imenso manancial de energia de crise foi descoberto. A realização da crise o liberou para que fosse explorado: pistões metafásicos subiam e desciam, disparando jatos controlados através de amplificadores e transformadores. Circuitos subsidiários balançavam e estremeciam. O motor de crise começou a zunir como dínamo, faiscando de energia e emitindo cargas de complexa quasivoltagem.

O comando final soou, sob forma binária, nas entranhas do engenho de crise. *Canalize energia*, disse, *e amplifique saída.*

Menos de um segundo depois de a força haver circulado pelos fios e mecanismos, o impossível e paradoxal fluxo de consciências alinhavadas, o fluxo combinado de Tecelão e Conselho, solevou-se e irrompeu fortemente do capacete condutor de Andrej.

As próprias emanações redirecionadas do velho voltearam num laço de retroalimentação referencial, verificado constantemente e comparado ao fluxo $y + z$ pelo análogo e pelos engenhos de crise. Sem escoamento, as emanações começaram a vazar. Saltavam em pequenos arcos peculiares de plasma taumatúrgico. Derramavam-se invisíveis pelo rosto contorcido de Andrej e se misturavam ao espesso jorro das emissões do Tecelão/Conselho.

O principal conjunto daquela imensa e instável consciência criada irrompeu dos rebordos do capacete aos borbotões. Uma coluna crescente de ondas e partículas mentais projetou-se acima da estação e elevou-se no ar. Era invisível, mas Isaac, Derkhan e Yagharek podiam senti-la formigar na pele, os sexto e sétimo sentidos zumbiam monótonos como *tinnitus* psíquico.

Andrej estremecia e convulsionava, impulsionado pela força dos processos. Sua boca se mexia. Derkhan desviou os olhos, culpada e enojada.

O Tecelão dançava para a frente e para trás sobre seus pés de estilete, matraqueando tranquilamente e tamborilando no capacete.

– Isca... – exclamou Yagharek, de súbito, e afastou-se do fluxo de energia.

– Mal começou – berrou Isaac acima do barulho da chuva.

O engenho de crise se aquecia e zumbia ao se servir de recursos enormes e crescentes. Emitia ondas de corrente transformada através de cabos espessamente isolados, na direção de Andrej, que rolava e se dobrava ao meio de dor e terror espasmódicos.

O engenho tomava a energia sifonada pela situação instável e a canalizava. Obedecia às instruções, despejando-as de maneira transformativa na direção do fluxo Tecelão/Conselho. Ampliando-a. Aumentando-lhe altura, alcance e potência. E aumentando tudo outra vez.

Iniciou-se um circuito de retorno. O fluxo artificial se tornava mais forte e, como imensa torre fortificada erigida sobre alicerces arruinados, o aumento de sua massa o fazia mais precário. Sua ontologia paradoxal ficava mais instável à medida que o fluxo se tornava mais forte. A crise tornava-se mais aguda. A potência transformativa do engenho crescia exponencialmente; incrementava mais o fluxo mental; a crise se aprofundava outra vez...

O formigamento na pele de Isaac piorou. Uma nota parecia soar-lhe no crânio, um zumbido que crescia em altura como se algo ali perto girasse mais e mais rápido, fora de controle.

Isaac se sobressaltou.

... COISA CRASSA CRÍTICA MASSA MARULHANTE GANHA MENTE DESIMPORTANTEMENTE..., continuava a murmurar o Tecelão, ...UM E UM DENTRO DE UM NÃO VÃO MAS SÃO UM E DOIS EM UM VENCEREMOS VITÓRIA VALOROSA VENERÁVEL...

Enquanto Andrej se debatia sob a chuva negra como vítima de tortura, a força que lhe atravessava a cabeça e se projetava ao céu se tornava mais intensa e crescia em assustadora progressão geométrica. Era invisível, porém sensível: Isaac, Derkhan e Yagharek afastaram-se da figura que se contorcia tanto quanto permitia o pequeno espaço. Seus poros se abriam e fechavam, e seus cabelos ou penas se arrepiavam violentamente.

O circuito de crise continuava, e a emanação aumentava, até que quase foi possível vê-la, pilar cintilante de éter perturbado que media cinquenta metros e fazia com que a luz das estrelas e dos aeróstatos se dobrasse incerta em torno e através dele, elevado como incêndio invisível acima da cidade.

Parecia a Isaac que suas gengivas apodreciam, que seus dentes tentavam escapar da boca.

O Tecelão ainda dançava de prazer.

Um enorme farol chamuscou o éter; coluna imensa que continuava se ampliando rapidamente, consciência de mentira, mapa de uma mente falsificada que inchava e engordava em terrível curva de crescimento, vasta e impossível; milagre de um deus inexistente.

Por toda Nova Crobuzon, mais de novecentos dos melhores comunicadores e taumaturgos da cidade detiveram-se de súbito e olharam na direção d'O Corvo com o rosto contorcido devido ao impreciso alarme e à confusão. Os mais sensíveis levaram as mãos à cabeça e gemeram de dor inexplicável.

Duzentos e sete deles começaram a tagarelar absurdas combinações de código numérico e poesia exuberante. Cento e cinquenta e cinco sofreram intensos sangramentos nasais, entre os quais dois acabaram por ser inestancáveis e fatais.

Onze, que trabalhavam para o governo, cambalearam para fora de sua oficina no topo do Espigão e correram – tentando sem sucesso deter o copioso sangramento de seus olhos e ouvidos com lenços e guardanapos – até o escritório de Eliza Stem-Fulcher.

– Estação Perdido! – Foi tudo que puderam dizer.

Repetiram aquilo durante alguns minutos, como idiotas, à secretária do Interior e ao prefeito, que estava com ela, sacudindo-os com frustração, enquanto seus lábios procuravam outros sons e o sangue respingava nos trajes imaculados de seus chefes.

– Estação Perdido!

Muito longe dali, acima das largas e vazias ruas de Chnum, planando devagar pela curva das torres dos templos na Ponta do Piche, ladeando o rio acima da Colina do Uivo e pairando dispersos sobre a miserável favela de Pedravalva, corpos intricados viajavam.

Com lento bater de asas e línguas salivantes, as mariposas-libadoras buscavam presas.

Estavam famintas, ansiosas por se empanturrar e preparar novamente seu corpo para o acasalamento. Tinham de caçar.

Porém, com quatro repentinos, idênticos e simultâneos movimentos – separados por quilômetros, em diferentes quadrantes da cidade –, as quatro mariposas-libadoras voltaram a cabeça para cima, em pleno voo.

Bateram as complexas asas e desaceleraram, até ficar quase imóveis. Quatro idênticas línguas salivantes penderam e vergastaram o ar.

Na distância, sobre a linha do horizonte que cintilava com nacos de luz imunda, nas cercanias do agrupamento central de prédios, uma coluna erguia-se da terra. Enquanto as mariposas a farejavam-saboreavam com a língua, ela crescia mais e mais. O voo mudava freneticamente de direção à medida que lufadas de sabor alcançavam as mariposas, e o incrível e suculento fedor da coisa borbulhava e torvelinhava no éter.

Os outros cheiros e gostos da cidade dissiparam-se até o nada. Com velocidade espetacular, a extraordinária trilha de sabor dobrou de intensidade e impregnou as mariposas-libadoras, enlouqueceu-as.

Uma a uma, emitiram chilreios de pasma e deliciada ganância, de fome pertinaz. Provenientes de todas as partes da cidade, dos quatro pontos cardeais, convergiram num frenesi de asas. Quatro poderosos corpos famintos e exultantes aterrissaram para se alimentar.

Luzes piscaram ligeiras num pequeno console. Isaac chegou mais perto, mantendo o corpo abaixado, como se pudesse passar por baixo do facho de energia que jorrava do crânio de Andrej. O velho se esparramava e contorcia no chão.

Isaac teve o cuidado de não olhar para o corpo de Andrej. Esquadrinhou o console, de modo a entender a pequena cadência de diodos.

– Acho que é o Conselho dos Constructos – disse acima do monótono ruído da chuva. – Ele está enviando instruções para contornar a barreira de segurança. Não creio que consiga. Isto é simples demais para ele – disse e deu tapinhas na válvula seletora. – Não há nada aqui que ele possa controlar.

Isaac imaginou a luta nas trilhas femtoscópicas de fios.

Olhou para cima.

O Tecelão o ignorava, e a todos os outros, tamborilando com os dedinhos ritmos complicados no concreto liso. Sua voz era impenetrável.

Derkhan observava Andrej com exaustão e repulsa. A cabeça dela oscilava suavemente, para a frente e para trás, como ao sabor das ondas. Sua boca se movia, falava línguas silenciosas. *Não morra*, pensou Isaac com fervor, encarando o velho arruinado, vendo seu rosto se contorcer enquanto era agitado pelo bizarro retorno do circuito. *Você ainda não pode morrer, precisa aguentar.*

Yagharek estava em pé. Apontou para cima de repente, para um longínquo quadrante do céu.

– Mudaram de curso – disse asperamente.

Isaac olhou para cima e viu o que Yagharek indicava.

Ao longe, a meio caminho dos limites da cidade, três dos dirigíveis à deriva voltaram-se propositalmente. Olhos humanos mal podiam enxerga-los; eram manchas mais escuras contra o céu da noite, com pequenas pintas de luzes de navegação. Mas era evidente que os movimentos entrecortados e aleatórios haviam mudado; que se moviam vagarosos, convergindo até a Estação Perdido.

– Já nos viram – disse Isaac.

Não sentia medo, apenas tensão e uma estranha tristeza.

– Lá vêm. Merda e cuspe-de-deus! Temos dez ou quinze minutos antes que cheguem. Tomara que as mariposas sejam mais rápidas.

–Não, não – disse Yagharek, sacudindo a cabeça com rápida violência e inclinando-a para o lado.

Ele gesticulou com os braços para ordenar silêncio. Isaac e Derkhan congelaram. O Tecelão continuou com o monólogo, porém mais baixo e sussurrado. Isaac orou para que a aranha não se entediasse e desaparecesse, senão o aparato, a mente construída, a crise, tudo entraria em colapso.

O ar em torno deles se dobrava e rompia como pele doente à medida que a força daquela vasta e impensável explosão de energia continuava a crescer.

Yagharek ouvia atentamente em meio ao barulho da chuva.

– Pessoas se aproximam – disse com urgência. – Pelo telhado.

Com movimento ensaiado, sacou o chicote do cinto. Sua longa faca pareceu dançar até a mão direita do garuda e ali pousar, brilhante sob o reflexo das luzes de sódio. Ele se tornara outra vez guerreiro e caçador.

Isaac pôs-se em pé e sacou a pederneira. Verificou, apressado, que estava limpa e encheu de pólvora a caçoleta, tentando protegê-la da chuva. Apalpou-se em busca da bolsinha de balas e do polvarim. Percebeu que seu coração batia apenas um pouco mais rápido.

Viu Derkhan se preparar. Ela sacou suas duas pistolas e as verificou com olhos frios.

No platô do telhado, doze metros abaixo, surgira uma pequena tropa de figuras que vestiam uniformes escuros. Corriam nervosas entre os afloramentos de arquitetura, chacoalhando lanças e rifles. Havia talvez doze rostos invisíveis atrás dos capacetes refletores, e as armaduras segmentadas batiam contra os corpos, sutis insígnias de patente. Espalharam-se, chegando de ângulos diferentes ao gradiente de telhados.

– Ah, São Falastrão. – Isaac engoliu em seco. – Estamos fodidos.

Cinco minutos, pensou desesperado. *É tudo que precisamos. As malditas mariposas não vão resistir, já estão quase aqui. Eles não podiam ter chegado um pouco mais tarde?*

Os dirigíveis ainda rondavam, chegando cada vez mais perto, lentos e inelutáveis.

Os milicianos haviam alcançado os limites externos da colina de telhas. Começaram a subir, mantendo-se abaixados, agachando-se atrás de chaminés e janelas de sótãos. Isaac afastou-se da beirada, mantendo-os fora de vista.

O Tecelão passava o dedo indicador na água do telhado, deixando rastros de pedra chamuscada, desenhando padrões e imagens de flores, sussurrando para si mesmo. O corpo de Andrej se contorcia sob efeito da corrente. Seus olhos giravam nas órbitas de maneira perturbadora.

– *Caralho!* – gritou Isaac, de desespero e raiva.

– Cale a boca e lute – sibilou Derkhan.

Ela se deitou e espiou com atenção pela beirada do telhado. Os milicianos altamente treinados estavam assustadoramente próximos. Ela mirou e disparou com a mão esquerda.

Ouviram-se um estalo e uma explosão, abafados pela chuva. O oficial mais próximo, que escalara quase até a metade do aclive, cambaleou para trás quando a bala atingiu seu peito blindado e ricocheteou na escuridão. Vacilou por um instante à beira do pequeno degrau de telhas e conseguiu se endireitar. Enquanto ele relaxava e dava um passo à frente, Derkhan disparou a outra arma.

A couraça dianteira do capacete se estilhaçou numa explosão de espelhos sangrentos. Uma nuvem de carne irrompeu atrás do crânio do miliciano. Seu rosto ficou momentaneamente visível: o olhar perplexo encravado de lascas de vidro refletor, sangue brotando de um buraco logo abaixo do olho direito. Ele pareceu saltar para trás como um mergulhador olímpico, deslizando vinte metros de modo elegante até se esborrachar ruidosamente contra a base do telhado.

Derkhan berrou em triunfo, e seu grito se transformou em palavras.

– *Morra*, seu *porco*! – gritou.

Abaixou-se para se esconder quando uma rápida salva de tiros atingiu os tijolos e pedras abaixo e acima dela.

Isaac caiu de quatro ao lado dela e a encarou. Era impossível determinar em meio à chuva, mas achou que ela soluçava de raiva. Derkhan rolou para longe da beira do telhado e começou a recarregar as pistolas. Seu olhar encontrou o de Isaac.

– *Faça alguma coisa!* – gritou para ele.

Yagharek estava em pé, inclinado na direção oposta à da beirada, olhando de relance durante poucos segundos de cada vez, aguardando que os homens chegassem ao alcance de seu chicote. Isaac rolou para a frente e espiou pela borda da pequena plataforma. Os homens se aproximavam, movendo-se com cautela, escondendo-se a cada patamar, mantendo-se fora de vista, mas ainda com terrível velocidade.

Isaac mirou e disparou. A bala estourou dramaticamente contra telhas e borrifou de partículas o miliciano na dianteira.

– Maldição! – sibilou e abaixou-se outra vez para recarregar a arma.

Uma fria convicção de derrota se abatia sobre ele. Havia homens demais, aproximando-se rápido demais. Assim que a milícia atingisse o topo, Isaac não teria qualquer defesa. Se o Tecelão viesse ajudá-los, perderiam a isca, e as mariposas-libadoras escapariam. Poderiam levar com eles um, dois ou três oficiais da milícia, mas nunca escapariam.

Andrej se sacudia para cima e para baixo, arqueando as costas e retesando as amarras. Os nervos entre os olhos de Isaac cantavam enquanto a explosão de energia continuava a escaldar o éter. As aeronaves se aproximavam. Isaac contraiu o rosto e olhou para trás, pela beirada do platô. Na planície irregular do telhado abaixo, bêbados e mendigos agitavam-se e corriam para longe como animais aterrorizados. Yagharek crocitou como corvo e apontou com a faca.

Atrás da milícia, no achatado panorama de telhados que haviam deixado para trás, uma figura encoberta deslizou provinda de alguma sombra e apareceu como um espectro, manifestando-se do nada.

Viram um turbilhão verde saindo de sua capa enrolada.

Algo na mão estendida da figura cuspiu fogo intenso, três, quatro, cinco vezes. A meio caminho do aclive, Isaac viu um miliciano se arquear na direção oposta ao telhado e despencar telhas abaixo em feia cascata orgânica. Enquanto caía, mais dois homens cambalearam e desfaleceram. Um estava morto, e se formava sob seu corpo esparramado uma poça de sangue que se diluía na chuva. O outro deslizou um pouco mais para diante e emitiu um horrendo berro por trás da máscara, segurando suas costelas que sangravam.

Isaac observava chocado.

– Que porra é aquela? – gritou. – Que *porra* está acontecendo?

Abaixo dele, seu obscuro benfeitor havia se agachado e formado uma poça de escuridão. Parecia mexer na arma.

Abaixo deles, a milícia estava paralisada. Ordens foram berradas em código impenetrável. Era evidente que estavam confusos e temerosos.

Derkhan olhava fixamente para a escuridão, perplexa e esperançosa.

– Deuses o *abençoem* – gritou ela de cima do telhado para dentro da noite.

Disparou outra vez com a mão esquerda, mas a bala ruidosa e inofensivamente atingiu tijolos.

Dez metros abaixo deles, o homem ferido ainda gritava. Tentava, sem sucesso, remover a máscara.

A unidade se separou. Um homem se agachou atrás dos afloramentos de tijolos e ergueu o rifle, mirando na escuridão em que se escondia o recém-chegado. Vários dos homens remanescentes começaram a descer na direção do novo atacante. Outros voltaram a escalar, em velocidade redobrada.

Enquanto os dois pequenos grupos se moviam para cima e para baixo através da escorregadia paisagem de tijolos, a figura negra se levantou mais uma vez e disparou com extraordinária rapidez. *Ele tem uma pistola de repetição*, pensou Isaac, atônito, e sobressaltou-se quando mais dois oficiais saltaram para trás no telhado logo abaixo dele e caíram, debatendo-se e gritando, quicando brutalmente aclive abaixo.

Isaac percebeu que o homem lá embaixo não disparava contra os milicianos que dele se aproximavam, mas concentrava-se em proteger a pequena plataforma, ceifando os oficiais mais próximos com soberba pontaria. Permitira-se ficar vulnerável a ataques em grupo.

Por toda a extensão do telhado a milícia ficou paralisada diante da saraivada de balas. Porém, quando Isaac olhou para baixo, viu que o segundo grupo de oficiais havia descido até a base do telhado e corria em formação furtiva e desajeitada em direção ao sombrio assassino.

Três metros abaixo de Isaac, a milícia chegava mais perto. Ele disparou outra vez, roubando o fôlego de outro homem, mas sem penetrar-lhe a armadura. Derkhan disparou e, abaixo deles, o atirador posicionado gritou uma praga e soltou o rifle, que deslizou ruidosamente para longe.

Isaac escorvou a arma com pressa desesperada. Lançou um olhar ao maquinário e viu que Andrej se encolhia sob a parede. O velho estremecia e a saliva lhe sujava o rosto. A cabeça de Isaac latejava no mesmo ritmo bizarro que provinha da estranha e crescente labareda de ondas mentais. Olhou para o céu. *Vamos*, pensou, *vamos, vamos*. Abaixou os olhos outra vez enquanto recarregava, tentando achar o misterioso recém-chegado.

Quase berrou de medo por seu protetor semioculto quando quatro milicianos robustos e armados até os dentes trotaram na direção da sombra de piche onde ele havia se escondido.

Algo emergiu veloz da escuridão, saltando de sombra em sombra, atraindo o fogo da milícia com facilidade extraordinária. Uma patética salva de tiros soou, e os rifles dos quatro homens ficaram sem munição. Ao caírem sobre os joelhos e começarem a recarregar, a figura encoberta emergiu do abrigo de trevas e ficou em pé a poucos passos deles.

Isaac o viu por trás ligeiramente, iluminado pela luz fria e repentina de alguma lâmpada flogística. Seu rosto estava voltado para o outro lado, na direção da milícia. Sua capa era remendada e surrada. Isaac viu de relance a arminha atarracada na mão direita da silhueta. Enquanto as impassíveis máscaras de vidro brilhavam na luz e os quatro oficiais pareciam vacilar até a imobilidade, algo se estendeu do lado esquerdo do homem. Isaac não pôde ver bem o que era e apertou com cuidado os olhos, até que o homem se moveu um pouco e levantou o braço, revelando uma coisa denteada quando a manga caiu.

Uma imensa lâmina serrilhada se abria e fechava lentamente como uma tesoura perversa. Quitina nodosa sobressaía desajeitada do cotovelo do homem; uma ponta de navalha recurva, um brilhante alicate aprisionador.

O braço direito do homem havia sido Refeito, substituído por uma imensa garra de louva-deus.

No mesmo instante, Isaac e Derkhan ofegaram e gritaram seu nome:

– *Jack Meio-Louva!*

Meio-Louva, o foragido, o chefe dos livRefeitos, o homantídeo, caminhou suavemente até os quatro milicianos.

Os homens remexeram nas armas, apunhalaram para a frente com as baionetas cintilantes.

Meio-Louva esquivou-se deles com velocidade de bailarino, fechou de um golpe o membro Refeito e se afastou com facilidade. Um dos oficiais caiu, enquanto sangue brotava de seu pescoço lacerado e inundava sua máscara.

Jack Meio-Louva sumiu mais uma vez, esgueirando-se meio fora, meio dentro de vista.

A atenção de Isaac foi desviada por um oficial que apareceu no peitoril de uma janela, um metro abaixo dele. Disparou rápido demais e errou, mas algo serpeou acima dele e chocou-se violentamente contra o capacete do homem. O oficial cambaleou e recuou para evitar outro ataque. Yagharek recolheu rápido o pesado chicote, pronto para golpear novamente.

– Vamos, *vamos*! – gritou Isaac para o céu.

As aeronaves agora estavam gordas e iminentes, descendo, prontas para se lançar. Meio-Louva descrevia círculos em torno dos atacantes. Saltava para o meio deles, mutilava e se dissolvia no escuro. Derkhan soltava gritinhos de desafio sempre que disparava. Yagharek continuava em posição; chicote e punhal tremiam em suas mãos. A milícia se aproximava cada vez mais, porém devagar, tímida e atemorizada, esperando reforços.

O monólogo do Tecelão foi aumentando de volume, de um sussurro na parte de trás do crânio até uma voz que se infiltrava em carne e ossos, preenchendo o cérebro.

... LÁ VÊM LÁ VÊM MALVADAS MALEADORAS MAÇANTES SUGAPADRÕES QUE ESGOTAM TEIAPAISAGENS CHEGAM CHEGAM ASSOVIAM POR ESTA TORRENTE ESTE CORNUCÓPICO MARNEL DE COMIDA SEM DONO VEJAM..., disse, ...RICOS FERMENTADOS SABEM MAL AO PALATO...

Isaac olhou para cima e gritou em silêncio. Ouviu algo adejar, rajadas de ar desordenado. O brutal estandarte, o facho de ondas cerebrais inventadas que fazia tremer sua espinha, continuava inabalável enquanto o som se aproximava, oscilando freneticamente entre matéria e éter.

Uma carapaça cintilante mergulhou através das termais; padrões entrançados de cores escuras disparavam violentamente de dois pares mutáveis de asas espelhadas. Membros convolutos e agudas protuberâncias orgânicas fremiam ansiosos.

Famintas e trêmulas, chegaram as primeiras mariposas-libadoras.

O pesado corpo segmentado desceu espiralando, deslizando estreitamente junto à coluna de éter ardente como se fosse um carrossel de parque de diversões. A língua da mariposa dardejava avidamente em torno da coluna imersa no inebriante vinho de éter.

Enquanto Isaac observava exultante o céu, viu outra forma voejar para mais perto; e então outra, negro sobre negro. Uma das mariposas se inclinou num arco acentuado diretamente abaixo de uma gorda e lenta aeronave, rumo à tempestade de ondas mentais que causava ondulações por todo o tecido da cidade.

A força miliciana posicionada no telhado escolheu aquele momento para renovar o ataque, e o estalo sulfuroso das pistolas de Derkhan acordou Isaac para o perigo. Ele olhou à volta e viu Yagharek agachado em posição selvagem; seu chicote se desenrolava como serpente semiamestrada na direção do oficial cuja cabeça havia aparecido além da beirada do platô. O chicote constringiu-lhe o pescoço, e Yagharek puxou com força, fazendo a cabeça do homem se chocar contras as telhas molhadas.

Yagharek soltou o chicote de um golpe e deixou que oficial sufocado caísse com estrondo.

Isaac remexeu na arma que lhe servia apenas de estorvo. Inclinou-se e viu que dois dos oficias que haviam se voltado contra Jack Meio-Louva estavam caídos e moribundos, vertendo sangue languidamente de enormes fendas no corpo. Um terceiro cambaleava para longe, segurando a coxa rasgada. Meio-Louva e o quarto homem haviam desaparecido.

Por toda a baixa colina de telhados soaram chamados da milícia, imprecisos, aterrorizados e confusos. Instados pelo tenente, os milicianos aproximaram-se cada vez mais.

– Mantenha-os longe – gritou Isaac –, as mariposas estão chegando!

As três mariposas descreveram uma longa hélice entrelaçada e descendente, rodopiando acima e abaixo uma da outra, girando em ordem decrescente em torno da imensa estela de energia que se espalhava vasta a partir do capacete de Andrej. No chão abaixo delas o Tecelão dançava uma discreta giga, que as mariposas não viram. Não percebiam nada a não ser a forma espasmódica de Andrej, a fonte, o manancial do imenso e doce butim que jorrava vertiginosamente para cima e para o ar. Estavam frenéticas.

Torres de água e torreões de tijolos erguiam-se em torno delas como mãos estendidas à medida que as mariposas, uma a uma, penetravam o horizonte de telhados e desciam ao nimbo iluminado a gás que era a cidade.

Tênues ondas de ansiedade passavam por elas enquanto mergulhavam. Havia algo fracionariamente errado com o sabor que as cercava. Mas era tão forte, tão inacreditável e poderoso, e elas estavam tão embriagadas dele, vacilantes no voo e trêmulas de ganancioso deleite, que não podiam deter a aproximação vertiginosa.

Isaac ouviu Derkhan berrar uma praga obscena. Yagharek atravessara de um salto o telhado para ajudá-la e vergastou o atacante com grande habilidade, jogando-o para longe. Isaac voltou-se e disparou contra a figura que caía, ouvindo-a grunhir de dor quando a bala rompeu-lhe o músculo do ombro.

As aeronaves já estavam quase acima deles. Derkhan sentava-se um pouco distante da beirada, piscando rapidamente, pois seus olhos estavam embaçados de partículas de tijolos provindas do ponto em que uma bala havia estilhaçado a parede atrás dela.

Uns cinco milicianos permaneciam nos telhados e continuavam avançando, lentos e constantes.

Uma última sombra entômica planou na direção do telhado, provinda do sudeste da cidade. Traçou uma longa curva em S sob o altrilho de Cuspelar e subiu novamente, cavalgando as correntes ascendentes da noite quente rumo à estação.

– Estão todas aqui – sussurrou Isaac.

Ao escorvar a arma, sem nenhuma habilidade e espalhando pólvora em torno de si, ele olhou para cima. Seus olhos se arregalaram: a primeira mariposa se aproximava. Estava trinta metros acima dele, depois quinze, e logo seis e três. Isaac a encarou com assombro. Ela parecia se mover sem qualquer velocidade, e o tempo alongava--se devagar, quase até o ponto de ruptura. Isaac viu as patas quase símias e a cauda serrilhada, a enorme boca e os dentes rilhadores, órbitas oculares com desajeitadas antenas semelhantes a vermes que se contorciam, uma centena de extrusões de carne que fustigavam, desdobravam-se, apontavam e se fechavam em mil movimentos misteriosos... e as asas, as prodigiosas, inconfiáveis, constantemente alteradas asas. Marés de cor bizarra as encharcavam e depois retornavam, como súbitas borrascas.

Isaac observou a mariposa diretamente, ignorando os espelhos diante dos olhos. Ela não tinha tempo para ele. Ignorou-o.

Ele ficou paralisado por um longo momento, em meio a um terror de memórias.

A mariposa-libadora passou por ele e uma grande lufada de ar fez tremular seus cabelos e seu casaco.

A criatura de múltiplos membros arrebatadores se estendeu, desenrolou a imensa língua, cuspiu e chilreou de fúria obscena. Aterrissou sobre Andrej como um espírito pesadélico, agarrou-o e tentou bebê-lo sofregamente.

Enquanto sua língua deslizava rápida para dentro e para fora dos orifícios de Andrej, cobrindo-o de espessa saliva cítrica, outra mariposa surgiu pairando pelo ar, chocou-se contra a primeira e começou a lutar por uma posição sobre o corpo do velho.

Ele estremecia e seus músculos lutavam para entender a torrente de absurdos estímulos que os inundava. O fluxo de ondas cerebrais do Tecelão/Conselho chegava até sua cabeça e jorrava dela.

O engenho largado no telhado vibrava. Aumentava perigosamente de temperatura à medida que os pistões se esforçavam por manter sob controle a enorme vaga de energia de crise. A chuva chiava e evaporava ao atingi-lo.

Enquanto a terceira mariposa se aproximava para aterrissar, continuava a luta para beber da fonte, da pseudomente que corria do crânio de Andrej. Com movimento irritado e convulsivo, a primeira mariposa esbofeteou a segunda, lançado-a a alguns metros de distância, de onde ela continuou lambendo com avidez a nuca de Andrej.

A primeira mariposa enfiou a língua na boca salivante do velho e depois a removeu com um repulsivo *plop*, buscando outra saída de fluxo. Encontrou o pequeno trompete no capacete de Andrej, de onde manava a energia explosiva e constante. A mariposa deslizou a língua para dentro da abertura e em torno de curvas dimensionais dentro e fora do éter, girando o sinuoso órgão pelos planos multifacetados do fluxo.

Guinchou de prazer.

Seu crânio vibrou dentro da carne. Grumos de intensas ondas mentais artificiais escorreram-lhe pela garganta e pingaram-lhe invisíveis da boca, num jato ardente de intensas e doces calorias-pensamento que cada vez mais preenchiam o estômago da mariposa, mais poderosas, mais concentradas do que sua alimentação diária por um fator vasto e crescente, uma incontrolável torrente de energia que penetrou a goela da mariposa-libadora e encheu seu estômago em segundos.

A mariposa não conseguia separar-se daquilo. Estava travada, empanturrada e presa. Podia sentir o perigo, mas não conseguia se importar, não conseguia pensar em nada exceto no fluxo cativante e inebriante de alimento que a capturava, dava--lhe foco. Teimava com o propósito irracional de um inseto noturno que se choca contra o vidro rachado para poder alcançar uma chama letal.

A mariposa-libadora imolou-se, imergiu nos jorros torrenciais de força.

Seu estômago dilatou-se e a quitina rachou. A massiva vaga de emanações mentais a submergiu. A enorme criatura espreitadora estremeceu uma só vez; sua barriga e seu crânio se romperam, emitindo sons molhados e explosivos.

De imediato ela se afastou com um repelão, morrendo rapidamente em dois borrifos de linfa e pele despedaçada, entranhas e miolos irrompendo em arcos dos enormes ferimentos, vertendo vinho mental não digerido e indigerível. Caiu morta sobre a forma insensível de Andrej, movendo-se em espasmos, gotejante e destroçada.

Isaac gritou de alegria, um enorme clamor de triunfo e perplexidade. Andrej foi esquecido por algum tempo.

Derkhan e Yagharek voltaram-se rápidos e observaram a mariposa morta.

– *Isso!* – gritou Derkhan exultante.

Yagharek emitiu o grito ululante e sem palavras do caçador bem-sucedido. Abaixo deles, os milicianos se detiveram. Não conseguiam ver o que acontecia e ficaram nervosos com os súbitos gritos de triunfo.

A segunda mariposa se agitava sobre o corpo da irmã caída, lambendo e sugando. O engenho de crise ainda soava; Andrej ainda rastejava de agonia sob a chuva, in-consciente do que acontecia. A mariposa-libadora buscava o fluxo contínuo da isca.

A terceira mariposa chegou, lançando respingos de água da chuva na corrente descendente formada pelo feroz bater das asas. Deteve-se por uma fração de segundo ao sentir no ar o sabor da mariposa morta, mas o fedor das incríveis ondas do Tecelão/Conselho era irresistível. Ela rastejou sobre a massa grudenta das tripas da mariposa caída.

A outra mariposa foi mais rápida. Encontrou o cano de saída do capacete e enfiou a boca no funil, ancorando a língua ali como se fosse um cordão umbilical vampiresco.

Sorveu e sugou, faminta e extática, bêbada, abrasada de desejos.

Estava dominada. Não conseguiu resistir quando a força da comida começou a queimá-la e abriu-lhe um buraco na parede do estômago. Ganiu e vomitou. Grumos metadimensionais de padrões cerebrais voltaram-lhe goela acima e se encontraram com a corrente que ela ainda sugava como néctar. Convergiram em sua garganta e a sufocaram, até que a pele macia da garganta se distendesse e partisse.

A mariposa começou a sangrar e a morrer pela traqueostomia grosseira, mas continuou a beber do capacete, apressando a própria morte. A onda de energia era demasiada: destruiu a mariposa tão rápida e completamente quanto o leite puro da própria coisa teria destruído um humano. A mente da mariposa-libadora estourou por completo como uma bolha de sangue.

Ela caiu para trás e sua língua se retraiu lentamente, como elástico velho.

Isaac urrou outra vez quando a terceira mariposa chutou o corpo espasmódico de sua irmã-irmão e começou a beber.

A milícia invadia o último patamar de telhados antes do platô. Yagharek, outra vez homicida, iniciou uma dança letal. Seu chicote estalou; oficiais cambalearam e caíram, abaixaram-se para se esconder, moveram-se cautelosos entre as chaminés.

Derkhan disparou mais uma vez, no rosto do miliciano que se ergueu diante dela. Porém, a bucha principal de pólvora no cano da pistola não se acendeu corretamente. Ela praguejou e segurou a arma longe de si com o braço estendido, tentando mantê-la apontada para o oficial. Ele avançou e a pólvora afinal explodiu, disparando a bala acima de sua cabeça. Ele se abaixou e escorregou sobre o telhado sem atrito.

Isaac apontou a arma e disparou enquanto o homem tentava se levantar, plantando-lhe uma bala na parte de trás do crânio. O homem estremeceu e sua cabeça chocou-se contra o chão. Isaac quis apanhar o polvarim, mas recuou. Percebeu que não teria tempo para recarregar. O último grupo de oficiais saltava na direção dele. Estavam esperando que disparasse.

– Afaste-se, Dee! – Isaac gritou e saiu da beirada.

Yagharek derrubou um homem com uma chicotada nas pernas, mas teve de recuar quando os outros oficiais se aproximaram. Derkhan, Yagharek e Isaac afastaram-se da beira e procuraram desesperadamente por armas ao redor.

Isaac tropeçou no membro segmentado de uma mariposa morta. Atrás dele, a terceira mariposa emitia gritinhos de avidez enquanto bebia. Ela e o velho se fundiram num único clamor, um longo som animal de prazer e sofrimento.

Isaac se voltou ao ouvir o balido e foi surpreendido por uma úmida detonação de carne. Entranhas estraçalhadas escorriam ruidosamente pelo telhado, tornando-o traiçoeiro.

A terceira mariposa havia sucumbido.

Isaac observou a forma negra e esparramada, dura e variegada, grande como um urso. Estava distribuída numa irrupção radial de membros e órgãos, derramando linfa do tórax esvaziado. O Tecelão inclinou-se como criança e cutucou o exoesqueleto aberto com dedos tateantes.

Andrej ainda se movia, embora seus espasmos estivessem entrecortados. As mariposas não o haviam bebido, e sim à imensa vaga de pensamentos artificiais que borbulhava de seu capacete. A mente do velho ainda funcionava, perplexa, aterrorizada e prisioneira do terrível circuito de retorno do engenho de crise. Ele estava mais lento, seu corpo entrava em colapso em virtude do esforço extraordinário. Sua boca se mexia em exagerados bocejos, na tentativa de se livrar da saliva espessa e malcheirosa.

Diretamente acima dele, a última mariposa espiralava rumo à fonte de energia do capacete. Mantinha as asas imóveis, dispostas em ângulo para controlar a queda, enquanto mergulhava do céu como arma letal na direção da confusa carnificina. Ela se abateu sobre a origem do banquete, feixes de braços, pernas e ganchos estendidos em predação frenética.

O tenente da milícia se ergueu meio metro acima da calha sulcada na beirada do platô. Fraquejou e gritou algo para seus homens: "...dito Tecelão!", e então disparou violentamente contra Isaac. Isaac saltou para o lado e grunhiu em vivo triunfo ao perceber que continuava ileso. Pegou uma chave inglesa na pilha de ferramentas aos seus pés e a arremessou no capacete espelhado.

Algo oscilou incertamente no ar em torno de Isaac. Seu estômago repuxou. Ele olhou enlouquecido ao redor.

Derkhan caminhava de costas, afastando-se da beira do telhado. Olhava em volta com medo incipiente. Yagharek apertava a cabeça com a mão esquerda, e a longa faca pendia-lhe incerta dos dedos. A mão direita, a do chicote, estava imóvel.

O Tecelão ergueu os olhos e murmurou.

Havia um pequeno buraco redondo no peito de Andrej, onde a bala do oficial o atingira. Sangue vertia em lentas pulsações, escorrendo por sua barriga e saturando suas roupas imundas. Seu rosto estava branco, seus olhos fechados.

Isaac berrou, correu até ele e segurou a mão do velho.

O padrão das ondas cerebrais de Andrej vacilou. Os engenhos que combinavam as exsudações do Tecelão e do Conselho palpitavam incertos à medida que seu padrão, sua referência, minguava rápido.

Andrej era tenaz. Era um velho cujo corpo se desfazia sob o peso opressivo de uma doença deteriorante e arrasadora, cuja mente estava rígida de emissões oníricas coaguladas. Porém, mesmo com uma bala alojada embaixo do coração e um pulmão hemorrágico, levou quase dez segundos para morrer.

Isaac segurou Andrej enquanto o velho exalava sangue. O volumoso capacete balançava sobre sua cabeça de modo absurdo. Isaac rangia os dentes enquanto o homem morria. No momento final, num ato que talvez não passasse de estertor de nervos moribundos, Andrej se retesou e agarrou Isaac, retribuindo o abraço com algo que Isaac desejava desesperadamente que fosse perdão.

Eu tive de fazer isso, sinto muito, sinto muito, pensou, atordoado.

Atrás de Isaac, o Tecelão ainda desenhava padrões nos fluidos derramados pelas mariposas-libadoras. Yagharek e Derkhan chamavam Isaac, gritavam para ele, enquanto a milícia aparecia na beirada do telhado.

Um dos dirigíveis havia descido até pairar a cerca de vinte metros sobre a achatada paisagem de telhados. Assomava como um tubarão inchado. Um emaranhado de cordas se derramava em desordem na escuridão rumo à grande expansão de argila.

O cérebro de Andrej se apagou como lâmpada quebrada.

Uma confusa massa de informação correu pelos engenhos analíticos.

Sem a mente de Andrej como referência, a combinação das ondas do Tecelão e do Conselho dos Constructos de repente ficou aleatória; as proporções se enviesaram e rolaram instáveis. Já não modelavam coisa alguma: eram apenas um tumulto de ondas e partículas oscilantes.

A crise se fora. A espessa mistura de ondas mentais já não era mais do que a soma de suas partes, e havia deixado de tentar sê-lo. O paradoxo, a tensão, haviam desaparecido. O vasto campo de energia de crise evaporara.

Os motores e engrenagens ardentes do engenho de crise vacilaram e depois pararam, abruptamente.

Com estrondoso colapso implosivo, a enorme vaga de energia de crise se extinguiu de uma vez.

Isaac, Derkhan e Yagharek, e a milícia dentro de um raio de dez metros, soltaram gritos de dor. Era como se houvessem saído da brilhante luz do sol para uma escuridão tão súbita e total que os machucava. Sentiam dores opressivas atrás dos olhos.

Isaac deixou o corpo de Andrej cair devagar no chão molhado.

No calor úmido, um pouco acima da estação, a última mariposa volteava, confusa. Batia as asas em complexos padrões quádruplos, enviando espirais de ar em todas as direções. Pairava.

A rica fonte de alimento, o jorro impensável, não existia mais. O frenesi que havia dominado a mariposa, a terrível e intransigente fome, partira.

Ela provou o ar com a língua e suas antenas estremeceram. Havia um punhado de mentes lá embaixo. Porém, antes que pudesse atacar, sentiu a consciência caótica e fervilhante do Tecelão, lembrou-se de suas batalhas agônicas e guinchou de medo e raiva, alongando o pescoço e expondo os dentes monstruosos.

Então, o sabor inconfundível de sua própria espécie adejou até ela, que girou, chocada, ao sentir uma, duas, três irmãs mortas, todas elas viradas pelo avesso, mortas e esmagadas, acabadas.

A mariposa-libadora ficou louca de pesar. Lamentou-se em frequências ultrassônicas e girou acrobaticamente, emitindo pequenos chamados de sociabilidade, ecolocalizando em busca de outras mariposas, tateando com as antenas através de incertas camadas de percepção e ansiando empaticamente por qualquer traço de resposta.

Estava só.

Volteou, distanciando-se do telhado da Estação Perdido, da arena do massacre onde jaziam despedaçadas suas irmãs-irmãos, da memória daquele sabor impossível, adernando aterrorizada para longe d'O Corvo, das garras do Tecelão e dos gordos dirigíveis que a espreitavam; para longe da sombra do Espigão, rumo à confluência dos rios.

A mariposa-libadora fugiu em desgraça, procurando um lugar onde descansar.

CAPÍTULO 51

Enquanto isso, a dispersa milícia se reagrupava e começava a espiar, mais uma vez, pela beirada do telhado aos pés de Isaac, Derkhan e Yagharek. Agora com mais prudência.

Três velozes balas voaram na direção dos milicianos. Uma delas fez decolar sem ruído um oficial, que caiu no ar escuro além do telhado e estilhaçou com seu peso uma janela quatro andares abaixo. As outras duas se enterraram fundo na trama de tijolos e pedras, provocando uma cruel explosão de lascas.

Isaac olhou para cima. Uma silhueta obscura se debruçava sobre um ressalto, cinco metros acima deles.

– É Meio-Louva outra vez! – berrou Isaac. – Como ele chegou *ali*? O que está *fazendo*?

– Vamos – disse Derkhan bruscamente. – Precisamos ir.

A milícia ainda se escondia logo abaixo deles. Sempre que um oficial se empertigava devagar e olhava pela beirada, Meio-Louva disparava outra bala naquela direção e os mantinha encurralados. Um ou dois milicianos dispararam contra ele, mas foram esforços esporádicos e desmoralizados.

Um pouco além do aclive de telhados e janelas, formas imprecisas desciam vagarosas do dirigível e deslizavam até a superfície molhada lá embaixo. Pendiam frouxas ao descer pelo ar, fixadas por ganchos nas armaduras. As cordas que as conduziam desenrolavam-se de quietos motores.

– Ele está ganhando tempo para nós, só os deuses sabem por quê – sibilou Derkhan, cambaleando até Isaac e agarrando-se a ele. – Aqueles *bostas* – acenou vagamente na direção dos milicianos semiocultos abaixo deles – são apenas os patrulheiros locais enviados para os telhados. Os outros filhos da puta que estão descendo das aeronaves são os soldados de verdade. Precisamos ir.

Isaac olhou para baixo e vacilou na direção da beirada, mas havia milicianos agachados por toda parte. Balas voaram em torno de Isaac quando ele se moveu. Ele gritou de medo, mas logo percebeu que Meio-Louva tentava limpar o caminho a sua frente. Porém, de nada adiantava. A milícia espreitava e aguardava.

– Porra do *caralho* – cuspiu Isaac.

Abaixou-se e retirou um plugue do capacete de Andrej, desconectando o Conselho dos Constructos, que ainda tentava seriamente contornar a válvula seletora e controlar o engenho de crise. Isaac arrancou o fio, enviando pela linha um danoso espasmo de retroalimentação e energia redirecionada até o cérebro do Conselho.

– Pegue esta bosta! – sibilou para Yagharek, e apontou para os engenhos que apinhavam o telhado, sujos de linfa e chuva ácida.

O garuda se abaixou sobre um dos joelhos e apanhou o saco para recolhê-los.

– Tecelão! – chamou Isaac em desespero, e foi tropeçando até a enorme figura.

Olhava constantemente para trás, por sobre o ombro, com medo de que algum miliciano entusiasmado se erguesse em busca de um tiro fácil. Acima da chuva, o som de passos metálicos se aproximou no telhado abaixo deles, em pesado trote.

– Tecelão!

Isaac bateu palmas diante da extraordinária aranha. Os olhos múltiplos do Tecelão se levantaram para vê-lo. Ainda vestia o capacete que o ligava ao cadáver de Andrej. Esfregava as mãos nas vísceras das mariposas-libadoras. Isaac olhou por um instante para a pilha de enormes cadáveres. As asas haviam desbotado e agora estavam pardas, sem padrões ou variações.

– Tecelão, precisamos ir – sussurrou.

O Tecelão o interrompeu.

… CANSO FICO VELHO E GÉLIDO ENCARDIDO PEQUENINO…, disse o Tecelão com calma, … SEU TRABALHO É FINO ADMITO DEI-LHE APENAS SIFÃO DE FANTASMAS MINHA AUTÊNTICA ALMA MELANCÓLICO FICO VEJO PADRÕES DENTRO MESMO DESTAS VORAZES QUEM SABE DECIDI RÁPIDO E VÁPIDO GOSTOS VACILAM VARIAM ESTOU INCERTO…

Ergueu um punhado de tripas reluzentes diante dos olhos de Isaac e começou a parti-las gentilmente.

– Acredite, Tecelão – disse Isaac com urgência –, foi a *coisa certa* a se fazer, salvamos a cidade para você… julgar, tecer… agora que fizemos isso. Mas precisamos ir *agora*, precisamos que você nos ajude. Por favor, leve-nos embora daqui…

– Isaac – sibilou Derkhan –, não sei quem são os suínos que estão chegando, mas… mas não são da milícia.

Isaac lançou um rápido olhar acima dos telhados. Arregalou os olhos, incrédulo.

Marchando resoluta na direção deles aproximava-se uma guarnição de extraordinários soldados de metal. A luz deslizava neles, iluminando suas silhuetas com frios clarões. Eram esculpidos em detalhes espantosos e assustadores. Seus braços e pernas balançavam em grandes irrupções de força hidráulica, e pistões sussurravam à medida que se precipitavam para mais perto. Pequenas réstias de luz refletida provinham de algum lugar atrás da cabeça deles.

– Quem *diabos* são esses putos? – disse Isaac com voz estrangulada.

O Tecelão o interrompeu. Sua voz ganhou outra vez volume e propósito.

... PELA GRAÇA ESTOU CONVENCIDO..., disse, ... VEJA INTRICADAS MEADAS FIADAS COSTURAMOS ONDE MORTINHAS RASGARAM REFAZEMOS REFIAMOS CON-SERTAMOS COM CAPRICHO...

O Tecelão oscilava entusiasmado para cima e para baixo e observava o céu escuro. Arrancou da cabeça o capacete e, com movimento gracioso, lançou-o para dentro da noite. Isaac não o ouviu aterrissar.

... CORRE PRESERVA A PELE..., disse, ...TORCE POR UMA TOCA POBRE ASSUSTADO MONSTRO DEVEMOS ESMAGÁ-LO COMO SEUS IRMÃOS ANTES QUE ROA RASGOS NO CÉU E NO CORFLUXO DA CIDADE VENHA DESLIZEMOS PELAS LONGAS FISSURAS DA TEIAMUNDO ENCONTREMOS O REFÚGIO DO ROMPEDOR...

Cambaleou para a frente. Parecia sempre estar à beira do colapso. Abriu os braços para Isaac como pai amoroso e o apanhou com rapidez e sem esforço. O rosto de Isaac se contorceu de medo ao ser envolvido no frio e bizarro abraço. *Não me corte*, pensou com fervor, *não me fatie*!

A milícia observava, furtiva e horrorizada, a cena no telhado. A gigantesca aranha se movia, nervosa, de um lado para o outro, levando Isaac sob o braço, aninhado como um vasto e absurdo bebê.

Caminhou leve e decidida sobre o piche e as telhas encharcadas. Não havia como segui-la. Entrava e saía do espaço convencional, rápida demais para se ver.

Parou diante de Yagharek. O garuda jogou sobre as próprias costas o saco de componentes mecânicos que havia recolhido com pressa e se entregou grato ao deus louco dançarino, estendendo os braços e se agarrando à lisa cintura entre a cabeça e o abdome do Tecelão.

...SEGURE FIRME PEQUENINO NOS LANÇAMOS LONGE..., cantou o Tecelão.

Os estranhos soldados metálicos se aproximavam da pequena elevação de terreno plano. Sua anatomia mecânica sibilava com força eficiente. Passaram sem hesita-ção pelos milicianos inferiores, aterrorizados oficiais subalternos que observavam perplexos os rostos humanos que perscrutavam com atenção na parte de trás da cabeça dos guerreiros de ferro.

Derkhan olhou para as figuras que começavam a cercá-los. Então, engoliu em seco e caminhou rapidamente até o Tecelão, que havia aberto seus braços huma-noides. Isaac e Yagharek se empoleiravam sobre os braços armados do Tecelão, tentando se apoiar com as pernas no amplo dorso.

– Não me machuque de novo – sussurrou Derkhan, e levou a mão ao ferimento cicatrizado na lateral de seu rosto.

Guardou as armas e saltou para os braços terríveis e acolhedores do Tecelão.

O segundo dirigível chegou ao telhado da Estação Perdido e baixou as cordas para que as tropas descessem. O esquadrão de Refeitos de Mesclado atingira o topo do aclive de arquitetura e saltava sobre ele sem se deter. A milícia os olhava de baixo, acovardada. Não entendia o que via.

Os Refeitos invadiram sem hesitação a pequena colina de tijolos. Vacilaram apenas ao ver a imensa e espreitadora forma do Tecelão galopar para cá e para lá em meio aos tijolos com três figuras às costas, balançando como bonecos.

Os soldados de Mesclado recuaram devagar de volta à beirada. A chuva revestia as impassíveis faces de aço. Os pesados pés esmagavam os restos dos engenhos que jaziam espalhados por todo o telhado.

Enquanto observavam, o Tecelão abaixou-se e agarrou um alarmado miliciano, que gritou de terror ao ser suspenso pela cabeça. O homem se debateu, mas o Tecelão afastou-lhe os braços e o acalentou como a um bebê.

... ORA ADIANTE PARA IR À CAÇA PEDIMOS LICENÇA..., sussurrou o Tecelão para todos os presentes.

Caminhou de lado para além da beira do telhado, parecendo desenvolto, e sumiu.

Durante dois ou três segundos, apenas a chuva se ouvia no telhado, espasmódica e depressiva. Então, Meio-Louva disparou lá de cima uma última saraivada de balas, fazendo milicianos e Refeitos fugirem para todos os lados. Quando emergiram, com cautela, já não houve mais ataques. Jack Meio-Louva partira.

O Tecelão e seus companheiros não deixaram trilha ou traço.

A mariposa-libadora rasgava correntes de ar. Estava frenética e amedrontada.

De vez em quando clamava, gritava numa variedade de registros sônicos, mas não obtinha resposta. Sentia-se infeliz e confusa.

E, no entanto, na base de tudo, a fome infernal crescia outra vez. A mariposa não se livrara do apetite.

Abaixo dela o Cancro fluía através da cidade; as barcas e embarcações de recreio eram pequenas boias de luz suja sobre o negror. A mariposa-libadora desacelerou e espiralou.

Uma linha de fumaça imunda foi desenhada lentamente sobre a face de Nova Crobuzon, marcando-a como toco de lápis, quando um trem tardio rumou para o Leste sobre a Linha Destra, passando por Gidd e pela Ponte Bargueste, adiante e acima da água até o Pousio de Lud e a Encruzilhada Sedim.

A mariposa voou baixo sobre Ludmel, logo acima dos telhados da universidade, pousando brevemente sobre a Catedral da Pega em Salgrão, esvoaçando para longe num surto de fome e medo solitário. Não conseguia descansar. Não conseguia apaziguar a avidez por alimento.

Ao voar, a mariposa-libadora reconhecia a configuração de luz e escuridão abaixo dela. Sentiu uma repentina atração.

Atrás das linhas férreas, acima da arquitetura decrépita e surrada de Vilaosso, o Espinhaço se erguia no ar noturno numa colossal curva de marfim. Despertaram memórias vertiginosas na cabeça da mariposa. Ela relembrou a dúbia influência daqueles velhos ossos que havia tornado Vilaosso um lugar a ser temido, de onde se deveria escapar, onde as correntes de ar eram imprevisíveis e as marés nocivas poluíam o éter. Imagens distantes de dias cativos e imóveis, de ser ordenhada com luxúria até que suas glândulas secassem, a sensação nebulosa de uma larva mamando em sua teta e a descoberta de que não havia nada ali... as memórias a alcançaram.

A mariposa estava acovardada por completo. Buscava alívio. Ansiava por um ninho, um lugar onde se deitar quieta, recuperar-se. Algum lugar familiar, onde poderia se tratar e ser tratada. Em sua infelicidade, lembrou-se do cativeiro de maneira seletiva e distorcida. Em Vilaosso, fora alimentada e limpa por cuidadosos tratadores. O lugar havia sido um refúgio.

Atemorizada, faminta e desejosa de alívio, superou seu medo do Espinhaço de Vilaosso.

Rumou para o Sul, tateando o caminho com a língua, através de rotas aéreas quase esquecidas, ladeando os grandes ossos empolados, buscando um prédio escuro num pequeno beco, um terraço betuminoso de propósito obscuro, de onde rastejara semanas antes.

A mariposa-libadora, exasperada, descreveu uma curva acima da perigosa cidade e dirigiu-se para casa.

Isaac sentia-se como se houvesse dormido por vários dias e, ao se espreguiçar com luxúria, sentiu o corpo deslizar desconfortável para a frente e para trás.

Ouviu um grito terrível.

Ficou paralisado quando memórias lhe voltaram em torrentes, lembrando-lhe como havia ido parar ali, firmemente seguro nos braços do Tecelão (estremeceu e se debateu ao lembrar).

O Tecelão caminhava leve sobre a teiamundo, percorrendo filamentos metarreais que conectavam cada momento a todos os outros.

Isaac se lembrou da vertiginosa pirueta de sua alma quando vira a teiamundo. Lembrou-se da náusea que assolara seu ser existencial diante daquele panorama impossível. Esforçou-se para não abrir os olhos.

Podia ouvir o rumor das pragas sussurradas por Derkhan e Yagharek. Chegavam a ele não como sons, mas como insinuações, fragmentos flutuantes de seda que se infiltravam em seu crânio e se tornavam claros. Havia outra voz, cacofonia denteada de tecido brilhante, gritando de terror.

Ficou imaginando quem seria.

O Tecelão se movia rápido através de fios balouçantes, ao lado do dano – ou do potencial dano – infligido pelas mariposas-libadoras, que poderia se repetir. Ele desapareceu dentro de um buraco, um sombrio túnel de conexões que serpeava pelo material daquela complexa dimensão e emergia outra vez na cidade.

Isaac sentiu ar tocar seu rosto, e madeira abaixo dele. Despertou e abriu os olhos. Sua cabeça doía. Olhou para cima. Seu pescoço balançou enquanto se ajustava ao peso do capacete, ainda pousado firmemente em sua cabeça, com espelhos milagrosamente intactos.

Estava deitado sob um facho de luar em algum sótão poeirento. Sons se infiltravam no espaço entre o piso e as paredes de madeira.

Derkhan e Yagharek se apoiaram devagar e com cuidado sobre os cotovelos, meneando a cabeça. Enquanto Isaac observava, Derkhan estendeu a mão e apalpou as laterais da própria cabeça. Sua orelha remanescente – e também a dele, Isaac verificou depressa – estava ilesa.

O Tecelão assomava num canto do aposento. Avançou ligeiramente e, atrás dele, Isaac viu um miliciano. O oficial parecia paralisado. Sentava-se recostado à parede, tremendo em silêncio. O liso painel frontal de seu capacete se encaixava atravessado e começava a cair. Tinha sobre o colo um rifle. Isaac arregalou os olhos ao ver a arma.

Era de vidro. Modelo perfeito e inútil de um rifle de pederneira, feito de vidro.

... ESTE É O LAR DO ALADO FUGIDO..., entoou o Tecelão.

Soava comedido outra vez, como se sua energia houvesse minguado durante a jornada entre os planos da teia.

... VEJA MEU ESPELHOMEM MEU PARCEIRO DE JOGOS MEU AMIGUINHO..., sussurrou, ... ELE E EU MATAREMOS TEMPO ESTE É O LUGAR DE REPOUSO DA MARIPOSA VAMPIRA AQUI DOBRA AS ASAS SE ESCONDE PARA COMER DE NOVO JOGAREI CERQUILHA COM MEU ARTILHEIRO DE VIDRO...

Recuou para o canto do aposento e de repente se acomodou no chão com um espasmo de pernas. Uma de suas mãos-facas cintilou como elictricidade e, com velocidade extraordinária, riscou uma grade de três por três nas tábuas diante do comatoso oficial.

O Tecelão entalhou uma cruz num quadrado do canto, e então se recostou e esperou, sussurrando para si mesmo.

Isaac, Derkhan e Yagharek foram arrastando os pés até o centro do aposento.

– Pensei que ele nos levaria para longe – balbuciou Isaac. – Mas seguiu a porra da mariposa... Ela está aqui, em algum lugar...

– Temos que matar essa – sussurrou Derkhan com severidade. – Quase pegamos todas. Vamos acabar tudo de uma vez.

– Com *o quê*? – sibilou Isaac. – Temos as porras dos capacetes e *só*. Não temos armas para enfrentar aquela coisa... não sabemos nem em que merda de lugar estamos.

– Precisamos convencer o Tecelão a nos ajudar – disse Derkhan.

Porém, as tentativas foram infrutíferas. A gigantesca aranha os ignorou por completo, matraqueando baixo para si mesma e aguardando que o congelado oficial da milícia completasse seu movimento no jogo da velha. Isaac e os outros suplicaram ao Tecelão, imploraram que os ajudasse, mas pareciam subitamente invisíveis a ele. Desistiram, frustrados.

– Precisamos ir lá para fora – disse Derkhan de repente.

Isaac a olhou nos olhos. Assentiu devagar. Caminhou até a janela e espiou para fora.

– Não sei dizer onde estamos – disse ele afinal. – São apenas ruas.

Virou exageradamente a cabeça de um lado para outro, procurando algum ponto de referência. Voltou por fim para o meio do quarto, sacudindo a cabeça.

– Você está certa, Dee – disse. – Talvez achemos alguma coisa... talvez possamos sair daqui.

Yagharek saiu do aposento furtivamente e entrou em um corredor mal iluminado. Olhou por toda a extensão, com cuidado.

A parede à esquerda se inclinava íngreme desde o teto. À direita, a estreita passagem era esburacada por duas portas, antes de fazer uma curva para a direita e desaparecer nas sombras.

Yagharek manteve-se abaixado. Acenou devagar para trás de si, sem olhar, e Derkhan e Isaac emergiram. Empunhavam as armas carregadas com o que restava da pólvora, úmida e inconfiável, apontando vagamente para a escuridão.

Aguardaram enquanto Yagharek avançava com cautela e depois o seguiram com passos hesitantes e belicosos.

Yagharek parou na frente da primeira porta e comprimiu contra ela sua cabeça emplumada. Aguardou por um momento e a abriu muito, muito devagar. Derkhan e Isaac se esgueiraram mais para perto e espiaram dentro de uma despensa escura.

– Há algo aí que possamos usar? – sibilou Isaac.

Mas as prateleiras não continham nada além de garrafas vazias e empoeiradas, e velhos pincéis em decomposição.

Quando Yagharek chegou à segunda porta, repetiu a operação. Acenou para que Isaac e Derkhan não se mexessem e escutou com atenção através da fina madeira. Permaneceu imóvel por muito mais tempo do que antes. A porta tinha várias e simples trancas de correr, e Yagharek abriu todas. Havia um gordo cadeado, mas repousava aberto, pendurado em um dos fechos, como se alguém o houvesse deixado assim por um momento. Yagharek empurrou a porta devagar. Meteu a cabeça pela fresta resultante e ficou ali, durante um intervalo desconcertantemente longo, pousado meio dentro e meio fora do quarto.

Depois, recuou um pouco e se voltou.

– Isaac – disse baixinho –, você precisa vir até aqui.

Isaac franziu o cenho e avançou. Seu coração pulava dentro do peito.

O que será?, pensou. *O que está acontecendo?* (*E, ao pensar aquilo, uma voz na parte mais profunda de sua mente lhe disse o que o aguardava, e ele mal a ouviu; não quis ouvi-la por medo de que a voz estivesse errada.*)

Issac passou por Yagharek e entrou hesitante no quarto.

Era um sótão amplo e retangular, iluminado por três lâmpadas a óleo e por tênues sopros de luz a gás provindos da rua, que conseguiram passar através da janela imunda e selada. O piso estava abarrotado de metal retorcido e lixo. O quarto fedia.

Tudo aquilo despertou em Isaac uma curiosidade apenas passageira.

Em um canto escuro, afastada da porta, apoiada sobre os joelhos, mastigando zelosamente, com dorso, cabeça e glândula aderidos a uma extraordinária e retorcida escultura, estava Lin.

Isaac gritou.

Era um lamento animal, que foi crescendo em força até que Yagharek o mandou se calar, mas foi ignorado.

Lin se voltou sobressaltada pelo barulho. Estremeceu quando o viu.

Isaac cambaleou até Lin, chorando por vê-la, por ver sua pele avermelhada e seu flexível besourocrânio; ao se aproximar, gritou outra vez quando viu o que haviam feito com ela.

Seu corpo estava machucado e coberto de queimaduras e cortes, inchaços que falavam de atos e brutalidades cruéis. Ela havia sido espancada nas costas, por cima da esfarrapada camisola. Seus seios estavam riscados de finas cicatrizes. Tinha ferimentos graves na barriga e nas coxas.

Porém foi a cabeça, o trêmulo corpocrânio, que quase o fez desmaiar.

As asas haviam sido arrancadas: ele sabia por causa do envelope, mas vê-las, ver os resquícios em farrapos vibrando de agitação... A carapaça de Lin havia sido quebrada e puxada para trás em alguns lugares, revelando a carne macia, arranhada e partida. Um dos olhos compostos dela estava amassado e cego. A perna-cabeça central da direita e a traseira da esquerda haviam sido arrancadas nas articulações.

Isaac cambaleou para a frente e a abraçou, apertando-a contra si. Ela estava tão magra... tão pequena, tão esgotada e alquebrada. Lin tremia nos braços de Isaac, mas seu corpo estava tenso, como se não pudesse acreditar que ele fosse real, como se estivessem a ponto de levá-lo embora como nova forma de tortura.

Isaac a abraçava e chorava. Segurava Lin com cuidado, sentindo-lhe os finos ossos sob a pele.

– Eu teria *vindo* – gemeu de infelicidade e alegria abjetas. – Eu teria *vindo*. Pensei que estivesse *morta*...

Ela o empurrou um pouco, até ter espaço para mover as mãos.

Queria você, amo você, sinalizou ela caoticamente. *Ajude-me salve-me leve-me embora. Não podia, ele não podia me deixar morrer antes de terminar...*

Pela primeira vez Isaac olhou para a extraordinária escultura que se erguia acima e atrás dela, sobre a qual Lin estivera espalhando cuspe-khepri. Era uma coisa incrível e multicolorida, um horrível caleidoscópio de pesadelos multifacetados, membros, olhos e pernas brotando em bizarras combinações. Estava quase terminada, havia uma armação flexível onde deveria haver algo que parecia uma cabeça, e um feixe de ar vazio que sugeria um ombro.

Isaac engoliu em seco e olhou de volta para Lin.

Lemuel estava certo. Não havia qualquer razão estratégica para Mesclado mantê-la viva. Ele não teria feito isso com nenhum outro cativo. Porém, sua vaidade, sua mística autoglorificação e seus sonhos filosóficos eram estimulados pelo trabalho extraordinário de Lin. Não havia como Lemuel saber disso.

Mesclado não suportaria ver a escultura inacabada.

Derkhan e Yagharek entraram. Ao ver Lin, Derkhan gritou como Isaac. Atravessou correndo o quarto até onde Isaac e Lin se abraçavam e os envolveu com os próprios braços, chorando e rindo.

Yagharek caminhou desconfortável na direção deles.

Isaac murmurava para Lin, dizendo sem parar o quanto lamentava, que pensara que ela estivesse morta, que teria ido atrás dela.

Eles me faziam trabalhar, me batiam... me torturavam, zombavam de mim, sinalizou Lin, tonta e exausta de emoção.

Yagharek ia falar, mas virou a cabeça de súbito.

O rumor de passos apressados tornara-se audível lá fora.

Isaac se levantou e apoiou Lin, mantendo-a envolvida em seu abraço. Derkhan afastou-se dos dois. Sacou as pistolas e voltou-se para a porta. Yagharek encostou-se à parede sob a sombra da escultura e preparou o chicote.

A porta se abriu de um golpe e atingiu a parede, voltando de rebote.

Mesclado estava diante deles.

Era uma silhueta. Isaac viu o contorno retorcido contra as paredes pintadas de preto do corredor. Um jardim de membros múltiplos, uma colcha de retalhos ambulante, composta de formas orgânicas. Isaac ficou boquiaberto de espanto. Percebeu, ao ver a criatura com pés de bode – e de pássaro, e de cão –, ao ver os tentáculos aprisionadores e os nódulos de tecido, os ossos compostos e a pele invertida, que a peça de Lin era baseada, sem adereços, na *realidade*.

Ao ver Mesclado, Lin afrouxou-se de medo e da memória da dor. Isaac sentiu a raiva começar a dominá-lo.

Mesclado recuou um pouco e voltou-se na direção pela qual havia chegado.

– *Seguranças!* – gritou com alguma boca indefinível. – *Venham aqui, agora!*

Voltou para o quarto.

– Grimnebulin – disse.

Sua voz era rápida e tensa.

– Você veio. Não recebeu minha mensagem? Um pouco *negligente* você, não é?

Mesclado avançou mais para dentro do quarto e para a luz fraca.

Derkhan disparou duas vezes. As balas atingiram a pele blindada de Mesclado e alguns trechos peludos. Ele cambaleou para trás sobre múltiplas pernas e soltou um grito de dor, que logo se tornou um riso aterrador.

– Tenho órgãos internos demais. Você não pode me ferir, sua puta inútil – gritou.

Derkhan cuspiu de fúria e recuou para a parede.

Isaac encarou Mesclado e viu dentes rangerem numa multidão de bocas. O piso estremeceu com os passos dos capangas que corriam para o quarto.

Homens apareceram na soleira da porta atrás de Mesclado, brandiram armas e esperaram, incertos. O estômago de Isaac se revirou por um instante: os homens não tinham rosto, apenas pele lisa esticada com firmeza sobre o crânio. *Que porra de Refeitos são esses?*, pensou, desnorteado. E então viu os espelhos que se estendiam atrás dos capacetes.

Arregalou os olhos quando percebeu que aqueles eram Refeitos com a cabeça raspada e virada cento e oitenta graus, adaptados especial e perfeitamente para lidar com as mariposas-libadoras. Esperavam pelas ordens do chefe com o corpo musculoso de frente para Isaac e o pescoço torcido de modo permanente.

Um dos membros de Mesclado – uma coisa feia, segmentada e cheia de ventosas – projetou-se apontando para Lin.

– Termine seu maldito *trabalho*, sua vadia cascuda, ou sabe o que vai ganhar! – berrou e bamboleou na direção de Isaac e Lin.

Com um rugido totalmente bestial, Isaac empurrou Lin para o lado. Um jato de angústia quêmica jorrou dela. Suas mãos se torceram e imploraram que ficasse com ela, mas ele se lançava contra Mesclado numa agonia de culpa e fúria.

Mesclado gritou sem palavras, aceitando o desafio de Isaac.

Houve um impacto súbito e ruidoso. Uma explosão de centelhas de vidro se espalhou pelo quarto, deixando um rastro de sangue e pragas.

Isaac ficou paralisado no centro do quarto. Mesclado também, diante dele. As fileiras de seguranças mexiam nas armas, gritavam ordens entre si. Isaac olhou para cima, pelos espelhos diante dos olhos.

A última mariposa-libadora estava atrás dele, emoldurada pelos restos destroçados da janela. Vidro ainda gotejava em torno dela como líquido viscoso.

Isaac engoliu em seco.

Era uma presença enorme e terrível. Ali estava, meio agachada, um pouco adiante da parede e do buraco da janela, com vários membros selvagens agarrados ao piso. Era imensa como um gorila, um corpo de horrível solidez e intricada violência.

Suas asas impensáveis estavam bem abertas. Padrões irrompiam por elas como fogos de artifício em negativo.

Mesclado encarava a grande besta: sua mente estava cativa. Mirava as asas com um conjunto de olhos arregalados. Atrás dele os soldados berravam, agitados, e erguiam as armas.

Yagharek e Derkhan, até aquele momento, estavam de costas contra a parede. Isaac os viu pelos espelhos, atrás da coisa. Os padrões espelhados das asas estavam escondidos deles; estavam paralisados de medo, mas não hipnotizados.

Entre a mariposa-libadora e Isaac, jogada sobre as tábuas em que caíra durante a cascata de cacos de vidro, estava Lin.

– Lin! – gritou Isaac em desespero. – *Não vire! Não olhe para trás! Venha até mim!*

Lin congelou ao ouvir o pânico na voz de Isaac. Viu que ele estendia para trás os braços num gesto assustadoramente desajeitado e caminhava na direção dela sem se voltar.

Ela rastejou até ele bem devagar.

Atrás de si, ouviu um baixo ruído animal.

A mariposa-libadora estava em pé, beligerante e agitada. Podia saborear mentes a toda a volta, movendo-se para todos os lados, atingindo-a com medo e ameaça.

Estava inquieta e nervosa, ainda traumatizada pelo massacre de suas irmãs. Um de seus tentáculos espinhosos vergastava o piso como uma cauda.

Diante dela, uma mente estava cativa. Mas, mesmo com as asas estendidas, havia capturado somente *uma*…? Estava confusa. Encarou o grupo principal de inimigos e bateu hipnoticamente as asas, tentando seduzi-los e fazer com que seus sonhos borbulhassem até a superfície.

Eles resistiam.

A mariposa-libadora entrou em pânico.

A equipe de segurança atrás de Mesclado se agitava, frustrada. Tentaram passar pelo chefe, mas ele estava paralisado na soleira da porta. Seu corpo enorme parecia pregado, suas várias pernas plantadas firmemente no piso. Mirava as asas da mariposa-libadora em intenso transe.

Havia cinco Refeitos atrás dele. Estavam posicionados; equipados especificamente para se defender contra as mariposas, em caso de fuga. Além de armas de mão, três deles empunhavam lança-chamas; outro, um borrifador de ácido fentocorrosivo; ainda outro, uma arma de centelha elictrotaumatúrgica. Conseguiam ver o alvo, mas o chefe lhes bloqueava o caminho.

Os homens de Mesclado tentaram fazer pontaria em torno dele, mas seu grande volume obstruía a linha de tiro. Gritavam uns com os outros e tentavam divisar estratégias, mas não conseguiam. Viam pelos espelhos a enorme mariposa predadora, por sob os braços e membros de Mesclado, por lacunas em sua silhueta. Estavam acovardados pela visão monstruosa.

Isaac estendeu o braço para trás em busca de Derkhan.

– Venha aqui, Lin – sibilou –, *e não olhe para trás*.

Era como uma assustadora brincadeira de criança.

Yagharek e Derkhan se moveram em silêncio, um em direção ao outro, atrás da mariposa. A coisa chilreava e observava-lhes os movimentos, porém estava mais atenta ao grupo de figuras diante de si e não se voltou.

Lin deslizou espasmodicamente pelo piso na direção das costas de Isaac, dos braços que ele oferecia. Perto dele, ela hesitou. Viu Mesclado, transfixado de assombro, olhando para além de Isaac e acima dela, cativado por... alguma coisa.

Ela não sabia o que estava acontecendo, o que se encontrava atrás dela.

Não sabia nada sobre as mariposas.

Isaac a viu hesitar e começou a berrar para que não parasse.

Lin era uma artista, criava com toque e paladar, fazia objetos táteis. Objetos visíveis. Esculturas para serem vistas e acariciadas.

Era fascinada por luz, sombra e cor, pelo jogo de formas e linhas, pelos espaços negativos e positivos.

Estivera trancada no sótão durante muito tempo.

Em seu lugar, outros teriam sabotado a vasta escultura de Mesclado. Afinal, a encomenda se transformara em sentença. Mas Lin não destruíra nem negligenciara o trabalho. Colocara tudo que pudera, toda sua energia criativa bloqueada, naquela peça terrível e monolítica. E Mesclado sabia que seria assim.

Essa havia sido sua única fuga. Seu único meio de expressão. Faminta de todas as luzes e cores e formas do mundo, Lin havia se concentrado em seu medo e sua dor e se tornado obcecada. Criara ela própria uma presença, para melhor se enganar.

E agora algo extraordinário entrava em seu mundo do sótão.

Ela não sabia nada acerca das mariposas-libadoras. A ordem "não olhe para trás" era familiar como fábula, fazia sentido apenas como apelo moralista, lição severa. Isaac só poderia querer dizer "seja rápida" ou "não duvide de mim", algo assim. Sua ordem fazia sentido apenas como exortação emocional.

Lin era uma artista. Brutalizada e torturada, transtornada pelo aprisionamento, pela dor e pela degradação, Lin entendia apenas que algo extraordinário havia se erguido atrás dela, algo que afetava por completo a visão. Faminta por qualquer tipo de maravilha após semanas à sombra daquelas paredes monótonas, descoloridas e sem forma, deteve-se e, então, olhou rapidamente para trás.

Isaac e Derkhan gritaram em terrível descrença; Yagharek clamou, em choque, como um corvo lívido.

Com o único olho bom, Lin assimilou com assombro a extraordinária extensão da silhueta da mariposa-libadora. E viu o chafariz de cores nas asas. Suas mandíbulas retiniram por um instante, e ela ficou em silêncio. Cativada.

Ajoelhou-se no piso, virou a cabeça por sobre o ombro esquerdo e manteve o olhar estupidamente fixo na grande besta, no jorro de cores. Mesclado e ela encaravam as asas da mariposa-libadora, e a mente dos dois transbordava.

Isaac uivou e cambaleou para trás, tentando desesperadamente alcançá-la.

A mariposa estendeu um feixe deslizante de tentáculos e puxou Lin para perto. Sua vasta boca salivante se abriu como passagem para algum lugar infernal. Cuspe cítrico e azedo escorreu sobre o rosto de Lin.

Enquanto Isaac tateava para trás à procura das mãos de Lin, olhando com atenção pelos espelhos, a língua da mariposa lançou-se para fora de sua garganta fedorenta e lambeu por um momento o besourocrânio. Isaac gritava sem parar, mas não podia impedir o que estava acontecendo.

A comprida língua, escorregadia de saliva, insinuou-se pelas peças bucais de Lin e mergulhou em sua cabeça.

Diante dos gritos apavorados de Isaac, dois dos Refeitos bloqueados pelo volume imenso de Mesclado estenderam as armas e dispararam erraticamente as pederneiras. Um errou por completo, e outro atingiu de raspão o peito da mariposa, provocando um breve derramamento de líquido e um sibilo irritado, nada mais. Não era a arma certa.

Os dois que haviam disparado gritaram para os companheiros, e o pequeno esquadrão começou a empurrar o corpo de Mesclado com movimentos cuidadosos e sincronizados.

Isaac procurava a mão de Lin.

A garganta cartilaginosa da mariposa-libadora se contraía e distendia, bebendo grandes goles.

Yagharek se abaixou e apanhou a lamparina que estava ao lado da escultura. Ergueu-a na mão esquerda e empunhou o chicote com a direita.

– Pegue-a, Isaac – ordenou.

Quando a mariposa-libadora apertou contra o tórax o corpo magro de Lin, Isaac sentiu que seus dedos se fechavam em torno do pulso dela. Agarrou com força e tentou puxá-la. Chorou e praguejou.

Yagharek arremessou a lamparina acesa contra a parte de trás da cabeça da mariposa. O vidro se partiu e um pequeno jato de óleo incandescente se espalhou sobre a pele macia. Uma explosão de chamas azuis correu até o alto do crânio.

A mariposa-libadora guinchou. Uma enxurrada de membros se estendeu para apagar o pequeno incêndio e a mariposa jogou a cabeça para trás de dor. No mesmo instante, Yagharek estalou o chicote violentamente. Houve um choque ruidoso e dramático contra a pele escura. Voltas de couro grosso se enrolaram quase ao mesmo tempo em torno do pescoço da mariposa.

Yagharek puxou rápido e firme, com toda sua força esguia. Apertou o máximo que pôde e se preparou.

O pequeno incêndio ainda ardia, queimando tenazmente. O chicote fechou a garganta da mariposa-libadora. Ela não conseguia engolir nem respirar.

Sua cabeça guinou sobre o longo pescoço. Ela emitiu gritinhos estrangulados. Sua língua inchou e dardejou para fora da boca de Lin. Os jorros de consciência que a mariposa tentava beber obstruíram-lhe a garganta. Ela tentou agarrar o chicote, frenética e aterrorizada. Debatia-se, estremecia e girava.

Isaac se aferrou ao pulso raquítico de Lin, puxando-a enquanto mariposa girava numa dança hedionda. Os membros espasmódicos dela se lançaram para diante, agarrando-se inutilmente à corda que a estrangulava. Isaac conseguiu soltar Lin, jogou-se no chão e rastejou para longe da criatura enfurecida.

Enquanto se agitava em pânico, as asas da mariposa se fecharam e ela deu as costas à porta. De imediato, seu domínio sobre Mesclado foi interrompido. O corpo composto do criminoso tropeçou para a frente e caiu ao chão. Sua mente começou a se reorganizar. Os homens passaram sobre ele e entraram no quarto, desviando de seu emaranhado de pernas.

Com repulsivo tamborilar de pernas, a mariposa girou. O chicote foi arrancado das mãos de Yagharek e rasgou-lhe a pele. Ele cambaleou para trás, na direção de Derkhan, fora do alcance dos membros giratórios e afiados da mariposa-libadora.

Mesclado estava em pé. Trotou rapidamente para longe da besta, de volta ao corredor.

– *Matem essa maldita coisa!* – berrou.

A mariposa dançava frenética no centro do quarto. Os cinco Refeitos se posicionaram juntos perto da porta. Miravam pelos espelhos.

Três jatos de gás flamejante irromperam dos lança-chamas, carbonizando a pele da vasta criatura. Ela tentava gritar enquanto suas asas e quitina rugiam, partiam- -se, crestavam, mas o chicote a impedia. Uma grande cusparada de ácido atingiu a espasmódica mariposa bem no meio do rosto. Desnaturou em segundos as proteínas e compostos de seu couro, derretendo-lhe o exoesqueleto.

O ácido e a chama corroeram rapidamente o chicote. Seus restos foram lançados para longe da mariposa, que girava e podia, afinal, respirar e gritar.

Ela guinchou de agonia ao ser atingida por novos jorros de ácido e fogo. Jogou- -se cegamente contra os atacantes.

Relâmpagos de energia negra vindos da arma do quinto homem explodiram sobre ela, dissipando-se sobre sua superfície e atordoando-a e queimando sem calor. A mariposa guinchou outra vez, mas continuou avançando, cuspindo ácido e brandindo ossos serrilhados.

Os cinco Refeitos recuavam, seguindo Mesclado pelo corredor, à medida que a mariposa se lançava desatinada na direção deles. A intensa pira ambulante se chocou contra as paredes, procurando a porta, e as incendiou.

Provindos do pequeno corredor, continuaram os sons de fogo, jorros de ácido e elictrotaumaturgia.

Durante longos segundos, Derkhan, Yagharek e Isaac observaram perplexos a soleira da porta. A mariposa ainda guinchava, fora de vista, e o corredor além irradiava luz e calor cintilantes.

Então, Isaac piscou e olhou para Lin, que se deixou cair em seus braços.

Ele sussurrou para ela, sacudiu-a.

– Lin – murmurou. – Lin... estamos indo.

Yagharek marchou rápido até a janela e perscrutou a rua cinco andares abaixo. Perto da janela, uma pequena coluna de tijolos salientes se projetava da parede e se tornava chaminé. Um duto de escoamento subia ao lado dela. O garuda se empoleirou rapidamente no peitoril da janela, estendeu a mão para o escoadouro e deu-lhe um puxão. Era sólido.

– Isaac, traga Lin até aqui – disse Derkhan com urgência.

Isaac levantou Lin, mordendo o lábio ao perceber o quanto ela estava leve. Caminhou com ela até a janela. Enquanto a olhava, seu rosto se abriu de repente num sorriso incrédulo e extático. Ele começou a chorar.

Na passagem fora do quarto a mariposa balia debilmente.

– Dee, veja! – sibilou Isaac.

As mãos de Lin bailaram erraticamente diante dela quando Isaac a acomodou nos braços.

– Ela está *sinalizando*. Vai ficar bem!

Derkhan olhou para Lin, lendo-lhe as palavras. Isaac observou e sacudiu a cabeça.

– Ela não está consciente, são apenas palavras aleatórias. Mas, Dee, são *palavras*... nós a salvamos *a tempo*...

Derkhan sorriu de alegria. Estalou um beijo na bochecha de Isaac e afagou o machucado besourocrânio de Lin.

– Tire-a daqui – disse em voz baixa.

Isaac espiou pela janela e viu que Yagharek havia se enfiado num ângulo de arquitetura, uma pequena saliência de tijolos a um metro dali.

– Deixe Lin comigo e siga – disse Yagharek, e acenou para cima com a cabeça.

Na extremidade leste, o longo telhado inclinado do terraço de Mesclado se juntava à próxima rua, que se projetava ao sul em perpendicular, numa fileira descendente de casas. A paisagem dos telhados de Vilaosso se estendia em torno e acima deles; uma paisagem elevada; ilhotas de telhas conectadas acima de ruas perigosas, espalhando-se por quilômetros em meio à escuridão, do Espinhaço até a Colina do Gato Vadio e além.

Mesmo então, devorada viva por marés de fogo e ácido, atordoada por raios de energia obscura, a última mariposa-libadora poderia ter sobrevivido.

Era uma criatura de resistência assombrosa. Podia curar-se a uma velocidade assustadora.

Se estivesse ao ar livre poderia ter saltado, estendido as terríveis asas feridas e desaparecido da face da Terra. Poderia forçar-se a voar, a ignorar a dor, a ignorar os flocos chamuscados de pele e quitina que tremulariam porcamente em torno dela. Poderia rolar em meio às nuvens molhadas para abafar as chamas, lavar-se do ácido.

Se sua família houvesse sobrevivido, se ela tivesse certeza de que poderia retornar às irmãs, de que caçariam juntas outra vez, talvez não entrasse em pânico. Se não houvesse testemunhado o massacre de sua espécie, a explosão impossível de vapor venenoso que atraíra suas irmãs-irmãos e os arrebentara, a mariposa não estaria enlouquecida de medo e raiva. Não teria ficado frenética e atacado, encurralando-se ainda mais.

Porém, estava sozinha. Presa sob tijolos, dentro de um labirinto claustrofóbico que a constringia, achatava-lhe as asas, não lhe deixava saída. Assolada por dores horrendas e intermináveis. O fogo continuava voltando, rápido demais para que se curasse.

Ela cambaleou pelo corredor do quartel-general de Mesclado. Era uma bola incandescente que continuava até o fim estendendo garras e aguilhões serrilhados, tentando caçar. Caiu pouco antes de atingir o topo da escadaria.

Mesclado e os Refeitos observavam com assombro, a meio caminho da escadaria abaixo, rezando para que a mariposa continuasse imóvel, para que não rastejasse além da borda e rolasse sobre eles, em chamas.

Ela não o fez. Ficou imóvel enquanto morria.

Quando tiveram certeza de que a mariposa-libadora estava morta, Mesclado enviou homens e mulheres escadaria acima e abaixo, em rápidas colunas, carregando toalhas e cobertores encharcados de água para controlar a deflagração que a mariposa deixara em seu rastro.

Foram necessários vinte minutos para apagar o fogo. As vigas e tabuas do sótão estavam rachadas e sujas de fuligem. Enormes pegadas de madeira carbonizada e tinta empolada espalhavam-se ao longo da passagem. O corpo em brasa da mariposa jazia no topo das escadas, uma pilha irreconhecível de carne e tecido, retorcida pelo calor até assumir uma forma ainda mais exótica do que tivera em vida.

– Grimnebulin e seus amigos desgraçados já estão longe – disse Mesclado. – Encontrem-nos. Descubram aonde foram. Rastreiem todos. Esta noite. Agora.

Foi fácil ver como haviam escapado pela janela e para cima do telhado. De lá, no entanto, poderiam ter rumado para qualquer direção. Os homens de Mesclado inquietaram-se e olharam nervosos uns para os outros.

– Mova-se, escória Refeita! – disse Mesclado, irado. – Achem-nos *agora*, descubram onde estão e *tragam-nos para mim.*

Bandos aterrorizados de Refeitos humanos, cactáceos e vodyanois partiram do terraço-covil de Mesclado para a cidade. Fizeram planos inúteis, compararam notas e correram frenéticos até Sunter, Lamecoa e Ludmel, Troncouve e Colina do Gato Vadio, o distante Ladovil, o outro lado do rio em Brejo do Texugo, Gidd Ocidental e Cumegris, Ladopaco e Salitre.

Talvez houvessem passado por Isaac e seus companheiros mil vezes.

Havia uma infinidade de buracos em Nova Crobuzon. Muito mais esconderijos do que pessoas para se esconder. Os soldados de Mesclado não tiveram chance.

Em noites como aquela, quando a chuva e a iluminação das ruas tornavam complexas suas linhas e seus limites, a cidade – um palimpsesto de árvores agitadas pelo vento, arquitetura e som, escuridão, catacumbas, canteiros de obras, hospedarias, terras áridas, luzes, bares e esgotos – era um lugar interminável, recursivo, secreto.

Os homens de Mesclado voltaram para casa temerosos, de mãos vazias.

Mesclado se enfurecia cada vez mais com a estátua inacabada que zombava dele, perfeita e incompleta. Seus capangas revistaram o prédio em busca de alguma pista despercebida.

No último quarto do corredor do sótão encontraram um miliciano sentado de costas contra a parede, comatoso e sozinho. Uma bizarra e bela pederneira de vidro jazia-lhe sobre o colo. Um jogo da velha estava riscado na madeira diante dele.

As cruzes haviam vencido em três movimentos.

Corremos e nos escondemos como ratos, mas com alívio e alegria.

Sabemos que vencemos.

Isaac carrega Lin nos braços. À vezes, e com muitas desculpas, joga-a sobre o ombro quando o caminho é árduo. Escapamos para longe. Corremos como se fôssemos espíritos. Cansados e radiantes. A ruinosa geografia no leste da cidade não pode nos impedir. Pulamos sobre cercas baixas para dentro de quintais estreitos, jardins rudes de macieiras mutantes e espinheiros miseráveis, esterco dúbio, lama e brinquedos quebrados.

Algumas vezes uma sombra passa sobre o rosto de Derkhan e ela murmura algo. Pensa em Andrej; mas esta noite é difícil reter culpa, mesmo que merecida. Há um momento sombrio, mas, sob o jorro de chuva morna, acima das luzes da cidade que brotam promíscuas como ervas daninhas, é difícil não trocar olhares e sorrir, ou crocitar suavemente de perplexidade.

As mariposas estão mortas.

O preço foi terrível, terrível. Houve Inferno sobre a Terra. Porém, hoje à noite, ao nos acomodarmos numa cabana nos telhados de Peixe-Pequeno, além do alcance dos altrilhos, a certa distância ao norte da ferrovia e da miséria da Estação Água Negra, estamos triunfantes.

Pela manhã, os jornais estão cheios de alertas dramáticos. A Querela e O Mensageiro sugerem que medidas severas serão tomadas.

Derkhan dorme por horas e depois se senta sozinha. Finalmente há espaço para que sua culpa e sua tristeza floresçam. Lin se move em espasmos, perde e recupera a consciência. Isaac cochila e come a comida que roubamos. Abraça Lin constantemente. Fala de Jack Meio-Louva em tom de admiração.

Remexe nos restos amassados e quebrados do engenho de crise, estala os lábios e os comprime. Diz a mim que consegue fazê-lo funcionar outra vez, sem problemas.

A esperança revive em mim. Liberdade final. Desejo-a com ardor. Voo.

Isaac lê sobre meu ombro os jornais furtados.

Neste contexto de crise, lemos que serão dados à milícia poderes extraordinários. Talvez as patrulhas voltem a ser ostensivas e uniformizadas. Direitos civis podem ser restringidos. Fala-se de lei marcial.

Porém, ao longo daquele dia tumultuado, a merda, a imunda descarga, o veneno onírico das mariposas-libadoras afunda aos poucos pelo éter até a terra. Deitado sob estas tábuas dilapidadas, imagino que posso senti-lo; desfaz-se suavemente ao meu redor, desnaturado pela luz do dia. Escorre como neve poluída pelos planos que enredam a cidade, pelas camadas do mundo material, e vaza para fora e para longe de nossa dimensão.

E, quando chega a noite, os pesadelos se foram.

É como se um gentil soluço, uma exalação coletiva de alívio e langor varresse a cidade. Uma onda de calmas lufadas provindas do lado escuro, do Oeste, de Marcafel e Curva da Fumaça até Grande Bobina, Sheck, Brejo do Texugo, Ludmel, Colina do Gato Vadio e Jardins Ab-rogados.

A cidade se purifica numa maré de sono. Sobre catres de palha mijada em Beiracórrego e nas favelas, sobre estufados colchões de penas em Chnum, agrupados e sozinhos, os cidadãos de Nova Crobuzon dormem profundamente.

A cidade se move sem pausa, é claro, e não há folga para as equipes noturnas nas docas, ou para o estrondo de metal quando o turno da noite começa nas fábricas e forjas. Sons impudentes perfuram a noite, sons como os da guerra. Guardas ainda vigiam os pátios das fábricas. Putas buscam fregueses onde possam achá-los. Ainda há crimes. A violência não se dissipa.

Mas os adormecidos e os despertos não são assolados por fantasmas. Seus terrores são próprios.

Como impensável gigante entorpecido, Nova Crobuzon se move com tranquilidade em seus sonhos.

Eu havia esquecido o prazer de noites assim.

Quando desperto, com o sol, minha mente está clara. Não tenho dores.

Fomos libertados.

Agora, as manchetes são todas sobre o fim dos "pesadelos de verão", ou da "doença do sono", ou da "maldição dos sonhos", ou de qualquer outro nome que algum jornal tenha cunhado.

Nós as lemos e rimos, Derkhan, Isaac e eu. O contentamento é palpável em todos os lugares. A cidade retornou. Transformada.

Esperamos que Lin desperte, recupere os sentidos.
Mas ela não o faz.

No primeiro dia, ela dormiu. Seu corpo começava a se refazer. Abraçou Isaac com firmeza e recusou-se a acordar. Livre, e livre para dormir sem medo.
Mas agora acordou e se sentou, vagarosa. Suas pernas-cabeça tremem um pouco. Suas mandíbulas se movem: está com fome, e encontramos frutas em nossa despensa roubada. Damos-lhe o desjejum.
Ela olha incerta, de mim para Derkhan, e para Isaac, enquanto come. Ele agarra as coxas dela, sussurra para ela, baixo demais para que eu consiga ouvir. Ela vira a cabeça como um bebê. Move-se com espasmos e tremores de paralisia.
Levanta as mãos e sinaliza para Isaac.
Ele observa ansioso e franze o cenho com incrédulo desespero ao ver os gestos feios e vacilantes de Lin.
Os olhos de Derkhan se arregalam ao ler as palavras.
Isaac meneia a cabeça, mal pode falar.
Manhã… comida… agradável, *ele hesita,* inseto… jornada… feliz.
Ela não consegue comer sozinha. Suas mandíbulas externas estremecem e partem a fruta ao meio, ou relaxam de repente e a derrubam. Ela treme de frustração, balança a cabeça, emite uma nuvem de gotas que Isaac diz serem lágrimas khepris.
Ele a conforta, segura a maçã para ela e a ajuda a morder, limpando-a quando derrama suco ou migalhas sobre si mesma. Medo, *sinaliza ela, e Isaac traduz com hesitação.* Mente cansada derramando fora, arte Mesclado! *Ela treme de súbito e olha aterrorizada em torno. Isaac a silencia, conforta-a. Derkhan assiste tomada de tristeza.* Sozinha, *sinaliza Lin em desespero, e emite uma mensagem quêmica obscura para todos nós.* Monstro quente Refeito… olha em torno. Maçã, *sinaliza.* Maçã.
Isaac leva-lhe a maçã à boca e Lin se embala como uma criança pequena.

Quando chega a noite e ela adormece mais uma vez, rápida e profundamente, Isaac e Derkhan discutem, e ele começa a ficar irado, berrar e chorar.
Ela vai se recuperar, *grita, enquanto Lin rola durante o sono.* Está meio morta de cansaço, foi cagada a pau. Não é de admirar que esteja confusa.
Mas ela não se recupera, e ele sabe que isso nunca acontecerá.

Ela havia sido bebida pela metade quando a arrancamos da mariposa. Metade da mente, metade dos sonhos já havia sido sugada pela goela da fera vampir. Acabada, queimada por sucos gástricos e depois pelos homens de Mesclado.
Lin acorda feliz, tagarela bobagens com as mãos, toma impulso para ficar em pé e não consegue. Cai e ri ou chora quemicamente, estala as mandíbulas, suja-se como um bebê.

Lin anda por nosso telhado como se tivesse acabado de aprender a andar, com sua meia mente. Indefesa. Arruinada. Uma estranha colcha de retalhos: risos de criança e sonhos de adulta. Linguagem extraordinária e incompreensível, complexa, violenta e infantil.
Isaac está destruído.

Mudamos de telhado, inquietos por causa dos ruídos lá embaixo. Lin tem um ataque de pirraça durante a jornada, enfurecida por nossa inabilidade de entender seu bizarro fluxo de palavras. Bate os calcanhares na calçada, dá fracos tapinhas no rosto de Isaac. Sinaliza insultos obscenos, tenta nos chutar para longe.
Nós a controlamos, seguramos firme e a arrastamos conosco.

Andamos à noite. Tememos a milícia e os capangas de Mesclado. Mantemo-nos alertas para constructos que possam informar ao Conselho, para movimentos súbitos e olhares suspeitos. Não podemos confiar em nossos vizinhos. Devemos viver numa província de semiescuridão, isolada e solipsista. Roubamos o que precisamos, ou compramos de pequenas mercearias noturnas, a quilômetros de distância dos lugares onde nos instalamos. Cada olhar enviesado, ou fixo, cada grito, súbito rumor de botas ou cascos, cada estouro ou sibilo dos pistões de constructos é um momento de medo.
Somos os mais procurados de Nova Crobuzon. Uma honra; uma honra duvidosa.

Lin quer bagas-de-cor.
Assim Isaac interpreta os sinais dela. A vacilante mímica de mastigação, o pulsar de sua glândula (uma visão sexual constrangedora).
Derkhan concorda em ir buscar. Ela também ama Lin.
Passam horas disfarçando Derkhan com água, manteiga, fuligem e toda sorte de roupas esfarrapadas, alimentos e restos de tinturas. Ela emerge ostentando cabelos negros e lisos, que brilham como cristais de carvão, e uma cicatriz enrugada que lhe atravessa a testa. Completa o disfarce com uma postura curvada e uma carranca.
Quando ela sai, Isaac e eu passamos horas esperando, atemorizados. Em silêncio quase completo.
Lin continua com seu monólogo idiota, e Isaac tenta responder com as próprias mãos, acariciando-a e sinalizando devagar, como se falasse com uma criança. O que ela não é: é metade adulta, e as maneiras de Isaac a enfurecem. Tenta se afastar e cai; seus membros são desobedientes. Está aterrorizada com o próprio corpo. Isaac a ajuda, a põe sentada e a alimenta, massageia seus ombros tensos e feridos.
Derkhan retorna – para nosso murmurado alívio – com tijolinhos de pasta e um grande punhado de bagas variadas, de tons extravagantes e vívidos.
Achei que o maldito Conselho havia nos encontrado, *ela diz.* Pensei que algum constructo me seguia. Precisei fazer a volta por Kinken para escapar.

Nenhum de nós sabe se ela foi realmente seguida.

Lin está animada. Suas antenas e pernas-cabeça vibram. Ela tenta mascar um filete da pasta branca, mas estremece e o derrama, não consegue se controlar. Isaac a trata com gentileza. Empurra devagar a pasta para dentro da boca de Lin, que não se opõe, como se ela mesma a houvesse comido.

Passam-se alguns minutos até o besourocrânio digerir a pasta e direcioná-la à glândula khepri. Enquanto esperamos, Isaac sacode alguma bagas-de-cor diante de Lin, esperando até que os espasmos dela lhe pareçam a escolha de um cacho específico, o qual ele põe na boca dela com gentileza e cuidado.

Estamos todos em silêncio. Lin engole e mastiga cuidadosamente. Observamos.

Minutos se passam e, então, suas glândulas se distendem. Inclinamo-nos para a frente, ansiosos por ver o que ela fará.

Ela abre os lábios da glândula e solta uma pelota de cuspe-khepri úmido. Agita os braços com animação enquanto a pelota escorre molhada e sem forma, caindo pesada no chão como um cagalhão branco.

Um tênue fio de cuspe colorido pelas bagas se derrama em seguida, respingando e tingindo o monturo.

Derkhan desvia o olhar. Isaac chora como jamais vi um humano chorar.

Fora de nossa imunda choça, a cidade esparrama-se gordamente em sua liberdade, outra vez impudente e destemida. Ignora-nos. É ingrata. Os dias desta semana estão mais frescos, um pequeno minguar do verão implacável. Rajadas sopram vindas da costa, do estuário do Grande Piche e da Baía de Ferro. Grupos de navios chegam todos os dias. Enfileiram-se no rio ao leste, esperando para carregar e descarregar. Navios mercantes de Kohnid e Tesh; exploradores vindos dos Estreitos d'Aguardente; fábricas flutuantes de Myrshock; corsários de Figh Vadiso, dignos e respeitadores da lei, aqui tão longe do mar aberto. Nuvens passam velozes diante do sol, como abelhas. A cidade é rude. Esqueceu. Tem a vaga noção de que um dia seu sono foi perturbado: nada mais.

Posso ver o céu. Há feixes de luz entre as tábuas grosseiras que nos cercam. Eu queria muito estar longe disto. Posso imaginar a sensação do vento, o peso súbito do ar abaixo de mim. Queria ver este prédio e esta rua de cima. Queria que não houvesse nada para me segurar aqui embaixo, que a gravidade fosse uma sugestão que eu pudesse ignorar.

Lin sinaliza. Grudento temeroso, *sussurra Isaac, fungando e observando-lhe as mãos.* Mijo e mãe, comida asas feliz. Medo. Medo.

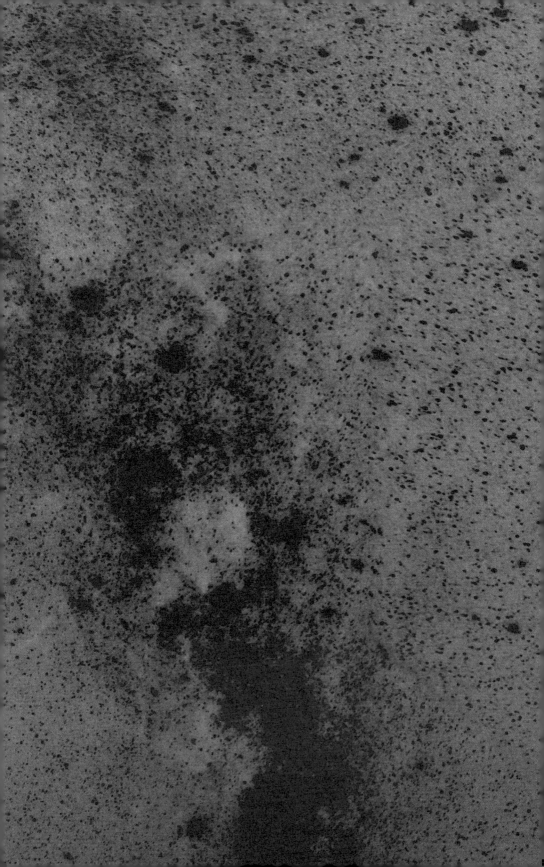

PARTE 8

JULGAMENTO

CAPÍTULO 52

– Precisamos ir.

Derkhan falou depressa. Isaac ergueu os olhos baços para ela. Alimentava Lin, que se mexia com desconforto, incerta do que queria fazer; sinalizou para ele. Começou a traçar palavras com as mãos. Depois, passou simplesmente a movê-las, desenhando formas sem significado. Isaac espanou restos de frutas de sua camisa.

Ele assentiu e baixou os olhos. Derkhan continuou como se Isaac houvesse discordado dela, como se tivesse de convencê-lo.

– Toda vez que nos mudamos, é por medo.

Falava rápido, de cara fechada. Terror, culpa, euforia e infelicidade a assolavam. Estava exausta.

– Toda vez que qualquer autômato passa, achamos que Conselho dos Constructos nos encontrou. Todos os homens, mulheres e xenianos nos deixam paralisados. Será a milícia? Será um dos bandidos de Mesclado? – Ela se ajoelhou. – Não posso viver assim, Isaac.

Ela olhou para Lin, sorriu bem devagar e fechou os olhos.

– Vamos levá-la embora – sussurrou –, podemos tomar conta dela. Acabamos por aqui. Não vai demorar até que um deles nos ache. Não vou ficar esperando.

Isaac assentiu outra vez.

– Eu... – Ele pensou com cuidado. Tentou organizar a mente. – Estou... comprometido. – disse tranquilamente.

Esfregou sua papada sob o queixo. Sua barba crescia outra vez, brotando com esforço na pele irregular. O vento soprava pelas janelas. A casa em Peixe-Pequeno era alta, bolorenta e cheia de viciados. Isaac, Derkhan e Yagharek haviam tomado os dois últimos andares. Havia uma janela em cada lado, uma dava para a rua e a outra para o mísero quintal. Ervas daninhas haviam brotado entre o concreto liso lá embaixo, como tumores subcutâneos.

Isaac e os outros bloqueavam as portas sempre que permaneciam ali: ao sair, esgueiravam-se com cuidado, disfarçados, e quase sempre à noite. Algumas vezes se aventuravam à luz do dia, como Yagharek nesse momento. Sempre havia uma razão, alguma urgência que significava que a vaga jornada não poderia esperar. Era apenas claustrofobia. Eles haviam libertado a cidade, era inaceitável que não pudessem caminhar sob o sol.

– Eu sei de seu compromisso – disse Derkhan.

Lançou um olhar aos componentes frouxamente conectados do engenho de crise. Na noite anterior, Isaac os limpara e os posicionara no lugar.

– Yagharek – disse ele. – Tenho uma dívida para com ele. Eu prometi.

Derkhan baixou os olhos e engoliu em seco, então se voltou outra vez para Isaac e assentiu.

– Quanto tempo? – perguntou.

Isaac olhou fixamente nos olhos dela e depois para outro lado. Deu de ombros.

– Alguns fios estão queimados – disse vagamente, e mudou Lin para uma posição mais confortável junto ao peito. – Houve uma porrada de retroalimentação, alguns circuitos derreteram por completo. Ah, vou precisar sair hoje à noite e fuçar por aí à procura de uns adaptadores… e de um dínamo. O resto posso consertar eu mesmo, mas preciso arranjar as ferramentas. O problema é que, toda vez que surrupiamos alguma coisa, corremos um risco ainda maior.

Deu de ombros novamente. Não havia nada que pudesse fazer. Não tinham dinheiro.

– Depois, preciso arranjar uma bateria de célula, ou algo parecido. Porém, o mais difícil vai ser a matemática. Consertar a coisa toda é apenas uma questão de… mecânica. Mas, mesmo que eu que consiga fazer funcionarem os engenhos, acertar os cálculos para… você sabe, formular tudo em *equações,* é difícil pra caralho. Foi isso que o Conselho fez para mim da última vez.

Isaac fechou os olhos e descansou a cabeça contra a parede.

– Preciso formular os comandos – disse baixinho. – *Voe,* é isso que tenho de dizer ao engenho. Ponha Yag no céu e ele estará em crise, a ponto de cair. Extraia e canalize isso, mantenha-o no ar, mantenha-o voando, mantenha-o em crise, e extraia a energia, e assim por diante. Um circuito perfeito. Acho que vai funcionar. Só falta a *matemática…*

– Quanto tempo? – repetiu Derkhan com calma.

Isaac franziu o cenho.

– Uma semana, duas… quem sabe – admitiu –, talvez mais.

Derkhan meneou a cabeça. Não disse nada.

– Eu *devo* isso a ele, Dee! – disse Isaac, tenso. – Prometi há tempos, e ele…

Ele livrou Lin da mariposa-libadora, esteve a ponto de dizer, mas algo dentro dele o impediu, perguntou se aquilo havia sido uma boa ideia, no fim das contas. Chocado, Isaac vacilou e decidiu pelo silêncio.

É a ciência mais poderosa em centenas de anos, pensou com súbita raiva, *e não posso sair do esconderijo. Preciso... sumir com ela.*

Afagou a carapaça de Lin, que começou a sinalizar, mencionando peixes, frio e açúcar.

– Eu sei, Isaac – disse Derkhan sem raiva. – Eu sei. Ele... ele merece. Mas não podemos esperar tanto. Precisamos ir.

– Farei o que puder – prometeu Isaac –, preciso ajudar Yagharek. Serei rápido.

Derkhan aceitou. Não tinha escolha. Não conseguiria abandoná-lo, ou a Lin. Não o culpava. Queria que ele honrasse o acordo, que desse a Yagharek o que o garuda queria.

O fedor e a tristeza do quartinho úmido a dominaram. Ela murmurou algo sobre uma expedição ao rio, para reconhecimento. Isaac sorriu com frieza diante da desculpa esfarrapada.

– Tenha cuidado – disse inutilmente enquanto ela saía.

Ele se recostou na parede fétida, segurando Lin contra o peito.

Logo sentiu Lin relaxar e adormecer. Deslizou por trás dela e foi até a janela, observou o alvoroço lá embaixo.

Isaac não sabia o nome da rua. Era larga, ladeada de árvores jovens, todas flexíveis e esperançosas. Na extremidade distante, uma carroça estava parada de lado, criando um beco sem saída proposital. Um homem e um vodyanoi discutiam ferozmente ao lado dela, e os dois burros acovardados que a puxavam mantinham a cabeça baixa, tentando não ser notados. Um bando de crianças se materializou diante das rodas imóveis, chutando uma bola de meia. Corriam para cá e para lá, e suas roupas tremulavam como asas sem voo.

Começou uma discussão; quatro garotinhos provocavam uma das duas crianças vodyanois do grupo. O vodyanoi gordinho recuou sobre as quatro pernas, chorando. Um dos garotos atirou uma pedra. A discussão foi esquecida quase de imediato. O vodyanoi fez birra durante um momento e depois saltou de volta para o jogo, roubando a bola.

Mais adiante, poucas casas além do prédio de Isaac, uma jovem desenhava a giz algum símbolo na parede. Era um aparato angular e desconhecido, algum talismã de bruxas. Dois velhos se sentavam na calçada, jogando dados e gargalhando ruidosamente com os resultados. Os prédios eram viscosos e desarrumados, o pavimento alcatroado pontuado de buracos cheios de água. Gralhas e pombos esvoaçavam em meio à fumaça de milhares de chaminés.

Recortes de conversas chegavam aos ouvidos de Isaac.

"... Então ele disse: *um tostão por isso?...*"

"... Danificou o motor, mas ele sempre foi um escroto..."

"... Não conte nada a ninguém..."

"... Vai ser na próxima doca-feira, e ela arrumou um bagulho..."

"... Selvagem, megablasterselvagem..."

"... Lembrança? De quem?..."

De Andrej, pensou Isaac subitamente, sem aviso nem motivo. Escutou outra vez. Havia muito mais. Idiomas que ele não falava. Reconheceu perriquês e felide, as intricadas cadências da Baixa Cymek. E outros.

Não queria partir.

Isaac suspirou e voltou-se para o quarto. Lin estava agitada, adormecida no chão. Olhou para ela, viu os seios empurrando a camisa rasgada, a saia que havia subido até as coxas. Olhou para o outro lado.

Desde que resgatara Lin, duas vezes havia acordado com a pressão e o calor do corpo dela contra o seu, de pau duro e ávido. Ele passara a mão sobre a curva do quadril dela e lá embaixo, entre suas pernas abertas. O sono fugira como vapor quando sua excitação crescera e ele abrira os olhos para vê-la, puxando-a para baixo de si enquanto ela despertava, esquecido de que Derkhan e Yagharek dormiam ali perto. Ele sussurrara e dissera de maneira amorosa e explícita o que queria fazer, e então saltara para trás, aterrorizado, quando ela começara a sinalizar e ele se lembrara do que haviam feito a ela.

Ela havia se esfregado contra ele e parado, esfregado novamente (*como um cão caprichoso*, pensara ele, chocado), deixando claras sua excitação e confusão erráticas. Uma parte lúbrica de Isaac quisera continuar, mas o peso da culpa murchara seu pênis quase instantaneamente.

Lin parecera desapontada e magoada e o abraçara de maneira súbita e feliz. Depois, encolhera-se de desespero. Isaac sentira as emissões de Lin no ar em torno deles. Sabia que ela estava chorando, o que continuou a fazer até dormir.

Isaac olhou outra vez para o dia lá fora. Pensou em Rudgutter e seus asseclas; no macabro sr. Mesclado; imaginou a fria análise do Conselho dos Constructos, privado do engenho que cobiçava. Imaginou os surtos de raiva, as discussões, as ordens dadas e recebidas naquela semana em que o amaldiçoavam.

Foi até o engenho de crise, inspecionou-o brevemente. Sentou-se, dobrou um papel sobre o colo e começou a escrever cálculos.

Não se preocupava com que o Conselho dos Constructos pudesse ele próprio copiar o engenho. Não conseguiria projetá-lo. Não conseguiria calcular os parâmetros. O esquema do engenho havia ocorrido a Isaac num salto intuitivo, com tanta naturalidade que ele não o havia percebido por horas. O Conselho dos Constructos não poderia ser inspirado. O modelo fundamental de Isaac, a base conceitual do engenho, nunca precisou ser anotada. Suas anotações seriam bastante obscuras para qualquer outro leitor.

Isaac se posicionou de modo a trabalhar sob um facho de sol.

Os dirigíveis cinza patrulhavam o ar, como faziam todos os dias. Pareciam inquietos.

Era um dia perfeito. O vento que provinha do mar parecia renovar o céu constantemente.

Yagharek e Derkhan, em quadrantes diferentes da cidade, usufruíam suas horas furtivas sob o sol e tentavam não flertar com o perigo. Afastavam-se de discussões e permaneciam nas ruas movimentadas.

O céu estava apinhado de pássaros e gargomens, que acorriam a pilares e minaretes e lotavam os telhados suavemente inclinados das torres e sucursais da milícia, cobrindo-os de bosta branca. Descreviam espirais mutáveis em torno das torres de Laralgoz e dos edifícios esqueléticos no Borrifo.

Planavam acima d'O Corvo, costuravam intricadamente através do complexo padrão de ar que se elevava acima da Estação Perdido. Gralhas arruaceiras rixavam sobre as camadas de telhas. Adejavam acima dos mais baixos costados de tábuas e piche nos fundos andrajosos da estação e desciam até um peculiar platô de concreto acima de uma pequena fronte de telhados recortados por janelas. Seus dejetos sujavam a superfície recém-escovada, pequenos projéteis brancos espirrados contra as manchas negras de algum fluido tóxico que se derramara copiosamente.

O Espigão e o Parlamento estavam infestados de pequenos corpos aviários.

O Espinhaço descorava e rachava, e suas falhas pioravam devagar sob o sol. Pássaros pousavam brevemente nas enormes colunas de ossos e se lançavam outra vez à liberdade, procurando refúgio em outros lugares de Vilaosso, voando rasantes sobre o telhado de um terraço negro, danificado pelo fogo, no âmago do qual o sr. Mesclado se enfurecia contra a escultura incompleta que debochava dele com infinito desdém.

Gaivotas e pelicanos seguiam barcas de lixo e pesqueiros ao longo do Piche e do Grande Piche, abatendo-se para roubar bocados orgânicos em meio aos detritos. Desviavam-se em busca de outras colheitas nas pilhas de vísceras em Ladovil, no mercado de peixe de Jardim do Peloro. Aterrissavam brevemente no cabo esfarrapado e cheio de algas que rastejava rio afora em Cuspelar. Exploravam os montes de lixo em Pedravalva e bicavam presas meio mortas que se arrastavam pela terra arrasada em Voltagris. O solo ronronava embaixo deles quando cabos ocultos zuniam centímetros abaixo da superfície irregular do solo.

Um corpo maior do que os pássaros se elevou das favelas do Outeiro de São Falastrão e pairou no ar. Navegou a imensa altitude sobre o oeste da cidade. As ruas abaixo se tornaram uma nódoa sarapintada de cáqui e cinza, como um musgo exótico. A forma passou com facilidade acima dos aeróstatos na veloz brisa, aquecida pelo sol do meio-dia. Manteve ritmo constante na direção leste, atravessando o núcleo da cidade onde as cinco linhas férreas irrompiam como pétalas.

No ar sobre Sheck, bandos de gargomens executavam ordinárias manobras aéreas circulares. A figura vagante passou por eles serena e despercebida.

Movia-se devagar, com batidas langorosas de asas que davam a impressão de que poderia decuplicar sua velocidade súbita e facilmente. Atravessou o Cancro e começou uma longa descida, passando para dentro e para fora do ar sobre os trens da Linha Destra, aproveitando por um momento o ar quente que exalavam e pairando na direção do solo com majestade invisível, descendo rumo ao dossel de telhados, costurando com facilidade pelo labirinto de termais que subiam de maciças chaminés de fábricas e pequenos fumeiros de cabanas.

Adernou as asas e descreveu uma curva na direção dos imensos cilindros de gás em Lamecoa, espiralou para trás com elegância, deslizou sob uma camada de ar perturbado e voou abruptamente para baixo rumo à Estação Gato Vadio, passando pelos altrilhos rápida demais para ser vista e desaparecendo na paisagem de telhados de Peixe-Pequeno.

Isaac não estava perdido em números.

Olhava para Lin em intervalos de minutos. Ela dormia, movia os braços e se debatia como uma larva indefesa. Os olhos de Isaac pareciam jamais ter brilhado.

No começo da tarde, depois de ter trabalhado durante uma hora, uma hora e meia, ele ouviu algo retinir no quintal lá embaixo. Meio minuto depois, ouviu passos nas escadas.

Deteve-se e esperou que cessassem, que desaparecessem dentro de um dos quartos dos viciados. Não desapareceram. Moveram-se deliberados até os últimos dois lances, subindo cautelosamente os degraus rangentes e parando à porta dele.

Isaac ficou imóvel. Seu coração batia rápido, alarmado. Olhou em volta como louco, à procura da arma.

Bateram na porta. Isaac não disse nada.

Após um instante, bateram mais uma vez: sem força, mas de maneira rítmica e insistente, repetida. Isaac se aproximou da porta e tentou ser silencioso. Viu Lin se voltar, incomodada com o ruído.

Ouviu-se uma voz à porta. Áspera, bizarra, familiar. Era toda de agudos rascantes, e Isaac não conseguia entendê-la, mas estendeu subitamente a mão para porta, inquieto, agressivo e pronto para problemas. *Rudgutter mandaria um maldito esquadrão inteiro*, pensou, enquanto sua mão se fechava sobre a maçaneta. *Só pode ser algum viciado pedindo dinheiro.* E, embora não acreditasse naquilo, sentia alívio por saber que não era a milícia, ou os capangas de Mesclado.

Abriu a porta.

Diante dele nas escadarias escuras, um pouco inclinado para a frente, cabeça esguia e emplumada sarapintada como folhas secas, bico curvado e cintilante como uma arma exótica, estava um garuda.

Isaac viu no mesmo instante que não era Yagharek.

Suas asas se erguiam e se espalhavam ao redor como um halo, vasto e magnífico, emplumado de ocre e suave marrom avermelhado.

Isaac havia esquecido a aparência de um garuda inteiro. Esquecera a extraordinária escala e a grandiosidade daquelas asas.

De modo incipiente e desestruturado, Isaac entendeu quase imediatamente o que estava acontecendo. Uma intimação silenciosa o atingiu.

No rastro dela, após uma fração de segundo, veio uma onda imensa de dúvida, alarme e curiosidade, e uma torrente de perguntas.

– Quem diabos é você, porra? – exalou Isaac. – Que caralho está fazendo aqui? Como me achou... O quê...

Meias respostas lhe ocorriam, espontâneas. Afastou-se rápido da soleira, na tentativa de bani-las.

– Grim... neb... lin...

O garuda se esforçava para dizer seu nome. Soava como se Isaac fosse um demônio a ser invocado. Isaac acenou com o braço para que o garuda o seguisse quarto adentro. Fechou a porta e apoiou contra ela uma cadeira.

O garuda andou com cautela até o centro do quarto e parou sob um raio de sol. Isaac observou-o, precavido. Vestia uma tanga poeirenta e nada mais. Sua pele era mais escura do que a de Yagharek, e a cabeça emplumada mais sarapintada. Movia-se com incrível parcimônia, pequenos movimentos bruscos e grande quietude. Inclinou a cabeça para o lado, para observar o quarto.

Encarou Lin por muito tempo, até que Isaac suspirou e o garuda ergueu os olhos.

– Quem é você? – disse Isaac. – Como me achou, porra?

O que ele fez?, pensou Isaac, mas não disse. *Conte-me.*

Ali estavam, esguio e musculoso o garuda, gordo e atarracado o humano, em extremidades opostas do quarto. As penas do garuda eram brilhantes de sol. Isaac olhou para elas, subitamente cansado. Uma sensação de inevitabilidade, de finalidade, havia entrado com o garuda. Isaac o odiou por isso.

– Sou Kar'uchai – disse o garuda.

Sua voz tinha ainda mais sotaque de Cymek do que a de Yagharek. Difícil de entender.

– Kar'uchai Sukhtu-h'k Vaijhin-khi-khi. Indivíduo Concreto Kar'uchai Muito Muito Respeitado.

Isaac aguardou.

– Como você *me achou*? – perguntou afinal, com amargura.

– Viajei... longo caminho, Grimneb... lin – disse Kar'uchai. – Sou *yahj'hur*... eu caço. Cacei durante dias. Aqui caço com... ouro e dinheiro de papel... Meu alvo deixa uma trilha de rumores... e memórias.

O que ele fez?

– Venho de Cymek. Venho caçando... desde Cymek.

– Não acredito que tenha nos encontrado – disse Isaac súbita e nervosamente. Falava rápido e odiava a sensação de término. Ignorava-a com violência, tentava apagá-la.

– Se você nos encontrou, a maldita milícia também pode, e se *ela* pode...

Isaac trotava rápido para lá e para cá. Ajoelhou-se perto de Lin, afagou-a com suavidade e tomou fôlego para falar mais.

– Venho em busca de justiça – disse Kar'uchai.

Isaac não conseguiu falar. Sentia-se sufocado.

– Shankell – disse Kar'uchai. – Mar Escasso. Myrshock.

Já ouvi falar dessa viagem, pensou Isaac com raiva, *não precisa me contar.*

Kar'uchai prosseguiu:

– Cacei... por milhares de quilômetros. Procuro justiça.

Isaac falou devagar, triste e irado.

– Yagharek é meu amigo – disse.

Kar'uchai continuou como se Isaac não houvesse dito nada.

– Quando descobrimos que ele havia fugido, depois... do julgamento... a escolha para vir recaiu sobre mim.

– O que você quer? – disse Isaac. – O que vai fazer com ele? Quer levá-lo de volta com você? Quer o quê? Cortar... mais partes dele?

– Não vim por Yagharek – disse Kar'uchai. – Vim por você.

Isaac o encarou em lamentosa confusão.

– Depende de você... que se faça justiça...

Kar'uchai era persistente. Isaac não conseguiu dizer nada.

O que ele fez?

– Ouvi seu nome primeiro em Myrshock – disse Kar'uchai. – Estava numa lista. Então, aqui, nesta cidade, ouvi-o repetidas vezes até que... todos os outros se desfizessem. Cacei. Yagharek e você... estavam ligados. Pessoas sussurravam... sobre suas pesquisas. Monstros voadores e máquinas taumatúrgicas. Eu sabia que Yagharek havia encontrado o que buscava. O que viajou milhares de quilômetros para ter. Você negaria justiça, Grimneb'lin. Estou aqui para pedir-lhe... que não faça isso. Estava acabado. Ele foi julgado e punido. E foi o fim. Não pensamos que... não sabíamos que ele poderia... encontrar um modo... de a justiça ser *revogada*. Estou aqui para pedir-lhe que não o ajude a voar.

– Yagharek é meu amigo – insistiu Isaac. – Veio a mim e me contratou. Foi generoso. Quando as coisas... deram errado... ficaram complicadas e perigosas... bem, ele foi corajoso e me ajudou; ajudou a todos nós. Ele faz parte de... de algo extraordinário. E eu lhe devo... uma vida. – Olhou para Lin e logo para o outro lado. – Devo-lhe... pelos momentos... em que esteve pronto para morrer, entende? Ele poderia ter morrido, mas ficou e, sem ele... não sei se eu teria conseguido.

Isaac falava com calma. Palavras sinceras e convincentes.

O que ele fez?

– O que ele fez? – perguntou Isaac, derrotado.

– Ele é culpado – disse Kar'uchai calmamente – de roubo de escolha em segundo grau, com total desrespeito.

– O que isso *significa*? – berrou Isaac. – O que ele *fez*? Que porra é roubo de escolha, afinal de contas? Isso não significa *nada* para mim.

– É o *único* crime que *temos*, Grimneb'lin – respondeu Kar'uchai em tom duro e monótono. – Tomar a escolha de outro... esquecer sua realidade concreta, abstraí--lo, esquecer que se é um nodo numa matriz, que ações têm consequências. Não devemos tomar a escolha de outro ser. Comunidade não é nada mais do que um meio para... todos nós indivíduos termos... nossas *escolhas.*

Kar'uchai deu de ombros e indicou vagamente o mundo em torno deles.

– As instituições de sua cidade... Falando e falando de indivíduos... mas os esmagando sob camadas e hierarquias... até que suas escolhas se resumam a três ti-pos de miséria. Temos muito menos no deserto. Às vezes passamos fome e sede. *Mas temos todas as escolhas que podemos.* Exceto quando alguém esquece a si mesmo, esquece a realidade de seus companheiros, como se esse alguém fosse um indivíduo *sozinho*... E rouba comida, toma a escolha de outros de comê-la; ou mente sobre caça, e toma a escolha de outros de caçá-la; ou se enfurece e ataca sem motivo, e toma a es-colha de outros de não ser feridos nem viver com medo. Uma criança que rouba a capa de um ente querido para cheirar à noite... rouba a escolha de vestir a capa, mas com respeito, com excesso de respeito. Outros roubos, no entanto, não têm nem mesmo respeito para mitigá-los. Matar... não na guerra ou em defesa, mas... *assassinar*... é ter tanto desrespeito, desrespeito tão completo, que não se toma apenas a escolha de viver ou morrer naquele momento... *mas todas as outras escolhas que poderiam ser feitas, para sempre.* Escolhas geram escolhas... se lhes houvessem permitido a escolha de viver, poderiam ter escolhido caçar peixes num pântano salgado, ou jogar dados, ou curtir couro, ou escrever poesia, ou fazer um ensopado... e todas essas escolhas são tomadas deles por aquele único roubo. Isso é roubo de escolha no *mais alto* grau. Mas todos os roubos de escolha roubam do futuro, assim como do presente. O esquecimento de Yagharek foi hediondo... terrível. Roubo em segundo grau.

– O que ele *fez*? – gritou Isaac.

Lin despertou com mãos trêmulas e contrações nervosas.

Kar'uchai falava sem paixão.

– Você chamaria de estupro.

Ah, eu chamaria de estupro, é?, pensou Isaac com desdém ardente e raivoso; mas a torrente de lívido desprezo não foi suficiente para afogar-lhe o horror.

Eu chamaria de estupro.

Isaac não pôde evitar imaginar. Imediatamente.

O próprio ato, claro; embora fosse uma brutalidade vaga e nebulosa em sua mente (*ele a espancou? segurou-a contra o chão? onde ela estava? ela praguejou e reagiu?*). O que viu com maior clareza, de imediato, foram todos os panoramas, as vias de escolha que Yagharek roubara. Fugazmente, Isaac entreviu as possibilidades negadas.

A escolha de não fazer sexo, de não ser machucada. A escolha de não se arriscar a uma gravidez. E, então, em caso de gravidez? A escolha de não abortar? A escolha de não ter a criança?

A escolha de olhar para Yagharek com respeito?

A boca de Isaac se moveu e Kar'uchai falou outra vez.

– Foi minha escolha que ele roubou.

Passaram-se alguns segundos, tempo ridiculamente longo, até que Isaac entendesse o que Kar'uchai queria dizer. Então engoliu em seco e a observou. Viu pela primeira vez o ligeiro volume de seus seios ornamentais, tão inúteis quanto a plumagem de aves-do-paraíso. Esforçou-se por encontrar o que dizer, mas não sabia o que sentia: não havia nada sólido a ser expressado por palavras.

Murmurou uma desculpa terrivelmente vaga, uma solicitação.

– Pensei que você fosse um magistrado... ou da milícia garuda, algo assim – disse.

– Não temos nada disso. – Foi a resposta.

– Yag... um *estuprador* filho da puta – sibilou Isaac.

Ela crocitou.

– Roubou escolha – disse ela com indiferença.

– Ele a *estuprou* – disse Isaac.

E de imediato Kar'uchai crocitou outra vez.

– Roubou minha escolha – disse.

Isaac percebeu que ela não estava complementando suas palavras, e sim o corrigindo.

– Não se pode traduzir isso para sua jurisprudência, Grimneb'lin – disse ela, parecendo irritada.

Isaac tentou falar, meneou a cabeça, desolado, olhou para ela e viu outra vez, atrás de seus próprios olhos, o crime cometido.

– Não se pode *traduzir*, Grimneb'lin – repetiu Kar'uchai. – Pare. Posso ver em você todos os textos de moral e leis de sua cidade que já li.

Seu tom era monótono para Isaac. A emoção nas pausas e cadências da voz da garuda era bastante obscura.

– Não fui *violada* nem *brutalizada*, Grimneb'lin. Não me sinto *abusada* nem *desonrada*... nem *profanada*, nem *arruinada*. Você chamaria essas ações de estupro, mas eu não: isso nada me diz. Ele *roubou minha escolha*, e por isso foi... julgado. Foi severo... só há uma punição maior. Há muitos roubos de escolha menos hediondos do que o dele, e apenas uns poucos mais... E há outros que são julgados da mesma forma... muitos são ações totalmente diferentes daquelas de Yagharek. Alguns você não consideraria crimes. As ações variam: o *crime*... é o roubo de *escolha*. Seus magistrados e leis... que sexualizam e sacralizam... para quem indivíduos são definidos em abstrato... que ignoram sua natureza de matriz... para quem o contexto é uma distração... não conseguem entender isso. Não olhe para mim com olhos reservados a vítimas... E quando Yagharek retornar... peço-lhe que acate nossa justiça, a justiça de Yagharek; não impute a sua própria. Ele roubou escolha, no segundo grau mais alto. Foi julgado. O bando votou. É o fim.

Será?, pensou Isaac. *Será suficiente? Será o fim?*
Kar'uchai observava a resistência de Isaac.
Lin chamou Isaac, batendo palmas como uma criança desastrada. Ele se ajoelhou rápido e falou com ela. Lin sinalizou ansiosa para ele, que sinalizou de volta, como se o que ela havia dito fizesse sentido, como se conversassem.
Lin se acalmou, abraçou Isaac e olhou nervosamente para Kar'uchai com seu olho composto ileso.
– Você acatará nosso julgamento? – perguntou Kar'uchai com tranquilidade.
Isaac olhou rápido para ela. Voltou sua atenção a Lin.
Kar'uchai permaneceu muito tempo em silêncio. Ao ver que Isaac não falaria, ela repetiu a pergunta. Isaac se virou para ela e sacudiu a cabeça, não em negação, mas confuso.
– Não sei – disse. – Por favor...
Retornou a Lin, que dormia. Encostou-se nela e coçou-lhe a cabeça.
Após um minuto de silêncio, Kar'uchai parou de perambular rápida pelo quarto e chamou seu nome.
Isaac se sobressaltou, como se houvesse esquecido que a garuda estava ali.
– Vou embora. Peço-lhe outra vez. Por favor, não zombe de nossa justiça. Por favor, deixe prevalecer nosso julgamento.
Ela retirou a cadeira que segurava a porta e saiu a passos leves. As garras de seus pés arranhavam a velha madeira enquanto ela descia.

Isaac se sentou e afagou a carapaça iridescente de Lin – agora marmorizada com fraturas e linhas de crueldade –, pensando em Yagharek.
Não se pode traduzir, dissera Kar'uchai, mas como ele poderia evitar?

Pensava nas asas de Kar'uchai tremendo de raiva quando Yagharek a prendera em seus braços. Ou teria ameaçado-a com uma faca? Uma arma? A porra de um *chicote*? *Fodam-se todos eles*, pensou de repente, olhando fixamente para as peças do engenho de crise. *Não devo respeito às suas leis...* "Liberte os prisioneiros", era o que sempre dizia o *Renegado Rompante*.

Porém, os garudas de Cymek não viviam como os cidadãos de Nova Crobuzon. Não tinham magistrados, lembrou Isaac, nem tribunais, nem fábricas de punição. Não tinham pedreiras e aterros para abarrotar de Refeitos, nem milícia e políticos. Punições não eram distribuídas por chefes corruptos.

Pelo menos era o que haviam lhe contado. Assim lembrava. *O bando votou*, dissera Kar'uchai.

Era verdade? E a verdade mudaria as coisas?

Em Nova Crobuzon as punições eram *para* alguém. Algum interesse era servido. Seria diferente em Cymek? Isso fazia o crime mais hediondo?

Um estuprador garuda era pior do que um humano?

Quem sou eu para julgar?, pensou Isaac com súbita ira, e marchou na direção do engenho. Pegou os cálculos, pronto para continuar, mas, então... *Quem sou eu para julgar?*, pensou com súbita e oca incerteza. O chão fora tirado de sob seus pés. Largou os papéis devagar.

Continuava lançando olhares para as coxas de Lin. Os ferimentos dela estavam quase desaparecendo, mas a memória que Isaac tinha deles era uma mácula tão cruel quanto haviam sido.

Riscavam em Lin padrões sugestivos, em torno do baixo ventre e da parte interna de suas coxas.

Lin se agitou, acordou e o abraçou. A seguir, encolheu-se atemorizada, e Isaac rangeu os dentes ao pensar no que haviam feito com ela. Pensou em Kar'uchai.

Está tudo errado, pensou. *Isso é exatamente o que ela me disse para não fazer. A questão não é estupro, ela disse...*

Mas era difícil demais. Isaac não conseguia pensar daquele jeito. Se pensasse em Yagharek, pensava em Kar'uchai e, pensando nela, pensava em Lin.

Tudo isto está de cabeça para baixo e cu para cima, pensou.

Se acreditasse na palavra de Kar'uchai, não poderia julgar a punição. Não poderia decidir se respeitava ou não a justiça garuda: não tinha nenhum fundamento, nada sabia das circunstâncias. De modo que era natural, inevitável e saudável que ele recorresse ao que conhecia: seu ceticismo; o fato de Yagharek ser seu amigo. Privaria seu amigo de voar apenas por conceder a leis estrangeiras o benefício da *dúvida*?

Lembrou-se de como Yagharek escalara a Estufa, de como lutara ao seu lado contra a milícia.

Lembrou-se de como Yagharek chicoteara violentamente a mariposa-libadora, surrara-a e libertara Lin.

Mas, quando pensou em Kar'uchai e no que fora feito a ela, não pôde deixar de ver o fato como *estupro*. E pensou em Lin, e em tudo que provavelmente haviam feito a ela, até quase vomitar de raiva.

Tentou se desembaraçar do dilema.

Tentou tomar distância da coisa toda. Disse desesperado a si mesmo que recusar seus serviços *não* implicaria julgamento, *não* significaria conhecimento presumido dos fatos, seria apenas um modo de dizer "Isto está além de mim, não é da minha conta". Mas não conseguiu se convencer.

Deixou-se languescer e exalou um triste gemido de exaustão. Deu-se conta de que, se desse as costas a Yagharek, independente do que o garuda dissesse, Isaac se sentiria como se o houvesse julgado e condenado. E percebeu que não poderia insinuar isso, não em sã consciência, pois não conhecia o caso.

Porém, atrelado a esse pensamento surgiu o outro lado da moeda, o contraponto.

Se recusar ajuda implicasse um julgamento negativo que ele não poderia fazer, pensou Isaac, então ajudar, conceder o voo, implicaria as ações de Yagharek serem *aceitáveis*.

E isso, pensou Isaac com frio desgosto e fúria, *ele não faria*.

Isaac dobrou devagar suas anotações, as equações inacabadas, as fórmulas rabiscadas, e começou a guardá-las.

Quando Derkhan retornou, o sol estava baixo e o céu maculado de nuvens cor de sangue. Ela bateu na porta com o ligeiro ritmo que haviam combinado e passou acotovelando Isaac quando ele a abriu.

– Que dia fantástico – disse ela com tristeza. – Andei farejando discretamente por aí, conseguindo umas pistas, umas ideias...

Ela se voltou para encará-lo e ficou quieta de imediato.

O rosto de Isaac, escuro e marcado por cicatrizes, ostentava uma expressão extraordinária. Um complexo composto de esperança, animação e terrível infelicidade. Parecia transbordar de energia. Agitava-se como se estivesse cheio de formigas. Ele vestia sua longa capa de mendigo. Um saco estava encostado à porta, estufado de conteúdos volumosos e pesados. O engenho de crise desaparecera, percebeu Derkhan, desmontado e escondido no saco.

Sem a bagunça de metal e fios esparramados, o quarto parecia nu por completo.

Com um pequeno arfar, Derkhan viu que Isaac havia embrulhado Lin num cobertor imundo e esfarrapado. Ela se agarrava espasmodicamente ao cobertor, nervosa e sinalizando bobagens para Isaac. Viu Derkhan e se agitou, contente.

– Vamos – disse Isaac com a voz vazia e cansada de tensão.

– O que você está falando? – disse Derkhan, furiosa. – O que você está *falando*? Onde está Yagharek? O que deu em você?

– Dee, *por favor*... – sussurrou Isaac.

Tomou as mãos dela. Derkhan vacilou diante de sua fervorosa súplica.

– Yag ainda não voltou. Deixarei isto para ele – disse.

E tirou do bolso uma carta. Jogou-a, nervoso, no meio do piso. Derkhan começou a falar outra vez, mas Isaac a interrompeu, balançando a cabeça com violência.

– Não estou... não posso... não trabalho mais para Yag, Dee. Estou *rescindindo o contrato*. Explicarei *tudo*, prometo, mas agora *vamos*. Você tem razão, ficamos aqui tempo demais.

Ele acenou com a mão na direção da janela, onde a noite soava turbulenta e descontraída.

– O puto do *governo* está atrás de nós, e também o maior criminoso do continente... e o... o Conselho dos Constructos.

Isaac sacudiu Derkhan gentilmente.

– *Vamos*. Nós três. Para fora e para longe.

– O que *aconteceu*, Isaac? – exigiu Derkhan, sacudindo-o de volta. – Diga-me agora.

Ele olhou rapidamente para o lado e de novo para ela.

– Recebi uma visita...

Ela engoliu em seco e seus olhos se arregalaram, mas Isaac meneou a cabeça devagar.

– Dee, uma visita da porra do *Cymek*.

Ela sustentou o olhar e engoliu em seco.

– Eu sei o que Yagharek fez, Dee.

Isaac ficou calado enquanto o rosto dela se rearranjava em fria calma.

– Sei por que ele foi punido. Não há nada que nos prenda aqui, Dee. Vou lhe contar tudo, *tudo*, juro. Mas não há nada que nos prenda aqui. Conto-lhe enquanto andamos.

Durante dias ele estivera numa horrível lassidão, distraído pela matemática de crise, exausto e desesperado com o estado de Lin. De repente, havia se dado conta da urgência de sua situação. Percebera o perigo que corriam. Entendera o quanto Derkhan havia sido paciente e entendera que deviam partir.

– Com os diabos – disse Derkhan com calma. – Sei que faz apenas alguns meses, mas ele... ele é seu amigo, não é? Não podemos apenas... podemos simplesmente abandoná-lo? – Olhou para Isaac e franziu o cenho. – É... o quê? É tão terrível? É ruim o suficiente para... para que cancele tudo? É tão terrível?

Isaac fechou os olhos.

– Não... sim. Não é tão simples. Explico quando formos. *Não vou ajudá-lo.* É isso, no fim das contas. Não posso. Não posso, caralho! Não posso, Dee. E não posso vê-lo. De modo que não há nada aqui, e podemos ir. Precisamos mesmo ir.

Derkhan argumentou, mas por pouco tempo e sem convicção. Mesmo enquanto dizia não ter certeza, já recolhia sua pequena sacola de roupas, seu caderninho. Fora contagiada pela pressa de Isaac.

Rabiscou um pequeno adendo no verso do bilhete de Isaac, sem abri-lo. *Boa sorte,* escreveu. *Vamos nos encontrar outra vez. Lamento por desaparecer tão de repente. Você sabe como sair da cidade. Sabe o que fazer.* Deteve-se por muito tempo, insegura de como dizer adeus, e então escreveu: *Derkhan.* Colocou a carta no lugar.

Enrolou-se na echarpe e deixou seus novos cabelos pretos deslizarem como óleo sobre os ombros. Eles roçaram a cicatriz que restara da orelha decepada. Olhou pela janela, para onde o céu se tornava repleto de noite. Voltou-se e colocou o braço em volta de Lin, carinhosamente, ajudando-a a caminhar de seu modo errático.

Devagar, os três desceram.

– Há uns sujeitos lá na Curva da Fumaça – disse Derkhan. – Barqueiros. Podem nos levar para o Sul sem fazer perguntas.

– De jeito nenhum! Nem fodendo! – sibilou Isaac.

Olhou para cima, de olhos bem abertos sob o capuz.

Estavam no fim da rua, onde horas antes a carroça havia servido de gol para as crianças. O ar morno da noite estava repleto de cheiros. Ruidosas desavenças e risos histéricos provinham de uma rua paralela. Merceeiros, donas de casa, funileiros e criminosos de baixo escalão conversavam nas esquinas. As luzes emergiam com o crepitar de uma centena de correntes e combustíveis diversos. Chamas de várias cores brotavam por trás de vidro temperado.

– Nem fodendo – repetiu Isaac – Para o *interior* não... Vamos *sair...* Vamos pra Troncouve. Vamos pras docas.

Assim, caminharam juntos devagar, para o Sudoeste. Contornaram Salgrão e a Colina do Gato Vadio, arrastando os pés pelas ruas movimentadas como um trio insólito. Um mendigo alto e gordo de rosto escondido, uma bela mulher de cabelos negros e uma aleijada encapuzada andando de modo irregular e espasmódico, meio apoiada e meio rebocada pelos companheiros.

Cada constructo a vapor pelo qual passavam os fazia virar a cabeça para o outro lado, em aparente desconforto. Isaac e Derkhan mantinham os olhos baixos, falando rápido, em sussurros. Olhavam nervosos para cima ao passar por baixo de altrilhos, como se a milícia conseguisse farejá-los de toda aquela altura. Evitavam olhar nos olhos dos homens ou mulheres parados agressivamente nas esquinas.

Sentiam-se como se prendessem a respiração. Uma jornada agonizante. Estavam trêmulos de adrenalina.

Observavam em torno enquanto caminhavam, assimilando tudo que podiam, como se seus olhos fossem câmeras. Isaac viu de relance cartazes de ópera descascando nas paredes, emaranhados de arame farpado e concreto embebido de vidro quebrado, os arcos da ligação ferroviária de Troncouve, que partiam da Linha Destra, pairando sobre Sunter e Vilaosso.

Ele olhou para o Espinhaço que se elevava colossal à direita e tentou se lembrar exatamente de seus ângulos.

Cada passo os libertava da cidade. Podiam sentir a diminuição da gravidade de Nova Crobuzon. Sentiam o coração leve, como se pudessem chorar.

Despercebida, logo abaixo das nuvens, uma sombra derivava preguiçosa. Volteava e espiralava à medida que o curso deles se tornava claro. Adejou tontamente num momento de acrobacia solitária. Enquanto Isaac, Lin e Derkhan prosseguiam, a figura interrompeu seus círculos e disparou em velocidade pelo céu, saindo da cidade.

Estrelas apareceram e Isaac começou a sussurrar adeus ao Galo & Relógio, ao Bazar da Galantina, a Laralgoz e a seus amigos.

O clima continuava quente quando rumaram para o Sul, à sombra dos trens, até uma paisagem aberta de propriedades industriais. Ervas daninhas escapavam de terrenos e infiltravam-se nas calçadas, fazendo tropeçar e praguejar os pedestres que ainda enchiam a cidade noturna. Isaac e Derkhan guiavam Lin com cuidado pelas cercanias de Lamecoa e Troncouve, sempre rumo ao sul. Os trens ao lado deles se dirigiam ao rio.

O Grande Piche cintilava belo sob o néon e as luzes a gás; sua poluição era obscurecida pelos reflexos: e as docas cheias de altos navios com pesadas velas dobradas e barcos a vapor vazando iridescentes para dentro da água, vasos mercantes puxados por entediadas serpentes marinhas que mascavam vastos arreios, incertas fragatas-fábricas espinhosas de guindastes e martelos a vapor; navios para os quais Nova Crobuzon era apenas uma parada durante a viagem.

Em Cymek, chamamos os pequenos satélites da lua de mosquitos. Aqui em Nova Crobuzon os chamam de filhas.

O quarto está cheio da luz da lua e de suas filhas, e vazio de tudo mais.

Estive aqui por muito tempo, com a carta de Isaac em minha mão.

Daqui a pouco a lerei outra vez.

Ouvi o vazio da casa decadente ao subir as escadas. Os ecos se afastavam por tempo demais. Soube antes de tocar a porta que o sótão estava deserto.

Estive fora por horas, buscando na cidade alguma liberdade vacilante e espúria.

Vaguei pelos belos jardins de Cruz de Sobek, passei por alvoroçadas nuvens de insetos e por lagos esculturados habitados por aves superalimentadas. Encontrei as ruínas do mosteiro, a pequena casca orgulhosamente exposta no coração do parque, onde vândalos românticos entalham o nome de seus amantes na pedra arcaica. A pequena fortaleza foi abandonada mil anos antes de se assentarem as fundações de Nova Crobuzon. O deus ao qual foi consagrada morreu.

Algumas pessoas vêm à noite para homenagear o fantasma do deus morto. Que teologia tênue e desesperada.

Hoje visitei a Colina do Uivo. E Vauzumbi. Estive diante de um muro cinza na Quartelaria, a pele arruinada de uma fábrica morta, e li todas as pichações.

Fui tolo. Corri riscos. Não permaneci cuidadosamente escondido.

Senti-me quase embriagado daquele pequeno fragmento de liberdade, ansioso por mais.

Afinal retornei pela noite àquele vazio e abandonado sótão, à traição brutal de Isaac.

Que violação de confiança. Que crueldade.

Abro a carta mais uma vez (ignorando as patéticas palavrinhas de Derkhan, como açúcar polvilhado sobre veneno). A extraordinária tensão nas palavras parece fazê-las rastejar. Posso ver Isaac se esforçando por tantas coisas enquanto escreve. Sensatez fingida. Ira, severa desaprovação. Infelicidade verdadeira. Objetividade. E alguma estranha camaradagem, alguma desculpa ruborizada.

... Recebi hoje uma visitante..., *leio, e...*, diante das circunstâncias...

Diante das circunstâncias. Diante das circunstâncias fugirei de você. Vou lhe dar as costas e julgá-lo. Vou deixá-lo com sua vergonha, vou conhecer seu íntimo e depois passar por você e não o ajudar.

... Não perguntarei "como pôde?", *leio e me sinto fraco de repente, verdadeiramente fraco, não como se fosse desmaiar ou vomitar, mas como se fosse morrer.*

Isso me faz clamar alto.

Isso me faz gritar. Não posso conter esse barulho, não quero, guincho mais e mais e, à medida que minha voz cresce, memórias de gritos de guerra vêm a mim, memórias de meu bando em disparada para caçar ou lutar, memórias de ululações funerárias e lamentos de exorcismo. Mas esta não é nenhuma delas, esta é minha dor, desestruturada, inculta, desregulada, ilícita e minha própria, minha agonia, minha solidão, minha infelicidade, minha culpa.

Ela me disse não, disse que Sazhin havia pedido por ela naquele verão; que, porque era seu ano de coleta, ela havia dito sim; que queria formar um par exclusivo como presente a ele.

Disse-me que eu era injusto, que deveria deixá-la imediatamente, respeitá-la, demonstrar respeito e deixá-la em paz.

Foi uma cópula feia e cruel. Eu era apenas um pouco mais forte do que ela. Levei muito tempo para subjugá-la. Ela me arranhou e bicou em todos os momentos, espancou-me cruelmente. Fui implacável.

Tornei-me furioso, lascivo e ciumento. Espanquei-a e penetrei-a enquanto ela jazia atordoada.

Sua ira foi extraordinária e assombrosa. Despertou-me para o que eu havia feito.

A vergonha tem sido meu manto desde aquele dia. O remorso chegou apenas algum tempo depois. Ambos se reúnem em torno de mim, como se para substituir minhas asas.

O voto do bando foi unânime. Não contestei os fatos (passou-me pela mente fazê-lo, durante o mais breve instante, e uma onda de autodesprezo me fez vomitar).

Não poderia haver dúvidas sobre o julgamento.

Eu sabia que era a decisão correta. Pude até mesmo demonstrar um pouco de dignidade, um mínimo farrapo, enquanto caminhava entre os cumpridores eleitos da lei. Andei devagar, arrastando-me sob o peso do lastro amarrado a mim para me impedir de voar e escapar, mas andei sem pausa ou dúvida.

Foi apenas no fim que vacilei, quando vi as estacas que me atariam à terra seca.

Tiveram de me arrastar pelos últimos metros para dentro do leito seco do Rio Fantasma. Debati-me e lutei a cada passo. Implorei por uma piedade que não merecia. Estávamos a meio quilômetro do acampamento, e tenho certeza de que meu bando ouviu cada grito.

Fui estendido cruciforme, com a barriga na poeira e o sol se abatendo sobre mim. Forcei as amarras até que minhas mãos e pés ficaram dormentes por completo.

Cinco de cada lado, segurando minhas asas. Segurando firme minhas grandes asas enquanto eu me debatia e tentava batê-las forte e cruelmente contra o crânio de meus captores. Olhei para cima e vi o serrador, meu primo, San'jhuarr de penas vermelhas.

Poeira, areia, calor e o vento que percorria o canal. Disso me lembro.

Lembro do toque do metal. A extraordinária sensação de invasão, o horrível movimento de vaivém da lâmina serrilhada. Sujou-se muitas vezes de minha carne, teve de ser retirada e limpa. Lembro-me da alucinante lufada de ar quente sobre o tecido exposto, sobre os nervos arrancados das raízes. O lento, lento, impiedoso rachar de ossos. Lembro-me do vômito que abafou meus gritos, brevemente, antes de minha boca se desimpedir e eu tomar fôlego e gritar outra vez. Sangue em quantidade assustadora. A súbita e atordoante ausência de peso quando uma das asas foi tirada e os tocos de ossos tremeram e perfuraram minha pele, bordas despedaçadas de carne deslizaram de meu ferimento, a pressão agonizante de panos limpos e unguentos em minhas lacerações, o passo lento de San'jhuarr em torno de minha cabeça, e o conhecimento, o insuportável conhecimento de que tudo aconteceria novamente.

Nunca duvidei de que merecesse o julgamento. Nem mesmo quando fugi para encontrar o voo outra vez. Eu estava duplamente humilhado. Aleijado e desprovido de respeito por causa de meu roubo de escolha; a isso eu adicionaria a vergonha de desfazer uma punição justa.

Eu não podia viver. Não podia estar preso a terra. Estava morto.

Ponho a carta de Isaac em minhas roupas esfarrapadas sem ler seu adeus miserável e impiedoso. Não sei dizer ao certo se o desprezo. Não sei dizer ao certo se faria diferente do que ele fez.

Saio do quarto e desço as escadas.

Algumas ruas adiante, em Salgrão, um prédio de apartamentos de quinze andares ergue-se sobre o leste da cidade. A porta da frente não tranca. É fácil saltar sobre o portão que supostamente impede o aceso ao telhado plano. Já escalei esse edifício antes.

É uma curta caminhada. Sinto-me como se estivesse adormecido. Os cidadãos me encaram quando passo por eles. Não estou vestindo meu capuz. Já não creio que importe.

Ninguém me impede de escalar o enorme prédio. Em dois níveis, portas se abrem muito ligeiramente enquanto passo pela traiçoeira escadaria, e sou observado por olhos escondidos demais na escuridão para que os veja. Porém, não sou desafiado e, em poucos minutos, estou no telhado.

Cinquenta metros ou mais. Há muitas estruturas mais altas em Nova Crobuzon. Mas essa é alta o suficiente para que o bloco se erga das ruas de pedras e tijolos como algo enorme que emerge da água.

Eu me esgueiro para além dos escombros e dos sinais de fogueiras, do detrito de intrusos e invasores. Esta noite estou sozinho no horizonte.

A parede de tijolos que contém o telhado mede um metro e meio de altura. Debruço-me sobre ela e olho para fora, para todos os lados.

Sei o que vejo.

Posso me localizar com exatidão.

É um vislumbre do domo da Estufa, uma mancha de luz suja entre duas torres de gás. O cerrado Espinhaço está apenas a um quilômetro de distância, apequenando as ferrovias e as casas atarracadas. Feixes escuros de árvores salpicam a cidade. As luzes, luzes de todas as cores diferentes, todas em torno de mim.

Salto com facilidade e me empoleiro na parede. Fico em pé.

Agora estou no topo de Nova Crobuzon.

É uma coisa enorme. Um grande lamaçal. Há de tudo dentro dele, espalhado sob meus pés.

Posso ver os rios. O Cancro está a seis minutos de voo. Estendo os braços.

Os ventos correm até mim e me martelam de prazer. O ar é ruidoso e vivo.

Fecho os olhos.

Posso imaginá-lo com absoluta exatidão. O voo. Impulsionar-me com as pernas e sentir minhas asas agarrarem o ar e jogá-lo com facilidade na direção da terra, lançando grandes porções para longe de mim, como remos. O duro repuxo de uma termal, as penas que se estufam e empertigam, que se espalham, derivando, atenuando, planando para cima em espiral sobre esta enormidade abaixo de mim. É outra cidade, vista de cima. Os jardins secretos se tornam espetáculos que me deleitam. Os tijolos são algo para sacudir para fora de mim, como lama. Todos os prédios se tornam ninhos elevados. Toda a cidade pode ser tratada com desrespeito, aterrissando e pousando conforme os caprichos, sujando o ar ao passar.

Do ar, em voo, de cima, o governo e a milícia são cupins pomposos, a miséria é um trecho pardo que passa rapidamente, as degradações que acontecem nas sombras da arquitetura não são assunto meu.

Sinto o vento separar meus dedos. Ele me vergasta, convidativamente. Sinto as vibrações quando meus flanges esfarrapados de ossos aéreos se alongam.

Não voltarei a fazer isso. Não serei mais este pássaro aleijado preso à terra.

Esta meia vida termina agora, junto com minha esperança.

Posso bem imaginar um último voo, um mergulho curvo e elegante pelo ar que se abre como uma amante perdida para me acolher.

Que o vento me leve.

Inclino-me para a frente sobre a parede e, dali, para a cidade vertiginosa, para o ar.

O tempo fica imóvel. Estou pousado. Não há som. A cidade e o ar estão pousados.

Levanto devagar a mão e corro os dedos por minhas penas. Puxo-as para o lado e minha pele se arrepia, esfrego-as impiedosamente para o lado errado, contra as fibras. Abro os olhos. Meus dedos se fecham e agarram as rígidas hastes e as fibras oleosas de minhas faces, aperto o bico para não gritar e começo a arrancar.

Muito tempo depois, horas depois, na parte mais profunda da noite, desço pela escadaria de piche e emerjo.

Um único coche sacoleja rápido pela rua deserta, e depois não há mais sons. No outro lado da rua, luz bege escorre de um crepitante bico de gás.

Uma figura escura espera por mim. Caminha até a pequena poça de luz e ali para. Seu rosto está encoberto. Acena devagar para mim. Durante uma fração de tempo penso em todos os meus inimigos e imagino qual deles é esse homem. Então, vejo a imensa garra de louva-deus com que me saúda.

Percebo que não estou surpreso.

Jack Meio-Louva estende outra vez, vagarosa e portentosamente, seu braço Refeito. Acena para mim.

Convida-me para entrar. Em sua cidade.

Avanço para dentro da pouca luz que há.

Não o vejo se sobressaltar quando deixo de ser silhueta e ele me vê.

Sei qual é minha aparência.

Meu rosto é uma massa de carne viva, sangrando copiosamente de cem pequenas perfurações, onde as penas deixaram minha carne. Chumaços tenazes de penugem que não tirei me cobrem como barba curta. Meus olhos espiam na pele calva, rosada e arruinada, empolada e doentia. Laivos de sangue desenham trilhas por meu crânio.

Meus pés estão outra vez enfaixados por trapos imundos, para ocultar-lhes a forma monstruosa. As orlas de penas que chegavam até suas escamas foram arrancadas. Caminho com cautela, minha virilha recém-depenada está em carne viva, como minha cabeça.

Tentei quebrar meu bico, mas não consegui.

Estou diante do prédio vestindo minha nova pele.

Meio-Louva se detém, mas não por muito tempo. Com outro aceno langoroso, repete o convite.

É generoso, mas devo recusá-lo.

Ele me oferece o meio-mundo. Oferece-me parte de sua vida liminar e bastarda, de sua cidade intersticial. De suas obscuras cruzadas e vinganças anárquicas. De seu desdém por portas.

Refeito fugitivo, livRefeito. Nada. Ele não se encaixa. Converteu à força Nova Crobuzon em nova cidade e luta para salvá-la de si mesma.

Ele vê outra meia-coisa alquebrada, outra relíquia exausta que pode converter à sua guerra impensável, outro ser para quem a existência em qualquer mundo é impossível, um paradoxo, pássaro que não pode voar. Ele me oferece uma saída, em sua incomunidade, sua margem, sua cidade vira-lata. O lugar violento e honroso onde se enfurece.

Ele é generoso, mas recuso. Esta não é minha cidade. Não é minha luta.

Devo deixar este mundo mestiço em paz, este demi-monde *de bizarra resistência. Vivo num lugar mais simples.*

Ele está enganado.

Já não sou mais o garuda preso à terra. Aquele está morto. Esta é uma nova vida. Não sou uma meia-coisa, um fracassado nem isso nem aquilo.

Arranquei de minha pele as penas enganadoras, tornei-a lisa e, sob aquela afetação aviária, sou igual aos meus concidadãos. Posso viver normalmente em um mundo.

Indico-lhe minha gratidão e meu adeus e me afasto, seguindo para o Leste sob a fraca luz das lâmpadas, rumo ao campus da universidade e à Estação Ludmel, através de meu mundo de tijolos, argamassa e alcatrão, bazares e mercados, ruas iluminadas de enxofre. É noite e preciso correr para a cama, achar a cama, achar minha cama nesta minha cidade onde posso viver minha vida padronizada.

Dou as costas a Jack e caminho para a vastidão de Nova Crobuzon, esta alta edificação de arquitetura e história, esta complexidade de dinheiro e favelas, este profano deus movido a vapor. Volto-me e caminho para dentro da cidade meu lar, já não pássaro nem garuda, nem miserável híbrido.

Volto-me e caminho rumo ao meu lar, a cidade. Como homem.

Fábio Cobiaco, 2016

SOBRE O AUTOR

China Miéville é um autor *best-seller*. Formado em antropologia social pela Universidade de Cambridge, com mestrado e doutorado em filosofia do direito pela London School of Economics, foi eleito em 2015 fellow da Royal Society of Literature e, em 2018, recebeu a bolsa Guggenheim para ficção.

Um dos nomes mais importantes da literatura *new weird*, seu trabalho ganhou vários prêmios, incluindo o Arthur C. Clarke, o World Fantasy, o Hugo e o British Science Fiction, além de ter sido selecionado para o Folio Prize e o Edge Hill Short Story Prize.

É um dos editores fundadores da revista *Salvage*. Dele, a Boitempo também publicou *A cidade e a cidade* (2014, adaptado para TV em minissérie produzida pela BBC), *Outubro: história da Revolução Russa* (2017) e *A cicatriz* (no prelo).

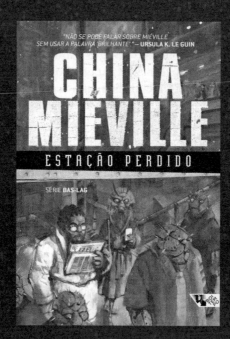

Capa da primeira edição publicada pela Boitempo em 2016.

Publicado em 2025, após 25 anos de publicação da primeira edição de *Estação Perdido* em inglês, este livro foi composto em Minion Pro, corpo 10,5/12,6, e impresso em papel Ivory Slim 65 g/m² pela gráfica Rettec, para a Boitempo, com tiragem de 2 mil exemplares.